MEMORY HOUSE
记忆坊文化

春野

（全两册）上

福禄丸子 著

长江出版社
CHANGJIANG PRESS

图书在版编目（CIP）数据

春野 / 福禄丸子著. -- 武汉：长江出版社, 2025.
5. -- ISBN 978-7-5804-0068-0

Ⅰ.I247.5

中国国家版本馆CIP数据核字第2025VF1131号

春野 / 福禄丸子 著
CHUNYE

出　　版	长江出版社
	（武汉市解放大道1863号 邮政编码：430010）
选题策划	北京记忆坊文化
市场发行	长江出版社发行部
网　　址	http://www.cjpress.cn
责任编辑	张艳艳
特约编辑	莫桃桃
封面设计	小贾设计
版式设计	段文婷
印　　刷	环球东方（北京）印务有限公司
版　　次	2025年5月第1版
印　　次	2025年5月第1次印刷
开　　本	880mm×1230mm 1/32
印　　张	14.5
字　　数	460千字
书　　号	ISBN 978-7-5804-0068-0
定　　价	72.00元（全两册）

版权所有，翻版必究。如有质量问题，请联系本社退换。
电话：027-82926557（总编室）027-82926806（市场营销部）

目录

第一章 暗恋 ~ 001

第二章 合作 ~ 041

第三章 靠近 ~ 088

第四章 误解 ~ 122

第五章 邀请 ~ 165

第一章 暗恋

SPRING
IS
IN
THE
AIR

　　TA们为心上人摇旗呐喊,哪怕并不参与到那些陌生的竞技当中,却一定要做最好的观众,然后亲眼见证那个人荣耀加身。那些自愿的忘我和牺牲即使在此刻不被认可、不被看到,也丝毫不影响TA们的狂热。

——摘自傅春野《暗恋观察报告》

时节如流,夏日的高温一直烧到十月的尾巴上。

校运会正式开始前的最后一个训练日,盛小羽被堵在了体育馆的男更衣室。

洗刷干净的跑鞋和冰镇的运动饮料才刚刚放进储物柜里,柜门还没来得及关上,她就被人逮个正着。

那人身形高大,差不多有一米八五,挑染了头发,额前较长的发丝挑起束到脑后,有点像"狼尾",一侧耳垂上还有黑色的耳钉。

这样的装扮在中规中矩的明大校园里,尤其是在男生中间,可谓是相当出挑另类。

盛小羽不认识他,但也知道他是明大校田径队短跑组的队长傅春野,高她一届,在经济学院读大三。

他反锁了更衣室的门,径直朝她走过来。

盛小羽此刻最大的愿望是地面裂开一条大缝,她好钻进去,然后消失。

扶着柜门的手在微微颤抖,她猛地就要把储物柜给合上。

她的意图被对方看在眼里,他果断伸手挡住了即将关闭的柜门。

当啷一声,希望他没磕伤手,否则她就罪加一等。

盛小羽下意识地往后退了一步,还在强装镇定,但这回声音都在发颤:"你……你要干什么?"

"这句话应该是我问你才对吧,你想干什么?"

年轻男孩子的声音有着金属般的质感,温柔时是暖风中轻响的风铃,严厉起来就是寒冬里锐利的薄刃。

对盛小羽来说显然是后者,因为光听他问这句话,她就觉得脑仁都被刮得生疼。

她还没编好恰当的理由,就听他又说了一句:"原来那个更衣室变态就是你。"

更衣室变态?

盛小羽都不知道自己什么时候得了个这么厉害的代号,不只"变态",还自带"更衣室"番号。

她艰难地咽了口唾沫,试着辩解:"我……我才不是变态……"

"不是变态,那就是小偷,不然为什么来翻男更衣室的储物柜?"

盛小羽欲哭无泪:"男更衣室有什么好偷的呀?"

不是浸透了汗水的脏球衣,就是脏球鞋,有时甚至还有臭袜子,也不知穿了多久,出了多少汗,随便一扔就可以立在柜子里。

还有篮球、足球等各种球,也是表面糊满各种可疑的污渍和灰尘,她都不敢用手碰。

这是个充满了"味道"的空间,说好听点是青春的荷尔蒙,说难听点就是"臭男人"。

她一定是被丘比特的爱神之箭射中了脑壳,才会千方百计地溜进这种地方来,还心甘情愿,任劳任怨,结果现在还让人发现了。

"小偷只要想偷，总有可以偷的东西。"他像说绕口令一样，身体也靠过来，把她困在墙面和柜子的夹角处，"手机、钱包、购物卡，这些东西都可以放在柜子里，丢了算谁的？"

盛小羽竖起一根手指，指了指储物柜正上方的一行字："这里写了，同学请勿存放贵重物品……"

傅春野的手掌重重撑在她身侧的柜子上，发出好大的声响，吓得她一个激灵。

她今天要死在这里了，呜呜。

那谁，能不能再当一回她的骑士，来救救她呀！

可今天偏偏是周末，周末的校园格外安静，除了聒噪的蝉鸣，窗外居然连个人影都没有。

田径队周末也是不训练的，这人肯定是自己加练才会跑到这儿来，跟她碰个正着。

据说他们的训练量已经超负荷了，他还自己这么狠，他才是个变态呢！

"其实你的目标，不是手机、钱包这些财物，对吧？"

他终于明白了？

突如其来的理解，让盛小羽愣了一下，她忙不迭地点头："对呀，我真的不是为了偷这些东西才来的！"

"嗯，毕竟变态嘛，只有原味衣物、原味球鞋才能满足你。"

啊！

盛小羽内心大喊一声，忍无可忍，一把推开他。

"我要说几次你才肯相信啊？我不是来偷东西的，手机、钱包也好，原味衣裤和球鞋也好……"

哕！

"我来只是为我喜欢的人做一点事。他训练很辛苦，又不太懂得照顾自己，我就给他买一些运动饮料和毛巾放在柜子里，他换下来的来不及带回去的衣服和跑鞋就给他洗干净悄悄放回去。"

所以才挑在周末溜进来，因为周末他们不训练，更衣室一般也没人会用。等到周一他打开柜子，衣服鞋子都已经洗晒干净，物归原位，也不影响他继续用。

暗恋就是这样，心意不能诉诸语言告诉对方，也不应该仅仅放在心里。

她想为对方做一点什么，让他知道有这么一个人在默默关注他、喜欢他，愿意为他付出。

不知是不是少女的心意排山倒海，冲击太大，傅春野一时没说话。

两人之间那种紧绷的气氛倒是暂时缓和了下来。

盛小羽大着胆子悄悄抬了抬眼，就看到他脸上若有所思的神色。

她不知道他在想什么，但长得好看的人就是有得天独厚的优势，出神发呆都像电影的定格画面，不像她，就连认真看书都被人说像在点菜。

爱情果然很伟大，他一定是被她的暗恋情怀给打动了，才会露出这样的表情，还微微眯起了眼打量她。

不，不用赞美，也不用同情，放她走就可以了！

然而他接下来的台词完全出乎意料。

他说："喜欢的人？你喜欢的人是我？"

盛小羽差点当场吐血。

大哥，我都不认识你……

她很用力地扯出一个笑容："那个，你很好，真的很好，所以值得更优秀的女生，真的。"

万万没想到啊，她也有给人发"好人卡"的时候。

而且对方还是校草级别的人物。

结果校草说："可你打开的储物柜就是我的。"

更衣室的储物柜是电子感应锁，一个柜子对应一个开锁的感应手牌。

他不知道她是用什么方法打开他的储物柜的，但从入夏开始训练的这两个月里，时不时出现在柜子里的饮料、毛巾，以及总是隔一个周末就焕然一新的衣服和跑鞋，显然都是她的杰作。

她刚才自己亲口承认的，这些都是为她喜欢的人做的。

盛小羽惊讶不已："怎么可能，86号储物柜，明明就是周向远的……"

糟糕！她双手捂住自己的嘴——怎么搞的，怎么就这样公然暴露了自己喜欢的人啊！

傅春野倒像是没在意，只把自己手里的电子手牌在她眼前晃了晃，牌子中间写有大大的86。

"看见了吗？86号就是我的柜子，周向远的柜子在上面。"他也学她刚才那样朝上指了指，"有没有可能是你一开始就看错了编号，把他的98号看成了86号？"

然后就是送东西、洗衣服、刷鞋，忙活了两个月。

队友们都笑他这是遇到了田螺姑娘，呵呵，她要真是田螺姑娘，报恩都报错人，这会儿估计已经被炒制成香辣田螺端上桌了吧！

盛小羽自己也是一脸五雷轰顶的表情："我弄错了？"

她特意挑选的周向远最喜欢的运动饮料，最后进了别人的肚子？

她顶着酷暑在洗衣房吭哧吭哧洗的衣服、刷的鞋子，原来都是别人的？

他们校队训练以及比赛用的运动衫和跑鞋都是统一发的，也难怪她从没怀疑过。

傅春野"啊"了一声算是回答，又微微弯下腰来："原来你喜欢的人是周向远。"

他果然捕捉到了关键信息。

她只能装聋作哑，当没听见。

"你是哪个学院的？几年级？名字？"

"盛小羽，新闻传播学院，大二。"

感谢巴普洛夫的狗，她回答这些问题全凭条件反射。

只是声音蚊子似的越说越小，说完才回过神来："你……你要干什么？"

这已经是她今天第二次问这个问题了，一次比一次惊恐。

傅春野还是头一回遇到女生在自己面前这个样子。

坦白说，他不太搞得清楚明大各个学院有些什么专业，比如公管学院其实指的是公共经济与管理而不是工商管理，名字都取得太似是而非。

但像新闻传播这种望文生义的，就很好懂了。

只不过没想到新闻系的女生这么脆弱。

"你觉得我要干什么？"见她已经脱力似的蹲在地上缩成一团，他也跟着蹲下，"锁得好好的储物柜，就这么被人打开了，你觉得我要不要通知学校保卫科?"

"不要!"她用力抓住他,"求你不要。我复读了一年才好不容易考进明大,不想因为这个被处分甚至开除。"

"那你是怎么打开储物柜的?"

他其实最好奇这个。

他之前就研究过,明明柜门上没有撬压的痕迹,证明门是被正常打开的,可电子钥匙在他这里从没离开过身边,也不像机械钥匙那样随处可配,她到底是怎么做到的?

"我买了机器复制了电子手牌钥匙。"

听到他深吸一口气,盛小羽连忙解释:"你别误会啊,我真不是变态!我买转码的机器是为了复制门卡用的,喏,就像这个。"

她把自己的手机翻过来给他看,背面贴着圆形的卡通贴纸,她说那是宿舍楼下单元门的门卡。

"把门卡的信息复制到这个带芯片的贴纸里,出门就不用带门卡了,很方便。"

她们女生宿舍楼几乎人手一个,很多都是从她这儿买的。

有的手机自带NFC(近场通信)功能,直接绑定门卡就能实现这个功能,但其他手机就只能用这个方法。

这东西傅春野倒是见过,但还是有疑问:"网上不是有人专门做这个吗,为什么你要自己买机器来做?"

"其实自己做很简单的,在网上找人做还要把原始卡片寄过去,更不安全吧……而且我这个是可以定制的,贴纸的图案是我自己画的,可以跟微信头像做成一套!"

说到"致富"的卖点,她又活络起来,甚至给他推销上了:"你要不要,十五块一个,我给你免费,头像画到你满意为止,怎么样?"

她真挺厉害,这思路都已经超越一般的微商了。

这样的人才去学新闻,简直是他们经济学院的一大损失。

"那我柜子的原始钥匙你是从哪儿拿到的?"

已知她有解码的机器,复制电子门禁卡和储物柜电子钥匙的原理也差不多,但总要有原始卡片才能复制吧?

"我加入了田径队的后勤保障组,管理体育场馆和器械的肖老师有所有柜门的备用钥匙,以防有人弄丢了手牌要重新配,所以我能接触到……"

她又像漏了气的娃娃似的声音越说越小。

傅春野一听她是后勤保障组的成员,竟然站了起来,轻轻踢了踢她的鞋:"起来。"

盛小羽听话地贴着墙根慢慢爬起来。

"我看你有点眼熟,我是不是还在别的什么地方见过你?"

她摇头像拨浪鼓:"没有没有,我大众脸,谁看都眼熟。"

傅春野没再深究,伸手道:"复制的钥匙,交出来。"

当然,当然。

她赶紧拿出手机,从那个镶嵌了一堆卡通饰物的手机壳上取下一个小卡片,小心翼翼地放进他摊开的手心里。

"只有这一个吗?"

"只有这一个。"

傅春野充满怀疑地抬头看了一眼上方的储物柜:"你不会转头又去复制98号的电子钥匙吧?"

"不会,真的不会,我知道错了,以后再也不这么做了,我发誓!"

她还真的竖起三根手指,煞有介事地发誓。

明天校运会就开始了,他们的集训也到此为止,今后周向远也不会经常来体育馆的储物柜里放东西了。

唉,想起来就沮丧到不行,整整两个月时间,她竟然全在做无用功。

傅春野看她一脸好像随时会哭出来的表情,决定暂时相信她。

"今天的事……"

"求你不要告诉任何人,帮我保守秘密,好不好?"

傅春野顿了一下:"任何人,包括周向远吗?"

盛小羽都快哭了:"尤其是周向远……"

他要是知道她暗恋他,还暗中献殷勤搞错了对象,大概能笑她一辈子。

傅春野垂眸,像是试着理解了一下这种莫名其妙的心境,然后很干脆地回答:"可以,我替你保密。"

盛小羽没想到他这么容易就答应了,还有点不敢相信:"真……真的吗?"

"真的,不过你要先答应我的条件。"

"你说你说。"她抹了把额角的汗水,"只要是我能做到的,什么都答应你。"

什么都答应?

傅春野又微微眯眼。

盛小羽已经琢磨出这是他思考时下意识的微表情,立马就有点后悔。

万一他提出过分的要求——

傅春野说:"我不知道你在想些什么东西,不过最好能立刻、马上给我停止。"

看她脸上的表情,他直觉她脑海中想的应该不是什么好事。

窗外有风,吹动树叶沙沙作响,背上刚才被汗水浸透的衣服拂过一阵凉意。

她从脑补中被拉回现实,瑟缩了一下肩膀:"那个,你刚才说的条件……到底是什么?"

"明天校运会就开始了,来看我们比赛。"

啊?

"4×100米接力吗?"

"嗯,应该是最后一个项目。"

明大的4×100米接力除了各个院系之间的比拼,还有个特殊的校际邀请赛,每年都会邀请大学城另外几所大学的代表队来一决高下,来自其他学校的啦啦队和观战团也会在这一天拥入明大校园,所以格外热闹,向来都是校运会的重点项目。

这个即使他不说,她也肯定是要去的,因为周向远跟他一样参加的也是这个项目,跑最后一棒。

就这样吗,没了?

盛小羽松了口气。

她还有些不敢相信,向他确认:"没别的了吗?"

傅春野抱着手看她:"不要想得太简单了,让你来看比赛,不是真的光'看'就行。"

这又是什么意思?

"你不是后勤保障组的吗?别忘记自己的职责,该准备的东西要准备,到时大家换下的衣服、鞋子,我也不希望丢得到处都是。"

"那当然,我们会好好完成任务的。"

"不是你们,是你。"他朝她指了指,"你一个人完成所有的工作,让其他组员去休息或者去支援其他项目的比赛。"

其实本来也没多少工作,无非是准备些补充能量的饮料和点心,看管好队员的个人物品等,平日训练的时候几个人配合很容易就完成了,难的是连续一两个月的坚持。

后勤保障组在集训期间一直服务他们,大多是女孩子,在太阳底下一待就是大半天,皮肤都晒红脱皮了。

尽管很多人的初心跟她一样,可能是为了某个男生,或者也不是为了具体的某个人,只是因为类似给偶像团体加油才加入的,但这么长时间坚持下来,没有功劳也有苦劳。

也正是因为这样,他才在听说她是后勤保障组成员的时候,打算放她一马。

死罪可免,活罪难逃。

"有问题吗?"

"啊,没问题!"

本来就是理所当然的事,她压根没当作惩罚。

饮料和能量棒他们后勤保障组已经预先向超市订好了,明天会有送货的小车给他们拉过来,就算没人帮手,她一个人拉到操场也问题不大。

她是人类啊,人类可以借助工具不是吗?

"嗯,还有,饮料我只喝原味或者白桃味,下次别再放橘子口味的了。"

盛小羽愣了一下。

她之前放到他储物柜里的的确都是橘子味,因为周向远爱喝。

可是,还有下次?

傅春野用力把柜门关上,用她刚才交出的那个卡片在电子锁上一刷,门又开了。

验明正身,她交出的确实是他储物柜的复制钥匙。

他把里面洗刷干净的跑鞋和运动T恤拿出来,这都是盛小羽洗干净后刚刚才放进去的。

他掀起身上这件衣服的衣角,像想起什么,对她道:"转过身去。"

他要换衣服,禁止她偷看。

盛小羽乖乖转身面壁。

啊,男生更衣室的墙上也好脏,各种不明液体流淌的痕迹……

身后窸窸窣窣的声响很快停止,她估摸着他换好了才转回来,看着他换下的衣裤和鞋子,忽然福至心灵,上前很自觉地就把东西抓过来放进袋子里:"这些我帮你拿回去洗,洗干净再给你!"

原来他刚才说的下次是这个意思呀!

傅春野都不知道她是怎么做到的,一错身的工夫,她就把他手里的东西抢走了。

他劈手夺回来:"不用,我自己来。"

"哎呀,不用客气,反正都洗两个月了,有始有终嘛!"

这两个月她的本意又不是真的为了他,她是打算"终"在哪里?

傅春野没跟她继续争,问道:"你刷鞋倒是刷得挺干净的,怎么做到的?"

每次清洁完都像新的一样。他为了找限量的跑鞋逛过买卖运动鞋的二手市场,那些回收挂在店里再度出售的鞋也都刷得特别干净,就像她做的这样。

"得先用一种清洁粉泡,泡完了再刷就特别干净,我从我爸妈那儿学来的,洗衣店里都这么刷。"

"你们家开洗衣店的?"

"嗯,他们刚下岗的时候就靠给人刷鞋挣钱,那时候才两块钱一双,刷着刷着刷出自己的小店了,也不是一开始就干这个。"

她一点也不避讳讲起家里曾经的困境,还是乐呵呵的。

傅春野沉默了几秒,重新拿回又被她抢过去的衣服和鞋子。

"今天的就我自己洗吧,需要你洗的时候再找你。"

盛小羽收回手,还是有点怀疑:"那……真的不需要我再做什么了吗?"

"你好像很遗憾啊,那我再想想……"

"不不不,不用想了,这样挺好!"她一把抓住他的胳膊,几乎要感激涕零,"学长你真是好人。"

这是今天给他发的第二张"好人卡"了。

不过这回是发自内心的,因为她发觉傅春野尽管外表看起来很有压迫感,但实际并不是真想为难她。

"原味或者白桃味的饮料,别忘了。"

他把她从男更衣室拎出来,又重新交代一遍,并且确定她真的不会再溜进去了,才转身离开。

背身走出很远,他才象征性地抬手挥了挥算是说再见。

拜她所赐,回头他还要跟体育部的肖老师提一提,储物柜的电子锁也该升升级了,不然万一真进了贼,估计要损失惨重。

盛小羽回到宿舍,头一件事就是联系后勤保障组组长,跟组长说明天4×100米接力的时候将保障任务全权交给她。

这对其他组员来说绝对是个好消息,因为天气预报说明天最高温度有三十三摄氏度,名副其实的"秋老虎"。

太阳底下别说干活了,走一圈都得大汗淋漓,到时候妆也花了,头发也散了,还怎么让男神留意到最美的自己。

盛小羽倒是无所谓,她跟周向远也不是第一天认识了,在长途火车上蓬头垢面吃泡面的样子都被他看过了,其他不算什么。

一切看起来都没问题,一切本应很顺利。

假如她的例假没有准点光临的话……

平时不见它这么准呢,关键时刻不仅压着日子一天不差地来了,还把她痛得差点下不了床。

她从室友丁芮茜的书架上抠了一颗散利痛吃。这药是寝室四个人集资买的,谁痛谁吃,不然一盒两大板吃到过期都吃不完,毕竟她们几个都只是偶尔痛经,不算很严重。

偏偏今天她就痛了,还相当严重。

周向远见了她就像看见鬼:"你怎么了,脸色这么差,身体不舒服啊?"

她是在赶去体育馆的路上遇到他的。他正跨坐在自己那辆拉风的山地车上,运动背包斜挎在胸前,叉着两腿在二教后面的台阶处摆弄手机，像是在等人。

他身侧有很大的一树金桂，正当花期，金色细小的花瓣随风飘落，教学楼外的窗台上一层，地面上一层，还有星星点点落在他的车上和头发中间，盈满甜香。

她想起第一次见到他是在家乡青州，那条马路上栽满蓝花楹，也是花期正盛的时节，蓝紫色的花瓣落了满地。他比约定的时间早到了，还问她"你怎么才来啊"。

要说她喜欢周向远什么，大概就是喜欢他身上那种毫不做作的少年感吧。

两人的妈妈是同学，原本联系不多，得知孩子都考上了明大，就又聊上了，非让他们结伴从老家青州一起坐高铁去学校报到。

说是结伴同行，路上有个照应，他是男生，可以保护女生，但实际盛小羽比他还大一岁，复读了一年才考上明大。

他明明自己也是第一次出远门，什么都不懂，还要试图处处表现出世故老练。盛小羽在高铁上买的盒饭被人拿错了，本来想将错就错吃完算了，但他不肯让她吃这个亏，风风火火地去找人理论，硬是把她买的贵的那一盒给换了回来。

就……还挺可爱的。

可能就是从那个时候动了心吧。

"我没事，可能就是太热了。"她用手扇着风，吃了药之后不再疼得冒冷汗了，现在全是货真价实晒出的一身汗。

"是不是中暑了？你今天还去后勤组啊，身体不舒服就别去了呗！"

她不知道自己的脸白得像他高数课上用掉的那些草稿纸吗，白得晃眼，一点血色都没有。

盛小羽摇头，昨天的"男更衣室事件"现在是悬在她头顶的一把剑，今天不去的话，傅春野肯定觉得她是故意偷懒耍滑。

况且这集训的两个月她没能真为周向远做点什么，今天是最后的机会了。

"你今天要上场比赛吧？"

"是啊，接力最后一棒嘛，一定会赢的，你别忘了给我们加油。"

"那还用说！你可一定要跑快点，我去搬物资了，保证你们比赛前后都能有吃有喝!"

周向远感觉到了她的虚弱,也感觉到了她的积极。

而且,多多少少能意会到这份积极跟他有关。

"你不去操场吗?"盛小羽又问他,"你们比赛前是不是还要做一下准备活动?"

"嗯。"

他答得有些含糊,回头看了一眼教学楼黑洞洞的楼道口。

本来是可以顺道跟她一起过去的,但说好了要等人,而他等的人还没从教学楼里出来。

"那我先去趟教育超市,为你们订购的物资应该到了。"

盛小羽摸出手机看了一眼信息,有点着急,转头要走。

"哎。"

周向远在身后叫她,是那种欲言又止的语气。

她回过头,心脏突然漏跳了一拍。

"今天的比赛如果赢了,我有话跟你说。"

盛小羽飘了。

飘着飘着就飘到了教育超市门口,她甚至想不起自己这一路是怎么走过来的,大概只能是凭借平日里无数次往来于宿舍楼和教育超市之间的机械记忆,自动自发地走过来了。

有点像她爸老盛喝高了的时候,都喝"断片"了,还能找到回家的路,吐也要吐在自己家门口。

——今天的比赛如果赢了,我有话跟你说。

不知怎么的,这句话就像一点星火,一下子就把她整个人都点燃了。

她是怎么回复的?

噢,她好像说了三个字——我也是。

表白嘛是不是,互诉衷肠,现在有个流行的词管这叫双向暗恋。

原来我喜欢的人也恰好喜欢我。

感觉还不赖。

不,不是不赖,简直是太好了。

两情相悦是惊世良方,比散利痛都管用,她这会儿腰也不酸了,肚子也不疼了。

直到她看见摆在教育超市地上的那一大堆饮料、能量棒和湿巾。

"不会吧，这全是我们的？"

教育超市老板已经忙疯了，头发都翘起来了，实在没空搭理她。每年校运会，都是教育超市生意最好的时候，光临的都是大客户，但他不可能给每个学院和社团都亲自送货上门。

盛小羽只能自己想办法把这些东西搬到操场去。

然而别说动手搬了，她现在下蹲都困难。

吃了药肚子不疼，血还是在流的。

何况她也没有可以运送的工具。

身旁来来往往的同学有很多都拖着那种露营用的小车，她忽然想起寝室里好像也出现过这种车，应该是丁芮茜从家里带来的。只不过平时不放在宿舍，大概被她藏在练舞室之类的地方。

江湖救急，她赶紧给丁芮茜打了个电话。

丁芮茜很快就拖着她的小车来了，另一只手里握着个小风扇。

盛小羽冲她挥手："小饼，这里这里！"

超市里人太多，为了不挡道，货品已经被挪到门外屋檐下的阴凉处。

"热死了，怎么就你一个人啊？"

丁芮茜五岁就开始学拉丁舞，一身吊带束腰长纱裙，袅袅婷婷，即使不穿舞鞋也能一眼看出是个舞者。

她名字里的"芮"字在大学接新第一天时被"文盲学长"读成了"丙"，大家干脆将错就错地叫她小丙，她为了维护丁姓的尊严，自己在字面上改成了"饼"。

说起来，她也是后勤保障组的成员，动机很单纯，就是为了看帅哥，同时为将来的男朋友物色人选。后来她当选了校学生会的文体部干事，必须积极给校运会做贡献，为了不被抓去跑步、跨栏、丢铅球，参加后勤组就是最好的"保护色"。

可惜她跟后勤组的组长学姐不对付，觉得大家都在隔空看男人，还搞钩心斗角那一套，简直丧心病狂，干脆就不出现了。今天她拉着露营车来帮忙，完全是看在同寝室友的情分上。

露营车是厚帆布的车筐，盛小羽得以把那些整箱的饮料、零食拆包放进去，总算不用像码头搬运工似的又搬又抬。

丁芮茜吹着小风扇，抱手在一旁看她忙活。

"我说，那个周向远到底知不知道你为了他这么拼啊？"

盛小羽的暗恋在她们寝室内部不是什么秘密，她只是不太理解搞暗恋的人，明明长得也可可爱爱，怎么能为了喜欢的男人洗衣服、刷球鞋，还顶着烈日在这儿苦哈哈地搞后勤保障。

要是她知道这两个月衣服、球鞋都白洗了，估计更不理解。

盛小羽平时也常受到她们这样的"灵魂拷问"，一般呵呵一笑就带过了，今天却猛然停下手，直起身问她："小饼，我有个问题想请教你。"

丁芮茜看她眼睛里泛着油油的绿光，不知发生了什么事，怪害怕的："什……什么问题？"

"你说，男生和女生互相表白之后应该做点什么？"

在经历了大一整年的考察之后，丁芮茜已经"收割"到一个男朋友，这种问题她应该有经验。

果然，她听完问题就倒吸一口气。

"周向远跟你表白了？"

"嘘！"盛小羽连忙把食指压在唇上，示意她声音小点，"还没有，我只是问问。"

"呵呵，你看了那么多言情小说，要不是实战会来问我？"

盛小羽羞赧不已，脸上浮起红晕："我告诉你，你可千万别告诉别人啊……"

"快说。"我保证只告诉我想告诉的人。

盛小羽就把跟周向远的赛后约定和盘托出了。

丁芮茜听完，转身进了超市，出来的时候递给她一个亮闪闪的小纸盒。

"这是什么，炫迈口香糖？"

"你再好好看看呢。"

盛小羽终于在盒子下面看到了"安全套"三个小字。

她差点就在三十三摄氏度的明大校园里当众自燃。

"不至于……我们不会……"

"怎么不会？"丁芮茜自信满满，"那个周向远一看就长了张重欲的脸，加上刚比完赛，万一又赢了，肾上腺素狂飙，正是兴奋到不行的时候，你可千万保护好自己。"

丁芮茜看她一脸不开窍的表情，觉得她一定是刷鞋刷傻了。

这会儿还在帮人干体力活呢！

她"啧"了一声，又折回超市，不一会儿超市老板就跟在她身后出来，头发翘得更厉害了，看了看那一车物资说："体育馆是吧，行行行，我帮你拖过去。"

看看？适当的时候，施展一下女性魅力，多么重要！

不过这也不是一天两天能教会的，丁芮茜觉得自己只能帮她到这儿了。

她把手里的小风扇也塞给盛小羽，又从随身的包包里摸出一把精致无比的小折扇，一路扇着风走了。

盛小羽攥着那个小纸盒，陷入了深深的自我怀疑。

真要用上这个吗？她今天还来例假了呢……

傅春野蹲在地上做拉伸，左边两下，右边两下。

隔着老远他就看到盛小羽站在操场边，四周没有一点遮蔽，最近的一片树荫也离她十万八千里，热辣的阳光就这么直直落下来，她也不知道躲一躲。

她不知从哪儿搞来的露营车，准备好的运动饮料和能量棒全都在里头，又搭上个小桌板，把需要的部分先摆出来，方便队友们拿取，倒挺像那么回事。

跟昨天比起来，她今天脸色不太好，却有点飘飘然的快乐，看谁都笑眯眯的，像只傻乎乎的猫。

只有跟他的目光碰到一起的时候，猫会秒变小老鼠，瑟瑟地赶紧瞥开眼。

现在看起来，他总觉得她有点眼熟，好像在什么地方见过她，但肯定不是在更衣室里。

拉伸和准备活动开始有一会儿了，周向远才姗姗来迟。

自从他出现，她那飘忽不定的目光忽然像是有了抓手，恨不得黏在对方身上似的追着跑。

傅春野站起来，拍了拍指尖沾到的灰。

刚才在体育馆更衣室的楼梯下面，他看到周向远在跟一个女生接吻，很激烈。

更衣室不知怎么回事，竟然有这么多隐蔽的角落。

他一开始以为是盛小羽，但很快发现不是，那女孩比她高挑很多，还化了很浓的妆。

再看她在操场边练摊似的杵着，就更加肯定不是她。

周向远过去跟她说了两句什么，很快拿着两瓶饮料过来，递给他一瓶。

"队长，喝这个，天太热了。"

傅春野能感觉到周向远有讨好自己的意思。

他参加了两次4×100米接力的校际邀请赛，两次都是冠军。这是第三次，也是最后一次参赛，以后他的生活重心会向校外的实习和考研倾斜，社团的事务他也会慢慢都退出去。

校运会结束之后，他就会退出校田径队，不再跑4×100米接力。

队长的位子当然也会交给其他人，体育组的老师们会尊重队员之间的默契，不会过多干涉，因此谁来当新的队长，他的意见也就变得特别重要。

他知道周向远想当。

"你跟那个女生认识？"他朝盛小羽的方向抬了抬下巴。

周向远回头看了看，"哦"了一声："她啊，她跟我是从同一个地方考来的，不过她复读了一年才考上明大。"

明大在全国都是很有名气的重点高校之一，每年在青州这种高考大省招收的学生用两只手数都有富余，能考上的都是天之骄子，但要复读考两次的，含金量跟他们这种一蹴而就的不能比。

言语中竟然有些轻视的意味。

"还有点时间。"傅春野抬手看了下表，"你再跟阿坤他们练一下交接棒吧，手感不好等会儿要出问题的。"

周向远说"好"，转身又跟其他替补队员嘻嘻哈哈去了。

傅春野看了一眼手中的那瓶饮料，果然是橘子口味，顺手就递给了旁边的其他队员。

受邀参赛的各个高校的同学都已经到了，操场上围观加油的人越来越多。

校内比赛的项目已经全部结束,跑道也清空了,就等最后这一决战。

盛小羽也已经放下自己的"小摊",挤到了围观人群的最前排。

周向远他们陆续脱下罩在外面的长袖运动服递给她,她都照单全收,抱在怀里,也不嫌热。

她还悄悄把周向远的那件放在最上面,手臂收紧一点,仿佛就能闻到属于他的气味。

幸好她没当着周围那么多人的面,公然把脸埋进衣服里吸。

不然就更像变态了。

傅春野脸色沉了沉,朝她走过去。

"看来我昨天说的话,你一点也没听进去。"

盛小羽的"痴汉笑"凝固在脸上。

这声音简直像一记直拳击碎少女最美好的憧憬。

不用抬头看,她也知道那是谁。

"学长。"她还是谄媚道,"你说什么没听进去呀?"

"我让你准备的饮料呢?"

"饮料?饮料……"

盛小羽的思维还停留在刚才的露营车上,习惯性地在脚边慌慌张张地找饮料,找了一圈才想起来:"啊,你的饮料在我包里,你自己拿吧!"

她扭过身去,示意他从她背上巨大的双肩包里拿饮料。

后勤组之前下的订单里只有原味和橘子味两种口味的运动饮料,她想着他昨天特意说了白桃口味,今天去教育超市接货的时候专门买了几瓶,花的都是她自己的钱。

没办法,谁让她有把柄在人家手里呢。

傅春野从那个把她压得后仰的包里拿出一瓶水,看到是白桃口味的,脸色稍稍好看了一点。

他拧开瓶盖灌了一大口,有几缕细流顺着下巴流过,随着喉结的轻滚显得特别性感。

周围有女生尖叫。

盛小羽耸肩想要把声浪过滤掉一点,但完全就是徒劳。

现场的确有很多人是冲着傅春野来的，她还在操场边上的时候就听到远处看台上一浪高过一浪的人声在叫他的名字——

"春野，加油啊！"

"春野学长，加油！"

他还真是人气选手啊，失敬失敬。

在场的观众可能十有八九是冲着他来的，但她不是。

她心里一直惦记着那个赛后约定，满眼就只看得到周向远一个人。

盛小羽的视线绕过傅春野，继续追随着场地中间正在做热身的人影，只觉得傅春野真的好高啊，不止一米八吧，要是看演唱会或者看电影，坐他后面一定很挡视线。

"水都不冰了。"

他喝完水并没有把瓶子扔回她怀里，迫使她又收回视线。

还要喝冰的啊？

在三十多摄氏度的气温中放了一下午，当然不冰啦，她只是背了个书包，不是背了个冰箱啊！

盛小羽觉得他就是在故意找碴。

傅春野这时才脱下身上的运动罩衫扔给她，差点盖住她的头。

她不满地拉下衣服，眼前竟然一阵发黑。

"你是不是不舒服？"他蹙眉。

她摇头："没事……你要喝冰的饮料是吧，比赛就快开始了，喝太冰不好。学长你先去比赛，比完了我保证有冰到透心凉的饮料提供，好不好？"

"你不舒服就去休息，饮料不用另外买了，你书包里这些可以先放到我的储物柜里去。"

背在身上分量不轻，看她摇摇欲坠的，多少可以减轻点负担。

她眨巴眼："复制的钥匙你不是收回去了吗？"

"我改变主意了。"他把自己那个86号的手牌递给她，"今天这件外套也要洗，洗干净之后可以像之前那样放进柜子里。"

盛小羽差一点就要答应了。

可转念一想，今天赛后她跟周向远把该说的话说完，单恋变成两情相悦，傅春野手里握有的她这个把柄也就不能算是把柄了吧。

"向远说你们今天比完赛后，他有话跟我说。"她腰板挺得笔直，体会到什么叫"喜欢一个人，就像突然有了软肋，也突然有了铠甲"。

"今后我只能给他洗衣服和鞋子，也只能给他买饮料和零食了。"

不好意思啊，她也改变主意了，今后他休想再用这个来威胁她！

"噢，是吗？"

傅春野似乎是冷冷地笑了一下。

好在他没再多说什么，转身缓慢踱步走回了场地中间。

他跑第一棒，一直在起跑器的位置反复做下蹲和起跑的动作。

盛小羽盯着看了好一会儿，才想起把视线挪开。

直到比赛开始，他的目光都没再看向她这边。

最紧张的时刻终于到了。

发令枪响的时候，她差点忘了该怎么呼吸。

明大作为东道主在最外道，反倒让盛小羽在她这个位置看得特别清楚。

傅春野跑得太快了，专业运动员般的起跑动作助推着他，像一道白色的光一般冲出去，看台和终点线上的人群爆发出浪潮般的喊声。

"加油，明大，加油！"

盛小羽也摇晃着手臂跟着大家喊，交接棒的时候明大已经领先第二名一整个身位，优势相当明显。

"春野好棒啊！"

"学长超牛！"

是啊，超牛的。盛小羽抚着胸口，想的是等会儿比完赛，她还是去买点冰的饮料来，给他们庆功。

百米接力实在太快了，一眨眼的工夫，已经到了最后一棒的交接。

前面三棒都挺顺利，最后一棒冲刺，只要周向远正常发挥就肯定能拿下冠军。盛小羽的心又提了起来，周向远的名字还没喊出口，却看到最外道的跑道没人冲过来，旁边理工大学的队员一下就反超了。

怎么回事？她焦急地踮起脚尖，听到旁边嗡嗡的人声说道："掉棒了！"

第四棒……周向远，掉棒了？

盛小羽当然不愿相信这是真的，伸长了脖子张望，终于看到捡起接力棒后奋力追赶的周向远朝着终点线的方向冲了过来。

然而太晚了，其他三支队伍都已经撞线，明大史无前例地落到了决赛的最后一名。

周向远冲过终点的最后几步明显放慢，已经昭示着他的颓丧，羞恼愤懑之下，他将手里的接力棒重重往地上一扔。

盛小羽的心情跟着比赛一道大起大落，还在思索着该怎么安慰他，就见有什么东西朝她飞了过来，一下子打在她的脑袋上。

又是眼前一黑。

只不过这次黑雾没有马上散去，而是像有千百斤的重量似的，压得她腿也软了，顿时就站不稳歪倒在地上。

那支接力棒，在塑胶跑道上反弹起来，直接砸向了她。

这接力棒怎么回事，受了诅咒吗？先是掉棒，现在又……

"同学，同学你没事吧？"

盛小羽的身体软下去，周围的同学扶住她，远远就见有选手跑过来打横抱起了她。

感觉是很陌生的身影——至少不是她最熟悉的那个，可又好像是认识的人，不是周向远……是谁呢？

盛小羽被送到了校医务室。

她的意识有点模糊不清，听到门板被风吹得当啷一声巨响才醒过来。

她正平躺在校医务室的床上，头上贴着降温用的冰贴，旁边还有个大风扇，呼呼对着自己送风。

身旁椅子上坐着的人竟然是傅春野。

见她醒了，他也没吭声，只是挑了挑眉，手里还把玩着一个小盒子。

那盒子看着有点眼熟，像炫迈口香糖。

盛小羽脑海里的第一反应果然还是糖，等到大脑电源全部接通以后才想起那要命的三个字，惊得一下就从床上弹坐了起来。

傅春野的目光也从小盒子转移到了她身上。

"看不出来啊，你这人还挺有超前意识，走一步想三步，等人给你表白，连这种东西都已经准备好了。"

她惊讶地抬起眼:"你……你怎么知道?"

"看来你的脑袋伤得不轻,说不定还有脑震荡,否则怎么会连自己三十分钟前亲自说过的话也不记得了?"

"对啊,我……我就是失忆了!"

她借坡下驴的本事可真是一绝。

傅春野脸上的表情仍旧淡淡的,仿佛他见过的失忆跟感冒一样多。

"你还给我。"

盛小羽的脸色已经涨成了煮熟的小龙虾,伸手想硬抢,他稍稍一抬手就避开了。

"对捡到你东西的人,不是应该先说谢谢吗?还好是我捡到了,不然换了其他人送你来医务室,看到从你裤兜里掉出这东西来,会怎么想?"

原来第一时间跑到场边,抱起她送医的人是他。

"谢谢。"她的声音细细的,像蚊子叫。

羞涩,又有点委屈——为什么送她来的人不是周向远呢?

砸到了人,不管是不是他认得的,不是应该第一时间到场边施救吗?

不过万一被他捡到这个,那更不堪设想了。

她正在想周向远去了哪里怎么没出现,就听外面有人大声说话,而且离医务室越来越近。

傅春野终于不再摆弄那个小纸盒,而是顺手塞进了自己运动外套的口袋里。

说话的人推门进来,跟他们之间只隔一道白色的屏风。

"校医都说她没事了,干吗还要去医院?"

这是周向远的声音。

"敲到头可不是开玩笑的,而且还短暂失去了意识,还是去医院做个CT比较放心一点吧……"

这是体育教学部的肖老师。

"医生说那是中暑和生理期引起的,又不是我的错!"周向远听起来已经争得脸红脖子粗,"反正我不去,去了倒真像是我的错了!今天比赛掉棒发挥不好,我认了,可这种明摆着是意外的事,凭什么也算在我头上?"

不知怎么的，听到这里，盛小羽的心蓦地一沉。

"不管怎么说，你不该把接力棒往地上扔啊……"

"那学校为什么要让闲杂人等站在场地附近，这不是影响比赛吗？我们本来就跑的是最外道……"

"闲杂人等"四个字又精准地刺中盛小羽敏感的神经。

她的呼吸急促起来。

肖老师也有点生气了："学校该负的责任一定会负，将来也要尽量避免这种事情的发生。但今天是你丢出去的东西砸伤了人，这幸好是我们自己的学生，如果砸到外校的人怎么办，你这个态度，是想背处分吗？"

一听"背处分"三个字，周向远就有点厌了，嘟囔道："自己人就别计较那么多啊……送医院要垫付医药费吧？我这个月的生活费都花光了。"

这个月又是小长假又是运动会的，他为了训练和比赛买了新鞋和运动服，跟一起比赛的队友们吃饭、唱歌，早就入不敷出了。

傅春野这时突然开口道："你有觉得哪里不舒服吗？"

外间的争论果然戛然而止。

周向远跟肖老师一起绕过屏风，走到她的床边。

"盛同学……"

肖老师刚开口说了半句话就被周向远打断："不是说了叫你不要来吗？你身体不舒服还逞什么能，后勤保障组又不是只有你一个人！就算非得到现场，也站远一点啊，赛场如战场懂不懂，你不站那儿不就没事了！"

"哎，你们认识？"肖老师诧异。

"认识啊，怎么不认识。她专门负责向我妈打小报告，我都上大学了，在学校什么大事小情家里都知道，全是拜她所赐！今天发生的事，你别转头又跟我妈说啊！"

"周向远，你少说两句！"

盛小羽抿紧了唇，脸色更惨白了。

周向远摔门而去。

他话说到这个份上，她其实也不必再说什么了。

原来他是这么看她的。

心脏像被千斤重的铅块拉拽着，飞快地坠入马里亚纳海沟。

她从不知道，原来人类的心情可以像她现在这样低落。

傅春野抱着双臂坐在旁边的椅子上，默默地看着这一切。

肖老师气得吹胡子瞪眼，差点就亲自出去把周向远追回来，但还是先忙着安抚盛小羽："今天输了比赛，大家心里都不痛快，回头我让向远当面给你道歉。你先去趟医院，详细地做个身体检查。"

盛小羽低垂着眼睫，摇头道："我没事的，不用去医院。"

"那怎么行，要去的，打到头可不是开玩笑，你都昏倒了！周向远不靠谱，我让其他人送你去……"

耳畔嗡嗡的，身旁的人又说了什么，她压根就没听进去。

周向远摔门而去的那一刻，她心里有扇门也砰的一声关上了。

她这场暗恋，到这里就该落幕了吧。

该怎么说呢，所爱非人？她怎么也想不到自己喜欢的竟然是这么幼稚、冲动又没有责任心的男生。

她脑袋没事，但胸口闷闷的疼痛真是让她快支撑不住了。

仿佛过了很久，她听到耳边一个凉飕飕的声音问道："怎么，你不会还要在这里等周向远来赴你们那个'赛后之约'吧？"

肖老师不知什么时候已经离开了，医务室里就剩傅春野跟她两个人。

"赛后之约"四个字成了压垮骆驼的最后一根稻草。

她呜咽了一声，直接哭了出来。

哭声惊动了校医，在确定她不是因为病痛而哭以后，又跟傅春野交代了一堆有的没的，然后她就被稀里糊涂地拉上了出租车。

"我们去哪儿？"

她哭得一把鼻涕一把泪，说话也带着明显的哭腔，引得前排司机师傅频频看后视镜。

"医院。"傅春野没好气地给她拉好安全带，对司机师傅道，"去第一附属医院。"

不像一般男生看到女孩子哭就显得手足无措，傅春野表现得相当淡定，她哭任她哭，只管不停地给她递纸巾，半道她就哭累了，不哭了。

两人坐在出租车后排，都不说话，中间像隔着楚河汉界。

盛小羽还在抽噎，哀悼她那刚刚死去的"初恋"。

她暗恋的时间其实不长，也就从上学期开始。当事人都不知道的秘密，她小心翼翼地存放在内心深处，连亲近的人都没告诉过几个，现在却被刚认识没几天的傅春野知道了。

最糟糕的是，她误会周向远要跟自己表白，把这份期待也透露给了傅春野。

然后他见证了她揣着"炫迈口香糖"，又见证了她当场"失恋"。

现在还要负责送她去医院。

谁能懂，这种窘迫甚至超过了她刚经历的"失恋"。

她该怎么跟他说，才能让他把这一切彻底抛诸脑后，当作完全不知道呢？

到了医院，下车后，傅春野突然叫住她："盛小羽。"

她刚停下脚步，他已经解开身上的运动服扔给她："夜里降温了，穿上。"

"啊，不用……"

"还说不用，都冻傻了。你先找个地方坐，我很快回来。"

他走向门诊大厅另一侧的挂号窗口。

运动外套很宽大，带着他的体温和气息，比赛的时候跟周向远的衣服都曾一起被她抱在怀里。

盛小羽感觉有点别扭，刚想脱下来，旁边一个年长一些的姐姐压低声音好心提醒她："小姑娘，你裤子后面弄脏了，衣服正好遮一遮。"

看人家比画的动作，她这才意识到自己"侧漏"了。

傅春野一定也是注意到了，才会脱下衣服罩在她身上。

他挂完号回来，见她一脸呆滞地盯着自己，有点怀疑她是不是真被那根棒子敲坏头了。

急诊能做CT，但报告要第二天才能出来。

值班医生问了下基本情况，觉得CT也不用看了："小姑娘，你这不就有点贫血嘛，例假来了是不是？血量多不多？平时来例假时晕不晕？"

急诊不像妇科门诊，家属不用在外面等，傅春野就杵在她旁边，像监护人似的。

盛小羽已经麻木了,机械地摇了摇头。

"她晕倒不是因为头部受伤吗?"傅春野问道。

"头上连个包都没有,受什么伤呀!"医生又在她头上摸了一通,非常自信道,"没事,回去让男朋友给你买点好吃的,不要减肥节食。"

"他不是我男朋友……"

傅春野却很自然地接话问:"要吃什么才能补血?"

还是年轻人懂得玩暧昧,医生笑笑:"别急呀,现在就给你们开。"

这就算结束了。

傅春野说:"你先在这里坐一会儿,我去拿药。"

他照例亲力亲为,一切都安排得妥当周全。

盛小羽在诊室外的椅子上坐下,一口气泄了,疲惫感迎面而来。

她又不由想起周向远,却全然不是之前暗恋时的种种记忆,而是他在医务室里说的那些话。

也许那才是最真实的他。

暗恋果然是海市蜃楼,她喜欢的只是一个自己塑造出的幻象。

"奶茶还是咖啡?"

傅春野回来,右手拎着刚拿好的药品,左手捏着两罐饮料。

盛小羽发觉,他虽然身材高大,步伐却很轻,像猫科动物,来去总是悄无声息。

"奶茶,谢谢。"

傅春野把奶茶给她,拉开手里那罐咖啡在她身旁坐下。

"你晚上有课吗?"

她摇头。

"那就喝完这个再走。"

奶茶是热的,盛小羽却没有打开,只是握在手里,还是忐忑得厉害:"那个,今天发生的事,你不会告诉别人吧,能帮我保密吗?"

傅春野瞥了她一眼:"你指哪一件事?"

她被接力棒砸倒,半个学校都知道了,不到明天整个学校都会知道。那剩下的就是她暗恋周向远,误会对方要表白还准备了安全套;还有她晕倒是因为生理期加中暑,血还漏出来弄脏了裤子……

所以到底是让他保密哪一个?

盛小羽很艰难地从牙缝中挤出两个字:"全部。"

"那可就有点难了,我们今天刚输了比赛,结果赛后我就消失了,其他人问起来我跟什么人在一起,去干吗了,我该怎么解释?"

只要阐述事实,就难免有些细节会被不经意地说出去。

盛小羽不吭声了,又是一脸泫然欲泣的表情坐在那里。

傅春野仰头喝完最后一口咖啡,将罐子扔进旁边的垃圾桶里,看着不远处空无一物的白墙。

"原来所谓的暗恋就是这样吗?"

像跟踪狂,又像田螺姑娘。

盛小羽低垂着眼睫,缓缓摇头:"你不会明白的……"

他这样的天之骄子,习惯了众星捧月,又怎么会明白她这种平凡人的求而不得。

"我的确不懂。因为我既没有暗恋过别人,也没有被人暗恋过。"

"怎么可能!"盛小羽猛地抬头,"你这种人肯定走到哪里都是焦点啊!"

傅春野笑了笑:"我是哪种人?"

盛小羽不说话了。她连真实的周向远都谈不上了解,更何况刚认识的人。

"长得帅,成绩好,体育也有专长,一定有很多女生喜欢我,你是这么想的吧?"

这是什么超级自恋的发言……但盛小羽不得不承认,她的确是这么想的。

"确实有很多女生喜欢我,本院的、外系的、外校的……去买杯咖啡,也有不认识的白领找我要电话。她们都神通广大,不知从哪里找到我的联系方式,甚至还知道我的宿舍楼号码和课表安排,发消息表白、送礼物,或者干脆到楼下来堵我,要约我出去。但那都不是暗恋——说出来了,就不叫暗恋了吧?"

盛小羽一愣。

"她们没有为我做过什么,有的甚至素昧平生,只是在社交平台上偶然看过我的照片就给我发消息,希望我能接受她们的感情,开始一段恋爱，好像这就是她们能付出的所有了。更有甚者，通过各种暗示想要我主动表白，理由是'太主动不会被珍惜'。"

他似乎笑了一下："爱情比快餐还廉价易得，还需要珍惜吗？"

还是说他作为一个独立个体的人，就不值得被珍惜？

盛小羽震惊，学长你这算是心理阴影吗？

"哎，别用那种眼神看我，现在是在说你的事。"

怎么感觉她还同情起他来了，失恋的人明明是她自己好不好？

唉，果然人类的悲喜并不相通，她还一直以为，被很多人恋慕喜欢一定是件非常开心的事情，没想到也会有烦恼。

傅春野又看她一眼："既然这么难过，那就干脆告诉他你的想法好了。"

"不用了……我也没想过表白。"她讷讷道，"当然我也希望有朝一日我喜欢的人能发现我，回应我的感情，但他不知道也没关系。只要没有被拒绝，这份感情就永远不会结束。"

很懦弱吧？说出口反而是更需要勇气的事，她远没有向傅春野表白心意的那些女生勇敢。

事实证明她还是太天真了，就算不宣之于口，该结束的还是会结束。

傅春野也说："你这样挺好，但这世上没什么是永远都不会结束的。"

她现在懂了，所以这份暗恋也就到今天为止。

真是奇怪啊，她明明没有戳破那层窗户纸跑去表白，但脑海里那个恋爱的开关就是啪嗒一下自动关闭了。

果然跟心动相比，还是心死的那一刻更容易被捕捉到，而且被清晰地记录在脑海里。

她低头看到傅春野脚上的跑鞋，忽然想到另一个问题。

"学长，你是经济学院的对吧？你说，我跟周向远这样……我借给他的钱还能要得回来吗？"

"你还借过他钱？借了多少？"

"一两千块吧。"

"你哪儿来的钱？"

开玩笑，当代大学生，生活费能刚好够花就算很有财商了，更别说抠出上千块钱借给别人，除非在外面打工兼职。

盛小羽也证实了他的猜测："我之前打工挣了点钱，存起来了没花。"

看傅春野一脸怀疑的神色，她赶紧解释："你不要想偏了啊，是正经的工作！我在一个经纪公司做实习生，给一个艺人做过助理。她跟你一样也姓傅，叫傅年年，你听说过吗？她们那个女团还挺有名的……"

噢，原来是她。

难怪他总觉得在哪里见过她，原来是那个夏天他在姐姐那儿见到的"小尾巴"。

这几年，大家到哪里都戴着口罩，一面之缘的人，可能压根记不住对方整张脸长什么样。

所以她也不知道他是谁。

他面上依旧波澜不惊，"噢"了一声："那你问错人了，这种问题应该问法学院的同学。我们经济学院都是研究各种市场模型、信息是否对称，法学院才研究个体的经济纠纷。"

其实盛小羽也就想起来顺嘴一问，爸妈早就教育过她，把钱借给别人的时候就要做好再也见不到这笔钱的心理准备。

她已经不指望周向远会还她钱了。

傅春野道："你今天不是还号称失忆了吗？我看你什么事都记得挺清晰。"

"这叫逆行性遗忘，越是时隔已久的事越是记得清楚，眼前发生的事反而不记得了。"

她振振有词，还透着一点惨兮兮。

言外之意好像在说，她都已经不记得了，最好他也把今天发生的事情都忘记。

可惜啊，他又没失忆。

傅春野扭过头看窗外越来越深重的夜色，问道："时间不早了，你走不走？"

"啊，走的。"

两个人又打车回学校，一路上傅春野像是在想自己的事，也不怎么跟她聊天。

盛小羽对他的冷静自持相当意外。

就像刚才那个话题，一般人听到明星的名号，尤其她还在人家身旁工作过，不是都会有点八卦性质地问几句嘛，他怎么好像一点兴趣都没有。

年年姐她们的女团也算红极一时，这才刚解散不久，就已经失去年轻男粉丝的市场了？

回到学校宿舍，已经很晚了。

室友孟菁华看到盛小羽，吓了一大跳："你可回来了，没事吧？你身上这衣服是谁的啊，周向远的？"

盛小羽这才想起，忘了把傅春野的外套还给他。

手再往口袋里一掏，那盒"炫迈口香糖"还在里头装着。

她窘得要死，咚地倒在床上，脸朝下埋进枕头里。

"喂，你倒是说话呀，别吓我！听说今天4×100米决赛的时候你受了伤，是被人从操场上抬出去的。你说你做个后勤保障，又不是运动员，怎么还能伤成这样……"

"我没事——"盛小羽的声音像被压扁了似的拖得老长，"医生说我有点贫血，没事——"

"那你怎么一副有气无力的样子，眼睛还那么红，哭了？"

盛小羽突然翻过身："菁华，你是不是觉得我特别傻？"

"呃，这要从何说起？"

"就是，我以为今天周向远比完赛会跟我表白……"

孟菁华的八卦之魂立刻觉醒了，盘腿坐她床上："啥情况啊，展开说说呗？什么叫你以为啊，那他到底表没表白？"

盛小羽摇头。

她把今天在操场上发生的意外的来龙去脉，包括周向远怎么激情扔出接力棒砸到她，又怎么在医务室让她心灰意冷，都讲了一遍。

孟菁华气炸了："他怎么这样啊，这么没担当！"

意外事故可以不追究，但好歹该说句对不起，送人去医院吧！

"咦，不对呀，那你身上这衣服是谁的？最后谁送你去的医院？"

她回来的时候，手里可是拎着印有医院字样的塑料袋，里面还装着药呢！

"嗯,一个学长。"

她支吾过去。孟菁华是经济学院的,百分之百听过傅春野的名号,刨根问底甚至误会了什么就不好了。

盛小羽感觉自己真是天生的角落生物,最好不要跟这些风云人物扯上半毛钱关系。

正说着,手机有短消息进来。盛小羽抓起一看,竟然显示是傅春野发来的。

她什么时候加的他的微信?难道是之前在车上哭得稀里哗啦那会儿,他拿她的手机加的?

他的微信名是小野,头像是一只温柔暴力熊。

"你好,我是傅春野。"

打招呼内容而已,就这么简单的一句话,大概是怕她不知道他是谁。

盛小羽连忙输入:"不好意思,你的衣服还在我这里。我会洗干净后还给你的。"

小野:"不着急,药记得吃。"

药……她拿过自己带回来的那个塑料袋,今晚去医院的病历、发票也放在里面。

这么贵!

盛小羽的眼珠子都快掉出来了,那个CT报告还没看到呢,原来这么值钱!这几盒药也不便宜。

她今晚压根没付过钱呀,那费用是谁垫付的?只能是傅春野了。

"今天去医院的费用是学长垫付的吗?我会马上还给你的!"

小野:"没事,肖老师说学校会报销。"

报销也需要时间,垫付出去的都是现金流,可能是人家的生活费呢!

盛小羽坚持要把钱给他。

那头过了好久才回:"你先把衣服洗干净还给我。"

"没问题,明天下午第二节课后,你有时间吗?白楼门口,我把衣服拿去还给你。"

盛小羽瞄了一眼课程表,明天下午她有大班课在阶梯教室,正好就在白楼对面。

小野:"可以。"

"好的,那到时候见,今天太感谢你了。"

"嗯,晚安。"

傅春野回复消息的风格跟他本人说话一样,没有一句多余的废话,甚至也不带任何表情。

不了解的话,会觉得有点冷淡吧。

盛小羽长吁一口气,刚跟他聊完,联系人里就出现了一个红点,竟然又有新朋友要添加她为好友。

验证信息只有三个字:周向远。

盛小羽愣了一下,下意识点了拒绝。

刚才在医院里候诊的时候,她想起他在医务室说的那些话,气不过就把他删了。

她很少这么情绪化,都有点不像她了。

既然要断念想,就断得干净一点,她觉得这样也好。

"谁啊?"孟菁华见她对着手机屏幕发呆,探头过来看。

她摇摇头。谁也不是,希望今后就仅限于同乡和路人甲,仅此而已。

"洗衣房还开着吧,我去一下很快就回来!"

盛小羽拿起那件运动服外套跑了。

第二天下午有公共课西方经济学,几个小班混一起上,听得人昏昏欲睡。

最要命的是,老师还拖堂了。

下课后上百号人拥出教室,盛小羽冲在最前面,生怕让傅春野在白楼门口等太久。

要知道她平时都是慢慢悠悠收拾完东西,才跟在人潮的尾巴走出来的,从没像今天这么快过。

白楼一层和地下是学校的剧院和报告厅,门前有长长的楼梯,跟主楼直角边的设计连成一体式的几何美学,是明大最具标志性的建筑。

站在阶梯高处,视野很好,所以也是等人碰头的好地方。

今晚剧场似乎有新上映的电影,很多人跟她一样,下课就赶过来了，人来人往的，比平时要热闹。

她没见傅春野的人，倒是跟周向远碰了个正着。

他旁边还跟着个女生，妆容精致，长发过肩。

周向远看到盛小羽也是一怔，劈头就问："昨天你到底去医院了没有啊？花了多少钱？"

这话说得……不知道的还以为她为他去打胎了呢！

盛小羽默默翻了个白眼："跟你有关吗？反正也不是你付钱。"

"呵，我是怕你拿着鸡毛当令箭，为这几个钱又把事情捅到我妈跟前去。"

盛小羽的内心已经气得跳脚了，为了不在他跟前失态，她打算走为上策，惹不起还躲不起吗。

他却拽住她："等等，你把微信加回来。"

昨晚也是他主动发验证来，要求重新加好友。

"你不是怕我监视你的一举一动吗？加回来干吗？"

这下轮到周向远语塞了，他是被体育教研部要求向她道歉的，要有理有据能看到书面文字的那种。否则就算不给处分，也轻则赔钱写检讨，重则取消期末的评优和奖学金。

可他现在总不好当面说，我加你的微信是为了说对不起。

这时他身旁的女生开口道："你别误会，向远现在是我的男朋友，我们昨天刚决定在一起。就算他要加你好友，也一定是为了公事，没有其他意思。"

虽然盛小羽心里"喜欢"的那个开关已经关上了，但她骤然听到"男朋友"三个字还是挺扎心的。

盛小羽看向周向远道："昨天你说赛后有话跟我说，不会就是……"

"对啊，就是想告诉你，我跟灵灵在一起了，你要是在校园里碰见了别太意外，也别急匆匆地告诉我妈。"周向远看了她两秒钟，"你这是什么反应啊，你不会真的喜欢我吧？"

盛小羽的脸色由白转红——他知道了？谁告诉他的？是傅春野吗？

这个念头在她的脑海中一闪而过，尽管只是萍水相逢，才认识了一天的人，但她还是不愿相信是他把这个秘密说出去的。

周向远看的她表情就知道自己猜对了："你们后勤组的人果然说

得没错,你就是为了去看我的比赛才那么积极啊!你受伤不会也是装的吧,就为了吸引我的注意?"

哦,原来是后勤组的人。

无论是谁,至少不是傅春野告诉他的,她为刚才怀疑傅春野而感到抱歉。

周向远的女友已经占有般地牵住了他的手,像是生怕她明抢似的。

不至于,真不至于。

曾经喜欢的人在这一刻甚至变得有些面目可憎。

叫灵灵的女生似乎嫌他说了太多不该说的,有点语重心长地劝盛小羽道:"昨天发生的事情其实可大可小。我常年参加羽毛球社团,跟体育部的老师很熟了,好说歹说,他们才同意只要向远给你道歉就既往不咎,否则他就要受处罚。你要是真的喜欢他,就该为他着想,别让他因为昨天那件事影响个人评优,今后你们还可以做朋友。"

好一朵美丽的"白莲花"。

刚才得知他们在一起的时候她还有那么一丝失落,但现在反倒庆幸自己先下了决心放弃这段暗恋。

她不想跟他们纠缠,刚拿出手机准备加回微信,就听到身后有人喊她。

"盛小羽。"

傅春野单肩挎着书包,慢慢沿着台阶走上来。

周向远还有点蒙:"队长你怎么来了?"

傅春野没理他,径直走到盛小羽跟前:"不是说请我看电影,票呢,买了吗?"

啊?

盛小羽比旁边两个人还要震惊,但在对上傅春野的眼神的刹那,居然不自觉地试着配合道:"票……票已经买好了,在我口袋里。"

她一手插在外套口袋里,看起来就像是攥着电影票,随时会拿出来的样子。

其实她攥了满手的汗。

"嗯,那走吧。"

傅春野很自然地在她肩上虚揽了一把,就像两个人真的早就说好了来看电影一样。

他走了几步又想起什么似的，回头对周向远道："对了，今天体育课上，听肖老师说你要道歉但是微信被删了？"

周向远指着盛小羽："还不是因为她……"

"那这样。"傅春野不等他说完，对盛小羽道，"他不是还欠你钱没还吗？你打开微信收款码，欠了多少金额设置好，让他转给你，付款备注能写十个字，写道歉的话够了。回头他把截图发给体育部的老师看，应该就可以了。"

还有什么比道歉的同时还打钱更显得有诚意呢？这样钱也还了，道歉也说了，一举两得。

微信就不必加了。

盛小羽反应了一会儿，才意识到这简直是个天才计划！

刚才她还想厚着脸皮问周向远呢，她可以不喜欢他，但借的钱能不能先还给她……

周向远僵在原地，脑子里一时糊成一片，忘了该说什么，下意识地说了句："可我现在没钱。"

"那就等你有钱了再打，直接手机转账给她就行，那个能加备注，也不用加好友。"

他以眼神征询盛小羽的意见，她当然是猛点头。

"嗯，那就这么说定了，电影要开始了，我们先进去吧。"

等他们走远一些，灵灵才回过神来："那个……那个不是经济学院的傅春野吗？据说他是什么大人物的私生子，敢跟学院院长叫板……他们俩是怎么认识的啊？"

"我哪知道。"

周向远还没从突发状况里回过神来，但看着那两人肩并肩的背影，有种莫名其妙的不舒服。

盛小羽紧跟着傅春野走进白楼大厅里，一次也没敢回头。

身后那两人应该没有追上来吧？应该没发现他们演的这出"空城计"吧？

她连今天放哪场电影都不知道，更别提买什么电影票了。

走到放映厅门口，前面就是检票的工作人员了，实在没法再装下去，她低声对身旁的傅春野道："差不多了吧，我想他们应该看不到这边了。"

"别回头,容易露怯。"

傅春野似乎没有停下脚步的意思,她只好又亦步亦趋地跟上:"可是,学长,我们没有票啊……"

话音未落,修长白净的手指就夹着两张粉色的影券在她眼前晃了晃:"没事,我这儿有。"

盛小羽的嘴都差点合不上了:"哪儿来的啊?"

"我也不知道,可能哪个社团赠送的吧,今天过期。"他把票递给工作人员,"反正来都来了,不如用掉吧,别浪费。"

盛小羽一时都忘了她跟傅春野约到这儿见面是来干吗的,反正眼下是变成看电影了。

好在特殊时期,影院两个座位之间都必须间隔至少一个座位,他们坐在一起也可以看作互不相干的两个人刚好是邻座,不会让人产生什么遐想。

但刚才那样在周向远他们面前堂而皇之地说两人是来看电影的,已经惹他们怀疑了吧。

"不用担心,他们现在应该会误以为你喜欢的人是我,才会约我来看电影,以及去看昨天的比赛。"傅春野仍然是一眼看穿她在想什么,"我其实没关系,还是说,你觉得应该让周向远知道你真正喜欢的人是他?"

"不!"她连连摆手,"他就这样误会比较好,何况他都有女朋友了。"

她已经所"爱"非人,就别让她再继续当傻瓜了。

"但这样……真的不会给你造成困扰吗?"

"哪方面的困扰?"

"比如……刚才那样,会不会影响你跟周向远之间的关系呢?毕竟你们还要一起比赛。"

"无所谓,我跟他本来也不熟。接力赛去年跑完我就说过今后不会再跑了,要不是今年校队的实力跟不上,我也不会加入。"

所以失利这种事在他看来不全是意外,而是周向远他们的实力本就差一截吗?

"我没有女朋友,所以这方面你也不用担心。"

而且恋慕他的人很多，所谓虱多不痒，债多不愁，就算她真是其中之一，也不会太显眼，这个道理她明白。

"你在这里看过电影吗？"傅春野冷不丁地问了一句。

"啊？没有，我只听他们说起过，自己还一次都没来过。"

听说学校的剧场放映效果挺不错，近期新上的电影总有一些会给到高校同期放映的版权，十块钱就能买一张票沉浸式体验，算是身为当代大学生的福利。

只不过她又没有男朋友，一个人来看电影，孤独等级未免太高了。

傅春野大概是那种常常会收到观影邀请的人吧？来自喜欢他的女生，或是需要他效力的学生会和社团。

没想到他却说："我也是第一次。"

"不会吧，学长你都大三了，也没来过吗？"

他没说话，灯光就暗了下去，电影开场了。

盛小羽很快就被剧情吸引，几乎忘了身边还有其他人。

中途她哭了好几次，谁能想到明明是个动画片，居然有这么密集的哭点。

当然也可能是她泪点本来就低，又刚经历了一场失败的暗恋，需要这样一个宣泄的出口，好好哭一场。

哭得多了还有点口渴，等她拿出自带的水杯才发现，杯子里的水已经在西方经济学课上喝光了。

旁边从黑暗中递过来一瓶矿泉水，傅春野胳膊很长，直接将水塞进了她的肘弯里。

"说起来，你昨天要让我喝上冰水的承诺还没有兑现吧？"

他凑过来说话的声音很轻，混杂着电影的音效，她竟然听得相当清晰。

她转头急于辩解和道歉，想说等会儿出去就请他喝，却看到他像什么都没发生似的坐在座位上，目光看着银幕。

他真的很高，为了不挡着后排人的视线，身体特地往下滑了不少，还要避免长腿顶住前面的座椅导致前排的人不舒服，多少有些束手束脚。

这就是他不爱来影院的原因吗？

其实傅春野一直在黑暗中默默观察她，即使隔着一个座位，也能感觉到她哭得很厉害。

开始可能是因为剧情,后来越来越陷入自己的情绪里了。

电影挺精彩,一百多分钟,看完还有些意犹未尽。

盛小羽擦掉最后的眼泪,努力收拾了一下情绪,让自己看起来只是因为被电影感动了,而不是别的什么。

"你觉得好看吗?"傅春野问。

"好看,国漫之光啊,现在的剧情和技术都越来越好了,这部电影的色彩也很特别。"

"是吗?"

"学长,你不喜欢这个故事吗?"

"一般,故事讲得有点混乱,而且最后要靠一个陌生人的牺牲来完成自我救赎,不太高明。"

盛小羽抓抓头发,笑了笑:"这样啊,我还觉得挺感动的,哭了好几次。"

傅春野已经另起话题:"你好像挺喜欢动漫?"

看她手机壳、书包上,都有动漫的影子。

之前说的做门禁卡,也是她自己帮人画头像作为增值服务。

"嗯,从小喜欢看,后来也抽空去学过一点画画,算是兴趣爱好吧。"

她走在傅春野前面,两人说着话,渐渐落在退场人群的最后。

其实她还是有点怕,怕再碰见周向远他们,让身边帮助自己的人也跟着难堪。

"谢谢学长你刚才给我的水,昨天在医院也是,还让你买饮料给我。我请你吃冰激凌吧!"

他抬腕看了下手表上显示的气温:"冰激凌就不用了,今天降温,现在外面只有十五摄氏度。"

"那……要不我请你吃饭?我都可以的,别跟我客气。"

算是兑现昨天要给他送上冰水的承诺,还有,感谢他今天的解围。

可她应该根本没有那样的心情吧?

傅春野没吭声,默默又走出好远才停下。

盛小羽抬眼看了看,才发觉两人走到大楼后面了,现在这个时间大家都奔食堂去吃晚饭了,四周没什么人。

她当然不会以为傅春野对她有什么企图,她在他眼里是个被暗恋打得头破血流的花痴,不怕她就不错了。大概他也不想被太多人看到他跟她从电影院出来,才走到这么僻静的地方来。

外面的确有点冷,她今天终于想起加了件厚实的外套,傅春野似乎只穿了件宽松的卫衣,下搭牛仔裤。他衣品很好,但他本来就穿什么都很好看。

"啊,差点忘了!"她拉开书包,从里面拿出昨天他借她穿的那件运动外套,"这个还给你,我洗干净也烘干了,真的谢谢。"

傅春野伸手接过来,衣服不仅洗干净了,还叠得很整齐,外面用浅粉色卡通图案的自粘袋包裹得好好的。

如果今天是拿东西给周向远,她也会这么用心吧?

或者应该说,她这些充满少女心思的小细节,原本就是为了喜欢的人而准备的。

盛小羽其实有点尿急,看完电影出来就该去厕所的,碍于傅春野在身边没好意思去,这会儿冷风一吹更急了,看他拿着衣服站在那里,神色不明,不说要走,也不说接下来要干吗,不由得两只脚在地上跺了跺。

"学长,你……还有事吗?"

"本来有件事,想要你帮忙。"

"什么事,你说吧。"

傅春野看她的眼泪已经风干,整个人恢复了平常的样子,又急匆匆的,像是要赶去哪里,觉得自己好像太冲动了。

"算了,不用了。"他拿着衣服转身要走,"你回去吧,不用你帮忙也可以。"

"别啊!"盛小羽拦住他,"不是你说的嘛,来都来了,就让我帮忙吧!这两天你帮我这么多忙,今天还让我白看一场电影,有事不让我帮的话,我心里过意不去。"

"这件事,不是一天两天,可能会很久。你确定吗?"

她使劲点头。

"你很擅长暗恋这件事?"

咦,为什么这么问?不过她从幼儿园到小学,到初中,再到高中,最后到大学,对有好感的人从来都是放在心里,默默观察、默默在意的。要说擅长,也算吧?

难不成,他是暗恋什么人想让她帮忙?可他昨天不是才说,他从没暗恋过什么人,也没有被人暗恋过吗?

"算……擅长吧。"她战略性地喝水,都忘了自己正尿急呢,干笑道,"这个能怎么帮到你啊?"

傅春野道:"从今天开始暗恋我,就像你暗恋周向远那样。"

噗!盛小羽一口水喷出老远,差点把刚还给他的干净衣服又弄脏。

第二章 合作

SPRING
IS
IN
THE
AIR

君子一言，驷马难追。

盛小羽脸贴在桌面上，浑身瘫软，生无可恋。

既然信誓旦旦地答应了帮忙，就没有反悔的可能了。

——从今天开始暗恋我。

她到现在还不敢相信这句话真的是从傅春野嘴里说出来的。

他是怎么能做到这么冷静的呢？都感觉不到一点情绪波动。

她随手翻了翻桌面上的书，难道说学经济学的都是绝对理性的人吗？

她回头看了看孟菁华，这人听金属摇滚，戴着耳机正兴奋，倒是看不出一点理性的迹象。

她在耳机上轻轻敲了敲，孟菁华拨开甩了满脸的长发看着她："怎么了？"

"想问问你啊，你们经济学院是不是有一门课叫社会心理与经济学啊？"

孟菁华想了想："专业选修课吧，好像大四才有。有些大三的学生绩点高，有学分溢出的话也会选，据说比较有意思，跟研究生课程有重叠，将来也会用得到。"

"你知道课上讲些什么内容吗？"

"那当然是不知道了，而且一两句话肯定也讲不清楚吧。怎么突然问这个？"

"我……要帮人完成一个调研的项目，跟这门课有关，所以想问问。"

"我可以帮你打听打听，具体的课题是什么呀？"

盛小羽突然脸红："我也还不知道……"

其实她知道，只是不能说，傅春野也不让她跟其他人说。

孟菁华盯着她看了几秒，怒道："谁让你帮忙的，不会又是那个周向远吧！"

"亲爱的小羽，三只腿的蛤蟆不好找，两条腿的男人真的哪儿哪儿都是，真犯不着为了这一棵歪脖子树放弃整片森林啊！"

"不，你误会了，不是他！"

噢，对，他也没资格选这门课啊……

"那是谁啊？"

话没聊完，同寝室另外两个人——牛慧和丁芮茜回来了，她们跟孟菁华约好了一起去澡堂洗澡，看盛小羽也在，问她要不要一起去。

"我今天就不去了，还有点书要看。"

"这么用功，期中考不是还没到吗？"丁芮茜拿起她桌面上的书，念道，"《不确定世界的理性选择》《噪声：人类判断的缺陷》《赢家的诅咒》……小羽，你什么时候转性了，不看小说，改看这么高深的专业书籍了？"

可这也不是新闻专业书单上的书啊。

她们这间寝室，丁芮茜跟盛小羽一样同属新闻系，牛慧是生物系的，只有孟菁华是经济学院的。

孟菁华凑过来："等等，塞勒那本《赢家的诅咒》？"

"对啊，你知道？"

"开玩笑吗，行为经济学之父，诺贝尔奖得主的代表作啊！这是我们专业的必看书目，小羽，你怎么突然对这个有兴趣？是打算辅修啊，还是干脆考试转专业啊？"

明大每年有少量校内转专业的名额，要通过难度很高的校内考试，还对绩点有要求，通过者寥寥。而且那个考试应该在大一下学期期末就考完了，现在也来不及了！

"不，这是人家借给我的，我就随便看看。"

联想到两人刚才没聊完的话题，孟菁华像是嗅到一点不寻常的气息，但没有马上追问，她快速把毛巾塞进提兜说："不是要洗澡嘛，走了走了，去晚了人多！"

三人很快关上门离去，宿舍又恢复了安静，盛小羽重新坐回书桌边，捡起才翻看了几页的书籍。

傅春野建议她从《噪声：人类判断的缺陷》这本读起，因为刚出版不久，也是塞勒的作品，却相对好读很多。

说是新书，书页其实已经有了阅读的痕迹，做了画线和批注，笔锋锐利，却很简洁，也一点没有破坏书页的痕迹，感觉他是个很有主见又很温柔的人。

"《暗恋观察报告》，我自己可能没有办法完成，需要你帮忙。"

傅春野说出这个名词的时候，她还没从他上一句"从今天开始暗恋我"当中缓过神来。

社会心理学是一门怎样神奇的学科，竟然还有这种东西！

人们的各种心理，需求、欲望、冲突、博弈，促使我们做出各种各样的决策，同时衡量成本，择偶与婚姻也不过是其中的一种。

书上是这么说的。

从观察一个人喜欢另一个人的种种表现，就能分析出他们做出决策时是否理性或者偏离理性多少。

他要知道暗恋的人通常会做些什么、说些什么、想些什么，这些都要由她来告诉他。同样的，被暗恋的对象会做出什么反应，有怎样的感受，最终会做出什么决策，需要他在这个过程中去体会。

盛小羽挠挠头，总觉得学经济的人好了不起，她一向以为古往今来被人讴歌的爱情是没有任何道理可言的呢。

手机里进来一条微信，是孟菁华去洗澡的路上发来的："忙碌起来，去做你觉得对的事，有什么需要我帮忙的，一定全力支持你！"

盛小羽觉得自己被治愈了。

其实这两天她得到的关心和帮助，比她失去的东西要多。

她也的确应该振作起精神，不能为了根本不在乎自己的人，陷在自怨自艾的泥沼里。

经济学楼，202教室。

盛小羽对着手机里的信息查看了好几遍，确定是这间教室无疑，才小心地从后门溜了进去。

课还没开始，上课的学生已经到得差不多了，她坐在门边最后一排，粗看一圈，并没有看到傅春野。

他真的选了这门课吗，还是说今天不来了？

她给傅春野发了条消息："学长，我来蹭你们的社会心理学课，你今天不上课吗？"

那边很快回复："你在教室？"

"对啊，经济学楼202，是这间没错吧？"

"嗯，我五分钟后到。"

盛小羽在桌上趴了一会儿，尽量隐藏自己的存在。

尽管知道大学里上课，尤其是这种选修课，学生彼此之间应该不认识，但这课看起来挺受欢迎的，坐得比较满，万一不让蹭课她就要被撵出去了。

傅春野是上课铃响之后才进来的，后门已经关了，他只能从前门进。

他没跟老师打招呼，甚至没有任何抱歉的神色，且绕过了第一排空着的位置，径直走向了最后一排。

班里的学生纷纷看向他，周围有窃窃私语声："那不是傅春野吗，他也选了这门课？从来没见过呀！"

"第一节课点名的时候来过，后来就没怎么看见了。"

"简直是我们女生的福利，下节课我要叫我室友来蹭。"

上课的老师姓蒋，四五十岁的年纪，有儒雅斯文的学者风范，看到他似乎顿了一下，没多说什么，继续翻动课件讲课，也没有生气的意思。

盛小羽眼看着傅春野走到了她旁边的座位，将书包扔在桌上，跟她挤着坐在那条双人椅上。

她赶紧往旁边让了让，好让他坐得宽敞点。

傅春野并没有跟她说话，背靠着椅子，手还插在口袋里，默默看着前方的黑板，透着一种生人勿近的气息。

这跟她之前感受过的那个有点冷淡却克制有礼的傅春野是完全不同的。

盛小羽心里有点不安，是她惹他生气了吗？刚才是不是不该给他发消息，或者她今天根本不该来蹭这堂课？

课其实还蛮有趣的，购物节马上要到了，老师就从信念和预期讲消费心理，讲人们为什么喜欢买贵的东西。

盛小羽没什么理论基础，但也听懂了大半。

老师讲得很好，也很乐意跟同学交流，下了课仍被同学围在讲台上讨论问题。

傅春野没起身，像是没打算要走的意思，但她坐在门边，挡住了后门，只得一下课就站起来把门打开，像迎宾似的恭送各位上课的学长学姐离开，等人走得差不多再坐回前面一排的座位上。

好在不用跟他挤着坐一条长椅了，也不会让人误会他们是成双成对来上课的。

"你的身体已经好了？"

他终于跟她讲了第一句话。

"啊，好了好了。那天我忘了告诉你，CT报告的电子版出来了，我好好的，没有颅内出血。"

"原来脑子没坏，那为什么跑来蹭高年级的课？"

他还真有刻薄的一面呢……

盛小羽心虚地看了看四周，见人都走得差不多了，没人注意他们这边，才将声音压低了说："上回你说要我帮忙完成的《暗恋观察报告》，不就是社会心理学课嘛，我就想过来听一节课试试。"

"你怕我是胡诌骗你的？"

"也不是，暗恋本来也会打听对方上什么课，悄悄跟着选或者去蹭课，好制造偶遇的机会呀……"

她声音越说越小，傅春野的神色却和缓了不少："这么说你是考虑好，要帮我这个忙了吗？"

"只要不署名就行。"

否则也太丢脸了吧？

"但是如果论文在学术杂志上发表，把你放在作者栏里，毕业评优和奖学金都会有很大幅度的加分，也不要吗？"

盛小羽差点"哇"出声。

"真的可以吗？"

本科就在学术杂志发表论文，那都是校园传说，只属于金字塔顶的那一小撮精英，她想都没想过！

"如果能发表，当然可以，本来就有你的功劳。"傅春野扬起笑，"那就这么说定了。"

"我们要不要来个约法三章？去哪里说话比较方便呢？"

食堂、图书馆人都太多了，傅春野又太耀眼，大白天的，走到哪里都很难不被人注意。

"就在这里说吧，这个教室下节没课，等人全部走了就行。"

讲台上好学的学生终于慢慢散去，蒋老师收拾好课件和书本，隔着不远不近的距离，又看了一眼教室后排的傅春野，才缓步离开。

盛小羽拿出一个巴掌大的小本子，翻开写下"社会心理学——蒋老师"的字样，然后又在后面写"可能会挂科"。

"这是什么？"他从她手里夺过去，很稀奇地看看封皮，又看看内页，上面写的专业、身高、生日、星座都跟他的吻合，但都在最后一页上，第一页开始就是这句"可能会挂科"。

"这写的是我吧，为什么觉得我会挂科？"

"因为感觉你好像不怎么来上社会心理学这门课，其他人看到你出现还挺惊讶的。任课的蒋老师又像是认得你，可能已经盯上你了……这种情况，会影响平时分吧？万一平时分占比很高，有的老师又很在意出勤率，就可能在期末不给过。"

"挂科倒不至于。"

"那为什么选了这门课又不来上呢？"

感觉他应该是品学兼优的好学生，不会无故缺课呀！

傅春野的神情有点微妙，就像一开始走进教室时那种拒人于千里之外的冷漠。

他没回答，扬了扬手里的本子："你还没说呢，这到底是什么？"

"暗恋笔记呀，记录暗恋对象的个人资料和一些小事，快还给我!"

盛小羽伸长了手去抢,虽然明知暗恋不是真的,但这样的东西让当事人看到还是很难为情。

"我以前听说,暗恋就像跟踪狂,没想到还真是这样。"

话虽这么说,傅春野却并没有笑话她的意思,抬高胳膊逗了她两下,就把本子还给她了。

"为什么要写下来呢,如果真是喜欢的人,这些东西不是都会记在心里?"

"非虚构写作第一要义——好记性不如烂笔头!"盛小羽晃着手里的笔杆,"这是我们专业课老师说的,她说要当好记者,首先就要学会记录。虽然现在有手机、平板电脑这些东西,但我还是喜欢用笔写下来。"

"可是个人信息为什么要写在最后,一般不都是写在第一页?"

"自己用的当然是写在第一页,可这个……不想被别人发现的话,就要隐蔽一点啊!"

盛小羽指了指最上面空出来的地方:"学长你名字的地方我都没有写,想用符号或者昵称来代替,拼音首字母都不行。"

这样就算本子丢了,被人捡到,也不会对号入座,至少不会伤害到被暗恋的那个人。

傅春野看了她一眼。

"笔给我。"

他从她手里接过黑色的水笔,在应该写名字的地方画了个毛球一样的圆。

"这是什么?"

"椰子。"他答道,"野和椰差不多,可以指代我。"

"画得好丑……"

"你……"

"哈哈,开玩笑的,学长你是灵魂画手呢,嘿嘿!"

傅春野拿笔继续在旁边画:"我不太擅长画画,本来觉得叶子也不错,野和叶也是谐音。但又觉得可以用羽毛来指代你,叶子和羽毛容易分不清楚,还是椰子比较好。"

他果然在旁边画了一根羽毛,的确有点像片叶子,但已经画得挺不错了。

盛小羽的心底微微一动。

她在那个圆的顶部加了一条线，在左边加个三角小伞，右边加个吸管——这就真的很像椰子了，"度假风"的椰子。

傅春野表示满意，又很认真地更正下面的信息："身高是一米八四，不是一米八三，还有体重，六十三公斤……"

她没有查到的资料，他都一一补充完整。

盛小羽其实也没搞明白，他们明明是要讨论约法三章的，怎么就在这种微不足道的小事上耗费了那么多时间。

当然也没有出现她想象的，他作为被暗恋的一方对她颐指气使，要她当牛做马的那种情形。

尤其是他也用了符号来指代她，让她很感动，她从没想过自己也能出现在暗恋笔记上，哪怕只是一根小羽毛。

傅春野已经能很熟练地画出那个椰子了，在第一页她写的"社会心理学"几个字前面的空白处画上，又翻过去一页，才问道："你不是要约法三章，已经想好有哪几条了吗？"

盛小羽想了想："你有什么讨厌的或者绝对不能做的事情吗？比如像今天这样来蹭课，或者到你上课的教室附近，如果你觉得不舒服，我会尽量避免的。"

"没有。"

他什么时候觉得不舒服？

"约法三章是你提的，主要是为了约束我吧？你按照你的想法来就好，不用考虑我。"

盛小羽摇头："我也就随便一说，其实我知道学长你人很好，送我去医院，又帮我解围，说是让我帮忙做《暗恋观察报告》，实际上还要给我署名作者的权利……好事都让我占了，我是怕你吃亏。"

"单方面不需要我回应的感情，我会吃什么亏？"

"比如……"她使劲想了想，"比如这期间你喜欢上一个女生，要跟对方在一起，如果还有人在暗恋你，就有可能给你们带来不好的影响！女朋友会生气的吧？"

"《暗恋观察报告》完成之前，我不会交女朋友。"

"可是万一……"

"没有万一,我说到就一定能做到。"他回答得相当坚决,"作为对等的条件,你在这个阶段也不能喜欢其他人,能做到吗?"

"嗯!"

"真的?"他试探道,"假如周向远这时候跑来说要你做他的女朋友,你会怎么做?"

"怎么可能,他不会喜欢我的……"盛小羽说起这个人还是有点沮丧,"你看到那天跟他在一起的那个女生了吗?那就是他喜欢的类型,长发飘飘,胸大高挑,穿戴也很时尚……"

只不过她自己心存侥幸,希望有机会而已。

"你连这个都知道,那个暗恋笔记,他也有吗?"

看她的神色又黯淡了一些。

傅春野道:"看来是有了。"

他就不该问。

盛小羽摇头:"没关系,反正我已经决定不喜欢他了!感情这个东西,有时候真的是转瞬即逝的。"

"那他的那个笔记怎么处理?"

"撕了,扔了,烧了,怎么都行。"盛小羽见他盯着那个小本子,连忙解释,"不过你放心,这个本子是我新买的,绝对不会跟他的那个混在一起!哎,现在这么一个A6的小本子都要十几块钱……学长你给报销吗?"

说起来,这也是需要明确的问题,做课题和项目期间产生的大小费用怎么算呀?

"你缺钱吗?"傅春野问。

"还好,我每个月的生活费还能有点结余。"

"嗯,那我用等值的东西跟你交换吧。产生了花销的东西,我用其他你需要的东西跟你换。"

那不就像情侣之间互相送礼物一样了吗?

盛小羽愣了愣,连连摆手:"哎,我开玩笑的,哪有暗恋的人计较这个的!其实也花不了什么钱,不用在意。"

"我不是开玩笑。"傅春野神色郑重,"你有什么需要的东西,也可以跟我说。"

一下子要说缺什么,还真是想不起来。盛小羽绞尽脑汁想了一圈:

"噢，我有时候不是会画画嘛，铅笔用得差不多了，因为是6B、8B这种绘图铅笔，学校超市也买不到，所以……"

"我明白了，下次我看到会帮你买，还有吗？"

她摇摇头，托着下巴像盯着实验室小白鼠似的盯着他看。

傅春野有点局促地摸了下脸："怎么了，我脸上沾了墨水？"

"不是。"她嘿嘿一笑，"你平时对人也这么温柔，这么有求必应吗？怪不得那么多女生来表白，你这样真的很容易让人喜欢上你。"

"我性格很差的，也有很多人讨厌我，以后你就知道了。你也不要像其他女生一样忍不住表白心意，否则《暗恋观察报告》就没法继续了。"

"不会，不会！"

她否认得太快，傅春野的脸色沉了沉。

盛小羽又连忙解释："我知道你不喜欢没有感情基础的表白，更不喜欢被诱导表白，这个我心里有分寸。只不过，你的《暗恋观察报告》到什么时候截止呢，总要有个期限吧？"

整天让她对着这么张"神颜"，就算演戏也可能假戏真做吧？万一真的跟在他身后成了习惯，又注定不可能得到回应，那她岂不是又要失恋一回？

这种还没开始就要结束的恋情，她可不想再经历了，毕竟新年一过，她都要到法定婚龄了，只想跟普通人来一段平平常常的普通恋情。

"这个学期……"傅春野说着，见她抬起头，又话锋一转，"都过一大半了，整个《暗恋观察报告》完成大概要到下个学期。这个问题其实本身也是调查的一部分，最后决定权还是在你。"

什么意思？

"不是说忘记上一段感情最好的良药就是时间和新的感情吗？看你什么时候能完全不再想起上一次暗恋的事，差不多就可以结束了。"

她现在说着不喜欢了，眼睛里却还是有掩饰不住的慌张和尴尬。

直到她可以坦然面对，否则都不能叫真正的结束。

盛小羽的眼圈突然红了，把傅春野吓一跳："干吗？"

"学长你真的太好了,'暗恋'你是我三生有幸!走吧,你有没有什么想吃的,我请客!"

仅限于学校食堂,她卡里还有好几百块!

"现在离吃晚饭还太早吧。"他站起来看了眼手表,"最近社团忙招新,我要去一趟,你要不要一起?"

社团对盛小羽来说,是个挺陌生的概念。

她自认是个没有什么特长的人,会画一点漫画这种雕虫小技在强手如云的明大校园里根本什么都不是,社团活动聚在一起要是来个集体创作,她画不出来岂不是要糗死了?

加之她有点宅又有点社交恐惧,大一入学后她没加入任何社团,错过了招新季,再想加入也只有像体育部招募运动会志愿者这种情况才有机会了。

严格说来,她之前加入的后勤保障组顶多算个临时组织,校运会结束,自然就解散了,很多其他体育社团的团员各归各位,她这种编外闲散人员继续闲散。

没想到傅春野会邀请她。

"你参加的是什么社团啊?"她问。

"羽毛球社,有兴趣吗?"

"还可以吧。"

她运动细胞不发达,羽毛球算是少有的几个能稍微玩一玩的项目,所以大学至今第三个学期,有两个学期她都选了羽毛球课。

她倒有点意外,以为傅春野就算不跑4×100米,也一定是校田径队的一员,没想到他参加的竟然是羽毛球社。

社团招新季,大家都缺人手,因此求贤若渴。

傅春野请她帮忙设计招新的海报。

"喜欢的话,你也可以加入羽毛球社。"

这个倒是可以考虑。

寝室那三个室友动员她加入社团也不止一回了,她们都不是省油的灯。

丁芮茜是从小学拉丁舞的大美人,从入校认识盛小羽她们开始就致力于把她们拉进自己参加的拉丁舞社;牛慧更厉害了,不仅是跆拳道社女子第一,而且据说前任社长因为伤病要"退休",新社长的位子很可能就由她来接任。

孟菁华玩的是乐队,组成乐队的那三五个人就是一个小社团,倒也用不着发展新成员,但到了招新季总是要宣传宣传的,万一有音乐灵魂契合的伙伴愿意加入呢。

三人都不约而同地把海报宣传画、成员图之类的任务交给盛小羽,希望她能帮忙完成。

这样的情况她之前也遇到过,比如她们几个人的微信头像都是她画的,风格统一,又突出特点,各自社团的成员看到后觉得喜欢,也请她帮忙画过。

当然,不会让她白忙活,虽然她坚持不收钱,但她们总有自己的方式投桃报李。

牛慧:"只要这周末能帮忙画出来就行,三食堂的奶茶,嘉苑的牛肉煎包,甜品屋的杨枝甘露,一周内随便吃,怎么样?"

丁芮茜:"喊,小羽这么瘦,放开吃又能吃多少?再说万一把她喂胖了,报恩就变成报仇了。小羽,你上回不是说我的那个唇膏好看嘛,喏,送你一支新的,再附送大地双色眼影一盒!海报四个角上的人物图就拜托你了!"

牛慧不满:"明明是我先开口的。"

"价高者得,还分什么先来后到!再说了,女为悦己者容,我们小羽现在最需要这个,我还可以教她化妆,不比胡吃海喝强吗?"

丁芮茜跟牛慧因为外形、脾性都相差甚远,经常一言不合就拌嘴,倒也没什么实质性的矛盾。

平时盛小羽还帮着调停,这会儿她自己成了风暴中心,都插不上话:"我……"

才说了一个字,牛慧就大步过来拉起她:"走,我陪你去找周向远。"

啊?

"你不是喜欢他吗?你不敢跟他说,我陪你去。"

她认识那家伙,虽然没什么特别好的印象,但合作社团活动的时候也算有点交情。

孟菁华赶紧拦下她们:"慢着,牛牛女侠,这个使不得!"

"不是女为悦己者容吗？"

至少要让对方知道自己的心意，这个"悦"应当是"两情相悦"的"悦"啊！

"你要拉小羽去干吗，表白啊？"

"对。"

丁芮茜呵呵两声："你以为表白就能在一起啊？看来你们跆拳道社的现任社长拒绝你的事，已经被你忘得干干净净了！"

四周的空气有一瞬间的凝固。

牛慧放开了盛小羽的手，推了推脸上的黑框眼镜："对不起。"

丁芮茜也知道自己戳人痛处的毛病又犯了，但拉不下脸立刻道歉，噘了噘嘴看向一边。

盛小羽拉住牛慧的手："你们别这样。我知道你们是好心，但我跟周向远没什么，从今以后……我也不再喜欢他了。"

三人一起看向她。

"为什么？你去跟他表白了，还是运动会上发生了什么？"丁芮茜问道。

之前她们虽然都察觉了盛小羽的暗恋，但仅限于猜测，从没这样公开聊过。

运动会上那个不大不小的意外传开之后，也不知他们之间究竟是什么进展，现在听盛小羽这么一说，那算是个不祥之兆吗。

盛小羽就把那天发生的事又跟她们讲了一遍，当然，跟给孟菁华讲的时候一样，也略过了傅春野的部分。

她一讲完，牛慧就要往外冲。

"喂，你又要去哪儿啊？"

"我去揍周向远。"

最好能一脚前踢，让他仰面倒地。

丁芮茜抚了抚额头。

孟菁华把门锁上："我们都冷静点，为了这么个人大动干戈，不值得。"

"就是，还抬举他了。"

"我担心小羽。"牛慧看过来，"你没事吗？"

她总觉得盛小羽娇娇软软的，好像纸片一样，一阵风就能刮跑，很需要人保护。

"我没事。"盛小羽已经恢复了笑容,"其实跟他没关系,你们不用帮我忙这忙那,我也会帮你们画的,只不过可能要稍微慢一点,因为我已经答应别人,要先帮他们社团画一组宣传海报。"

"谁呀,你先答应谁了?"

盛小羽的朋友不多,还有谁能排在她们寝室姐妹的前面?

"经济学院大三的学长,傅春野。"

另外三人都大为震惊。

"傅春野,这个名字好耳熟。"

"是我知道的那个傅春野吗?很帅的那个!你怎么认识他的啊?求介绍!"

"喂,小饼同学你冷静点,你已经有男朋友了。"

"有什么关系,男朋友是拿来用的,傅春野这种校草级别的帅哥是拿来欣赏的!"丁芮茜少女心爆棚,"小羽,你到底是怎么认识他的呀,难道是加入了羽毛球社?"

"我那天被接力棒打到头,就……就是他送我去的医院。"

盛小羽把校运会那天发生的事补充了一下,情节基本完整了。

三个人听完面面相觑。

孟菁华之前已经听她讲过大致的过程,如今还是忍不住感慨:"对啊,他是跑第一棒的。原来你之前说的学长是他啊……那你那天穿回来的外套也是他的了?"

"什么,还借了外套?"丁芮茜快昏倒了,坐到盛小羽身边,"然后呢,衣服你还他了吗?有没有洗过,留下一点你的味道呀?"

牛慧站在一旁说了句:"变态。"

"衣服我洗干净还给他了。"

"他有没有说什么呀?"

说什么?就……说了挺多的。盛小羽把巧遇周向远和新女友,他帮忙解围的事也告诉她们了。

丁芮茜一副灵魂出窍快要升天的表情:"天哪,这是什么神仙帅哥!这不比那个周什么远好多了吗?小羽,不如你追他吧,我们绝对全力支持你!"

牛慧和孟菁华对此似乎有不同的意见。

"所以你才要帮他的社团设计海报？"

"嗯。他们好像马上要打比赛，训练时间都不够，又要忙招新，海报还没画好，我就帮帮他们。"

牛慧比较直接："你小心被他当作廉价劳动力。"

"不会的，学长他……"

"傅春野是很帅。"孟菁华委婉一些，几乎有点语重心长，"不过他也是出了名的难相处，喜欢他的女生很多，都没见有谁真正成为他的女朋友。这种人可远观不可亵玩，你感恩归感恩，可别真被人利用了。"

盛小羽不知怎么的，想起傅春野自己说的那句——我性格很差的，也有很多人讨厌我。

她的心里有点难过。

"哎呀，你们别搞得这么苦大仇深，小羽跟他还没怎么样呢！就算最后不能修成正果，那也是美好的回忆。好歹也是全校都排得上号的种子选手，不比那个周什么远好多了？"

丁芮茜这番话也不是没有道理。

反正那种没担当、没责任感的男人已经是她们寝室的公敌了，傅春野怎么看都比他强吧？

对优秀的男孩子心动，多么正常啊！

"上吧！"牛慧在盛小羽肩上重重一拍，"他要是欺负你了，记得告诉我们。"

换个人，她也可以去揍他。

"是啊，别闷在心里，就算是暗恋，我们也可以给你出出主意，打打气。"

盛小羽很感动，她现在知道了，在这么小的空间里共同生活，她们怕她受委屈，给她鼓励，都是因为把她当朋友。

既然这样，她即将开始的"暗恋"也就不怕她们知道了。

"爱情大过天，我们这些你就别管了，先把答应傅春野的那个海报搞完。下周五还有期中考试，你还要腾出点时间复习吧？"

一语惊醒梦中人。

"期中考试？"

"对啊，你不会忘了吧？新闻摄影课要交一篇期中作品，英语和西方经济学都有随堂考试，要算在期末总成绩里的。"

盛小羽感觉那一棒子砸下来还是留了后遗症的，她居然把期中考试的事完全忘了……

盛小羽为了尽快把海报做完，兼之准备期中考试，熬了好几个晚上。

海报比考试好点，起码做好了就是做好了，但期中考试的西方经济学就像横亘在前的大山，不知道出什么题，也不知道题难不难，考不好还得连累期末成绩……真是此恨绵绵无绝期。

她带着做好的海报去羽毛球社找傅春野。

明大的羽毛球社平时集中在学校体育馆的北馆训练。

她晃晃悠悠地从中门溜进去，三块场地满地都是羽毛球，尤其最里面那一块，发球机"噗噗"往外吐球，球网对面的身影又快又轻盈，每跳起一次，都能听到发力时的喘息声和球拍拍面击球的声响。

啊，还有衣角偶然掀起时露出的腹肌。

场地周围不出所料地围了好多女生，或坐或站，都是为了看傅春野而来的。

盛小羽本来只想悄无声息地走过去，把装有海报定稿的U盘放进他的运动书包里就走。当然，他在卖力打球，作为"暗恋者"不可能一点表示都没有。

今天学校咖啡小站的厚椰乳拿铁买一送一，这可是她的最爱，不容错过，正好送的那杯可以给傅春野，他训练完拿回宿舍慢慢喝也美滋滋。

这一切都最好无人察觉，包括他本人。

她放下东西还要奔去自习教室占位，不然下周的期中考试就完蛋了。

可傅春野恰好抬头看到了她，他揪起胸口的运动衫擦掉流进眼睛的汗，向她举了举手里的球拍。

因为他唇角罕见地带了点笑意，大家不知道他在跟谁打招呼，纷纷好奇地转头来看。

盛小羽本来也想跟他挥手打招呼，见状赶紧猫着腰混进场边的人群，绕到他身后放东西的管理室去。

来之前傅春野发短信跟她说过，如果他训练还没结束，她可以先去里面等他，然后再一起去学校门口的打印店定制海报。

管理室里有两排储物柜，但因为很多柜子的钥匙丢失了，所以大多数人还是把东西扔在地上，挨墙放着。

盛小羽顺着墙根找傅春野的背包，她记得他的背包是……黑色镶嵌有一条荧光橙的那个吧，运动会那天他送她去医院的时候背的也是这款。

盛小羽刚拉开侧边口袋把U盘放进去，就见门口进来一个男生，二话不说就把身上汗湿的运动衫给脱了下来，露出什么都没穿的上半身。

她大惊，差点自戳双目，一手捂住嘴，一手还抱着她的咖啡，蹲在地上往储物柜后面挪动，希望对方没看见她。

可她刚爬到储物柜后面，就看到一双运动鞋出现在跟前，再往上看，果然是泛着汗水的肌肉，脱下来的那件运动衫搭在肩膀上。

他的个子也很高，有着对男生来说非常秀气的五官，笑起来带点痞气。

"好看吗？"他抬手搭在柜子上，似笑非笑地低头问。

盛小羽摇摇头。

嗯？

她又赶紧点点头。

这还差不多。

他揪着她马尾上那个蝴蝶结发带把她提溜起来，一看头顶连带头发才到他的下巴，又忍不住笑："没想到你个子小小的，居然是个变态偷窥狂啊！"

"我不是，我没有，你别瞎说！"盛小羽脸色涨红，僵硬地站着，"我是来找傅春野的，找他有正事，真不是故意看你的玉体的！"

她最近是撞了什么桃花劫，才一而再再而三地被人当作变态啊！

一听傅春野的名字，对方脸上的笑容消失了，跟她拉开距离道："我说呢，原来又是冲着他来的。现在喜欢他的人都这么没节操吗？直接闯进休息室里，不是偷窥，那就是想偷东西吧？"

盛小羽一听急了："我是真的为了正事来的，你们不是要招新吗，我拿来了海报定稿。"

"招新啊,这理由找得不错。不过我劝你还是回去,明大这么大,要追男人不用绕那么大圈子,把社团也搞得乌烟瘴气的。"

"你!"盛小羽气得脸色由红转白,不想再跟他多费唇舌,转身就要离开。

"等等,你手里拿的是什么东西?"

她看一眼自己手里拎着的纸袋,没好气道:"咖啡,coffee,这么简单的单词不认识吗?你几年级了,英语四级没过?"

对方愣了一下:"我英语四级还真没过,你是怎么知道的?还说你不是偷窥狂!"

盛小羽简直欲哭无泪。

"我们这儿丢东西也不是一两回了,你鬼鬼祟祟的,怎么证明东西是你的?"

"给你看,行了吧?"她从纸袋里拿出一杯厚椰乳拿铁举高到他跟前,"看见标签了吗?'盛'字认识吗?'盛小姐'不是别人,就是我!"

她说得太激动,手里一用力,本来就软的塑料杯被捏变形,上头的盖子朝一侧滑开,一整杯带冰块的厚椰乳咖啡全泼到了那男生身上,顺着他搭在肩膀上的那件运动服流到他光着的身体上,又流到裤子上,场面一时相当壮观。

"我……我不是故意的,要纸巾吗?给你纸巾擦擦!"

她手忙脚乱地从随身的小包里翻出纸巾给他擦,手却不小心碰到他的身体。

"别得寸进尺啊,你往哪儿摸呢……闪开!"

他挡了她一下,把她手里拎着的纸袋给碰掉了,另一杯咖啡也洒了出来,直接倒在他运动鞋的鞋面上。

白色鞋面顿时染成咖啡色。

"啊!"

他气得大叫一声,把盛小羽给吓到了,她下意识地往门边退:"我……我去帮你找双干净的鞋!"

"你回来!"

他伸手去抓她,不知怎么顺手拉住了她的马尾,结果一用力手表又勾住了发丝,疼得她也哇哇叫起来。

傅春野进门看到的就是这样一幅场景：披头散发的盛小羽正跟光着膀子、浑身沾满黏黏的不明液体的男生缠斗在一起。

他快步上前分开两人，把她拉到自己身后："你没事吧？"

盛小羽摇头，眼神还戒备地看着对面的人。

"她能有什么事，有事的是我！你看看我这一身……我新买的阿迪达斯，全毁了！"

傅春野没吭声，确定盛小羽没事之后，上去就迎面给了他一拳。

"欧阳远征，跟女生也动手，你是不是疯了？"

被打的人毫无防备，倒在地上直愣愣地看着他。

同样目瞪口呆的还有一旁的盛小羽，她没怎么见过男生打架，尤其没想过傅春野这样的"高岭之花"居然也会出手跟人打架，惊得一时不知该有什么反应。

"我们走。"

"高岭之花"过来拉起她的手腕往外走。

"呵，傅春野你真是……"

倒在地上的人擦了擦嘴角，硬撑着站起来，恶狼一样从身后扑上来。

盛小羽尖叫了一声，回过头，两个男生已经打得滚到地上了。

"门……关门！"

混乱中，她听到暂时骑在上方的欧阳远征喊了一声。

要打就关起门打，没人看到就不算扩大影响，学校也就不知道。

盛小羽赶紧跑去把管理室的门关上。

然后怎么办啊？她急得快哭了。

她不知道这两人有什么恩怨，但看他们打起来拳拳到肉，势均力敌，显然有恩怨不是一天两天了，而且彼此还非常熟悉对方的实力。

"你不是要退社吗……今天又跑这儿来发什么疯！"

"我退社？我退社岂不是便……便宜了你，我才没那么蠢呢！"

"你本来就是蠢货。"

"傅春野！"

两人边打边骂。盛小羽看他们打得难解难分，知道自己就算在一旁叫他们不要打也是徒劳，四下看了看，发现窗边有个水池，龙头上接了根橡皮管拉到外面，大概是被牵出去浇草坪的，于是她急中生智想出个主意。

她把橡皮管从窗口外拖进来,还好不是很长,然后她一边打开水龙头,一边用手摁住了管口。

自来水很快狂飙而出,她对准了地上打作一团的两个人,哗啦一阵猛喷,像消防员灭火一样,终于用物理方式把两人给分开了。

两人都被这顿猛如虎的操作喷得浑身湿透,眼睛都睁不开,各自坐到一旁喘着气。

欧阳远征抹了把脸,不知怎么突然笑起来,像看了一场无比好笑的滑稽戏,笑声止都止不住。

对面的傅春野一开始只是用手背捂住被打破的唇角看着他,最后竟然也跟着冷笑了两声。

盛小羽都看傻了。

他们这是干吗?

外面有人来敲门,他们刚才搞出那么大的动静,其他人肯定要过来看看发生了什么事!

欧阳远征摇摇晃晃地站起来,把那件脏得已经没法看的衣服重新套到身上,拎起墙边的书包背到肩上,问盛小羽:"你叫什么名字?"

"盛……盛小羽。"

"哪个专业的?"

"新闻系。"

"哟,全校美女最多的专业,倒是看不大出来啊!"

盛小羽举了举手里没来得及放下的橡皮管——是不是还想再冲个澡?

他又笑了,这回是跟那张帅脸相当匹配的痞气的笑容。

"盛小羽,我记住了!哪天你看清了傅春野的浑球本质,就来找我吧,保证不会让你失望的。"

傅春野拿起手边的一只篮球朝欧阳远征砸过去,欧阳远征已经踏上窗台,跳到窗外逃走了。

他背上的书包,怎么看着跟傅春野的那个一样?

"盛小羽。"

傅春野在身后叫她,声音像含了口水似的,有点闷闷的,不像平时那么清脆，大概是嘴角被打伤了疼得很。

她赶紧跑过去："你没事吧？慢点，我扶你起来。"

她伸出手臂让他搭着站起来，门外的敲门声更急了，像战鼓似的敲得人脑仁疼。

她低声问："怎么办，我们现在怎么出去？"

傅春野指了指窗户。

欧阳远征已经给他们做了个很好的示范，现在只有从那里出去，才不会引人瞩目。

两人从体育馆跑出去后，在河边最隐秘的小树林里找到一块花圃坐下。

这里到了晚上常有小情侣来"花前月下"，因为靠近医务室，白天倒不太有人来。

盛小羽不久前刚作为"重伤病号"光顾过医务室，也算老熟人了，就去找校医老师要了一点冰块，敷在傅春野受伤肿起来的唇角。

"细细。"

他想说"谢谢"，口齿更不清楚了。

她说"没关系"，又忍不住笑："逞能打架的时候，没想到会这么疼吗？"

不是没想过，而是没料到那家伙会下这么狠的手，两人都动了真格。

"都怪我不好。"她叹了口气，"不小心把咖啡泼到他身上了，弄得乱七八糟的。"

傅春野摇头："我跟他迟早要打这一架，不怪你。"

"他到底是什么人啊？我看到他背的书包好像跟你这个一模一样。"

"欧阳远征，计算机系大三，以前在羽毛球社跟我搭过男双。这个书包……是我们以前一起打比赛的时候发的纪念品。"

盛小羽感慨："到现在还在用啊，那你们的感情一定很好了？"

同时她又撇撇嘴，大三还没过英语四级，真够可以的。

"只是因为质量不错，才一直用的。"他别过脸去，顿了顿，"为什么对他这么好奇？"

"噢，因为觉得他有可能是你的朋友啊！如果喜欢一个人，一般也会从他身边的朋友去了解他。"

可傅春野身边好像没什么朋友。

明明他各方面都这么优秀，应该会有很多人喜欢他才对，可他身边的朋友寥寥，每次遇见他都是独来独往的，给人留下的印象也是不好相处。

欧阳远征对他来说好像是特别的。

"大一的时候我们一起参加过大学杯羽毛球赛，打进了男双决赛。他觉得裁判有意偏袒对方，中间休息的时候跟对手互相推搡。虽然我们最后赢了，但他拒绝上台领奖，我一个人去的。"

"所以他觉得你背叛了他，就跟你翻脸了？"

"大学杯我们代表的是学校，如果不去领奖，明大后面就再也不能参加了。"

"我懂，肖老师他们肯定不会允许你们都不上台吧，你比较懂事，只能派你当代表了。"

傅春野道："有时候我倒希望像欧阳一样，不那么懂事。"

意气用事，桀骜不驯，才够格叫青春。

"我觉得你做得没错，总要有人承担责任，毕竟也是成年人了啊。"

就像接力那天出的意外，也是他主动站出来善后，周向远只负责发泄情绪。

傅春野看向她："你知道我为什么不练接力了吗？"

盛小羽摇头。

"因为我不喜欢必须跟人合作的团体项目，羽毛球可以单打独斗。跟欧阳搭配双打是个偶然，没想到结果还是这样。"

"难道不是因为你不想再当懂事的那个人了吗？"

盛小羽笑眯眯地看着他，让他心头一震。

"我随便说说，你别生气啊。"

"已经生气了。"

啊，那……

傅春野转过脸："作为补偿，帮我敷一下冰块吧，我的手好疼。"

盛小羽这才发现他握着冰块的那只手的手背也红肿起来，急道：

"这是怎么回事啊？"

"打人的时候太用力就会这样，幸好没骨折。"

"要不要去校医室看一下啊？"

傅春野摇头，把敷在脸颊边的冰袋递给她："帮我按在手背上就可以，等会儿就没事了。"

盛小羽只好托住他的掌心，小心翼翼地把冰袋摁在手背红肿的地方。

两人的手心几乎贴在一起，她浑然不觉，注意力全在他的伤势上。

他干脆把手指完全放松下垂，落入她的指缝，像十指相扣的状态。

其实这点伤似乎也没那么疼。

"只有一包冰块，你的脸怎么办呀？如果能吃点冰的东西就好了，可惜了我的冰咖啡，全喂给那个欧阳了。"

盛小羽还在为今天浪费掉的"买一送一"耿耿于怀，傅春野道："咖啡是带来给我的？"

"对呀，我拿装有海报定稿的U盘来给你，想着你训练完了晚上还要学习，来杯咖啡可以提提神。可惜……啊，说到海报，几点了，我们快去学校门口的打印店吧。"

"你晚上还有事？"

"复习吧，马上要期中考试了，我还什么都没看。"盛小羽有点赧然。

"公共课期中只考高数和西方经济学，你们新闻系大二应该没有高数了，那是要看西方经济学？"

"你连我们新闻系没有高数课都知道啊？"

傅春野轻咳了一声："知己知彼百战不殆，说是让你'暗恋'我，但《暗恋观察报告》是我们合作完成的，总不能只让你了解我。"

"咦，你这不是挺懂团队合作的嘛。"

"那走吧。"傅春野站起来，尽管他还想再这样多坐一会儿，但还是得先把正事做了。

"你这样走过去行吗？"她还是担心他的伤，尤其还有一处伤在脸上，很是显眼。

"没事,没伤到腿,不影响走路。"

脸上戴口罩就行了。

往学校门口走的时候,路过咖啡小站,傅春野说:"你先过去,我马上来。"

"U盘在你背包里哦。"

他毫不犹豫地就把肩上的背包扔给她,里面只有一些护腕、运动水杯之类的东西,没什么分量。

打印店还没有关门,然而盛小羽进去之后怎么也找不到先前放进傅春野背包里的U盘。

"不会吧,我明明放进来了啊!"

她焦急地蹲在地上翻找,最后把整个包都翻得底朝天了,就是不见那个U盘的踪影。

欧阳背着包从窗口一闪而过的身影突然浮现在眼前,惨了,不会是她错把U盘放进了他的包里吧?

毕竟他的背包跟傅春野的那个一模一样!

越想越觉得肯定是这样,海报的定稿在她的电脑里,再拷一份来打印倒是没问题。可U盘是私人物品,里面有她作业的素材,还有她个人的一些文件、照片,可不能让它就这么落入陌生人的手里啊!

她有些沮丧地走出打印店,面前突然有人递给她一杯厚椰乳拿铁。

"不是想喝这个吗?"傅春野还戴着口罩,手里拿着另外一杯咖啡,"今天买一送一,不过我只喝美式。"

"谢谢。"盛小羽有点机械地接过咖啡道谢。

他告诉她自己喜欢喝美式,以为她会拿出那个小本子记下来,可她只是叼着吸管猛灌了一口咖啡,完全一副心不在焉的样子。

"怎么了,海报做了吗?"

"啊,做了做了,这周末就能看到实物,没问题的!"盛小羽终于回神,"对了,你有没有欧阳的联系方式啊?我……我找他有点事。"

傅春野的神色微微一变。

"欧阳?你找他什么事?"

"也……不是什么大事。"她灵机一动,"他不是大三了吗?我室友说他们可能有去年西方经济学考试的试题,我想借来看看。"

傅春野沉默了一阵才说:"他的联系方式我全删了。"

"这样啊……那没事了,嘿嘿,我还是自己找找吧!谢谢你的咖啡啊,我先走了,自习室还占了位子呢,回头再联系。"

她捧着没喝完的半杯咖啡撒腿往校园深处跑了,身上绿白相间的外套被风吹得鼓起来,身侧的小包随着脚步一起一落,让她看起来像个笨拙的小青蛙。

傅春野看着她的背影跑远,拿出手机拨通了一个号码。

"你好,向助教,我是春野。我想问问,你这里能不能找到前两届西方经济学的期中真题……嗯,不是我用,我帮朋友问的……好,麻烦你了……嗯,还是老样子,我爸要是问起来,你就说我没打过电话来,谢谢。"

头顶有枯叶打着旋飘落,秋风瑟瑟,天气是真的要转凉了。

欧阳远征接到盛小羽打来的电话,一点也没觉得惊讶。

"哟,偷窥狂,这么快就放弃傅春野啦?是不是发现我的魅力比他大得多,所以弃暗投明了?"

盛小羽好不容易从人脉广阔的班长那儿打听到他的电话号码,只想说正事,懒得跟他瞎胡扯。

"请问我是不是有一个U盘错放到你包里了?"

"噢,U盘啊,好像是有一个。原来那是你的?我还以为是哪个漂亮妞想跟我表白又不好意思,悄悄放我包里的呢!我看看啊,好像有照片……"

"别打开啊,那是我的私人照片!"

"有多私人?"

欧阳远征还在开玩笑,她已经心急如焚:"你……你能不能拿来还给我?"

那头点击鼠标的咔嗒声停了下来:"可以啊,你现在在哪儿?"

盛小羽没想到他居然这么轻易就答应了,环顾周围道:"我在北校区自习教室,三楼第二间。"

欧阳的声音仍是似笑非笑:"你在那儿别动,我拿U盘来还给你。"

其实盛小羽本来打算打完电话就收拾东西回寝室的,但现在走不了了,只能先等他来。

她趴在桌面上打开教材,眼睛看进去的字句又从鼻孔和耳朵眼里溜走了,简直一点都没留在脑海里。

欧阳远征也是属猫的,进门没有一丝动静,毫无征兆地就摸到她身旁坐下,探过脑袋问:"用功呢?"

盛小羽吓得汗毛倒竖,怒目瞪他。

跟傅春野打那一架,他也没占到什么便宜,脸上挂了彩,鼻梁处贴了胶布,眼下还青了一块,看起来有点惨,又有点滑稽。

他伸手翻了翻她面前的教材:"西方经济学啊,这还用专门复习?上课听一听,会做题不就够了?"

"英语四级也听一听就够了啊,你怎么没过呢?"

他嗤笑:"还真被你抓住弱点了!那U盘呢,还想不想要?"

盛小羽的气焰顿时偃旗息鼓,放软了声音:"麻烦你了,还给我吧。"

欧阳远征把U盘拿在手里晃了晃:"还给你,我有什么好处?"

这还要讨价还价吗?本来就是她的东西好吧?

算了算了,谁让她粗心大意放错了包呢!这要真的遇上居心不良的人,光是里面的身份信息泄露就够麻烦的,更别说还有私人照片和文件了。

也是她太不小心,付出一点代价是应该的。

"你想要什么好处?要不……我英语还挺好的,给你补补四级?"

欧阳差点裂开:"咱能不能别提这茬了?"

那到底是哪一茬,你倒是说呀!

他被她这么盯着看,什么也想不起来,抬手在她眼前挡了挡:"有没有人说过,你长了双鹿眼?"

什么眼?

欧阳向后一捋头发:"唉,算了,这一时半会儿也想不到什么条件,反正你欠我个人情,要还时候我再找你。"

别呀,夜长梦多,当场能解决就当场解决。

"我给你刷鞋吧?上回泼你一身咖啡,鞋也弄脏了,我给你刷干净!"

"等你良心发现，那鞋早就报废了好吗？我送干洗店了，用不着你。"

"我出干洗费！"

欧阳撑着下巴看她："你是不是当我傻？就算让你出干洗费，那也是应该的吧，跟这份人情是两回事。你要这么不愿意，那算了，我走了。"

"哎，回来！"

盛小羽连忙拉住他。她认输了，人情就人情吧，只要不是太过分，她尽量满足就是了。

欧阳这才满意地拿出U盘，示意她双手接好，像接圣旨一样领了回去。

她悬着的心终于落回原处。

时间不早了，虽说是通宵开放的自习教室，但到了这个时间除了他俩已经没人了，说话也不必顾忌周围。

欧阳两手枕在脑后，身体靠在椅背上晃啊晃："海报做得不错啊，画也画得挺好，学过？"

盛小羽大惊失色——不是说好不看里面的内容吗？

"别紧张，我就看了那一张，写着'羽毛球社海报'我才点开的。"

她怔了怔。

"你既然这么关心羽毛球社团的事，为什么要退社呢？"

"好奇而已，谈不上关心。有你这样的新成员，我可以考虑再多待些日子。"

"我没加入羽毛球社啊。"

"啊，那你果然是到体育馆去偷窥我的吧！"

盛小羽气得作势拿书砸他。

他接住砖头一样厚的西方经济学课本，恩赐般说道："是不是觉得学习挺吃力的？我好歹是学长，就勉为其难帮你复习西方经济学吧。"

不了学长，您先把英语四级考过吧。

放在桌上的手机嗡嗡振动，傅春野发来几个文件。盛小羽点开来，发现竟然是上两个学年的西方经济学的期中试题。

小野:"这是前两届的期中真题,西方经济学每年都有一半的题目跟之前的原题重复,熟悉一下应该能考不错的成绩。"

天哪,她只是为联系欧阳临时瞎编了个理由,傅春野竟然真的找到了前两届期中考的真题,他是天使吗!

他很快又补充:"大题找不到标准答案,我自己做了一遍,解题过程附在后面,看不懂可以问我。"

好吧,他不是天使,他是神。

盛小羽捧着手机,除了非常感谢之类的说辞之外,一时竟想不到还可以怎么回复。

暗恋的那个人发来这样的鼓励和救命稻草,任何人都会疯狂心动到不能自已吧。

欧阳好奇地伸头过来看:"谁发的,这是什么呀?"

"前两届的西方经济学的真题。"她还沉浸在震惊中缓不过神来,"傅春野他竟然还记得大题怎么做……"

"你在开玩笑吗?别看他那个样子,他可是能拿国家奖学金的绩点,不想听那些有的没的闲话才不去申请。当初他也是正儿八经通过明大自主招生考进来的,没享受过什么特权和开后门。"

关于他的流言蜚语大家果然都知道。

盛小羽从欧阳的话里听出了一丝朋友之间才有的维护。

"要不,我帮你跟他和好吧,就当还你这个人情?"

欧阳远征怒道:"谁稀罕跟他和好!"

这也不行,那也不行,到底要怎么样嘛!

欧阳远征扬起有点坏的笑容:"话说,傅春野竟然帮你去找真题,你跟他究竟是什么关系?那天的U盘和泼了我一身的咖啡也是你拿去给他的吧?别说你们是正经的男女朋友啊,你也知道你的条件……嗯,虽然不能说丑,但跟他站在一起,也不是那么搭。"

太扎心了,朋友!

"我可不是看扁你啊。不管是人还是鸟还是昆虫,都会倾向于找跟自己差不多的另一半来配对,这在社会科学领域称为同征择偶,通俗点说就是物以类聚,人以群分。傅春野那家伙好歹是学经济学的,能挑最优秀的女朋友,就肯定不会挑次优的,否则多浪费啊!"

"他亲口跟你说的吗?"

"那倒不是……"

她就知道。

盛小羽把桌面上的文具书本收好，拎起书包道："很晚了，你走不走？"

"怎么，生气了？忠言逆耳，我是不想看你到时候伤心难过……"

她突然转身看着他。

"干……干吗？"

"你明知道他不是那样的人，干吗故意那么说？他没有背叛你，也没有瞧不起我，不管是作为朋友还是什么，他都很尊重别人的感受。你是他的好朋友，心里其实很清楚吧？"

欧阳愣了一下才嗤道："哼，我才不是他的朋友。"

随你怎么说。

盛小羽背着书包走在前面，欧阳跟上来："噢，原来你是暗恋那家伙的女生啊？可你们看起来好像早就认识，他不知道你暗恋他？"

反正是鸡同鸭讲，也不能跟他说实话。

盛小羽走出自习室大楼，指了指左边的岔路："我走这边了，再见。"

"喂。"欧阳双手插在裤兜里，叫她，"下周来看我打比赛啊！"

她回头："什么比赛？"

"新人杯，羽毛球社每年招新之后都会有的新老对抗友谊赛，他们让我上单打。你要不要来看看我怎么把你的心上人傅春野给挑落马呀，就当还了这个人情？"

"你好有自信啊！"她远远朝他竖起大拇指，"有这份自信一定能过英语四级，加油哦！"

溜了，溜了。

"你个丑小鸭看不起谁呀，别跑，喂！"

期中考试终于过去了。

有傅春野给的两份真题，西方经济学试卷居然不算很难，及格肯定没问题，说不定还能朝八十分以上努努力。

不只是盛小羽一个人，她们寝室四个人都受到真题庇佑，考得相当不错，出了考场都拉着她一个劲地感恩戴德。

"这次多亏有你,不然我估计要挂了。"

"是啊,虽说是期中考,题还挺难的。"

"有好多题几乎一模一样啊,就换了下数字!"

要不是提前做过,估计都来不及做完。

盛小羽有点不好意思:"不是我的功劳,多亏有学长。"

"傅春野学长真厉害!"

"有什么我们可以为他做的,刀山火海,肝脑涂地!"

盛小羽想了想:"要不,我们去看他比赛吧?给他加加油之类的。"

欧阳那天提过,羽毛球社的新人杯比赛上,他跟傅春野作为骨干,都要上场。这么重要的场合,她作为"暗恋者"怎么可能不出现呢?

"也好啊。"丁芮茜表示赞同,"我还有新闻摄影课的期中作品没交呢,去看看比赛现场,说不定顺便就完成了。"

体育赛事新闻也很适合作为素材啊!

比赛正好放在低年级考完期中考试的这一天下午,盛小羽早早就赶到体育馆,馆内这时没有多少人。

傅春野坐在角落台阶上,摆弄着手里的球拍。

她从后面绕过去,想要吓唬他一下,结果踩到一支不知谁放在旁边的球拍上,直接从台阶躺着滑了下去。

幸亏作为简易看台的台阶只有三层……

傅春野头都没抬:"这个出场的姿势不错,是什么秘密武器吗?"

这是她说的,暗恋的人为了让暗恋对象注意到自己,有时会使出一些"秘密武器"。

不知道这个是不是。

"你就别笑我了……好疼!"

盛小羽揉着屁股缓慢挪动身体,他这才扶她一把:"考试考得怎么样?"

"那还用问!练了'葵花宝典',还能考不好吗?简直无敌了!谢谢你的真题,帮了大忙……哎哟!"

她终于忍着疼站直了,看到傅春野手里的球拍:"你在缠手胶吗?要不要我帮你?"

"你会？"

"会啊，我大一也选的羽毛球，就靠帮体育老师缠手胶混了个好的印象，期末九十分呢！"

"那正好，交给你。这应该就是去年你缠的那一波，老化了，现在换成不带龙骨的，适合新手。"

"啊，你不是在缠自己的拍子？"

"我的拍子在那儿。"他遥遥一指，"刚才不知被谁踩了个大脚印的那个。"

盛小羽差点哭出声，拿过来抱在怀里拍了拍："碳素合金的吧，肯定很贵的！"

"麻烦你将功补过，把剩下这些公用的球拍都缠好手胶，等会儿比赛要给没带拍子的人用。"傅春野把手里的胶带和拍子都递给她，"我还要去练习，热一下身。"

"加油啊，我会给你呐喊助威的！"

傅春野从她怀中抽走了那支刚才被她踩到的球拍。

拍柄上还带着她手心的温度。

体育馆里的人渐渐多起来的时候，球拍的手胶也全部缠完了。

盛小羽伸长胳膊舒展了下身体，一抬眼就看到欧阳远征的脸在面前放大。

"哟，偷窥狂，还真来给我加油啦！"

他今天穿了件荧光黄的无袖运动衫，运动短裤下缠了护膝，羽毛球拍在指间灵巧地转动着，还真有几分专业运动员的样子。

不过怎么都比不过傅春野。

盛小羽用手里的球拍抵住他的胸口，把他推远："你再叫我偷窥狂，我就再也不跟你说话了。"

"看在你来给我加油的分上，就勉为其难叫你小羽毛吧！我看你在缠手胶，你也会打球吗？"

"之前体育课我选过羽毛球，会一点。"

"那正好，来陪我热热身吧，给我喂球。"

盛小羽想说不是有发球机嘛，但仔细看了看才发现，今天场地全都腾出来比赛，发球机收起来了。

她瞥了一眼傅春野，他已经做完了热身运动，正跟身旁拿着名单的同学核对着什么。

"走吧！"

欧阳已经把她拉到了旁边的场地。

"一时半会儿不看着，他也不至于就被其他人拐走了。"

盛小羽这才察觉自己的目光下意识地都在追着傅春野跑。

这一定是她扮演暗恋太过投入，对，一定是这样。

她拍了拍自己发烫的脸颊："来了，我要发球了！"

她其实没什么喂球的经验，干脆打上几板，反正也是活动热身。

欧阳球路控制自如，回球很正，都给到她接球很舒服的位置，两人居然还能对打几个来回。

欧阳赞道："不错嘛，还真能打几下啊！"

傅春野在旁边的场地朝他们这边看过来。

盛小羽绝对是那种需要鼓励的选手，有人夸她打得好，她就真能全情投入再多来几个回合，心情也愉悦。

直到捡球的时候，她看到了最不想看到的人，周向远。

他怎么也拿着羽毛球拍？莫非他也参加今天的比赛？

她知道周向远大一下学期的体育课也选的羽毛球，男生选这个项目的人少，他很可能是选课的时候其他项目没选上，才选的羽毛球。

她当然也偷偷看过他打球，运动细胞发达的人，什么都上手很快，所以他球也打得不错。

跟在他身边的，好像就是那天在白楼门口见过的那位女朋友灵灵吧。

她那天好像提过她一直参加羽毛球社的活动，还跟体育老师很熟。

在白楼门前相遇后不久，周向远就把钱打给她了，附言当然是对校运会上误伤她表示道歉。

想要的都得到了，她在他这里也没什么不甘心了。

但是现在这样狭路相逢，好像还是有点尴尬。

希望他们不要发现她也在这儿。

"喂，偷窥狂，你干吗呢，怎么不打了？继续啊！"

欧阳那个大嗓门一嚷嚷，路过场边的周向远果然发现了她。

惊讶之后，他脸上的表情一时有些复杂。

哪里都能遇上，还说不是对他余情未了？

"这么巧啊，今天不会再受伤晕倒了吧？"

周向远故意过来跟她搭话，不甘心的人成了他。

盛小羽无法辩驳，她本来就不擅长吵架争执，等想好怎么回应的时候，人早就走了。

"你还好吗？"

傅春野不知什么时候来到身边跟她说话。

她连忙摇摇头，觉得不对，又点点头。

傅春野皱眉瞥了一眼刚走过去的那对情侣。

"你能打比赛吗？"

啊？盛小羽傻眼，打比赛，谁呀？她吗？

傅春野拉起她，走向刚才跟他核对名单的那人面前："今天混双我的搭档临时换成她，名字改一下吧。"

拿着名单的短发女生跟盛小羽本人一样惊讶，仰头看他："你确定？"

"你不是脚上有伤，本来就不想打吗？我带一个新人上场，也不算违反规则吧？"

原来短发女生是羽毛球社的副社长，她笑道："本来就是友谊赛，规则无所谓，只要你代表我们老成员就行。这位同学是帮我们做招新海报的那位吧？欢迎欢迎，不过你好像还不是我们羽毛球社的成员？"

友谊赛怎么打都行，临时组队也没问题，只有一条硬性规定——必须是羽毛球社的成员才能上场。

周向远也是被他那个社员女朋友拉来的，混双情侣档本来就是观众喜闻乐见的形式，能有另一半来配合拿分，不管新老队员，绝对会成为焦点。

傅春野拿过笔，在参赛名单上写下盛小羽的名字。

"她现在是成员了，推荐人写我，加入社团的申请晚点再补。"他把自己那支球拍给盛小羽，"你用这个，挥动很轻便。"

她还没能消化眼下的状况："那你呢？"

傅春野走到场边，从那一堆公用球拍里随便挑了一支。

"我用这个。你缠的手胶,不会散开就行。"

欧阳远征跑过来,还没搞清楚状况,问盛小羽:"我热身还没热开呢,你这个陪练怎么就跑了?"

说完不忘瞪傅春野一眼,意思是他"不讲武德",公然把他的人给抢走了。

盛小羽愤愤道:"我说过的吧,你再叫我偷窥狂,我就再也不跟你说话了,现在开始生效。"

"哎!"

他还要追问个究竟,被傅春野拦住了。

什么情况?欧阳这回没跟他杠,而是回头看了看,把矛头对准了场边的始作俑者。

刚才过来跟她说话的那个男生是什么来头,怎么说完她就发脾气了,连带着傅春野脸上的神色也不太对劲。

盛小羽被傅春野从体育馆侧门拉了出去,二楼的楼梯下方有块角落,被空调外机挡住,不太有人看得到。

"热身活动开了吗?要不要我再陪你练习一会儿?"

盛小羽摇头,有点抱歉道:"对不起啊,可能要耽误你比赛了,其实我水平很差,等会儿真打起来怕连累你。"

"应该是我说对不起,没问你的意见,就硬让你加入羽毛球社。"

"没关系的,反正我本来就一个社团都没加入,帮你们画过海报就算是自己人了,加入也挺好的。再说……暗恋你的人肯定应该是削尖了脑袋也要跟你加入同一个社团的,这样才方便随时接近你嘛!"

"周向远现在也是羽毛球社团的成员了。"

盛小羽急得连连摆手:"跟他没关系,我都不知道他会跑这里来。"

"我开玩笑的。"

傅春野看她着急反而笑起来,虽然很浅淡,但像春风化雨,刚才在场馆里经历的那些紧张和尴尬似乎都已荡然无存。

盛小羽被他的笑容感染,却还是有点过意不去:"万一比赛输了怎么办?"

"新人赛本来就只是为了看看新成员的水平,输赢不重要。我们只打最后一轮的新老对抗团体赛,有我在,你不用有太大的压力。"

她点点头。

"我们进去吧,比赛应该开始了。"

"嗯。"盛小羽伸长脖子往里面看了看,"不知我室友来了没有,我要找她们借根橡皮筋把头发扎起来。"

她今天没梳马尾,披散的头发在打球的时候很是碍事。

傅春野取下自己头上固定刘海的发圈,"用这个,我帮你扎。"

他半弯下腰,修长的手指从她发间穿过,很灵巧地将她的头发束成马尾。

他自己的头发散落下来,长而细的发丝遮去一点眉眼,目光里仿佛多了几分欲说还休的味道,野性又有点妩媚。

盛小羽感到心脏好像漏跳了一拍。

真希望时间在这一刻也能停久一点。

比赛打得不算激烈。

社团内的比赛并不经过选拔,成员之间的水平参差很大,为节省体能,都只打十一分,有的场地五分钟就能结束一局。

团体赛由新老两个阵营分组对抗,女生这边因为有强力新人的加入,且老成员中担任副社长的学姐有伤发挥失常,所以输掉了女单和女双的比赛。

男单的老成员是欧阳远征,尽管傅春野说他近期训练不足,但瘦死的骆驼比马大,拿下这局胜利毫无悬念。

然后就是混双了。

傅春野大概是看到了名单,知道闯进最后的决赛跟他们对阵的人很可能是周向远和他女朋友。

盛小羽刚才跟傅春野打掉了一对新人组合,傅春野太强了,跳起来扣杀之后基本就是一板扣死,让对面毫无还手之力。

她基本没怎么碰到球,感觉不用她上,傅春野一个人也能搞定……

面对周向远他们的时候,他趁着整理球拍的时候轻声跟她说:"别怕,你站着别动就行,交给我。"

他像西行途中的孙行者,在地上画出一个圈,把最想保护的人圈在其中。

战斗的小宇宙燃烧起来真是可怕，盛小羽仿佛都能看见他周身燃着一团火，所到之处寸草不生，连她这个同伴都最好躲远一点。

对面的周向远看到他们又站到一起，脸色很不好看。他身边的女生实力虽然不强，但两个人肯定比刚才的那些组合要厉害，傅春野应付起来会比较吃力。

盛小羽看到他漫长搏杀时的眼神，手里的球拍也生出杀意。

那是他的球拍，大概凝聚了他的精气神。

这种冲动她从没有过，也跟对面的周向远或其他路人甲乙丙无关，纯粹是因为眼前的傅春野。

她想要帮他，想跟他并肩站在一起。

再次扣杀之后，傅春野在一片叫好声中回转头，看到她的眼神，竟然像是看明白了她心中所想。

他捞起地上的球递给她，在她耳边轻声道："你来发，注意网前，我在后面保护你。"

她信任他，他也可以。

输赢没那么重要，重要的是并肩作战的过程，他们已经在每次挥拍和搏杀中达成共识。

她发球太正，接球失误太多，跑动范围太小，比分已经被周向远他们反超。

傅春野却不急不躁，也没像之前那样大包大揽地要凭一己之力结束战斗，他只是低声安慰她，在她背上轻拍，更关心她倒地接球的那一下有没有受伤。

她握着他的手站起来，心里想的是，假如这真的是她暗恋的人，她会高兴得发疯吧。

混双的比赛输掉了，但盛小羽并不觉得遗憾。

场外助威的女生倒是挺遗憾的，因为她们看到比赛结束的时候，傅春野把手放在跟他搭档的女生头顶，轻声安慰，又很自然地接过她手里的球拍，递给她水和毛巾。

这女生到底是何方神圣，球打得一般般，居然能得到她们的"一号种子"青睐？

欧阳远征扛着拍子找过来："输了啊？"

难得没有嘴欠，也没有责备和嘲笑的意思。

"那小子，其实也一般啊！"他朝远处的周向远努了努嘴，"要不要我帮你报个仇？"

盛小羽扶额，看样子，知道她曾经喜欢周向远的人又多了一个。

欧阳远征在她旁边蹲下："哎，到底要不要？"

他承认，他是到她的室友那里去套了一圈话，没费多少工夫就猜出来是怎么回事。

当然他不是要逼迫女孩子坦承什么心路历程，只需要她知道，他也是站在她这边的。

输一场不要紧，还有制胜的一轮没比呢！

盛小羽突然反应过来，剩下的一场是男双比赛！

她看看身旁的傅春野，又看看欧阳远征——是男双没错吧？

欧阳好像明白她在想什么，立刻跳开八丈远："不行！我说的报仇是我可以上场打，跟其他人搭，不是跟他！"

呵，以他的实力，跟谁搭都能把新人组合干趴下，为什么一定要跟傅春野。

"你们是最强组合啊，既然给新人打样，不就要最强的吗？"

"我不要！"

傅春野冷笑："我也不屑跟幼稚的人搭档。"

"你说谁幼稚！"

盛小羽把两人分开："够了，你们是不是还想再打一架啊？"

已经有好奇的目光朝他们这边聚拢，嫌不够丢人吗？

盛小羽一摊手："算了，输就输吧，反正我是新社员，又不丢我的脸。"

两个男人各自把脸扭到一边。

"男双的选手准备啊，下面是男双的比赛！"

广播里传来的声音一阵阵催促着犹豫不决的人下决定。

盛小羽把头发上绑的黑色发圈拿下来，递给傅春野："这个还给你，扎起来会舒服一点。"

他流了好多汗，汗水可能会顺着发梢流进眼睛里，影响发挥。

他接过发圈，却只是套在了手腕上，安静了几秒，突然拿起自己的拍子往场上走。

"喂，你去哪儿啊！"

欧阳跟上去，走了几步才发现，傅春野今天这个遇神杀神、遇佛杀佛的气势压根就没人敢跟他搭，他往中间一站四周就散开了，只剩他自己了。

对方应战的两个男生当中果然有周向远。

欧阳叹了口气。

傅春野低头整理腕带："怎么，担心自己的状态太烂，跟不上我的节奏吗？"

"谁跟不上你的节奏了，也不看刚才谁赢球谁输球了！"他甩了甩拍子，"来，不给新人点颜色看看，他们还真以为自己要当大王了！"

盛小羽跳起来，攥紧了拳跑到室友身边："牛牛，相机借我一下！"

她们寝室最好的莱卡镜头和相机就是牛慧手里的那个，是她参加市级跆拳道比赛赢得的奖品，她跟丁芮茜的专业课里需要摄影的作品就要多多仰赖它了。

时隔一年，明大最强羽毛球男子组合终于又合体了！

场上一片欢呼沸腾。

周向远他们当然知道这些欢呼不是给他们的，气势上就被压了一大截，第一局居然被打成了11：1。

对手弱得欧阳都有点失望了——就这？

傅春野每一记大力扣杀都让人毫无招架之力，一点情面也不给新人留。

休息的时候新成员找副社长撒娇，要求换人，观众也看热闹不嫌事大地表示附议，给周向远换了个迟到的小男生搭档，还挺厉害。

于是第二局居然有了僵持对拉的过程，最后打到了11：9，眼看周向远体能下降得厉害，动作都有点变形，傅春野在网前举重若轻地一挑，最终拿下这局。

欧阳本能地冲上去跟他击掌拥抱。

两人之间曾竖立起的坚冰，就这样被一掌击碎。

盛小羽咔嚓咔嚓连拍十几张，喊加油喊得嗓子都哑了。

胜利带来的兴奋，让人自然而然忘掉了前面暂时的失利。

傅春野说过，等她完全忘记前一段暗恋带来的酸苦，他们的《暗恋观察报告》就差不多可以结束了。

就像胜利覆盖掉失利这样吗？

盛小羽不自觉地放下手里举着的相机，有种难以言喻的失落感涌上来。

她好像到这一刻才意识到，原来这一切是会结束的啊，似乎比她预想的要快很多呢……

赢了球，欧阳远征嚷嚷着要盛小羽请客。

丁芮茜撇嘴道："凭什么让小羽请啊，文盲学长打秋风啊？"

盛小羽们也是今天才知道原来欧阳远征就是当初接新的时候，把丁芮茜叫成"丁丙欠"的那位"文盲学长"。

看来他不只是英语四级有问题，汉字也不是太灵光。

欧阳脸上依旧笑嘻嘻："文盲叫谁呢？"

"呵呵，我才不上当，我叫的文盲就是你。"

恶人自有恶人磨，盛小羽简直要为丁女侠拍手叫好。

谁让欧阳之前还一直把"偷窥狂"挂在嘴边呢!

不过今天赢了比赛，瓦解了周向远情侣档的挑战，这顿确实该她请。

盛小羽也不含糊："请客没问题，但是地方我来选可以吗？"

她叫上三个室友，还有面上一团和气实则带伤也要上阵比赛的女中豪杰——社团副社长尹蓉，跟欧阳和傅春野一起出去吃晚饭。

地方选在大学城附近的一条小马路上，招牌上写的是咖啡店，但进去以后看起来更像是酒吧，吧台上方的氛围灯亮起，还提供简餐，倒是一点都不吵闹。

"随便坐吧，我去把餐牌拿过来！"

盛小羽招呼大家入座，熟稔得不像客人。

欧阳悄声道："她该不会是这里的老板娘吧？"

傅春野打量着店内四处可见的可爱涂鸦，没说话。

似曾相识的风格，这些应该都是盛小羽画的。

大家围坐在最大的一张原木餐桌旁，盛小羽很快拿了几份餐牌来，身后还跟着个留着精致胡须的年轻男人。

"快看看想吃什么,今天的主厨推荐,我把主厨请出来亲自跟你们讲解哦!"

她身后的男人上前笑道:"我们这里都是简餐,今天的两道主菜是蜂蜜烤肋排和香煎海鲈鱼,配菜都是随心所欲加的。你们可以再点一些薯条、炸鸡之类的小食,要还是吃不饱,等会儿我给你们煮意面,或者蛋炒饭。"

丁芮茜倾身去看他:"主厨你就是老板吧,很帅哦,怎么称呼呀?"

"我姓季,是小羽的表哥。"

所有人都惊讶了一下。

尤其是欧阳远征:"我还以为她是这儿的老板娘呢!"

盛小羽揉了一团纸巾扔向他。

季杰笑道:"她妈妈是我的小姨,都是一家人,要说是小老板娘也没问题。她很少带大学同学过来,所以今天一定要好好招待大家。"

盛小羽难得露出点撒娇的姿态:"经常带人过来我就破产啦,再说你这里平时都人满为患,也没位子给我坐啊!"

"你来肯定有位子,在屋顶上也能给你开一桌。"季杰在她脑袋上揉了一把,"你们今天来得早,先吃东西,晚上这里有驻唱的乐队,氛围很好,可以喝点酒慢慢聊。在座的都成年了吧?"

大家一阵哄笑。

孟菁华正苦于自己的乐队找不到合适的鼓手,一听有乐队驻唱就两眼放光,跟着季杰去"拜码头"了。

傅春野让欧阳顺便挪一个位子,留出身边那个给盛小羽。

"喊,有异性没人性,我坐尹蓉那儿去!"

尹蓉留一头潇洒利落的短发,像个假小子,跟谁都能称兄道弟。

欧阳其实是好奇,想要趁机观察一下傅春野跟盛小羽到底是种什么样的关系。

盛小羽一坐下,傅春野就问道:"那些画,是你画的吧?"

"对呀,看得出来?"

"嗯,跟招新海报上的风格很像。"

她搓搓手:"表哥开业的时候大概也没想到会有那么多大学生光顾。其实这里离大学城就一条街嘛,很多学生会过来买咖啡或者聚会。

他想加入一点年轻元素，我就建议他做点实物，像抱枕、贴纸、马克杯之类的，图案我来帮他画，就成这样了。"

"你微信的头像也是自己画的？"

"还不止呢，我们寝室几个人的头像都是我一起画的，统一风格。"

她很开心地点开手机分享给他看。

傅春野却只是简单瞟了两眼手机屏幕，然后就看向她。

盛小羽被他盯得有些发虚："呃，怎么了？"

他不说话，撑着下巴，把头扭过去："没事。"

明明就有事。

盛小羽仔细琢磨了一会儿，壮着胆子猜了一下："你也想要我给你画个头像？"

看这个反应，应该是了。

喂，她可是跟他提议过的，第一次她被他堵在更衣室的时候就说了，可以给他做门卡，亲自画图案直到他满意为止，那就是跟头像成套的嘛！

当然了，那时候她还是打算收钱的，现在可以给他免费了。

男人有时候像孩子一样。

不过盛小羽觉得，他一定是认为她的暗恋计划进行得不够卖力，连个手绘头像都不给他画。

可他原本的头像也蛮好的⋯⋯再说，两个人用风格一致的情侣头像，会不会太引人瞩目了？

晚饭虽说是简餐，大家却吃得很满足，季杰怕年轻人吃不饱，还烤了一份千层面给他们，碳水的快乐，免费不要钱。

夜幕降临后店内的人多了起来，盛小羽去挑了两瓶酒，一瓶西柚味的起泡酒，颜色粉嫩，清甜好入口，给女生们喝；另外一瓶霞多丽白葡萄酒，男女皆宜。

傅春野却挡住了酒杯："谢谢，我不喝酒。"

啊，莫非还在因为头像的事闹脾气？

盛小羽手中的酒瓶悬在半空，欧阳已经把自己的酒杯伸过来："给我给我，这个海鲈鱼配白葡萄酒最好了！"

盛小羽给他倒了半杯，坐回自己的座位上，情绪竟然有些低落。

刚才不要那么扫兴就好了，傅春野明明帮她那么多，带她打球，帮她赢下比赛，她却连个小小的要求都推三阻四，难怪他会不高兴。

驻唱的歌手一唱起歌，孟菁华和丁芮茜她们就坐不住了，举着手机和酒杯跑到最接近乐队的吧台位去坐着。

牛慧一通电话没接完，就有个魁梧英挺的男孩子推门进来，一进门就直扑他们这里。

"咦，春野，欧阳，你们也在？"

竟然是认识的，欧阳上前跟他击掌撞肩，很是亲热。

傅春野仍旧是君子之交淡如水，朝他点头："大龙。"

赵龙并不在意这些细枝末节，他拉了把椅子在牛慧身边坐下，嘿嘿一笑："你们还有这么多没吃啊，好饿。"

牛慧推了推脸上的黑框眼镜，不知该说是木讷还是冷淡。

盛小羽不认识他，看向欧阳求解，他介绍道："跆拳道社的会长赵龙，环境科学与工程大四，今年已经就要毕业啦！"

"啊，你就是当年单挑留学生抢下会长位子的那位学长吧？我常听牛牛提起你。"她立刻露出崇拜的神情。

失敬失敬，这都是传说中的风云人物啊！

牛慧飞来一记眼刀，她才没有常常提起。

赵龙仍旧笑着："那时候年轻气盛嘛，现在我已经卸任了，这一任会长正式交给我们小慧，我要专注毕业论文和找工作了。"

他像个大狗狗一样眼巴巴地看着牛慧："我刚面试完回来，真的好饿，可以吃点东西吗？"

"我们又没邀请你来，回学校食堂去吃。"

"没关系！"盛小羽连忙招呼，"吃吧，别客气，光吃这些不够，我再去给你加点菜。"

她起身在牛慧背上轻轻拍了拍，来者是客，让她千万不要把人往外撑。

何况赵龙已经风卷残云般开吃了，剩下大半的千层面被暴风吸入，还有肋排也是整扇放进嘴里啃。

欧阳撑着脑袋坐他对面，感慨道："看你吃饭我又看饿了，要不你别找工作了，做吃播吧！"

盛小羽笑笑，转身去吧台加菜。

傅春野跟上来:"我跟你一起去。"

客人太多,季杰忙不过来,让他们如果想加什么菜,就写好单子自己递进厨房。

厨房跟外面隔着一个狭长的天井过道,夜晚只开了幽暗的小灯,角落有一堆箱子摞得高高的,里面堆满空酒瓶。

传菜的服务员端着餐盘快步走过,视野盲区看不到他们,差点撞上。

傅春野猛地拉了她一下,将她护在自己和箱子后面的墙壁之间。

"谢谢。"

两人突然有了一个狭小的共处空间,距离近到有些尴尬。

"那个……你怎么认识赵龙学长的呀?"

她其实是没话找话,却见傅春野脸上的神色变了变。

"你问这个干什么?"

"没什么,就是好奇。牛牛、菁华她们跟我不一样,都是大一入校就加入各种社团了,牛牛进的跆拳道社,常常听她提起会长赵龙,以为他只比我们高一届呢,没想到已经大四了!"

不同届,又不同社团,看起来关系还不错的样子,那他们是怎么认识的呢?

"大龙是国家一级运动员,跆拳道黑带三段,作为有体育特长的学生常到老肖那里帮忙,一来二去我们就认识了。他也跑过4×100米接力。"

"哇,看不出来呀!他看起来像霸王龙一样,居然跑得很快吗?"

她脸上的笑意让傅春野感到刺眼。

"霸王龙可能才是陆地上跑得最快的生物,不然怎么猎食其他动物?不是要加菜吗,再不去,霸王龙可要饿死了。"

他捏着单子走在前面,把她远远甩在身后。

唉,这没话找话的操作看来是失败了,没能安抚好这位大佬,不知怎么反而让他看起来更生气了。

他是气她给新来的小伙伴加菜而不管他吗?

他是不是没吃饱?

盛小羽有点垂头丧气地回到座位,看两个酒瓶里都还剩点酒,抓过来倒在一个杯子里混在一起干了。

酒精兑在一起好辣呀，她伸了伸舌头。

最后她烧红了脸去买单，喝下的酒有点上头了。

季杰好笑地盯着她："你属螃蟹的吗，让人给煮了？"

"我喝酒上头，你又不是不知道。"

"少喝点。"

"自己买的酒，能喝完就别浪费呀！"盛小羽晃晃悠悠地掏出一张银行卡，"快，多少钱，我付给你。"

"用不着，已经有人买过单了。"

她以为表哥跟她客气："别啊，亲兄弟明算账，说好我来付的，你这样我下回都不敢带朋友来了。"

"这可不关我的事啊，有人替你付过了，我只是打了个八折而已。"季杰双手抱在胸前一副看好戏的表情，远远指给她看，"喏，跟你一起来的那个很高很帅的男孩子，就是他来买的单。不错哦，很绅士，你看男生的眼光比以前好了。"

傅春野啊？刚才他不还在生气不爱理她吗，怎么抢着帮她买单呢？

大家套上外衣，陆续准备离开的时候，她在门口叫住傅春野："你跟我来一下！"

音量没控制好，嗓门相当大，大家纷纷回头看她。

她的脸更红了，拉起他就躲到吧台后面的门帘后头。

季杰给了她今日消费的小票，她指给傅春野看："我把钱给你吧，说好我请客的，不能让你买单。"

他今天已经帮她那么多，不能又出力又出钱。

"不用在意，我不缺钱。"

"不是钱的问题，我们之前说好的，再说地方又是我挑的，怎么能让你来出钱？"

"你去厕所的时候，赵龙差点把单买了，我总不能让他付钱吧？"

这样好像是她拉着他们来照顾自家人的生意了，多不好意思。

啊，这群男人怎么回事，难道还信奉出门不能让女性买单的原则？都什么年代了，这是反向歧视！

盛小羽打了个酒嗝。

傅春野的语气缓和下来："地方挑得挺好，东西好吃，酒也不贵，谁出钱有什么关系吗?"

嗯?她可以把这当成赞美吗?

她仰起脸看他,脸上满是意外之色。

"怎么?"

"你……你不生气了?"

"你为什么会觉得我在生气?"

"不是吗?不生气怎么不喝酒,也不笑?"盛小羽答道,"那个头像的事……我不是不想给你画,我是怕我们用的头像看上去跟情侣头像一样,会被人误会。"

"暗恋的人会怕其他人误会吗?"

"我偷偷用当然没关系了,我是怕你……哎呀,不管了,我会给你画的,别人问起,你就说是花钱买的!"

喝了酒的人果然相当豪迈,大手一挥,没有办不成的事。

傅春野的神色一松,却低下头道:"我是有点生气,不过不是因为这个。"

"那是因为什么呀?"

她下意识地往后仰,腰部已经抵在身后的储物柜上。

刚刚她只顾着把人拉进来,没想到又把两个人塞进了这么逼仄的空间里。

她的脸更烫了,喉咙也是。

"你还记得我们的约法三章吧?"傅春野问。

"记……记得。"

盛小羽眨眨眼,好端端的,怎么提起这个。

他们刚才讨论的是他为什么生气,难道还跟这个有关系?

"在《暗恋观察报告》完成之前,你不能喜欢其他人,记得吗?"

盛小羽点头,记得啊,暗恋的对象只能有他一个嘛!

"那欧阳是怎么回事,还有大龙。"他深吸一口气,"如果可以,你也打算喜欢他们吗?"

她愣了一下,确定他脸上的表情是认真的而不是在开玩笑,忍不住扑哧笑出来。

"你笑什么?"

"你真的看不出来吗?赵龙学长是冲着我室友牛牛来的呀,虽然我不知道他们之间发生过什么,但我都不认识人家……欧阳就更不用说了,他的'真命天子'是你吧?我最早跟他联系,是因为不小心把U盘错放到他包里了,也是想旁敲侧击地从他那里多知道一点你的事。"

她简单把U盘的糗事说了一下,傅春野才恍然:"怪不得。"

原来两人看起来突然熟稔起来是这个原因。

他眼里的柔软在昏黄的灯光下晕开来,有些藏不住。

盛小羽拍着胸脯道:"你放心吧,答应你的事我不会反悔的,说到就一定做到!"

"你喝多了。"

"哪有,有点上头而已,我一喝酒就这样,不是真的醉了。"

盛小羽用手背碰碰自己的脸颊:"难道你不喝酒也是因为这个?"

"我喝不了酒,不是上脸,也不是因为生气。"

"那到底为什么?"她被勾起了好奇心。

他斟酌一下:"我容易醉,喝一点就醉,醉了什么话都说。"

每个人酒品不同,有的人喝醉酒是说真心话,有的人是大冒险,他显然是属于说真心话的那一类。

很危险,尤其是心里关着不能说的秘密时。

"这样啊,你早说嘛,我给你点别的。店里的咖啡也很好喝,现煮的和冷萃各有风味。"

"以后还有机会来尝。今天的钱不用给我,羽毛球社团的活动,你是新成员,不可能让你出钱。"

盛小羽知道再坚持下去也是徒劳,搞不好又惹他生气。

傅春野看了看她,随手从她身后的架子上取下一对马克杯。

"买这个送我,加上你刚说的咖啡,就算是扯平了。"

那是有她手绘的图案的杯子。

"当然没问题!"

盛小羽兴高采烈地付钱买下杯子和咖啡,傅春野却从一对马克杯中拿出一个给她:"我有一个就行了,这个你拿回去用。"

头像或许很多人都能看得见,但各自用的杯子实际是一对,谁又会知道呢。

除了他们彼此。

可能他是无心的，但对暗恋的人来说，这是值得记录和欢喜的吧？

盛小羽的脸更红了，心跳也越发快了。

是酒精的作用吗？这种感觉，怎么像是心动呢……

第三章 靠近

SPRING
IS
IN
THE
AIR

盛小羽决定找一份兼职。

同寝室的孟菁华自从那天聚餐回来之后变得更忙了，除了上课都跟乐队的小伙伴凑在一起排练，说接到了驻唱的活儿，开始有收入了。

驻唱的场子就在季杰那个咖啡店。

据说原本驻唱的乐队要解散了，主唱刚有了娃，人生重心要转移，不能一心扑在音乐上了，而且他们一直找不到合适的鼓手。

"你们是不是也找不到合适的鼓手？"

她替孟菁华担忧，虽然知道能跟乐队搭的好鼓手难求，但没想到是会导致乐队解散的程度。

其实她一开始以为孟菁华总往季杰那儿跑，是看上了她的表哥。结果他们只是伯乐相中千里马，要搭档赚钱。

孟菁华叹口气："是啊，还在找鼓手，你要有认识的，记得帮我们牵线搭桥。"

可以赚钱之后，说不定会有能人愿意加入。

盛小羽还是羡慕他们，至少有了额外的收入，花钱不用那么紧巴。

马上就是圣诞节了，傅春野的生日跟圣诞节连在一起，加上周末都能连成小长假了。

没点礼物表示有些说不过去，他很可能又要觉得她不认真履行暗恋计划。

最近她的生活费捉襟见肘，只能靠打工挣点零花钱。

她越想越羡慕菁华，有一技之长傍身多好，可以把爱好发展成赚钱的事业。

孟菁华道："你为什么不跟我一起去表哥那儿打工呢，自己人也知根知底，不是挺好的？"

寝室的几个姐们儿现在跟她一样管季杰叫表哥，叫得别提多顺溜了。

"不了，我空闲时去帮帮忙还行，拿工资就不太好意思。"

现在餐饮行业生存不易，不歇业就是胜利，能赚到钱的都是凤毛麟角，一家人帮忙还拿工资，左手倒右手的，多不好。

丁芮茜道："那你以前打过工的地方呢，还能不能再去？"

"有是有，不过那只是临时的，不可能一直有空缺。"

"跟Venus女团有关吗？"丁芮茜故作神秘，"我看到你跟她们的合影，笔记本上还有她们的签名哦！"

盛小羽不由得惊讶。

丁芮茜将来要是做娱记，一定能成为最好的狗仔，不仅记忆力惊人，而且总能挖掘到常人不易察觉的点。

"Venus女团，她们不是解散了吗？我还挺喜欢她们第一张专辑里的歌。"

牛慧随手点开手机播放列表里的专辑，她听歌并不多，居然知道这个选秀出身的青春女团。

团员一共十个，她能记住名字对上脸的不超过五个。

她们都不知道盛小羽会跟这样的明星有交集。

其实盛小羽自己都没想起来还有这么一条路。

她拿着手机翻通讯录，贵人的号码都还存在手机里，就是不知道这样贸然打过去问会不会不好。

这个团体一直是人红团不红，有那么几个团员国民度很高，想必解散后发展也会不错，其余的几个人就前途未卜了。

这时候打电话去说想找一份兼职的工作，会不会不合适呢？

犹豫了一阵，她还是决定打个电话，就算问问近况也好。

傅年年留给她的手机号码是通的，但无人接听。

上次打通这个电话，还是她拿到明大录取通知书的时候，那时Venus女团还没有解散，有不少商演和通告。

傅年年忙得不得了，但得知她考上了，还是非常高兴，说了好多鼓励的话，又给她发了红包，当然她没好意思要。再后来她忙于开学的种种琐事，联系也只能靠微信，对方几乎不回微信，渐渐地她们就断了联系。

"可能只是忙吧，艺人不是都有好几个手机。"孟菁华叼着奶茶吸管安慰她，"不过你怎么会去娱乐公司工作呀，在Venus女团里做什么呢？"

盛小羽挠挠头："我都不好意思说，怕你们笑我。"

"说吧，没关系的。"

唉，其实都是黑历史，她太自不量力。

第一次高考她考砸了，肯定上不了心仪的学校，又正在青春叛逆的阶段，就想直接去找份工作。

像表哥那样开个酒吧，或者当个主播，应该都是不错的选择，何必非要上大学。

她读的高中又靠近青州艺专，那两年选秀大热，艺专一直有学生入选热门综艺的选手，带动了普通高中生的明星梦。

"噗！"孟菁华的奶茶喷出去，扯着纸巾问，"你还想过选秀出道当明星啊？"

"很好笑吧？"盛小羽自己先笑了，"我在百货商场逛街时被星探塞过名片，星探说我可以试试演戏，演那种……笨蛋美人。"

这样的定位说不清是夸她还是损她。

不过家里人觉得那都是传销的把戏，她去了八成是落入窝点，有去无回。

但她的确受了鼓舞，或者单纯就是为了逃避，以为唱歌跳舞当明星会比考个好大学容易。

"后来呢，成了吗？"

当然是没成了,她们都很清楚,要是成了她就不会出现在这里,跟她们睡一个寝室,每天打水泡脚,聊天打屁。

其实她努力过,报了短期训练班想要突击一下业务能力,要是唱歌跳舞实在不行,当个搞笑艺人也可以。

当然都是瞒着家里进行的,老妈以为她的心态飞快地调整好了,报的是复读的补习班。

开玩笑,艺术类的培训班可比复读班贵多了,家里给的钱远远不够,都是表哥季杰悄悄借钱给她的。

季杰认识的人多,圈子交际广,还给她介绍了一份兼职的工作,就是给Venus女团的成员之一傅年年做助理。

确切点说是助理的助理,跑腿打杂的那种。

目的只是让她提前感受一下娱乐圈的氛围,这是其一,其二是早点攒够工资还他钱。

反正她暑期也没什么事。

那两个月真是她这小半生最新奇也最辛苦的时光了。

傅年年人很好,明艳、可爱,又大方。最重要的是,她曾是学霸,因为喜欢唱歌而参加选秀,最终成功成团而从北城秋大退学,成了女团的主唱。

"北秋南明",从这样的顶级学府退学去做明星,只因为那是自己喜欢的事,这种勇气不是普通人能够想象的。

盛小羽从傅年年身上看到了理想,也看到了现实,而且在这个过程中她发觉自己并不是真的想成为明星。

其实坦白说,她跳舞还可以,至少学得挺快。傅年年的舞蹈一直是短板,通常是老师教了半天,盛小羽跟着看会了,她还不会,要不就是睡一觉起来又忘光了,最后还是盛小羽陪她复习抠动作。

盛小羽觉得这个过程比她亲自上舞台更有成就感。

站在聚光灯下,唱歌跳舞上综艺,似乎都不是她真正喜欢的事。

为什么要为自己并不喜欢的事情而持续奋斗呢?

相反地,她时常跟在傅年年的经纪人静姐身边,发现自己对这个行业的好奇更像是一种兴趣。

要做经纪人,或者记者,或者企业公关,都需要她有专业领域的知识,有更开阔的眼界。

所以她就重新回来考大学了,考了明大的新闻系。

她大概是对什么东西都比较慢热的类型,包括学习和高考,一定要重复第二遍,才能激发出真正的实力。

然而没想到Venus女团这么快就解散了。

不知道傅年年如今在哪里,又在忙什么,星途还好吗?

没打通的电话号码竟然很快回拨给她,盛小羽有点紧张地接起来,却发现打来电话的不是傅年年本人,而是她的经纪人静姐。

"小羽啊,好久不见,有什么事吗?"

静姐十分热情,更让盛小羽感到不好意思,但拐弯抹角反而浪费人家的时间,于是她就直接问有没有兼职的机会。

"可以啊,我们这里一直在招实习生,小羽你会画画、拍照、剪辑视频,可以帮的忙其实很多啊!圣诞前有个音乐节,我们公司是主办方之一,你要不要来帮忙?"

盛小羽略微计算了下时间,等拿到工资再买礼物可能会有点赶,但机会的确不错,她也没什么好挑的,一口就答应下来。

"年年姐她还好吗?这个号码她不用了?"她还是忍不住问了一下傅年年的近况。

"你听说了吧?她们那个团解散了,她的合约也已经到期,我不再是她的经纪人了。这个手机她交还给我保管,大概以后也不怎么会用了。"

虽然是意料之中的回答,但盛小羽还是有些失落。

除了学霸标签,傅年年的话题不足,作为主唱,她在女团中也并不显眼,团散之后很可能就此星光黯淡下去。

至暗时刻给过她指引和鼓励的人,今后大概也很难见到了。

唉。

赚了钱的话,圣诞该怎么过呢?

又该给"暗恋对象"傅春野买什么样的生日礼物呢?

这比找兼职本身难多了……

傅春野拎着感冒药回来,站在门口打了两个喷嚏。

谁在背后念叨他?

还是他被某人的感冒传染了？

他开门踏进客厅，就见慵懒地窝在沙发上的人散着头发，裹着厚厚的毯子，手里捧一杯加了姜片的热可乐。

他走过去，从她手中把装着可乐的马克杯抽走。

"喝这个没用，吃药。"

他把买来的一袋药都扔在她怀里，那只马克杯已经放到伸手够不到的地方。

"别这么小气嘛，一个娘胎里出来的，杯子给我用一下有什么关系。"

"我怕你把感冒传染给我。"

啧啧。

傅年年打量着杯身上可爱的图案，不知是哪个小心肝送他的杯子，看起来就是个咖啡店的普通马克杯嘛，这么宝贝，连老姐都不给用！

她剥出两颗药丸放进嘴里吞下去，傅春野已经洗干净杯子重新接满热水自己喝了。

"你今天没课吗？你去学校上课吧，不用陪着我。"

傅春野道："今天周末。还有，这是我的公寓，你打算在这里赖到什么时候？"

"不要用'赖'这种字眼嘛，暂住，过几天感冒好了我就走了。"

"你可以回老爸那儿去。"

傅年年撇撇嘴："那不知要被唠叨成什么样。当年他就反对我退学进入娱乐圈，现在看我混得这么惨，还不趁机使劲说教？"

"那你自己的公寓呢？"

"不是说了嘛，借给朋友住了，说好借一年的，时间没到也不好把人家赶出去啊！"

"你把自己的房子借给别人，搞得有家不能回，小心到时候连房子都要不回来。"

"哎呀，不会的，我心里有数。"她咳嗽两声，抱住他的胳膊，"我们小野最好了，姐姐要真失业了，就只能靠你了。"

傅春野微不可闻地叹了口气。

"你好歹也积极一点，只是团体解散而已，不是雪藏也不是封杀，工作只要愿意找,肯定还有。"

傅年年扑哧笑出声:"你知道你现在像什么吗?特别像我的经纪人静姐,她也说过同样的话,连语气都跟你一模一样!"

不要太过挑拣,短期内并不缺工作的机会。

可是团队解散一年多了,她戏也演过,商演也接过,过去参演的好多剧都还压着没上,眼看曝光度越来越少,像样的工作也越来越少了。

她承认她的心气比较高,一心想要参加唱演之类的节目,然而那样的节目哪会邀请她呀?

她这种女团成员常被看作"花瓶",要不就是攀龙附凤的"花瓶",跟实力搭不上边。

她也受够了这样的误解,不想将就,索性躲起来了。

春海市她能想到的可以投靠的人只有这个弟弟傅春野。

虽然是亲弟,但他们从小就被离婚的父母分开抚养,小野跟着妈妈,她跟着爸爸。好在父母离异并没能影响姐弟俩的感情,小野一直是她最坚实的依靠。

"大学生活好吗?"她伸手揉弄他的头发,"明年是不是就该找工作了?"

她差不多就读到他这个阶段办理的休学,大四是什么样子,她没有经历过。

"怎么,你这时候后悔了,后悔没读完大学?"

"喊,有什么好后悔的,该体验的都体验过了,也就那样吧。"

话是这么说,但"逝去的记忆突然攻击我"的感觉让她心里有点酸酸胀胀的。

"要说后悔,可能也是后悔放弃了不该放弃的人吧。"

校园初恋,是她割舍不了的意难平。

傅春野深深看她一眼,以往他可能会忍不住呲她两句,但如今他好像能够体会她的这种心情。

吃下去的药开始起效,傅年年有点昏昏欲睡。他让她在沙发上躺平,给她垫了枕头,又盖上薄被,屋里的暖气开到了最大。

门铃响了,她虚弱地抬手指了指门口:"帮我收个快递……静姐把我以前用的手机快递过来了。"

傅春野拆了快递盒子，一只半新不旧的手机用塑封袋包裹得好好的。他递给傅年年，她摁了开机，随便瞟了两眼，懒笑道："噢，静姐说的小助理都比我积极是这个意思啊……"

她把手机扔到一边，翻了个身背朝外睡着了。

傅春野听到她说"助理"两个字的时候心头一凛。

他拿起手机，打开微信，果然看到盛小羽那极有个人特色的可爱头像出现在列表里。

"年年姐，你最近好吗？工作忙不忙呀？

"你这边还需要人手吗？我想找个兼职。

"我跟静姐通过电话了，如果你还能看到这条信息，我想说非常非常感谢，音乐节的工作我一定会努力完成的。希望你也好好的，加油！"

没想到她们竟然还有联系。

杜雅静大概是觉得久未联系的"小虾米"都在这么努力地找兼职，姐姐能有所触动，才把手机快递给她。

当然也可能只是单纯觉得这种尚算私人物品的东西还是回到她个人手里比较好。

以他对杜雅静作为金牌经纪人的了解，应该是前者。

傅春野拿着那个手机在沙发上坐下。

他自己的手机几天都收不到盛小羽的一条消息，正纳闷她究竟在忙什么，到底有没有一点身为"暗恋者"的自觉，她却跟他姐姐发消息发得热火朝天，还想找兼职。

她才大二，为了工作履历而进行的实习应该没那么早，那找兼职干什么，是缺钱吗？

他回头看了一眼熟睡中还在吧唧嘴的姐姐，想了想，拿那个手机给盛小羽回了条消息。

"小羽，你为什么要找兼职，缺钱用吗？"

盛小羽正在寝室开着电脑写作业，收到这条信息的时候差点激动得打翻手边的马克杯。

"怎么了？"孟菁华凑过来，"谁又发消息给你？"

"年年姐啊，傅年年！"

"Venus女团的那个？你不是说她不用这个微信号了嘛！"

"可能是经纪人跟她说了,她回复我了!"盛小羽喝了一大口水压压惊,酝酿了一下才回复。

"年年姐,是你吗?你拿回这个手机了吗?"

"嗯。"

对面的回复相当简练。

她一点没觉得有什么异样,欣喜道:"还能跟你说话太开心了!静姐已经帮我联系好了筹办音乐节的实习生岗位,非常非常感谢!圣诞节马上要到了,而且有朋友要过生日,我想送他好一点的礼物,靠自己的努力换来的比较诚心。"

傅春野已经不自觉地扬起唇角,追问道:"男朋友?"

不是,普通朋友……打字到一半,她又逐字删掉,斟酌一下回复道:"不是男朋友,但也是很重要的人,帮了我很多。"

笑容消失,傅春野的手背搭在额头,把手机扔到沙发上。

笨蛋。

盛小羽半天没等到回复,正思忖着自己是不是回复得太矫情了,消息终于又来了。

"你打算送他什么礼物?"

这个正是她也在苦恼的问题。

"我还没想好,不知道他需要什么。运动鞋、耳机,或者球拍?他羽毛球打得很好,跑步也很厉害。"

字里行间,好似有一种遮掩不了的骄傲。

他球打得好,跑步也厉害,那么优秀,她也与有荣焉般开心。

笑容又回到脸上,傅春野坐起身,继续发消息:"怎么不直接问他想要什么?"

"那样不就没惊喜了吗?"

何况她既然是"暗恋者",大张旗鼓地问对方要什么礼物就不叫暗恋了吧?

还是保留一点神秘感比较好。

"不会,用心准备的礼物,他肯定都会喜欢。"

盛小羽轻叹口气,站在高天云端的人,一定无法想象单相思的卑微。

"如果是年年姐,你觉得送什么比较好呀?"

她居然来问他的意见?

傅春野还真的挺直腰板仔细想了一会儿。

鞋和耳机对她来说其实都太贵了,他并不希望她辛辛苦苦兼职十来天,攒下的钱全投入给他。

何况这些东西他又不缺。

"男朋友喜欢音乐吗?"他决定考考她。

"喜欢吧,我常看到他戴着耳机听歌。"

她竟然没有纠正"男朋友"这个称呼。

傅春野盯着那三个字,抱着怀里的抱枕扭到左边,又扭回右边。

傅年年蒙蒙眬眬睁开眼,随口问了一句:"你傻笑什么呢?"就又睡着了。

他揉了揉脸,才一字一句认真输入:"你不是要帮忙筹办音乐节吗,到时候邀他一起去,就当是礼物了。"

"可是音乐节没有什么实物可以买给他做纪念吧?"

"美好的回忆才是最好的礼物。"

有道理。

这也是个思路哦!音乐节现场会有文化衫之类的可以买,她再准备个蛋糕……氛围感满满,当作礼物是不是也算合格了?

孟菁华看她聊得热火朝天,说:"对了,傅年年也算圈内人士吧,能不能帮忙问问她,有什么认识的乐队可以推荐吗?"

音乐节对她来说那真是过节,她当然要去看看,能认识一些前辈也好啊!

于是盛小羽就帮她问了。

要搁以前她可能会觉得不太好意思,怕给傅年年添麻烦,但今天好像没有这种顾忌,有种亲近感,就像跟离得很近的人聊天一样。

"你也喜欢乐队吗?"对方问她。

"噢,不是,我室友组乐队玩,现在都能在酒吧驻唱赚钱了。但是他们一直找不到合适的鼓手,年年姐你要是有认识的老师,也给我们介绍一下啊。"

"嗯。"

只有一个字的"嗯",不是以前常用的"嗯嗯",也不是可爱的表情。

盛小羽觉得，脱离了女团单飞之后的傅年年，快速变得成熟了。

傅春野把刚才两个人的微信对话从头到尾看了一遍，看到忍不住笑的地方，一只手半握成拳抵在唇边。

他回头看看傅年年，她还睡得很熟，偶尔咳嗽两声。

他又给她拽了拽被子。

最后他把跟盛小羽的聊天记录全都清空了，才将那个手机悄悄放到茶几上面。

圣诞节前的周末，傅春野收到了盛小羽的邀请，要他一起去看音乐节。

跟邀请一起发来的，还有一个奇怪的题目——假如你要去荒岛生活，以下这些东西你会带什么？

列举的有水果、音乐唱片、一种颜色……

嗯，这欲盖弥彰的劲，看得出她在很努力地准备礼物了。

还不如直接问他想要什么呢。

傅春野很认真地一一回答完毕，还故意问她："这也是暗恋笔记里要记录的内容？"

她支支吾吾，说只是个心理测试，方便她更进一步了解他而已。

音乐节在城市东北角的一个小镇，跟学校分别处在一条地铁线的两头，隔着相当远的距离。

傅春野找傅年年借了车，自己开车去的，但在小镇附近的地铁站旁找了个停车场把车停下，然后走路到音乐节现场。

盛小羽看到他，果然以为他是坐地铁来的："辛苦啦，地铁上人很多吧？"

他的声音有点嗡嗡的，是不是没睡好，还是感冒了？

"还好，周末不挤。"他面不改色心不跳，"你工作做完了吗？现在离开岗位不要紧？"

她事先就跟他坦承在主办方这里做实习生，当天会先到场把手头的工作做完，再腾出时间陪他一起逛逛。

"做完了，放心吧！"

她把手里的一顶渔夫帽戴在他的头上，又塞给他一件绿色的卫衣，让他套上。

春海市的十二月虽然不会冰天雪地地冷，但单穿卫衣肯定是不够的。

傅春野褪下羊毛大衣，把卫衣套在身上，又重新穿回大衣。

真好看。

尤其他个子高，又戴了黑色的口罩，加上渔夫帽和大衣里面透出的亮色卫衣，简直就像明星一样。

盛小羽有点看呆了。

"为什么是绿色？"

他明明看到卖衍生品的小店里什么颜色的卫衣都有，她为什么挑了这个搞不好就很"死亡"的荧光绿？

"荒岛那个题目，如果只能带一种颜色，你不是说绿色嘛，我想着你肯定很喜欢绿色，就选了这个。"

"那是因为荒岛肯定到处都是植物，穿成绿色不会那么显眼，万一遇到危险也好躲藏。"

不过她没挑个绿色的帽子给他已经是万幸了。

"你自己怎么不穿？"

"我有啊，你看！"她拉开外套给他展示里面红色的卫衣，"公司发的，实习生也有。"

他们这一红一绿像交通信号灯似的，还真是显眼。

"走吧，不是要带路吗？"

"噢，对！这边，跟着我走。"

她赶紧回神，不希望他发现自己被他的"美色"迷惑。

这次的音乐节情况特殊，硬是生生从夏季憋到了冬季，相应地，来参加的人比夏天还要多。

两人在入口处就差点挤散了，盛小羽个子小，被人群拥着走到前面，一直试图回身找傅春野。

人潮中逆流而上，相当危险。

渔夫帽也是音乐节的衍生品，所以很多人都戴着，大家又都戴着口罩，她很难从人群中一眼看到傅春野。

就在她差点被人群给挤得要摔倒的时候，有人从身后拉了她一把，将她从人潮中拉到了旁边的角落。

"你没事吧?"

傅春野看着她,眉头拢得老高。

盛小羽摇摇头,除了鞋面上被踩了几个脏兮兮的大脚印,她没什么大碍。

傅春野松了口气。

人太多了,手牵手才是最可靠的办法,不至于被人潮冲散。

"手给我。"

他手心朝上伸向她,盛小羽一下就猜到他想干什么。

"不……不用了,我拉着你的衣角就行,这次保证不会走散了。"

男女有别啊,再怎么心无杂念,也不可能跟他这样手牵手并肩走在一起吧!

傅春野收回手。

啊,他一定是生气了!

"你在这儿别动。"

他说完这句就走了,声音绷得很紧,怎么听都是生气了吧?

盛小羽紧贴在入口处的围栏后面等了一会儿,终于看到他走回来。

他把手里的东西套在她手上,然后在她还没反应过来的时候自己也戴上一个。

她这才看清楚,那是橡胶手环,写着音乐节的字样,也是这次的衍生品之一。

他又指了指她脖子上挂着的工作证吊牌:"这个借我一下。"

他解下吊牌的挂绳,从两个手环中分别穿过,将两人连在一起。

有点像妈妈牵着幼崽出门时戴的那种防丢失手环,只不过这个是临时做的简易版。

她拉高手腕看了看,确实很有创意,但这……也太难看了吧!

这样套在一起的两个人在外人看来算怎么回事?情侣肯定直接手牵手了啊。

傅春野似乎也看出她在想什么,顺势把戴着手环的那只手放进大衣口袋里。

"你的手也进来,这样其他人就看不到了。"

这是他最后的让步。

盛小羽的耳朵尖都红了,但手都连在一起了,她无法再拒绝。

其实这样在外人看来，跟手牵手也没什么区别吧？

她把手伸进他的口袋，触碰到他手背的温度，很暖，跟她冰冰凉的皮肤贴在一起，熨得她也暖和起来。

他好高，她这样搭在他口袋里像挂在他身侧一样。

他故意放慢脚步，边走边问："我们先去哪里？"

她作为主办方的实习生，已经来过这个现场很多次了，对这里的布局相当了解，还想给他当向导呢。

可是两人现在这个姿态，让她的脑瓜子产生了一瞬间的空白，她竟然想不起来最开始是想带他去看什么。

"我们先看一下地图……"

她费劲地从书包里抽出地图，一只手却怎么也没办法打开。

傅春野伸手过来帮她，两个人一人一边拉开地图，他指了指离两人最近的草地："那里现在有演出吗？"

地图下方其实有当天的日程安排，盛小羽瞟了一眼，连连摇头："不，我们先不去这里。"

草坪那里上午的演出有孟菁华最喜欢的乐队，本来她是要到那里跟她会合的，但现在她要是跟傅春野以这个姿态出现在那里被孟菁华看到，跳进黄河也洗不清了。

"我们先去中央广场那边吧，有街舞团体会来哦，吃饭也在那边！"

看完演出应该就临近中午了，她已经考察过不同的小食店和餐车，选好了打算请傅春野吃的那几个。

他没有异议。

中央广场热闹非凡，至少有一半人潮被分流到这边。

盛小羽踮高了脚尖找最有名的那几个街舞团体，身前却老是有人挡住她。

情急之下，她找了个限制车辆进出的立柱站了上去。

旁边好几个女生都站在上边，或是站在旁边的围栏上，男朋友在下面扶着。

只是她忘了跟傅春野的手还绑在一起，她这么一上就把他的手给拽了上去。

"对不起，我忘了。"

他没说什么，只是解开了两人中间连着的绳带。

反正这时候为了扶住她，两人的手心紧贴在一起，不用怕失散，也不会不好意思了。

但手心渗出的汗水，不知是谁的。

街舞精彩绝伦，引来观众的尖叫和掌声。

盛小羽看得投入忘我，没注意到不远处有人朝她走过来。

傅春野倒是反应快，猛地拦腰将她从立柱上抱了下来。

他像大人抱小孩那样圈在她臀下把她抱起来，脸几乎埋在她的腹部。

冬天衣服穿得厚实，虽然不至于有什么肌肤相亲的接触，但这样亲昵还是让她措手不及。

"喂！"

她低头小声提醒他，有些慌乱。

那人已经走到她身边："咦，小羽？这不是小羽吗！"

对盛小羽来说，这个角度挺新奇的，周围全是人的头顶。

跟她打招呼的人戴着口罩、墨镜和渔夫帽，全身上下裹得严严实实，要不是开口说话，她肯定认不出是谁。

"年……年年姐？"

好意外呀，没想到会在这里碰见傅年年！

盛小羽的手撑在傅春野的肩膀上默默用力，示意他放她下来。

抱住她的人不为所动，反而还挪动脚步，把脸掉转朝另一个方向。

喂，她的屁股对着年年姐了！

傅年年也有点好奇。

现在年轻人谈恋爱这么腻歪吗？大庭广众之下也要抱来抱去，也不跟她打招呼，难道是害羞？

Venus女团没解散的时候国民度还是挺高的，他听到傅年年这个名字就没联想到明星吗，一点都不好奇？

她伸长脖子想去看看这个抱着盛小羽的淡定的年轻人是不是长了三个鼻子两张嘴，可对方一个劲地躲，又戴着口罩和帽子，中间隔着个大活人，还真看不清楚。

盛小羽赧然，一边用手悄悄拧傅春野的耳朵，一边扭着头跟身后的人说话："年年姐好久不见，这么巧，你也来看音乐节啊？"

"对，有朋友演出，我来看看。"

傅年年嗓音沙哑，还有些咳嗽，本来想跟盛小羽多聊几句，但她还在感冒，还是远离人群比较好。

"不耽误你了，我先走了，你跟朋友慢慢玩。"

"好的，回头再聊啊，我还是跟你发微信……哎！"

盛小羽被猛地抱着又往前挪了几步，只得抱歉地朝傅年年挥了挥手。

就是这个时候，傅年年看到了圈抱住她的那只胳膊上露出的运动手表。

手表并不稀奇，但表带是她给弟弟订制的，很张扬的配色，写着他名字缩写的首字母，只此一条。

再仔细看那件深灰色外套、牛仔裤和脚上穿的鞋……

好像就是小野的穿着啊！

了不得了，她像突然发现了小行星撞击地球的奥秘，八卦的心疯狂地动起来，却还是强行压住，微笑着跟盛小羽说回见。

难怪今天他找她借车，问他去哪里也神秘兮兮地不肯说。

原来……

原来送马克杯的心肝宝贝就是她呀！

傅年年走开好远，盛小羽才被放到地面。

这时候离看街舞的人群也有一段距离了。

她简直头晕目眩，忍不住问傅春野："什么情况，为……为什么要把我抱起来？"

"人多，怕又走散了。"

"可是我刚才遇到了熟人，至少应该让我跟人家把话说完啊！"

"你没听见她在咳嗽吗？万一被传染，你还想不想回学校了？"

盛小羽嘀咕："还说呢，你不也有点咳嗽嘛……"

他今天一来，她就听出来他有鼻音和轻微的咳嗽，口罩也戴的是防护效力特别好的款式。

"我戴口罩了。"他言之凿凿。

年年姐也戴了啊……

她噘了噘嘴，决定不跟他计较了。他的性格本来就有点执拗和乖僻，才会没什么朋友，要不怎么轮得到她陪他来逛音乐节呢！

"吃午饭吧，我请客！"

她拉他去固定摊位的餐车，指了指餐牌："有单卖的香肠和热狗，你想吃哪种？那边还有奶茶，我去买。"

傅春野随便瞟了两眼，问她："你会选哪种？"

"音乐节热狗是特色嘛，我肯定推荐热狗啊！这里有好多酱料，可以随便加，烧烤酱和芥末酱的味道都超级棒。男生吃不饱的话，可以单独加一根烤肠，我都亲自尝过，这里五六家店铺，就这里的烤肠最好吃。"

她说得口水都快下来了，傅春野低头看她："嗯，我先看看，你去买奶茶吧。"

"那你在这儿等着别动啊，我很快就回来，别动啊！"

她小跑着朝奶茶铺去了，傅春野拿出从刚才开始就一直在裤兜里振动的手机，果然是傅年年打来的。

不用接也知道她要说什么。

他干脆摁掉。

盛小羽买好两杯奶茶回来，发现傅春野居然已经买好吃的，正站在餐车另一侧的桌板前等她。

"咦，你已经点好了吗？多少钱，我来付。"

"你的也点了。你不是说最推荐热狗套餐嘛，吃吧。"

"这怎么行，说好了我请的……"

他已经拿过她手里的奶茶，连吸管都用酒精湿巾擦得干干净净。

"奶茶你请，这个就我来吧。我们不是说好了，《暗恋观察报告》产生的成本我会用东西跟你交换。"

没道理全让她一个人花钱。

"可是今天不一样啊，你不是要过生日嘛！"

"生日就用一个热狗打发了？"

那倒也不是……还有惊喜呢，要留到晚些时候。

看她语塞，想说又得憋着不说，他暗自笑笑，啃了一大口热狗："你也快吃，冷了就不好吃了。"

两个人站在有点冷的北风中吃着快餐。

盛小羽悄悄拿余光瞥他。他吃东西一向都很斯文，但今天站在餐车旁边,吃这种简单的小食,为了每一口都能同时吃到面包、香肠和酱料,他也大口猛咬,有时还用手指帮忙,接地气的吃法跟普通男孩子没什么两样。

"干吗这么看我,我脸上还沾了酱汁?"

他的手背上刚才沾到一点芥末酱,正在找纸巾。

盛小羽笑着摇摇头,拿出纸巾帮他把手背擦干净,就把纸巾塞给他让他自己来。

他却弯下腰:"你帮我一下,我自己看不到。"

心脏又怦怦跳得飞快,她犹豫了几秒,才用纸巾碰了碰他的嘴角。

"对不起啊,带你来吃这个,是不是吃不惯?"

她觉得挺对不住他,把他矜持高贵的形象都破坏了。

他平时一定很少吃这些东西吧?

傅春野吃掉了手里最后一点热狗,吸着珍珠奶茶说:"我在国外的时候经常吃,虽然不觉得很好吃,但也不会吃不惯。"

"你在国外生活过?哪个国家呀?"

"欧洲、美国、大洋洲都待过,后来上学主要是在柏林。"

"哇,好厉害,那岂不是会很多种语言?"

"英、德、法、西班牙语,都会一点,其实英语和德语就够了。"

盛小羽光听就已经很晕了,她只学英语这一种都没到随心所欲交流无障碍的地步,很难想象会四种外语的人生。

傅春野瞥她一眼,解释道:"很多东西,对我来说没有那么难。"

一般人花九分功夫能做到的程度,他可能只需要花五分。

没有挑战其实就没什么意思,有时只是不得不做而已。

盛小羽对他这种发言也渐渐习惯了,问道:"那为什么回国呢?国外不是也有很多大学可以选择吗?"

"是有很多选择,但在国外读书的话,我就不会学经济学了。"

"那学什么?"

傅春野没直接回答,反问道:"问这么多,都是要记录在暗恋笔记里的?"

"对哦!"

她也不含糊,立刻从背包里摸出小本子来,拿着笔,一副"记者采访,请你继续说"的架势。

傅春野低头去看："你到底记了多少？我觉得有必要定期检查检查，回头你把笔记交上来，我要看看你到底是不是真的都记录进去了。"

这有什么问题！她立刻双手奉上："拿去看吧，不过这已经是第二本了，才开了个头，第一本记满了，你要看吗？"

傅春野"嗯"了一声，用表面的冷静掩饰内心的震动。

这才多长时间，一个多月？居然已经记录了两个本子，她是写日记了吗？

他的好奇心又增加了。

"对了，你的《暗恋观察报告》写得怎么样了？能不能也给我看看呀？"

她的笔记都是关于他的，本人看当然没问题。不过那份《暗恋观察报告》到底长什么样，她还没见识过，想看却不好意思提。

正好趁这个机会，两人交换交换。

"可以，等我回去整理一下。"他用咳嗽掩饰情绪，抬手看看表，"时间不早了，去看看下午的演出吧。"

盛小羽点头，刚站起来，就被他拉过手腕，之前解下的绳带又从她的手环间穿过，将两人重新拴到一起。

"哎！"

盛小羽其实想跟他商量，下午人没那么多了，能不能不这么捆绑呀，被孟菁华看到就完蛋了！

可傅春野根本就没给她商量的机会。

下午到夜间有很多乐队的演出，每个现场都很精彩。盛小羽过于在意会不会又遇到熟人，东张西望的，没太看得进去。

好在喝下去的奶茶中途起了作用，她有点难为情地拉了拉傅春野："那个……我想去一下卫生间。"

他们总不能去厕所也这样像连体婴一样绑在一起。

傅春野大发慈悲地解开了绳带："去吧，我在彩虹桥那儿等你。"

盛小羽瞥了一眼路牌，点点头，夹着腿一溜小跑去找卫生间。

十五分钟后，她站在洗手间门口，举目四望，决定先去孟菁华会出没的区域碰碰运气。

要是能直接碰头，就算后面再见到她跟傅春野在一起，也不会觉得他们是故意约好的了，至少不会有什么联想。

她给孟菁华打电话，那头的音乐夹杂着鼓点，简直震耳欲聋，她几乎听不见对方在说什么。

孟菁华好像说了句让她快去，有惊喜，就把电话挂了。

跟着定位走，她很快就到了碰头的地方。

孟菁华顶着烟熏妆，肩上还背着吉他，老远就朝她招手。

听她说今天要跟其他乐队的前辈交流下音乐，没想到竟然还要现场演唱。

虽然不是正式的舞台，但草坪音乐的魅力就在于大众的参与性。

孟菁华跟平时反差很大，大冷的天还穿皮质的背心和紧身裤，脖子上、手腕上、手背上全是哥特风的文身，虽然只是文身贴纸，但效果还挺震撼。

为了配合圣诞的气氛，每个人的头上还戴了红色白边的圣诞帽，有点荒诞，又很滑稽。

这是她刚才说的惊喜吗？

"你来看这边！"孟菁华拉着她，拨开人群，震耳的音乐又开始撕扯耳膜，她指着架子鼓后面的身影说，"喏，眼熟吗？"

何止是眼熟，盛小羽眯着眼睛看了看，一下瞪大了眼。

那不是傅春野吗？

他……他怎么在这里？

盛小羽慌乱地四处找指示牌，果然正对着她的方向写着"彩虹桥"。

好吧，她真的是个路痴，在这个小镇忙活了快一周，抛开地图还是搞不明白哪里是哪里。

他刚才说在彩虹桥附近等她，居然是来了这里。

可他这是在干吗呀？盛小羽眼看着鼓棒在他手里熟练地转动，音乐声响起的同时他的脚下和鼓棒捣出的鼓点立刻就将现场的气氛点燃了。

他居然会打鼓啊！

孟菁华对她这个瞠目结舌的表情相当满意，因为她刚看到傅春野敲出鼓点的时候跟盛小羽的反应一模一样。

"高手在身边，没想到吧？"

孟菁华的身体跟随鼓点摇摆，声音要靠喊出来才能跟身旁的人交流。

"你怎么发现的呀？"盛小羽也扯着嗓子喊。

"他跟很多乐队的成员都认识！"

其实孟菁华早该感觉到，傅春野身上有种"乐队人"的气质，如果是关系比较亲密的朋友，应该会感觉到他是能玩乐队的人。

可惜他一直是高岭之花，要不是最近跟盛小羽熟识，他们就算同在经济学院也是平行线，根本不会产生交集，更谈不上感受和了解。

她的乐队缺鼓手也不是一天两天了，她向很多人求助过，不知傅春野是通过哪条途径知道的，总之他主动伸出橄榄枝，希望能到音乐节来跟他们一起"玩"，补上他们乐队的这个缺口。

他的节奏感太好了，那种碰鼓之后表现出的技巧，一看就是很有天赋的人，又经受过专业的训练。

她一问才知道，他本来是要去柏林音乐学院深造学音乐的，难怪有这么高的技艺。

未来音乐界闪耀的新星，不知怎么坠入明大这个正儿八经的地方来了。

这样厉害的人物能加入她的乐队，即使只是临时的外援，她也很感激。

盛小羽不懂打鼓，也不懂乐队，但音乐的好坏她是能听得出来的。

而且不管男生还是女生，认真专注于某件事的样子总是最有魅力的。

就像眼下正在打鼓的傅春野。

盛小羽不确定他有没有看到自己，但在他砸出的每一个鼓点里，她都听到自己的心脏在更用力地跳动。

傅春野其实看到站在观众堆里的盛小羽了。

天空下起了小雨，夹杂着雪粒，这在春海市这种南方城市相当罕见，看来今天可以算是这一年当中最冷的一天了。

雨丝落在身上和帽子上，很冷，但观众没有退去的意思，反而这里新兴乐队的火热气氛又吸引了更多人。

傅春野跟孟菁华的乐队和完一首歌之后，从鼓后面走到盛小羽身边。

她正用力鼓掌，看他过来赶紧掏出纸巾给他擦身上淋到的雨。

"你们女生上厕所，果然好慢啊。"

他这是预判了她的预判吗？知道她会趁着这个机会跑来草坪这边跟孟菁华会合，就提前过来这里吓唬吓唬她。

"你……"

盛小羽心中的疑问还没问出口，孟菁华乐队的几个人已经哗啦一下子围过来，簇拥着他说："大神，你让我们等得好苦！鼓打得这么好，我们请你吃饭！"

"吃饭就不用了，我只是救急，也不会一直待在你们的乐队。"

几位年轻校友脸上的表情立刻五花八门。

哎，不会说话就干脆保持沉默行不行呀？

"他不是这个意思……"盛小羽急于帮他解释，但来龙去脉她自己都没弄明白，于是伸手求助，"菁华，快来！"

孟菁华一手搭着吉他，解释道："学长这段时间会充当我们的鼓手，跟我们演练一些曲子，等找到合适的可以跟我们长期搭档的人，他就功成身退了。"

这样不耽误他们好不容易争取来的酒吧驻唱的活儿，也能把他们整个乐队的完整性操练得更好一些。

原来如此。

盛小羽松了口气，看向傅春野，有些疑惑。

其实在这之前他跟孟菁华和她的乐队都不熟吧，为什么愿意帮助他们呢？

"这段时间我会跟你们排练演出，固定的人选方面，我会问问以前一起学鼓、打鼓的朋友。"

傅春野的鼻音更重了，但总算说了句没那么生分的话。

"你没事吧，是不是感冒加重了？"

盛小羽已经从包里拿出伞来，撑过他的头顶，但她的伞太小了，根本不够两个人打，雨却渐渐下大了。

他把伞推回给她："我没事，下雨了，你的兼职没问题吗？"

雨天有些演出可能要取消，观众要安全疏散，聘请兼职的工作人员很多时候就是为了应付这样的突发状况。

盛小羽看了一眼手机上的时间，不是要去集合点帮忙，而是下面还有她为他准备的生日惊喜。

送蛋糕的人怎么还没来呢?

傅春野看出她有些坐立不安:"我先送你去主办方的集合点。"

"不用,我……我先过去,交代完事情就可以下班了,然后你再来跟我会合,好吗?"

傅春野要把手里的伞给她。

"没关系,这把伞借给你。"

傅春野看了看手里连伞柄都格外细的小伞:"借给我,那你怎么办?"

她已经拉起卫衣的帽子,跑进雨幕里:"我从小路跑过去很快的!"

这时候她又想起怎么走近路了。

神神秘秘。

傅春野握着伞,伞柄上还留有她手心的温度,这种窝心的感觉让他不由得弯起嘴角。

不管她准备了什么,肯定是需要一点时间的,他愿意配合,很贴心地算准她应该准备得差不多了,才慢慢悠悠地走过去。

然后他就在主办方大本营外碰见了一只造型夸张的粉红色"恐龙"。

"恐龙"左顾右盼,像是在等人,又像是要去找人的样子。

那么大一件充气人偶的衣服穿在身上,动作自然是很笨拙滑稽的,很多路过的人都以为这是音乐节的吉祥物,纷纷拉住"它"合影。

只有傅春野知道,"恐龙"大概是要忙着给他庆祝生日。

看"它"无奈地对着镜头比手势,他有点好笑,又有点心疼。

皮下明明是那么袖珍的一个人,顶着这么张牙舞爪的一张皮,肯定很辛苦。

好不容易摆脱了合影的路人,"恐龙"也看到了他,一时惊惶,又豁出去似的,小跑着想过来。

没想到衣服太笨重了,淋过雨的地面又相当湿滑,跑到半路竟然扑通摔倒在地,还面朝下……

背后那个巨大的尾巴影响了她的平衡,她站不起来了。

盛小羽在人偶服里好绝望……

傅春野走过去，又是拉手，又是扯尾巴，好不容易把"恐龙"从地上扶起来。

她在原地站稳后，还不等他开口问，突然开始跳舞。

其实，她也不想这样的。

她的设想中，这个时候应该有一个精美的蛋糕捧在手里，先向寿星献上蛋糕，然后再跳舞。

跳舞至少算是她能拿得出手的一点雕虫小技，蛋糕是在表哥那里定做的，据说他店里的西厨师傅以前在酒店做的西式点心可受欢迎了。

然而季杰刚才在电话里说给她送蛋糕的车被堵在半路动弹不得，音乐节和这鬼天气让周围的交通状况雪上加霜，肯定是赶不到了。

她之前是想去附近看看有没有蛋糕店可以临时买一个将就下，结果……

最要命的是，这"恐龙"是充气的，她摔了一跤后开始漏气了！

没有蛋糕可以事后补，至少让她把这一部分演完呀……

傅春野就看着"恐龙小姐"荒腔走板地跳着舞，膨胀的外表一点点扁下去，从头到脚都写着"垮了"。

再不施以援手，怕是又要摊在地上了。

盛小羽被他从恐龙皮里扒拉出来，头发乱糟糟的，脸上、身上都腻了一层汗水，她抱歉道："对不起啊，本来想给你送上生日蛋糕，结果搞砸了。"

傅春野把伞撑过她的头顶："蛋糕可以之后再补，不过下次你要穿成这样跳舞，最好找个只有我们俩的地方。"

这话说得好暧昧，但此刻的盛小羽摔了一跤，连误会都没空想。

他伸手拂开她眼前的乱发："先回去吧，雨越下越大了。"

"可是你的生日……"

"刚才不是已经过了？这个礼物我挺喜欢的，下次换个没那么显眼的就行。"

他说得挺真诚，盛小羽确定他不是在反讽，才笑道："好吧，那就等之后我再给你补蛋糕。"

她赶回大本营去还工作证，实习任务差不多就到此结束了。

有些整理物品、搬箱子的活儿，几个男实习生留下收尾，她想去帮把手，带她的老师笑眯眯道："不用，人手够啦，你们学校远，快回去吧！瞧你还把男朋友也带来帮忙，年轻人真是卖力，你快去表扬一下，他好像累坏了。"

盛小羽扭头一看，才发现傅春野已经帮忙把最后几只箱子搬上车了。

他一向说自己不是热心的人，可能只是顺手做这些事。但在盛小羽看来，勿以善小而不为，这不是热心，那什么又叫热心呢？

只是他的脸色不太好，看起来很累的样子，搬完箱子随便往旁边的椅子上一坐，脸埋进了臂弯里。

"你没事吧？"她吓了一跳，在他身边蹲下，摸到他脸上的温度，"好烫啊，你发烧了！"

怎么办，要去医院吗？

她一时想到很多不好的可能性，有些六神无主。

傅春野却一把抓住她的手腕："别大惊小怪的，你可以走了吗？"

他的手心是冰凉的，跟上午两人的手绑在一起时那种温暖的触感完全不同。

他的体温还在上升。

"我可以走了，来吧，我扶你打车回去。"

他现在这样子是没法坐地铁了，颠簸一个多小时回学校，他都要散架了。

她咬咬牙决定打车，贵就贵吧！

傅春野被她挽着胳膊架起来，其实也没到那么虚弱的程度，但他并不急于推开她。

"伞撑好，跟我走。"

外面雨下得大，地面全湿了，雨点落在地上都能溅湿行人的裤脚。他借口自己个子太高，没法跟人合撑一把伞，让盛小羽自己拿伞，快步走在前面。

两人停在一辆银色的沃尔沃面前，傅春野问："会开车吗？"

"会……"

话刚出口，车钥匙已经扔到她手里。

"那你来开。"

"这是你的车吗?"盛小羽惊讶,"你居然有车!"

"找人借的,不是我的。"他言简意赅,"上车吧,小心点别把坐垫弄湿了。"

他坐上副驾驶,雨声终于被隔绝在窗外。

盛小羽还在摸索怎么启动车。

傅春野脱掉外面湿掉的大衣和帽子,半躺在座椅上看她:"很久没开车了?"

"嗯,上学开得少。不过你放心,我可以的,驾校教练都说我是难得一见的奇才。"

"你确定他不是在讽刺你吗?"

"当然不是了!我刚高考完就去报名学车,学车的时候整车战友只有我是一次性满分通过,而且年纪还最小!"

"为什么那么急着学车?"

"当时没考好啊,本来都不想读大学了,打算直接工作。我不是跟你说过吗,我给一个艺人姐姐当助理,面试的时候对方说最好会开车,我就很努力地去学了。"

"后来用上了吗?"

"用上了,虽然次数不多。我开得很谨慎,速度也不快,好多品牌的车都开过,连保姆车也开过哦。"

"奔驰唯雅诺。"

"咦,你怎么知道?"

"明星不是都爱用这个?"

"不是,很多明星艺人都用丰田的保姆车,但年年姐她比较中意这款,公司刚好也有,就给她配的这款。"

嗯,他老姐确实更钟爱德国车。

要是她知道这辆车也是傅年年的,不知会作何感想。

傅春野有时候觉得姐姐喜新厌旧,但这两年她事业下滑,星途黯淡,换车也越换越朴实,只看重实用性和安全性了。

他没回答她,岔开话题道:"艺人一般不是都另配司机,为什么还要你开车?"

"偶尔嘛,要我帮她去买点小东西,男生不方便接触的那种。还有她的朋友、亲人来探班的时候,帮她接送一下。"

傅春野稍稍坐直身体,等着她往下说。

那些探班的朋友和亲人中,有没有她记得的呢?

"系好安全带,我们走了哦!"盛小羽转动方向盘,边倒车边说,"对了,我们要去哪里啊?"

就知道她想不起来。

尽管他提示到这个份上,想不起来还是想不起来。

傅春野看向窗外,精神又委顿下去。

"先找个药店买点药吧。"

举办音乐节的小镇周围没有居民区,也就没什么像样的配套设施,盛小羽只能跟着导航去找药店。

傅春野本来想让她直接开车送他回公寓,他平时住学校,周末和节假日偶尔会去公寓住。

但他立刻想到赖在那里不走的老姐。

生着病回学校,也不合适。

"到了,这里有药店!"盛小羽把车在路边停好,"你在车上等一下啊,我很快就回来。"

她拿着伞重新冲进雨幕中,冲向街边的药店。

傅春野抬头看了看,药店后方的高楼上写着大大的"酒店"。

就这里吧。

盛小羽买好药出来,发现车子锁了,傅春野也不在车上。

人呢?

她正茫然四顾,手机响了,傅春野发了个定位给她。

竟然是身后这个酒店!

"1201号房。"

没头没尾的……他不会是在酒店晕倒了吧?

可就算是生病晕倒,也应该去医院啊,哪有跑到酒店去的道理?

来不及想太多,她还是拎着药去了酒店的1201号房。

公寓式的酒店,电梯就有四部,她找得晕头转向,好不容易才找到房间。

傅春野来开门,身上还穿着她买的那件音乐节的卫衣。

"你怎么跑这儿来了,衣服……"

她想问他衣服要不要换掉，毕竟淋过雨，他已经抓住她的胳膊将她拉了进去。

房间门在身后关上的那一刻，周遭一下子安静下来，她这才意识到两人此时的状况有多么暧昧。

干柴烈火的年纪，孤男寡女，在酒店房间里独处。

而且……他们之间还有"暗恋"与"被暗恋"的关系。

盛小羽突然像个机器人般僵硬地站在那里，傅春野却已经放开她，躺倒在床上。

"头好疼……药买了吗？"

"买了买了！"

她回过神，拿出药又收回去，仔细看着药盒上的说明："这药不能空腹吃吧……"

转眼到了吃晚饭的时间，他至少吃点东西垫一垫再喝药。

这里不比在家里，只能点外卖吧？

"你想吃什么？小炒肉，水煮鱼，泰国菜？"

问完她自己都发觉这些不适合病人吃。

他果然一律摇头。

"什么都不吃也不行啊……"她有些焦急，"真不用送你去医院吗？"

医院至少能判断他的病情是不是加重了，而且医院有食堂，吃喝不愁。

傅春野在床上突然睁开了眼睛，她是蹲在床边跟他讲话的，两人的脸庞挨得极近，他这么一睁眼，她下意识地就往后退。

可惜后面是另一张床，她蹲在这夹缝中间，退无可退。

"盛小羽。"他的声音有些虚弱，眼神却还是透着些凌厉，"你仔细想一想，暗中喜欢的人，希望他能看见你的好的人，现在生病了，你应该做点什么？直接就送到医院去，扔给医生、护士算怎么回事？"

他果然又嫌弃她对《暗恋观察报告》不够尽心尽力。

可……话也不能这么说啊，喜欢一个人当然是为他好了，有情饮水饱，但也不能代替医生治病嘛！

傅春野发着烧，眼睛水汪汪的。盛小羽想起上回欧阳远征说她长了一双鹿眼，原来是这个意思，鹿的眼睛，就像现在他的眼睛一样。

他明明应该更像狼才对啊……

"那你有什么想吃的，我去买来给你做？"

这里是公寓式的酒店，有个简易的厨房，有微波炉和电磁炉，可以煮点简单的东西。

傅春野不吭声了。他一个病人想什么，这种事情难道不应该是照顾人的她来想吗？

考前画个重点就差不多了，总不能想着照抄答案吧！

盛小羽让他先别扭着，自己下楼去便利店挑了点粥和面，又拿了点炸串和关东煮，回去拿微波炉加热后就能给他吃。

傅春野其实一直留意着她的动静，看到她买了粥之类的东西回来给他加热，终于放心躺下来。

这个酒店真是太好了，格局像普通商品房的一室户似的，可以简单做点吃的。

要是高级酒店，反而没有这样的配置。盛小羽用微波炉热好了粥，又找酒店借了小锅烧水，把面放进去烫好捞出来，拌上佐料。

"有粥和面，看看你想吃哪种。"

她把两份餐点都端到他跟前，让他选。

傅春野其实没什么胃口，但还是指了指那碗粥："这个吧。"

她欣然端起粥碗，一边用勺轻轻搅动，一边吹凉："闻着还挺香的，快吃吧，吃完再吃药。"

他却又倒回床上："算了，不吃了。"

"哎，为什么呀？尝尝看嘛，虽然是便利店出品，但这家便利店的东西挺好吃的，我经常买。"

"没力气，麻烦。"

他也不算说谎，发烧让他浑身肌肉酸疼，之前在外面活动还不觉得，一静下来就很明显，加上刚才打鼓，胳膊也酸。

不想吃，除非有人喂。

盛小羽果然很快妥协："要不……我喂你？多少吃两口，就当是吃药了，嗯？"

她像哄少爷的老妈子，使出浑身解数，终于让少爷点了点头。

他摘下口罩，脸上因发烧而生出的酡红更明显了。

幸亏她有准备。

盛小羽从塑料袋里翻出一个冰贴，撕开来贴在他的额头上。

凉丝丝的触感缓解了高热和头疼，傅春野摸了摸额头："这是什么？"

"退热贴，我刚才在便利店买的，虽然是小朋友用的，但应该也有点用处，还挺合适。"

她左看右看觉得挺满意，这才舀起一勺粥递到他嘴边，示意他张嘴。

傅春野张嘴吃了，就像她说的，虽是便利店的东西，但味道还不错。

"你把口罩戴上吧。"他吃粥的途中停下提醒她，"别等会儿传染你了。"

原来他刚才一直戴着口罩不摘是怕传染给她？

盛小羽笑笑："没关系啊，我身体好得很，一年都感冒不了一回，几年都不去一次医院，没那么容易生病。"

"你是不是忘了，我们第二次打交道就在医院里？"

"那能一样嘛，那是意外呀！谁能想到那根接力棒就朝我飞过来，还打得那么准呢！啊，学校报销的医药费有没有给你呀，没有的话我还给你！"

讲起当初那个意外，她好像已经完全没有了难过的情绪，也没有提起其中的关键人物周向远。

上一段暗恋给她带来的那些不快乐的记忆，是不是真的已经淡去？

"别瞎操心，那几个钱学校不会赖账的。"他接过她手里的勺子，"我还是自己来吧，你这样喂要喂到什么时候？去吃你的面。"

再不吃，面就冷了、坨了。

盛小羽笑嘻嘻地把面端过来："你要不要来一点，这个牛肉好大块。"

"不要。"他专心致志地对付那碗粥。

于是她开始暴风吸入式地吃面，边吃边看表——半小时后要给他吃药，这个站点的末班地铁不知是几点，希望回学校时不会太晚。

"你吃面能不能稍微文雅一点，中午没吃饱吗？"

这个吃法不怕呛到鼻子里去吗？

"很大声啊？抱歉，我吃得太急了。"

她果然呛到一口,放下碗去找水喝。

"你的面给我来一点。"

啊?

盛小羽猛吞下嘴里的水,差点又呛到。

"你怎么不早说呢,我都吃过了……"

"生病的又不是你,我不嫌弃。"

这好像也不是嫌弃不嫌弃的问题吧!

盛小羽的脸又红了,她把碗里咬过的面扒拉到一边,忽然反应过来:"你想吃肉是不是?喏,这些都给你!"

她把埋在酱汁里的大块牛肉翻出来,其实就三五块,全都往傅春野那里拨。

"一块就行了,剩下的你吃。"

他又用干净的筷子卷走了一撮面条。

慢条斯理地吃完,他才说:"今天是我的生日,应该要吃面的。"

盛小羽怔了一下:"啊,不是明天吗?"

她还以为今天约他出来是提前庆生呢!

"我身份证上的生日是错的,我爸报户口的时候报错了。他对家里的事不怎么上心,以为是圣诞节那一天。"

盛小羽好像还是第一次听他提起父亲,言语间似乎有很深的隔阂。

难怪呢,她千方百计搜集来的个人信息应该不会错,原来官方登记的就是错的。

"没想到你还挺传统呢,我以为你在国外待久了,过生日都只吃蛋糕,不会吃长寿面。"

"我跟我妈妈去国外的时候已经挺大了,她工作很忙,但是每年我生日这天,她一定会回来陪我,给我下碗面。"

盛小羽沉默了几秒,边换鞋边说:"我再去给你买一盒吧,楼下的便利店还有很多口味呢,牛肉、鸡肉、海鲜汤面,你想吃哪种?"

"不用了,我哪有那么大胃口,吃一口意思下就行了。"

傅春野把她拉回来坐下。

她看着他的病容总觉得有点可怜巴巴的:"对不起啊,今天叫你出来,结果还把你弄病了,害你生日也没过好。我本来给你订了蛋糕,还是特地拜托表哥店里的西点师傅专门定做的呢,可惜现在也没法拿了。"

听起来，她倒比他更遗憾。

他生病要怪就怪他姐，千错万错也怪不到她头上去，但他觉得眼下这种状况倒也不赖。

"生日蛋糕没关系，但今晚看来是回不去了。"他看了外面一眼，"我想睡一会儿。"

他已经乖乖吃了药，会困是难免的。

盛小羽一时不知该怎么接话。外面还下着雨，但也不至于到风雨阻隔得动不了的地步，她撑把伞还是能走的，赶上地铁没问题。

可他还发着烧，万一半夜病得更严重了，身边连个扶他一把的人都没有，那也太不让人放心了。

何况今天还是他的生日。

她看了看屁股下面的另外这张床，心脏怦怦跳得厉害。

最近跟他在一起的时候，她的心脏老是这样不受控制地突然狂蹦乱跳，再这么下去，她都要怀疑自己年纪轻轻患上心脏病了。

"那个，你不介意的话，要不我留下来照顾你？你要是很不舒服就叫我。我睡这里，中间有这么宽的距离，我也不打呼噜，应该不会影响你休息。"

她试着跟他商量，却发现他闭着眼睛，好像已经睡着了。

她有点进退两难，这是同意了，还是没同意呢？

她在床边坐了一会儿，看他呼吸粗重，只怕体温还在继续上升，于是想要帮他盖好被子，再去打点温水来给他降降温。

可她才刚站起来，就被他攥住了手腕。

力道不大，却没法挣开。

"我不走，你先放开……"

老妈子已经摸透了少爷的脾气，他是不可能让她回去舒舒坦坦地睡觉，而把他一个人丢在这里的。

他过去的人生她没有参与，可是听起来，似乎大部分时候都过得很寂寞，连生日都不例外。

"盛小羽……"

他叫她的名字，模模糊糊的，没有往常那么清晰，不知是不是体温太高烧得说胡话。

"你那个本子,记得拿给我看。"

好的,这下确定他不是说胡话,还惦记着让她交作业呢。

但她心里是暖的,甚至还有点痒痒酥酥的。

她低头看他拉住她手腕的那只手,白皙匀停,是属于男孩子的好看又性感的手。

她大着胆子,趁拨开的时候顺势拉住那只手。

"知道了,一定会给你看的,只要你别笑话我,有几本就给你看几本。"

她的声音也很轻很轻,像此时夜空中飘落的雪花,落在窗户玻璃上,很快就融化不见。

"还有啊,生日快乐。"

第二天早晨,傅春野的烧退了。

看来吃的药还是起了点作用。

傅春野摸了摸湿凉的枕头,还有额头上的退热贴,都被体温烘干了。

他昨晚应该出了不少汗,前半夜睡得并不安稳,能感觉到身边有人忙忙碌碌,可能是在给他物理降温。

后来他睡熟了就什么都不知道。他很少睡得这么死,平时同宿舍的室友翻个身他都能判断对方早上有没有课,不会像今天这样,连睡在旁边的人是什么时候离开的都不知道。

桌上留了饭团,还有字条:"我先坐地铁回学校啦,你起来记得先把饭团热一下吃掉再吃药,不能空腹吃药,会吐的哦!"

语气介于老妈和老妈子之间,说得相当详细。

饭团肯定又是她到楼下的便利店买来的。

反正他的老妈和老姐都从没有这样细心过。

他把饭团放进微波炉里加热,等的过程中把玩着那张字条,不知不觉折成了一只纸鹤,顺势就揣进了口袋里。

他能理解盛小羽不等他开车跟她一起回学校,反正他也没打算直接回去。

他打开手机,未接来电和信息一大堆,十有八九来自傅年年。

幸好他给她的备注是"租客",微信也临时拉黑了,否则万一他睡着的时候被盛小羽看到她发来的信息,就完了。

他啃着热好的饭团,还在纠结醒来时身边的人不见了这一点。

直到他发觉盛小羽跟他的对话框里有张图片,点开放大看清楚之后,那些起床气一样的情绪居然一扫而空。

她终于亲手给他画了新头像,而且是趁着昨天他睡着的时候悄悄发给他的,大概是希望他今早看见时能开心。

可以,这个做法很有"暗恋"的范儿,是他今年收到的最好的生日礼物。

第四章 误解

SPRING
IS
IN
THE
AIR

傅春野开车回到自己的公寓,开门的时候砰的一声响,头顶落下纷纷扬扬的彩色碎屑纸。

傅年年在门边拿了个拉炮,一脸欢欣鼓舞:"恭喜我家小野长大成人!"

终于摆脱处男身份,和女生在外过夜,以后就是真正的大人了!

傅春野拍掉肩上和头发上沾到的纸屑,又看了一眼落了满地的那些,感觉早晨好不容易退下去的体温又要上来了。

"记得拿吸尘器弄干净,要让我看见一片,从今天开始你就不用在这儿住了。"

"哎呀,这是欲求不满呀!"傅年年围着他转悠,看到他脸上的憔悴病容,心惊道,"怎么了,难道是第一次把持不了自己,累着了?"

他没理她,进门就找东西:"我的笔记本电脑呢,又被你放哪儿了?"

傅年年指了指书房。

他进去打开电脑,傅年年跟上去,大骇道:"不会吧,你要查什么?难道昨晚没成功?"

傅春野闭了闭眼。

"姐,你好歹是偶像,就算过气了,也是偶像。"

"这有什么,食色,性也,这种事就跟吃饭睡觉一样。都是同一个娘胎里出来的,有什么不能说的嘛!"她不以为意,抱着抱枕在他身旁坐下,"我说,你什么时候跟小姑娘好上的?不会是她还是我助理的时候,你俩就暗度陈仓了吧?"

都是十八九岁的年纪,花一样的青春,多么美好啊!

傅春野的眼睛盯着电脑屏幕,道:"她不知道我是你弟弟,也想不起我们以前见过面,你别在她跟前说漏了嘴。"

"噢,难怪昨天你在音乐节遇见我要躲躲闪闪。不过为什么要瞒着她呢?你们就见过一面,她想不起来也很正常,你告诉她不就行了?"

"你大学时候的男朋友,叫舒诚的那个,前不久我见到他了。"傅春野道,"他在明大读的研究生,作为杰出校友来跟在校生交流,他现在已经是小有名气的律师了。"

"好好的,提他干吗呀……"

"你还喜欢他吧,或者说,从来就没忘记过他。那你怎么不直接告诉他?"

傅年年无言以对,她以前是学法律的,伶牙俐齿,什么话题都能跟人辩上三分,只有提到舒诚的事除外。

"那怎么能一样呢……"她轻声嘀咕。

"怎么不一样?"

"我跟他是前任男女朋友,前任!你没听说过前任是世界上最凶猛的动物吗?你会去跟狮子、老虎说'你好可爱啊,我喜欢你'吗?但你不同啊,你们都没开始过,机会有的是。"

"我只知道每个人都有自己的理由,你就别管那么多了。"

傅春野在键盘上打着字,傅年年好奇地探头去看:"你这一大清早回来就打开电脑忙什么呢?你们明大究竟是个什么学校,不管期中、期末功课都这么紧!"

"嗯,论文的调查报告,阶段性的,所以要写一下。"

"你不用睡一会儿吗?都有黑眼圈了,不会是真的生病了吧?"

"拜你所赐，感冒传染给我了。"他低声咳嗽，"上次给你买的感冒药还有吧，给我拿一下。"

傅年年点头，刚要起身去拿，他又说："算了，我背包里有昨天买的药，吃那个吧。"

盛小羽专门跑去给他买的药。

希望早晨吃了不会那么嗜睡，那份所谓的《暗恋观察报告》，他一定要尽快炮制出来。

他还要靠这个来交换盛小羽的"暗恋笔记"和她更多的喜欢，更多的欲罢不能。

盛小羽其实有点记不清自己是怎么回到学校的。

她起得太早，昨晚挂心傅春野的病情，时不时起来看他的状态，根本就没怎么睡着，所以一上地铁就打起瞌睡，一直睡到终点站，是被工作人员叫醒的。

她走的时候，傅春野已经不发烧了，醒来看到她不在很有可能会不高兴，希望看在她准备好早餐的分上，不会真的生她的气。

她是真的没法再继续待在那儿等他醒了，共处一室之后的早晨，睁开眼面对面，总觉得十分尴尬。

还有给他画的头像……她其实犹豫过要不要送给他用。

满心满眼都是一个人的感觉太不受控制了，她怕他能从中感觉到什么。

他会怎么想她呢，会不会觉得她是个很随便又很好搞定的女生？

廉价易得的东西，不管是首饰珠宝还是人的感情，都得不到珍惜。

何况假戏真做，那就是真暗恋了，他们之间就什么都结束了吧？

认清现实啊，小羽！她拍了拍自己的脸颊，让自己清醒一点，不要又陷入爱情的沼泽里。

回到寝室，她拿钥匙打开门的瞬间，就感觉到气氛的诡异。

她本来要往床上倒的身体硬生生僵住，看着眼前的三个室友："怎……怎么了，你们今天上午都没课吗？"

三人都没说话，只有牛慧推了推鼻梁上的黑框眼镜。

"出什么事了吗？"盛小羽小心翼翼地猜测，"昨晚查寝了？"

一学期里辅导员偶尔会到宿舍点点人，主要是为了学生的人身安全考虑，怕有些人长期不来上课又不在宿舍，处于半失联状态。

万一碰上查寝的时候人不在，本人还要单独到学院办公室去跟辅导员说明情况，比较麻烦。

看她们现在这"三堂会审"的样子，她只能联想到是昨晚查寝了，而她刚好不在。

"你昨晚去哪儿了？"丁芮茜清了清嗓子问道。

"我……遇到点事，住在外面了。"

"外面是哪里啊？亲戚家里，朋友家里，还是酒店？"

盛小羽的眼睛转了转，牛慧已经盯着她说："当人的大脑回忆真实存在的事情，她的眼睛会向左转；而编造一个虚构的事实，眼睛就会向右转。你的眼睛刚才先向右再向左，看来昨晚是发生了些你不想跟我们说的事情。"

"不是，不是！"

"还说不是。"孟菁华站起来，绕着她走一圈，又走一圈，"昨天音乐会没结束你就走了，那会儿还不是很晚，你跟傅春野学长……嗯，去哪儿啦？"

另外那两个人听到这个名字一点也不惊讶，说明早在她回来之前，她们已经听说昨天他俩在一块儿的情况了。

亏她还左想右想要避嫌，看来群众的眼睛是雪亮的，尤其是每天跟她住同一个屋的孟菁华。

昨天傅春野的身体不舒服，天又开始下雨，她离开得匆忙，都没来得及跟孟菁华好好打招呼就先走了。

先走的人夜里却没回来，也难怪她们会有疑问。

盛小羽很是苦恼，之前想过的缘由和辩解这会儿也通通想不起来了，忽然感觉很无助。

宿舍另外三人见她这样，也有点慌神，扶她在椅子上坐下，关切道："喂，你没事吧，不会真的是傅春野那家伙欺负你了吧？"

"有什么事你要说出来呀，我们会帮你的，不要怕。"

牛慧已经握紧了拳头，准备撸袖子去干仗了。

赵龙说人不可貌相，傅春野表面看似桀骜不驯，又有傲人的外貌条件，其实内心是很柔软的人。

内心柔软的人会带学妹在外过夜，还让她事后露出这样的表情吗？

"我去把他找来,让他当面解释清楚。"

盛小羽连忙拦下她:"不,真的不关他的事!他昨天生病了,我在酒店照顾了他一晚上而已。"

她把事情的起因和经过都说了一遍,那三人听完面面相觑。

"你是说他过生日,你们一起去了音乐节,还去酒店开了房,但你们之间什么都没发生?"

她点头。

"这不对吧?"丁芮茜露出福尔摩斯的神情,摸着下巴,"你是不是漏说了什么关键的信息?"

这事怎么听怎么不对劲。

孟菁华也点头说:"感觉学长他不是那种会随随便便答应女生出去玩,还一起过生日的人。"

"你们俩是不是在暧昧?"牛慧问。

毕竟之前两个人就来往频繁,很像是要搞"朋友之上,恋人未满"那一套。

可据说暧昧是酸中有甜,她为什么会露出这么苦涩的表情呢?

"因为我在'暗恋'他。"

孟菁华她们几个人听得一脸震惊。

"暗恋?傅春野吗?"

她能转移目标,不再喜欢周向远那家伙,她们当然是替她开心的,但傅春野……难度会不会有点大啊?

盛小羽看着她们脸上震惊的表情就知道,虽说她们之前都鼓励她往前冲,但真要喜欢这个人,又会觉得他们有云泥之别,不太实际。

"不是真的暗恋,是为了他的一份论文报告,算是合作吧。"

事到如今,她觉得也没必要再瞒着室友们,事实上也很难瞒得住。

她把跟傅春野合作写《暗恋观察报告》的事跟她们说了,孟菁华了然道:"怪不得你之前找来好多行为经济学和社会心理方面的著作,原来是为了这篇论文。"

"那也是他借给我的,说有助于我理解我们正在做的事。"

"这靠谱吗?"丁芮茜始终抱有怀疑的态度,"这种东西需要这么亲力亲为吗?"

做学问的,田野调查是很重要,但选取样本不行吗,需要这样找人亲身实践?

"会不会有什么问题?"牛慧也很冷静,"他会不会趁机占你的便宜?"

盛小羽摇头:"他没什么问题,有问题的人是我。他太好了,我觉得我好像真的有点喜欢他……"

"嘁,这算什么问题啊!"丁芮茜不以为意,"喜欢就告诉他啊,这有什么难的?行不行就一句话的事,万一他也喜欢你呢,你们不是就有情人终成眷属了?"

她还是摇头:"你不知道,他最讨厌被表白,尤其是那种没有感情基础的。"

就像她这样,认识他也不过一两个月吧,贸然跟他说"我喜欢你",肯定只能换来他的冷淡和疏远。

"还有这种事?不是说一般人都会对喜欢自己的人也抱有好感,因为感觉自我价值被肯定吗?还是说他真的遇到太多,已经麻木了?"

天之骄子的感情观,果然是她们无法理解的。

"那你现在打算怎么办?"牛慧问。

"我也不知道……"这就是她感到烦恼的地方,"如果让他知道,这篇论文大概就没了,他也不会再跟我来往了吧?"

"那你就等等,等到他这篇论文完成,你们不再是这种合作关系了,再光明正大地跟他讲。万一他不接受,那就算了,也没必要耗在这一棵树上,森林大着呢,我给你介绍更好的。"

丁芮茜才不管他那一套呢,没有回应的感情"早死早超生",找到适合自己的才是最好的。

孟菁华这会儿却一直没吭声,似乎有其他看法。

等到牛慧去跆拳道社团,丁芮茜出门约会之后,她才跟盛小羽说:"傅学长的鼓真的打得很好,不过他会打鼓这件事,我们学院的人之前都很少知道。"

"是啊,没想到呢,他本来是要去读柏林音乐学院的,后来却选择回国考大学。我也好奇他为什么突然愿意加入乐队。"

她心里一直有这个疑问,昨天突发状况太多,根本没来得及问他。

孟菁华道:"我觉得他参加乐队是因为你。"

"我?"

"嗯,因为我跟你是室友,又是关系很好的朋友,加上驻唱的酒吧是你表哥开的,他应该是想对你身边的人好吧。"

爱屋及乌,就是这么个道理。

盛小羽愣了愣,随即笑着摆手:"怎么可能?"

她就算对自己再有信心,也不会这样想。

孟菁华摇摇头:"走着瞧吧,我觉得你以后会明白的。"

相信她,玩音乐的人第六感是很强的。

盛小羽烦躁地抓了抓头发。

圣诞暂且这样过去了。

她给傅春野发了问候信息:"病好点了吗?圣诞快乐。"

"好多了,谢谢,圣诞快乐。"

回答很简短,看不出情绪,也看不出身体是不是真的康复了,很有傅春野的风格。

完了,她现在已经像个单相思的人那样,对着短信都能感觉患得患失。

周一,盛小羽接到表哥季杰打来的电话:"小羽,那天你订的蛋糕不是没拿到吗,今天可以再给你做一个,要不要给你那位朋友补过一下生日?"

他特意强调了一下"朋友"这个字眼,似乎已经猜到是很不一般的朋友。

"啊?不用了吧,杰哥你别破费了,不用特地给我补。"

"没事,这两天圣诞节,店里忙疯了,蛋糕点心根本不够卖。正好给你做好的那个没写名字,有客人喜欢就买走了。我忙到今天才有空跟你说,烘焙师傅也有空,今天给你补一个吧!"

盛小羽还在犹豫,旁边听他们对话听得一清二楚的孟菁华已经凑上去说:"那就麻烦你了杰哥,我们晚点过去取蛋糕!"

盛小羽大惊:"这……"

"这什么呀!"孟菁华摘下另一侧的耳机,"我打听了一下,傅春野已经两天没回学校了。你不是说他在外面有公寓嘛,可他的父母好像都不在身边吧?生病的时候人会很脆弱,你带着蛋糕去他家里探望,说不定能有新的化学反应呢!"

乘虚而入，趁热打铁……怎么都行，对她现在进退维谷的困境应该有帮助。

但盛小羽看来，化学反应什么的都是其次，他一直没回学校才是最让人担心的。

盛小羽发消息问欧阳远征："你知道傅春野住的公寓的具体地址吗？"

他很快就打电话来跟进："不会吧，你们发展得这么快，已经到这个地步了吗？"

哪个地步啊，要真是那个地步，她还用打电话问别人地址吗？

"算了，就猜到你也不知道，我再问问别人吧！"

欧阳远征就是禁不起刺激："谁说我不知道了，我不仅知道，还去过呢！不过如果告诉你了，我有什么好处？这怎么说，也是他人的隐私啊！"

不愧是他。

"我看傅春野换了个新头像，是你画的吧？给我也弄一个，我就告诉你。"

所以他才是真正暗恋傅春野的人吧，连头像都要用同款！

盛小羽把电话挂了。

欧阳很快发来地址，不忘附上一句："头像啊，别忘了。"

她还没答应呢……

到人家里拜访不能空着手去，于是她还是到表哥的店里去把蛋糕拿上，然后照着欧阳给的地址找到了公寓。

傅春野真的住在这种地方吗？

盛小羽抬头看看楼与楼之间开阔的绿地，葱葱茏茏的行道树到了冬季也没有衰败，只是变成了深浅不一的褚红、金黄和墨绿。

楼下的大堂富丽堂皇，墙面和地面的大理石砖亮得可以照出人影。

如果不是恰好有人开门出来，她在楼下估计就被科技感十足的防盗门给挡住了——这个对讲系统她都不知该怎么用。

出于未来新闻工作者的职业敏感和好奇，她在等电梯期间查了一下这里的房价。

好家伙,一平方米超过六位数,而且没有小户型。

傅春野究竟有什么样的家庭背景,能供他在这里拥有一个自己的天地?

很多人终其一生奋斗也买不起这么好的房子,而眼下他甚至都还没有大学毕业呢。

盛小羽满怀忐忑地摁下门铃的时候,傅春野刚泡好一杯热美式,点了点电脑文档上的打印键。

炮制这篇《暗恋观察报告》还是花了他不少时间,大概跟他生病状态不佳也有关系,照理应该是信手拈来的,因为本就是信口胡诌的东西。

傅春野打出来看了看,不合适的地方改了又改,甚至连格式都要按照最正规的论文模板,因为要拿去给盛小羽过个目,让她安心地继续暗恋的游戏。

傅年年刚睡了一觉起来,闻到咖啡香很不满意:"你怎么没顺便给我也泡一杯啊?"

"咖啡机就在桌子上,点一点你尊贵的手指就有了。连这个都不愿自己来的话,不如叫外卖吧。"

"我要喝冰的,你这儿有没有冰块?"

她光脚踩在地上,到餐厅去翻冰箱。

门铃响起的时候,傅春野以为她真的叫了外卖,隔着门板道:"你好,给我放门口的地上吧,谢谢。"

无接触配送嘛,对大家都好。

门外的盛小羽有点蒙。

他在家里,听声音也很洪亮,意识清醒,看来没有病得不省人事,昏倒在家里。

可他叫她放在地上……她低头看了看手里拎着的蛋糕,放还是不放呢?

难道他事先知道她要来?

盛小羽琢磨了一下,感觉以后有关傅春野的事最好还是不要咨询欧阳远征了。男人之间的友情虽然常被谈论,但究竟是什么尺度她也搞不清楚,说不定她那头刚问完,两人就暗通款曲,傅春野连她拎着礼物登门都知道了。

不能怪她有这样的怀疑,主要是她对欧阳此人了解不深,不知道他的底线在哪里,或者有没有底线。

盛小羽紧了紧手里拎着的蛋糕,还是硬着头皮又摁了一次门铃。

这次傅春野趿拉着拖鞋来开门了。

他手里还端着咖啡,用那个画有可爱图案的马克杯装着,然后先从猫眼朝外看了看。

盛小羽的脸在眼前放大,她不知道猫眼里有人看她,还抿了抿唇,大概是有点介怀唇膏是不是被口罩抹花了。

受了惊的傅春野转身就跑。

跑得太急,在沙发旁边还滑了一跤,脚上的拖鞋也飞了出去。

幸好刚才手里的咖啡杯已经被顺手放在了门边的小几上,否则这会儿"悲伤"真的顺着咖啡"逆流成河"了。

他在自己的领地从来没这么狼狈过。

傅年年听到他摔跤的动静跑过来看,他已经忍着疼自己爬起来,在她的女高音喊出声之前拽住她,把她整个人塞进了离得最近的厨房里,拉上滑门。

"喂,你搞什么……"

她不满地伸出头来,立刻就被他按回去:"盛小羽来了,你躲在里面别出来,要是被发现,你就别想在这儿继续住了!"

又是这一句,寄人篱下的日子果然不好过啊!

她赌气地想着,干脆去外面找个房子,冒险就冒险,破费就破费,至少不用动不动就被威胁。

对,她明天就去找个地方搬家!

不过她家小野除了威胁也不会别的了,谁让她人生的软肋就两条——舒诚和现在的住处,正好让他拿捏得死死的。

火大归火大,可是看到自己最亲爱的弟弟这一刻惊慌失措的样子,她又深深觉得欣慰。

孩子长大了呀,终于不再是对什么人和事都一副波澜不惊、寡淡清冷的模样了。

搞定姐姐之后,傅春野看到打印机上吐出的那份报告,又赶紧跑过去胡乱整理了一下,反扣在桌面上。

他竟然紧张起来，不敢把耗费了自己一个周末的东西就这样呈现在盛小羽面前。

门终于开了。

盛小羽尽可能让自己看起来自然一点，朝他举了举手里提着的蛋糕说："现在补上生日蛋糕，还来得及吗？你身体好点没？"

傅春野点头，轻轻拨弄头发来掩饰自己刚才那一通慌乱和狼狈。

"进来坐吧。"

他打开门迎客，走在她的左边，挡住厨房一侧随时可能被拉开的那扇门。

沙发上还有一只傅年年乱扔的粉红色袜子，他都顾不得会客的礼仪，不等盛小羽坐下就一屁股坐上去，像坐在针毡上一样，悄悄把袜子藏到身后。

"那个，东西就放在茶几上吧。你喝点什么，我给你倒。"

盛小羽还在像刘姥姥进大观园一样四处张望，感叹他的豪宅又干净又漂亮，随口道："我都可以的，谢谢。"

视线根本就没往他这边看。

他如释重负，顺手把袜子塞进沙发缝隙，然后给盛小羽也倒了一杯咖啡。

"谢谢。"她很有礼貌地双手接过，"我这样贸然跑来，会不会打扰你？"

打扰倒不至于，吓他一跳是真的。

事到如今，也不能这么跟她说啊。

心跳还很剧烈，摔了一跤的屁股还在隐隐作痛，但他已经恢复了表面的镇定。

"没事。不过你怎么知道我住在这里的？"

"啊，我想办法去你们学院办公室打听了一下，这个也属于暗恋对象必须知道的个人信息嘛，你懂的。"

还是不要让他知道是欧阳告诉她的比较好吧。

她拿起杯子"战略性"地喝水，结果被黑咖啡给苦到了。

"你喝不惯这个吧，我帮你换一杯。"

傅春野作势要来拿她的杯子，她按住杯口："没事的，我喝这个就行。"

他不勉强，起身从冰箱里拿出牛奶走进了厨房。

伏在滑门边听墙角的傅年年差点摔倒。

"喂，她是来干吗的？"她的声音压到极低，连说带比画，"你拿牛奶干什么？"

他把杯子里的牛奶放进微波炉里加热，嗡嗡的声响几乎盖住他的声音："她喝不惯黑咖啡，我给她加点热牛奶和糖。你在这儿藏好，她离开之前千万别出来，听见没？"

傅年年从滑门的缝隙看出去，只能看到沙发上的一个后脑勺，就这么半个不算背影的背影，都透着紧张局促。

傅年年觉得好笑，拉过傅春野给他支着："你等会儿找个借口把人带你房间去，我趁机溜出去逛逛，不会打扰你们的。"

两情相悦的两个人在私密的小空间里相处发生点什么，她是很乐见其成的！

这个提议倒是不错，比在厨房藏一个随时会引爆的定时炸弹好多了。

"那你见机行事，别跟她碰面就行。"

微波炉发出叮的一声响，傅春野端着热好的牛奶走出去，顺便把自己那杯咖啡也端了过去。

盛小羽连忙站起来。

"你不要这么拘谨，又不是来面试的。"

他把牛奶注入她那杯咖啡，又给她夹了一块糖："喝吧，现在不苦了。"

盛小羽被他的贴心细致感动，又看到他手里的马克杯："这个杯子你真的在用啊？"

"嗯。怎么，你那个拿回去没用吗？"

"用了，你给我的，肯定得用啊！"

这还差不多。

不过要是早知道她会到这儿来，那天就不把那个拿出来给她了。

面对面坐在一起的时候，手里拿着成双成对的杯子……效果才对。

盛小羽小口啜饮着咖啡，不知该怎么说："那天早上看你没再发烧了，我就去买了点吃的。学校上午还有课，所以我就先走了……你后来身体怎么样，没有再烧起来吧？"

"你现在不是看到了吗？没死，还活着。"

呃，听起来怎么好像有点不高兴的样子？

孟菁华说的那种生病的时候格外脆弱的状态，她倒是没感觉出来……

"你这几天都没回学校上课，大家都还挺担心你的。"

"大家是谁？你是作为他们的代表来看望我的吗？"

这绝对是生气了吧？刚才她在半路上、在电梯里做的各种心理建设和应对的说辞，这一刻都完全说不出口……

"这个蛋糕是怎么回事？"他又接着问，"我记得我的生日已经过完了。"

"噢，这其实是我那天给你准备的生日惊喜的一部分。"其实是最大的一部分，她挠挠头，"因为天气不好，你又生病了，所以没来得及拿出来。"

傅春野有点警惕地看了一眼那个蛋糕，"粉色恐龙"的糗事还历历在目。

惊喜要是安排在这里该多好，试想"粉色恐龙"敲门给他送来蛋糕，亲自跳一段舞给他看，不管狼狈不狼狈，他都会充满期待。

盛小羽看他不说话，就觉得他肯定是有什么别的想法。

她大胆猜了一下："你不会是想要完整地看我再表演一回吧？"

还真猜对了。

傅春野不露声色地"嗯"了一声："你这主意挺好的，人偶里面是谁又看不出来，很适合暗恋的人送祝福，就是当时那时机选得不太对，我都没看出你跳的是什么舞，蛋糕也没吃上。"

"那……我给你重新跳一遍？不过今天没有准备道具服，只能这样跳了。"

他点头，表示理解。

"咳……"他低声咳嗽，清了清喉咙，"要不要我给你几分钟时间准备一下舞蹈？"

"要的。"

盛小羽其实还在纠结今天这身行头是不是真的适合跳舞。

她拉了拉自己身上的衣服，宽大的外套下面是膝上五厘米的百褶裙。

今天到这里来,她一心只想打扮得漂亮得体一点,即使在春海市最冷的天气里也穿了裙子,裤袜很厚实,但没敢穿靴子,怕进门要脱鞋的话会不方便,脚踝部分只有袜套保护。

"你还真是不怕冷。"

傅春野也注意到她这一身,默默在手机系统里把中央空调的温度又调高几度,把电视和音响也打开:"你要跳什么曲子,我帮你找。"

"不用,我手机里存着呢,我复习一下就行。"

她打开手机里的保留曲目,音量挺大,熟悉的乐曲一出来,隔壁房间就有勺子之类的东西掉到地板上的声响。

她转头望过去,傅春野解释道:"那边是厨房,大概挂勺子的挂钩又掉了,不用管它。"

这首歌是Venus女团最出圈的成名作,说是脍炙人口也不为过。

原唱之一就在一门之隔的厨房间窝着,大概也受到了相当大的震撼——没想到在老弟这里竟然能听到自己的主打歌。

曲子欢快,舞蹈也不算难,招牌动作小朋友都会做。盛小羽当年能把整个舞都跳下来,动作已经形成肌肉记忆,稍微复习一下就很熟练了。

"好了,我可以了,来吧!"

她已经脱掉外面厚重的大衣,只剩修身的小西服和下面的百褶裙,举起一只手摆好了架势。

傅春野道:"等一下,我点蜡烛。"

既然是过生日,仪式感就要做足。

他把装蛋糕的盒子打开,单支的生日蜡烛插在蛋糕上面,他划亮火柴去点火。

莹莹如豆的火光照亮那个精美的翻糖蛋糕,也照亮了盛小羽红通通的脸。

厨房的门后面,傅年年握着把汤勺抿着唇低笑。

青春无敌,没想到她的小助理还藏有这样的绝招,直接就把自家养的这株高岭之花给连根拔了。

"嘿呀,宝贝,红色蓝色五颜六色……"

盛小羽没开麦,不过舞步欢快,跳得很有激情。

楼下的邻居很快就上楼来投诉了。

傅春野去应门，脸红红的，不知是不是刚才离得近，看到了什么不该看的。

百褶小裙子或成最大的加分项。

盛小羽擦了擦额头上的汗，充满期待地问傅春野："我跳得怎么样？"

有没有感受到过生日的欢乐气氛？

"你要听实话吗？"刚给邻居道完歉的傅春野问。

"那还是别说了，来吹蜡烛吧！"

气氛到位最重要，他开心就好。

傅春野在吹灭蜡烛的那一刻在想，这女孩上辈子应该欠他们姐弟挺多钱的，这辈子不仅要来"暗恋"他，还要激励他姐。

蛋糕很好吃。

傅春野却有些心不在焉地频频看向厨房。

感觉他姐姐这个定时炸弹用不了多长时间就要引爆了。

傅年年超爱甜食，五百米范围内出现蛋糕之类的东西，她凭嗅觉也能找过去。

他们在外面大快朵颐地吃蛋糕，她肯定也想要分一块。

人在饥饿的时候会做出什么举动，那都说不准。

他还是尽快把盛小羽引到自己的房间里，放姐姐出门去比较好。

"你上回不是说想要看看《暗恋观察报告》吗？我把目前做好的部分打印出来了，你要不要看一下？"

"好啊，真的可以看吗？"盛小羽充满期待。

"当然可以，不是说了你的名字也会放上去吗？成稿之前肯定要先给你看过才行。"

"太好了。"她拍拍手站起来，看着桌面上剩下的蛋糕，"这些要放进冰箱，我来帮你收拾吧。"

"不用，我先拿去厨房。你去那个房间等我吧，这是《暗恋观察报告》的打印稿，你可以先看看。"

他把刚才打印出来的稿子给她，指了指自己的房间，让她先进去。

"好的，还有……能不能借用一下你家的洗手间？"

喝了一整杯咖啡，又那么紧张，她已经憋得不行了。

"可以，右边那扇门进去就是。"

他看着她走进洗手间,才端起蛋糕进了厨房。

"哇,你终于来了,我都快冻死了!"傅年年冻得直跺脚,还不忘从剩下的蛋糕上掰下一大块往嘴里喂,"小羽还是那么贴心,错过的生日蛋糕都硬要给你补上。嗯,好吃!"

"吃完就快点出去逛街,我不叫你回来就别回来。"

傅年年扑哧笑出声:"你知道你现在像什么吗?特别像我演过的影视剧里的那些霸道总裁,一言不合就让女人去刷爆他的卡。"

别想什么卡了,快点走!

傅年年舔干净手指上蘸着的奶油,终于拉开门走了出去,从衣架上扯了一件厚实宽大的外套罩在身上,又戴上墨镜和帽子才出门。

傅春野总算松了口气,又忙着抹掉她在这里停留过的痕迹,包括刚才被他临时塞进沙发缝隙里的那只袜子。

然而不妙的是,盛小羽在洗手间里发现了另一只。

不单是袜子,还有女性换下来没来得及洗的衣服,都放在洗衣篮里。

跟傅春野的衣服堆在一起,不分彼此。

她愣了几秒钟,差点忘了自己是进来解决尿急的。

马桶旁边的储物格里还有卫生棉,日用的夜用的,都分得清清楚楚。

洗手台上有牙刷和杯子,虽然是上下错开放的,但分明是两个人用的,其中一套相当粉嫩,充满少女心。

这个屋子里有女性居住吗?而且应该不是年长的女性,而是年轻的女孩子吧?

也难怪,傅春野这么优秀,又是青春洋溢的年纪,有女伴很正常。

就算像他说的没有固定的女朋友,不是也有很多因为生理需求而在一起的男女吗。

他平时住在学校宿舍,有时间就回到自己的公寓。

这房子,是两人的爱巢吗?

盛小羽一瞬间手脚冰凉,不明白这种被迎面泼了一盆冷水的感觉是怎么回事。

最关键的是,那个女生现在在哪里?

知道她要来,临时避出去了吗?

傅春野刚来给她开门的时候,脸上多少还是有一些惊讶的,很可能他事前并不知道自己会来,那个女生也就没有时间可以避到外面去。

那是刚好外出了?如果等会儿对方回来碰见她跟傅春野共处一室……

她是不是尽快离开比较好……

傅春野等了好一会儿,终于看到盛小羽丢了魂似的从洗手间里出来。

"吃喝拉撒是人之常情,你不用觉得难为情。马桶给我冲干净了吗?"

他以为她进去这么久是在他这里蹲大号,害羞了。

"啊?噢,冲干净了,马桶是自动的,好高级,嘿嘿。"

盛小羽搓着手,不知该怎么缓解这种尴尬。

"手冷吗?"他从电源线上拔下一个圆圆的小物件递给她,"用这个焐手就不冷了。"

正好握在掌心里的暖手宝,小小一只,可以暖几个小时,冬天上课坐在教室里正好可以用。

马卡龙的配色,小巧可爱,这也是住在这里的那个女生用过的东西吗?

盛小羽握着那团热气,像捏着一把火,感觉烫手,烫得她坐立难安。

她终于站起来道:"今天……我就先回去了,招呼都不打就跑到你的住处来,真的很不好意思。"

"现在就走?"傅春野蹙起眉头,"那个报告你不看了吗?"

"没关系,回学校再看吧。"她勉强挤出笑容,"你病好了应该就会回来上课了吧,快期末了,有些科目都开始考试了呢……"

唉,她都在语无伦次胡说些什么呀。

傅春野没再挽留,她仍旧是勉强维持着表面那种尴尬又不失礼貌的微笑,小跑着从正门跑了出去。

不过上了一趟洗手间而已,到底发生了什么,让她的情绪像坐过山车似的一下就落到底了?

女生脸皮薄,但就算真的蹲大号也不用羞耻到这个地步,他都说了没关系。

难道是又到生理期了？

他从小跟着老妈生活，又有亲姐，当然知道女生总有那么几天不舒坦，有时候不该来的时候突然来了，就会很无措。

越想越觉得是这样，尤其她是去了趟卫生间才变成这样的，很可能是生理期来得不是时候，让她坐也不是站也不是，只能赶紧离开。

这时候该做什么，就这样看着，什么都不管吗？

他想了半天，拿起电话打给傅年年。

"哟，约会这么快就结束了？我可以回去了？"

"嗯。"

"要我给你带什么东西吗？"傅年年正在附近的便利店啃鸡骨肉丸。

傅春野接下来的问题却让她口中的热可可喷出好远——

"我想问，你们女生在生理期的时候需要什么？"

"无精打采"四个大字几乎铺满了盛小羽的整张面孔。

欧阳远征在旁边看着她，唏嘘道："没问题吧？你信守承诺，真的给我画了头像，我很开心，但看你这样子，这头像不会积满了怨气吧？"

他得了头像，专门从学校后门的网红店里买了新鲜出锅的炸鸡腿来给她，她这表情算怎么回事？

"不要就算了。"

"啧啧，说句话都有气无力，到底是怎么了嘛？你跟傅春野吵架了？"

她摇头。要能吵架就好了，她有什么立场跟他吵架啊！

"你那天不是去他家了吗？后来怎么样，你们有没有那什么……"

要在平时，听他这么问，盛小羽肯定要极力否认，甚至还要翻几个大白眼给他。

但今天她格外安静，像没听到他的问题似的在一旁发呆。

"我说……"

"傅春野其实有女朋友吧？也许不是学生，是已经工作的成熟一点的女生，是吗？"

她在洗手间看到洗衣篮里换下的衣服，挺有女人味的，跟日常用品充满少女心的感觉还不一样。

应该是又可爱又性感的年轻女生。

等等，不会是不止一个女生吧？

欧阳远征感到莫名其妙："什么女朋友，他哪有女朋友，你在他的公寓里见着了？"

"没有，但我看到有女生的用品，还不止一点，应该是在他那里住吧。"

"你是说同居啊？不可能。"他斩钉截铁地否认，"他那种人怎么可能跟人同居，谁受得了他啊！"

何况他以前去的时候，根本没有察觉到有女生住过的痕迹！如果有的话，以他的八卦敏锐度，不可能发现不了。

"那他有姐姐、妹妹之类的家人吗？"

"这倒没听他说过，他不太提起他家里人。"欧阳远征补充道，"对他来说，家人像个禁忌话题，不是熟到一定程度的人知道他的名字就不错了，什么家庭背景、家庭成员根本不可能让你知道。"

"有人说他是什么大人物的私生子，真的吗？"

"嘁，什么大人物的私生子呀，那倒不至于。我只知道，他是跟妈妈姓的，外公家里应该挺显赫，这种情况一般爸爸是入赘的吧？有些人不了解，以为跟妈妈姓就是私生子，肤浅！"

原来是这样。

"他不愿意跟外人谈家里的事，肯定有他自己的理由，别瞎猜了。"

盛小羽点头："怎么感觉你好像挺能感同身受的？"

分析得头头是道，不仅仅是基于朋友之间的了解。

欧阳远征一笑，跳上花园旁的围栏上坐着："你看我的名字就能猜到我爸是干什么的吧？我从小在大院里长大，以前也想过要瞒着学校的小伙伴，可人家来我家做客，家里都有勤务兵，这怎么说呢？好不容易上了大学，开学第一周军训时就暴露了，我爸就差直接上主席台看我踢正步了。瞒不住索性高调点呗，但我明白那种心情。"

不想被人当珍稀动物，不想依附于谁，也不想被谁攀附，只想做个普通人的那种心情。

唉。

既然没有家人跟他一起住,那房子又确确实实是傅春野本人的,那女性的生活痕迹就很有可能是他的女伴留下的。

她不该介意,他们之间只是合作关系,她的暗恋也不是真的。

可她的心里还是有些失落。

她明白这种"感情用事"意味着什么。

可她偏偏没法向他本人求证,也不应该把内心的感受告诉他。

否则他一旦了解她这种心思,两人连现状都无法维持了。

欧阳眯起眼睛,仔细观察她的神色:"你现在这么纠结是在吃醋?我一开始不就跟你说了,同征择偶是生物本能,你要挑战就得做好受伤的准备!"

只是没想到来得这么快。

"谁说我受伤了,再说他到底有没有女朋友还没有定论嘛!你都跟他绝交这么长时间了,他身边发生了什么事,又认识些什么人,你也不一定清楚。"

欧阳撇嘴:"明大才多大个圈啊,我怎么可能不清楚?今后最了解他动态的人可能就是我了。傅春野是这几天没回宿舍住,等他回来就会发现有个超级大惊喜在等着他呢。"

"什么超级大惊喜?"

盛小羽看他眉飞色舞,忽然联想到前段时间学校公众号上发过的一则通告,说的是西区宿舍有两栋楼因为房子太老快成危房了,所以要拆除,里面的学生要搬出去,主要影响的就是欧阳他们这一届的一部分男生。

"你……你不会是搬去跟他做室友了吧?"

"答对了!没想到你还挺聪明的,不错,我生平最讨厌笨蛋了。"

搬出宿舍的男生学校有统一安排,当然如果有些人能找到接纳自己的宿舍,直接找辅导员申请也是完全可以的,因为有些宿舍本来就没有住满。

欧阳虽然有时候脾气很横,但从他跟周围人的互动来看,他应该是个社交牛人,真要想搬去傅春野的宿舍住,搞定他的室友不在话下。

只不过,这对傅春野来说是惊喜还是惊吓,还真不好说了。

"怎么样,是不是觉得跟我的交情不亏?"他笑嘻嘻的,"我可以帮你盯着他，要是他真有女朋友了，保证连对方家里有几只猫、几条狗都查得清清楚楚！"

拉倒吧，你连傅春野家人的情况都还没全部查清楚呢……

不过盛小羽还是很感谢他："谢谢你肯帮我啊。"

虽然不是无条件的，但也从没真正为难过她。

"说什么谢不谢的，多见外啊！"他的胳膊绕到她肩上一钩，"我这叫知己知彼百战百胜，说真的，要你考虑考虑我呗，其实我也没比他差哪儿去啊！你们女生是不是都喜欢高个的男生，我也一米八啊，又会打球，学习也好……"

"学习好吗？"

这还用问，不好他能凭自己的本事考进明大吗？

"那四级什么时候过呀？"

"喂！"

盛小羽捂嘴笑。

他的手臂倒是松开了，心里有个地方也跟着一软："唉，算了，是金子总会发光的，你迟早会发现我比他好，我等着你。"

他送她回去，在宿舍楼下，盛小羽突然想起来，从随身的包包里拿出一个东西递给他："这个暖手宝是傅春野那天给我用的，我走的时候太着急忘了还给他。现在快期末了，我也不能经常见到他，既然你们住一起了，能不能麻烦你帮我还给他呢？"

欧阳拿过那个圆圆的浅绿物件，看了看："这是傅春野给你的，在他公寓里？"

"嗯。"

这还真不像他本人会用的东西，他们这种内火旺盛的男大学生哪里会需要这种小玩意儿来焐手啊？

不会真是同居女友留下的吧？

"行啊，我帮你还给他。"他把暖宝宝揣进兜里，"还有什么要交代的吗？"

盛小羽摇摇头。

"过两天就是新年了，有没有兴趣一起跨年啊？"

"啊，跨年……跟你？"

"你要单独跟我约跨年，我当然也很乐意。"欧阳依然挂着那种拽得二五八万的笑,"不过我爱热闹,跨年还是人多一点比较有氛围!你的室友有空没,叫上她们啊,我再叫几个朋友,傅春野啊,还有上回你见过的那个赵龙啊,反正都是一个学校的,大家热热闹闹去吃顿火锅。"

这个主意倒是不错,从现在开始到一月中旬都是期末复习和考试的时间,偶尔也需要有点活动放松放松。

盛小羽点头:"那我问问她们,如果她们有空的话,就一起去。"

"别忘了,我会发消息提醒你的。还有,新的头像很合我心意,谢了。"

欧阳远征一手拿着手机朝她挥了挥,看着她走进宿舍的门才转身离开。

那个圆滚滚的暖宝宝在口袋里存在感很强,他走了两步又拿出来看了看,觉得好笑,又塞了回去。

这一幕看在他人眼里,就很像是约会完送女朋友回宿舍的男生依依惜别之后,还拿着女友给他的暖宝宝傻笑不已。

至少在不远处的傅春野看来,很像是这么回事。

他从公寓回学校宿舍,途经三食堂后面那片花园的时候就远远看到了坐在栏杆上的欧阳,以及站在他旁边的盛小羽。

她的个头本来就不高,而欧阳就像他自己说的,在男生中也算很高了,再坐到高处,就更显得盛小羽矮了。

傅春野低头看了看自己手里拿着的迷你保温杯,矮墩墩的样子跟她有点像。

傅年年说女生来生理期的头两天大多会不舒服,头疼、肚子疼、冒冷汗……尤其是冬天,就更加难受。

这种时候要喝点红糖姜茶,如果怕口味太辣喝不进去,可以加点酒酿进去,喝下去活血又暖胃,就不会那么痛苦了。

学校没有煮红糖姜茶的条件,他在公寓里熬好之后灌在保温杯里带过来,想着到了她宿舍楼下随便找个理由塞给她就好了,让她明白他知道那天她为什么突然离开,也不用因为这种事感到特别害羞。

他还在想应该用什么理由才不显得那么蹩脚和刻意,结果就看到她跟欧阳站在一起。

两人有说有笑,一点也不像刚认识一两个月。

或者应该说他们一见如故？

他攥紧了手里的保温杯，跟在他们身后一路走到盛小羽的宿舍楼下。

然后就看到了她掏出那个暖宝宝塞给欧阳远征的情形。

他其实都忘了这东西还在她手里，那天递给她之后不久，她就起身离开了，他一直在想她匆匆离开的原因，压根没注意到这个。

他拿给她用就没想要收回来，但没料到她会拿给其他男生用。

还有欧阳那家伙最后的笑容是怎么回事，怎么那么刺眼？

傅春野觉得自己手里拿着的保温杯突然变得异常滑稽。

还有更滑稽的。

他回到宿舍之后，发现欧阳远征坐在里面。

"嘿！"

傅春野想走进去把他的头拧下来。

"你在这儿干吗？"

"什么干吗，我在自己的寝室里待着也不行？"欧阳指了指他的上铺，"今后我就在你上边了，请多多关照啊！"

傅春野这才发现他空置已久的上铺已经铺好了床，还拉上了床帘。

"谁让你搬过来的？"

"辅导员啊，我们系两百多号人都要找宿舍搬，学校巴不得让我们自己找着落呢！我知道你这儿空一个位置，就申请了。"

一申请就通过了，他也是没想到。

傅春野懒得跟他继续纠缠，把保温杯往自己的桌上一放，收拾书本打算去图书馆复习。

"哎，这是什么，你还自己煮东西带过来吃啊？"欧阳抱着保温桶闻了闻，"怎么好像有生姜的辛辣气，还放了酒酿？"

这是什么诡异的组合？

"你属狗的吗？"鼻子这么灵敏。

"对啊，你怎么知道？"

傅春野很久之前就知道他这副狗脾气，作为朋友和搭档还挺欣赏，因为他自己做不到这么外向爽朗。

可现在他竟莫名觉得烦躁。

"那这一整杯都给你。"他把保温杯推到欧阳面前，有种破罐子破摔的感觉。

反正这一大杯是不会送出去了,说不定等会儿就连这杯子都要一起扔掉。

欧阳抱着保温桶暗喜。

这家伙看似不想让他搬进来,实则把自己带来的好吃的都大方地让给他。

啊,好好奇,他平时到底喝的是什么十全大补汤?

红糖姜茶的味道又甜又辣,混着不少酒酿,里面还卧了一整个鸡蛋。

欧阳喝了一大口,咂巴咂巴嘴:"我怎么觉得你好像在给我坐月子?"

傅春野看了一眼他身后桌面上的东西:"嗯,配合那个一起,就更像了。"

欧阳回头,原来是那个暖手宝。他抓在手里,故意炫耀似的在他眼前晃了晃:"不懂了吧,这种暖手又暖心的小玩意儿,都是女孩子细心才想得到的。盛小羽那丫头给我的,别看她平时冒冒失失,关键时候还挺贴心。"

受人之托,东西当然是要还给他的,但就这么还多没劲啊!

他故意这么说,就想看看他会不会吃醋。

傅春野却像完全没听见似的,把书本和复习资料塞进书包,背上包就出门往图书馆去了。

"对了,跨年……"

欧阳远征又喝了一大口红糖姜茶才想起来,跨过椅子追上去:"哎,跨年一起吃火锅啊!我叫了大龙他们,还有小羽毛她们寝室,人多热闹嘛!"

傅春野听到他叫盛小羽的名字,脚下停了停:"你们都这么多人了,多我一个不多,少我一个不少,我就不去了。期末复习任务重,我可能也不会常在寝室住,你别跟其他人闹矛盾就行,不用理我。"

他说到做到,白天在学校教室上课,在图书馆自习,晚上就回自己的公寓去住。

他从其他室友那里得知,欧阳远征跟大家相处得很融洽,还带动了那几个万年不动的宅男早起去跑步，但晚上也没少跟他们窝在寝室里打游戏。

跨年的前一天，男生宿舍突然查寝了，见傅春野不在，辅导员就打电话给他，让他第二天去一趟学院办公室。

他不以为意，这样的套路他已经非常熟悉了。

果然，进了学院办公室，他就看到父亲蒋承霖坐在那里。

没错，就是那门社会心理学的蒋教授。

整个明大知道他们是父子的人不多。

助教向阳之前是蒋承霖的博士生，对这父子俩之间的恩怨比一般人了解得多，见傅春野来了，跟他低声寒暄了几句，就走出办公室，把空间留给他们。

"坐吧。"蒋承霖指了指旁边的椅子，仿佛跟对待一个普通的学生没什么分别。

傅春野却站着不动："不用了，我还要回图书馆看书。有什么事你可以直说，不用这么兴师动众的。"

还查什么寝，很多大三的学生开始在外面找实习工作了，不在寝室住备案一下行，只有他们学院还这样大张旗鼓地去查寝看人在不在。

也是，副院长的权威还是很大的，说一句话，下面的人不敢不听。

"期末复习得怎么样了，各个学科有没有什么困难？"

"社会心理学这门课的期末论文我已经交了，其他的不劳操心。"

蒋承霖似乎微微叹了口气。

"你姐姐她回春海市来了吧，是不是在你那里？"

"你找她有事？"

"也没什么事，很久没联系了，不知道她过得好不好。"

"你可以自己问她。"

实则他瞥见办公桌上有一份申请表，抬头的资料栏里写的是傅年年的名字。

蒋承霖把表格递给他："既然她在你那里，我就放心了。你把这个带去给她看看，当年她从秋大肄业，我托朋友保留了她的学籍。如今她不唱歌跳舞当明星了，可以选择继续回学校深造。如果她喜欢春海市，转到明大来也可以。"

傅春野并没有伸手去接那张纸。

"这些话你可以亲自跟她说，用不着我转达。"

当然，姐姐要是听到他又用这样的语气说起她"唱歌跳舞当明星"的事业，父女俩估计又要大吵一回。

可能在他这位教授父亲的眼里，不按他设计好的轨迹去选择人生就是彻头彻尾的失败者，是不务正业。

这就是傅年年在人生低谷也不愿意回家的原因。

蒋承霖看了他好一会儿才收回手，说道："小野，你真的很像你妈妈。"

对话到这里就差不多可以结束了。

傅春野心里冷笑一声，把包甩到肩上，拉开门走了出去。

他还好意思提起母亲吗？

他主动放弃了他们这个家庭，放弃了年幼的儿子，甚至一度怀疑他这个儿子不是亲生的。

傅春野跟着母亲生活，从内地到香港，又到国外，父亲的面目早就模糊不清了，他又怎么可能知道小小年纪就远离身边的儿子到底像谁。

傅春野顺着盘旋的楼梯快步下楼，心中少见地积蓄起愤懑，急欲寻求一个出口。

不巧，他在楼梯转角处跟迎面上楼的人撞在一起，对方"哎哟"了一声，他才发觉撞到的人竟然是盛小羽。

该不该说人生何处不相逢呢。

盛小羽不是一个人来的，她陪孟菁华来补交电子商务这门课的一项期末作业，没想到会遇到傅春野，还跟他撞个满怀。

孟菁华一看这情形默默咋舌，相当识趣地拍了拍她："我先去交作业了，你们慢慢聊。"

不知道这对看着还挺和谐的"暗恋者"和"被暗恋对象"出了什么问题，不过从圣诞之后盛小羽一直唉声叹气，肯定跟他有关。

傅春野站在台阶上面，居高临下，冷眼睨着她，也不说话，等她先说。

"那个，你也来交作业啊？"一开口，盛小羽就觉得自己问得很不合适，结果后面朝着更不合适的方向去了，"《暗恋观察报告》那份论文你交了吗？"

傅春野冷冷哂笑一声："你想得倒挺美啊。"

还什么都没干呢,就想着论文已经大手一挥写完了,连带着署上她的大名就可以去投学术杂志发表了,白给她赚十个学分,然后转头就去跟其他男生卿卿我我?

盛小羽有点尴尬地笑了两声,从包里掏出一个小本子给他:"这个给你,可能会有点帮助。"

他认出那是之前她展示过的"暗恋笔记",而且她还提过已经写完一本,开始新的记录了。

他接过来,拿在手里,却并没有立刻翻阅,只冷淡地问道:"还有别的事吗?"

她想了想:"欧阳说让我们大家跨年一起去吃火锅,你去不去啊?"

其实她已经听欧阳说了,他不打算来,但还是想要亲自问问他。

从他家离开之后到现在,两人几乎没有联系过,她能感觉到傅春野的态度明显冷淡了。

不知是不是跟那个与他同居的女生有关。

就算是的话,他明明白白跟她讲清楚也没事的,反正他们现在是合作的关系,她可以小心隐藏自己真正的心意,更谨慎行事,最要紧的是协助他把论文完成,又不打扰他真正的生活。

可他也避而不谈,两人甚至都没有聊天往来,她有点不知该怎么办才好了。

择日不如撞日,今天既然正好撞见了,就趁这个机会说清楚吧。

傅春野没说去,也没说不去,只是用一种探究的目光看着她:"既然都有欧阳陪着你一起跨年了,我去不去有什么关系吗?"

盛小羽愣了一下:"什……什么意思?"

他却不再说话了,往旁边跨出一步:"让开,我还要去图书馆看书。"

"不行,你把话说清楚。"她气性也上来了,"怎么又跟欧阳扯上关系了?我之前不是解释过,我跟他认识还是因为你呢,只是普通朋友而已,绝对不会影响我们之间的约定。倒是你啊,从来都没提过有同居的女朋友,就算不是谈恋爱的那种关系,你也应该提前告诉我,不然多尴尬啊!"

"什么女朋友,你现在是准备把锅甩给我?"傅春野蹙起眉头。

"我只是希望公平一点,你毫无依据的揣测都让你那么生气,那我还眼见为实呢,要怎么办啊?"

"眼见为实?我亲眼看到你们在一起有说有笑,你还把我给你用的暖手宝送给他了,难道是我眼花?"

"那个是……"

那个是要还给他的呀,他没收到吗?

未出口的话哽在喉咙里,接触到他眼神里的凌厉和冷若冰霜的温度,她忽然觉得解释也没什么意义。

她让出了楼梯通道,垂下肩膀:"走吧,不耽误你去图书馆复习了。"

吵架好伤人,她现在脑袋抬高一点就觉得眼泪都要掉下来了。

孟菁华交完作业出来,本以为这两人肯定已经说完话了,没想到他们还在楼梯间。

"啊,那个,我再去问老师一个问题……"

她想躲回去,却被傅春野叫住:"乐队排练是在创意园区那个仓库对吗?"

"呃,对……"

"知道了,我会准时到的。"

他说完这句,就快步下楼离开。

态度跟刚才相比,和煦得多。

孟菁华还有些不明所以,却见盛小羽的眼眶已经红了。

"哎,小羽你怎么了,没事吧?"

有事啊,可有事也没人帮得了她。

他的意思很明确,只许州官放火不许百姓点灯,反正他们从一开始就不是完全平等的关系。

暗恋的那一方总是卑微一些,不管是真的暗恋,还是假的。

不是有句话说,先动心的人就输了,她就是那个注定的输家呀!

转眼就到了跨年的12月31日当天。

欧阳精神抖擞,早早就打电话来,让盛小羽和室友们务必早点到,否则预订的位子可能就要排给别人了。

盛小羽本想说自己不去了,可是丁芮茜和牛慧她们都已经换好衣服化好妆，满脸期待的模样，她不想扫她们的兴。

火锅店人满为患，幸亏欧阳事先预订了位子，还是包间，他们差不多十个人，进去围坐正好一桌。

丁芮茜一坐下就悄悄凑过来问："这家店很贵吧？今晚是ＡＡ制吗？"

盛小羽看了一眼正张罗茶水和小食忙得不亦乐乎的欧阳远征，犹疑了一下："应该是吧，不过你从哪儿看出很贵呀？"

贵还这么多人来吃？

丁芮茜朝墙上的照片努了努嘴："这是网红店啊，好多明星来过，都跟老板娘留过合影。"

她不说盛小羽还真没留意到。盛小羽仔细看了看墙上的照片，果然有很多熟悉的大小明星，还有她最熟悉的Venus女团。

原来她们也到这家店来吃过火锅啊……

盛小羽拿出手机拍了张照片墙发给傅年年："年年姐，跟朋友来吃火锅，发现你以前也来过这家店，缘分哪！转眼就是今年的最后一天了，祝你新的一年红红火火，心想事成！我先试试这家店现在的口味，如果好吃的话，改天我请你来吃吧！"

她其实想得很简单，音乐节实习的工资已经收到了，还不少呢，她理应感谢傅年年和经纪人静姐，请她们吃顿饭。

只是她怎么会想到，傅年年的这个手机一直被傅春野拿在手里。

他看到照片墙上方火锅店的名字，还有他姐那张看不清脸的合影，犹豫了一下，才在对话框回复："今天这么冷，还跑那么远吃火锅，跟男朋友？"

盛小羽发来一个拼命摇头的表情。

"跟学校的朋友和室友一起来的，人多热闹，就不觉得冷了。"

是吗？

"上回跟你一起去音乐节的那个男生呢？"

明知故问，他就是想看看她有什么说法。

结果那头很久都没回复。

傅春野把那只手机丢到一边，起来走了走。

天黑了，肚子也有点饿，他是不是也去吃顿火锅比较好？

能填饱肚子，又暖和。

以欧阳的个性，这顿肯定他请客，不吃白不吃。

盛小羽其实是去点菜了。

这家是小火锅，锅底有八种口味可选，每人一个，可以选不同的，欧阳问她要哪种。

"就点这里最有特色的吧，我都可以。"

牛慧她们又把菜单给她，那么多人点菜不容易，大家只能商量着来。

等全部敲定，已经过去一刻钟的时间了，盛小羽这才有空回复消息。

她回复消息，尤其是回复自己在意的人的消息，通常都要做最后结束聊天的那一个，绝不会聊一半就把人晾在那儿，感觉不礼貌。

傅年年居然还记得音乐节她邀请傅春野一起去玩的事。

印象中，年年姐是个比较自我的人，对周围人的关注不多。所以她说自己就算当年没从秋大法律系肄业，可能也不适合做律师这行。

她会主动找话题聊天其实就挺让人意外的，更意外的是还问起了她的感情。

"他好像有女朋友了。"

盛小羽也想找个人倾诉，尤其是像年年姐这样年长一些，阅历也比较丰富的女生，想知道她们会怎么处理类似的问题。

傅春野一看她又说起这个理由就很火大，但还是耐着性子问："从哪里看出来的？"

"前几天我去了一趟他的公寓，把蛋糕拿给他，发现他家里有年轻女生生活的痕迹，比如衣服、牙刷、卫生巾之类的，应该不是做客的人留下的。"

傅春野愣住了。

傅年年正拿着卷发棒卷头发，走过来对他道："亲爱的小野，能不能帮我熨一下衣服啊？我又忘了你的蒸汽熨斗放在哪儿了。"

坐在沙发上的人没反应，像是根本没听见她在说什么。

她绕过去，曲起腿跪坐到他身边，不看不知道，一看他手里的手机，惊得下巴都要掉下来："这……这是我的手机吧？你跟人家聊什么呢！"

联系人姓名写的是"助理小羽"，她立刻明白了："噢！你拿我当马甲，调戏人家小羽毛！"

傅春野回过神来："你怎么也叫她小羽毛？"

他没有丝毫慌乱，一点也不像被抓包的人。

"觉得可爱就这么叫了，她的名字很容易让人联想到羽毛……哎，这个不是重点！"

她也不卷头发了，把卷发棒丢在一边："快点从实招来，你跟小羽毛是怎么回事？为什么要拿我的手机跟她发消息？"

傅春野清空了刚才的聊天记录，才说："你好意思问？自己的手机就这么丢着不管，要是落在别人手里，都弄出好几回能上热搜的新闻了吧？"

"喊，那我还得谢谢他呢，上个热搜多难啊！我这么个过气小明星，谁费那功夫啊！"

她坏笑着凑过去作势抢他手里的手机："快去给我熨衣服，今后也要做我忠实的奴仆，否则我就把你的秘密告诉小羽！"

傅春野才不吃这套，把手机扔她怀里："还说呢，你知不知道自己做了什么好事？"

"什么啊？"

他摇摇头，忽然觉得父亲的建议其实挺实用，能彻底解决他现在"请神容易送神难"的问题。

"你要出门是吗？"他问。

"对啊，约了朋友吃饭，然后一起跨年啊！"

"嗯，那正好，让你朋友也给你找找房源，下个周末之前，你必须从我这儿搬出去。"

"现在年底，我上哪儿找房啊？"她拖住他，"小野你不能这么无情，我可是你的亲姐！这样，你让我住这儿，我这手机免费给你用！我也保证，绝不告诉小羽你的事……喂，我没说完呢，你去哪儿啊？"

傅春野懒得应付她，已经套上外衣换好了鞋。

"我去吃火锅。"临出门前，他不忘冷静地指挥，"把你丢得到处都是的内衣、袜子、卷发棒给我收拾好，要是回来再让我看见，今晚就把你送回家去。"

他们都很清楚，这个"家"指的是他们老爸蒋承霖的家。

好绝情。

陷入爱情的男人真可怕。

傅春野赶到火锅店的时候，门外已经等了快五十个号。

这么天寒地冻的，居然有这么多人苦等几个小时，就为了吃顿火锅然后去跨年。

傅春野觉得自己跟这些人一样傻。

好在欧阳远征选的这家店，全市范围内就这一家，不然他可能搞不清楚是哪家分店，还要空跑。

服务员直接将他带到了包厢。

所有人看到他出现的时候都愣了，原本嘈杂喧闹的包厢瞬时安静了好几秒。

最蒙的莫过于盛小羽——他不是言之凿凿地说不来的吗？

欧阳远征跟她一样吃惊："你怎么知道我们在这儿啊？"

"你现在不是跟我一个寝室？要知道你们在哪儿吃饭很难吗？"

说话间，孟菁华和丁芮茜已经自动让出了盛小羽身旁的一个空位，示意他过去坐那里。

他说了声"谢谢"就坐下了，顺便瞥了一眼盛小羽点的锅底。

锅不大，厚厚一层红油和辣椒漂浮着，还没煮开，看起来是刚端上来不久。

来者是客，而且多个人气氛更好，他能来欧阳远征求之不得："快看看吃什么锅底，加菜随便点！"

傅春野本想说跟盛小羽点一样的就行，但又斟酌了一下，点了个骨汤的，一点也不辣。

丁芮茜和孟菁华都一脸看好戏的表情看着中间这两人，面前的汤锅开了都不着急往里下菜。

挨着牛慧坐的赵龙一边疯狂地往锅里下肉，一边问道："你们怎么都不动筷子啊？"

牛慧瞥他一眼，他就把盘里剩下的肥牛全下在她的锅里了。

"你……你不是说不来吗？"盛小羽问傅春野。

在座的除了赵龙之外，大概每个人都挺好奇这个问题。

"反正也是要吃饭的，就过来了。不是你们说人多比较热闹吗？"

他那种淡然又理所应当的态度真是让人无话可说。

骨汤锅放在了他的面前，同时上来的还有几盘鲍鱼片，欧阳远征说都是鲜活四头鲍，片好以后摆的盘，下火锅吃最合适，鲜香弹牙。

每人都夹了几筷子之后，傅春野抢在赵龙动手之前包圆，把剩下的一盘全都倒进了自己锅里。

旁边的盛小羽震惊不已。

他是真的很饿才来吃这顿饭吧？

平时的傅春野一向都很斯文，哪会这样护食？

他不动声色，筷头在乳白色汤汁里摁了摁，将烫好的鲍鱼片放在手边干净的白色盘子里。

"这个用红油锅底烫完就丧失鲜味了，你可以吃我煮好的这些，筷子和锅底都是干净的，我还没动过。"

盛小羽更震惊了。

他们好像前不久刚吵过架吧？她至今都还记得他眼里漠然凌厉的目光，让人忍不住想要后退。

暗恋他的人真的需要一颗强大的心脏。

现在的温柔算怎么回事呢，她可以把他的举动视为示好吗？

可是为什么……他突然就想通了——他们之间有误会。

虽然有太多问题如鲠在喉，但她还是小心翼翼地夹了一片鲍鱼，低声道谢。

他似乎很满意的样子，甚至还露出了一点点笑意。

难道真是世上没什么事是一顿火锅解决不了的，如果有，就再来一顿？

她的心情悄悄转晴，终于有胃口吃点东西了。傅春野也不再盯着她，又恢复成平日里吃饭慢条斯理的样子。

然而盛小羽很快就吃不下了，因为她下到自己锅里的食材越煮越辣。

欧阳问她要什么锅底的时候，她说这里的特色就行，原来最有特色的就是这锅牛油和中药材一起熬制的红汤锅，很香，混着辣椒的辣、花椒的麻，咕嘟冒着泡把食物汆熟的时候，真的很勾动人的食欲。

不愧是做麻辣火锅起家的网红店。

但随着牛油汤汁温度的不断攀升，食材都越来越辣，盛小羽的嘴都红了。

丁芮茜打趣："小羽，你都要成香肠嘴了！"

可不是嘛，真的好尴尬，尤其是此刻身边还坐着傅春野。

人家一锅骨头汤也煮得风生水起，不管吃多吃少都斯文好看，哪像她啊……都快涕泪横流了。

"别吃了，等会儿该肚子疼了。"傅春野停下手中的筷子，用小漏网把自己锅里煮好的肉和丸子舀出来，还是放在那个盘子里，"吃这个吧。"

他自己用的筷子都没进过汤锅，一直是用漏勺把煮好的食材舀到自己碗里吃的。

单人食的火锅，他竟然也吃得这么讲究。

盛小羽放下筷子，用湿巾捂住嘴巴："谢谢，其实我吃得差不多了。刚才过来的时候，我看到有奶茶店，我想去买一杯解解辣，还有人想喝吗？"

大家纷纷举手，牛慧站起来："这么多杯，你一个人不好拿，我陪你去。"

赵龙却拉她坐下："这种事，怎么能让你们两个女生去？欧阳呢，别忙着吃了，赶紧陪人家走一趟。"

孟菁华和丁芮茜看他拉住牛慧的时候都暗自感慨，准社会人就是不一样，都能察言观色了。

结果他点了欧阳的名字。

唉，这是什么眼力见！

欧阳无所谓地耸了耸肩膀："我去就我去，走……"

他的话没说完，就见傅春野站起来："我去吧，不能白吃你一顿火锅，奶茶我来请。"

喂，我也没说过火锅是我请的吧！

从火锅店里出来，室内外的巨大温差让人不禁打寒战。

北风依然凛冽，但不知是不是刚有热乎乎的食物温暖过身体，总感觉没有刚才来的时候那么冷了。

傅春野跟盛小羽一前一后走在马路上，中间隔着不远不近的距离。

从认识以来，两人好像头一次这么沉默，像是不知该聊什么话题。

奶茶店的招牌很是显眼地在前方闪烁，路边也三三两两站了不少排队的人，盛小羽终于鼓起勇气，回身笑着问："你喜欢喝什么口味的奶茶呢？这家比较有名的是芋泥，所有加芋泥的都好喝，最近还新推出了加麻薯的，要不要试试？"

"嗯，已经点好了，新款芋泥麻薯奶茶，十杯。"

傅春野扬了扬手里的手机，不知什么时候已经在线下单了。

这效率，真是让人叹为观止。

"排队的人多，没必要在寒风里傻等，等他们做好过来取就行了。中间这段时间，不如再往前走走？"

盛小羽缩了缩脖子，往前走不也是冒着寒风？

她的心思实在太好懂了，全都写在脸上，傅春野只能假装什么都看不到，自顾自地手插口袋往前走。

她也只好跟上。

前面是街心公园，今天不知是因为跨年夜还是天太冷，居然连跳广场舞的人群都撤了。

绿地中央有种难得的静谧。

傅春野在长凳前停下，盛小羽毫无防备地撞在了他的背上。

"嘶……"

"没事吧？"他转头看她捂住鼻子，顺势拉她坐在旁边的长椅上，"天这么黑，走路都不看路？"

"你还说，谁让你急走急停的？"

她低声嘀咕，却毫不惮于跟他呛声。

那天在经济学楼的楼道里跟他吵架时也是这样。

傅春野不但不生气，反而笑了，在她身旁坐下。

"所以还是我不好？"

盛小羽听出他话里有话，也装听不懂："不知道你在说什么。"

"那天在学院楼遇到你，正好我心情很糟糕，所以态度也很不好，对不起。"

盛小羽没想到他会先道歉，而且这么坦率，还有点反应不及："啊，那个……其实我也不对，不该说那些……"

傅春野追问："哪些？"

她脸上发烫，鼓起勇气说："其实那天我去你家，不小心看到有女生在那里住过的痕迹，所以就觉得可能你实际上是有女朋友的。如果我误会了，请你原谅，但假如我猜对了，那我希望你能如实告诉我是怎么回事。"

她见傅春野目光灼灼地看着她,一副愿闻其详的样子,连忙解释道:"我不是想要干涉你的私生活,也不是因为我们事先好的《暗恋观察报告》完成之前不会喜欢别人……我就是有点害怕出现让大家都很尴尬的局面,那就不好了。"

即使她对傅春野有好感,也并没有要把他从谁手里抢过来这样的念头。

"你放心,那样的情况不会发生。"

"可是……"

"我公寓里的东西是我妈留下的。"他似乎也是下了很大决心才说道,"不过她只是在我这里暂时住一段时间,很快就会搬走了。"

他并不想用这样的谎言骗她,可是如果说是姐姐,她应该很快就会联想到傅年年身上去。

毕竟这个姓氏并不常见,有的人可能一辈子也不认识一个,她一下子认识俩,而且如果不是像她么迟钝的话,多少能看出他们姐弟俩的容貌有相似之处。

盛小羽惊讶极了:"妈妈?可……可是我觉得应该是很年轻的女性……"

不管是穿衣的风格,还是少女心的生活用品,很时尚,也很有女人味。

"我妈妈……是个演员。"他悠悠说道,"她永远不觉得自己老,而且她结婚很早,现在也不过四十多岁,对现代女性来说,其实也不算很大年纪吧?"

那倒是的,盛小羽频频点头,又不由得感叹:"原来你妈妈是演员啊,好厉害,怪不得你这么好看。"

糟糕,不小心把真心话给说出来了。

傅春野道:"没关系,没人会因为听到赞美而去责怪别人。就算我妈本人听到你这么说,也会很高兴。"

"那……她现在就住在那个公寓吗?"

不服老的大美人应该不会四十多岁就守着儿子,为他操持家务当老妈子吧?

何况从那天去他家的情形来看,妈妈好像相当随性呢……

做家务的人说不定是傅春野,还要连带着把她那份也一道做了。

"只是暂时住一段时间,很快就会离开了。她大部分时间都住在欧洲,也有自己的生活。"

"所以回国只是来看看你过得好不好?"

"嗯。"

"哇,感觉是很理想的生活啊,可以说是人生赢家了。"盛小羽居然羡慕起来,"伯母演过什么影视剧呀,我一定去找来看看。"

"大多都不是国内的影片,她去好莱坞之后才开始有所发展,然后慢慢到了欧洲。"

得过"柏林奖"之类的就不说了吧。

盛小羽敏锐地察觉到什么:"你是不是不太想让人知道你妈妈的事啊?"

欧阳说,他很少提起家里人的情况,甚至是故意避而不谈。

演员这种聚光灯下的角色,也许给他的生活带来过困扰,他本身已经这么受人瞩目,要是再加上家里人的光环,离他想要的平静生活可能就更远了。

"算是吧,很多人难免会问她是谁,演过什么影视剧,面上可能恭维不说,但背地里去挖她的秘密。"他双手交握着,"不是所有人都能适应这样的人生,不然她跟我爸爸也不会离婚,跟外公他们也不会闹翻。"

欧阳说过,他外公家世煊赫,爸爸似乎是入赘到他们家的,现在她从他口中一一得到验证。

她知道的已经比一般人多得多了,至少跟曾经和他搭档比赛、无比默契的欧阳有一拼。

"你现在愿意相信我没有女朋友了吧?"

"相信。"她连连点头,又有些难为情,"对不起啊,逼得你说这些不想说的事来自证清白。"

"一句对不起就够了?"

啊,那不然要怎么办?

傅春野敛起笑容:"你是不是也该解释一下跟欧阳的事?"

盛小羽无奈:"我跟他真没什么事!那天我就是去问他,你是不是有外人不知道的秘密女友,或者有没有姐姐或妹妹……"

傅春野的心一沉："他怎么说？"

"他说没听说过，你家里的情况他也只了解个大概，而且你们有一段日子没怎么来往了，就算真有秘密女友，他也未必知道。"

傅春野深吸一口气。

盛小羽道："你别生气啊，暗恋的人就是会千方百计地去找那个人身边的朋友打听他的事。欧阳其实是很好的朋友，跟你有关的事，就算要告诉我什么，他也都很克制……"

哎？怎么越解释，他的脸色却越发沉下来……

"那暖手宝呢，你不是给他了吗？"

"那是要他还给你的啊！我那天握在手里走了好远才发现，想还你又觉得会不会不方便联系……正好他搬去跟你当室友了，就委托他顺便带给你。"

傅春野听完好像明白了，欧阳就是故意的。于是他又问："他知道我跟你的事？"

听到他这么问，她心里忍不住咯噔一下。

"他可能以为我是真的暗恋你……没少给我出主意。"

总比知道他俩是因为学术合作才凑在一起的要好吧。

傅春野显然也是这么想的。

他决定不生气了，反正跟欧阳远征那种人认真计较，可能真会把自己气死。

他站起来："奶茶好了，我们过去拿吧。"

盛小羽仰头看着他，不太确定地问道："那我们没事了，对吧？"

"我们本来有什么事？"

盛小羽再一次被他问倒了。

世上本无事，庸人自扰之，大概是这个意思？

他那些复杂的家世是不是应该记录进她的小本子里？

这时傅春野正好从包里拿出东西递给她："这个还给你。"

正是她上回拿给他看的，用完了的那个小本子。

"你……你不会真的看完了吧？"

"当然看完了，记得不错，很用心。"

"对论文有帮助吗？"

她看他的眼神，就像是受到老师表扬和期许的学生。

他顿了一下,才说:"有没有帮助,你自己看一下不就知道了?"

他拿出另一样东西给她:"上次想给你的,忘了。"

他特地炮制的那份《暗恋观察报告》,最近很用心地做了修订,还加了封面和目录,看起来更像回事了。

盛小羽才大学二年级,对真正的论文格式还不熟悉,看到这样正儿八经的学术报告放在面前,眼里放出崇拜的光。

"哇,你已经写这么多了呀!这算已经完成了吗?"

欢欣鼓舞之余,她突然又想到,要是已经完成,他们的约定不就到此为止了吗?

心情又一落千丈。

在傅春野这种人的身边是不是就这样,整天像坐过山车似的,随时大起大落……

"这只是第一稿,才几页啊,离完成还早得很。"

傅春野很笃定,像放风筝的人,线拽在自己手里,收一收再放一放,风筝总在自己看得见的范围内,享受的就是那个收放自如的过程。

盛小羽像松了一口气,把那份打印稿小心翼翼地抱在怀里。

"不用这么谨小慎微,以后我会定期拿给你看。作为交换……"

他瞥了一眼刚还给她的那个小本子,她立刻意会:"我把我的记录本给你看!"

"嗯。不要觉得不好意思,你记得挺好挺完整,尤其是漫画的部分,很可爱。"

他之前还好奇,这样巴掌大的小本子,说薄也不薄,怎么会这么快就写完一本?

直到看完他才明白,原来有很多部分她都用漫画的形式来表现,很生动,但也很占空间,有时一页就是一个大大的椰子或一根羽毛,周围全是对话框。

有基本资料,有对话,还有心理活动,内容相当丰富,表现形式也多样化。

他其实有点舍不得把本子还给她。

但翻来覆去地看,也只有那些内容,假如把本子还给她,定期再拿回来,就能看到更多新的东西。

于是他决定放长线钓大鱼。

鱼儿想都没想就上钩了。

他觉得自己有点像个追连载的读者，希望每天都能看到更新，甚至巴不得直接把作者绑在身边，看着她每天写写画画。

他不说完结，她的连载就要永永远远地更新下去。

两人的约法三章，又加入了新的条款，这次争执也算是因祸得福了。

两人去奶茶店拿了做好的奶茶，两大袋子，拎在手里相当有分量。

回到火锅店，大家都快吃完了，奶茶正好续上，当作餐后的甜点。

欧阳远征没领到自己那杯，怪叫道："我的呢，吃了我的火锅都不请我喝杯奶茶啊！"

被架得太高，最后还真是他买的单。

钱他倒不在乎，可奶茶都不给他，太过分了，一看就是姓傅的给他穿小鞋！

傅春野果然淡淡道："回去把我的东西还给我再说。"

欧阳就知道盛小羽跟他说了，东西只是托他交还的。

"谁拿你的东西了，不是放你桌上了嘛！"他气哼哼的，"谁让你这几天都不回宿舍，没看到，怪我喽！"

那个暖手宝他又不稀罕，是为了看他吃醋才故意逗他的。

"那也别惦记奶茶了，那天不是喝了我一大杯甜汤吗？我亲手熬的，可比奶茶值钱多了。"

盛小羽在一旁听得好奇，凑过来问："什么甜汤呀？"

欧阳打了个饱嗝，像巴普洛夫的狗，那天吃"月子餐"的回忆立刻就回到脑海里。

红糖姜母煮鸡蛋，傅春野平时是喝这种东西长成万人迷的？

怎么都很难让人信服吧！

"接下来去哪儿啊？"

这顿火锅欧阳是请了，但续摊该去哪儿他可没主意。

"我们今晚要去演出。"孟菁华看了一眼手机上的时间，"要不要过来看看？"

她跟乐队的小伙伴今晚都要到季杰的酒吧去演出，包括傅春野。

大家也觉得这主意不错。

跨年夜市中心广场肯定人满为患，而且天也太冷了，不如找个氛围好也热闹的地方坐坐。

就这样，大家一致同意转战咖啡店。

盛小羽也挺兴奋，自从傅春野成为乐队的临时鼓手，她还没去看过他们的演出呢！

季杰的酒吧当然人也不少，但盛小羽他们算是亲友团，可以去工作人员的休息室做准备。

傅春野脱下厚重的派克大衣，露出了银灰色的休闲衬衫，解开领口朝下的两颗纽扣，在灯光下顿时就变得很性感。

他将下摆拉出一半，卷起衣袖，把额前的长发丝束到脑后，露出耳朵上耀眼的骷髅耳钉，忽然就多了几分朋克风格。

她观察得真是太不仔细了，完全没想到他在寻常衣着下藏了这么一身打扮。

盛小羽不由得感慨，长得好看的人果真什么造型都好看。

"你平时演出就这样穿吗？"

傅春野正倒腾一条领带，"嗯"了一声："其实也比较随意，跟气氛搭得起来就行。晚上光线昏暗，有点闪亮的元素，舞台效果会更好一点。"

盛小羽点头，注意力已经被吸引到他那条领带上了："要不要我帮你呀？"

她其实还挺擅长系领带的。

"好，麻烦你。"

傅春野乐得放手，将挂在颈间的领带交给她。

不需要系成四平八稳的那种，只要松松垮垮挂在颈间就行。

他太高了，盛小羽要踮起脚尖才能够得着。

他好像也没有弯身迁就她的意思，因为那样两个人就没法挨得这么近了。

"你为什么会系领带？"

"之前做艺人助理的时候学的，这些都是必备的技巧。"

傅春野突然有点羡慕姐姐，又有点嫉妒："她需要你帮她系领带？"

"是啊，随时帮她整理服装和配饰，也挺正常的。艺人有时候看不到自己的领子卷了、配饰歪了，就需要我们在旁边帮忙，必要的时候需要将领带拆开重系,我总不能摆手说我不会吧?"

她语气轻巧,但想必当年还是下了些功夫的。

她踮起脚尖,头顶刚到他的下巴,他略微低头就能看到她的刘海,还有白皙光滑的额头。

有种陌生的冲动破茧而出,让他差一点就凑近半步,把吻印在她的额头上。

她会有什么反应,会惊奇吗,还是骂他是个轻浮的男人?

"好了,你是戴在胸前就不知道怎么系了吧,我……哎哟!"

大功告成,她说得兴起,猛一抬头,正好撞在他靠过来的下巴上,两个人都疼得哼了一声,尤其是傅春野,感觉这一下牙齿可能咬到了舌头,说不定要出血了。

"对不起,你没事吧?"

她焦急地伸手去帮他揉,他避之不及,只得抓住了她的手。

他们之间的距离,比刚才还要近,不管谁再稍微一动,两人的嘴唇就会碰到一起。

这会儿是比想象中还要亲密得多的接触。

傅春野的手指压在她手腕内侧的脉搏上,感受到她的心跳跟自己的一样快。

如果一切都有最佳时机,对暗恋的人来说,这绝对是跟意中人不容错过的第一次。

可以伪装成意外,又可以暗自回味好久。

"傅学长,我们可以上场了哦!"

乐队的其他成员猛地推开门,所谓的最佳时机立刻像肥皂泡泡一样烟消云散。

触电一样分开的两个人,装作什么都没发生过。

只有心跳不会骗人,还在怦怦加速,跳个不停。

乐队唱了好几首歌,点燃全场的是一首改编版的《只要平凡》——

> 不要神的光环
> 只要你的平凡
> 在心碎中认清遗憾
> 生命漫长也短暂

跳动心脏长出藤蔓
....

很像在讲人生,也像在讲爱情,讲一场心照不宣的暗恋。
最重要的是,傅春野的鼓声太像心跳声了,把整首歌的曲调带向一种温暖纯真的向往。
难怪孟菁华他们都说他鼓打得好,盛小羽之前不知道好在哪里,以为是因为技巧,听过现场之后才知道那跟技巧无关。
盛小羽跟在场的客人一起在脚下打着拍子,举起手中的鸡尾酒庆祝新的一年来临。
看向台前的乐队时,她能看到傅春野,和他身上那些隐约闪耀的星芒。
人聚又人散,你我生而平凡。
新年快乐。

第五章 邀请

SPRING
IS
IN
THE
AIR

期末考在新年后不久终于全部结束。

在校的学生开始陆续回家,寒假即将开始。

盛小羽收拾好行李,看了下校历,距离开学有整整一个月。

这也就意味着,她有一个月时间见不到傅春野。

心里有种久违的落寞感。

即使以前喜欢周向远的时候,她也很少有这种感觉,因为他们是同一个地方的人,寒暑假能一起回乡和返校。

中途两家妈妈有时候约饭,还能见上一两次。

一日不见如隔三秋,她这个年纪,对自己喜欢的人就恨不能是朝朝暮暮。

如今一个月见不到……

她能跟他发消息吗?打电话呢?

他会不会觉得烦,或者没有这个必要。

孟菁华收拾好了她的吉他,盛小羽问她:"你回去了,乐队怎么办呢?"

"咦,你不知道?杰哥说他今年也回青州,不在春海市过年了,所以咖啡店春节期间不营业,我们也能回去安心过寒假了。"

反正寒假期间,客流量会少一大半,会冷清许多,没有乐队驻唱也不打紧,没必要让他们守在这里。

盛小羽还真没听表哥跟她提过,前两年他没回青州过年,家里人都觉得他处于创业的关键时期,赚钱最重要。去年他带家人飞去海南度假,在外过春节,让亲戚朋友很是羡慕,总算是事业有成了!

其实外人不了解,她是知道的,季杰不愿意回去过年,是不想面对七大姑八大姨的催婚和各种相亲。

与其回去伤脑筋,不如干脆不回去,把父母接出来也是一样。

今年怎么想通了,难道是有女朋友了,准备带回去见见父母?

她打算自己去问季杰,他有车,要是开车回去的话,说不定她还可以蹭个车。

她去了咖啡店,她已经买好了周末回家的火车票,如果不能蹭季杰的车,她就一个人坐火车回家,可以挑一点坚果和曲奇之类的零食带在路上吃,打发时间。

推门进去,季杰站在操作台后边,双手撑在台面上,正跟人聊天,见她进来,习惯性地抬起头:"欢迎光临。"

坐在吧台前跟他聊天的人也扭过头来,盛小羽一眼就看清楚了,竟然是周向远。

他看到进门的人是她,也愣了愣,似乎还嘀咕了一句"你怎么来了"。

这是我表哥的店好吗!

盛小羽在心里吼了一嗓子,脸上欢欣的表情立刻消失。

她磨磨蹭蹭地走过去,叫了一声杰哥,然后朝周向远皮笑肉不笑地咧了下嘴,算是打过招呼。

他才是,怎么会跑到这里来?

季杰似乎刚修理过他的胡子,心情不错,把手边一杯刚做好的滴滤咖啡端给周向远,又笑意融融地问盛小羽:"考完试了吧?还是喝玛奇朵吗?"

她每次到这里,不是喝焦糖玛奇朵、榛果玛奇朵,就是喝面上撒一层蔓越莓干的圣诞季新品玛奇朵,加双份的浓缩咖啡,喝上一杯又暖胃又提神。

但今天旁边坐着周向远,她没有喝咖啡的心情。

"不用了,杰哥,我还想早点睡呢,就不喝咖啡了。我就想来问问你,今年你也回青州过年吗?"

"对,你听小菁华跟你说了吧?今年春节期间我不开店,回家陪陪老人。"

"那你怎么回去呢,坐火车、飞机,还是自己开车呀?"

季杰伸手在她的鼻尖点了点:"你是想问我要是开车能不能捎上你吧?"

她难为情地笑了笑,注意到一旁的周向远的目光落在她身上,好像在很认真地听他俩的对话。

她瞥他一眼,他又赶紧低下头去。

"我开车回去。"季杰看看她又看看周向远,脸上依然带笑,"向远也刚好要回家,我就顺便带他一块儿走了。"

怪不得他跑到这儿来了呢!

盛小羽又意外又生气,没想到周向远竟然会跑来搭季杰的顺风车。之前两人已经闹过那样的不愉快了,她肯定是不会跟他搭同一趟车回家的。

气归气,她也不好表露在脸上。周向远的妈妈跟她的妈妈和姨妈都是老相识,她也不能因为自己的事就阻挠人家正常往来。

大家都是成年人了,这点气量还是有的。

"那没事了,我自己坐火车回去吧,反正已经买好票了。"她倒像是在安慰季杰,"现在高铁挺快的,看两部电影就差不多到家了。"

之前在旁边一直没说话的周向远突然开口道:"杰哥今年换了新的SUV,空间挺大的,再多一个人也不嫌挤。要不你退了高铁票,跟我们一起回去?"

这话说得,倒像是让她捡了个便宜,明明她跟季杰才是真正沾亲带故的一家人啊!

盛小羽心里呵呵冷笑两声:"不用了,我怕我跟人挤着坐会晕车。再说你不是还有女朋友吗,万一你想带上她一起回去,说不定我车也搭不上了。"

周向远的脸色一变:"什么女朋友,都分手了。"

看他那样子,好像是她故意戳他肺管子一样。

天地良心,她怎么会知道他这么快分手了啊,现在真没兴趣关注他的事。

随他去吧,反正她是不可能跟他坐同一趟车回去的,即使是表哥的车也不行。

她的态度大概刺伤了周少爷的自尊,他一口喝完剩下的咖啡,跟季杰打了声招呼就匆匆离开了。

季杰的双臂依旧撑在台面上,望着周向远的背影,问道:"你们年轻人怎么回事,吵架了?"

看来孟菁华并没有把她跟周向远之间的恩怨讲给他听。

盛小羽摇头:"我们又不是情侣,哪有吵架这一说呀!不过杰哥,他为什么会来找你捎他回家?"

大少爷一向嫌火车麻烦,还是坐飞机快捷,干吗不直接搭飞机走啊?

"缺钱。"季杰一语道破实情,拧起眉头,"我不知道这小子怎么回事,花钱如流水,到学期末连买车票的钱都没有了,来找我帮他想办法。本来我还纳闷,你们在同一所学校,他怎么不去找你,舍近求远上我这儿来。现在看来是你们之间闹了什么不愉快,他不好意思找你了。"

是挺不好意思的,之前他找她借的钱还是傅春野下套才要回来的呢!

她也不知道他把钱花哪儿了。以前他脚上的名牌运动鞋常年不重样,加上跟朋友出去吃喝玩乐,后来又有了女朋友……花钱厉害也不奇怪。

不过刚才见到他,脚上的鞋已经很旧了,难道是缺钱缺到把新鞋都挂二手网站了?

"怎么了,生气啊?"季杰笑道,"要不你将就下,跟我们一块儿回去得了。"

"我才不要呢,再说我的车票都买好了,退票还麻烦。"

她怎么可能因为这点事就生气。

"那就好,不过你路上约了同学吗?一个人要不要紧?"

"不要紧,我都这么大人了。之前我妈不放心我一个人出远门才让周向远跟我结伴,现在大学都快上一半了,我自己能搞定,不用跟谁一块儿了。"

喜欢的心情也早就放下了。

季杰点点头:"是该锻炼锻炼,你自己路上当心点。对了,你要不要问问小野怎么过年?"

傅春野?

盛小羽不解,怎么会特地提到他呢?

这段时间,孟菁华的乐队已经跟季杰混得很熟了,当然也包括傅春野。她知道以表哥的个性一定会很欣赏他的个性和才华,但没想到表哥会提到傅春野怎么过年的事。

季杰也不明说:"他家里情况特殊,之前又有好多年是在国外度过春节的,过年对他来说不是件容易的事。我本来想邀请他跟我一起回青州过年,但他拒绝了,我就没再勉强。"

之前他还不明白为什么,现在想来大概跟盛小羽是差不多的原因。

年轻人之间有些微妙的感情纠葛……

可他已经事先答应了周向远,没法失信于人,只得对不起这两个弟弟妹妹了。

这一点,盛小羽倒是真没想到。

傅春野的确跟她提过,母亲常年定居国外,也有自己的生活,他跟父亲的关系又很微妙,春节这种阖家团圆的节日肯定无法像普通家庭那样家人围坐,其乐融融。

她找到他的宿舍去,有点偷偷摸摸,生怕被人看见。好在大部分人已经离校回家了,连一向热闹的男生宿舍楼都变得冷清起来。

傅春野在手机里回复她说他还在宿舍里的时候,她也觉得意外。

她以为他早就回自己的公寓了,这种时候大家不是都归心似箭吗。

摸到宿舍门口的时候,她才知道自己想错了。

宿舍门紧紧关着,都关不住里面一帮子人大杀四方的叫声和笑声。

当然,还有键盘和鼠标的敲击声。

男生们在一起玩游戏时真是吵闹极了。

尤其到了这个时候,大多寝室都人去屋空,剩下的零星几个全都往某一个宿舍集中,简直就像到基地集合一样,那些嘈杂自然也就集中到一起来了。

她犹豫着到底是敲门,还是用手机把人叫出来的时候,宿舍门突然开了。

傅春野从里面走出来,一眼就看到她缩在角落里,战战兢兢不知该如何是好的样子。

"咦,你怎么知道我来了?"

"从你发消息给我开始,算算时间差不多应该到了。"他背手轻关上门,把她领到楼梯间,"你说有事要问我?"

盛小羽望了望他身后,好奇道:"为什么你考完试没有回自己的住处呢?"

"回去也是一个人,这里人多,热闹一点。"

"啊,我还以为你不喜欢热闹……"

"平时要看书,要找清净点的环境,但闲下来我也喜欢跟大家一起打游戏,尤其是放假之前。"

大家都考完了,放下包袱,也不用怕影响谁温习或睡觉,臭味相投的家伙正好凑在一起。

今年还加进来一个欧阳,更是前所未有的热闹欢乐。

果然啊,盛小羽觉得表哥的话被印证了——这种要回家与人团聚的时刻,他应该会觉得很寂寞吧。

孤单寂寞冷,所以才想留在学校跟同学们凑在一起玩闹。

"那你打算去哪里过年呀?"不会打算就在宿舍跟保安大叔、保洁阿姨一起过吧?

"就在春海市过。你问这个干什么?"

"一个人吗?"

傅春野的眸光微微一动:"嗯。"

"那……那你要不要去我们那儿过年啊?"她竟然真的就这样不假思索地问出口了!

傅春野看了她半晌,似乎也没有非常惊诧,更没多问,竟然就一口答应下来:"好。"

傅春野的回答有时真的太过干脆了,干脆得让人措手不及。

冷静下来之后，盛小羽才开始发愁——该怎么跟家里人说呀？

大过年的，在外读书的女儿带回来一个活生生的异性，怎么看都会被当成谈恋爱的小情侣回家见父母吧？

不只是父母，要是那些三姑六婆、邻居朋友看到了，浑身长嘴也解释不清吧？

可傅春野似乎没有给她一点反悔的机会，转眼就跟她买了同一趟高铁，还是商务座，两张。

盛小羽看到票价，眼珠子差点滚到地上去。

"这价格都可以买张机票了！"

"你要改坐飞机也还来得及。"

不，来不及，盛小羽摇头摇得像拨浪鼓。

她都跟家里说好明天回去了，今天买明天的机票，春运期间，可能只有头等舱有票了。

当然那又是另外的价钱。

何况青州机场离她家太远了，她怕第一次带他去家乡，给他留下机场偏远的不好印象。

但眼下这个商务座也让她很头大。

"为什么非得坐商务座呀？"

"宽敞，轻松，没人打扰。"

"可是我已经买好票了……要不，你坐商务座，我坐二等座。"

傅春野瞥她一眼："票我都买了，退商务座的手续费再加点钱，都能买一张你的二等座了。"

不愧是学经济学的，随时随地考虑成本。

之前她还暗地里吐槽周向远是个花钱如流水的大少爷，可老周家毕竟只是普通工薪家庭，而眼前这位才是真少爷，有时候在她看来大手大脚的消费模式，对他而言只是一种理所当然的习惯。

怎么办，还没出发，她已经开始有点担心，他要"下凡"到她家过春节，会不会一切都不习惯？

傅春野道："你不要有压力，商务座是我要坐的，当然不会要你出钱。你可以当作我回馈你邀请的一种方式，路上也能舒服一点。"

"其实你不用这么客气，邀请你去过年，不过就是上桌加套碗筷的事而已。"

她还怕招呼不周，会让他连春节都过不好。

不过出发那天上午，她去他的公寓跟他一起出发去高铁站时，又觉得这个看起来很冲动的邀请是正确的。

他那个偌大的公寓实在太冷清了，没有一点烟火气，被钟点工收拾得像个样板间一样，冷冰冰的，怎么过年呀？

她又同情起他来——这些年一个人的生活，有爹妈却像没爹妈的处境，一定过得很不容易。

傅春野很满意她能有这样的想法。

那次误会之后，姐姐傅年年真的搬了出去。据说春节期间她要去一趟韩国，见一见当年出道集训的时候同甘共苦过的朋友，还会顺便跟老妈在那边碰面，母女一起旅行，安排得相当充实。

她的所有私人物品也就消失得干干净净，不留一点痕迹。

他又太爱干净整洁，这房子看起来是缺少点人气。

他不可能到父亲那儿过年，一个人被剩下，他好像已经习惯。

现在大城市里不让放鞭炮，大年三十的晚上除了多一场"春晚"，跟平时的任何一个普通夜晚也没有什么分别。

他在冰箱里囤了一些预制菜，往热水和微波炉里一扔，加热出来就能吃。这年头，泡面也有很多花样，饿了的时候泡一碗，再不济还有外卖，不会让自己的肚子受委屈。

他也好奇，寻常人家里过年应该是什么样的，跟他习以为常的这种模式有多不一样。

季杰邀请他的时候，他的心底已经微微一动。季杰和盛小羽虽是表兄妹，但毕竟是一家人，春节肯定是要凑到一起的。

如果他也去，就能跟盛小羽一起过年了。

中途杀出的周向远是个事先完全没想到的变量，也给了他更直接的机会。

他跟季杰说不去了，又故意表现出遗憾和孤寂，料想季杰会跟盛小羽提起。

她就这么直接来邀请他到她的家乡一起过年，可以说是意料之中，也可以说是惊喜。

他很久没像这样期盼过年。

高铁快捷又舒适，商务座一排只有他们两个人，一点不受其他人的打扰。

他中途预订了车站的快餐,乘务员拿来的时候还是热的,但盛小羽正好睡着了。

他的食指抵在唇上,示意乘务员把饭菜先拿走,等她醒来再吃。

商务座的座位是可以放平整睡觉的,他却不动,有意让她的脑袋越来越倒向自己这边,最后靠在自己的肩膀上。

拉了拉盖在她身上的薄毯,他也有些困了。

醒来的时候,他已经平躺在自己的座椅里,旁边的人在抱着饭盒大快朵颐。

"你醒啦?乘务员说你订饭了,怎么不叫醒我?"她嘴里啃着鸡腿,还挥斥方遒般指着窗外,"已经进入平原地区啦,你看外面,有雪,跟春海市是不是很不一样?"

过了长江,进入北方地界,已经到处都是白雪皑皑的景象。

傅春野揉了下眼睛想坐起来,她擦了擦手帮他把座椅升平:"这个座位果然好舒服啊,你看,按这里就可以……"

她给他好一通演示,倒像他才是那个第一次坐商务座的人。她刚把他扶起来,他又扑哧一下倒下去。

"对不起。"她连连道歉,把他的饭菜在他面前放好,"你先吃东西吧,不过别吃太多了,再有一会儿就到啦!我爸妈肯定在家里准备了一大堆好吃的,等着我们回去呢!"

傅春野看着她刚抓了鸡腿的爪子,油汪汪的,本来还挺嫌弃,但听到她说"我们"两个字,心里就痒痒的,像外面平原上被风拂过的麦草。

盛小羽的爸妈在车站外等着他们。

盛爸个头不高,在人群中伸长了脖子,生怕错过女儿的身影,还找了个立柱旁凸出的台阶站了上去,昂着头四处看。

"哎呀,老盛,你快下来,女儿还有同学呢,看到你这样子像什么话!"

盛妈妈一边扶着丈夫,一边也在四下留意着女儿,刚才大屏幕上显示她乘的高铁车次已经到站了,她随时都有可能出来。

盛小羽背着双肩书包,一眼就看到了自己的爸爸妈妈。她穿过接站的人群，冲到他们跟前，一下就扑进妈妈怀里。

"妈，想我没？"

"当然想啊，你个小丫头，家里的电话都不打几个！"温清玉摸着女儿的脑袋，"你的行李呢，怎么就一个背包？"

"啊，行李在后面，傅……帮我拿着呢！"

刚要说出口的名字又被吞回去，她赶紧回头找傅春野，怕他在这人生地不熟的地方跑丢了。

傅春野其实早就跟上来了，在老盛颤巍巍迈开脚要落地的瞬间还扶了他一把。

盛金福眼前一亮，心想这年轻人不错，勿以善小而不为，竟然主动搭把手，再一看，他个子高高的，头发挑染了颜色，戴着黑色口罩，像明星似的……

"爸，妈，这是我大学的校友，高我一届，叫傅春野，杰哥之前跟你们提过。"

盛小羽的介绍来得猝不及防，盛金福还有点不敢相信："啊，这就是你朋友？"

"伯父你好，我叫傅春野，常听小羽和杰哥说起青州，就跟过来看看，过年期间要打扰你们了。"

"说什么打扰不打扰，多个人就加双筷子的事，小羽的朋友都是贵客，别跟我们客气。"

还是温清玉反应快，当妈的看到闺女带回来这么个玉树临风、英俊潇洒的小伙子，心里都乐开花了。

说什么校友啊，过年能带回家的，不是男朋友，也当是男朋友！

"走吧，先回家！"

盛金福走在前头，说什么也不肯让两个孩子拿行李，推着行李车往停车场跑得飞快。

傅春野落在后头，看盛小羽亲热地挽着妈妈的胳膊，母女俩有说有笑的，心里又泛起陌生的悸动。

老盛开一辆老款的帕萨特，后排空间相当充足，傅春野就跟盛小羽坐在后头。

老两口在前头跟导航较劲，车子开出停车场之后，才发现外面下雪了。

高铁进入青州之后天已经完全黑了，他们都没留意外面下着大雪。

"小傅，你是哪里人啊？"老盛边开车边问。

"春海市。"

"那是好地方，大城市，我家小羽去那儿读书，回来就说喜欢春海市，吃得好，气候也好。你是第一次到我们青州来吧？我们北方过年的时候挺冷的，能适应吗？"

温清玉也忍不住从副驾驶座扭头往后看："衣服穿得暖不暖和？外头可冷了。"

傅春野答道："还好，听说北方有暖气。"

老盛哈哈一笑："屋里是不冷的，到外面还是得裹严实点。不过你们年轻人血气方刚，不怕冷。"

傅春野看向一旁的盛小羽，她也正看着他，还在偷笑。

他在手机备忘录上打字给她看：笑什么？

她却摇头，抿紧了唇，示意等会儿就有他好看的。

温清玉又问："你到这么远的地方来过年，家里放心吗？要不要给家里打个电话，告诉他们你到了？"

"已经跟他们说过了。我妈妈在国外，过年期间不回来，在春海市过年也是我一个人。"

咦，单亲家庭吗？

温清玉没再继续问下去，换了个话题道："你跟小羽是同一个专业的吗？"

"不是，我学经济学的，跟学校乐队的朋友在杰哥的咖啡店驻唱，才认识了小羽。"

"呀，经济学好，你们明大经济学也是王牌专业吧？将来找工作也吃香，不像我们家小羽，非要学什么新闻传播，哎呀，现在电视台的工作很难找的！"

"妈。"盛小羽忍不住出声打断她，"学新闻传播又不是只能进电视台。"

"电视台的工作最好嘛！不过你能考上明大，我们已经挺欣慰了，现在还交到这么优秀的朋友……"温清玉几乎要笑出声，"小傅啊，你觉得我们小羽怎么样，是不是挺好的？"

"妈!"

盛小羽已经忍不住伸手到前排去捂妈妈的嘴,她才终于念叨着"不说了",面上却还是难掩欣喜。

盛小羽悄悄去看傅春野的表情,这回他没有跟她对上视线,脸上的神情淡淡的,就像刚才回答他们是怎么认识的时候一样,语调平静,但她能感觉到他内心的波澜。

他有意扭曲了两人相识的过程,强调是因为季杰才相识,包括这次到青州来也是因为季杰事先的邀请。

这是他们在高铁上就套好的词,毕竟带异性回家过年实在太不寻常,他们要尽可能地淡化这种情况,要让爸妈觉得她只是在代表季杰哥招待贵客。

但这位贵客是不是有点不太高兴?

盛小羽还在琢磨他的心思,车已经到家门口了。

老盛说:"到了,你们先下去吧,我去停车。"

傅春野乖乖听话,跟盛小羽母女先后下车,结果一推开门就扑通跌进了雪堆里。

倒也不是真的摔倒,只是地面上的雪积得太厚了,他没有防备,一脚直接陷进积雪里。

盛小羽没忍住,发出咯咯的笑声。

"没摔着吧?"温清玉过来查看,顺带埋怨女儿,"你这孩子,傻笑什么,还不赶紧来扶他一下。"

傅春野稳住重心,摆摆手道:"没关系的伯母,我没事。"

现在不是耍帅的时候……他艰难地拔出一只脚,重新踏进雪地里,抬头看着眼前的单元楼,呼出的白气一团一团的,"是这一栋吗?"

盛小羽跑上前,因为身上衣服穿得多,欢乐得像只雪地里的胖兔子,拿出钥匙道:"对,就是这里,我来开门!"

傅春野深一脚浅一脚,好不容易迈入大门,肩上和头发上已经落了不少雪。

盛小羽伸手给他掸掉:"等会儿进屋把衣服、鞋子都脱了,小心着凉。你的鞋子穿得不对,这么大雪,得准备双靴子才行。"

她看过他在公寓里整理的行李，过于简单，他们都没想到这个冬天青州竟然这么冷，一回来就遇到鹅毛大雪。

傅春野点头。

不只是鞋子，他的衣服也穿得不对，身上这大衣不是鸭绒也不是貂，显然扛不住北方零下的雨雪天气。

好在屋子里很暖。

盛小羽打开自己家门的那一刻，暖意立刻扑面而来。

傅春野忘了在哪里看到过一句话，说每个人的家都有属于自己的味道，对自家人以外的人来说，这种味道是特别的，能显而易见地分辨出不同。

这就是盛小羽家的味道了。

北方的暖气真的很强劲，没有辜负他的期待。

傅春野脱下外套，换上拖鞋，温清玉已经端了一碗汤来给他。

"快把这个喝了，黄豆猪脚汤，我特意多放了姜，很暖身体。"

他盯着碗里乳白色的汤汁微微出神："这是春海市当地人最常炖的汤……"

"对呀，小羽说她爱喝这个，我就在手机里找攻略学了，也不难！你快尝尝，跟你们平时喝的味道像不像？"

她爱喝？

傅春野看向盛小羽，她正忙着把行李拖进自己的房间。

之前他看到她的那个小本子上有记录，黄豆猪脚汤是他最爱喝的汤之一。

听起来美容滋补的一款汤水，其实是他妈妈一直喝的，在美国和欧洲找华人阿姨来家里做家务，都特别要人家学会煲这款汤。

所以当他在学校食堂发现这款汤是常年供应的时候，就每次都选这个。

勉强来说，算是妈妈的味道。

至于滋味是不是他喜欢的，他也没深究过。

他的人生中，很多事情就是这样，只是顺着惯性而已，并不见得就是他真正想要或喜欢的。

但现在有个人，愿意把他这些大大小小的事情都记在心里。

她特意请妈妈炖这样一锅汤，是不是意味着她的记录也不完全是受人所托，不全是为了一篇所谓的学术论文？

"快喝呀，冷了就不好喝了，小羽也有一碗，喝完汤我们就开饭。"

温清玉忙着进厨房去热饭菜，盛小羽把行李收进房间，出来就看到傅春野坐在她家沙发上，小口啜饮着一碗猪脚汤。炖得白白糯糯的猪脚连着骨头在汤碗里堆起小山尖，他只能用勺一点点舀出来喝，喝两口，又去咬一咬猪蹄，那画面有点滑稽，还有点魔幻。

她在他身旁坐下，抱起属于她的那碗，咕噜咕噜开始喝汤。

"我今天表现还行吗？"傅春野突然问。

"嗯？什么表现？"

哇，这汤香滑可口，猪蹄的胶原蛋白全都融到汤汁里了，浓稠得都黏嘴巴。

不愧是妈妈的手艺，这就是妈妈的味道！

大脑在美食的作用下不停产生多巴胺，让她飘飘然，听到他的问题都没浮想联翩。

"你爸妈不是问我们是怎么认识的，我照你的意思，说是因为杰哥。"

甚至都让人以为他是季杰的朋友，到她家里来，只是没有办法的办法。

"噢，你说这个呀，挺好的。"她笑眯眯地弯起眼睛，"我爸妈应该不会多想，不过有时候难免会觉得……你这么优秀，要真是我男朋友多好啊之类的，你别介意！"

尤其是她妈妈，刚才这一路上已经表露出这种趋势了。

"嗯，没关系。"

这种"误解"他们事前都想到了，也想了对策。

倒不如说他实际上挺期待被误解的，甚至被这种"误解"感动和治愈了。

温清玉问到他家庭情况的时候，他是照实说的，之后她就岔开了话题，本以为她是不喜欢他出身于单亲家庭。

他知道有很多父母亲，对单亲家庭的孩子有些偏见。

但现在看来，人家并没有这个意思。

老盛家的人大方热情，从那满满一桌子菜也能看出来。

羊肉包子是现蒸的，黄豆猪蹄汤也是当天煲的。青州虽是个会下大雪的北方城市,却临着海,因此几个盘子里都有海鲜,炝炒的花蛤,还有看不出是和什么一起烧的海参。

"这是松茸,在我们这儿算是稀罕物,你快尝尝。"

老盛用白瓷汤匙舀了一段松茸海参到傅春野的碗里,山珍烩海味一起产生的浓香刺激着人的味蕾。

"很好吃。"傅春野尝了一口,望向温清玉,由衷道,"伯母很会烧菜。"

"那可不,我妈妈的手艺可好了。这桌上除了烧鸡和卤味是从老字号熟菜店里买来的,其他的都是她亲手做的。"

"你们喜欢就好。"温清玉笑得合不拢嘴,"我也是家里人爱吃什么就试着烧什么,遇到不会的就打开手机上网搜,都有视频教程,现在学这个很方便。"

话匣子一打开,饭桌上的氛围就热闹起来。

傅春野面前的碗里很快堆成小山。

老盛拿出珍藏的好酒和两个酒杯,要让他也喝一点。

盛小羽连忙放下啃了一半的鸡腿,挡住酒杯口:"爸,他不能喝酒。"

"哎,说什么傻话,男人哪有不能喝酒的!这酒看着白,是我们青州本地樱桃酿的白兰地,度数不高。"

"不管是什么酒,他都不能喝。他酒精过敏,喝一口就浑身起疹子,喉头水肿,倒地呼吸困难,见血封喉!"

傅春野听她说的这话,差点笑了。

"这孩子,说得这么吓人呢,还见血封喉……"老盛也有点蒙了,看了看手里的酒瓶和另外那只酒杯,"你真不能喝啊?"

傅春野很配合地点了点头。

"不能喝别勉强人家,孩子们刚到家第一天,让他们好好休息。小羽把杯子递给我,我陪你爸喝两杯!"

温清玉豪爽地接过酒杯,把酒满上,看来夫妇俩都很海量。

傅春野看了盛小羽一眼,无声地表示感谢。

她笑了,也去拿了一只酒杯:"那我也陪爸喝一点,怎么说也是咱们本地产的好酒啊,一年难得喝一回。"

她只喝水晶杯里浅浅的一个杯底,傅春野还是蹙了蹙眉头。

"这样喝没关系吗？"

"没关系，这酒度数不高。"她指着酒瓶上的标识给他看，"我好不容易成年了，在家里喝两口不要紧。"

他这才放开摁住杯底的手。

桌对面的温清玉把两人的互动都看在眼里，心里欢喜异常。

这男孩话不多，但会疼人，是个实心眼的人，这样的人当了姑爷，将来两人一定能过上幸福美满的好日子。

虽说现在两人都说不是情侣关系，但看样子也只是隔着一层窗户纸而已，只看谁去捅破，什么时候捅破了。

吃完饭，老盛夫妇说什么也不让傅春野帮着收拾碗筷，说他是客人，不合规矩。

傅春野就陪老盛泡了壶茶，聊了一会儿。

他从春海市带来的礼物，是一套茶具和一饼上好的白茶，因为盛小羽提到过她爸爸爱喝茶。

这份礼物果然很合老盛的心意。

盛小羽帮妈妈收拾好碗筷，带傅春野去看他的房间。

老盛早被温清玉拉回自己的卧室，见她还隔着门板听了听外面两个孩子的动静，不由得有些忧心道："就这样让他们俩单独在一处好吗？"

温清玉嘘了他一声："有什么不好的？你以为我是在担心小傅对我们小羽不规矩啊？那孩子一看就不是那样的人，我倒希望他们多点时间相处呢，能真成一家人就好了。"

长大成人后，盛小羽还是第一次带异性朋友到家里来，又是这么一表人才的好孩子，她这是丈母娘看女婿，越看越顺眼，就想把人留住，别流往外人田。

老盛点头表示赞同："我也觉得小傅不错，是个靠得住的人。"

他们之前是不是有点以小人之心度君子之腹了，特地安排他住离他们最近的客卧，生怕两个年轻人在房间里卿卿我我，让他占了自家女儿的便宜。

会不会反而浪费了他们难得说知心话的机会？

客卧打扫得非常干净，床铺也全是新的。

"要我帮你收拾行李吗?"

盛小羽叉腰站在他的行李箱旁边,拉开床边的衣柜门,里面空空如也,一点使用过的痕迹都没有。

他要在她家住到过完年才走,不是一天两天,把衣物和随身物品收拾出来比较方便吧。

"没关系,我自己来。"

傅春野环视了房间一圈,在飘窗坐下:"这房子看起来很新。"

他进门的时候就留意到了,大理石地板光可鉴人,所有的台面上都非常干净,连杂物都很少有,阳台的拖把、扫帚看起来都是刚使用没多久,显然不像是住过很久的房子。

盛小羽点了点头:"嗯,这是我们家的新房子,布置好有一段时间了,之前因为姥姥还在,老人家住惯了以前的房子,舍不得搬,就一直空着。爸妈本来想等天气暖和点再搬的,听说我要带客人回来,就临时先住过来,想让你住得宽敞舒服点。"

这么说,这里并不是她从小一直生活的地方?

傅春野感到一阵小小的失落。

"如果我知道会让他们这么费心,可能就不来了。"

这话是真心的,孤独并不算什么,他并不想因此而麻烦别人。

"哎,你可千万别这么想!其实我觉能借这机会让他们搬家换个环境也挺好的,不然姥姥不在了,他们也不愿意离开老房子。"

他一时没反应过来:"姥姥去哪儿了?"

"去世了,去年春节后不久去世的。我爸妈都很孝顺,这么多年一直陪着姥姥,所以在原来的房子里容易睹物思人,情绪上也很难走出来。"

"对不起。"

她摇头:"没关系,我姥姥年纪大了,快九十岁了。她生前活得挺开心,去世的时候也没经历太多病痛,对她来说是好事。"

其实看到爸妈乔迁新居之后心境开阔,话多了,笑容也多了,她心里感到很安慰,觉得这也是邀请傅春野来过年的意外收获。

有时候就是这样,帮助别人的时候,也同时帮到了自己和家人。

她整理好床铺,拍了拍那个崭新的枕头:"你早点睡吧,明早起来我陪你去买点衣服、鞋子。"

傅春野其实想提醒她,她刚才弯腰帮他把床铺上的床笠拉开,整理被褥和枕头的时候,特别像个女朋友,甚至是小妻子。

尤其是她刚喝了酒,脸上红扑扑的,发丝从脸颊旁垂下来,犹抱琵琶半遮面的样子诱人极了。

可惜她不自知。

旁观的人疯狂心动,却又不好让她知道。

他明明滴酒未沾,却有点晕晕的,甚至有点控制不住地想要做点什么。

太危险了,他喉结滚了滚,第一次对自己身为男人的危险冲动有了清晰的认知。

其实盛小羽也没有比他好到哪儿去。

孤男寡女独处,而且是在"家"这么特殊的地方,待在同一个房间里,又有被褥又有床的,很难让人不遐想点什么……

她肯定是刚才吃饭的时候喝多了,本来只喝杯底那一点点的,可是发现樱桃白兰地意外地好入口之后,她又倒了半杯喝下去,然后喝完上脸的毛病就又来了。

脸上微微发烫,肯定红得跟猴子屁股一样,就这还要强装镇定地帮身为客人的傅春野收拾床铺,他看她的眼神一定像在看个变态吧。

真是太羞耻啦!

她要回房去睡了,希望明早起来两人都"断片",他赶紧忘了今晚这一幕吧!

"我先回房间了,明早见,晚安!"

床铺收拾好了,闲扯家常的话题也画上句号,她如蒙大赦一样地往门外走。

走得太急,她一脚踢在了床框上,短暂麻木之后的剧痛让她一个激灵,"啊"地叫出声来。

"没事吧,踢到哪儿了?"

傅春野伸手扶住她,让她在床边坐下,就看她歪着身子去揉脚趾。

她没穿拖鞋,回家收拾好行李就快速冲了个澡,换了家居服,脚上是一双毛茸茸的地板袜。

"把袜子脱了,看看是不是指甲开裂了。"

他看她疼得龇牙咧嘴,都说十指连心——不光是手指,脚趾也一样。

"不用,过一会儿就好了。"

她把受伤的脚往回缩。开玩笑,怎么能公然把袜子脱了让他看!

倒不是她像古代妇女一样保守,手脚被男人看了就非卿不嫁,可他们毕竟不是真正的情侣,多不好意思呀,万一有味道怎么办!

傅春野脸上却是前所未有的严肃,蹲在她脚边道:"你不让我看,我就去叫你爸妈了。"

这样硬生生踢到硬木材质的床边,就像鸡蛋碰石头,指甲开裂都是小事,就怕骨折。

盛小羽本就喝了酒,脸上发烫,这下更烫了,简直像要烧起来:"真的不用,最多就是肿了……哎!"

他已经不听她再继续说下去了,伸手一把扯掉了她脚上的毛绒袜子。

大脚趾果然红肿了,委屈巴巴的,还想要往里躲。

指甲还好,没有开裂,他的手指轻轻捏住关节:"你稍微动一动。"

盛小羽不由自主地往房间门的方向看了一眼,这时候要是爸妈来听壁脚,不知得误会成什么样。

她的脚趾是能动的,但感觉到他指尖的温度,像触电似的,都僵住了,也分不清是脚骨折了还是脑子里的某个开关折了……

"应该没太大的问题。"傅春野确认之后像是松了口气,抬头看向她,"家里有冰袋吗?可以敷一敷。"

她摇头,这新房本就是临时搬来住的,东西都不齐全,冰箱也是新的,刚启用不久,打开还能闻到新东西特有的味道,放了些最近要吃的肉和菜,没有准备其他东西。

"你们家最近的药店在哪儿?现在还不是太晚,我下去买。"

他说着站起来,却被盛小羽拽住。

她摇摇晃晃也跟着站起来:"不用了,我们这儿不像春海市到处都是药店和便利店,外面这么大雪,你又对路不熟,别等会儿感冒了。"

说着说着她突然灵感乍现:"对哦,外面有雪,我是不是把脚丫子插雪地里也行?"

什么样的小天才能想出这么二百五的主意?

最后傅春野给她弄了一块冷水浸透的毛巾冰敷脚趾，防止受伤的地方再进一步肿大。

她一瘸一拐地要回自己的房间，走到门口扭头道："上次看到你写的《暗恋观察报告》第一版，我觉得写得特别好，但还是觉得就算再专业的学术视角，也没法精准描述所有的主观感受。"

比如她现在这一刻澎湃的心潮，想说又说不出口的欢喜，以及或许根本不该有的小小期待。

傅春野愣了一下，她已经回房间去了。

他完全赞同她所说的，因为在炮制那份报告的过程中，他也有类似的感觉。

纸上得来终觉浅，绝知此事要躬行。

爱情也不例外。

第二天，两人去市区商场买衣服、鞋子。

傅春野那双被雪泡透了的球鞋被老盛拿去刷了，所以他大清早起来就饶有兴致地跟着学刷鞋，似乎对老盛这个刷鞋配方觊觎已久，誓要学成自己的手艺。

要不是盛小羽连拉带拽，温清玉也赶他俩出来，他估计还跟在老盛身后做学徒。

好不容易出来了，他买衣服、鞋子速战速决，目标明确，很快就挑好付款，留出时间让盛小羽逛一逛。

盛小羽总觉得他还惦记着回去刷鞋。

过年前夕，商场人流如织，货架也比较丰富，盛小羽自己倒没什么想买的，只想着给爸妈挑一点过年穿的衣服、鞋子，那天在车站她看到爸爸的围巾和妈妈的手套都已经旧了，也该换新了。

"来都来了，你自己也买点新衣服，过年的时候不是要穿新的吗？"

傅春野的语气有时像极了长辈。

盛小羽望了望不远处试衣间门口排起的长龙，不由得望而却步："还是算了吧，这么多人……"

"咦，小羽，这是小羽吧？"

中年女人响亮的声音带着惊喜，在身后响起。

盛小羽回过头："姨妈？"

温湘玉喜出望外，上来搂住她："我就说我没看错，真的是小羽，已经放假回来啦，还带男朋友一起回来，啧啧，真不错！你妈跟我说的时候，我还不信，说哪有这么快，没想到今天就遇着了！真不错，又高又帅，你眼光真好！"

温湘玉这些年越发富态了，走路的身形不如年轻时灵活，只有说话的语速还是连珠炮一样，让人连插话辩解的空当都没有。

她喜滋滋地打量盛盛小羽和站在她身旁的傅春野，也是一脸丈母娘看自家闺女和女婿的样子，然后把身后跟着的少女拉过来："你看看你，见了你姐也不叫人，整天心不在焉，像什么样子！"

化着浓妆的少女头都没抬，专心致志地抠着自己刚做的指甲，拖长了语调，懒懒地叫了一声："小羽姐。"

"思葭。"盛小羽倒是很热情，"一年没见了，你的头发又换颜色啦？好漂亮哦！"

听到有人称赞她新染的发色，少女终于抬眼，看到盛小羽身旁的傅春野时，笑了笑："这是新男朋友啊？不错嘛，比那个周向远好多了。"

不过比不上杰哥。

傅春野今天戴了顶渔夫帽，稍稍压住一点眉眼，但少女对帅哥的"触觉"是相当敏锐的。

温湘玉气得骂她："什么新男友旧男友，你小羽姐以前又没有过男朋友！"

现在也没有啊……

盛小羽看了傅春野一眼，有点歉意地笑笑——又让他担了这个虚名，他会不会怀疑她这次邀请他来过年，是为了要他假装她的男朋友，应付她的家里人啊。

她指天发誓，真的没有这个意思，都是歪打正着，家里人都误以为她谈了一表人才的男朋友，既不会催促她在大学里加速恋爱，也不会再以为她跟周向远有点什么了。

她也是现在才明白，其实以前她对周向远那点好感挺明显的，是个人都看出来了。

傅春野倒像是一点也不介意，大方地介绍自己："姨妈你好，我叫傅春野，你可以叫我小傅。"

"好，来了就是一家人，我本来跟小羽的爸妈说好了初一来我家包饺子，择日不如撞日，你们今天就到我家来吃吧！"

盛小羽觉得这样也好，反正他们今天也没其他安排。

"那我跟爸妈说一声。"

"哎，说什么，叫他们一起来，人多包饺子快！"

温湘玉好像对谁都是热情无比、喜笑颜开的模样，只有对自己这个看起来像不良少女的闺女除外。

也难怪思葭即使跟她出来逛街买年货，也老是一副心不甘情不愿的模样。

不过见到盛小羽和傅春野之后，她打起了精神，原本倦懒的眼睛里甚至迸发出一些狡黠的光亮。

趁着温湘玉去取车，她突然挽住傅春野，整个人几乎挂在他的胳膊上："这位小哥哥，你这么帅，要不要跟我出去玩？"

盛小羽看着两人挽在一起的胳膊，腮帮子一阵酸："思葭，别闹了。"

"谁闹了，青州好玩的地方可多了，哪个不比去我家包饺子有意思啊！"

傅春野没有马上甩开她，低头看到她袖口露出的文身，问道："去哪儿玩？"

思葭想了想："这里的地下一层就有游乐城，我们去那里呀！"

"好。"

好？大哥，你怎么这么容易就答应她了呀！

盛小羽惊讶得张大了嘴，傅春野又转过来看她一眼，似乎是在征询她的意思。

你都答应她了，我难道还能说不去吗？

盛小羽硬着头皮拿出手机："思葭你跟姨妈说……"

"哎呀，你跟她说嘛，你说她肯定听，我说她就当放屁。"

少女一点也不在意自己言语的粗鲁，挽着傅春野乘直达电梯直奔地下一层。

盛小羽只得跟姨妈说还要买点东西，晚点带表妹一起回去。

地下一层的游乐城很大，年轻人和小朋友把里面填得满满当当的，比楼上卖东西的地方还热闹。

思葭已经拉着傅春野到服务台换好了游戏币。她相当熟练地掏出了自己的积分卡，但换币的钱是傅春野付的。

"玩什么？"

难得看到傅春野这样兴味盎然，盛小羽心里忽然又酸了一下，寻思着莫非他喜欢思葭这样的小姑娘。

他也染发，虽然不像思葭那样夸张和多变，但总有点桀骜不羁的气质，是不是两人还挺投缘的。

思葭却不急，拎着那一兜游戏币，等着盛小羽慢腾腾地挪到跟前，才说："小羽姐会玩什么，我们就先玩那个。"

盛小羽想说她什么都不会玩，这种地方她都是第一次来。印象中上一回出来玩，还是跟着爸妈一起坐碰碰车和旋转木马。

"简单点，投篮吧，好不好？"思葭指了指远处的篮筐，"比比谁的分高。"

话里话外，有种要跟她一决高下的意思。

"她的脚趾昨天受了伤，不能陪你玩，我来替她。"傅春野突然开口，"你不是本来就是拉我来玩的吗？"

篮球机火爆，要玩还得排队。

思葭不满地噘了噘嘴。

傅春野看了一眼旁边："太鼓空着，你会玩吗？"

她"啊"了一声："当然会玩，这儿有什么是我不会的吗？"

开玩笑，玩得最疯的时候，她跟同学都恨不得睡在游戏厅里，质疑她不会玩简直是挑战她身为不良少女的江湖地位！

傅春野也不跟她啰唆，直接拉着她到机器跟前："来吧，一局定胜负，你赢了，今天想玩什么都可以；要是你输了，就老老实实回家吃饭，可以吗？"

"可以，当然可以了！"思葭一边回答，一边瞥盛小羽，"你跟我玩吗，不是小羽姐？"

傅春野似乎笑了一下："对，我跟你，她在旁边当个裁判就行。"

他这个样子，让盛小羽又回想起之前两人打羽毛球混双的时候，他也是这样几乎要在场上画个圈，让她站在里面，其他的交给他就好。

好好的,怎么还单挑上了?

思葭撇了撇嘴,对他这种公然的袒护很不以为然的样子。

她别的不行,玩才不会输给他呢!

她显然对这位选手的实力一无所知。

不用等到最后出结果,她就已经知道自己输得一塌糊涂了。

因为曲子是《孤勇者》,还引来了一群小学生围观,大家对大哥哥打鼓的架势和踩点的准确率叹为观止。

  他们说
  要带着光
  驯服每一头怪兽
  他们说
  要缝好你的伤
  没有人爱小丑

思葭脸都气红了:"什么情况,你是不是专门学过打鼓?"

"对。"

真没想到他这么干脆就承认了,思葭都愣住了。

盛小羽作为他的头号粉丝,解释道:"他大学差一点就专门学这个……"

"那不算!太不公平了,你事先又没说你是专业的。"

傅春野拿鼓棒在指尖转了一圈:"你也没问。"

总之就是气不过,不能算数。

思葭又看到对面的跳舞机:"我们换这个,要是这个你也能赢我,我就认输!"

傅春野似乎叹了口气。

盛小羽以为他是被戳中了短板,悄声道:"你不用勉强……"

"没关系,来都来了。"

总要让她输得心服口服才行。

结果这回的舞,引来的不只是小朋友,还有大朋友,他们里三层外三层地包围了跳舞机,把盛小羽都快挤到外面去了。

小姐姐跳得很用力，大哥哥比较闲庭信步，但两个人动作一致，配上舞曲音乐，实在太好看了！

盛小羽也没想到这个东西原来玩得好的人跳起来是这样的。

当然更没想到的是傅春野连这都会。

不过他确实说过，他做什么似乎都比别人更容易取得成功，所以也不需要在某件事上花费太多精力。

幸亏他今天戴了帽子，还戴了口罩，不然不知道会让多少围观群众尖叫。

一曲跳完还有真有点累，傅春野摘下帽子稍稍捋了下头发，接过盛小羽递过来的纸巾擦了擦额头的汗，才说："还要比吗？"

刚才还耀武扬威的思葭有点蔫了："你这么厉害，我还能跟你比什么呀？"

她忽然朝着盛小羽道："你是故意的吧？故意带这么个厉害的男朋友回来，在大人面前炫耀不说，还来整治我！"

这是从何说起啊，不是她主动要求来游乐城玩的吗？

傅春野道："你有问题想问吧？"

思葭愣了一下，更沮丧了："你又知道……"

盛小羽好奇："你想问我什么？"

难道跟傅春野有关？表妹对这个刚见了一面的优质帅哥产生了兴趣，想要旁敲侧击加深了解？

思葭脾气倔，正堵着气，觉得刚才自己一把都没赢，就算有问题想问也问不出口。

盛小羽也挺无奈，思葭跟她年纪相差不大，小时候两人明明很要好，属于可以分享点心和玩具的好朋友，又是血亲，像亲姐妹一样。

不知从什么时候开始，大概是进入青春期之后，思葭变得叛逆，染了头发，像所有那些不良少女一样，逃课、说脏话，甚至离家出走。跟她这个姐姐也疏远了，除了过年过节家族亲友聚会时见面寒暄两句，都很少联络。

这两年她到南方上大学之后就更是如此，两人见了面都感到有些陌生。

"隔壁有冰激凌，我们找个位子休息一下。"

傅春野带着两人去了冷清的酸奶冰激凌店，找了个角落的位置坐下，很快买了三人份的冰激凌回来。

思葭吃了一口冰激凌，酸酸甜甜又凉冰冰的奶味在舌尖漾开，才说了一句："杰哥每次回来也请我吃冰激凌。"

他其实喜欢到处去观摩各种各样的咖啡店，也经常带着她一起，不拿她当小孩，请她喝咖啡，问她口感，有时看到店里有卖冰激凌之类的甜食也一定会买给她尝尝。

盛小羽后知后觉地意识到："你是想问我杰哥的事吗？"

思葭没有否认："他什么时候回来？他不是说了今年要回家过年吗？"

少女的眼睛虽然被浓烈的烟熏妆覆盖，但眸光中那种单纯而恳切的光辉是不会骗人的。

盛小羽一时不知该怎么回答。

傅春野代她答道："他自己开车回来，还捎带了其他闲杂人等，会比我们晚一点，大概就是最近两天了。"

毕竟后天就是除夕了，总不至于过年了还在路上。

"真的吗？他开车回来……"少女眼睛里的火苗被重新点燃，"他一个人吗？会带女人吗？"

所谓的闲杂人等里包不包括女朋友什么的？

傅春野笑了笑，现在的小朋友说话还真不客气，称呼自己哥哥的女朋友为女人。

"周向远坐他的车一道回来，晚点我打个电话问问他。"

盛小羽话音未落，思葭就兴奋地抓住她的手："那你打完电话告诉我啊，我还想去接他呢！"

"他都说了开车回来，你就别到处乱跑了，在家等他就行。"盛小羽看了眼手机上的时间，"不早了，我们回去吧，别让你妈妈一个人忙活。"

思葭难得温顺听话，竟然没有异议，跟他们一起回了家。

走到楼下正好遇上老盛和温清玉夫妇俩，他们说姨妈发现家里的五香粉和醋都不够了，要去买一点，他们一路开车过来不顺路，于是让盛小羽去买。

傅春野自然是陪她一起去。

走在她身旁，发现了她异样的沉默，他问道："怎么了，因为你那个表妹的事不开心？"

盛小羽发现自己真的很迟钝。

傅春野今天才第一次认识思葭，他都察觉到了，她却到现在才意识到思葭这些年对她的敌意从何而来。

"思葭跟我姨妈姓温，杰哥姓季，他们不同姓。"她看向傅春野，"你不觉得奇怪吗？"

"重组家庭吧，也不算很少见。"

"嗯，你别看我姨妈现在这样，听我妈说，她年轻的时候也像思葭这样，很前卫，所以很早就生下了思葭。她是带着女儿嫁给我现在的姨父，也就是杰哥的爸爸，那时候杰哥已经懂事了。他妈妈去世得早，爸爸的身体又不好，我姨妈拉扯两个孩子长大挺不容易的。"

后妈难做，尤其还带着自己的孩子，所以他们后来没再要小孩。

"季杰跟你们都没有血缘？"

"嗯，但我姨妈对他挺好的，他从小也管她叫妈妈。"

"你表妹喜欢季杰？"

尽管已经心里有数，但盛小羽还是被傅春野抛出的这个问题吓了一跳。

"可能吧……其实在今天之前，我都不敢肯定。"

几年前，她也隐约感觉到，表妹青春期的叛逆，杰哥成年后匆匆离开家，甚至远离青州到千里之外的春海市去发展，应该都跟这种不应有的情愫有关。

但感觉归感觉，家族里发生这样的事她反而不知该向谁求证。

表妹对她的敌视，应该是误认为季杰喜欢的人是她吧？

她要怎么解释呢？她跟季杰之间真的是纯粹的兄妹情，有时她都会忘了他们没有血缘这回事，把他当作可以依靠和信任的亲哥。

"烦恼的人不该是你吧？"傅春野道，"既然季杰过年也要回家，就让他干脆明白地跟她讲清楚，已经不是小孩子了，这种事也不需要再避而不谈。"

温思葭比她小两岁，过完年怎么也该有十八岁了，是个可以为自己负责的成年人了。

盛小羽点头，思葭迷恋归迷恋，肯定还是有些怕季杰的，都不敢直接给他打电话问他什么时候到家，要绕那么大个圈子到她这儿来问。

不过她也有些担心,照理季杰带着周向远应该这两天就到家了,怎么家里还没消息呢?

她给他发了消息,问他什么时候到,如果今晚能回来,他们就多包点饺子等着他。

可惜没有得到回复。

晚上的饺子包了白菜猪肉和虾仁三鲜两种馅,全是姨妈温湘玉亲自拌料调味的,闻着就香得不得了。

"我姨妈年轻的时候还开过饺子店,可厉害了。"

盛小羽捏着手里的饺子,感觉技艺已经有点生疏了,却还要手把手地教傅春野这个南方孩子,只能扯点闲篇分散他的注意力。

傅春野第一次意识到自己可能也有不擅长的事——比如包饺子。

他托着饺子皮学得挺认真,但不是馅给得太多,就是太少,厚薄大小一样的饺子皮包出来的有大有小,一开始的两个还撑破了,剩下的歪歪扭扭,也站不起来。

温清玉哈哈笑,老盛叫他不要急,说他第一次来温家学着包饺子也是这个样子,慢慢就好了,不仅能包,还能又快又好地擀出一堆饺子皮。

傅春野表示怀疑。

思葭本来也在案桌边包饺子,她妈嫌弃她那一手装饰得花里胡哨的美甲,怕亮钻和彩色珠子也被包进饺子里,叫她去厨房帮忙烧开水。

趁着她不在,温家姐妹俩聊起季家父子俩。

"等会儿饺子煮好了,我还要趁热带一些到疗养院去。"

"老季的肺还是不好吗?过年也不回家?"

"回来,今年小杰不是要回家过年嘛,我就去接他回来,一家人好久没整整齐齐地过个年了。"温湘玉挑馅捏皮相当熟练,饺子包得飞快,"我还预备给小杰介绍女朋友呢,也不知他看不看得上。"

盛小羽听了,下意识地看向厨房。

温清玉道:"他也该是时候找个女朋友了,在春海市就没遇到合适的?"

"谁知道呢,之前介绍的他都说不合适。老季说儿子不回来就是因为不想相亲,倒像我故意害他们父子不能见面似的,他知道什么呀……"

温湘玉说起来就觉得委屈,但碍着还有小辈和傅春野这个客人在,也不好说得太明确。

盛小羽以前可能不懂,现在已经明白了姨妈的委屈和忌惮从哪里来。

当妈的当然看得出女儿的心事,也觉得这种感情不合适,可棒打鸳鸯就会把这家打散了,她还没打呢,女儿就跟她离心,季杰也有家不回,真是进退两难。

温清玉自然而然就问到盛小羽身上了:"你跟小杰在一个城市,平时也能见到面,有没有见过他跟什么样的女孩来往多?"

"我不知道,平时去店里他都在工作呢,也不会跟我说这种事啊!"

她是真不知道,季杰开店迎客,女人缘一向不错,她没看出有哪个跟他有什么特别之处。

温家两姐妹叹了口气,温湘玉道:"小杰也不知道什么时候到家,说是今天,都这个时间了,电话也不打一个,到底回不回来吃饭啊?"

她还要去疗养院照顾那个老的,给他送热乎饺子。

盛小羽隐隐觉得有些不安起来:"杰哥说的是今天到家吗?"

"对啊,说今儿一大早出发,大半天差不多也该到了,现在高速不堵车吧?"

嗯,就算堵车,也该来个电话说一声,这么没交代,实在不像季杰的作风。

傅春野看出她的不安:"要不要打个电话问问周向远?"

他搭季杰的车回来,应该跟季杰在一起。如果季杰是在躲继母、躲异父异母的妹妹才不接电话,那周向远应该没有什么理由不接电话。

盛小羽无语,她跟周向远闹了不愉快,家里人还不知道,但傅春野心知肚明。

刚才她其实也想要联系周向远,可又担心她主动联系表达关心,傅春野会觉得她不争气，还想藕断丝连，非要吊死在周向远这棵歪脖子树上。

他有时候刻薄起来，还挺让人吃不消的……

"打吧，确认他们的安全比较重要。"

是她格局小了，傅春野比想象的心胸宽广。

他还示意她到阳台上打这个电话，别让家里人，尤其是那个叛逆期还没结束的表妹听到什么风声。

盛小羽拉上阳台的移门。

周向远的电话是通的，一开始没人接，再打第二次的时候接通了。

"喂，你是……小羽？"

电话那头传来的声音让她相当意外："菁……菁华？"

这是怎么回事，她明明拨打的是周向远的电话，怎么接电话的人变成孟菁华了？

菁华是东涞人，东涞离青州不算远，但也隔着两百多公里呢！

盛小羽特意把手机屏幕拿到眼前看了看，再三确认拨出的号码确实显示的是周向远的名字。

孟菁华的语气也很焦急："小羽，你还在吗？"

"我在，这是怎么回事啊，菁华？周向远不是搭杰哥的顺风车一起回家过年吗，我打杰哥的电话也打不通……"

"他的手机应该是坏了。他们的车今天经过东涞的服务区，我爸妈不是在这儿开超市嘛，就约了杰哥过来一起吃个饭，结果听说他们在前面的路段出了车祸，我就赶过来了。"

"车祸？！"

盛小羽马上捂住嘴，偷偷看向屋内，希望没人听到她刚才的惊呼。

但一直默默留意她动静的傅春野显然已经从她的神情中察觉出了不对。

"怎么会发生车祸呢？"她压低了声音，心里却像油煎火燎似的，"他们现在人呢，受伤了吗？"

"嗯，急救车已经把人送到医院了，我也是刚赶到，急救的医生给了我他们随身带的东西，我这才接到你的电话。"

"联系他们家里人了吗？"

"还没来得及。"

想也知道,这边姨妈家还没收到任何电话,估计是还没来得及通知伤者家属。

盛小羽又焦虑又难过,像困兽一样在阳台走来走去。

不能被姨妈他们看到她快要哭出来的模样,她只能抬起一只手挡在额头前面。

傅春野这时拉开阳台移门走了进来。

高大的身影挡住了屋内人的视线。

"啧啧,年轻人感情真好。"温湘玉对远方的坏消息还一无所知,瞧着阳台上的两个年轻孩子感慨,"小羽还说他们不是男女朋友呢,我看小傅的心思全在她身上。你闺女这性格随谁,这都感觉不出来?"

温清玉笑:"随她爸呗,粗枝大叶的。我也觉得小傅挺好,对她也不错。"

明明看着是郎有情妾有意的样子,她也不明白,为什么闺女一口咬定两人不可能,只是普通朋友。

"怎么办,他们出车祸受伤了。"

傅春野已经了解了事情的大概,盛小羽问他有没有主意。

孟菁华在电话里说,季杰和周向远应该都受了外伤,还要做手术,不过医生说不是很严重,可能是开放性骨折。

不管怎么说,这样的情况都应该要通知他们的家里人吧?

电话很快被人接过去。

"小羽,是我。"

居然是季杰。

"杰哥,什么情况,姨妈他们都要急死了!"盛小羽直跺脚。

"噢,只有他们急呀,你就一点不关心我的死活?"

季杰还在用轻松的语调逗她,看来伤情确实不重。

傅春野在一旁插话问:"杰哥,你们现在怎么样了?"

"啊,春野你也在。"季杰哈哈一笑,"我还好,头上有块擦伤,医生说要留院观察。小周伤得重一点,胳膊可能骨折了,要做手术。"

"要通知家里人过去吗?"

"暂时不用。我打电话就是想跟你们说这个,他特地说了别告诉他的家人。我爸的身体也不好,要不也别告诉他们了……"

"那怎么行!"盛小羽急得打断他,"姨妈都准备好年货等你回来了,还有思葭……姨父过两天也要从疗养院回来了,都准备好等你回来呢,哪瞒得住啊!"

关键是她已经知道了,出了这么大的事,要她完全瞒着家里人也不现实。

季杰想了想:"这样吧,你跟家里说一声,别吓到他们。如果方便的话,你跟小傅能不能来一趟东涞?"

这样他或许还能赶上除夕回家吃饺子。

盛小羽对这个提议有点发蒙,还没想好该不该答应,旁边的傅春野已经回答:"没问题,你把定位发来,我们过去一趟。"

这样真的没问题吗?

虽然他们已经是成年人了,但毕竟一直生活在象牙塔内,没有踏足社会,阅历少得可怜,就连交通意外都没真正经历过。

现在要远赴几百公里之外的异乡,处理亲人的车祸事故,怎么看都是巨大的挑战。

果不其然,姨妈一听这个消息就吓得腿都软了,站都站不稳,跌坐在桌旁的椅子上。

温清玉忙着安慰她,而本就是急脾气的思葭更是想都不想就说:"我跟你们一起去接杰哥回来!"

"不行,你们一群小孩子家家的,跑那么远,万一路上再出点什么事,让我们这些做父母的怎么办才好!"老盛否决。

思葭急得快哭了:"那怎么办,总不能把杰哥一个人丢在那种人生地不熟的地方过年啊!"

"我去。"

"哎呀老盛,你不能开长途车,医生说的话你都忘了?"温清玉阻止他,"你要是路上出点什么事,车上还带着小杰他们,那才真是天都要塌了。"

一来一回四五百公里,对年轻人可能不算什么,但他现在很容易疲劳,还要定时吃药,肯定是不安全的。

"我去,保证不会有问题。"盛小羽下定了决心,"我也不是第一次出门和开车了,那年暑假不是都锻炼过嘛!还是杰哥给我介绍的工作,现在正是我回报的时候了。"

那时的经验现在正好派上用场。

傅春野道:"伯父伯母,我十八岁就拿到驾照开车了。之前我在国外上学都是开车,有时候也会接送我妈妈去机场。我跟小羽一起去,没问题的。"

简单的几句话,也不见得多么冠冕堂皇,但就是有一种让人信服的力量,竟意外地说服了老盛他们。

也确实没有更好的办法了。

思葭吵着要去,本来温湘玉说什么也不同意,但是傅春野说让她去吧,她也该经历些不一样的事情,说不定能让她乖一点,大人们这才同意。

这下不只是盛小羽,连思葭都在他跟前服服帖帖,一口一个"春野哥",让她坐后排,她就老老实实地坐在那儿。

他们开老盛的那辆帕萨特去。

幸好大雪已经停了,广播说通往东涞的这条高速路不受天气影响,正常通行。

盛小羽当然相信傅春野的实力,别说开车,就算他说自己会开飞机她也愿意相信。只不过上回音乐节他不舒服,最后是她开车回去的,没见识到他的风采,所以这次她就一路紧紧地盯着他看。

不是说男人全神贯注开车的时候是最帅的嘛,好像还真是这样。

到东涞的医院时已经是夜里,周向远做完了手术,被转去了普通病房。

临近过年的医院病房因为病人大多回家过年去了,显得空荡荡的,有点凄清的味道。

孟菁华独自一个人坐在走廊的长凳上。

"菁华。"盛小羽朝她奔过去,"我哥呢?"

她推开身后最近的那道门,空荡荡的病房里,最靠边的床位上躺着个人,手还抱在胸前,躺得相当随便。

平日里精心打理的胡子也乱了,帅气的咖啡店老板一朝落难,竟然像个流浪汉。

思葭终于见到日思夜想的人,不管不顾地想要冲过去,被盛小羽他们拉住。

"让他睡吧,这还是他向护士长要来的特权呢!"

他也是需要留观的伤者,虽然不是这个科室的病人,但收拾干净的病床姑且可以让他躺着休息休息。

"周向远呢?"盛小羽小声问。

孟菁华没好气地指了指对面的病床:"要不是看在你的面子上,我真懒得管这位大少爷!"

怎么有性子这么别扭的人呢!

遇到车祸,胳膊骨折,要上手术台的时候他吓得脸都白了,问他要不要通知家里人来,又硬撑着说不要,再问理由,说什么都不肯讲。

盛小羽想说她也不想管……可来都来了,也不能丢着不管。

孟菁华说:"这二位的治疗费用还是我垫付的呢,家属麻烦先给一下钱。"

周向远平时就经常入不敷出,如今人上了手术台,就更没钱了。

季杰的手机坏了,基本也是身无分文的状态。

盛小羽叹了口气。

钱都不算什么,俗话说得好,能用钱解决的问题都不算真正的问题。

见到周向远本人之后,他们才知道最棘手的是他不仅不让把车祸的消息告诉家里人,而且连家也不肯回。

"那怎么行,从春海市到这儿,都走了那么远,你现在说不想回去?"孟菁华比盛小羽他们还气,"难不成你还想在这儿过年啊?"

"有什么不行,你看我现在像能走的样子吗?"

周向远朝自己被挂起来的那条腿努了努嘴,原来他不仅是胳膊骨折,腿也折了,只不过腿上不需要手术,自然休养等骨头长好就行。

下地走路肯定是别想了,即使痊愈,将来还能不能跑步也是未知的。

想到这个他就黯然神伤,尤其是傅春野也在。

曾经的4×100米接力,训练也好,比赛也好,不管结果怎么样,至少都一起努力过,那个过程还是挺热血的。

今后热血是属于人家的了,他已经成了"绷带怪人"。

傅春野倒很赞成他的想法："嗯，不回去也好。"

所有人都看向他，一脸"你也没出车祸啊，怎么脑子跟他一样不好使了"的表情。

傅春野相当现实："他现在这个样子，我们的车坐不下。"

来的时候只说胳膊可能折了，谁能想到要搬个"木乃伊"回去。

"叫个救护车转运不行吗？"孟菁华问。

"跨省市转运，少说要上千块钱，你问问他有钱吗。"

不用问了，肯定没钱。

周向远把脸别向一边，不愿面对眼前的现实。

盛小羽干生气也没办法，他们总不能把一个刚做完手术的骨折患者强行拉上车带回去。

"那你家人怎么办？你都跟他们说了要回去过年，现在又不回了，怎么跟你妈妈交代？"

其实她是不想问的，免得他又说她是他妈妈的眼线。

"他们还不知道我要回去，我本来跟他们说的是过年可能要留在春海市找实习或者兼职。"

这么说，要不是这趟车祸，今天他到家还是个惊喜了。

盛小羽觉得这里面透着说不出的古怪。

周向远一向是花钱大手大脚，大少爷在象牙塔里享受得很，就连欠她钱最厉害的那段日子，也没见他说要去打工啊！

这是突然怎么了？

傅春野把她的思虑都看在眼里。

他觉得只有一个人能告诉他们答案。

季杰睡醒就伸了个长长的懒腰，牵动了身上挫伤的地方，疼得直吸冷气。

"大哥！"

思葭朝他奔过去，一下撞进他怀里拦腰将人抱住，眼泪就要满溢而出。

"傻丫头，哭什么呀！"

季杰并没有躲避，一开始抬高的双手缓缓落在她的背上，轻轻拍抚安慰着。

见盛小羽他们来了，他笑道："我这回可真是糗大了，竟然要弟弟妹妹们来救急。"

"快别说这种话了，姨妈他们都快急死了。你现在觉得怎么样，身上的伤到底要不要紧？"

季杰摸了摸头上包扎的纱布："检查下来倒是没什么，希望不要像影视剧里那样突然脑袋里出血，眼睛瞎了什么的……"

思葭打断他："呸呸呸！"

盛小羽也很想呸他，有表妹抢在她前面了，挺好。

"你的车子要不要紧？"傅春野问道，"到底是怎么发生的交通事故？"

他们已经走出周向远的病房，周向远刚经历了一场车祸和一场手术，身体和精神意志都累极了，已经睡了过去。

季杰道："没事，已经配合交警部门做了笔录，回头等他们有结论了再来取车也不迟。反正也不涉及其他车辆，我们是自己撞到护栏上了。"

其他几个人都面面相觑。

"好好开着车，怎么会撞到护栏？"思葭又问出了所有人心里的疑问。

季杰瞥了一眼病房门，低声道："小周跟我换着开的，他大概没有足够的经验应付雨雪天气和这种路况，车子打滑了。其实怨我，变天了就该跟他换回来的。"

"就不该给他开呀，逞什么能！"

季杰在思葭头上揉了揉："小周……其实原本是想到我那儿打工的。就是小羽你到店里来遇见他的那天，他想找个寒假的兼职，但我告诉他我要回家过年，而且今年的经济形势不好，据我所知周边的一些商铺过年期间也都不做生意，所以我说服他跟我一起回家了。"

"他为什么要找兼职？"盛小羽疑惑。

之前季杰也提过，说周向远捉襟见肘，到了学期末连买车票回家的钱都凑不出来，才要搭他的顺风车一道回去。

可现在听起来，好像另有隐情。

这一路上，他们应该聊得挺多的，是不是季杰又了解到了更多关于他的事？

不出所料，季杰说："他家里出了点事，他需要用钱。其实他是个好孩子，就是脾气拧了点，自尊心也太强。"

至于出了什么事，毕竟是人家的隐私，要说也该由他自己说。

盛小羽知道季杰一向讲义气，这种原则问题不会轻易破例，多问也没用。

"恐怕不只是自尊心，还有虚荣心吧？"孟菁华凉凉地补刀，"他不回去，你们打算怎么办，真把他留在这儿过年？"

东涞这地方对他们来说人生地不熟，他们唯一认得的只有孟菁华了。

所有人一时间都把目光聚焦到了她的身上。

"干……干什么？你们别看我呀，我跟他又不熟，才不要来伺候他呢！"

"不用你伺候，医院有护工，请一位本地护工照顾几天，你定时来看看他就行了。"

别人开口，她可能还要反驳几句，但傅春野开口，孟菁华就哑火了。

她始终记着他作为鼓手加入乐队的时候，给了他们多大的帮助和信心。

还有季杰，他算是她的伯乐，这回出了车祸，又恰好是在她家附近，她也确实想做点什么帮帮他。

现在帮忙照看这个留下的伤病号，大概就是她力所能及可以帮到他们的事了。

"唉，好吧，服了你们。"孟菁华抓了抓有些凌乱的头发，"我先声明，我只是作为朋友的朋友，作为校友，好心照看他几天。中间他自己要出了什么幺蛾子，我可不负责！"

有她这句话就行，大家都松了口气。

盛小羽看了看手机里的余额，有点为难道："我带的钱可能不够请护工……"

而且刚才护士说，护工费用要现金支付，不能通过医院渠道刷卡或者电子支付。

傅春野道："没事，我这里有，先给他垫上。"

这倒让盛小羽感到挺意外的。

那次4×100米接力赛和羽毛球赛后,他跟周向远算是生出嫌隙了吧?之前就算不是朋友,也不至于对彼此有什么不满,可后来傅春野对他的意见还挺大的。

这回就因为周向远搭车,他才不跟季杰走,转而接受她的邀请,跟她一起回青州。

连同一趟车都不愿意共乘,现在居然愿意为他垫付护工费……

傅春野知道她在想什么:"我有条件。"

盛小羽笑得艰难:"什么条件啊?"

"还没想好,等我想好了再告诉你。"

才怪呢,他哪会有没想好的事,肯定早就在脑海里勾勒好了详细计划,就等着她往坑里跳呢!

"你心里在骂我吧?"

"啊?没有,怎么会呢,感激你还来不及呢!"盛小羽连连否认。

"你为了周向远感激我?你还暗恋他?"

"当然不是了!"这个问题她倒是回答得很坚决,"我对他早就没感觉了。"

要真是暗恋他,这种时候说什么都要留在他身边好好照顾他吧。

但她刚回答完,又觉得不对。

傅春野说过,直到她完全从上一段暗恋的情愫中走出来,《暗恋观察报告》就差不多可以结束了。

现在一个学期已经结束,而她也一再公然承认不再暗恋周向远了,是不是就意味着……

她忽然有点慌乱,心里矛盾重重,都不敢看傅春野的表情。

他其实对她的回答相当满意,甚至有点抑制不住内心的喜悦。

折腾一天也累了,大家决定在东涞住一晚,第二天再开车回青州。

医院附近的小旅馆此时不仅非常空,还相当便宜。

孟菁华回自己家了,剩下他们四个人本来两个房间就足够,但思葭吵着要跟季杰睡一间,而盛小羽显然不可能跟傅春野睡一间……于是最后决定一人一间房,各睡各的。

反正便宜。

盛小羽累得要死。

她都不明白，她又没开车，怎么还这么疲倦，那傅春野该有多辛苦啊，不会是头一沾到枕头就睡着了吧？

他就住在隔壁，她还特意贴在墙壁上听了听。

什么也没听见。

一个小旅馆，房间的隔音这么好吗……

不得了了，盛小羽发觉自己对傅春野的跟踪狂行径已经开始发自内心了！

她瘫在床上，感觉枕着的那个乱糟糟的枕头就像一口破旧的皮箱，装的全是自己剪不断理还乱的思绪。

一墙之隔的傅春野没有比她好到哪里去。

他本来是打算洗个澡就睡觉的，明天还要开车回青州，一定要保证充足的睡眠才行。

然而当他走进浴室才发现热水的水流特别小，根本没法洗澡，而且浴室的灯也坏了，伸手不见五指。

他想换个房间，打电话给前台，谁知值班的服务员说，临近春节，他们人手不够，收洗被褥的公司人手也不够，房间看似很多没人住的，其实收拾好可以入住的没几间。

他们一行人就住掉了四间。

要调换不知要等多久。

"客人您不如到同行的朋友房间里去洗。"服务员是这么建议的。

估计服务员也很纳闷，有空在这儿跟他们反映问题，到隔壁敲敲门就解决了，矫情什么呢！

两男两女，非要分开住四个标间，本身就已经挺矫情了。

他在床边呆坐了一会儿，正在犹豫要不要去敲盛小羽的门，手机就响了。

竟然是姐姐傅年年打来的视频通话。

"小野啊，你在哪里，还好吗？你看，我跟老妈会合啦！"

说是对他嘘寒问暖，却根本不给他开口的机会，猛地就是一通输出。

"嘿，小野。"

镜头那边两个戴墨镜的大美人一同入镜，都留着一样的波浪卷长发，衣着鲜艳又单薄，看不出实际年龄，陌生人估计压根想不到两人是母女。

"你不是说去韩国了吗？"傅春野问。

背景里满眼都是五彩斑斓的热带风情，怎么看都不像是在高纬度的韩国。

"啊，老妈说想去个暖和一点的地方，我们就临时改在泰国碰面啦！"

"你不是去韩国跟朋友重温旧梦？"

"已经重温完了呀，我们还在当年做特训的公司大楼前合了影呢！泰国也有朋友啊，晚点我们还打算去柬埔寨，小野你要不要来？"

傅春野呵呵两声："你们打来电话有什么事吗？"

"怎么了，你好像很累的样子？"

还问怎么了。

她们在南方的艳阳里四季如春，他在北方的寒夜里没有洗澡水……

"没事我先挂了。"他还要想想洗澡水的问题怎么解决。

"哎，别挂呀！"傅年年叫住他，"你不是跟小羽去她的老家过年了吗，进展得不顺利？"

傅年年这话一问出口，老妈傅天晴也凑到镜头跟前，看似是关心，实则是八卦。

傅春野本来一点也不想回答这个问题，但想到傅年年临走时把那个手机留给了他，还是答道："她表哥开车出了点意外，我们到邻近的另一个城市来处理，明天就回去了。"

"啊，车祸吗？你跟小羽没事吧？"

"没事。"

他把大致的状况跟她说了一下，包括他们现在正住在廉价的小旅馆里，而他的房间里没有热水可以洗澡。

傅年年跟老妈听完后对视了一眼，似乎已经有了默契。

"小野。"傅天晴在打完招呼后终于开口说了第二句话，"你喜欢那个女生吧——叫小羽的那个？"

"妈，你别被姐姐带偏了。"

"我才没有带偏！"傅年年愤愤不平，"你那还不叫喜欢吗？在她还是我的小助理的时候就觊觎人家了……"

傅天晴:"那你去敲她房间的门吧,如果她也喜欢你的话,不会不让你进的!"

"你们玩得开心点,我要去洗澡了。"

"年轻人有行动力是好事,第一次记得不要太粗鲁啊!"

傅春野头疼万分地中断了视频通话。

接着傅年年一下子给他发来无数张旅行的照片,有在韩国拍的,也有在泰国拍的,其中最多的还是母女俩的合影。

他曾说过,他们家没有相册,一家人连像样的合影都没几张。

姐姐一直记着,所以一有机会,不管是跟他也好,还是跟妈妈也好,聚到一起就尽可能抓住一切机会拍合照。

她是把他的话听进去了,但她大概没有理解他话里的意思。

看着盛小羽和她家人的相处,他觉得自己这一家子真是可怜。

他站起来,刚要出门,却传来了敲门声。

门外站着的是盛小羽。

傅春野费了很大劲来管理此刻脸上的表情,让自己不显得那么惊讶。

她像是刚洗完澡,颊边的发丝还有点湿漉漉的,身上蒸腾着皂质的香气。

"那个,刚才前台给我打电话,问我房间的热水好点没有,说有人报修,没法用热水洗澡。我已经洗好了,没什么问题,所以猜想是不是你这边……"

她猜对了,就是他这个房间没法洗澡。

"那你到我房间来洗吧,没关系,反正我已经洗好了。"

她言辞恳切,内心肯定也不会有任何旖旎的想法,但傅春野的心跳还是怦怦加速了起来。

盛情难却,就不要客套推辞了吧。

傅春野来到隔壁房间,看到她不睡的那张床上还堆着她刚换下来的衣物。

盛小羽也看到了,飞奔进来,胡乱地把衣服卷起来,一股脑塞进背包里。

"不好意思,我接到电话就去敲门了,都没来得及收拾……"

傅春野眼看着她脸上又浮起红晕,不知是洗澡蒸出来的,还是害羞。

相较而言,她的行动力真是他的十倍都不止。

"谢谢,那我进去洗了。"

"去吧!"

旅社的浴室很狭小,傅春野在里面都有点转不过身来,头顶也几乎碰到花洒,洗得很别扭,自然也就快不起来。

盛小羽在外面听着哗哗的水声,脸上的红潮就没退下去过——

他现在什么衣服都没穿吧?他那么擅长运动,练过跑步,羽毛球也打得好,肌肉紧实,水流经过的地方是不是性感死了?

盛小羽被自己的想象给震慑住了,好像这时候才意识到邀请一个异性到自己的房间来洗澡是多么胆大妄为又暧昧无比的事。

傅春野会不会把这也当作"暗恋"的一种直观表现?

他要是把她这种行为写进《暗恋观察报告》里,万一真的登上学术杂志,都够她名垂青史了。

正胡思乱想,手机响了,是个不认识的号码。

这要在平时,盛小羽肯定是不会接的,但这两天正好是多事之秋,她怕错过什么重要的消息,就接了。

"小羽吗?我是傅年年。"

年年姐?

盛小羽十分惊讶,没想到傅年年这么晚了会突然给她打电话,而且……她仔细看了看,这也不是之前一直跟她联系的那个号码。

"年年姐,你怎么换了号码?你在哪里?"

"噢,我现在在国外呀,原来那个手机没带过来,就借用了朋友的。"

对啊,这么说盛小羽想起来了,之前好像是听她提过春节期间要出国。

"那你在哪个国家啊?"

"泰国!这里化妆品不错,我给你带一点啊!"傅年年看起来兴致很高,又很急切的样子,三句话恨不能压缩成一句说,"小羽你们放假了吧,回家过年了吗?"

"回了,不过……这两天有点事,在外面,明天就回家了。"

"你一个人吗?没有跟男朋友一起?上回你提到的那个男生……你

们怎么样了，误会解除了吗？"

盛小羽瞥一眼浴室紧闭的门，不知该说心虚还是什么，不由自主地在床上坐直了身体："我跟他，嗯……"

她这含糊其辞的样子让傅年年在那头快笑疯了。

这是已经开始洗澡了吧，自家弟弟真是闷骚啊，一放下电话就迫不及待地去敲人家的房间门了！

她乘胜追击："他跟你在一起吧，这么晚了，你们不会在旅馆吧？"

这都能猜对！

盛小羽试着解释："他房间的热水出了点问题，所以在我的房间洗澡。"

"咦，居然用这一招？好老套啊！"

盛小羽傻眼："啊，什么老套？"

"男人撩妹的套路老套呀！你不觉得这是小说里常见的桥段吗——男主角不满跟女主角分开住两个房间，故意说自己的房间没有热水，还给前台打电话，铺垫得像真的一样，然后自己去敲女主角的门或者等女主角来敲门。"

盛小羽顿时觉得自己小说和影视剧都白看了。

学霸就是学霸，套路都记在脑海里，分析起来头头是道。

"你是说，他是故意到我房间来的吗？"

"对。"

"那我接下来该怎么办？"

"还能怎么办，剧本都给你了，当然是继续演下去啊！"

演？怎么演？

傅年年想了想："你就装睡吧，装作在床上睡着了，看他有什么反应，再随机应变配合他。"

"年年姐……"

"小羽啊，你喜欢他吧？那个男生，你不是挺在意他家有女生住过的痕迹吗？虽然是误会，但既然在意，就证明你是喜欢他的吧？"

八卦归八卦，傅年年的语气里却多了几分郑重和期许。

上回撞破小野用她的手机，傅年年临走前用电脑同步了他们的聊天记录，一页页打出来看，这才明白是怎么回事。

她比任何人都希望弟弟能得到幸福。

盛小羽挺好的，如果小野把幸福的砝码压在她的身上，她这个做姐姐的乐见其成。

盛小羽顿了顿。

她还没在任何人面前仔细剖白过她对傅春野真正的感情。

就这样承认这份喜欢，算不算自不量力？

最重要的是，她怕这种坦诚会变成午夜十二点的钟声——钟声一响，灰姑娘的梦就该醒了。

"我……"

话没来得及出口，浴室里的水声突然停了。

她连忙压低声音，捂着手机说："年年姐，他要洗好了，我回头再打给你！"

"好嘞，记得装睡啊，装睡！"

不用强调，盛小羽已经以迅雷不及掩耳之势倒在床上，并火速拉起被单盖住了自己。

手机微微发烫，握在掌心里，就像握住她此刻狂跳的心脏。

她不敢睁眼去看，浴室门后万一真的有出活色生香的画面，她怕自己当场喷出鼻血。

傅春野会有什么反应呢？会在这种时候对她做出什么暧昧的举动吗？

她是不太能理解，对着一个自己完全不喜欢的异性，也会有亲昵的冲动吗？

傅春野从浴室走出来，看到的就是床上山包似的鼓起的一团，床边有一双鞋，其他什么都没有。

这家伙连衣服都没脱就睡着了？

他刚才偶尔听到一些声音，好像是盛小羽在跟什么人打电话，猜想也许是家里人，就没有多想。

她刚打完电话就躺下睡着了？

哪怕房间里还有个男生在借用浴室洗澡，也没关系？

该说她少根筋，还是缺少必要的警惕性，还是根本没拿他当个男人看？

傅春野用毛巾擦了擦头发，然后走过去揪住被单抖了抖："哎！"

他声音不大，但床上的人如果醒着肯定能听见，却没人应答。

她只裹了裹被他拎起的被单。

装睡？

傅春野盯着她侧躺在枕头上的脸，抖个不停的眼皮出卖了她。

他不由得好奇，她刚才到底是跟什么人打电话。

不会是他姐吧？

仔细想想，傅年年还真干得出来。

他忽地笑了笑，然后在她旁边的那张床上坐了下来，开始慢条斯理地擦头发。

她不是"睡着了"嘛，那他也不急着走了，看看她能装得了多久。

盛小羽真要崩溃了！

她躺下的时候也没好好选个方向，怎么偏偏就面朝着另外的那张床呢！

不，她就不该真的躺下……

傅春野又是怎么回事，澡都洗完了，怎么还不走呀，难不成还要等着她起来伺候他吹头发吗？

她现在这样面朝他躺着，他身上洗完澡之后的水汽和清淡的香味直往她鼻子里冲，想忽略都忽略不了，害她都要差点睁开眼了。

可她对自己的演技一点信心都没有，肯定演不好小睡之后惺忪的模样。

到时装睡被抓包，他还不知要怎么质问她呢！

那就一直这么闭着眼装下去吗？她鼻子好痒，背上也痒，这床上是不是长针了……

骑虎难下，她到底是怎么让自个儿陷入这种境地的呀！

可能是这种内心的天人交战太消耗精力，也可能是今天长途奔波真的太累了，盛小羽躺在床上煎熬了一阵，竟然渐渐有了困意，最后真的睡了过去。

傅春野的头发也差不多擦干了。

他看着眼前鼓起的一团不再紧绷，呼吸逐渐变得平稳有序，刚才一直颤抖的眼睫也松弛下来。

她还真的睡着了。

他停下擦头发的动作，随手把毛巾放在旁边的椅背上，倾身凑近她，想要把她看得更清楚一点。

这丫头到底是怎么想的呢？

太过信任他，还是真不把他当作异性看待？

这样都能睡着。

他原本还指望她熬不下去先笑场，然后好好揶揄她一番。

首要的一条当然是先问问，到底是谁给她出的这种馊主意。

要是他真的袭击她呢，这种情况下她要怎么办？要是遇上渣男，岂不是只能被吃干抹净，连挣扎和辩解的机会都没有？

她还紧紧攥着手机，像个宝贝似的不肯放手。

他伸手过去想要把手机抽走，却像是惊动了她。

她动了动，手握得更紧了，倒是没有一点要醒的意思。

傅春野暗自叹了口气。

他给她盖好被子，把她原本拉起来快要罩住脑袋的被子往下拉了拉，想要给她解开外面穿的衣服，犹豫了一下，还是作罢。

他已经从另外那张床的床边挪到地上，蹲在那里，仔细看着盛小羽的睡颜。

睫毛很长，皮肤很白，头发带点自然卷，还泛着一点棕色。

他听她跟同寝室的小伙伴聊起过，她天生就是这样的发色，没有染过，也没有烫过。

她不是第一眼美女，但以她的外形条件，如果当初去当练习生，或者直接参加选秀，不能说完全没有机会。

但就个性来说，天然呆、同理心泛滥、偶尔暴走、容易相信别人……哪一条在名利场都很致命，她完全不适合混那个圈子。

难能可贵的是，她自己也知道她不适合。

在适当的时候知道自己要的是什么，并为之努力奋斗，上下求索。

她不是天赋异禀的聪明人，所以如果想要得到，总要付出很多。

这跟他恰恰相反。

从小到大，他不用付出太多努力，目标也都能实现。

可生活反而空虚，像有巨大的空洞怎么填也填不满，因为他不知道自己真正想要的是什么。

反正就算他做到了，也没有人会真正欣赏，为他高兴。

"傅春野……小野……"

床上睡着的人发出呓语，他愣了一下，以为她要醒了，可她只是胳膊动了动，放开了手里的手机，又继续接着睡。

他把她的手机拿过来，放到床头柜上，在她空出的手心里悄悄放上自己的手指。

她果然像孩子似的抓住。

他笑起来，不知是笑她幼稚，还是笑自己幼稚。

睡着的人没多少力气，她抓握得并不紧，他却过了好一会儿才将自己的手轻轻抽离。

"晚安，乖乖睡觉。"

他俯身，嘴唇扫过她的侧脸，最后再确认一次她的被子已经盖好，才打开门悄声退了出去。

第二天一大早，大家先去了趟医院，确认一下周向远的情况再启程回青州。

傅春野握着方向盘道："医院不好停车，我就不上去了，在门口等你们。"

盛小羽本来以为他又会质疑她对周向远这么关心是不是还暗恋他，没想到竟然没有。

他今天像是心情很好的样子。

季杰去拿昨天没出的检查报告，思葭简直就像尾巴一样跟着他，盛小羽独自去了住院楼。

没想到孟菁华比他们到得还早，护士说八点正式开放探视前她就来了，还带了家里煲的粥和自己包的包子。

病房里还是只有周向远一个人，走到门口就听到大少爷铿锵有力的声音："我才不吃嗟来之食，嗯……"

大概是被包子堵了嘴，后面又说了什么就听不清了。

有吉他和旋的声响在空荡荡的病房里回荡。

原来孟菁华还随身带了吉他，正一脸淡定地坐在空置的病床上轻拨琴弦，而周向远正坐在病床上，满脸不情愿地啃着包子。

东涞跟青州不是只隔几百公里吗？包子的工艺怎么像是差很远似

的，他家的包子明明也都是包的肉馅，可是没有这个好吃……

盛小羽清了清嗓子，并没有打算跟周向远搭话。

孟菁华停下手里的吉他，又把粥桶往桌上重重一放，对周向远道："这就是你的午饭，不吃就饿着，我晚上再来收拾。"

不知说的是收拾粥桶，还是收拾他。

周向远被包子噎住了，拍打着胸口，一口气没上来。

孟菁华搂着盛小羽到门外："你们怎么还没出发，不放心我啊？"

盛小羽头摇得像拨浪鼓："不是，我们不放心他。"

怕周向远少爷病又发作，为难孟菁华。

不过现在看来，这份担心完全是多余的。

"没事，他都行动不便了，还能翻出什么花来，最多也就是不好好吃饭，饿了自然就会吃的。"

"谢谢你啊，菁华，过年了还拜托你这么棘手的事。"

"嗐，这算什么棘手呀！我还巴不得能跑出来透透气呢，免得我在家一弹琴，爸妈就说我不务正业，让我帮忙打理超市的生意。现在我说同学受伤了需要照顾，出门也理直气壮了。"

孟菁华一边说，一边留意着她脸上的神色。

盛小羽摸摸脸："怎么了，我脸上有什么？"

"不是，我就是想知道……"孟菁华把声音压低，"你跟傅春野怎么样了？"

盛小羽一愣："怎……怎么这么问？"

"我看你对这位周少爷是真的毫无感觉了，也没有一点黯然神伤的意思，应该是身边人很好地帮你走出来了吧？"

只是她自己都未必察觉而已。

她还以为他们只是因为那个社会心理学课的论文才走得这么近吗？

盛小羽有点惆怅。

"我跟他……是不可能真的在一起的吧？"

话是这样说，可她明明已经生出不切实际的幻想。

昨晚甚至还做了梦，梦见他亲她了。

她也是挺佩服自己的，怎么真就睡过去了！

傅春野洗完澡之后到底在房间里待了多久，又做了些什么，她一无所知。

但他是正人君子，又有感情洁癖，肯定不会在她毫无防备的情况下对她做出什么不规矩的事情。

不如说，他也不会对自己不喜欢的人做出什么亲昵之举。

她的梦更像是无稽之谈，大概是因为傅年年那通电话，让她有了不切实际的遐思。

孟菁华见她这样，皱了皱眉："昨天就可以查期末成绩了吧？"

"啊，这么快吗？"

"嗯，你可能没留意短信通知。反正我们学院的成绩是出来了。"

盛小羽看她有些欲言又止，以为她没考好："不会吧，你难道有哪门没过吗？"

孟菁华跟傅春野同在经济学院，王牌学院强人太多，课程要求也比较高，要获得高分并不容易。

她的成绩不算一流，但也不算差，至少从大一入学到现在都没有挂过科，偶尔还能摸到末等奖学金的尾巴。

这学期她在乐队上投入了不少精力，难道是期末考试失手了？

孟菁华却摇头："没有，我考得还行。不过有件事，我觉得有点奇怪。"

"什么事啊？"

"就是傅春野选的社会心理学那门课，我有个关系要好的学姐也选了，她说已经出了成绩。"

嗯？

"教这门课的蒋老师从来不看平时成绩，也从来不点名，分数全看期末成绩。这回大概是选课的人太多，是直接发试卷考的。我还特地问了下，没有你说的那种调查报告。"

盛小羽愣了愣，一时间还没反应过来。

"调查报告是指……"

"就是傅春野跟你说的，观察暗恋行为，从而分析出人们在做决策时是否理性或者偏离理性多少。那位学姐说，老师没有布置过这样的论题。"

"不……不可能吧。"盛小羽很牵强地笑了一下，"会不会是可选项，可以加分什么的，那位学姐选了不做呢？"

孟菁华说:"不是,那位学姐也是平均绩点很高的牛人,如果有可加分的选项,不可能不做。"

"那……有可能是下学期的内容?"

孟菁华沉默半响:"这门课只有一个学期的课时,我请她帮忙确认过了。"

本来在最初听盛小羽说起这个调查报告的时候,她就可以帮忙打听。但那时候期中都还没到,难保人家任课老师是不是另有安排。

傅春野的家世似乎有些不一般,能提前知道期末的论题或者拿到别人求之不得的优待也是有可能的,她去问反而不好。

可是学期末结束,听说任课的蒋教授相当有性格,就是"一考定音",不看点名,不留平时作业,考不及格的,下学期重修,没有其他补救的途径。

傅春野所说的这个调查报告到底是什么,或者到底存不存在,就要打个问号了。

盛小羽已经回过神来,但她还是不相信:"会不会是那位蒋教授单独给他出的题目,就是为了考验他,或者……"

或者什么,她都想不出其他理由来了。

她是去上过这门课的,傅春野跟那位蒋教授分明就不太对付的样子,作为老师,为什么要给予他特别优待呢?

说不通啊……

盛小羽满怀狐疑,却又不知心里这种疑问能向谁求证。

季杰的检查报告已经全部出来了,医生没有特别的嘱咐就让他正常出院。

大家回到车上,思葭坐在后排,手里拿着那些检查报告,横看竖看也搞不懂上面的数字是什么意思。

"这箭头朝上是不是表示你这个指标过高,过高代表什么?下面这个值又偏低……唉,算了,我拍给我们老大看看,问问她这都是什么意思,她今年考去医学院了。"

季杰哈哈笑:"你跟的哪个老大这么牛,考的哪个医学院?"

"明大医学院啊!她可厉害了,虽然也跟小羽姐一样复读了一年,但真的考上了!明大医学院也在春海市,在全国也是数一数二的吧!"

"那真的很了不起,你可得跟人家学学。记着要学内在啊,别只学个外表,你看看你这耳朵,都扎多少个眼了?"

不良少女真是越来越另类了。

上回他离家的时候,她一只耳朵上还只有两个耳洞,现在一边都有七八个了,缀满各种花样繁复的装饰。

头发就不用说了,一年一个色都不止。

"哎呀,你别管,让我先把报告发给老大。她虽然学的是法医,但活人的报告应该也能看得懂。"

季杰大笑:"发给法医那多不吉利,我应该还没到那一步吧!你这老大是男生女生啊,竟然学的法医?"

"当然是女生!"

"那挺酷的,一定是个了不起的姑娘,就麻烦她帮我看看吧。"

两人在后排说说笑笑,气氛相当轻松,就像一般家庭的兄妹那样,也看不出季杰有什么刻意的回避和伪装。

家人的这种和谐本应该是盛小羽很乐意看到的,刚才温思葭提到她那位"老大"也是通过复读考上理想的学校时,她也理应有些触动,可她一点反应也没有,甚至自始至终都没有加入他们的话题。

傅春野看了她几次,她的视线始终落在窗外。

从医院出来之后,她变得有些异样的安静。

他本以为是周向远的伤情有了什么变化,但季杰他们拿完报告也去了趟病房,跟周向远告别,如果有什么不对,肯定会提起。

不是伤情,那就跟昨天的车祸无关了。

盛小羽的心思一向都写在脸上,很少像现在这样心事重重,却又让人看不透她在想什么。

难道是昨晚他偷偷亲她那一下的时候,她并没有睡着?

傅春野手心沁出汗水,手掌不由得在方向盘上挪了挪地方。

她是不乐意吗?是不是觉得在那种情况下被亲吻是一种冒犯?

还是她觉得害羞,不知该怎么像往常那样跟他面对面相处?

可是今早明明还一切如常,在进入医院病房之前,她还跟他斗了两句嘴,让他不要忘记吃完早餐……

应该还是在探病期间发生了什么吧?

傅春野在不明所以的情况下,只能归咎于周向远——他是不祥之人吗?盛小羽明明没有真正跟他在一起过,但每次只要遇上他,好像总会发生不开心的事。

她上辈子一定欠了姓周的不少钱。

他也憋了一口气,胸口发闷,中途都没在服务区停靠吃饭,直接一口气开回了青州市。

温湘玉见到季杰,又哭又笑,连声问他有没有怎么样。

老季也从疗养机构回来了,一家人正好赶上吃团圆饭。

傅春野无疑是功劳最大的人,温、季两家都当他是座上宾,夸赞他年轻稳重。

尤其是温清玉,那真是丈母娘看女婿,越看越顺眼,想再提点下亲闺女,让她牢牢把握机会,却发现盛小羽都不知跑哪儿去了。

年夜饭包饺子她都没参加。

好在季杰回来了,思葭这匹野马也难得乖乖地听指挥,家里热闹不缺人手,大家都没太在意,只当盛小羽是累了要休息。

傅春野已经能包出能站稳的饺子,尽管还是大大小小的,不太好看,但已经比之前进步很多。

他听到盛小羽跟周向远的妈妈通电话,按照他们事先说好的那样,没有告诉对方车祸的事情,只说他要留在春海市兼职,春节也走不开,就不回来过年了。

语调很平静,实在听不出有什么异样。

这么看,应该也跟周向远的事无关。

"春野,没事吗?"季杰不知什么时候站在他身后,"你吃饺子要放这么多胡椒?"

第一波包好的饺子已经出锅,老盛夫妇舀给他两碗,让他给盛小羽端去一碗,都尝尝味道。

他在厨房调味,撒胡椒的时候竟然走神了。

他默默放下手里的胡椒瓶。

季杰问他:"怎么,你跟小羽吵架了?"

回程的车上他就发现,盛小羽不怎么说话,一脸心事重重的样子。

他好歹也比这几个弟弟妹妹多吃几年米,当然也看得出她跟傅春野之间不是普通朋友那么简单。

"没有吵架。"傅春野摇头,"不知道她是不是在医院里遇到了什么事。"

"你觉得跟小周有关?"

傅春野看了他一眼,没问为什么他也这么想。

盛小羽曾经以为密不透风的暗恋,其实是个人都看得出来。

季杰果然笑道:"我这妹妹的心思很好猜,对吧?其实要不是因为她,我也不会对小周那么关照。"

他是讲江湖义气不假,但也不到什么人的事都管的地步。

傅春野"嗯"了一声。

"哎,别这样。我从小看着小羽长大,我这个妹妹可不是个三心二意的人啊!得陇望蜀这种事她做不来,我倒担心她太过专注,吊死在一棵树上,白白伤心。"

看得出,他也并不是那么看好周向远跟她凑成一对。

"小羽是个会为了达成目标全力以赴的人,不会让旁枝末节干扰自己,所以她如果真要开始新的感情,该断的就会断干净,绝对不会藕断丝连。你明白吧?"

前一天还跟他有说有笑,一转眼就因为另一个男生跟他闹别扭、甩脸子,那不是盛小羽的作风。

傅春野其实明白这一点,也因此更加纳闷,到底是遇到了什么问题,让她的情绪有这么大起伏?

"年轻人猜来猜去是情趣,但有的时候也可以坦诚一点,想知道为什么就直接问她吧。或者你认识跟她比较亲近的朋友吗?问问她们也行。"

朋友……说到这个,还有哪个朋友比他亲姐傅年年更得盛小羽的信任?

看着傅春野像是已经想到了应对的法子,又变回原本那个冷静自持得跟年龄不相符的年轻人,端着饺子走出厨房,季杰才拿出已经在口袋里振动了好几遍的手机。

来电显示是静静。

他的唇角弯起弧度。

"喂,静静,怎么想起来打给我?"

杜雅静在那头咆哮:"你还说!你数数我这几天打了多少通电话给

你，说什么手机坏了，当老娘是三岁小孩吗？！"

"不敢不敢，大经纪人怎么会是小孩呢？我是真出了车祸，手机坏了，今天刚换上新的。"

"骗谁呢，我前脚刚落地青州，后脚你就出车祸了，不想玩了趁早说，老娘找别人去！"

"找别人能满足你吗，嗯？"他的声音本就淳厚有磁性，压低之后更带着男性的魅惑，"真想我了？"

"呸，我才不想你呢！"她的语气却已经软了，"车祸到底严不严重，你伤哪儿了？"

"没什么大事，额头有点伤，身上也有些挫伤，青青紫紫的，你看了可别大惊小怪。"

"哼，有什么可大惊小怪的。你确定还能来吗，不会丧失某些功能了吧！"

"今晚让你试试不就知道了？"

他的声音越说越低，最后耳语似的贴着手机说了一句什么，杜雅静在那头笑骂："下流。"

"你不就喜欢我这样？"季杰笑，"你住哪个酒店，我等会儿去找你。"

"你们青州的地标——希尔顿。"

"几天？"

"唉，就三天，手底下带的孩子一个个都不省心，过年也得救火似的到处跑。告诉你啊，三天我就带了一套换洗的衣服，哪儿都懒得去，就打算在酒店过了，你可得好好表现，别让我失望。最重要的是，给我快点过来！"

"遵命，女王大人。我给你带消夜，陪你吃年夜饭。"

季杰倚在墙边讲完电话，看着锅里的饺子，忍不住笑意更深。

他跟杜雅静认识很多年了，交情匪浅，否则当初也不会介绍盛小羽到她的经纪公司去体验实习助理的工作，那时她正好是傅年年的经纪人。

没几个人知道，他们其实是床伴。

明明只是床伴，为什么如今一通电话，他的一颗心就像是已经飞到那人的身边去了？

可能是在自己家里太过放松，也可能是车祸让他变得迟钝了，他沉浸在自己的思绪里，全然没有留意到身后在厨房门边听他通话的温思葭……

 MEMORY HOUSE

MEMORY HOUSE
记忆坊文化

春野

（全两册）下

福禄丸子 著

长江出版社

图书在版编目（CIP）数据

春野 / 福禄丸子著. -- 武汉：长江出版社，2025.
5. -- ISBN 978-7-5804-0068-0
Ⅰ.I247.5
中国国家版本馆CIP数据核字第2025VF1131号

春野 / 福禄丸子 著
CHUNYE

出　　版	长江出版社
	（武汉市解放大道1863号 邮政编码：430010）
选题策划	北京记忆坊文化
市场发行	长江出版社发行部
网　　址	http://www.cjpress.cn
责任编辑	张艳艳
特约编辑	莫桃桃
封面设计	小贾设计
版式设计	段文婷
印　　刷	环球东方（北京）印务有限公司
版　　次	2025年5月第1版
印　　次	2025年5月第1次印刷
开　　本	880mm×1230mm 1/32
印　　张	14.5
字　　数	460千字
书　　号	ISBN 978-7-5804-0068-0
定　　价	72.00元（全两册）

版权所有，翻版必究。如有质量问题，请联系本社退换。
电话：027-82926557（总编室）027-82926806（市场营销部）

目录

第六章 同游 ~ 001

第七章 倾诉 ~ 031

第八章 宿醉 ~ 062

第九章 吃醋 ~ 096

第十章 甜蜜 ~ 139

第十一章 心意 ~ 169

番外 前缘 ~ 194

番外 婚后 ~ 205

番外 春来 ~ 220

第六章 同游

SPRING
IS
IN
THE
AIR

盛小羽到大年初一早晨才发现傅年年发来的消息。

不知她是不是已经从泰国回来了,又用回了之前的微信号跟她联系。

最简单的四个字"新春快乐",差点淹没在一大堆五颜六色的拜年信息里。

盛小羽赶紧回复:"新春快乐年年姐,你已经回国了吗?"

回复了这条消息之后,她就握着手机坐在飘窗上发呆。

年初一是个大晴天,院子里的积雪也打扫得干干净净,爸妈都在楼下运动,拉着傅春野打羽毛球。

恰好是他擅长的运动,他也特别乐意陪两位老人玩。

额前的头发照旧在打球时梳到脑后扎起来,他大概没带自己的橡皮筋,用了一根她的,橙红色,很醒目。

球打得好就不必说了,爸妈在对面合力也不是他的对手。

但跟在学校运动场上的拼杀不同,他的球没有攻击性,不管是拉还是吊都是软绵绵的,为的只是让两位老人好接球,可以把回合持续下去。

盛小羽透过窗户看着白色的羽毛球在半空中飞来飞去，偶尔能听见妈妈惋惜的感叹和笑声。

偶有邻居经过打招呼，大概问了问这面生的男孩子是谁，妈妈回答是女儿带回来的朋友，笑声就更爽朗了。

盛小羽揉了揉脑袋。

睡了一觉，脑子里还是乱糟糟的，想来想去也想不明白到底是怎么回事。

她也没胆量去跟傅春野当面对质。

他要是说这报告就是子虚乌有，是骗她的，她该做何反应？

难道还跟他上演一哭二闹三上吊的戏码吗？

不管那份论文是真是假，他俩一开始就是约定的"暗恋"与"被暗恋"，并不涉及真感情，她没有质问他的立场。

而且傅春野图什么呀？

要是她误会了，这么一问，岂不是让他觉得这么长时间了她都不信任他，多尴尬啊！

她也知道这两天自己的情绪很反常，傅春野肯定察觉到了，他那么骄傲的人，当然不会来求证什么，索性以牙还牙，也冷着张脸，她不吭声，他绝不主动搭话。

对她家里人，他依然礼貌周到，大家都没意识到两人有什么不对，但她能感觉到，两人无形中像是开启了一场冷战。

现在想想实在不应该。

傅春野是她邀请来的客人，她作为东道主，不管什么原因，都不该对客人这个态度。

在青州，傅春野除了她什么人都不认识，所谓独在异乡为异客，每逢佳节倍思亲，本就是不忍心让他孤单地过年才邀请他来的，现在这样，反而让他更过不好年了。

有什么误会可以等过完年再说。

这么一想，她的心里反而舒畅了些，至少知道这几天应该以什么态度面对他了。

她立刻起身洗漱换衣服，也翻出一支球拍，打算下楼加入他们，一起打球。

出门前看了一眼手机，傅年年还没有回复。

新年伊始,她大概也有很多事要忙吧。

"呀,小羽来了!"温清玉脸上洋溢着笑,"昨天守岁也没见你守到多晚,今天怎么反而最晚起来?"

"她从小过年过节就爱睡懒觉,你又不是不知道。"老盛帮腔道,"孩子平时学习辛苦,又刚跑了趟东涞,累了,多睡会儿也没关系。"

其实言辞间颇有微词。

去东涞是为了老季家那小子的事,而他并不喜欢季杰跟盛小羽走得太近。

老季年轻的时候算是青年企业家,有些家底,要不是老婆死得早,又带着个半大小子,也不可能看得上温家的大姑娘。

何况温湘玉自己还拖着个孩子呢。

温家姐妹年轻的时候倒是真漂亮,在他们这片都小有名气。男人有时候就是看脸,尤其年纪不大死了老婆的,那个年代好些家里都忌惮,不愿意把女儿嫁过去,老季能娶到温湘玉已经很满意了。

后来孩子们稍微大一点,老季就常说要是结了儿女亲家就亲上加亲,多好。

说得多了,连温湘玉也经常附和。

那时老季家的厂子效益已经大不如前,老季的身体也不好,家里全靠温湘玉一个人操持,姑娘嫁过去难道跟着吃苦受累?

老盛有些不以为然——自家闺女好不容易考上了名牌大学,有了高远的志向,可不是为了嫁去老季家做小媳妇的。

季杰高中毕业就去了英国,大学没读完就肄业,又辗转欧洲其他地方,最后在法国学了烘焙的技能回国创业,这样的人生轨迹不符合他们认知中的"普通人",很可能给不了宝贝独生女普通又安稳的生活。

但不喜欢归不喜欢,毕竟是老婆娘家姐姐的继子,没有血缘也是一家人,平素里不可能不往来,出了事也肯定要帮把手。

好在有傅春野在,夫妇俩对这个男孩子是十二万分的满意。

无论是长相、气度,还是待人接物所表现出的教养,都符合他们对未来女婿的想象,而且他跟盛小羽在同一所大学,专业好,成绩拔尖,再理想不过了。

盛小羽都能从爸妈脸上看出他们对傅春野有多满意。

"小傅的球打得真好，他说在学校参加了羽毛球社团，还是主力。小羽你怎么也没跟我们说过呀，我跟你爸合起来都打不过他！"

别说你们俩打不过，再加一个她，一家三口也未必打得过。

她只得朝妈妈笑笑，抬手挡住早晨耀眼的阳光："是啊，他的球打得可好了，还代表学校拿过奖呢！"

说完她小心翼翼地看了看傅春野，他正用手整理球拍的网线，没回应也没睁眼瞧她，仿佛她称赞的是跟他毫不相干的其他人。

完了，这回估计很难哄好了，盛小羽心里一沉。

"是吗？你来陪他打几个来回，我跟你爸歇一歇！你用你爸的球拍，这是新买的，贵，好用。"

温清玉已经抽走了老盛手里的球拍要来换盛小羽手里那支，有意给年轻人制造单独相处的机会。

盛小羽刚接过球拍，就听傅春野道："不用了，伯父伯母你们一家人玩吧，我有点累了，想先上去休息一会儿。"

"怎么了，是不是昨晚没睡好啊？"

"嗯，可能睡得太晚了，刚才准备活动也没做开，肩膀以前受伤的地方有点酸疼。"

"哎呀，那可不得了！"温清玉关切道，"要不要紧，需不需要去医院啊？"

傅春野摇头："都是旧伤了，休息一下就好了，你们先玩，我上去喝点水。"

盛小羽一直目送他上楼去，也没跟他搭上话。

"这孩子没事吧？"温清玉有些不放心地嘟囔着。

其实盛小羽更担心，不知他只是单纯不想跟她打球，还是真的旧伤复发了不舒服。

爸妈出去买东西，盛小羽独自收拾球拍和羽毛球回到家里。

傅春野关在客房里没有露面。

她在门口晃悠了两圈，抬起手又放下，终究还是没有勇气敲门。

只能回到自己的房间玩手机。

微信又涌进一大堆祝福信息，傅年年也回复她了。

"我还要过几天才回国，你跟家人过年过得怎么样，开心吗？"

唉，怎么说呢，不能说不开心，可确实有让她开心不起来的事。

盛小羽瞥了一眼对面紧闭的那扇房门。

"跟家人还是挺开心的……不过年年姐，我想请教你，两个人冷战的话，应该怎么打破僵局？"

"你跟谁冷战了？"

"就是……那天在旅社跟你说的，今年我邀请回家一起过年的那个，可现在气氛有点不妙。"

她发了一连串大哭的表情传递自己的心情，对话框顶上显示了很久"对方正在输入"。

傅春野坐在客房的飘窗上，伸长了一双长腿，蹙眉盯着手里的手机。

那天在旅社，跟她通电话的果然是姐姐傅年年。

以及，原来他们之间这样就叫冷战？

"你们怎么了？"

他写了删，删了写，结果还是只发了最简单也是最想问的问题。

的确，假如完全不了解他们之间的关系，很难理解他们为什么会冷战吧。

盛小羽有必要做一番解释。

"我跟他其实不是真正的男女朋友，我们走得近完全是因为他说要写一篇论文，一份调查报告。"

她简单叙述了一下《暗恋观察报告》的事，包括她跟傅春野约法三章的内容。

她相信傅年年应该看明白了。

"嗯，然后呢？"

"然后，我现在发现这个论文的事情可能根本就不存在，这一切可能都是他编造出来骗我的。"

傅春野看到这句话，不由得挺直了腰背，甚至额头微微冒汗。

他竟然没想到有这么一种可能。

"为什么觉得他是骗你的？"他在对话框输入道。

"我室友跟我说的，她跟他在同一个学院，问了也选修这门课的学姐，人家说老师根本没有布置过这样的论题，课程的成绩完全是由期末考试的卷面分数决定的。"

原来是这样。

难怪她那天早上从医院出来后,情绪就一落千丈。

本以为是因为周向远,没承想是因为孟菁华。

跟他同学院的室友,不就是孟菁华吗。

她倒还挺有心,特地向其他人打听。

该说她是真的挺关心盛小羽这个朋友,还是说她多管闲事。

不过搞清楚问题所在,他反而放松下来。

"那你觉得他为什么要骗你?"

"我不知道,我想了几天,都没想出来是为什么。"

她倒是很坦率……

傅春野觉得自己现在这种心情应该称得上是怒其不争。

想了几天,都跟他"冷战"了,竟然还是想不出他为什么虚构出这么个调查报告也要靠近她。

怎么办,他感觉更生气了!

盛小羽:"不管是什么原因,我都不该以这种态度跟他冷战。"

她发来的表情看起来委屈巴巴,但好像又是真的在反省。

"他是我邀请来的客人,应该热情招待,让他宾至如归才对,现在这样一点也不符合我们青州人的待客之道。"

还挺会说。

"你现在觉得难受,只是因为他是客人?"

盛小羽:"也不是,我也挺担心他,怕他心里有疙瘩,万一不高兴,不等过完年就要走。他今天还牵动了身上的旧伤,也不知道要不要紧。"

总算还知道关心他。

紧绷的神经又放松下来,他好像没那么生气了。

"年年姐,我到底该怎么办呢?"

其实傅春野想不明白,她为什么把傅年年当作能够倾吐和请教感情问题的知心姐姐呢?

能理解她曾经为傅年年工作,看到过她最风光的一面,将她视作偶像和人生方向,但个人感情方面……他姐简直一塌糊涂,能给她什么建议?

不过如今这个微信是他在用,也不能直接回绝。

"两个人的感情,贵在坦诚,你有什么想法不如直接跟他说。"

盛小羽:"我不敢……他现在看起来就好生气呀。"

有什么不敢的，他是会打她，还是会骂她？

怎么感觉在她心目中，他是个不近人情又脾气古怪的坏人？

再说他也不是真的生她的气。

现在可好，他还要给她出主意来哄自己开心。

这都是什么事！

最要命的是，他竟然还像吃了糖似的觉得有点甜滋滋的……

盛小羽最后也没能讨要到一个具体的方案，但"年年姐"还是给了她一点思路。

比如他有没有什么想做的事，或者做了会开心的事，满足一下他。

如果不能坦诚地说这几天究竟为什么态度转变这么大，那就搪塞过去，但至少要让他知道她的初心没变，就是希望这个春节他能开开心心、宾至如归地度过。

爸妈中午回来，拎回一个招牌醒目的无纺布袋，里面装的是药酒和膏药。

"小傅不是说他旧伤发作了嘛，我就跟你爸上张叔的跌打诊所去了一趟，买了这些东西，你让小傅用上，效果可好了。"

跌打医生张叔是她爸老盛的牌友兼酒友，以前家里的老人在的时候，就习惯用他家诊所的药酒和膏药，对干体力活受伤的人来说确实有点用，也比上医院便宜。

运动伤害跟体力活拉伤也差不多，就是不知道受过西方教育的傅春野信不信这个，还有，他受得了这气味吗？

而且他伤在肩膀，自己也不好揉捏和贴药，难道要她帮忙？

那得把衣服脱掉，坦诚相见吧……

盛小羽正胡思乱想，犹豫不决的时候，傅春野打开了客房的门，高大的身影把窗户透进来的光都遮住了。

"你在这儿干吗？"

他的声音还是冷冰冰的，跟脸上的表情一样。

盛小羽手里拎着装药酒和药膏的袋子，仰起头有点结巴道："我是想问问你，你的伤好点没有，要不用这个试试吧？"

他没回答，转身进了房间。

门大开着，这是让她也一起进去的意思吧？

盛小羽厚着脸皮跟在他身后进去了。

他放置在桌面上的笔记本电脑打开了知名旅游网站的官网,首页就是订机票和酒店。

她心里咯噔一下。

刚才她跟"年年姐"聊天的时候还说呢,就怕他觉得做客受了慢待,一怒之下不等年过完就要回春海市。

傅春野回头看到她正盯着电脑屏幕,伸手把电脑合上:"去把门关上。"

啊?

盛小羽这才发现他已经脱掉了身上的外套,只剩一件高领毛衫。

"不是要擦药酒吗?虽然这是在你家里,但我还是想保留一点隐私。"

没想到他这么自然地就接受了擦药酒这回事。

她连忙去把房门关上。

傅春野已经把身上的衣服全脱了,露出精赤的上半身。

动作真快。

快到盛小羽的脑袋都过热宕机了。

"来吧,右边肩膀,靠近下面凸出的骨头那里。"

他已经自觉地在床边坐下,示意她的药酒推拿可以开始了。

盛小羽终于回过神来,咽了下口水:"那个,要不我去找我爸来帮你?"

傅春野顿了一下,然后立马抓起衣服:"算了。"

"别别别,不能算了!"她赶紧拦住他,"我帮你推就是了,不过我的力气可能不够,你别嫌弃啊!"

他这才重新坐回去。

盛小羽反复搓了搓手,她一到冬天就血气不足,手脚冰凉也是常有的事,怕碰到他光裸的背会让他不舒服。

"你先把这个衣服罩着,免得着凉了。"

她抖开他刚脱下的外套让他从前面穿着,北方的暖气虽然比他预想的还要暖和,但外面的气温毕竟是零下,还在化雪,可冷了,不能大意。

他难得没多说什么,乖乖地听她摆布。

"这药酒是从我爸妈的老朋友那儿拿来的,在我们这儿挺有名气,我小时候摔跤了,或是体育课跟同学撞伤了,都用他家的药酒,挺好的。"

她终于找到话题分散他的注意力,把药酒倒在掌心,抹匀之后摁到他的背上。

肌肤相触的那一刻,他的肩背一缩。

"你是雪怪吗,手怎么这么凉?"

"还是凉啊,我都搓半天了。"她有些无奈,一边在他后肩推搡,一边张望,"要不你先等会儿,我在暖气上烤烤手。"

"我衣服都脱了,你让我就这么等?"

等她烤好,他怕是真要着凉了。

而且万一她爸妈推门进来,见他这样衣冠不整地跟自己女儿同处一室,心里该怎么想。

"那就忍忍,搓一会儿就热了。"

她在他肩上更用力更快地动作起来,力道没透进去,净在表面使劲了。伤好不好不知道,傅春野觉得那块皮搞不好要被搓破了。

忍无可忍,他转过身去,把她的手抓在手里包住。

哇,他的手好暖和,而且好大,手指看起来很纤细,但实则很有力道。

盛小羽都傻了,脸像火烧云一样红。

"你……"

"别想多了,这样能快一点。"他低头盯着两人的手,"你都碰我的肩膀了,跟手也没差别。"

那还是有差别的吧!

她给他推药酒的时候可是尽力把他当物件而不是当活人看的,物件是不会握住她手的吧!

他身体的热力通过他的手心源源不断传送到她的手上,很快就好似真的不冷了。

他放开手,让她可以继续。

药酒的味道很冲,但他好像并不在意。

其实她渐渐掌握窍门,揉得挺好的,大概以前也给家里人推过。

旧伤本来只是借口,但冬季确实会时不时酸疼不舒服,她推过之后舒服很多。

"这个药膏也贴着,隔一天换一次,小心不要沾到水。如果你自己换药不方便，就还是叫我帮你吧，很简单。"

她做什么好像都挺有模有样，这一刻像个跌打大夫似的，交代得头头是道。

傅春野把衣服一件件穿回去，头也没回地说："不用了，谢谢。我打算买今晚的机票回春海市，没想到最后还因为这个旧伤麻烦你们。"

盛小羽惊得手里的药酒瓶差点掉到地上。

果真被她猜中了！刚才他浏览旅游网站就是为了订机票啊！

"今天是大年初一，过年才开了个头，怎么能这么着急回去呢！"

回去又能去哪里，回他那个一点烟火气都没有的公寓里吗？

"过年只是个形式，在哪儿过对我来说都没什么差别，回自己家里至少比较自在。不然我在这里，好像让你有点不舒服。"

来了来了，这是要开始跟她算账了！

盛小羽这才意识到，所谓坦诚，可能是被逼到退无可退，没办法不面对的时候，只有坦诚这一条路了。

"我知道我这两天心不在焉，让你觉得受冷待了，我真不是故意的！要是让你不高兴了，我给你道歉。"

她低着头，像做错了事的小孩子。

傅春野想起她聊天的时候用的大哭的表情。

心里某个地方突然软塌塌的。

她根本就不需要特别做什么，只是一点点情绪流露，就让他心软了。

"我没有不高兴。"他其实说得也挺违心，"但我想知道究竟发生了什么事。"

盛小羽吸了吸鼻子，斟酌了一下："我很想告诉你，但我还不确定。等到开学，我把事情弄清楚之后，一定跟你说，好吗？"

傅春野没再刨根问底。

坦白说，她这样的回答已经让他挺意外了。

她并没有撒谎，或者随便编个理由来搪塞他。她还是想要弄明白，那个社会心理学课的课题到底是不是真的，如果真是他编造的，那么他为什么要这么做。

她把这种打算跟他明明白白地说了，至于结果，她无法掌控，只是想在搞清楚真相之后再来面对他。

要是她一点都不在意两人之间的关系，不必这样。

哪怕她像一般的女孩子那样，起了疑心，来跟他当面对质、吵闹，也许他就和盘托出，如实相告了。

可是她没有，她还是想用自己的方式守护两人之间好不容易建立起的信任和感情。

不管那感情是友情，还是爱情。

看他不说话，像是默许了她的方案，盛小羽稍稍松了口气，同时想到"年年姐"给她的建议，问道："对了，你有没有什么想要做的事情，这两天我陪你一起啊？"

果然还是来了，她还真是听话。

傅春野想了想："我想去海边看看。"

"海边？我们这儿的海边吗？"

"嗯。"

他出生的春海市，城市名字里就有"海"字，大海对他来说并不是什么陌生又神秘的向往。

但青州是个有海又有雪的城市，冬天的风光跟地处南方沿海的春海市是完全不一样的。

他刚才打开旅游网站的官网，其实是在看网友们推荐的青州本地最好的观海景点。

买机票飞回家不过是顺坡下驴，吓唬吓唬她罢了。

她一口答应下来："可以啊，没问题。不过你要多穿点衣服哦，海边很冷的，把那天去商场买的新衣服和靴子都穿上。"

她又恢复了原样，像妈妈也像姐姐更像个小妻子那样碎碎念地嘱咐着他。

"除了海边，我还有个地方想去。"他也不怕得寸进尺。

"还有哪里，你说。"

"你原来住的地方，离海边远不远？"

盛小羽愣了一下。

"远倒是不远……不过为什么要去我原来住的地方呢？"

妈妈温清玉爱干净，老房子即使住了很多年，也是收拾得整整齐齐的，不至于凌乱污糟让人下不了脚。

不过她家的老房子既不是网红景点，也不是翻新改造的老洋房，应该没什么值得参观的。

要不爸妈怎么会为了更好地招待他,特意搬到新房子来呢。

傅春野也不多解释,只说:"开车陪你们去东涞的时候我说过,垫付护工费我是有条件的,记得吧?"

他的条件,就是要到她从小长大的房子里去看一看。

盛小羽跟傅春野一起乘电车去了海边。

"青州不大,坐出租车到哪里都很方便,不过去海边就一定要搭电车才有感觉。"

她抓着车内的吊环扶手,一脸骄傲地跟他讲解。

"你看,这边沿马路的建筑都是民国时期的建筑,经常在影视剧里出现!是不是很像电影里的画面?"

"嗯。"

刚被大雪浸染过的城市,越靠近海边越呈现出一种透明的青蓝色。

建筑的外墙却是象牙白和鹅黄色的,电车经过的马路不算很宽,甚至有些单行道的小路,加上坡道,从电车的窗户望出去,有些像电影海报。

旅游网站的游记里有人说这里像北海道,也有人说像法国小镇,但在傅春野看来,每个地方都有自己的特色——青州就是青州,哪里也不像。

他们在坡道的尽头下车,街角的书店门口有一只红色的邮筒,相当醒目。

更醒目的,是抬眼就能看到的摩天轮。

"那是哪里?"

"摩天轮吗?旁边应该是街心花园,摩天轮是这两年才建起来的吧,我也没坐过。"

其实海天一色的自然美景就很漂亮了,这些人为加上去的网红景点有点画蛇添足。

尽管她也幻想过,要跟喜欢的人一起乘摩天轮去往高处,狭小的空间里只有独处的两个人……

哎呀,她都在胡思乱想什么,而且想象中的那张脸为什么又跟眼前这位重合了!

好在傅春野好像对摩天轮没什么兴趣,径直转进了刚才看见的那家书店。

书店里面装饰得五彩缤纷,也充满了过年的气氛。

这年头书店的重点都不是卖书,而是卖各种文创产品。

海边的这家书店显然是针对游客的,自然要迎合游客对青州的想象,带有一些文艺范儿。

首当其冲的就是明信片。

其实盛小羽也没想到这家书店有这么多明信片,几乎占满了整面墙,按照不同的风格分成一个个小格子摆放着,可以成套出售,也可以只买单张。

她很自然地就被漫画风格的那一列给吸引住了。

《千与千寻》中千寻和无脸男共乘列车的经典画面她虽然看过很多次,但每次看到都会被感动。

——人生的列车,每个旅客都只能陪你共乘一段而已。

类似这样的文艺句子在明信片上随处可见,但远方收到明信片的人会是什么样的心情呢?

她立即闭上眼,从手能碰到的最高那一层,随机抽取了一张明信片拿在手里。

"你在干吗?"一直在她旁边的傅春野不解地问道。

"寄明信片啊!这里明信片这么多,我挑来挑去也未必能挑到对方喜欢的,干脆交给老天爷决定,抽到哪张就给他寄哪张,我自己都不知道正面是什么风格。"

反正这里的明信片都挺好看,风格也多样,还有不少是青州的街景和海景。

无论挑中哪一张,都是心意。

"你打算寄给谁?"傅春野问。

"保密。"

她朝他笑,但意思很明显,一定会有一张是要寄给"暗恋"的人的。

"一般旅行来到这种地方,都会想要把所见所闻分享给最在意的人,让他知道自己不管走到哪里,心里都还想着他。"

最好是有一天,能跟他一起再到这里来。

从陌生的城市、陌生的海边、陌生的山谷,寄出过只言片语的人或多或少都有这样的心情吧。

只不过今天她手里的明信片是随机抽取的,倒扣在桌面上,她写好祝福和地址就会装入信封投递出去,连她也不知道哪张是什么风格。

傅春野沉默了几秒,也抬手抽出一张明信片。

他个子高,抬起手够到了墙面最上层的格子。不出所料,最上层总是难免有灰尘。

可说不定最美的也就藏在一般人触碰不到的位置。

"你也写明信片啊?要寄给谁的?"

盛小羽好奇地探头想看,他却立刻用手捂住明信片上的字。

还挺神秘。

她有好多想要送的人,寝室的诸位、年年姐、欧阳远征,当然还有傅春野……写得多,稍稍花了些时间。

等她全部投进邮筒,发现傅春野早就已经抱着手在等了。

他随手拿了本书在看,有几个结伴的小姑娘已经一而再再而三地故意从他身旁经过,好似要确认今天逛街偶遇的这位大帅哥是不是真人。

"你的明信片呢,寄了吗?"她问。

傅春野合上书:"我像是这么没有常识的人吗,写了明信片不知道要寄?"

"我不是这个意思……"

不过他确实很像不知道明信片要贴邮票去寄,更不知道该寄给谁的那种人。

"店员会帮我寄的。"他拿出一个塑料牌丢给她,"去取咖啡。"

看来她真的写太久了,他竟然还趁这空当买了店里的咖啡。

一人端一杯热咖啡出了书店,一路沿着海边走,没有什么特别的目标。

回过神来的时候,他们已经站在摩天轮下面了。

"去坐这个吧。"傅春野喝了一口咖啡,仰头说道。

"啊,你喜欢这个?"

"怎么可能?我是看你刚才盯着它发呆,你们女生不是都喜欢这个?"

尤其是她这样喜欢漫画的女生,大概从小都对这样的场景怀有憧憬吧。

盛小羽无法否认,可是……

"我有点恐高。"

她知道这时候说这个挺煞风景,可总比上去之后再吓尿了要好。

傅春野默默看了她几秒钟:"你确定不上去看看?"

她不是说她没来过吗,那一定也没在这样的高度领略过自己家乡的全景。

盛小羽摇头,想了想,忽然指着不远处的半空:"我们可以去坐那个。"

缆车?

海边有山,峡湾间有不长不短的缆车,可以俯瞰城市和大海,高度并不比摩天轮低。

"那个你就不恐高了?"

"缆车时间短,咻地一下就过去了,还好。"

她小时候经常被爸妈抱在怀里乘缆车去山腰的观景台,好像也不觉得怎么可怕。

"那就坐缆车吧。"傅春野把空掉的咖啡纸杯扔进垃圾桶,"我想从高处看看青州。"

他喜欢的人长大的地方,有山有海,有万家灯火,还有街角被刷成红色的邮筒。

但是真到了缆车站,盛小羽又止不住地往后退缩。

"这……这我有点不敢上啊……"

小时候都是爸妈抱着她上缆车的,可现在要她自己小跑着坐上去,下面就是悬空的高台,好可怕!

"没关系,还有我。"

傅春野安慰着她。假如她稍微放松一点,就会发现手已经被他牵着好久了。

天气冷,缆车站冷冷清清,并没有多少客人。

她踟蹰不前,工作人员也来劝慰她:"你看你男朋友就在旁边,怕什么,别怕。"

又一次,她没法纠正人家,傅春野并不是她的男朋友。

不知是冷的还是吓的,她牙关都微微打战。

"小羽。"他难得这样叫她的名字,又郑重又温柔。

她忍不住抬眼看他。

"拉着我的手,跟我一起上车,只要踏进车厢你就闭上眼,剩下的交给我。"

她不自觉地点头。

其实还是很害怕,看到缆车车厢到脚下的时候,她几乎是一咬牙一闭眼,又被身旁的人裹挟着,才终于踏进了车厢。

揽住她身体的人,在缆车的车门关上以后没有马上松开。

她的身体轻飘飘的,跟小时候被爸妈抱在怀里的感觉差不多。

她仍旧死死闭紧双眼,完全忘了刚才在地面上的豪言壮语,说缆车没有关系。

傅春野低低地笑出声来。

这下她终于睁开眼:"你还笑,我这是舍命陪君子。"

"嗯,也值得啊,你看外面。"

他掩饰不住唇边扩大的笑意,只得指着窗外的美景岔开话题。

左边是城市,右边是大海,不知是不是因为熟悉,盛小羽感觉没那么害怕了。

"青州很漂亮吧?你看那边还有雪!"

山边温度更低,前些天下的雪还没有完全融化,银装素裹下,那种清透的色调更深入人心,是看过就忘不掉的风景。

傅春野没回答,也没敢动。

两人从上车后一直依偎在一起,她被他抱在怀里,却毫无察觉。

傅春野有点懊恼,早知道这样还是应该去坐摩天轮的,一圈下来,时间怎么也比坐缆车长得多。

盛小羽只留意到他另一只胳膊一直搭在窗边,抵着下巴,像是若有所思的样子,还来不及揣测他在想什么,手机就响了。

电话是妈妈温清玉打来的:"小羽啊,你有没有见过思葭?"

"思葭……大年三十不是还跟我们一起吃年夜饭吗?出什么事了吗?"

电话那头听起来相当焦急:"我们今天约好了到你姨妈家吃饭,结果来了才知道,思葭两天没见人了,应该是大年三十晚上就溜出去了。你姨妈他们睡得早不知道,大年初一收到她的短信说在朋友家,后面就手机关机找不到人了,你姨妈都快急疯了!"

"那杰哥呢,他在家吗?"

思葭一向是季杰的尾巴,照理他应该知道她的去向。

"小杰这孩子也找不到人,手机打不通,发微信不回!"

盛小羽一听也紧张起来,什么情况,这两人难不成还私奔了?

季杰应该是不会接受思葭的感情才对……

因为她也搞不清状况,只得先安抚道:"妈,你别着急,思葭她贪玩,也许真的只是去了朋友家,刚好手机又没电了。我们现在正在外面,也帮忙一起找,一定能找到的。"

温清玉惴惴地挂断电话,想必也跟老盛一起陪着姨妈去找人了。

"出了什么事?"傅春野问。

听她打电话的内容他大致能猜出是什么事,不过看她的脸色变得难看,刚才还依偎在一起的怀抱已经自动分开来了,他的心脏也跟着揪紧。

"是我表妹思葭,两天没回家了,过年也不见人,不知道去了哪里。"

她一门心思都在突发的事情上,连恐高都忘记了,缆车到站的时候在工作人员的接应下就直接下车了,都没要傅春野帮忙。

他不由得愣了愣。

她还是那样,有了奋斗目标就不管不顾地往前冲,什么艰难险阻和恐惧都抛诸脑后。

"不好意思,不能陪你继续逛了,去我家的老房子也只能晚点再说了。"她充满歉意地跟傅春野解释,"姨妈一家对我都很好,思葭是她唯一的女儿,万一出点什么事,她会受不了的,我要先帮她找人。"

"你刚才打电话的时候不就说了'我们'会帮忙一起找吗?我以为已经把我也算进去了。"

"嗯!"盛小羽笑,"我觉得你不会袖手旁观,一定会帮我的吧?"

也不知她哪儿来的自信。

但他居然对她这种自信感到很满意。

"走吧,正事要紧。"

他顺手拉起她外套上的兜帽,太阳开始西斜,天色一晚气温就更低了,她自己要做好保暖,才能去帮助别人。

因为离市中心不远,他们先去了游戏厅、溜冰场这种地方。思葭年纪小又爱玩,上回就拉着他们一起去打游戏,很可能会在这些场所流连。

然而找了一圈都没有。

青州中心城区就这么大，再往远郊和高新区走，就超出思葭的活动范围了。

"到底去哪儿了？"

天色越来越晚，盛小羽也越发着急。

"冷静点，想想她平时还有什么要好的同学或朋友，都联系过了吗？"

"我不认识她的朋友，姨妈他们应该去联系了。"

她最焦心的是季杰也联系不上。

他是思葭追逐的焦点，从他回到青州开始，思葭的注意力就全在他身上了。

现在思葭找不见人，很有可能跟他有关系。

"要不要报警？"盛小羽已经感到黔驴技穷了。

"报警也是这样的流程，要弄清楚她周围的关系人，再调看监控。人都已经不见两天了，监控要看起来不是一时半会儿的事。"傅春野比她冷静，"还是再想想，她如果遇到不开心的事情，会到什么地方，或者去找什么人。"

盛小羽咬紧唇，闭上眼仔细想了想。

傅春野也在思索："她以前闹过离家出走吗？最后是在哪里找到的？"

"姥姥家……"

记忆猛地闪现，她想起来了："她以前跟姨妈闹情绪，都是去找姥姥的，姥姥最疼她！"

姥姥一直跟他们住，原来的老房子就是姥姥去世前生活的地方。

难道思葭去了她家的老房子？

两人立刻赶往盛小羽以前住的老房子。

要是妈妈的电话再晚来半小时，她就按照约定陪傅春野去那儿了。

老旧的工人小区里，地面上全是过年放鞭炮留下的红色纸屑，厚厚的一层。

盛小羽踩着这层红纸屑一路踏过去，直奔最里面一栋楼的顶楼。

他们一家人过去就住在五楼到六楼的复式公寓里。

房子没有电梯，她一口气爬到顶，已经气喘吁吁。

力气没白使，她一到门口就看到思葭抱着膝盖蜷成一团坐在那里，背靠着已经锈迹斑斑的防盗门。

悬着的心总算落回原处。

另有一股无名怒火升腾而起，她上前就要去拽思葭。

多少人在为她担惊受怕，她居然一个人躲在这里，吭都不吭一声！就算有少女心事也不该这样啊！

可她还没上前碰到思葭，就被傅春野拉住了。

他站在楼梯的台阶那儿，高度一下子矮了很多，能平视她的眼睛。

因此即使不说话，她也能明白他的意思。他让她不要冲动，这时候一味责备只会起到反效果。

好不容易找到的人，万一又负气跑了，肯定又是一番兵荒马乱，未必还能像现在这样找到她。

盛小羽深吸口气，好不容易把火气压了回去，才走上前，默默拿出钥匙开门。

坐在地上的思葭被惊醒了，抬起头看她。

"有什么进屋再说，外面太冷了。"

做了那么多年表姐妹，在思葭眼里，盛小羽大概只有这一刻才真的像个姐姐。

因此她没有反抗，也没问什么，挣扎着要站起来。

可是在地上蹲坐太久，又冷，腿脚都麻木得没知觉了。

傅春野伸手拉了她一把，半扶半拖地把她带了进去。

屋里暖意融融的空气，像是把冰冻住的情绪给化开了，思葭突然大哭起来，抱住傅春野不肯撒手。

"恶心！男人太恶心了！他怎么能这样，呜呜！"

"放手。"

作为被她哭着痛骂的男人，傅春野动弹不得，还少见地有些僵硬。

怀里的人只顾大哭，完全听不到他说了什么。

眼泪鼻涕自然也就抹在了他的衣服上。

到底是谁恶心？

他只得看向盛小羽，希望她能出手管管自家表妹。

偏偏这时候她接到电话："杰哥？你去哪儿了，把我们急死了！思葭找到了，她现在跟我们在一起。嗯，你们也别着急了，麻烦你跟姨妈和我爸妈说一声,让他们放宽心,晚点我就带她回去……好的,再见!"

挂断电话,她发现思葭听着她和季杰的对话,已经停止了号啕,只是眼睛里充满是泪水,啜泣着。

"你现在可以放开我了吗?"

傅春野还被她抱着,他抬高双臂,几乎是举手投降的姿态,只想摆脱秤砣一样的少女。

思葭终于慢慢放开他,一屁股跌坐进沙发。

"说说吧,你到底怎么回事,这两天去哪儿了?"盛小羽叉着腰问她。

思葭一脸抗拒地不吭声,捏着纸巾擤鼻涕。

"你知不知道我们都很着急,家里人找你都要找疯了!你不考虑别人,也为你妈妈想想吧。医生说她血压高,不能生气,不能着急,她才四十来岁,你想让她爆血管是不是?"

"你们干吗来问我!"思葭朝她大喊,"季杰也两天没回家了,你们怎么不去找他,不去骂他啊!"

"他跟你能一样嘛,他是成年人,赚钱养活自己的成年人!你要是成年了,能独立了,爱上哪儿上哪儿,我们才不着急呢!"

思葭撇了一下嘴,脸一垮又呜的一声哭起来。

"成年人有什么了不起!成年人就可以随便跟人上床吗……那个女人哪里好,那么老,穿着那么高跟的皮鞋才到杰哥的肩膀,我哪里比不上她!"

盛小羽和傅春野对视了一眼。

她拖着哭腔的一段话说得支离破碎,但他们还是听明白了,原来这两天她是跟踪季杰去了,结果发现对方跟其他女人约会,少女的信念就坍塌了。

"你看到他跟谁约会了?"

"我哪知道,我又不认识那人!不过我拍了照片,各个角度都有。"

思葭立刻掏出手机,结果手机已完全没电关机了。

这就是谁都联系不上她的原因。

盛小羽无语,拿出自己带的充电宝给她用。

在等着手机充电恢复开机的过程中,她忽然意识到:"你多久没吃东西了,饿不饿?"

手机关机就没法付钱,更别说买东西吃了。

思葭还想嘴硬两句说不饿,然而一想到食物就不由自主地吞咽口水的条件反射,已经完全出卖了她。

盛小羽叹了口气,起身走进厨房找出了一袋挂面。

"我来吧,你去陪着她。"傅春野接过她手中的东西,"冰箱里还有其他可以用的东西吗?"

盛小羽拉开看了看,还有鸡蛋,看日期是过年前爸妈买的,可以吃。

冷冻室还有热一下就可以吃的炸鸡腿和薯条,这都是她爱吃的东西,大概也是爸妈提前买好了放着的。

傅春野表示明白了,用这些东西做顿可以饱腹的吃食还是没问题的。

盛小羽回到客厅,思葭不知是饿过了头还是伤心过头,目光呆愣愣地说道:"你怎么就这么好命,能找到对你这么好的男朋友……"

"他不是我的男朋友。"

盛小羽第一百零八次解释,可显然说服不了她。

"你不是说拍了照片吗?在哪儿,给我瞧瞧。"

思葭的手机已经开机,她凑过去,就见相册里都是偷拍的季杰和某个女人的照片。

这侧脸好熟悉……

盛小羽放大照片,赫然发现跟季杰并肩走路和拥吻的女人竟然是杜雅静!

傅年年曾经的经纪人杜雅静。

盛小羽比思葭更惊讶。

她知道季杰在娱乐公司有些人脉,也知道他认识杜雅静,当初她能到傅年年身边去当小助理,就是因为这层关系。

但她并不知道两人居然是男女朋友!

思葭吸了吸鼻子:"眼见为实,现在你相信了吧?杰哥就是在跟这种女人约会,还跑去开房!"

一见面就拥抱接吻,太恶心了,还在大街上呢!

盛小羽的脸上满是无奈："别一口一个'这种女人'，你知道她是谁吗？"

谁呀？老女人，恶毒王后！

"她是娱乐圈最有名的经纪人之一，Venus女团你听说过吗？"

"当然听说过啊，她们成团的时候我还投票我呢！"

"嗯，她就是她们的经纪人。"

不会吧！思葭惊得下巴都要掉到地上，抢过手机仔细看那些照片："她看起来还不到三十岁，是她们的经纪人？"

"你刚才不是还说人家是老女人？"

"那也得看跟谁比啊……"

思葭不满地嘟囔，她才十七岁，跟她比盛小羽也算老的。

难怪那女人手里拎的是爱马仕，衣品也不错，身上那件深紫色的羊绒大衣板型超级漂亮。

她输给这么优秀的女人，也算虽败犹荣了。

这么想着，堵在思葭胸口的郁闷竟然一下子消散了大半。

傅春野在这时候把卧了一个荷包蛋的挂面端了上来："趁热吃吧，我不知道你的口味，要是觉得清淡，可以加点酱油。"

他不擅长做吃的，但煮个面还难不倒他。

思葭是真饿了，抱着碗就大口嗦起面来。

盛小羽还在翻看着她手机相册里的照片，边看边感慨："其实你还挺有当狗仔的天赋。"

这么多照片都拍清楚了人脸，而且角度多样，也没被发现。

作为一个新闻专业的人，她觉得表妹做跟踪暗访的工作应该算是天赋异禀。

这两天她风餐露宿也要把想要的资料拍到手，可谓是相当有恒心了。

傅春野坐到她旁边，想探头过来看她在看什么。

她却适时地把相册给关了。

毕竟是季杰的隐私，还是不要闹得尽人皆知比较好，他想告诉大家的时候自然会开口。

傅春野也没多问，他本来就对别人的事没有太大的兴趣。

思葭吃完面，满足地打了个嗝，问盛小羽能不能在这里洗个澡。

她还不想回家，回去肯定要被她妈劈头盖脸地臭骂一顿。

还有季杰，虽然她的反应没有一开始那么激烈了，但还是不知道该怎么面对他。

盛小羽点头："去洗吧，洗完就到楼上姥姥原来住的那屋睡，我给你铺床。衣服就先穿我留下的那些吧，都是干净的。"

不良少女居然有点感动："谢谢你啊，小羽姐。"

好久没郑重其事地叫她姐了，这回是心甘情愿的。

洗完澡，思蕻很快在姥姥以前住的房间里睡着了。

即使姥姥人不在了，但她还是在这里才最有安全感。

盛小羽从楼上下来，居然听到了欧阳远征的声音。

傅春野盘腿坐在地板上，手里拿着手机，好像正在跟他视频。

再定睛一看，那是她的手机吧！她刚才给表妹铺床去了，顺手把手机放在茶几上忘了带上去。

欧阳远征怎么这个时候打视频来啊！

她冲过去，刚一进入镜头范围，他就大喊大叫："不会吧，你真跟傅春野在一起过年啊？你俩什么时候发展得这么快了，都同居见家长了！"

"找你的，铃声一直响，我就接了。"

傅春野把手机递给她，一脸淡然，像是不想干涉她隐私的意思。

她赶紧拿过来，转身压低声音道："别瞎说了，不是你想的那样。"

"那是怎样？"

"我……我就是邀请他到青州过年，本来他是跟我表哥约好的……"

说了半天才意识到，她干吗跟他解释啊！

其实欧阳远征也没什么特别的事，就是打个电话问候一下，拜拜年，可谁承想接起视频通话的人居然是傅春野。

都这个时间了，又是大过年的，这两人怎么都不应该待在一起吧！

盛小羽随便敷衍了他几句就挂断了，挂断之后发现傅春野正看着她。

她连忙解释："他就是无聊了打来拜年，我事先也不知道！"

奇怪，她又为什么要跟他解释……

傅春野垂下眼:"我也没说什么,不过你要有心理准备。"
"什么准备?"
"欧阳远征知道的事,很快就会尽人皆知。开学之后可能很多人都会知道,我在你家跟你们一起过的年。"
盛小羽眼前一黑。
"那怎么办?"
"反正你'暗恋'我的事也不是秘密了,我们会一起过年也很正常。"
不正常,怎么可能正常呢!
到暗恋的人他家去过年还有可能,把暗恋的人带到自己家过年,还相距上千公里,怎么看都只能是"绑架"吧。
傅春野本来只是想逗逗她,可现在看她一脸受惊过度的样子,忍不住提醒道:"你就没想过,暗恋的终极目标是什么吗?"
是什么?
她今天接收到的信息太多,脑子已经彻底不转了。
"算了。"傅春野站起来,"你的房间在哪儿,过去看看。"
刚才洗完澡的思葭已经给他指出表姐的房间是哪一间了,盛小羽也说他可以进去随便看,里面空间小,比客厅更暖和。
但他不想贸然闯进女孩子的房间,始终坐在沙发上等她下来。
据说喜欢一个人,就会对她的过去产生好奇。
尤其是他不曾参与的过去——只听她口头说过的,父母胼手胝足,一双鞋一双鞋刷出来的小康之家,那是她长大的地方。
他想看。
不是偷偷摸摸地窥伺,而是正大光明地看,或者说分享。
他一直在等她,等她愿意分享更多自己的生活——不管是眼下、过去,还是将来。
盛小羽的房间朝西,下午到傍晚落日这段时间总能晒到足够多的太阳,光线充足的同时也很温暖。房间里的一切都像是吸饱了阳光,一点也不像很久没有人住了。
床是靠墙的一张单人床,看起来好小,他睡上去的话估计脚都要伸到外头。
椅子也好小……

"不好意思,我这儿太小了。"盛小羽看出了他的局促,拿了两个抱枕放在地上,"要不你坐地上吧,地毯是干净的,我爸妈每次过年前都会拿去店里洗好再铺上。"

傅春野看出来了,这里虽说是老房子,但从窗帘到沙发,再到床品和地上的地毯,都洗得干干净净。

特别是她房间的地毯。

"你家好像只有你这个房间铺了地毯?"

"是啊,这地毯很贵,也不好打理。但我以前看同学家里都有,就问爸妈咱家怎么不铺。那时候不懂事,也不知道这个很贵,一块就要好几千块。"

她有点赧然,但脸上又洋溢着被父母宠爱的幸福。

"我爸妈不想让我比别人差,就变着法子地尽量满足我。他们就一个愿望,希望我好好读书,别像他们吃那么多苦。"

最好能离开青州,到更大的城市去,寻找更多的人生可能性。

"所以你第一次高考没考好,就拼了命也要复读重来?"

她摇头:"一开始哪有那么大的志向呀,就是觉得丢脸,对不起他们。我对自己挺失望的,失望的时候就想逃避,就想另辟蹊径去干点别的,说不定也能出人头地。"

很多明星和演员不也是这样,高考失利,却遇到了另外的伯乐,就去参加艺考班,考影视学院了。

她连这个志向都没有,上的是短期速成班,想去参加选秀当偶像,现在想想也挺痴心妄想的。

季杰说得对,那么多知名大公司的练习生,成千上万,有的练了八年十年还没出道,哪里轮得到她。

她要只是想找份糊口的工作,他倒是可以帮忙联系看看,合不合适另说,她可以先去体验一下生活的疾苦。

她可能就是这么逆反吧,开始工作了才知道读书的可贵,又把书捡起来看,把没做完的题库找回来重新做。

傅春野当然不会告诉她,他们初相见的时候,就是她的这些表现引起了他的好奇。

傅年年候场的空当,她拿着小本子在背单词。本子的页面上到处写着明大,不用问都知道她第一志愿想填哪里,也真的在拼命努力地去贴近这个目标。

那时候他只觉得她痴心妄想——他也想不通,这么简单的内容怎么还需要花费这么多精力去背,不是应该读几遍就印在脑海里吗。

可能她那种追逐目标的执着劲打动了上天吧,最后还真的如愿考上了。

然后她才又跟他遇见。

傅春野伸手拿过矮柜上的相框,难得有她穿舞蹈练功服的照片,梳着丸子头,脸上仍是招牌的傻笑。

看照片右下角的日期,这应该就是她想当选秀偶像的那段日子留下的。

幸好没成,她要真出道了,大概只能演女主角身旁的丫鬟。

幸好,他们又能遇见。

"我跳舞的基本功很烂,好不容易拗了个造型,权当留个纪念。"

盛小羽爬过来看着他手里的照片,用手指了指搭在横杆上的腿:"这个腿就只能练到这里,再也上不去了,其他同学都能搬过头顶呢!我们老师说我乐感还可以,所以能跟上节拍,但基本功练得太晚了,很难有什么突破。"

"嗯,看得出来。"

她的舞姿他也领略过,确实谈不上有什么基本功,但跟他那个做过女团偶像的亲姐比,也算得上是"能歌善舞"。

她有她的可爱之处。

她穿着人偶衣服,一路漏气的舞姿天下无敌。

在他家里跳的女团舞,让原唱当场震惊。

那都是为他跳的,独一无二。

盛小羽搞不懂傅春野看着她的照片脸上浮现出的笑容是怎么回事,但长得好看的人,笑容也像有魔力。

为博美人一笑,烽火戏诸侯。

她没有烽火台,只能拿出更多过去的相册给他看。

傅春野中途几年都在海外求学,这些东西对他来说也许是陌生的。

他对她的家庭相册最感兴趣,指着抱着她的老人问:"这是姥姥吗?"

"对,她怀里抱着的另一个就是思葭。"

两个女孩子小时候都像面粉团子,思葭反而比她更英气一点。

"姥姥在的时候,家里更热闹,思葭再叛逆,杰哥再忙,都要回来吃饭。"

当然也是因为那时他们都还没有真正长大。

"我明白,老人不在以后,大家族就没有向心力了。"

"你们家也是吗?"

他点头:"我外公去世以后,我就很少见到舅舅他们了,以前我还会跟妈妈一起回去吃个年夜饭。"

"你外公……应该很疼你吧?"

"嗯,因为其他几个舅舅家的孩子都是笨蛋。他不喜欢我爸,也气我妈妈年轻的时候不听话,但还比较喜欢我。"

当然还有他姐姐傅年年,只是她跟着父亲生活,要见一面就更难了。

盛小羽看到他脸上的落寞,终于明白为什么欧阳远征说他很少说起家人。

她想要安慰,却不知该怎么安慰,想找个轻松点的话题,问:"那……你们家过年都吃什么好吃的呀?"

有钱人家里,平时就山珍海味少不了,过年难不成是翡翠白菜黄金粟?

傅春野笑了笑:"我不记得吃的什么,我妈基本不会做菜,过年的时候连保姆也回家了,好吃一点的大概都是从饭店买回来的吧,没什么特别,能是热的就不错了。"

好可怜。

盛小羽同情心泛滥,差点就感慨出声了。

"你要是早点认识我就好了。"

他扭头看她:"早点认识你能干吗?"

"我就能早点邀请你到我家过年啊!我爸妈每次过年都做很多好吃的,家里人多的话能连吃三天都不重样!"

"难怪你小时候是胖妞,被年菜给催的吧!"

盛小羽大叫一声合上了他手里那本相册:"这是'黑历史',不要看!"

那时的丑小鸭,现在也没变成白天鹅,但至少已经是窈窕淑女了,懂得女为悦己者容。

看完照片，傅春野才问："你表妹的事，你打算怎么处理？"

"她会想明白的吧，杰哥过去只是不接受她，现在都有女朋友了，她也知道分寸，应该不会死缠烂打的。"

"杰哥跟什么人在一起？"

刚才她们姐妹俩讨论的时候，他在厨房煮面条，并没有听见关键的信息。

"应该是他早就认识的朋友吧，算是事业成功的女性。"

盛小羽没有提及杜雅静的具体信息，在她看来，傅春野应该跟她也没有什么交集。

但傅春野还算了解季杰："杰哥是认真的，否则他不会人过年的丢下家里人，去跟她会面。"

盛小羽点头。

"如果是你，你会赶去跟自己喜欢的人见面吗？"傅春野问。

"我会把他直接带回家吧，在酒店过年也太惨了。"

虽然比较自由。

说完她立马意识到不对，连忙摆摆手解释："我不是说你，傅老师你是正大光明受邀来做客的客人，不一样的！"

他给了她一记眼刀。

她嗫嚅道："怎么了嘛，是你自己说的不可以喜欢你，现在又做这种假设……"

"如果我说可以呢？"

"啊？什么可以？"

"可以真的喜欢我。"

盛小羽愣住了，没反应过来他的话到底几分真几分假，就听到楼上传来思葭的尖叫声。

她赶紧往楼上跑，傅春野跟在她身后。

还以为发生了什么可怕的事，结果只是一只蜘蛛。

蜘蛛正好落在床头，被思葭睁眼看到了，她最怕这个。

盛小羽安抚好思葭，发觉今晚是回不去了，他们只能在这里暂住一晚，免得思葭一个人，万一又跑了就很难再找回来。

跟家里人报备，他们好像也挺放心。

"我睡客厅的沙发。"他已经反客为主，做好了安排。

"那怎么行,你怕冷,睡我的房间吧!"

"有暖气,不冷。"

"那也不行,睡沙发会感冒的。"

口头警告没用,傅春野永远快她一步,已经在沙发上躺下了,她只好双手去拖他起来。

他身高一米八多,她才刚刚一米六,体型的悬殊不是一点点,生拉硬拽也拉不动。

"真的,你起来……"

蚂蚁难撼大树,她自己倒被他拉得倒下去,正好倒在他的胸口。

夜深人静,盛小羽总算体会到什么叫一根针落在地上都能听得见的安静。

两个人挨得太近,她看到他的睫毛扑闪,他看到她的嘴唇颤动。

再接近一点,就是属于恋人间才会有的接触了。

她忽然想问他,刚才他说的那句话是什么意思。

可以真的喜欢他,是什么意思?

傅春野却抢在她之前,问了另一个问题:"我睡你的房间,你睡哪里?"

"我睡我爸妈的房间,或者跟思葭一起睡……"她总算回过神来,但这一刻她感觉到他们之间真正要解决的并不是睡哪里的问题。

她从他身上爬起来逃了,逃回自己的房间去睡觉。

这一夜总算有惊无险地过去了。

第二天他们把思葭送回姨妈家,虽然免不了要被骂一顿,但人回来就好,大人们也不敢说得太过分,这事就算翻篇了。

盛小羽单独跟季杰聊了聊,把思葭看到的告诉了他,希望他能找到合适的机会跟她开诚布公地聊一聊。

他沉吟了一会儿:"我会好好跟她说的。"

"嗯,她已经不是小孩子了,只要你正视她的感情,让她感觉到被尊重,不管你怎么选择,她都会理解。"

季杰点头:"小羽,这回谢谢你。我跟静静的事……"

"你放心,我不会跟家里说的!等什么时候你觉得时机到了,再告诉姨妈他们,或者直接发喜糖也可以,我不介意!"

他笑笑:"喜糖哪有那么容易吃?"

"静姐呢,还在青州吗?"盛小羽像在说秘密似的故意压低声音,"我可以悄悄请她吃个饭吗?"

"她已经回北京了,她春节很忙,好不容易才挤出三天假。不过她也说下次去春海市要请你吃饭,当面感谢你帮我们保密,反正她常有机会到春海市出差。"

"那我肯定要吃顿好的!"

"地方随便你挑。"他摸摸她的头顶,"对了,小傅今天就回春海市了,你不送他吗?"

说起这个,盛小羽有点讪讪的:"他不让我送呢。"

两人都没提昨晚发生的事,尤其是傅春野,像是什么都没发生一样。

她也就一直没机会问他那句话究竟是什么意思。

反正她对他的疑问还有很多,包括《暗恋观察报告》究竟是不是确有其事,已经像是扎在心间的一根刺了,只是她刻意忽略,才不打算在过年期间破坏气氛。

她觉得她跟傅春野之间最近时不时就会出现的别扭,也跟这个有关。

真的假不了,假的也不会变成真的。

才大年初三,她本以为他又是因为赌气才会想要回春海市,但季杰说原本他就只打算待到大年初三,最初邀请他的时候他也是这么说的。

盛小羽想到他提起过的感情疏离的父亲,还有外公去世后就再难融入的母亲娘家人……

厨房传来诱人的香气,父母正在做春卷和卤肉,热气腾腾。

盛小羽翻出两只玻璃饭盒,拿起筷子把刚出锅的春卷往盒子里码。

"这是干什么,要给谁带的?"温清玉问,"小傅吗?可他已经出发去机场了……"

追不上了吧?

盛小羽手里的动作不停,拣得飞快,一下就码好了一盒,又从冰箱里拿出一盒昨天老爸分装保存的饺子,跟这盒一起放进保温袋子里,说了句"我去一下,马上就回来",带上门就头也不回地跑了。

第七章 倾诉

SPRING
IS
IN
THE
AIR

"傅春野!"

新春假日的机场大厅里,人并不多,盛小羽这一声吼,很有石破天惊的效果。

傅春野刚要进安检口,听到她这一声,也是一惊。

他其实早就换好了登机牌,却坐在值机区的椅子上,迟迟没有去安检登机。

他原本不知道自己在期待什么,但听到盛小羽叫他名字的刹那,他好像知道了。

他在等她啊……

"你怎么来了,不是让你不要送吗?"

他心里明白,面上却还是保持着矜持和冷淡。

盛小羽下了出租车就一路狂奔进来,现在已经是上气不接下气:"那个……我……我来给你送点吃的。"

吃的?

傅春野低头看向她手里拎着的袋子："这是什么？"

"我爸妈做的春卷和卤肉，新鲜的，拿回去用微波炉转一下就可以吃。下面那盒是饺子，我们那天一起包的，记得吗？"

都冻得硬邦邦了，要吃的时候下水煮一煮，就又是最家常的味道。

"我的记性还没那么差，三天前的事都不记得。"话是这么说，他的嘴角已经忍不住上扬，"干吗还特地送吃的给我，你是觉得我回去了连吃饱肚子的东西都没有？"

"不……不是……"她好不容易把气喘匀，"但是家里做的是新鲜的，比速冻食品和外卖还是好一些，也更有过年的感觉。"

这几天跟他一起吃饭的过程中，她看他好像也挺爱吃这些年菜，接下来又要至少一年吃不到，当然要给他过足瘾。

"既然你都这么说了，那我就收下了。"他把东西接过去，紧紧攥在手里，"替我谢谢你爸爸妈妈。"

这么多天的用心款待，最隆重最用心的过年佳肴都摆出来，帮他烘干衣服，手把手地教他包饺子、刷鞋……

这种父亲母亲特有的温暖，他自己的亲生父母几乎从没给予过。

"你记得把这些东西都吃完，他们就很开心了。"她朝他笑，又看了看身后大屏幕上的时间，"你是不是要准备登机了？"

"嗯，还有点时间，不急。"他这个乘飞机的人反而特别淡定，"你这么远赶过来给我送吃的，我也该有点表示才对吧？如果是你暗恋的人，这种时候给你什么会让你觉得欣喜若狂？"

啊？盛小羽脑海里重复了好几遍他这句话，才明白他问的是什么意思。

"暗恋的话，可能是主动拥抱我吧……"

话音未落，她已经被他一把卷入怀中。

他已经在机场大厅里待了好一会儿，身上暖烘烘的，不像她，从外面狂奔进来，还带着一身寒气。

看起来硬朗的人，怀抱却很柔软，让人留恋。

"拥抱这么简单的事，也值得憧憬吗？"他问。

就像她决定复读的时候捧在手里背的那些单词，在他看来明明就不是什么很困难的事，她却那么认真。

盛小羽不确定自己有没有听清他说了什么，也不敢随便回答，突然被这样拥抱,两只手都不知道该往哪里摆,在他身体两边微微翘着,外人看来一定别扭又滑稽。

可是他的怀抱让她安心,她也稍稍放松下来,在他背上轻轻拍了拍:"你……路上小心点哦,回去要好好吃饭。"

这差不多是女朋友般的叮嘱了吧……

傅春野把手臂又收紧了些:"你有问题要问我吧?我再给你一次机会,现在问。"

他知道她对他起了疑心,只要她现在提出来,他会把一切都告诉她。

这样做需要勇气,但对他来说,也不会比她突然拿着家里做的美食狂追到机场要耗费的勇气多。

她在这份虚假的"暗恋"中付出的心力,已经足够打动他的真心。

盛小羽的身体僵了一下。

以前她曾在书中看过,拥抱时两人靠得极近,却又看不到对方的表情,所以平时想讲又说不出口的真心话,可以在拥抱的时候说给对方听。

但正是因为看不到对方的真实反应,也有可能一个人在表达真心,而另一个人噙着冷笑假装在听。

她不敢侥幸玩这种猜猜猜的游戏。

"我……我没有什么问题呀。"她的手下意识地揪紧了他的外套,"有什么也等下个月回学校再说吧。"

傅春野沸腾的情绪也逐渐恢复了冷静:"好,回学校见。不过……"

他稍稍推离她,手却还抓着她的胳膊:"这段时间,你可别又去找那个周向远。"

啊,他不说她都差点忘了,周向远这个伤病号不会还在东涞的医院里冷冷戚戚地躺着吧。

晚点跟孟菁华通个电话问一下情况。

傅春野一看她的神情就知道,自己提醒她了,真是气不打一处来,但要交代的还是要交代完:"还有欧阳那家伙,如果再打视频给你,你就直接摁掉。"

"他刚才还打了,我在出租车上,他说要让我看看他包的饺子……"

"你也不准教他包饺子!"

"不用教啊,他包得比我还好呢……"

欧阳也是北方人，又在大院里长大，从小挨家挨户地跟着看也看会了。

傅春野已经气得不想说话了，转头走向安检口，头也不想回。

偏偏身后这个半个身体几乎要倒向围栏的傻瓜还朝着他挥手："一路顺风，东西记得吃，吃不完的要及时放冰箱，冷冻层哦，不是冷藏！"

哼。

气归气，只有这个装饭盒的食品袋他不舍得托运，也不舍得放到行李架上，一直被他抱在怀里。

舷窗外的青州是彻头彻尾陌生的异乡，却久违地让他感觉到不舍。

都是因为那个傻瓜吧。

因为她的家在这里。

傅春野回到春海市之后，就去了明大附近的教工小区。

父亲蒋承霖离婚之后，脱离了傅家的束缚，也脱离了傅家给他带来的财富，一直住在明大为教职工集资建造的这个小区里。

明大是教育部直属重点高校，财大气粗，房子是找知名地产开发商代建的，建筑质量和环境都不错，是附近区域内有名的花园式小区。

蒋承霖住的这套是三室两厅，一百多平方米，在春海市这种寸土寸金的一线城市，算是挺不错了，只不过没法跟傅家的别墅和大平层相比。

这地方，傅春野很少来。

倒不是因为嫌弃，而是从蒋承霖离开他们母子开始，父亲的家就已经不是他的家了。

蒋承霖后来再婚，对象是他曾经的学生，两人也没再要孩子。

每年春节，蒋承霖都会发消息让他过去过年。

他每次都忽略，就像压根没收到过信息。

偶尔去，也是因为傅年年再三请求，就去吃顿饭，待不了半天就离开了。

后来连傅年年自己都不愿意回去了。

其实在盛小羽追到机场来之前，傅春野都不确定自己会来这儿一趟。

他在春海市有自己的公寓，剩下的假期，不管躺着睡觉也好，还是坐着玩游戏也好，都绝对自由，没人会干涉，甚至没人会多说什么。

可他还是来到这个最不想来的地方。

"小野来了？快进来吧，你爸爸正好泡了一壶茶，你们一起坐着喝喝茶，我去楼下的熟食店买点菜，晚上给你们加菜。"

开门的是蒋承霖的现任妻子郑思茹，她只比傅春野大十来岁，明大博士毕业后在大学城的其他高校里教书，严格意义上讲，不仅是他的校友，还是经济学院的师姐。

傅春野接过给客人穿的拖鞋："郑老师，我自己来，您不用忙。"

可能因为自己没有小孩，郑思茹的世界中心一直就是丈夫蒋承霖，所以对他们姐弟俩也不错，甚至还会帮忙调和他们父子、父女之间的矛盾。

听说春节假期他要到家里来，她比蒋承霖表现得还要热情。

傅春野走到父亲的书房门口，果然闻到茶香。蒋承霖也看到了他："进来吧。"

他进去，在距离最远的一张椅子上坐下。

"喝杯茶，你姐姐年初从武夷山给我寄来的，冲出的茶汤很香。她还记得我喜欢这个铁罗汉的味道，特地帮我去找的。"

言下之意，女儿还是贴心，就算闹别扭，人不回来，礼物还是寄到了。

相较之下，傅春野的确是连准备礼物的念头都不曾有过。

他没接话，就那么安静地坐着。

蒋承霖并不强求，他过年能到这儿来本身就已经算是"新春贺礼"了。

"过年这几天怎么过的？你舅舅他们家里还好吗？"他递出一杯茶汤，自己也呷了一口。

"我到同学家去过年了，没见到其他人。"

"同学家？在哪儿？"

"青州。"

蒋承霖"嗯"了一声："青州是好地方，我进修的时候去过，很干净的海滨城市。你不是怕冷吗，怎么会跑那么远去过年？"

"有要好的同学，就去了。"

蒋承霖本来想追问是什么同学，哪个专业的，是男是女，但料想他不会说，就没再继续。

"晚上留下来吃个饭吧，阿茹已经去买菜了。"

"嗯。"

傅春野意外地乖顺，蒋承霖不由得多看了他两眼。

郑思茹很快买了叉烧和烧鹅，还有几个凉拌小菜回来，又忙活了很久，才摆齐一桌子饭菜。

郑思茹围裙都忘了摘，上面一片狼藉，可见她在厨房的这一两个小时有多么手忙脚乱。

"我不太擅长做饭，今天钟点阿姨又休息，菜烧得不好，小野你多担待。"

这可不是句客套话，她真的不擅长烧菜做饭，一桌菜只有买回来的现成品算得上可口，其他的不是没炒透，就是烂糊糊，从外观到味道都乏善可陈。

但她至少愿意做，不像他亲妈傅天晴，最擅长的就是把即食比萨塞进烤箱再拿出来，连碗像样的汤面也煮不好，干脆破罐子破摔，连厨房都懒得进了。

蒋承霖名义上是入赘傅家，其实骨子里很大男子主义，始终觉得女人就该操持家务，无论是女博士也好，电影演员也好，最后总该有一部分回归到有他在的这个家庭。

也难怪原本的那段婚姻维持不下去。

傅春野觉得还不如自己在家吃盛小羽让他带回来的年菜和饺子。

他吃了一筷子郑思茹炒的鳝糊，口感又烂又腥，为了强行咽下去，他抓起手边的杯子灌了一大口。

本来以为是为他斟满的饮料，一杯都快喝完了才反应过来不对。

鳝糊的腥气和水果的甜香掩盖了那种发酵后的辣，他看着手里的杯子："这是什么？"

"冰葡萄酒，有学生特意从加拿大给我带回来的。"蒋承霖瞥他一眼，"怎么，现在还是完全不能碰酒吗？"

冰葡萄酒对稍许能饮酒的人来说，都不能算酒，只能算是含一点酒精的饮料。

但对傅春野来说就不是那么回事了。

尤其是加拿大的冰葡萄酒，比一般的冰葡萄酒度数要高一些。

几乎是立刻，他就能感觉到发酵的液体已经带动起他全身的血液开始蒸腾，一半在继续发酵，一半已经化作血气直往上冲。

蒋承霖趁机问："说吧，你今天来找我有什么事？"

知子莫若父，他虽算不上是个好父亲，但儿子这个"酒后吐真言"的毛病他还是很清楚的。

不让他喝点酒，今天还不知什么时候能让他把真正想说的话说出来。

傅春野索性把整杯酒都喝光。

面对老狐狸，是他大意了。

"社会心理学这门课，我已经修完了。"

"我知道。"蒋承霖道，"考得不错，不是已经能查到期末成绩了吗？"

"跟成绩无关……"他拉了拉衣领，想让酒精催发的热力散出来，"我希望以你的名义，另外给我布置一篇学科论文。"

"什么论文？"

"两性关系对经济行为的影响……诸如此类的。下学期开学，如果有其他院系的学生来问你有没有布置过这样的论文，你就告诉她有。"

蒋承霖皱眉。

"我没有布置过的论题，为什么要无中生有？"

"不是无中生有。"傅春野咬了咬牙，"我会按照正规的学术论文要求写一篇文章出来，只要有人来问你的时候，你告诉她有这么回事就可以了。"

蒋承霖看了他好一会儿。

"来问这个问题的人对你很重要吗？"

难道跟那个邀请他到青州过年的同学有关？

"很重要。"傅春野觉得自己要亢奋起来了，光是想到那个个子小小的傻瓜，就仿佛有抑制不了的情绪要喷薄而出。

"好。"蒋承霖双手交握，很笃定的样子，"我可以答应你，如果有人来问，我就说给你特别布置过论文，不过我也有条件。"

"什么条件？"

"第一就是你说的，要拿出一篇货真价实的论文来；第二，下学期我还有一门开给本科生的课，你必须选。"

傅春野觉得脑子已经有点混乱了，凭着本能问："什么课？"

"行为经济学Ⅰ，区别于研究生课程的行为经济学Ⅱ，应该也是你们的选修课。如果学好了，将来无论是考研还是读研阶段，都会对专业能力有所帮助。"

"我没说过要读你的研究生。"

事实上他都没准备在国内继续深造。

"怎么，又打算出国？"蒋承霖像是知道他的想法，"那这个对你很重要的人怎么办？分隔两地，你确定她会一直等你？"

是的，不会，父母的例子已经明确地告诉他，两个人在一起，即使开始时有过甜蜜和恩爱，也经不起长年累月异地分居的磋磨。

在感情里，他不相信长距离的守候，只相信朝朝暮暮。

他冷笑了一声："我只是要你答应我一个再简单不过的要求，你居然提了这么多条件。"

"契约精神在于自愿，如果你不肯答应，我不会勉强你。"

傅春野站起来，很奇怪，他行为如常，也没有醉得东倒西歪，但就是脑海里一片杂乱，像一打开就满屏全是雪花纹的破旧电视机，看不清，也听不清画面里的人在说什么。

他只知道自己快到极限了，该离开这个地方了。

于是蒋承霖打电话给自己的助教向阳，他也住这个小区，可以开车送傅春野回去。

郑思茹从厨房里出来送他，身上的围裙因为洗碗沾上了泡沫。

"对了，还有一件事，我觉得应该有必要让你知道。"蒋承霖道。

"什么事？"

"阿茹怀孕了，你要做哥哥了。"

傅春野一向是家中甚至是家族中最小的孩子，没怎么当过人家的哥哥。

他怔了一下，又是冷冷地哂笑："我该觉得荣幸吗，还是想让我做点什么？"

怀疑过他不是亲生儿子的父亲又要当爸爸了，这回应该很确定孩子是不是自己的，大概确实是高兴得不得了吧？

他不管修多少门经济学的课程，都赶不上这种天然就有的亲近——以前是赶不上姐姐，现在连一个未出生的婴儿也赶不上了。

郑思茹见父子俩的脸色都不好看，赶紧打圆场："哎，现在月份还小,才刚刚确定而已,我能跑能走能做事,什么都不影响,不用特别在意。"

呵呵,难道不是月份小才应当特别注意休息保养吗?现在反倒还在操持家务,买菜、做饭、洗碗一样都不耽误,即将为人父的人连搭把手都不乐意。

傅春野看了郑思茹一眼:"我刚才下单了一台洗碗机,明后天就会送来,也会有人上门安装。你们平时用过的餐具和茶具,都可以放进去洗,这样郑老师你也可以轻松一点。"

"不用不用,我跟你爸平时就两个人吃饭,洗碗也费不了多少工夫。小野你能过来吃饭我们就很开心了,不用特意买什么东西,太破费了。"

"没关系,我有钱,自己的钱,这点东西不算什么!"喝了酒的人果然豪气万丈,"郑老师你也是学经济学的,应该明白时间才是最大的成本,零碎的时间也不例外,你也有自己的事业。"

郑思茹有点尴尬地看向蒋承霖。

他的脸都黑了。

刚赶到等在门口的助教向阳也是一脸蒙。

"父慈子孝"也就一顿饭的时间,不能再多了。

这还是在傅春野喝了酒的情况下。

向阳开车把傅春野送回家,一直看着他开门进屋,还是不太放心。

"要不要给你买点醒酒的饮料?我陪你坐一会儿吧,反正回家也没什么事。"

醉酒又独居的人是很危险的,万一在失去意识的状态下呕吐,很容易发生窒息死亡的意外。

傅春野说:"不用,你先回去吧,我要跟我的心上人打电话,不能让别人听见。"

向阳还在忍俊不禁:"你的心上人是谁呀?都没见你提过。"

他还没见恩师家这位公子醉过,今天算是大开眼界。

他的醉还跟一般人不一样,并没有狂乱暴躁的举动,说的话也有逻辑,但内容很放飞自我。

要在平时,很难想象"心上人"这种词会从他嘴里蹦出来。

"说了你也不认识,她跟我不是一个世界的人……这可不是我说的，是她自己说的。"

"那她叫什么名字啊，是我们学校的吗？"

傅春野不吭声了，一脸认真地盯着他看。

"向阳，向助教，你快三十岁了吧，也该好好找个女朋友认真谈恋爱结婚了，前面一个分手都多久了。你是不是忘不了前任？忘不了前任就去找她啊，不就是美国吗，又不是在火星，搭个飞机咻地一下就到了。"

他连说带比画，咻的那一下仿佛大飞机只是他的遥控玩具。

向阳揉揉额角，很好，他确认这孩子没事，连他的前任都记得，脑子应该清楚得很。

"你要不找前任呢，我也可以给你介绍。不要在经济学院找了，眼界开阔一点，我让我的心上人给你介绍，她那么好，她的同学也一定不差。你等着啊，我打电话帮你问。"

说什么呢？这就打电话了！

向阳想阻挡他，但又好奇他所谓的心上人是谁，就由得他拨号。

电话很快就接通了。

"盛小羽，我还没问你，你的西方经济学期末考了几分？"

"七十八分……"电话那头弱弱地回答，答完了才反应过来，吓了一跳似的，"怎么了，好端端的，怎么问起这个？"

盛小羽完全没想到傅春野会在这个时候打电话来。他刚回去两天，她每给他发一次消息都要纠结半天，怕他嫌烦，毕竟他平时回复微信都是极为简洁，好像并不想多聊的样子。

哪想到他会突然打来问这么无厘头的问题。

其实这头的向阳一听"西方经济学"这个关键词就反应过来了——期中考的时候傅春野找他要前两届西方经济学的真题，就是为了这位心上人吧。

这小子可以啊，平时看着冷冰冰的，拒人于千里之外，撩妹手段居然十分接地气！

傅春野把手机放在耳边捂得死死的，向阳看不到通话人的名字，但盛小羽这个名字他记下了。

"给我提供西方经济学真题的那位向助教还是单身，二十七岁，生理和心理方面都有需求，你如果有合适的朋友，麻烦介绍给他做女朋友。"

向阳差点吐血。

盛小羽也傻眼了,这是什么情况?

她把手机拿到眼前,确认了一遍手机上的来电显示,确实是傅春野啊……

"你没事吧,现在是跟什么人在一起吗?"

"就是那位助教,他送我回来。"傅春野看了一眼身边的人,有点嫌弃他盯着自己打电话,转身进屋了,"你在干吗呢,怎么这么久才接我的电话?"

"我没干什么呀……刚吃完饭,准备陪我妈他们打会儿牌呢,怎么了?"

而且她哪里很久才接电话,不是一响就接了嘛!

傅春野不管,仙界一天,地上一年,他现在正飘飘欲仙,时间概念大概比他们快十倍。

盛小羽还挺担心他的:"你在干什么,回到自己家里了吗?"

他看了一眼没关的阳台门,走过去伸手朝夜空比画了一下:"我在看星星。"

早把还在门口杵着的向阳给忘到脑后了。

向阳一看他这德行,得,今晚还得留下看着,免得他聊得兴起,打开窗户一步跨出去。

幸好他随身带着平板电脑,看看文献,批改一下学生的作业,玩玩游戏,都没问题。

大少爷尽管煲他的电话粥,只要每隔一小时确认一下他还在喘气就行。

傅春野就这么坐在阳台上,裹着向阳强行扔过来的毯子,喝着他跑去药店买回来的醒酒饮料,对着电话那头的盛小羽说了好多好多话,直到最后睡着。

醒来的时候,向阳正坐在沙发上,一边看早间新闻,一边吃一碗即食粥。

傅春野就知道大事不妙了。

向阳正好吃完自己那碗粥,拍拍手站起来:"醒了啊,那我的任务就算完成了,我回去了!桌上有面包和粥,你自己记得吃。"

都是便利店出品,只能将就一下了。

"我昨天喝醉了？"傅春野问。

"没有，没醉。"嘴里一直说着"我没醉"的人怎么会是喝醉了呢，绝对没有，"你只是'酒后失言'，习惯就好。"

是酒后失德吧，傅春野想。

"我跟你说什么了？"

"也没什么，就是说让我不要老想着前女友，要向前看，赶紧找个女朋友结婚，还要主动给我介绍……"

傅春野觉得自己头大如斗，快要掉下来了，赶紧用手扶着。

"对不起。"

向阳哈哈一笑："别呀，别说对不起，我觉得你说得很对，找女朋友的事就拜托你了！"

"我自己都还没有女朋友。"

"怎么会，那昨天跟你打电话打到半夜的人是谁啊？"

傅春野一惊，打电话到半夜？

"你看看手机的通话记录，电话到半夜一点多才挂断。好像是她猜到你喝了酒，怕你有什么意外，就一直陪着你说胡话，后来你睡着了她也不敢挂断。"

幸好他中途起来去看情况的时候发现手机还在通话中，跟对方说了会照顾傅春野，让她放心，不然估计电话到现在都没挂断。

傅春野的心脏剧烈跳动起来。

他对昨天心血来潮的通话并不是毫无印象，但没想到居然持续了那么长时间。

他到底跟盛小羽说了多少话？都说了些什么？

为什么恰恰是这么关键的时候……他都已经放下骄傲去求父亲帮忙了，要是因为酒后说了不该说的，就前功尽弃了。

她又会怎么看他？

正胡思乱想的时候，手机响了，竟然是盛小羽打来的。

他赶紧灌了一大口温水，清了清喉咙，才接起来："喂？"

向阳已经乐到不行，趁这空当悄悄溜了。

盛小羽在电话那头听起来有点焦躁："你醒了吗？酒也完全醒了吗？昨晚没有什么不舒服吧？"

"没有。"傅春野盘坐在沙发上，犹疑了半天，还是问，"昨天我跟你说了些什么？"

"呃，也没什么，就是说你在看星星，讲了各种星座的由来和传说，说你作为摩羯座是很严谨的，我这个巨蟹座虽然温柔敏感，但也要小心被人骗……"

傅春野强撑着说："那个，我喝完酒就会乱说话，什么都说，你别当真。"

"不会啊，我觉得你说得挺好的，我还在手机上查了，星座的性格分析跟你说的挺符合的。"

也就骗骗她这样的傻瓜吧……他也不知道自己怎么就掌握了这么奇怪的谈资。

"还有呢，没说别的了？"

"别的……就是你爱吃什么，不爱吃什么，假期喜欢做的事，让我都在笔记上记录好。还说昨天晚饭吃到了很不好吃的菜，想念在我家吃到的好吃的，早知道还不如待在青州算了。"

啪嗒！他的手机掉在了地板上。

"喂？没事吧，怎么突然这么大声？"

"没事。"他捡起手机，继续撑着脑袋叫她的名字，"盛小羽。"

"嗯？"

"听说昨晚我睡着了，你都一直没挂我的电话？"

"对啊，你讲了一些话之后我感觉到不对，想起你之前说过的喝了酒会疯狂输出……"

"我才没有疯狂输出。"

"好吧，就是喝了酒之后会不停讲话，我就想你大概是喝多了，怕你晚上睡着了有什么意外，就一直没挂电话。万一有什么状况，我也能听见。"

"你听见什么了？"

他打呼吗，还是在睡梦中也说着胡话？

"没听见什么。其实……中途我也睡着了一下……"

"难怪呢，我就说听见谁在我耳边磨牙。"

"不会吧，我磨牙这么大声？你……你骗我的吧？"

所以说巨蟹座细腻敏感，真的是好骗啊！

傅春野的嘴角上扬。

"我最后再确认一遍,昨晚我真的没说什么离谱的话吧?"

虽是这么问,但实际上先前的紧张已经消散大半,也有了底气。

盛小羽似乎想了一下:"硬要说的话,最后快睡着的时候说了一点。"

"什么?"

"你说没想到寒假居然这么长,希望快点结束,因为寒假结束我们就能在学校见面了。"

傅春野沉默了片刻。

"盛小羽,这玩笑一点也不好笑,你故意的是不是?"

他怎么可能说出这样的话,就算喝了酒也不可能!

对,不可能,绝对不可能。

"哈哈,想逗你的,被你识破了啊?那……那可能是我的想法吧,在家有点无聊,好想快点回学校,就可以见到大家了。"

嗯,这还差不多。

"那我挂了,你昨晚没睡好的话就再去睡一会儿。"

"好。笔记要记得写,照我昨天交代的,开学后我的论文要参考的。"

论文差不多可以收尾了,他最近看了很多相关的著作,已经足够完整炮制一份论文给她。

反正现在已经拜托了父亲蒋承霖配合,不用再担心穿帮的问题。

至于今后再怎么维系两人之间的关系,他得想想其他办法。

他交代的事,盛小羽都一一答应。

挂断电话之后,她才长吁了一口气。

该怎么让他知道呢,他昨天说的,比他想象的还要多很多……

寒假其实不长,春节假之后没多久就结束了。

盛小羽居然是寝室里第一个回来的,其他人都还没到。

明明第二天就是学院通知的正式报到的时间。

她去图书馆看书,当然看的不是专业书,而是看看图书馆是不是又引进了新的小说,趁开学的借阅高峰还没来临,她可以先睹为快。

然后就遇上了欧阳远征。

他比她回来的还早,据他自己说,是为了回来备战四级。

眼看就要大四了，这回他可不能再失手了。

为了不影响他刷题，盛小羽都没挨着他坐，而是特意隔开了好几个座位。

其实是不想让他看到她在看小说。

反正图书馆现在人还不多，座位有得挑。

中午他顺理成章地过来叫她一起吃午饭。

"她、怎、么、还、不、表、白、我……"他一个字一个字地念她正在看的小说书名，"啧"了一声，"你看的是什么东西，竟然有个这么羞耻的名字！"

周围自习的同学都投来好奇的目光。

真是怕什么来什么，盛小羽好想把他的头摁到地上摩擦。

欧阳远征毫无察觉，去食堂的路上一路欢欣雀跃："我请你吃小炒吧，三食堂二楼好像推出了新菜单。"

吃什么都行，其实她不太有胃口。

"你跟傅春野又怎么了？"

欧阳在这方面倒是很敏锐。

同为吃货，她晚上看着视频里他包好的饺子都能看馋了，这会儿面对他点的小炒肉、烩豆腐、糖醋排骨、手撕鸡却毫无冲动，只能是跟傅春野有关。

盛小羽自己也不知该从何跟他说起，总感觉好像有点复杂了。

不过《暗恋观察报告》已经不是秘密了，她索性把自己的怀疑讲给他听。

欧阳摸了摸下巴："这个好办啊，直接去问那门课的老师不就知道真假了？教授是叫蒋承霖？"

他用手机登录了一下教务系统，查到社会心理学的任课老师就是这位，办公室就在经济学院楼里。

盛小羽扭着手里的纸巾，似乎下了很大的决心："我……还是不去了吧？"

她本来也想好了，开学就直接去问任课老师论文的事是不是子虚乌有。

但自从傅春野酒后给她打了那通电话之后，她反而不那么确定了。

——盛小羽，你以后不要那么傻，别人说什么就信什么。

——我上的社会心理学这门课的教授是经济学院的副院长，他是我亲爸。

——我爸一直怀疑我不是亲生的，他现在又要有新的孩子了，也好。

——盛小羽，你以后也要像现在这样一直暗恋我啊，不然我又是一个人了。

傅春野那晚跟她说的每一个字，都让她想起来觉得心里又疼又软。毕竟他一直那么孤独，连喝了酒，都不知该找谁倾诉。

她作为一个学新闻的人，寻找答案是专业精神，可这个答案现在还重要吗？

她心里百转千回，欧阳却误解了她的意思。

"你们女生啊，就是脸皮薄。"他把盘子里的肉挑出来给她，"想要知道真相，就不要顾虑这么多！"

"可是知道真相又能怎么样呢？"

"不怎么样，大概心里能舒服点吧？两个人相处，做朋友也好，做恋人也好，如果心里总埋着一根刺怎么行，大事小情总该想办法把它化解，才能继续下去。"

他跟傅春野之前不也是这样吗，其实不是什么大事，两人心里都别扭着就没法继续做拍档和朋友，打一架把话说开，反而没事了。

欧阳远征陪着盛小羽走到经济学院楼的楼下，她似乎已经有了决定。

"谢谢你欧阳，我还是不上去了。"

"为什么？"

欧阳远征其实很好奇，假如《暗恋观察报告》真的不存在，那么傅春野可能就是喜欢她；假如《暗恋观察报告》是存在的，那他自始至终没有骗过她，两人的关系不会有什么改变，当然那也并不意味着他对她一点感觉都没有。

"我也说不清楚是为什么。"她苦笑了一下，"但我觉得你以后会明白的。"

等到他有了真正喜欢的人，可能就会懂，再亲密的两个人之间也会有秘密。

打开潘多拉的魔盒,并不会让自己变得更加幸福。

　　欧阳远征只能理解为她想逃避不愿面对,但他自己是个认死理的人,同时好奇心旺盛。

　　他独自一人去了蒋承霖的办公室。

　　他觉得这个空间里有一种熟悉的味道,就连这位教授的五官轮廓都有种莫名的熟悉感。

　　好像在哪里见过似的。

　　蒋承霖感到相当意外,在他的预期里,来问他有没有这篇论文的人应该是个女生,因为傅春野说了,那是对他很重要的人。

　　很重要的人是个跟他年纪相当而且眉清目秀的男孩子,这像话吗?

　　蒋承霖当下就感觉不太好了,胸口隐隐作痛,伸手去拉办公桌的抽屉。

　　最近后背时不时有牵扯性的疼痛,医生说是心绞痛前兆,嘱咐他要按时吃药,保持情绪平稳,不要激动,否则会很危险。

　　欧阳远征对此相当有经验。他从小调皮捣蛋,没少惹他老爸生气。到了这个年纪,老爸的心脏也不好使,手边经常备着速效救心丸,跟他一言不合就要去摸药吃。

　　他只是不明白,他又没说什么出格的言论,怎么这位教授就好像受了莫大的刺激似的,让他恍惚有种寒假结束了但又没完全结束的感觉。

　　"药在这里,水,先吞下去。还有哪里不舒服吗?要不要帮您叫救护车?"

　　他相当体贴懂事,难不成是故意在长辈面前表现?

　　蒋承霖越想越觉得胸口闷。

　　欧阳在给他端水喂药的过程中不小心看到了他电脑的屏幕。

　　他在信息学院学计算机,对将来用来吃饭的家伙有本能的亲近感,看到键盘和显示屏就忍不住多看几眼。

　　然后他就看到了当作桌面的那张照片,一个父亲揽着一双儿女,照片应该有些年头了,因为那时的蒋承霖比现在年轻很多,两个孩子也还年少。

　　傅春野不苟言笑的神态跟现在倒是没多大变化。

　　熟悉的五官轮廓原来是出自父子血亲的遗传密码。

熟悉的感觉是儿子对老子下意识地模仿，可能希望得到对方的认可和尊重。

他也终于明白盛小羽决定不上来的理由。

她已经知道了吧？

蒋承霖是傅春野的父亲，父亲总是会帮儿子兜底的——无论《暗恋观察报告》的论题是不是真的存在，从蒋承霖这里得到的答案都是傅春野想让她知道的。

欧阳远征收回手。

这算什么，《麦琪的礼物》？

这两个玩躲猫猫游戏的幼稚鬼当然没有义学大师欧·亨利的鬼才，但他忽然羡慕起他们来。

"你叫什么名字？"蒋承霖吃了药之后舒服一点，发觉还没记住眼前这个年轻人的名字。

挺机灵的，说不定来考自己的研究生也会是个好苗子。

欧阳赶紧跑了。

傅春野回到学校之后，感觉身边人都有点怪怪的。

先是欧阳在宿舍里给他递了张字条，上面写着春海市最好的心血管科室的专家名字和电话号码，据说是他老爸的朋友，让他有需要就去联系，报欧阳家的大名即可。

还有盛小羽。

她完全没有提及跟《暗恋观察报告》相关的任何话题，他翻看过她的那个小本子，该记录的照样好好记着，包括他喝酒之后跟她说的那些，不仅记得非常详细，还有简笔漫画，把他捧着手机说醉话的形象都惟妙惟肖地画下来，小本子记录的内容竟比之前还要认真几分。

仿佛寒假里有过的疑虑已经完全不存在了。

最关键的是，她居然又帮他把鞋给刷了，然后默默地放回储物柜里。

"不是说了我以后自己会刷吗？"

虽说春海市的春天来得早，但春寒料峭，她的双手泡进冷水里刷鞋，该把手指冻坏了。

"你刷的肯定没我刷的干净啊！"

"你爸妈也教我技巧了,你会的我都会。"

"我用了新的酵素去污剂,比以前的那种好用,这是最新的秘密武器,你肯定没有吧?"

她嘻嘻笑着,把分装好的酵素去污剂给他,这是老盛家洗衣店的独家秘方,除了刷鞋,其他地方的清洁也能用得到。

傅春野觉得她这种看起来毫无芥蒂的状态不太正常,就算她去过经济学院的办公室核实有没有那个论文的事情,也不应该这样。

他爸到底跟她说了什么,还是发生了别的意外情况?

看他沉默不语,盛小羽伸手在他眼前晃了晃:"怎么了,你今天不是要去羽毛球社训练吗?"

那双鞋是他打球时穿的,其实并不脏,可以看得出上学期接近尾声的时候,他穿它的频率很低。

"不去了。以后他们的训练我可能也会比较少参加,已经大三下学期了,社团我会慢慢全部退出来。"

盛小羽愣了一下。

"你放心,你是我拉进羽毛球社的,只要你想打球,我还是会陪你练的。"他解释道,"不过今天你要先陪我去另外一个地方。"

校园招聘宣讲会?

盛小羽看着学校行政楼多功能大厅外的立牌,再看看周围汹涌的人群,有点困惑。

他们现在来参加这个是不是太早了?

傅春野好歹是大三已奔大四,她才大二啊……

如今找工作已经难到这个地步了吗?

再一看立牌上的内容,今晚这场,来的好像是知名律所,跟他们的专业也完全不对口!

主讲律师倒是挺帅的——如果海报简介里的照片没有美颜过头的话,那当初读书时一定是跟傅春野差不多级别的帅哥。

还是他们明大的校友,名字也很好听,叫舒诚。

"你毕业后打算做律师吗?"她扭头问傅春野。

他是学经济学的,有很好的治学基础,英文也很棒,只要考得出律师资格证,也不能说律师这职业跟他完全不相干。

做兼并收购、首次公开募股业务的律师，不管收入还是职业前景都不错，妥妥的社会精英。

如果他去律所做律师的话，她要做什么工作才能成为配得上他的女性？

天哪，她觉得自己的"暗恋综合征"又犯了，一想就想出十万八千里，也太远了。

盛小羽被自己震惊了，还好傅春野没有发觉。

"我不是要求职，只是有个人要见一见。"

他瞥向海报上的舒诚。

当年跟姐姐傅年年爱得死去活来的男人，如今过得好吗？

盛小羽不知道他们之间有什么纠葛，以为他是仰慕同为校友的学长，才特意来一睹人家的风采。

她挤进人群中，硬是替两人抢到前排中心的位置，不管是他们看台上，还是台上看他们，都相当清楚。

舒诚本人比照片上还帅气，幽默风趣的谈吐让海报上那几行优秀的履历介绍显得呆板苍白。

他有成年人的稳重，穿着板型考究的西服，袖口露出的衬衫绣有主人名字的缩写，在主持人的引导下一跃上台，又有几分少年人才有的活泼。

他在解释今天为什么是由他来给大家宣讲的时候说："我们在分给他人幸福的同时，也能正比例地增加自己的幸福，而最大多数人的最大幸福是道德与立法的基础。"

旁征博引，这冠冕堂皇的话引用自著名法理学家、哲学家边沁。

底下掌声雷动。

除了傅春野。他一直抱着双手，眼睛却一眨不眨地看着台上的人，像是想通过他来考察某个人的人生有没有另一种可能性。

傅年年当初如果没有从法学院退学，也没有跟这个人分手的话，如今的生活会是什么样？

要是真的可以有这样的生活，她是不是可以考虑父亲的提议，回到学校读完她的法学院课程？

傅春野没想到有朝一日也会像父亲一样思考问题。

他讨厌所有这些假设，更讨厌这样的自己。

可是摇滚巨星列侬也说了，谁都无法拒绝长大。

他开始为姐姐考虑她的人生。

至少不能再有不顺心的事就跑到他的公寓去度假,或者干脆玩"人间蒸发"。

他有时候也想不通,到底是什么能让一个从小就积极进取,甚至有点争强好胜的人,说躺平就躺平。

是恋爱的遗憾吗?

盛小羽从傅春野的眼睛里看到了不甘。

真的很少见。

他自己都说了,他很少有得不到的东西,同样是付诸努力,他也比其他人更加事半功倍。

所以这种不甘的情绪从何而来呢?

世上付出努力和金钱也不一定能换取的东西是什么呢……难道是感情吗?

盛小羽感觉事情大了。

宣讲会结束后,傅春野被舒诚叫住。

"小野,好久不见。"

他们果然是旧相识。

盛小羽不知道两人之间要聊什么,不过看起来是非常私人的话题。

她相当识相地退到了多功能厅外面,在走廊上遇到了室友牛慧。

"咦,牛牛你怎么也在这儿?"

牛慧学的生物工程,专业跟律师更不对口,而且跟她一样才大二而已。

"我是陪丁芮茜来的,学生会的女生部三月八日要搞活动,需要请嘉宾。"牛慧推了推鼻梁上的眼镜,"但我跟她走散了。"

"嘉宾?"盛小羽回头看了看正面对面叙旧的舒诚和傅春野,"你们要请的难道是那个舒律师吗?"

牛慧摇摇头,示意她看向后台附近的工作人员。

"应该是跟他一起来的那个女生吧。"

盛小羽眯着眼睛找了找,果然看到台边一位挂着工作证的女性,她单手拿着一台笔记本电脑,正默默收拾台面上的东西。

个子真是高挑,皮肤白皙,妆容很浓,但相当明艳。

那是律所的工作人员吗?什么样的人需要丁芮茜这个文体部兼女生

部副部长亲自上阵邀请?

"啊,我看到小饼了。"盛小羽指给牛慧看,"她已经跟人家搭上话了!"

牛慧点点头,正要过去,有人快步从里面走出来,撞到她,手里抱着的东西散落一地。

盛小羽连忙蹲下帮她一起捡,看到有很多单独装订的简历,最上面那份赫然写着赵龙的名字。

"这是……"

"都是跆拳道社团的成员,大四学生和研究生都有。今年工作尤其难找,我看到校园宣讲会就来帮他们投一投简历,说不定会有机会。"

话是这么说,牛慧的脸却红了。

"牛牛,你快来!"

丁芮茜在不远处朝她们这边招手,那位浓妆却顾盼生辉的美人此刻站在她身边,也同时抬眼看过来。

哇,美人的眼睛好有侵略性……

"我先过去了。"牛慧道。

"嗯,正事要紧,你快去吧!"

盛小羽很大方地拍了拍牛慧的肩膀,反正回到寝室也有很多机会可以逼供。

傅春野他们的叙旧应该也差不多要结束了。

"你再说一次?"

突然拔高的音调吸引了所有人的注意,盛小羽扭过头就看到傅春野不知怎么揪住了舒诚的衣领,一副剑拔弩张的样子。

"她咎由自取,再说多少遍都一样。"舒诚神色淡漠,仿佛在说一个毫不相干的人,"成年人要对自己的行为负责,何况我都跟她分手多久了。七年,这种事为什么要来问我,难道还打算赖我一辈子吗?"

话音刚落,他的脸上就挨了一拳。

傅春野出手很不客气,而且并没有就此放过他的意思。

盛小羽大惊,刚要穿过人群上前阻止,就看见那位浓妆美人已经来到两人跟前,一把就截住了傅春野还要出拳的手,一拽一扛之间,一个过肩摔就将人摔在地上。

周围的人都看傻了。

傅春野撑着地面想要站起来，浓妆美人抬脚就要踩他的胸口。牛慧不知什么时候赶到，一脚横踢却踢空了，好在让对方退了回去，没有伤到傅春野。

"小心！"

赵龙不知是从哪里冒出来的，把牛慧挡在身后，眼神凶恶。

盛小羽赶忙趁机上前扶起傅春野，舒诚也跟跄地站了起来，抹了一下嘴角的血迹，不屑地嗤笑了一声。

好好的校园宣讲，最后竟然演变成在校学生和律所主讲人之间的一场打架。

这还得了！

学校领导震怒，把参与的一干人等全都请到了教务处。

盛小羽不算直接参与者，只是作为目击者被学院辅导员叫去问了一下情况。

几个人都分别在不同的房间被问话。

她出来后就一直在走廊外等。

她担心傅春野、牛慧和赵龙，他们都是当场跟对方动了手的，还把人给打伤了。

听说赵龙是因为在校外实习赶不上宣讲，回来之后去找牛慧，刚走到行政楼楼下就听说楼上打起来了。

他怎么可能让自己人在学校的地盘上被人欺负，二话不说就冲上去帮忙。

怎么会打起来呢？盛小羽还是百思不得其解。

她从没见过傅春野那个样子。

一开始只是不甘，后来则是愤怒、焦躁等各种情绪混杂在一起，完全烧毁了他的理智。

他跟舒诚之间早就认识，肯定也有私人恩怨，只是她想不通会是什么样的私人恩怨，能让两个看起来都自矜理智的男人当众打了一架。

那个浓妆美人又是谁呢？

牛慧当时说对方是高手，要周围人小心不要受伤。

那样一记过肩摔，力道确实大得吓人。

她那么急于维护舒诚，两人又是什么关系？

盛小羽揉乱了头发，想破脑袋也想不出个所以然来。

不远处一间会议室的门打开，走出来的人却是舒诚。

他经过盛小羽身边时停了下来。

"你是傅春野的女朋友？我看宣讲会上你一直跟他在一起。"

他果然从一开始就留意到他们了。

盛小羽不知道他要干什么，眼睛里带着戒备，鼓起勇气道："我替他向你道歉，他不是故意要动手打你的。"

"不是故意，你是说他来参加宣讲会是真有意向到我们律所求职？"

盛小羽说不出话来。

舒诚饶有兴味地俯下身："看来你都不知道他究竟为什么跟我动手，也不知道我跟他之间的恩怨，你们应该还不是男女朋友吧？怎么，还在暧昧期？"

"不管原因是什么，动手肯定是不对的，他也是一时冲动，如果被学校处分的话，对前途影响不好。舒律师你也是我们的学长，能不能看在校友的分上原谅他呢？"

明大校风极严，打架斗殴者一般是要受处分的，而且又是跟被邀请来做校园招聘的用人单位有冲突，怎么看都是性质恶劣，罪加一等。

就看学校怎么认定和处理了。

"我也不想得理不饶人。"舒诚语调凉凉，"你也劝劝他，别再因为那些陈芝麻烂谷子的事来纠缠我了，我跟他姐傅年年分手好多年了，不管她如今人在哪里，都不关我的事。"

盛小羽只觉得脑袋嗡地一下——

她以为自己听错了。

"你说他有个姐姐，叫傅……"

傅年年？

她肯定是听错了，或者是同名同姓吧，这世上同名同姓的人那么多……也许是凑巧了呢？

舒诚笑道："看来你们真不是男女朋友啊，你连他有个姐姐都不知道。他姐还挺有名的，你们年轻人不是都喜欢偶像团体吗，Venus女团听过没，他姐是团里的主唱傅年年。"

所有人都等待暴风雨的时候，暴风雨却没有降临。

牛慧和丁芮茜回来了，没有被处分，也没有被痛批，只需要交一份书面的情况说明就可以了。

傅春野和赵龙也没事，只是要打扫一周整个行政楼从上到下的厕所。

这样的结果，当然是舒诚方面愿意给予谅解，息事宁人。

丁芮茜整个人仰躺在椅子上叹气："怎么办，女生节的活动策划要全部推倒重来了。"

盛小羽在旁边坐着，不知在想什么，她这两天都有点异样的安静。

丁芮茜和牛慧对视了一眼，达成了某种默契，分别拖着椅子在她身旁坐下。

等她反应过来，丁芮茜和牛慧已经形成了包围之势。

"怎……怎么了，你们干吗这么看着我？"

"小羽啊，我们有点事想跟你商量。"

"什么事？"

"关于女生节的活动……"丁芮茜抿了抿唇，有些为难，"我们现在要换方案已经有点来不及了，之前的方案是好不容易开会讨论出来的，大家都认为是最好的。如果没有傅春野和舒律师这个意外的话，要付诸实施肯定是没问题的，现在就……唉！"

"对不起。"她莫名也觉得很抱歉，把丁芮茜和牛慧给牵扯进来，宣讲会结束后她们明明已经跟对方愉快地搭上话了，没想到出了这样的事。

"不，你不用道歉，又不是你的错。其实……其实我们还是有机会把这个方案按照原计划推行下去的，只要……"

"只要什么？"

"只要傅春野跟赵龙也参加这个活动。"关键时刻还是牛慧一鼓作气地说出来，"舒律师他们说了，只要傅春野跟赵龙也参加，就来做嘉宾，而且宣讲会上发生的事也既往不咎。"

"真的吗？"

她那天在走廊上遇到舒诚，怎么完全没听他提起。

"真的。"牛慧是不会撒谎的人，"虽然我们不知道舒律师跟傅春野有什么私人恩怨，但那天教导主任亲口转述的。傅春野他们如果不答应的话，可能还是会有处分的。"

至少会在档案里记一笔，这对即将面临毕业找工作的赵龙来说尤为不利。

"好吧，我会试着跟他说说。不过这个女生节的活动究竟是什么呢？"

女装角色扮演？

盛小羽看着女生节那份企划书，下巴都要合不上了。

"你……你是说要他们男扮女装吗？"

"正是如此！"丁芮茜手里拿着那份活动计划，口若悬河，"既然是女生节，当然要以女同胞们的愉悦感受为第一位啦！三八妇女节的时候，正是赏花的时节，我们搞一个以赏花为主题的游园会，各个院系都找几个比较有人气的男神出来扮女装，往树下一站，又养眼又搞笑，多好！"

盛小羽嘴角抽搐："你确定养眼吗？"

傅春野就罢了，想想赵龙扮女装站在花树下的画面，那不是养眼，而是辣眼吧。

这回轮到盛小羽叹气了。

冲动是魔鬼，早知道是这样的任务，她就不该一口答应下来。

根本不可能完成嘛……

丁芮茜安慰她："没关系，还有好多天，你动之以情晓之以理，一定可以说服他，我们相信你。"

"你们的信任是建立在什么的基础上啊？"

她都不相信自己好不好。

"傅春野愿意听你的。"

"不会只有你自己没发现吧？"

盛小羽苦涩地笑了笑，她们要是知道他隐瞒了多少事，就不会这么说了。

但现在的确不是她自怨自艾的时候。

那天她听舒诚说，傅年年农历新年后就联系不上了。

傅春野就是因为这个才找上他，认为他或许会知道姐姐去了哪里。

她能理解这种感受，在青州过年的时候，表妹思葭联系不上的那两天，他们全家都陷入了同样的焦灼和不安当中。

傅春野已经掩饰得很好了，她相信这种掩饰并不是为了在她面前装腔作势，他是不希望她为他担心。

可是思葭当时失联的时候，他毫不犹豫地帮她去找人，抚慰小姑娘糟糕的情绪，做了所有他能做的事。

现在轮到他遇见这样的事，她不可能袖手旁观，何况傅年年本来也是她的朋友和偶像。

然而当她想找傅春野的时候才发现，跟舒诚发生冲突之后，他就没怎么在学校出现过。

欧阳远征也说他没回宿舍住。

如果连舒诚都不知道傅年年去了哪里，可能情况真的比较麻烦了，傅春野只能自己跑去每个地方确认。

盛小羽虽然大概知道能在哪里找到他，但在碰面之前，她还有其他想见的人。

孟菁华和她的乐队成员因为演出而比报到的时间晚到了一周多，完整地错过了宣讲会上发生的一切。

盛小羽问过她，得知傅春野介绍了认识的鼓手朋友给她，正好这次在外演出时碰上了，合作也很愉快，乐队就打算跟这位新鼓手合作一段时间，所以短期内傅春野是不会跟他们一起玩了。

季杰的咖啡店，傅春野最近也没去。

于是盛小羽打电话给季杰："还记得过年时的约定吗，我能不能要求静姐飞过来请我吃个饭，就最近？"

季杰哈哈一笑："你还挺会挑时间的，她这几天正好就在青州呢！你有空的话，随时到我这里来，我们一起请你吃饭。"

杜雅静一身少见的休闲打扮，带帽卫衣外套了件厚外套，牛仔裤配球鞋，除了肩上依旧挎着爱马仕。

"啧啧，这才多久不见，我们小羽都变漂亮了。恋爱了吧？"

她咬着吸管，玻璃杯里是季杰为她特别调制的鸡尾酒。

盛小羽勉强勾了勾嘴角。

"之前的音乐节我虽然没去现场，但我可听朋友说了，你带着男朋友一起去的，要兼顾工作，还要给男朋友庆祝生日，可一点没闲着。"

啊……音乐节那天她穿着玩偶衣服的画面立刻如播放电影一般回到她的脑海里。

"我没想到那天会有那么大的动静,真是对不起……"

"别这么见外嘛,我朋友说你的工作完成得很好,一点也没有责备你的意思。音乐节嘛,本来就是玩,玩得高兴就算不虚此行。男朋友是谁呀,怎么今天不带来一起吃饭?"

"不是男朋友,不过静姐你应该认识。"

盛小羽调出手机里傅春野的照片,放到她面前:"这个人,你应该认得吧?"

"小野?"杜雅静只瞥了一眼,"对哦,他跟你是一个学校的,你们认识?那天跟你一起去音乐节的男生是他啊?"

看她的反应,盛小羽十分确信,杜雅静跟季杰早就知道傅年年和傅春野的姐弟关系,也知道傅春野是有意瞒着她,而且很有默契地保持了沉默。

该说这是他们身为成年人的边界感,还是他们太过相信傅春野的为人?

相信他不会伤害她。

盛小羽没有顺着这个话题继续说下去,而是默默关掉了手机的照片。

"年年姐最近怎么样?"

"不知道啊,过完年我们就没见过面。"一杯鸡尾酒很快就喝得见了底,杜雅静说,"她没事,如果你是想问这个的话。"

盛小羽一怔。

"你知道她失联的事?"

"哪有失联那么严重。"杜雅静挑起杯子里的水果放进嘴里,悠然道,"不过就是玩人间蒸发嘛,就是我们常说的'我想一个人静静'。"

"那你为什么……"

"为什么能联系上她?呵,小羽,你要是将来毕业了想做经纪人,首先要学会的就是怎么通过各种非常途径找到你手底下的艺人,而且三天两头就会面对同样的问题。像你年年姐这样的,在娱乐圈滚了一圈,别的东西没学会,怎么掩藏形迹让人找不到,她倒是学得挺成功。不过你放心,她没事,过一段时间想通了就会出现了。"

盛小羽还是不明白:"为什么连家人都不联系呢?就算发生了什么事,也可以跟家里人说啊!"

这时头盘菜肴端上来,法式焗蜗牛,有浓郁的奶油和迷迭香的香气,杜雅静已经迫不及待地舀起一个放进嘴里。

"你会这么想是因为你有值得信任和一直支持你的家人。"季杰放下餐盘,在杜雅静身旁坐下,"很多人没有这么幸运,在家人面前反而最不能犯错。"

"年年姐她……犯了什么错?"

杜雅静摆摆手:"没什么,就是被朋友坑了一把,房子、票子……都是身外之物,只要努力工作,还是会赚回来的。她就是没脸让家里人知道,她那个人啊,有时候太天真了!"

她那个当教授的老爸,还有那个腹黑又刻薄的弟弟,肯定多多少少都提醒过她,害人之心不可有,防人之心不可无,奈何她没听进去。

过完春节她从国外回来才发现出了问题,被朋友骗了,这时候让她去跟家人诉苦,事关尊严,她放不下身段,当然好像也没到那个地步。

也就死要面子吧,等这个劲过去了,或者她真的需要帮助的时候,自然就能联系上了。

这一家子都挺要强,但傅年年的个性跟那父子俩不一样,也不知随了谁,可能是随了那个当电影演员的妈妈吧。

杜雅静其实不止一次想过,要是她带的艺人是弟弟而不是姐姐,估计现在已经成为顶流了。

听到傅年年没事,盛小羽也稍稍松了口气:"我跟傅春野说一声,他这几天到处在找人。"

"让他急一会儿呗,干吗这么快告诉他?"杜雅静摁住她拨号的手,"饭都没吃完呢,就这么心疼他啊?"

"我能理解他的心情,上回思葭联系不上,我们家里人也很着急……"

"啊,说起那件事,真要谢谢你。我跟阿杰好不容易聚一次,要是因为这个弄得家里人不愉快,他的负罪感又要加深了。"

"静静。"

"好,不说了,今天我请客嘛,又在他的地盘,要吃什么喝什么随便点,一定要尽兴!喏,我敬你一杯,可不能不喝啊!"

盛小羽本来想推说不会喝酒,但咖啡店新推出的鸡尾酒酸酸甜甜的,入口像果汁汽水,好像喝一点也没关系。

她没想到的是,鸡尾酒的后劲这么大。

杜雅静应付过无数饭局、酒局,很能掌控局面,在保证盛小羽吃好之后,正好把她灌趴在桌面上。

"还有个甜品,看来你是无福消受了。没关系,回头我让你杰哥给你打包带回宿舍,跟小朋友们一起慢慢吃。"

杜雅静轻拍她的后背,顺带抽出她的手机,精致的哑光纯色指甲在屏幕上轻点,递给季杰道:"差不多可以叫小野来接人了。"

季杰好笑:"真要叫他来吗?"

"不是你说两个小朋友暧昧个没完,就是捅不破那层窗户纸嘛!我们做哥哥姐姐的当然要帮他们一把啊,直接连那扇窗户都给他们拆了。打吧,我去门口抽根烟。"

傅春野很快赶到了季杰的咖啡店。

他预期的是看到一个或趴或躺已经完全失去知觉的盛小羽。

然而并没有。

"她人呢?"

季杰指了指大厅里面。

鬼哭狼嚎的歌声,现场乐队都盖不过去的巨大分贝,猝不及防地灌进耳朵里。

一听就是喝高了的女声,很好,竟然没完全跑调。

刚才他还以为是哪个新来的乐队主唱。

傅春野看着站在沙发上拿着麦克风高歌的盛小羽,脑海里有很多问号,一张嘴却问了最不相关的一个:"你们什么时候还买了卡拉OK机?"

"一直都有啊。"

"她怎么会喝醉的?"

"有人请客,不知不觉就多喝了几杯。"

台上的高歌还在继续。

傅春野蹙眉:"你就放任她这么胡闹吗?"

其他客人好惨。

"放心,今天没有别人,你静姐请客,当然是包场。"

季杰又给他指了一下,他才发觉角落里抱着吉他跟着旋律舞动跟唱的人是杜雅静。

傅春野捏了下眉心。

这个世界上他最不擅长应付的女人总是会聚到一起。

最后他上去把电拔了，整个世界终于安静了。

"傅……傅春野啊，你来接我了是不是？"

盛小羽在半明半暗的光影中分辨出他是谁，立刻从沙发上以十万分的热情扑到他身上，八爪鱼一样挂住："我跟你说，我真的没有喝醉哦，你不要担心。"

"我才没有担心。"

她身上酒气熏天，傅春野真怕那个浓度给他也熏醉了，赶紧把脸扭向一边。

"我姐呢？"他问杜雅静。

"叫你来接你的小甜甜，怎么反而问起你姐来了？"

"我到处都找不到她，但你肯定知道她在哪里。"

"嗯，知道啊，我也知道她没事，只是需要一点时间自己静一静。"

杜雅静两手抱在胸前看着他："小野，你姐不是小孩子了，她知道自己该干什么，也承担得起后果。每个人面对挫折的方式都不一样，你应该多信任她一些。"

"我只是想帮她。"

杜雅静笑了笑："知道你姐为什么不红吗？因为她总是有退路，这样不行。混这个圈子，很多时候需要孤注一掷的决心，这种决心你姐只有在刚出道的时候有过，所以她成团了。她明有实力，还可以走得更远，只要你对她苛刻一点，考验多一点，就像对小羽毛一样。"

傅春野的脸色变了变："什么考验，我才没对她苛刻。"

要是苛刻，他会一听她喝醉了就赶过来接人吗。

"没有啊？那最好，她好像还不知道你跟年年的关系吧？你最好想想，等她清醒以后怎么跟她解释。还有我之前让你转交给年年的那部手机，年年说她留给了你，我想你应该是有什么特别的用处吧？"

如果是大号切小号跟人家小羽毛聊天，现在已经露马脚了。

第八章 宿醉

SPRING
IS
IN
THE
AIR

傅春野把盛小羽带回了自己的住处。

她这样一身酒气,不可能直接回宿舍。

在咖啡店里还引吭高歌的人,到了他的地盘倒是格外安静。

"嘘,声音轻一点,邻居会投诉。"

走到门口她把食指放到唇上示意,看来还记得上回在他这里跳舞被投诉的情形。

她的酒品大概是遇强则强遇弱则弱,要是像季杰和杜雅静那样任她发挥,她说不定会把墙都拆了。

傅春野把她扔在沙发上去倒水,之前向阳给他买的即冲醒酒汤还剩下一些,正好派上用场。

她很豪迈地一口干了。

"慢点喝。"他始终眉头深锁,"你这样等会儿又呛到了。"盛小羽眨巴着眼看他。

喝醉了的人,神志不清,眼睛却仿佛能把人里里外外都看透。

傅春野瞥开了眼。

"是你吧？"她突然没头没脑地问了一句。

"什么是我？"

"用年年姐的手机给我回……回消息的人，其实是你，对不对？"

"你喝太多了。"

"我才没有喝多！"

她拉了他一把，醉汉的力道也大得吓人，一下就把他给拉得跌坐在地板上。

"静姐都告诉我了……年年姐以前用的那个手机，她让你转交，你肯定自己藏起来了！难怪……"

难怪每次她需要的时候，回复都很及时，几乎是有问必答，而且说话的风格也跟真正的傅年年不太一样。

她不是没有过怀疑，但怀疑的种子总是刚刚冒头就很快被掐灭。

没道理，谁会拿着傅年年这个明星的手机，为了跟她这么个无名小卒玩恶作剧的游戏呢？

现在看起来，她的基本情况对方是知道的。而这个人就在她身边，离她那么近。

"你既然都知道了，何必还来问我？"

"我才不知道！"她的声音又高昂起来，"我什么都不知道！我只是想不通你为什么要骗我……捉弄我就这么有趣吗？"

"我没想捉弄你。"

"我像个傻瓜一样，什么都跟你说……你还装模作样地给我出主意，太过分了。"

她说着说着哽咽起来，抬手抹了把眼泪。

傅春野一看她哭了，有些慌乱，扯了几张纸巾给她擦眼泪："别哭了，我不是故意要骗你。"

"那你为什么不告诉我，你跟年年姐是亲姐弟？"

"告不告诉你有区别吗？就算我早告诉你，你也想不起我来。"

盛小羽的瞳仁还泡在眼泪里，雾蒙蒙一片："我们以前……见过吗？"

傅春野没好气，看吧，他就知道会是这样。

"你好好休息，睡一觉等酒醒了再回学校。我就在房间里，你有什么事就叫我。"

他作势要起身,却又被她一把拽了回去。

"不行,你不能走,今天你不说清楚,哪里都不准去!"

酒壮怂人胆,喝醉的人真是什么都不怕,就这么直直地盯着他。

傅春野也火了:"你让我说什么,说我是傅年年的弟弟吗?你现在不是已经知道了吗!"

"可……可是……"

"要是我一开始就告诉你,我是傅年年的弟弟,我们早就见过,还会有《暗恋观察报告》的论文吗?你只会把我当成一个朋友的朋友,就算你那些傻乎乎的暗恋行为弄错了人,顶多说句对不起就过去了,然后满脑子仍然想着你的周向远!"

"你……"

"对,是我先认出你,注意到你的,但我不希望你的印象只停留在我是谁的弟弟,也不希望……"

什么?

"也不希望让你知道,是我先喜欢你的。"

没错,那份《暗恋观察报告》,其实他自己就能完成。只不过一开始的时候,他并不知道原来那样的感情就叫暗恋。

盛小羽傻眼了,酒都醒了一半。

"你喜欢我?"

"很得意吗?明明是你起的头。"

"不,我是说……"

"你什么都不准说!"他捂住她的嘴,生怕从她嘴里听到她说喜欢别人之类的话,"这几天烦我心的事已经够多了,你就安静一点,等过了这一阵子……"

盛小羽拼命摇头,嘴里发出"嗯嗯"的声音,最后用力一把拉开他的手。

"可是我也喜欢你!"

这下轮到傅春野愣住:"你说什么?再说一遍!"

"你这人,怎么都不听人把话说完?"她抱怨着,"我说我也喜欢你,不是因为那个论文的事情,我知道那应该是你编出来骗我的……可我喜欢你是真的,肯定比你喜欢我要早!"

她又变得轻飘飘了,整个人被卷入怀抱里,有亲吻落在唇上。

原来男生的嘴唇也这么柔软吗?

傅春野抱紧她,一开始他站着,让她靠在自己身上,随着唇舌间的厮磨,又重新将她放回沙发上,自己也慢慢跟着靠过去。

他尝到她嘴里的酒味,却一点也不嫌弃,甚至怀疑自己是不是也被熏得神志不清了,才会在坦白隐瞒她的事实之后,还能听到他最想听到的话。

就算这是她喝醉之后的胡言乱语也没关系,至少眼下这一刻,没有什么单恋和互相试探,他们真的尝到了两情相悦的滋味。

想到明天宿醉过后,她可能什么都不记得,他在她唇上轻咬了一口。

"嘶……"

很满意地听到她倒吸一口气,他稍稍退开一些:"你说你更早喜欢我?"

她点头。

"不会是我在更衣室抓住你的时候你就喜欢我了吧?"

"当然不是!"

"骗子。"

"我没骗你……"

他又重新吻她,这回很是辗转缠绵,直到最后他才在她颈侧吮了一口。

"那你今天说的话,可别忘了,明天我要跟你对质。"

"对质……什么?"

他捉住她的手指,包裹在掌心,笑了笑:"当然是你喜欢我,我也喜欢你这件事。"

盛小羽不记得自己昨晚是怎么睡过去的。

她甚至不记得自己是怎么离开季杰的咖啡店的。

但她是在傅春野的公寓里醒来,这点她还是知道的。

傅春野特意做了早饭,尽管太阳蛋煎得有点焦了。

盛小羽咬着焦得最厉害的蛋边,趁机悄悄看对面傅春野的脸色。

他从她起床跟他问候早安开始,就一直心情不太好的样子,绷着脸,也不说话。

"那个……"她讪笑了一下,"你不吃吗?"

"我吃过了,这些都是你的。"

哎呀,语气也冷冰冰的,果然心情很不好。

盛小羽吃完太阳蛋,又勉强喝了两口牛奶,就算吃好了。

傅春野挑了挑眉,她知道他要说什么,赶在他开口之前赶紧解释道:"我昨天喝多了,吃的也不少,到现在还有点吃不下东西。晚点回学校后,我会好好吃东西的!"

往常她这么说,傅春野就会放过她,可今天他好像有点不依不饶的意思,一直盯着她看。

她不太自然地抬手摸了摸左边肩膀和脖子交接的地方。

是不是内衣肩带露出来了,不然他为什么老盯着这里。

傅春野问:"你不好奇昨晚是怎么到我这儿来的吗?"

"我怎么到你这儿来的?"

他的脸色更差了:"所以你是什么都不记得了?"

盛小羽有点尴尬,喝酒"断片"很正常嘛,老盛家的传统,他为什么看起来这么生气?

"应该是你送我到这儿来的吧,对不起,又麻烦你了,我有没有做什么出格的事?"

看他的表情,她感觉很不妙。

大概不只是出格,而是非常出格。

她不会是喝多了又唱又跳吵得他的邻居又来投诉吧?

"如果我做了很过分的事,我跟你道歉,要是吵到邻居的话,我会跟他们解释的!"

她的求生欲很强,不过完全不在重点上。

傅春野的脸色依旧不好看,但也逐渐冷静下来了。

"明知道自己酒量不好,为什么还在外面跟人喝得酩酊大醉?"

盛小羽的嘴角动了动,这方面他有脸说她吗,前几天是谁喝多了找她说了一晚上醉话?

"我知道你在想什么。"他适时打断她,"不过我跟你不一样,我那是在自己家里,而且我是男人。"

"我也是在表哥的店里……"

"你说什么,可以大点声。"

"没有。"她连连摆手,"我的意思是,这年头男人也很危险,尤其像你长得这么好看,身材又好,要是真在外头喝醉了被人捡走,还不知会发生什么样的惨案呢!"

千穿万穿,马屁不穿。

傅春野听她说他长得好看身材又好,神情缓和了一点。

"不要以为在熟人的地盘就不会出问题,你表哥要是能照顾你,你又是怎么到我这儿来的?"

盛小羽不吭声了。

杜雅静会叫傅春野来接她,其实就相当于告诉他,她已经知道他跟傅年年是姐弟了。

静姐其实是希望他们能开诚布公地谈一谈吧?

仔细想想,她的脑海里偶尔会有一些片段,好像他们之间已经有过交谈,可究竟谈了些什么,脑子里还是一团糨糊,完全想不起具体的内容。

"怎么不说话了?"

他以为她多少想起一点昨晚在这里发生的事。

盛小羽斟酌了一下,鼓起勇气道:"你找到年年姐了吗?"

"为什么这么问?"

"因为静姐说她没事,只是被朋友坑了,自己觉得丢脸才不想跟家里人联系……"

"我是问你为什么会知道她是我姐?"

"我从舒律师那儿听说的。"盛小羽抬起头看他,"既然你跟年年姐是姐弟,那我们是不是很久之前就见过?"

"没有。"

他想也没想就矢口否认,神志清醒的时候,同样的对话心境却完全不一样。

"那你为什么不告诉我你们的关系?"

"你又没问。"

呃,这倒也是。

"你是从什么时候知道我认识年年姐的?"

"我们认识的第一天,记得吗?"他毫不客气地敲碎她的侥幸心理,"我送你去医院的路上,你在出租车里说你做过她的助理,还说我们这个姓氏的人是不是都很好看。"

盛小羽恨不得把脑袋扎进地心里:"我那时候只是有感而发。不过……现在看起来,你们确实长得有点像啊,而且是真的挺好看嘛!"

唉,她的想象力还是不够丰富啊,怎么就没往下多想一点呢。

这次马屁不知是不是拍在了马腿上,傅春野没接话。

沉默了半晌,他才说:"隐瞒我跟姐姐的关系确实是我不对,我跟你道歉。"

盛小羽一惊:"不,你不用道歉,我能理解。每个人都有不想跟人说的秘密嘛,再说之前我们也还不熟。"

"是吗,那你觉得多熟才能无话不说?"

都已经亲过了,她脖子上还有他留下的印记呢,算不算熟?

盛小羽不知该怎么回答,感觉傅春野今天很是喜怒无常。

她想起其他正经事。

"如果……我是说如果,你真的觉得抱歉的话,能不能答应我一件事呢?"

"什么事?"

她舔了舔发干的嘴唇:"学生会女生部打算在三月八日搞一个女生节活动,本来是联系好了嘉宾的,但因为那天你跟舒律师打架,可能没法办了,除非……"

傅春野深深吸气:"你能不能干脆点,一口气讲完?"

"除非你能亲自参加女生节的活动!是舒律师那边提出的!"她也豁出去了,"其实这也是为了你和赵龙学长着想,如果舒律师那边不能完全谅解的话,说不定你们还是会有处分的。赵龙学长马上要毕业了,没机会撤销处分,这记录就要在档案里跟他一辈子了。"

傅春野冷笑:"这也是舒诚跟你说的?"

"不是啊,我哪有这么大面子让舒律师跟我谈条件?我室友她们是女生部的干事,她们很诚恳地希望这件事能大事化小,小事化了。"

"你放心,我没想连累其他人,这件事我会跟舒诚解决好。女生节活动,我就不参加了。"

"可是……"

她急得站起来,傅春野也正好转过身,两个人的距离一下子拉得极近。

盛小羽的视线正好能看到他的下巴，包括淡粉色的嘴唇，看起来好柔软。

男生的唇也会这么柔软吗？

这样的感慨刚从脑海里冒出来，就吓了她一跳。

她怎么好像经历过这一幕似的？她的大脑是在跟她开玩笑吗？

不是常有这种情况吗，总感觉眼下的事好像曾经发生过，科学家认为是大脑的海马体出了点差错。

对她这种刚经历了宿醉的人来说，别说海马休，整个大脑出了差错也完全有可能！

可是，有没有可能是真的发生过的呢？

她昨晚是不是也这样盯着他的嘴唇看了，甚至对他上下其手、毛手毛脚？

妖怪们酒后失态会露出尾巴，她会不会是酒后失态暴露了自己觊觎他的美色？

傅春野见她盯着自己的嘴唇看，心脏一度怦怦加速，以为她会想起昨晚两人在客厅沙发上的亲吻。然而她看了半天，眼神越来越困惑，脸色还一阵红一阵白，他就知道她还是什么都没想起来。

他也不知道在气什么，感觉自己像个被辜负的怨妇，还在等着渣男回头。

"我就先回学校了，昨晚真的谢谢你。"她简单整理了一下自己的书包，跟他告别。

昨晚夜不归宿，万一室友们问起来，路上她还得编个像样的理由跟她们解释。

傅春野没有挽留的意思，搭着打开的大门，像是巴不得她赶紧走。

"盛小羽。"

才走了两步，他又出声叫住她。

"嗯？"

她回头看着倚在门边的人，好像随时会朝自己走过来，不知怎么的，竟无端紧张起来。

"你刚才说的女生节活动，我可以参加，只要你想得起昨晚来我这里之后发生的事。"

说完就砰的一声把门给关上了,力道之大,震得她都下意识闭上了眼睛。

让一个喝酒"断片"的人回想起前一天到底发生了什么,不是强人所难吗?

盛小羽回到学校,宿舍里只有牛慧和丁芮茜在,看到她回来只是随口说了句"回来了",就没再多说别的。

她半路想的几个理由全都没用上。

"菁华呢,她上午有课?"

丁芮茜正对着镜子往脸上拍粉:"没有啊,她好像跟乐队去见经纪人了,说是杰哥的朋友介绍的,你不知道吗?"

这么一说她想起来了,杰哥的朋友就是杜雅静,看过孟菁华他们的原创歌曲和现场表演之后,说可以介绍个专门做乐队的经纪人给他们认识,不一定能出道或者发唱片,但跟圈内的资深人士聊一聊也能开阔下眼界,他们就去了。

所以昨天在咖啡店驻唱的是其他乐队,否则她喝多了的糗事估计她们早就知道了。

盛小羽拿出干净的衣服,打算去浴室洗个澡,看丁芮茜在照镜子,也跟着照了照,发觉有点不对劲。

"小饼啊,你看看我脖子这里是怎么了,为什么有好几块红斑?是过敏了,还是被什么东西咬了?"

形状不规则的红斑,像是皮下出血,左右两边都有一两块,在肩膀靠近颈部的位置。

今早傅春野好像就是盯着这个地方看,她以为是内衣肩带滑出来了。

所以那时候就已经有这些瘢痕了吗?那至少可以证明不是路上碰到什么东西过敏了。

丁芮茜探头过来看,本来是漫不经心的,想着顶多是化妆品或者花粉过敏,去校医院要颗阿司咪唑吃吃就完事了。

谁知一看之下,瞪大了眼睛:"你……你这是上哪儿弄的?"

盛小羽摸了摸,不痛不痒,但是看她神情这么惊讶,像是沾染了什么了不得的毒素或者得了绝症似的,有点害怕地说:"我不知道,昨天喝了鸡尾酒,难不成是对其中的哪种酒过敏?"

"你昨天喝酒了?在哪儿喝的?跟谁一起?"

丁芮茜抓住她的肩膀,脸上的表情简直像要吃人。

盛小羽更害怕了,瑟瑟道:"就在我表哥的咖啡店,还有他女朋友,然后……"

然后就去了傅春野那里。

牛慧看两人一惊一乍,也走过来看了一眼,推了推鼻梁上的眼镜:"哦,你这是吻痕。"

一如既往的平静,仿佛在说,哦,今天中午吃的红烧鸡腿。

盛小羽整个人石化了。

吻痕?她都没有可接吻的对象,哪儿来的吻痕啊?

"真想不起来吗?你再好好想想,喝完酒之后你去哪儿了,跟什么人在一起?"

盛小羽缓缓转过头:"跟谁在一起,就证明吻痕是谁留的吗?"

"当然!你昨晚只说跟朋友有点事不回来,我们还以为是你家里有什么事呢。不会是那个周向远吧,他腿上的伤好像好一点了,我这两天还看到他拄着拐杖在校园里蹦跶呢!"

盛小羽使劲摇头。

"我昨晚是怎么跟你们说的,发消息还是打电话了?"

"在群里,你自己看吧。"

牛慧打开手机界面给她看,她们寝室四个人的微信群里,她昨晚十点三十分发的信息:"今晚跟朋友有事不回去,不用给我留门。"

这真是从语气到标点,都充满了傅春野的个人风格。

从时间上来看,的确是他去咖啡店接走她之后发的消息。

他今早说她想不起昨晚发生的事,原来指的是这个"事"吗?

他俩接吻了吗?

盛小羽两手抱着脖子,把脸埋在臂弯里,不肯抬起头来。

丁芮茜还在嚷嚷:"你别怕,现在是法治社会,哪个王八蛋占你的便宜,你勇敢点说出来,我们给你出头!要不先报警,趁着证据还在……"

牛慧拉住她,示意她看仔细点。

盛小羽的耳朵都红了。

这反应根本不是害怕,而是害羞啊!

其实那天跟杜雅静一起吃饭,喝醉之前的情形她还是记得的。

因此她知道要找到暂时失联的傅年年,前经纪人这条路也走不通。

虽然杜雅静讲的也很有道理,人都要自己在摔打中学会成长,但对亲人来说,联系不到对方的这种焦灼感是他人很难体会的。

她不想让这件事成为傅春野的困扰。

他最近情绪忽好忽坏,应该也是跟这个有关,不然就不会闹到跟舒诚打架这么严重了。

她正想着,居然收到了陌生人打来的电话。

电话那头是个女人的声音,单刀直入地问:"你们找到傅年年了吗?我知道她在哪儿。"

盛小羽本来应该惊讶的,也确确实实惊讶了五秒,但仔细核对过那个来电的座机后,还是小声问:"那个,你是舒诚律师吗?"

这下轮到对方沉默了五秒。

"耳力不错嘛,你怎么听出是我?"

舒家兄弟俩天赋异禀,他凭这把嗓音,弟弟凭那张脸和两条长腿,骗倒过无数"老狐狸"都不曾露馅,现在居然一下就被一个小姑娘给拆穿了。

盛小羽解释说自己才没这么厉害:"我只是特地查询了你们律所的固定电话,上回你跟傅春野打架,我怕万一有什么事要找你商量……"

万一他们的谅解不作数了,她好再打电话去请求他通融通融。

"还挺聪明的。"舒诚笑了笑,他最喜欢聪明伶俐的人了,"可是就算电话是我们律所的,打电话来的也不一定就是我。"

"别的事不一定是你,可年年姐的事不一样。你也希望我们能快点找到她吧?"

"噢?何以见得?"

"从你的语气里听出来的。"

他一定以为自己掩藏得很好吧,可明明就充满了异样的关切!

舒诚在电话那头又沉默了一阵,然后似乎微微叹了口气。

"你把地址记下来吧。"

盛小羽连忙掏出小本子:"嗯,你说,我记下。"

舒诚报出地址,她立刻意识到这个地方她也知道。

"原来年年姐去了那里啊。"她自言自语地嘀咕了一句。

"嗯,你知道就行,别让其他人知道是我告诉你的。"

"可是被问起来我怎么说啊?"

傅春野肯定是会问的。

"那就要靠你自己圆过去了。你是学新闻的,将来做娱记的话,也跟我们律师做尽职调查一样,什么都能挖出来,不是吗?"

"可是……舒律师你明明也还关心年年姐,为什么不告诉她呢?"

这样的问题,其实不用问她也朦朦胧胧地知道答案,那些言情小说可不是白看的。

舒诚没有回答她,最后只说了句:"你们这个年纪的感情是很纯粹的,记得好好珍惜。"

无论是她,还是傅春野。

周一的早晨,天刚蒙蒙亮,空气中有层薄薄的雾。

傅春野从公寓出来,下楼准备晨跑,看到有个人影坐在门口的台阶上,虽然隔着雾气,他还是一眼就认出那是盛小羽。

乍暖还寒的时候,清晨的气温还不是太高,她不知在那儿坐了多久,冷得裹紧外套还瑟瑟发抖。

"你怎么来了,今天没课?"

那天晚上的事情,难道她已经想起来了?

他只有周末回公寓,周一就要回去上课,她如果有什么事,完全可以等他到了学校再跟他说。

除非是不方便在学校说的事。

傅春野握着钥匙的手不由自主地收紧。

盛小羽看见他也很拘谨的样子,赶忙站了起来,连冷都忘了,急忙问:"你现在有空吗?我想带你去个地方,有点远,最好能自己开车。"

她背后就是那辆沃尔沃轿车。

傅年年之前离开他住处的时候,车都没有开走。

也正因为如此,他以为她很快就会回来,没想到这么久都杳无音信。

明明春节她在国外旅行的时候还好好的。

如今从老妈到杜雅静,个个都告诉他姐姐没事,但就是不肯详细告诉他究竟发生了什么事。

仿佛他的心境都不重要,那些担忧都是多余的。

"去哪儿?"上车后他问。

盛小羽已经设置好了导航:"跟着提示走就到了。"

结果导航把他们一路导到了码头。

太早了,城市早高峰都还没开始,傅春野车速很快,等反应过来的时候已经到了海边。

"应该就是这里,这条小路拐进去就到了。"盛小羽坐在副驾上,边看路边指挥。

傅春野闻到了很重的海水腥气。

这种味道跟在客运码头闻到的海的味道不一样,是那种海产品的腥味。

小路的凹凸不平让车子颠簸起来,他蹙了蹙眉。

"这是哪儿,渔村?"

他在春海市生活了这么多年,几乎没来过这种地方。

"嗯,算是吧,前面有很大的渔市,周一早上最热闹。"

盛小羽示意他把车停在几户民宅围墙的中间,正好能看到对面的院子,而进出的人又不容易留意到他们。

傅春野不知道她让他看什么,她却很认真,连望远镜都带上了。

"你是找了做狗仔的兼职吗?"

到底带他来这儿干吗?

盛小羽"嘘"了一声,很快把望远镜给他,示意他自己看。

对面渔家小院的门开了,一身休闲打扮从里面走出来的人竟然是傅年年。

傅春野几乎以为是自己眼花看错了,拿开望远镜,像要确认似的又重新看了一遍。

的确是姐姐傅年年,院门口有位年长的女性追出来,大概是这家的女主人。

两人讲了几句话之后,她就相当轻松愉快地甩着两只手往渔市的方向去了。

傅春野扭头看向盛小羽："你能给我解释一下吗？"

"你不是想找年年姐吗？她最近这段时间就待在这里，每周一、周三都会去逛渔市。"她的视线还盯着窗外，"她已经走了哦，我们不用跟上去看看吗？"

"你怎么知道她在这里的？"

盛小羽挠挠头："那天跟静姐吃饭的时候，她说做经纪人要学会的第一件事就是要在各种情况下都找得到自己跟的艺人。我就想，我当年年姐助手的那两个月，年年姐的很多生活轨迹其实都是经过我手的，我应该能找到点什么，所以就找到这儿来了。"

"这是什么地方？"

"Venus女团以前拍过一个综艺节目，在这个小渔村住了挺长时间，年年姐很喜欢这里，尤其喜欢逛渔市。春海市是她的家乡，她在无助和烦躁的时候如果不想回家，就会找相对放松和让她觉得舒服的地方。这一带的村民现在都做渔家乐，这段时间是淡季，我稍微打听了一下，就发现她的住处了。"

而且连她出门逛渔市的规律都掌握得一清二楚。

这是她事先准备好的说辞，能找到人多亏舒诚的提醒，当然这个地址她确实是以前就知道，听说傅年年最近在这里，她自己也来核实过，才敢带傅春野过来。

"你果然是做了狗仔队的活。"他揶揄道。

才不是什么经纪人呢。

盛小羽有点着急："我们真的不用跟上去吗？"

"跟上去干吗，让她发现把车落在我这儿了，然后趁机把车拿走，让我们走路回去？"

"年年姐才不会这样呢……"嘟囔了两句，她才猛然反应过来，"这是她的车啊？"

很意外吗，他姐一向是个实用主义者。

傅春野安静了片刻："你特意带我到这儿来，就是带我来找她？"

"嗯，我知道你很担心她。上回在我家，联系不上思葭的时候，我们也很着急，所以我能理解你的心情。"

这种焦虑，不是有人简单告诉你一声没事就能消除的。对于真正关心和在意的人,除非亲眼看到她平安,否则心里的焦灼感会让人茶饭不思,甚至行为都变得不像自己。

就像傅春野跟舒诚打架,如果不是因为姐姐而焦心,平时他绝对不会那样失控。

"所以你这几天就是在忙这件事?"

从那天她宿醉清醒后,他们就没怎么见过面。

他以为她多少想起了一些那天晚上发生的片段,但还没想好要怎么面对他,才不跟他联系。

现在看来,她大概是在忙活着找傅年年。

盛小羽刚修剪过头发,齐肩的长发垂下来正好挡住半边脸,这样傅春野就看不到她脸红了。

"我觉得这件事应该对你很重要吧……"

"然后呢?"

然后……什么然后?

盛小羽脑子转了转:"女生节的事……"

他就知道!

傅春野气得一打方向盘,直接又把车开上了来时的公路。

盛小羽还在扭着身子往后看:"渔市就在那边,你真的不去见见年年姐,跟她说点什么吗?"

她好不容易才找到人的……

傅春野握着方向盘一言不发的样子真是好可怕,就像那天他甩上门一样,好像憋着很大的怒气似的。

她都已经帮他找到年年姐了,最大的心事也了了,他为什么还是这么喜怒无常啊?

傅春野把车停在明大对面的路边,命令道:"下车。"

盛小羽哆哆嗦嗦地解开安全带:"你……不进学校吗?"

今天一整天没课?

傅春野其实只是想先回公寓换身衣服,他穿着早上跑步的衣服就跟她出来了,这周要带的衣服、书包也还没拿。

但听她这么问,他就觉得有些东西再也按捺不住了。

"我如果不答应你参加女生节的活动,你是不是也不会帮忙去找我姐?"

盛小羽愣了一下。

"说话。"

"不是啊，我去找年年姐是想帮你，女生节的事只是想起来顺嘴提一下……"

"撒谎。"他打断她，"那天晚上的事你是一点都想不起来了？"

他说过的吧，只要她想起那晚的事，女生节的活动他就会参加。

甚至不只是女生节，今后她想要天上的星星，他都会尽自己所能地想办法摘下来给她。

可她只是选择逃避，宁可用另一件并不容易的事来作为交换。

盛小羽的脸又红了，下意识就想去摸肩颈处显眼的红色瘢迹，昨天照镜子时还能看到淡淡的红痕呢，不知今天是不是完全消退了。

自从她知道这是吻痕之后，这段时间她到哪里都戴着围巾，连到有空调的教室上课都不敢摘下来。

她的确想不起具体的情形，何况她也没勇气跟他确认那晚发生过什么！

"我……"

"你不用说了。盛小羽，我就问你，你是不是不管为我做什么都是有条件的？"

尽管他们的确是从这样一种关系开始的，可他真正怀念的，反而是最初她弄错储物柜时做的那些事，因为那都是发自内心的。

可惜，那些并不是为了他。

他不知道自己到底是什么时候掉入这种有所求却又求不得的怪圈里。

"不是的！"

盛小羽是真的急了："我不知道你为什么要对我隐瞒你跟年年姐的关系，但从我知道你是她弟弟之后，我想的都是我怎么没早一点猜到呢，你们是不是有什么顾忌才不想让我知道呢……正好年年姐又失联了，我看你宁可一个人想办法找人甚至跟人打架也不跟我说，可能是真的不想让我知道。所以我才会先跟静姐见面，想着能暗中帮到你最好，哪知竟然喝酒喝过了头……但我是真心想帮你找到年年姐，让你别那么担心，不是为了从你这里得到什么！"

她说得恳切又着急，声音里带了一丝哽咽。

傅春野最看不了她这种泫然欲泣的模样，为别人也好，为他也好，委屈巴巴的就不行。

嘴上不饶人，他的心却已经软了："是吗？我怎么没感觉到。"

"你感觉不到的事情还多着呢……"她低声咕哝，"不过我可以证明，我帮你做的事就是想帮你，不是有附带条件的。"

"怎么证明？"

"先说好，你不准生气。"

"嗯。"

傅春野还在想她又会做出什么石破天惊的事让他生气，她已经俯身过来，在他唇上重重一吻。

那天晚上发生的事，她是真的回忆不起来了。

但想来大概也跟这个差不多。

至少她还没在他身上留下红痕呢！

只是亲完她自己也傻了，趁着傅春野比她石化得更厉害，赶紧说了句"谢谢你送我"，就赶紧打开门跑下了车。

她还是准备向小饼和牛牛她们负荆请罪吧，让傅春野参加女生节活动八成是没戏了。

她跑了，傅春野独自愣在车子里，像是不敢相信似的，抬手轻轻碰了碰自己的嘴唇。

更不敢相信自己眼睛的是刚从街边便利店出来的欧阳远征，他是趁课间跑出来买手机数据线和早饭的，没想到竟然看到了这么惊人的一幕，嘴里叼着的热豆浆都差点掉在地上。

傅春野周末一般不在寝室住，但周一早上就开车载着盛小羽一起出现在学校门口，这就有问题了！

难道……两人已经发展到那一步了吗？

会不会太快了啊，而且难得看到盛小羽那么主动而傅春野对她并没有表现出像对其他女生那样的抗拒，这怎么看都不是单方面的暗恋吧？更不会像盛小羽说的为了完成论文，如果不是真的喜欢，傅春野这样的人连跟人假戏真做的可能都没有。

女生节如期而至。

尽管因为没法说服傅春野的事已经跟丁芮茜和牛慧道过歉了，但真到了活动开始的这天，盛小羽还是觉得心存愧疚。

光听策划方案，她就觉得男扮女装的活动很有意思，应该会在校园里有一波轰动的热潮，现在没法实现了。

丁芮茜跟她说："没关系，今天你记得来参加活动，葵园活动广场，有很多奖品。"

有钱捧个钱场，没钱捧个人场，要让活动热热闹闹的，当然人越多越好。

所以盛小羽很早就去了，带着牛慧那部徕卡相机。她从上学期上新闻摄影课开始，就一直在网上找教程自学摄影，希望不只是在今后的工作里能用上，在如今这样的活动上也能充当摄影师的角色。

反正她的运动细胞和文艺细胞都不太行，当个幕后的工作人员正合适。

天气不错，葵园的玉兰、早樱和海棠都开得很漂亮，轻风拂过，落英缤纷，如果真有古装扮装者在树下游园，一定会赏心悦目吧。

越想越觉得遗憾。

"干吗呢，在这儿唉声叹气？"

欧阳从身后冒出来，伸手绕过她的脖子，低头瞥见她胸前挂着的相机："哟，好家伙，徕卡无反相机，挺专业啊，要拿来拍什么？"

"今天女生节，我来拍点照片。"盛小羽扭着身子看他，"你呢，怎么也到这儿来了？"

"你不是说了嘛，女生节活动，我就是来参加活动的，反正下午也没什么事。"

"女生节……你能参加什么活动？"

就算有游园之类的，也应该是针对女孩子的吧。

"我也不知道，只说今天临时有变，人手不足，只要愿意参加活动，期末给加操行分，我就来了。你要好奇，跟来一起看看不就知道了。"

临时有变？男生扮装者的方案不能实行，已经改了其他的，难道又出了什么问题？

学生会在二教一楼预订了一间最靠里面的大教室，用来做活动准备工作。

欧阳远征居然知道这里，可见不是单纯看热闹的，还真是来参加活动的。

盛小羽进门就看到丁芮茜："小饼……"

打招呼的话还没说完，丁芮茜突然欢欣无比地跑过来，一把就抱住她："最爱你了小羽，就知道你是最棒的！"

这……发生什么好事了吗？

丁芮茜为了筹备女生节，最近早出晚归，黑眼圈都熬出来了，今天很用心地化了妆才压下去。这会儿她整个人简直容光焕发，看到盛小羽身旁的欧阳远征："你还带了外援，太好了，多多益善，快，先去隔壁换衣服化妆吧！"

外援？化妆？

盛小羽不明所以，欧阳远征倒是一副跃跃欲试的表情："好啊，那我先过去了。盛记者要不要来做现场报道？"

"对，你今天带了相机，多拍点！"

丁芮茜推着两人一起去了隔壁，原来旁边的小教室也被占了，而且厚重的窗帘全部拉得严严实实，从外面压根看不到里面在干什么。

窗帘是拉上了，日光灯大亮着，还有补光灯、梳妆镜，教室门打开的刹那，光芒四射，差点亮瞎人眼。

傅春野居然在里面！

"你……你怎么也在这儿？"

他坐在高脚凳上，正半仰着脸化妆，冷冷朝门口投来一瞥："不是你让我来的吗？"

你不是没答应吗？

盛小羽张了张嘴，话到嘴边又咽了回去。

傅春野道："你应该问你旁边那谁为什么会在这儿。"

欧阳远征嘿嘿一笑，把斜挎的运动包往旁边一扔，坐到桌子上："我看你都来了，应该挺有意思的，就跟过来看看。"

盛小羽有那么一瞬间好像感觉不到自己的呼吸了，茫然地看向丁芮茜。

小饼同学的注意力此刻全在给傅春野化妆的人身上："来，我给你介绍一下，这位就是我们心心念念想要合作的舒南，你之前见过，还记得吗？"

最后一句故意压低了声调，提醒的意味很明显。

单看背影当然想不起来，但是看到深棕色的齐耳短发和裹在丝袜里的长腿，盛小羽想起来了——这是宣讲会上跟在舒诚身边的那个浓妆美人啊！

她居然正在为傅春野化妆。

等等，她叫舒南，也姓舒？

这么说来，她是舒诚的家人？

盛小羽悄悄看了看傅春野，不知怎么，有点窃喜，为他，也为年年姐。

"你好，我叫盛小羽，新闻传播学院的，舒小姐你……"

"吵死了。扮装者留下，不相干的人都给我出去，别在这儿碍手碍脚。"

化妆化到一半的大美人转过来，相当不耐烦地下达了命令。

男……男的？

盛小羽因为太过震撼而说不出话来。

今天到底是女生节，还是万圣节啊？

女生部梦寐以求想要合作的人原来是男的？

舒南不是舒小姐，而是舒先生。

他是舒诚的亲弟弟。

盛小羽在认识傅春野和傅年年姐弟组合以后，以为已经见识到了世界多奇妙，直到舒家兄弟俩给她好好上了一课，让她开了眼界。

据说舒诚也有绝活，丁芮茜告诉盛小羽，他做过配音演员，能以假乱真地配女性声音。

难怪那天他在电话里一开始用了女人的假声，原来人家驾轻就熟。

盛小羽知道自己不该表现得太过惊讶，这样不礼貌，而且将来要做记者的人，也该从现在开始见见大世面了。

她就是好奇，傅春野是怎么做到这么快就接受这一切的，而且竟然愿意让舒南亲自帮他扮女装？

脑海里想着这些问题，她不知不觉就在旁边看呆了。

尤其她这样一个不怎么会化妆的人，看到人家行云流水地化妆，还是个男生，真是钦佩到五体投地。

好希望那双巧手长在自己身上。

男生们要在女生节上女装出镜的消息不胫而走，尤其是傅春野和欧阳这样相当有人气的学长也参加，更吸引了不少群众，跑来围观的人也越来越多，叽叽喳喳的，把教室门口围了个水泄不通。

舒南再次停下涂唇膏的手，拧着眉看向门口，丁芮茜和其他学生会的干事相当会看眼色地赶紧维持秩序，把非工作人员暂时拦到教室外面。

盛小羽已经被他嫌弃过一回了，很自觉地打算退出去，却被傅春野揪住衣服。

他的妆容大致上已经完成了，只剩一些细微的修饰。

眼妆妩媚，唇妆精致，冷冷不说话的时候透着点厌世感，这是超模脸啊！

"好看吗？"

他见她一直盯着自己看，问道。

"好看，真的。"

说实话，今天之前她都不知道男生化妆也能这么漂亮。

换了一盘高光粉过来的舒南道："是吗，他好看还是我好看？"

盛小羽差点吐血。

这种送命题让人怎么回答呀……

傅春野道："我比你年轻，当然是我好看。"

"肤浅。"

"你再说一遍。"

"怎么，又想打架？"

各自的哥哥姐姐曾是倾心相爱的恋人，他们俩之间却没有一点兄友弟恭的样子。

舒南肯答应来参加活动，大概就是为了看傅春野的满脸不情愿，最好再吃个瘪。

盛小羽怕两人一言不合又打起来，赶紧表态："你们别争了，都好看，真的，各有特点。"

"什么特点？"两人异口同声地问。

"怎么说呢……舒老师比较妖艳成熟，不说都看不出来是男生。傅春野就有点像模特，更有中性美。"

"那还是我给他化妆化得好，不然个子这么高，一看就不是女生。"舒南对她的回答似乎很满意，继续在傅春野脸上精雕细琢，"你是他女朋友?"

感觉他的问题都好难回答啊!

盛小羽又悄悄地看傅春野的脸色,他闭着眼抿紧了唇,那天在车上亲吻的画面就一下子又浮现在她的脑海里。

她一个激灵,还是答道:"不是。"

舒南呵了一声:"我想也是,还直呼大名呢,这么见外,肯定不是男女朋友。"

哪壶不开提哪壶,傅春野果然立刻投来两记眼刀。

盛小羽缩了缩肩膀。

"好了。"舒南收起手里的高光盘,左右端详傅春野的脸,"妆发都完成了,换衣服吧!"

他又看了看盛小羽,意思很明显——换衣服,她还要继续留在这儿看吗?

她赶紧退了出去。

在门外遇到跟牛慧站在一起的赵龙,盛小羽差点又瞎一次,因为他也化了妆。

"你……你们……怎么都没告诉我今天是这个活动呀?"

牛慧道:"对不起啊小羽,傅春野让我们暂时不要告诉你。"

"他可能想给你个惊喜。"赵龙笑眯眯补充道。

他的心态倒是很好,打了一架差点被处分,为了消除影响,参加这种完全不是自己风格的活动也一点负担都没有。

不像傅春野,从头发到脚趾,每个细胞都写满了不情愿。

他可能不是想给她惊喜,而是希望自己的女装尽量不要被她看到吧。

不过他还是来了。

那是不是意味着喝醉的那晚发生的事情,她也不用想起来了。

化好妆的男生陆续从教室里走了出来。

换上服装之后,就能看得很清楚了,他们扮演的是武侠世界里的女性角色。

傅春野一身白衣飘飘,手里拿了把剑,剑鞘上写着"淑女"二字,看得出是小龙女。

作为小说爱好者的盛小羽最早看的小说就是武侠,她还记得金庸先生写小龙女的出场——"除了一头黑发之外,全身雪白,面容秀美绝俗……冷若冰雪,实不知她是喜是怒,是愁是乐。"

跟傅春野生人勿进的气质相当吻合。

只不过这么高的小龙女,杨过怕是要身高一丈,神雕要至少翼展三丈才驼得起他们了。

想到这里,盛小羽终于忍不住笑出声。

傅春野的脸色更冷了,用手里的剑指了指赵龙:"你怎么不笑他?"

不好意思,已经笑过了。

要不是他后来换上了蒙古族的衣饰,说自己扮演的是《射雕英雄传》里的华筝公主,她还以为他扮演的是梅超风。

牛慧道:"是吗?我以为是裘千尺。"

周围人都笑到扶墙。

欧阳远征也是白衣打扮,但更俏丽些,手里拿一支"打狗棒",说自己扮演的是黄蓉。

盛小羽和牛慧都觉得他更像马夫人。

傅春野说他像欧阳克。

气得他拿着"打狗棒"把他们一路撵进了葵园。

天气真好,空气里都是花香。

但是"古装美人"们显然没有赏花的心思。

在室内化妆和换上女装是一回事,堂而皇之地走到外面又是另外一回事,很多人这辈子第一次穿裙子,走路都脚下拌蒜。

面对蜂拥而至且纷纷拿起手机拍照留念的围观群众,浑身更加僵硬了,连手都不知该往哪儿摆。

这种时候对两类人比较有利,一是像欧阳远征那样的,猎奇心态占上风,本来就很放得开,一支"打狗棒"被他拿在手里要得像金箍棒似的,引来女生们的哄笑和好评;另一种就是像傅春野这样的,反正扮演的角色本身就是冷若冰雪,他只要像平时那样臭着脸就可以了,剩下的一切交给妆发,简直是形似神更似。

女生们也吃他这套,他撩了下被风吹到脸上的头发,也有人尖叫。

葵园里热闹非凡,笑声、叫声此起彼伏,整个明大校园都很久没有过这么热闹的活动了。

丁芮茜长舒一口气:"谢谢你啊小羽,多亏你能说服傅春野,我们这次活动才能成功。"

"别这么说,我其实没做什么,还是靠他们自己热心肯帮忙。"

"得了吧,你说赵龙热心我还信,傅春野怎么看都是利己主义者吧?要不是为了自己在意的人和事,集体活动他肯定是不会主动参加的。"

尤其是这么大尺度的挑战。

"哎,我说,你们俩到底怎么样了?"丁芮茜用肩膀碰了碰她,"吻痕的事,你弄明白了吗?是不是他呀?"

"我也不知道……"

每次她看向傅春野,他就冷冰冰地回视她。

像极了终南山下,小龙女诘问杨过——经过了昨晚,你怎么还叫我姑姑。

唉……他们那晚要是真吻过,她都不知道自己到底是"杨过"还是"尹志平"。

周五下午课少,很多下了课途经二教的学生、老师都被葵园的活动吸引了,人越来越多,气氛高涨,很多参加角色扮演的男生都被亲友团认出,高喊着他们的名字。

欧阳远征远远看到蒋承霖走来,就有了不好的预感。

"傅学长,看这边!"

人气高涨就是这样,围观的人群中不时有人高声叫他的名字,蒋承霖想不注意都很难。

欧阳一个箭步上前,挡在傅春野前面,然后不等他反应过来,拉起他就走。

周围学生会的工作人员还以为他们是要喝水,各拿了一瓶插好吸管的饮料给他们,避免弄花唇妆,这也是想让男生体会到女生平时的不容易。

然而欧阳远征看都没看,直接拉着傅春野越过他们,硬是从人群中挤了出去。

围观群众发出尖叫。

男神手拉手的情形是怎么回事?这算是女生节的彩蛋吗?

"什么情况?"

丁芮茜也蒙了，眼看着"小龙女"被"黄蓉"拉走，一路拉拉扯扯的。

盛小羽伸长脖子看了看，结果就看到正从教学楼另一侧绕过来的蒋承霖。

她也吓了一跳，蒋教授课讲得很好，但比傅春野更不苟言笑，又是副院长，看到儿子这身反串装扮，还不知会有什么反应。

况且感觉他们父子的关系十分微妙，哪怕这种小考验也最好不要发生。

她立刻就明白了欧阳为什么会突然拉着傅春野离开。

"我先过去看看，你们继续。"

她跟丁芮茜打了个招呼，紧追着他们过去了。

傅春野被欧阳拖着走，身后已经一片沸反盈天。

"你干什么，放手。"

"哎呀，你先别问，跟我进来。"

欧阳生拉硬拽，感觉这家伙一点都不配合，自己像在拉一尊石像，那叫一个费劲。

他也来不及多解释什么，反正别让他们父子面对面碰上就是了。

但是傅春野不愿这样莫名其妙被他拉着走，听听身后女生的尖叫声，搞不好回头还会跟这家伙传出绯闻。

两人拉拉扯扯好不容易从二教后门进去，傅春野说什么也不肯再走："你到底拉我去哪儿，说清楚。"

不然他就站这儿了。

欧阳张了张嘴，还没开口，就见蒋承霖从二教正门进来了。

二教就是这么个格局，大堂前后门是贯通的，方便上下课的时候师生分散流动，不会拥挤。

唉，失策了，看来蒋教授是到二教来上课的，这下撞个正着。

只能期望他没认出傅春野。

但他们俩这身打扮实在显眼得很，站在教学楼大堂里简直可以说是突兀。

尤其傅春野那么高，一身白衣，黑色假发，手里还拿了把淑女剑。

欧阳远征慌了神，想要拉着他躲一躲，但二教的大堂宽着呢，两边教室的走道还都离得很远，没什么地方可躲。

蒋承霖看到了他们，径直就朝他们走过来。

傅春野这时也看到他了，反倒不像欧阳那么急着想要隐藏，除了握紧手里那把剑，就在原地站着，一动也不动。

喂，你知道那把剑是假的吧。

欧阳紧张得悄悄拉他的袖子，但这父子俩显然已经对上了。

什么最好认不出来的想法，都太过天真了。事实证明，对生他养他的父母来说，别说化了妆，就是化成灰也认得出自家孩子。

蒋承霖脸上的表情很不妙，憋着一口气，瞪圆了眼睛盯着高出自己大半个头的傅春野。

"蒋老师，您好，您别误会，我们今天是参加女生节的活动……"

欧阳话音未落，蒋承霖凌厉的目光已经扫过来："你又是谁，哪个学院的？"

他干笑："您不记得了？前几天在您办公室见过面的，我叫欧阳远征。"

这寒暄似乎起到了反作用。

"原来就是你。我说怎么好端端地跑来问我根本没布置过的作业，你们……你们这是成何体统！"

"成何体统"四个字一出，欧阳远征就知道这误会大了。

"不是，蒋老师，您听我说……"

"你到底是怎么回事！"蒋承霖根本不听他的解释，就冲傅春野道，"还要做多少离经叛道的事才能长大？都二十岁出头的人了，还没个正形，好端端的，还扮起女装，你……你……"

他一激动就胸口发闷，牵扯着疼痛。

欧阳远征是看到过他从办公桌抽屉拿药的，赶紧上前扶住他："蒋老师您别激动，我们找个地方先休息一下，事情不是您想象的那样！"

天地良心，他跟傅春野真没什么，他俩是清白的！

另外这位当事人，你好歹也帮忙解释解释，这是你亲爹吧？

欧阳无助地回头，却看到傅春野不动如山，眼前发生的事好像跟自己毫无关系。

"你身体怎么了，心脏不好？"他终于问了一句。

"不要你管！"

"行，那我就不管。既然你也说了，我都二十岁出头了，能对自己的所作所为负责,那我穿什么、做什么、跟什么人来往,也不要你管。"

"你!"

蒋承霖这下是真有点支撑不住,整个人都靠在墙上,差点就要滑坐在地。

"这里,老师您坐这里!"

盛小羽不知从哪里跑出来,拖了把椅子,精准地塞到蒋承霖身后,跟欧阳一起扶他坐下。

欧阳松了口气,抬眼看她,立刻无声地抱怨——你怎么才来啊!

傅春野差点都要转身离开了。

蒋承霖也稍微放松了点,目光透过镜片审视她:"你又是谁?"

盛小羽笑了笑,顺势揽住傅春野的胳膊:"我叫盛小羽,是傅春野的女朋友。"

话一出口,四个人都震惊不已。

包括她自己。

她也不知哪儿来的勇气,反正等自己反应过来的时候,话已经说出去了,覆水难收。

蒋承霖将信将疑:"女朋友?"

"嗯,我是新闻传播学院的,上学期来蹭过您的社会心理学课。后来傅学长说您布置了一篇论文,关于恋爱行为的经济学观察,还邀请我一起完成,我有点好奇是不是真的有这个作业,就拜托欧阳——就是您旁边这位,帮我去打听。对了,他们俩是室友,也是羽毛球社的搭档,关系很好!"

又是让在场的三个人听得神色各异的一番话。

但蒋承霖捂住胸口的手总算松开了些,但气还是不顺。

"欧阳,麻烦你帮我到203教室,跟等着上课的学生说一声,让他们先回去。我会跟教务科打电话请假。"

"噢,行呀,要不要我打个车送您去医院?"

"不用,我自己能走。"

蒋承霖晃晃悠悠地站起来,又看了傅春野一眼,才慢慢走出二教,往办公楼的方向去了。

欧阳三步并作两步冲上楼梯:"你们等我一会儿,我去一下203!"

大堂里只剩下盛小羽和傅春野两个人，偶尔有人进出，看到他的打扮，都忍俊不禁。

盛小羽道："要不要先去把衣服换回来？"

全无半点刚才的气势。

"你是什么时候知道他是我爸的？"

果然该来的还是来了。

"刚知道的，也没多久……"

"具体一点，没多久是多久？"

盛小羽对他这个态度有点不满，抬起头道："你现在是打算刑讯逼供吗？反正就是最近的事，不是一开始就知道了故意耍你，我又不是你。"

"你说什么？"

"难道不是吗？你从一开始就知道我认识年年姐，也不跟我说，让我像个傻瓜似的被耍得团团转。《暗恋观察报告》的论文也是你编的吧，我差点真的去问蒋教授有没有这回事，你该不会还拜托了他跟你一起来骗我吧？"

要是没有的话，那她去了就更丢人了。

傅春野没吭声，而是拉住她的手腕把她拖进刚才化妆的那间教室，反手就锁上了门。

"你干吗呀，放手。"

盛小羽被拖着走，全无还手之力，这才感觉到女生节的活动就是种体验而已，男女有别，单是体力上的差距之大，就无法抹平。

他这是恼羞成怒了吗？怎么还锁门。

她惊惶地向四周看了看，教室里乱归乱，但一个人都没有，全都到葵园的活动现场去了。

"你……"

刚说了一个字，后面的话已经被他囫囵吞了下去。

这回她是清醒的，还是完全没看到他怎么就吻了上来。

就是感觉到他的嘴唇好软……上回她喝醉了在他家也是这样的……

等等，她居然想起来了！

傅春野看着她眼睛里的情绪变幻莫测，一会儿迷瞪，一会儿又万分惊骇似的睁得老大，脸也憋得通红，好像下一秒就要窒息而亡了。

"你在想什么？"他不得不问。

"没……没什么，我只是在想，你……你这是在干吗？"

"不是你说的吗？刑讯逼供。"他的气息就在跟前，声音低哑仿佛诱供，"你还说了，你是我女朋友，这不就是男朋友可以对女朋友做的事吗？"

"我那时候不这么说不行啊，你爸该误会你跟欧阳了……"

"他误会就误会，关你什么事？"

"你也不想被他误会吧？你说过，从小到大最希望得到的就是爸爸的认可，但偏偏从来没有得到过。"

"你在胡说什么，我什么时候说过这种话？"

"就是你喝了酒给我打电话的那天晚上，你说了很多话，肯定都不记得了。"

看来她也是那时候得知他们是父子的。

"酒后吐真言，我宁可相信那时候你说的话是发自真心的。蒋老师他好像身体不太好，你有什么话就好好说，别刺激他了。"

她小心观察着傅春野的神色，总觉得他听完她这几句话可能要生气了。

然而并没有。

他只是靠得更近了，几乎是把她压在自己和墙壁中间，一副随时可以为所欲为的架势。

"酒后吐真言是吗？那你那天喝了酒之后说的话，怎么就不算数了？"

"什么话？"

傅春野笑了一声："又装傻？还是说，只有亲的时候你才能想得起来？"

不错啊，如果这是打开记忆之门并且能够通往新世界的钥匙，他觉得挺好。

这次要再缠绵一点，诱着她把那些沉淀在脑海底部的记忆都给搅动起来，她应该就能想起那晚跟他说过什么了。

他靠近，再靠近……她这回知道闭眼了，原来亲吻是这么无师自通的技能。

只差一点就要碰到的时候，教室的后门突然被人推开了。

闯进来的人是舒南,看到他俩只是脚下稍稍一顿。

"后门没锁,打扰了,我拿个东西,马上走。"他拿了个放在桌上的化妆包,"好了,你们继续。"

后门咣当一声关上,刚才那一点旖旎的气氛瞬间烟消云散。

傅春野手臂抵着墙壁,强迫自己冷静下来。

"那个……我能说句话吗?"

盛小羽还被他的威压笼罩着,说话还是瑟瑟的。

"你要说什么?"

"我不是故意想不起那天喝醉之后发生的事,我也猜到,我可能说了一些话,比如喜欢你之类的。"

"现在想起来了?"

她摇头:"也不是全都,即使想起来,可能也不愿意让你知道。"

"为什么?"

"你说过,主动表白的感情会让你觉得没有付出过,也没考虑你的心意。我怕……要是我说了真心话,咱们俩就连现状都没办法维持了。"

傅春野怔了怔。

"你是把我哪句话理解成不能表白的?"

"就是……"

"行了,你别说。"他抬手制止她,防止从她嘴里听到更气人的话,"我就问你,你觉得我们现在这样算怎么回事?"

"什么?接吻吗?"

"对。"

她这时候倒挺直白啊!

难不成在她眼里,他是那种来者不拒,随便跟哪个女生都能缠绵悱恻的人吗?

还好,她想了一会儿,摇头道:"我不知道。"

她可以猜自己说过什么、做过什么,多傻气都没关系。

但她不想去猜傅春野的心思。

"你刚才都说是我女朋友了,这种话可以随便说吗,不用负责?"

盛小羽无言以对。

傅春野觉得自己都提示到这个份上了,她还不接翎子,真是让人情何以堪。

他反而怀念起她为了配合他那个所谓的《暗恋观察报告》而精神百倍地"暗恋"他的时光。

他睨着她，斟酌半响，才问："你早就知道蒋承霖是我爸，为什么不生气？"

"你又不能选择做谁的儿子，我为什么生气？"

"你不觉得《暗恋观察报告》是我骗你的吗？"

"我是这么想过。"她抬起头，"你真的是骗我的吗？"

"不是。报告我一定会写出来，也一定会拿给你看。"傅春野像是下了很大的决心，看着她的脸道，"但两性关系中，影响经济决策的行为并不是只有单恋一种。"

什么意思？

她眼中满是困惑。

傅春野深深吸了口气。

"没什么，就是我觉得厌倦了，暗恋什么的，果然不适合我。"

盛小羽的心猛地一沉。

"厌倦了……你是说，我以后不能再'暗恋'你了是吗？"

"对，之前的约定，到此为止。"

盛小羽点点头，说了声"好"，又像是想起什么似的，小声道："我可以问问为什么吗？"

喝醉的表白不算，说是他的女朋友也只是权宜之计，她已经很努力地压抑自己对他的感情了，还是连维持现状都办不到吗？

傅春野不答反问："你现在还喜欢周向远吗？"

"当然没有。"

"那就是了，当初我们做约定的时候，一个原因是为了完成我那份论文，另一个就是为了让你从暗恋他的阴影里走出来。现在两个目的都达到了，不是就该自然而然地结束了吗？"

原来如此。

原来是"自然而然"地结束啊，也就是说她怎么努力遏制情感都没有用，顶多也就是推迟这一刻的到来吧。

她不是没想过这种结果，只是天真地以为傅春野说不定会忘记按下"关机"的按钮，那这段快乐的时光就会无限延续下去。

可现在他说厌倦了。

那么他们之间的亲吻也不代表什么，可能只是酒精和荷尔蒙作用下发生的"擦枪走火"吧。

"你真就说'到此为止'啊？"

欧阳难得做一回好人，帮蒋承霖通知完那一班等上课的学生，从二教二楼跑下来，在楼梯上就看到整个人都无比失落的盛小羽一个人背着包包，悄无声息地从教学楼大门走出去。

那个背影又单薄又孤独，简直像是被全世界抛弃了。

他跑去问傅春野，这才知道他们之间发生的对话。

"真是服了你，好好说一句'做我女朋友'不行吗？你不是还亲她了吗，这是不是叫那什么……哦对，始乱终弃！"

"那也是她先弃的。"

傅春野正用化妆棉蘸着卸妆油一点一点擦眼睫毛，睫毛膏这种东西简直能要了他的命。

卸妆油是舒南临走的时候给的，每个人都有一瓶，算是友情赞助，还特别教了要领，告诉他们怎么卸妆才能卸得干净又不伤脸。

"一看就会，一试就废"这种情节，傅春野没想到也会发生在自己身上。

这回女生节他是切实体会到了女性同胞的不容易，整天这么往脸上涂了又卸，换他肯定怎么都习惯不了。

不过盛小羽好像只化很淡的底妆，她说鼻梁处有几粒雀斑，要费点力气遮盖一下才学着化的，其他的也就是涂个口红，提一提气色。

其实她的底子挺好的，不用化妆也很可爱。

怎么又想到她了呢？

傅春野把化妆棉往桌上一扔，走进洗手间，拧开水龙头用手接水往脸上泼。

欧阳倚在门边，还在喋喋不休："你是男人，男人要不拘小节。人家女孩子害羞，说不出'请你跟我正儿八经地谈恋爱'这种豪言壮语，你就不能主动一点吗？"

傅春野还在哗啦啦地往脸上泼水，仿佛没听到他说了些什么。

"亏得人家之前那么为你着想，虽然知道你跟蒋教授是父子，但想到你可能不喜欢让人知道这层关系,就小心守着这个秘密,也不去打听论文是真是假。啧啧,这么好的女生你不要,那干脆让给我吧!"

水龙头被猛地关上,水声戛然而止。

傅春野抽了张面巾纸擦干脸上的水珠,睁眼瞥了他一眼:"你不是要忙着考四级吗,有时间谈恋爱?"

"说不定我就是缺个能帮我一起备考的'贤内助'呢,男女搭配,干活不累!"

傅春野把手里的面巾纸揉成团砸向他,就听他发出"哎哟"一声。

"我爸的事,你又是什么时候知道的?"

他说盛小羽小心守护着这个秘密,难不成唯独告诉了他?

"你可别误会。"欧阳知道他会怎么想,"我是听她说了你们那个《暗恋观察报告》的事,想帮她去打听,在蒋教授的办公室自己发现的。你没想到吧,你爸工作的电脑桌面是你们的合影,他其实挺看重你的。你是不是还有个姐,跟你不怎么像,但挺漂亮的。"

他们家的合影照片不多,傅春野立刻就反应过来他说的是哪张。

"你上次塞给我什么医生的名片,也是那时候发现他心脏不好?"

"嗯,我看到他的药,跟我爸吃的一样,这个年纪应该都是差不多的毛病。你没听过一句话吗,树欲静而风不止,子欲养而亲不待。跟他们赌气能赌得了几年呢?该看病就陪他们去看看病,有什么误会说不定也就慢慢淡了。"

"真没想到能从你嘴里听到这样的话。"

"我也是这几年离家读大学才发现,我爸对我没以前那么严厉了。我一直以为是因为我大了,他管不了我了,后来才知道他是没那精力了。我有时候也想,要是我小时候没那么皮,他的身体可能比现在要好点。"

傅春野沉默了几秒钟:"你爸疼爱你,跟我不一样。"

"说不一样,其实也一样。男人嘛,有时候就是不太会表达自己的感情。"

对,他就是指桑骂槐,别说老的了,他是怎么跟自己喜欢的人说话的。

"你爸至少没怀疑过你不是他亲生的。"

"什么……咯咯!"

欧阳灌了一口可乐，听到这么耸人听闻的故事，被呛着了。

"他跟我妈当年离婚的直接导火索就是因为我，他一直觉得我是我妈拍电影期间跟其他人生的孩子，反正我也不像他。"

父亲更喜欢姐姐傅年年，不仅五官一看就有他的影子，而且从小聪明伶俐，成绩好，像是会继承他衣钵做学问的料。

也正因为如此，当姐姐决定辍学，要去唱歌做偶像，仿佛踏上妈妈的老路时，他才会那么生气。

"他现在要有新的孩子了，这回肯定是他亲生的，有没有我在身边更不重要了。"

"啊？他又结婚有孩子了？"

"嗯，孩子还没出生，现在的太太是他以前的学生，什么事都听他的，生活就是围着他转。"

跟他妈妈傅天晴南辕北辙，这回他总不会怀疑孩子的血缘了。

欧阳唏嘘——果然家家有本难念的经。

可是那张照片怎么解释呢？如果真的不在意他这个儿子，甚至当他是前妻跟外人生的"野种"，怎么可能还拿合影的照片来做桌面？

亲子鉴定这种东西现在又不是不好做，老蒋肯定知道傅春野是自己的亲生儿子，只是这么多年过去，离了婚又离了家，拉不下脸再来澄清这个事，并且给他们母子道歉。

"喂，你不想真正跟小羽毛谈恋爱，不会跟这个也有关系吧？觉得承诺是种束缚，不靠谱……哎，你怎么又扔我！"

傅春野扔出手里的纸团，平静道："上次那个心血管专家的联系方式再给我一下，找不到了。"

他要是自己提出陪蒋承霖去看病，估计两个人各执己见又要吵得不欢而散，他可以把医生介绍给郑思茹，让她敦促他去。

他并不是为蒋承霖这个父亲担忧，而是不想让那个还没出生的孩子像他一样，小小年纪，父亲就没法陪在身边。

他觉得欧阳说得对，跟盛小羽变成现在这样别扭的情形也跟他家里有关系。等他把这一切都扭正，说不定他们之间的问题也就解决了。

第九章 吃醋

SPRING
IS
IN
THE
AIR

盛小羽在图书馆里睡着了。

看小说都能睡着,大概新进的这一批小说实在太无聊了吧。

"王子和公主从此幸福快乐地生活在一起"已经不流行了,一点都不真实。中世纪的王子就是一群流亡的骑士,继承王位轮不到他们,娶个公主反而成了登基的捷径,这样的好事应该跟爱情没关系,不知后来怎么就成了人们想象爱情的美好范本。

公主还不如跟恶龙在一起呢!

盛小羽就梦见自己误闯了恶龙生活的山洞,被它抓住丢进高塔。恶龙生病了要她照顾,喝多了找她倾诉,还要她在纸上把这些"恶形恶状"都记录下来。

过年过节,恶龙还要跟着公主回家。为了蹭吃蹭喝,恶龙也变作英俊潇洒的骑士模样,礼数周全,骗过了所有人,甚至想把公主娶回家。

可恶龙突然就消失了。正到处找它时,一回头就看到男扮女装的"小龙女"表情冷冷地说:"我厌倦了。"

盛小羽猛地抽搐一下,梦就醒了。

手机振动发出嗡嗡声,她到处找了一圈,才发觉被塞在书包的隔层里。

她睡眼惺忪,来电显示都没看就接了。

"你好,小羽吗?我是向远的妈妈,颜阿姨。"

盛小羽的瞌睡一下全醒了,立马坐直身子:"颜阿姨,好久不见,有什么事吗?"

她其实是惊出了一身冷汗。

春节周向远在半路出了车祸,坚决不让盛小羽他们告诉他的家里人,大家都套好了话,说他寒假因为找到了很好的实习机会所以不回家过年。

其实什么机会能好到让个初出茅庐的实习生都不回家过年啊?这可是中国人最重视的春节!

仔细想想也是漏洞百出,还好周向远的家人和她自家的长辈都没细问。

莫非是露了馅,所以人家现在兴师问罪来了?

毕竟周向远怎么说也是搭季杰的车才出的事故,事后她跟表哥都很关心他的康复情况,她不好直接问周向远本人,问的是孟菁华,她受托临时看顾这家伙,可以说是不负所托,寒假都没过好,净往医院跑了。

周向远康复得也不错,开学后她在学校偶尔看见他,虽然还挂着拐杖,行动有些不方便,但基本已经可以自己走路了。

这时候他妈妈打电话来,会是因为什么呢?

盛小羽怎么都猜不透。

颜弘丽的语调很平静,一点也没有声色俱厉要讨伐她的意思。寒暄了几句之后,她才有点犹豫似的说:"我身体出了点问题,这两天到春海市来了,不知你方不方便陪我去趟医院呢?"

盛小羽没想到居然会是这样的发展,刚才胡乱想象的不安消散了,却换了另一种阴霾笼罩在心头。

"颜阿姨,你没事吧,身体哪里不舒服?"

电话那头似乎有短暂的叹息。

"是癌症,这次是复发了,青州的医生说看这个病最好的医院在春海市,我就想来试一试。"

盛小羽震惊不已:"怎么会呢,阿姨你还这么年轻……"

"不年轻了,岁月不饶人。小羽你也要提醒你爸妈多注意身体,定期体检。"

"嗯,好。"手机都仿佛变得沉重起来,"周向远他知道吗?"

其实她猜想应该是不知道,否则他妈妈也不会打电话来请她陪着去医院了。

果然,颜弘丽说:"我跟他爸爸其实是不想让他知道的,你们大学都还没毕业,我们怕他包袱太重,影响今后的人生选择。但是之前那一次,我好了之后他还是知道了,短短几天他就像变了个人似的,看着比以前懂事很多。"

盛小羽明白了,难怪之前周向远要找兼职赚钱,脚上穿的鞋都是旧的,也不再大手大脚地花钱。

甚至包括他车祸受伤,不愿让家里人知道,大概也是因为妈妈生病,他不想让他们再为他担心。

这种懂事是被动的,做父母的在欣慰的同时也会感到心疼。

他妈妈也许猜到他寒假不回家是不想让家里人为他操心,这回来看病就更加不敢让他知道了。

盛小羽其实不太赞同家人间这种瞒来瞒去的模式,但各家都有自家的难处,她在对方需要帮助的时候适时伸出援手就够了,不应该去做评判。

她答应了颜弘丽的请求,陪她一起去医院看病。

她在网上查了一下颜弘丽提到的那位专家,发现专家号要在网上提前预约。结果互联网挂号平台和医院的公众号都是一号难求,预约的按钮永远是灰色的。

青州这种小城市,当地的专家号可以当天预约,甚至有时运气好的话,挂普通号也能轮到专家帮你看。

但在春海市就完全不同,全国各地的疑难杂症患者都到这里的大医院看病,专家号没有就只能等。对外地求医的人来说,每耗一天就增加一天的成本,这些钱本来都是可以用于住院和吃药的。

而且她既然不想让儿子知道,多留在春海市一天就增加一点被周向远撞破的可能性。

盛小羽努力了很久,也看了很多攻略,实在抢不到号的情况下,只能去求助其他人。

最后一记劈杀,球落在界内。

欧阳远征喜滋滋地丢下球拍跑到球场门口,接过盛小羽手里的咖啡:"冰美式,太好了,你怎么知道我想喝这个?天开始热了,就想喝点冰的。不是说了让你等我过去嘛,特地跑那么远送过来,是想看我打球?"

她摇头:"本来想等你,去咖啡店里还可以请你吃点蛋糕、松饼,但是我等会儿还有课,就顺便给你买了带过来。"

"哎呀,跟我还这么客气干什么,我介绍的那位肿瘤专家你联系上了吗?"

"联系上了,他人特别好,答应帮我们加号,到时直接去找他就行了。这次真是太感谢你了,要是有什么我能做的,千万别客气。"

她其实也只是抱着试试看的心态找到欧阳,他家世煊赫,人脉广阔,各个领域的精英大咖都认识一些,但人家肯帮忙是情分,不帮是本分,最后能不能成都很正常。

好在欧阳很热心,介绍的医学专家跟他爸应该是多年的老朋友,一听是他介绍来的,很顺利地就答应帮他们加号看诊。

这简直就是雪中送炭。

一杯冰美式咖啡实在算不了什么。

欧阳吸着咖啡摆摆手:"能帮上你最好了,有些人我上赶着介绍专家让他带爸爸去看看还不领情呢,还是小羽毛你最贴心。不过你真的没事吗?要是你家里人可别不好意思说。"

盛小羽跟他说了是朋友的妈妈,这年头"我有一个朋友,而朋友就是我自己"的事可太多了,家里人生这样的大病可不是闹着玩的,他怕她自己硬扛。

"没事,你继续打球吧,我先走了,真的谢谢你!"

她朝他挥挥手,离开的时候越过他的肩膀,看到体育馆内傅春野也在。

刚才欧阳可能就是在跟他打球。

自从他宣布"厌倦了"之后,这几天他们一直都没再联系过。

可能就这样了吧。

暗恋常被说成是没有开始就结束的一种情感,可她总觉得他们更像是已经开了头却没有善终,最后就这样不再联系了。盛小羽竟然有种突然分手的撕裂感。

她心里很难受,跟默默喜欢一个人却戛然而止的感觉不一样,不是那种闷闷的疼痛,而更像是血淋淋的伤口暴露在外,那个人却视而不见。

欧阳踱着步子回到体育馆,傅春野还在调整球拍拍面,状似不经意地问:"她来找你干什么?"

"给我送咖啡啊,你这不是明知故问嘛!"

"我就是问为什么给你送咖啡?"

"这你就别管了,我想喝,人家乐意送,两相情愿嘛!她都不再是你的'跟踪狂'了,就不能移情别恋喜欢我吗?"

"放心吧,你不是她喜欢的类型。"

"哎,这话怎么说的,你又知道她喜欢什么类型?"

是不是想说喜欢你这个类型,自恋狂!

欧阳吸着咖啡,觉得他就是明晃晃地嫉妒。

傅春野懒得搭理他,埋头把调整好的球拍装进球包里。

"一输球就走人,是不是玩不起?"

"我下午还有事。"傅春野把球包背到肩膀上,"周末再跟你打。"

"喂!"欧阳想了想还是叫住他,"过年的时候你不是去小羽毛家了吗?"

"嗯,怎么了?"

"她家里人的身体都还好吗?有没有听说她妈妈、姨妈之类的女性长辈患了癌症之类的?"

傅春野一怔:"为什么这么问?"

欧阳远征立刻一副讳莫如深的样子:"没什么,就随便问问,人家不是挺关心我的嘛,我也想多关心一下她。"

傅春野上前一步,夺过他手里的咖啡:"说清楚。"

"干吗呀,一言不合就抢我东西……好了,就是说她要陪朋友家患癌的长辈在春海市找个专家看看,我已经帮她联系好了,但我担心她故意说是朋友，实际是她自己的家人……喂，我没说完呢，你去哪儿啊？咖啡还我，我还没喝完呢！"

陪颜弘丽看病的过程挺顺利的，盛小羽的心情也跟着不错。

人在忙碌的时候自然而然就会忘掉那些不开心的事，而且让她觉得自己是很有用的，是被人需要的。

医院永远人满为患，尤其是医学专家的诊室。托欧阳远征的福，她们加上了号，专家很耐心地看完病史，做了很多检查，花了差不多两天才做完，接下来就是等结果出来之后再去见专家，商讨治疗方案。

颜弘丽就住在医院附近的宾馆里，离明大也不是很远。

盛小羽每次从医院出来都送她回去，陪她说一会儿话，等她累了想睡觉了才离开。

其实也才两三天而已，盛小羽已经能感受到人在绝症面前的那种无力感。

跟病魔抗争真的很累，不管是生理上还是精神上，都要调动起所有的精力和能量。

所以她也很理解为什么颜弘丽想要找个人陪。

换了她独自一个人面对，她也不知道自己有没有足够的勇气坚持下去。

而周向远还不知道这一切。

她也试着说服颜弘丽，应该把病情如实地告诉他，这样不管最后结果怎么样，他们至少作为一家人一起努力过。

周向远那个人虽然有时候表现得幼稚，但本质上并不是个坏人，被家里宠得厉害才有时候遇到事了只想逃避责任。但在得知妈妈生病之后，至少还是表现出了作为儿子的担当。

被动地成长也是成长，爸妈不可能跟在身后保护他一辈子。

颜弘丽似乎有所触动，而且这些天相处下来也更信赖盛小羽了，所以她说的话应该是起了一点作用。

当然告不告诉周向远，以及什么时候告诉，还是由她自己决定。

盛小羽回到寝室，一打开门，赫然看到门边孟菁华的座位上坐了个男生，吓了一大跳。

仔细一看，竟然是周向远。

大白天的，想什么来什么，简直像大变活人。

"你怎么在这儿啊？"

周向远看她像是吓坏了的样子，照常露出嫌弃的表情："我也不想，这不是受人'一饭之恩'，来帮她修电脑。"

对他有"一饭之恩"的孟菁华电脑坏了，已经嚷了一周说要修，没想到最后是叫周向远上门来修。

不说都差点忘了，他也是信息学院计算机专业的，跟欧阳远征算是师兄弟。

盛小羽有点心虚地捂住包包，里面装着颜弘丽的病历资料，今天她顺手整理了新出的报告就塞进了背包里，走的时候忘记拿出来还给本人了。

万一让周向远发现就不妙了。

"你干吗呢，遮遮掩掩的。"她还没说什么，他先不满上了，"你跟平时一样该干吗就干吗，我弄完就走了，其他人下午都有课出去了。"

孟菁华还真放心啊，就这么让他待在她们寝室。

盛小羽战战兢兢地把背包藏到桌子下面，有点拘谨地在椅子上坐下。

她的座位紧挨着孟菁华的，这会儿相当于跟周向远排排坐。

这可让她怎么跟平时一样？

两人一时无话，场面有点尴尬。

她忍无可忍，只好也把电脑打开了。

最近正好有个影视剧没看完，放点声音出来，总比现在两个人沉默不语地大眼瞪小眼要强。

她刚打开播放器，周向远突然说话了："上次车祸的事情，谢谢你。"

她没听错吧？

盛小羽只好把刚放完开头广告的视频又关上，认真回答："不用跟我客气，其实我也没做什么。你最该谢的是菁华。"

那可不只是"一饭之恩"，整个春节她都在进出医院帮忙照料他。

"所以我这不是给她修电脑了吗？"

"对哦，你不是发誓绝对不给人修电脑的吗？"

说完两人都笑了。

想当初他们作为大一新生，在来报到的路上，周向远就跟她说过，他学的是计算机应用，很多人对这个专业误解很深，说起来就是修电脑的，简直肤浅。等他将来学成，绝对不给人修电脑。

"总之还是要谢谢你。"他把话继续说下去，"孟菁华会帮忙照顾我，也是因为你的关系。"

"别客气了，大家都是一个学校的校友，菁华又讲义气，就算没有我，也不会视而不见的。"

周向远抿了抿唇。

关于两人之前的误会，他想跟她解释，但找不到好的时机。其实也没什么可解释的，就是他欠她一句道歉，话到了嘴边，就是说不出口。

盛小羽看他像是说完了，刚打算重新点开影视剧，就见孟菁华抱着个盆开门进来了，发梢还在滴水。

"咦，小羽你回来啦，今天又去医院了？进门好好消杀没？"

就说孟菁华怎么放心把周向远独自丢在她们寝室呢，原来她是去水房洗头了，并没走远。

她对寝室防疫的消杀工作可谓是尽心尽责，随时盯着她们几个人的个人防护有没有到位。

盛小羽刚才进屋就被周向远唬住了，还真没仔细消杀。

孟菁华放下手里的盆，拿起消毒液就对她浑身上下好一通喷。

"你去医院了，身体不舒服？"周向远用手捂住口鼻问盛小羽。他今年过年都在医院过的，闻到消毒水的气味就条件反射。

"啊，没有……"

"她没事，是朋友家的长辈，好像是从青州来的，她陪着去看病。"

孟菁华说完也喷完消毒液了，从置物架上拿了吹风机道："你们聊，这个太吵了，我去隔壁吹头发，吹干了再回来！"

周向远的眉间已经打起结，追问道："从青州来的长辈，我认识吗？"

青州不大，他妈妈本来就跟她妈妈和姨妈认识，所以她家里的亲戚，他大致都知道。

更重要的是，他已经从她进门看到他时有点闪烁的眼神里预感到一些不好的事。

盛小羽果然低下头不敢看他。

她不擅长撒谎,尤其是她打从心眼里并不希望他一点都不知道他妈妈的病。

"你包里放了什么,我看看。"

他刚才就看到了X光片露在外面的一角,猜想她背包里一定带着病人的相关资料。

盛小羽俯身想用身体挡住那个包。

他手长动作快,比她快一步扯过了背包。

X光片的袋子上写着他妈妈的名字。

不好的预感一下就成了现实摆在他的眼前。

盛小羽低着头,看到他脚上仍然是年前见他时穿的那双旧鞋。

都换季了,也不见他买新鞋,一次是偶然,两次就证明他已经习惯。

"对不起,我不是有意瞒着你。但……颜阿姨暂时不希望让你知道。"

"现在已经知道了。"他比想象中冷静,"医生怎么说?"

盛小羽摇摇头:"检查结果刚出来,还没看上医生,他不是每天都在门诊坐班。"

周向远坐在那里沉默了片刻。

电脑屏幕上显示系统已经重装完成,开始重启。

盛小羽以为他会发脾气,然而并没有。

"她这算是复发吗?有没有特别不舒服?"

"嗯,算是复发,但医生说就算复发也不等于没有希望,现在方案都很成熟,就是过程煎熬一点。"

熬得过化疗,就能再多撑几年,这是医生的原话,比他们想象的更直白。

颜弘丽没有特别不舒服,就是看起来憔悴、消瘦。

跟印象中有些丰腴的颜阿姨已经不太一样了。

周向远捏着X光片的手指用力得发白:"我想陪她一起去看病。"

上回妈妈发病时他在备战高考,父母选择隐瞒他,可以理解,在他们眼里,他一直还是小孩子。

可现在他已经上大学了，快到二十岁了，也开始自己存钱，甚至出去打工兼职，以为能帮他们分担点什么，结果他们还是选择瞒着他。

盛小羽能理解他的心情，斟酌了一下，说："那……要不我们下次去医院的时候，你也一起去？"

周向远眼中一亮："可以吗？"

"应该可以吧，我相信颜阿姨也是希望有最亲近的家人陪在身边的。再说这是你自己发现的。"

算是吧？不是她没遵守约定哦。

"谢谢你。"周向远由衷道，"你帮我和我妈妈这么多，真的很感谢。"

他也知道她之前在校运会的后勤组鞍前马后地忙活，其实是为了他。

可惜那时候他没把她放在眼里，又有其他"花花草草"在跟前，那份心意他很明确地拒绝了。

可现在……

说实话，他有点被感动了。

大概疾病会让人变得脆弱吧，病在自己身上，或是家人身上，都一样，你会不自觉地想要亲近那个在背后支撑着甚至推着你往前走的人。

假如回应她的感情，能让她开心，他觉得好像也没什么不可以。

周向远跟盛小羽一起去见颜弘丽，陪她去医院看病。

颜弘丽见到儿子，大概也想明白了，所以表现得很平静，抹了抹眼泪，在周向远的安抚下情绪很快扭转过来，反倒比前些日子更开心一些。

直到这一刻，她才真正接受了自己癌症复发的事实。

颜弘丽患的是妇科方面的癌症，男性家属陪诊不是特别方便，于是周向远帮着跑上跑下地挂号缴费，盛小羽就陪着他妈妈问诊和做各种检查。

周向远怕她们等久了口渴还会买水来，倒是比之前要显得体贴周到许多。

配合还挺默契。

颜弘丽做B超的时候，盛小羽在外面等。等候区的位子都坐满了，她就站到外面的叫号区去，周向远大概是去拿之前检查的报告了，不在她的视线范围内。

她正看着手机，有人从身后戳了戳她的肩膀。

回过头，竟然是傅春野。

真是人生何处不相逢，这可是妇产科门口，居然都能遇见。

难道他跟踪她了？

还真是近朱者赤近墨者黑，他怎么也成"跟踪狂"了？

傅春野脸上的表情很难看。

他已经眼看着她跟周向远在妇产科这层楼来来回回一上午了，两人显然是陪着一位中年女性来看病，应该就是欧阳告诉他的那位长辈。

周向远长相随妈妈，所以这位长辈是谁，也就不用猜了。

他就是生气，人家的妈妈生病，关她什么事。

她是嫁给周向远了，还是他家的准儿媳人选啊。

盛小羽见他鼻子不是鼻子，眼睛不是眼睛的样子，猜不透他又生的什么气，只能瞎猜："这么巧，你也陪人来看病啊？"

"你怎么知道？"

"我不知道，这不是问你嘛，不然你到妇产科来干什么？"

总不至于是给自己看病。

"你爸爸的现任太太怀孕了吧，你是不是陪她来的？"

傅春野的脸色更难看了："这又是谁告诉你的？"

"上回你不小心喝了酒之后说的，你还说你爸会很重视这个孩子，不像你……"

傅春野已经一把捂住了她的嘴，不让她继续说下去。

他那天喝酒失智的状态下到底跟她说了多少话？

盛小羽睁大眼盯着他，一副知道得太多将要被灭口的态势。

她的呼吸在他掌心聚集，痒痒的，让他不想放开。

"小野？"

刚做完产检的郑思茹出来正好看到两人站在窗边，傅春野太高了，遮住了身前人的脸，看得不太清楚，只能看出是个女孩，跟他面对面站着，两人离得很近，关系肯定不是一般亲近。

盛小羽也猜到这位肯定就是蒋教授的现任妻子。

在傅春野告诉盛小羽关于他父母的故事之后，她搜了一下他的妈妈，居然是20世纪末在柏林拿过奖的女演员，照片资料虽然不多，但能看得出非常漂亮。

其实光看傅年年和他的长相，就知道他们的妈妈一定是个大美人。

坦白说，郑思茹相较之下只能算是普通人中的普通人。

但她肯定是蒋教授能掌控的妻子，不会像前妻那样，从家世到事业再到自身条件，都压他一头。

傅春野终于拿开手，介绍道："这是盛小羽，也是明大的学生。这位是郑老师，是我爸的太太。"

郑思茹有点惊讶地看了他一眼，显然没料到他会毫不掩饰地在外人面前提到父亲。

那这就不是外人了。

盛小羽又是点头又是鞠躬："您好，郑老师，我也听过蒋教授的课，您叫我小羽就行了。恭喜你呀，有宝宝了，几个月啦？"

郑思茹笑了笑，手掌不自觉地放到已经显怀的肚皮上："四个多月，医生说他个头偏大，所以肚子比同孕周的孕妇看起来要大一点。"

傅春野身高有一米八四，蒋教授目测也有一米八左右，看起来高个子是家族遗传。

郑思茹应该也三十多岁了，初次做妈妈的喜悦直接写在脸上，但眉眼间也有疲惫。

"我不耽误你们说话了，小野，你今天陪了我大半天，跟同学玩吧，不用管我了。我去病房看看你爸。"

盛小羽一惊："蒋教授住院了吗？"

"是啊，他血压控制得不好，最近心脏也不舒服，还好小野坚持，让我说服他来看医生。这回还算及时，放支架就可以，再拖就可能随时心肌梗死，很危险。"

郑思茹说起来满脸都是忧虑，肚子里的胎儿才刚成形，孩子的父亲要是有什么意外先走了，那留下他们孤儿寡母的该多艰难。

这么说来，那天在二教，父子俩虽然起了冲突，但事后傅春野还是想办法逼着老爸去看病住院了，还主动承担起陪郑思茹产检的责任。

听说孕妇做的检查项目很多，有时候指标异常心理压力也很大，郑思茹应该挺依赖丈夫的，他住院了，遇到什么事还是需要有个人一起商量。

傅春野这是一口气照顾了夫妻两个人。

他以后如果要当爸爸了,也会陪着自己的太太来产检吗?

盛小羽忍不住幻想自己挺着大肚子,他在旁边小心翼翼地扶着护着,两人一起到产科报到的情形……

"你在想什么?"

傅春野最怕看到她这副神游天外的表情,总感觉她在想一些很可怕的场景。

郑思茹已经走了,证实他们今天就是货真价实的偶遇,寒暄完各自说再见就好了,他为什么还坚持不懈地要问清楚她在干什么。

"我没想什么,真的!"盛小羽也回过神,指了指检查室的方向,"我还有点事,要不……你先走?"

"你还没说你跑医院干什么来了。"

明知故问,但他就是要听她亲口说。

他来干吗她倒是弄得一清二楚,她自己是什么情况还一个字没提。

盛小羽差点就说了。

但仔细一想,她来医院干什么,凭什么跟他交代呀。

他俩现在又不是男女朋友,也不是在合作写论文,没必要遵守什么约法三章了吧。

"我自己来看病不行吗?"

"你到妇产科看什么病?"

"你……你别那么狭隘,妇产科可以看的病多了,卵巢囊肿、月经不调之类的……"

"盛小羽!"

周向远这时候终于找到她了,快步朝她走过来。

傅春野低头:"你让他陪你来看月经不调?"

盛小羽脸色通红,想拉周向远直接离开。

他却不肯走,看着傅春野:"你怎么会在这儿?"

"我来找她。"

盛小羽连连摆手:"不是,我不知道他会在这里……"

话没说完,手已经被傅春野一把抓住。

周向远挡了一下:"喂,你放开她。"

"你是她什么人,男朋友?"

这下轮到周向远脸红:"我……我就是她的朋友,同乡!你没看她不愿意吗,干吗拉拉扯扯非要让她跟你走?"

"不然呢,留在这儿给你当牛做马吗?"

"你说什么呢!"

这句话太过分,不仅周向远发作,连盛小羽也不满地抬眼瞪他。

颜弘丽这时做完检查出来了,看到三个年轻人凑在一块儿,走过来道:"小羽,向远,这位是……"

"妈……"

"阿姨您好,我叫傅春野,是盛小羽的男朋友。"

这话一出口,在场的所有人都震惊不已。

"啊,小羽都有男朋友了。真是不好意思,这些天我请她陪我到医院来,是不是耽误你们的事了?"

"没关系的,阿姨,我听小羽的妈妈和姨妈提过,你们两家早就认识,互相帮忙也是应该的。有什么我能做的吗?"

傅春野这态度前后变化之大,连盛小羽都看得瞠目结舌,更别说周向远了。

这算什么,变色龙吗?

其实颜弘丽听到他说是盛小羽的男朋友时有些失落,本以为盛小羽能跟周向远凑成一对呢,两家人知根知底,又是一个地方的,多好。

但看这男孩子又高又帅,听口音应该是春海市本地人,各方面条件都比自家孩子好,又彬彬有礼,盛小羽会选他也是人之常情。

"谢谢,小羽已经帮了我很多,现在小远能照顾我,就不耽误你们了。你们快过去吧,回头我请你们吃饭。"

"谢谢阿姨,那您好好休息,我就带她先走了。"

傅春野似乎就等她这句话呢,攥紧盛小羽的手,头也不回地拉着她离开了门诊大楼。

走出好远,到了医院侧门外的小路上,盛小羽才终于挣开他的手。

"你到底要干吗?"她揉着挣扎间被他弄疼的手腕,"颜阿姨的事还没完呢,你凭什么就这么把我拉走啊?"

傅春野回头看着她:"你还是喜欢周向远吗?"

什么?

"不然的话,为什么对他的家人这么热心?"

重音落在"他"这个字上。

因为是周向远,她才这么热心吧?不然他的家人住院的住院、产检的产检,怎么都不见她提出帮帮他?

盛小羽从他话里听出了不甘和委屈,咕哝道:"干吗啊,你不会是吃醋了吧?"

她的声音很小,不敢大声让他听见,不然他一定极力反驳——谁会吃她这个小人物的醋啊!

然而傅春野的反应出乎意料。

"是啊,我就是吃醋了,怎么样?"

盛小羽一脸蒙,你别承认啊,大哥!

"吃醋……吃醋的意思是……"

她其实想问他,真的知道吃醋的意思吗?毕竟他在国外生活了好多年,有没有可能对这个词的理解跟一般人不一样。

傅春野深吸了口气,拿出手机点了点,发了个文件给她。

"这是什么?"

"你打开看看就知道了。"

盛小羽点开那个文件,竟然是完整版的《暗恋观察报告》。

有标题,有引论,有注释,相当符合一般论文的格式。

"这个完稿了,你的名字……"傅春野凑到她手机旁边,用手指给她看,"在共同作者这里。"

盛小羽其实已经看见了,共同作者写着她的大名,指导教师写的是蒋承霖。

"你真写出来了?"

"现在还觉得我是骗你的吗?"

她赶紧摇头。

其实从一开始,她就相信是真的,尽管中途也有过摇摆和怀疑,但傅春野说他能做到,应该就是真的能做到。

可是到了最后,她又觉得即使是假的也没关系,论文是子虚乌有,那他们之间的感情说不定还有几分成色堪比真金。

"那继续合作,可以吗?"

他难得用了商量的语气，似乎有点担心她会不答应。

"继续合作？"

"嗯，我之前不是说过，恋爱关系中影响经济决策的不是只有暗恋这一种，还有婚姻、两情相悦。我说的厌倦了，指的是暗恋这种形式，不是指厌倦你。"

照欧阳说的，她这些天就是因为这个不开心吧。

盛小羽没想到他会跟她解释，这对骄傲惯了的傅春野来说已经挺难得了，但继续合作是什么意思她还是不明白。

"我们再合作完成一个报告，像真正恋爱的情侣那种，怎么样？"

盛小羽愣了愣。

"当然报告还是我来写，我也会像恋爱中的另一方那样给你反馈和回应，你只要把我当成男朋友就行了。我们之前的约定可以修改部分条款，然后继续奏效。"

盛小羽没吭声。

"怎么了，有什么问题？"

"那……这个报告结束之后呢？你对这个形式也厌倦之后，我们又变回毫不相干的陌生人吗？"

这回轮到傅春野愣怔。

单是这个问题，杯弓蛇影，他已经能听出她心有戚戚焉。

他们之前也说好了，报告完成，这种关系就宣告结束，但她显然还是受了伤。

"你……"

"不用说了，我拒绝。"盛小羽不等他把话说完，已经拨开他拉住她胳膊的手，"你找别人吧，这回……我帮不了你。"

之前能够配合他完成《暗恋观察报告》，只是因为那时候不喜欢他，他也知道她还没从对周向远的暗恋里走出来，不会对他动心，所以就算随时喊停，两个人都能全身而退。

但现在不行了，至少，她已经做不到了。

今天她没有喝醉，话说到这个份上，应该再清楚不过了吧。

他当她违反两人的约定也好，把她当作不珍惜感情的女人也好，都没关系，她觉得自己的心意已经传达给他了。

她从不真的认为暗恋是世上最美好的感情，最美好的感情明明就是我喜欢的人也恰好喜欢我。

夜里卧谈会。

照例是丁芮茜和孟菁华主讲,盛小羽和牛慧附和补充。

刚开学的时候孟菁华忙乐队的事没回来,丁芮茜讲得都不起劲了,卧谈会也像妈妈们的麻将桌,少一条"腿"就少了点什么。

这回的话题围绕女生节,活动很成功,校园内外都有很大反响,尤其是男扮女装的扮相实在是赚足眼球。

听说舒诚和舒南二位,已经跟傅春野他们达成和解了,表示不会追究傅春野和赵龙打架的事。

当然这也全靠他们自己的努力——女装那么"美",已经是明大的知名人物了。

丁芮茜咂咂嘴:"真是没想到,大龙会以这种形式'出圈'!要知道他以前都是硬汉形象,是跆拳道社的会长啊!"

孟菁华:"这就是传说中的'反差萌'吧?"

"牛牛,你俩怎么样了,到底有没有在一起啊?"

"没有。"牛慧很干脆地回答。

"那你可得看紧点,别被其他人捷足先登了!"

"大龙不是那样的人吧,他不是一直最欣赏牛牛吗?既是如花美眷,又是跆拳道社的好搭档。"

"就是这样我们才不会在一起。"牛慧说,"他说加入跆拳道社只能是为了跆拳道,不能动机不纯。"

"时代不同了,再说他都已经退社了,理论上已经不是社团的一分子了,你别揪着他过去的理论不放嘛!"

她们都知道,牛牛中学的时候有次在下晚自习的路上被人抢包,是赵龙路过救了她。她从此开始学跆拳道,考进赵龙所在的大学,加入他做会长的跆拳道社,并且一进去就鼓足勇气向他表白。

然而那位大龙学长不仅不记得她,还大声警告她如果不是因为跆拳道才入社,最好立刻就滚出去。

别看牛牛戴个眼镜,斯斯文文,骨子里绝对是个狠人。自那以后,她不仅跆拳道社的训练和活动一场不落,还主动去校外寻访名师加练,在网上找视频研究动作细节、比赛战术,不到三年时间,她代表学校的跆拳道社拿过好多奖项，有个人的，也有团体的。

否则赵龙也不会在引退后把会长的职责交给她。

但当初的爱慕和追随再也没有被提起过，像是被放下了，又像是没有。

当然在室友们看来是没有。

眼看赵龙都要毕业了，两人还是没有修成正果，她们都要急死了。

丁芮茜道："你最近是不是跟那个与赵龙很要好的留学生走得很近，我记得女生节活动他也来参加了吧，我说怎么那么多留学生部的人来参加呢，原来是有他这个代表。"

"嗯。"

孟菁华"哦"了一声："小朴啊？其实他也不错，之前还来我们乐队玩过吉他，是个很友善的男生，有点呆萌，挺适合牛牛。"

"那不行。"丁芮茜重重翻了个身，"我们好不容易出了牛牛这么个巾帼，怎么能便宜了外国人？要是来个比武招亲，他打得过牛牛吗？"

讨论热火朝天，但盛小羽一直没怎么吭声，大家都差点以为她睡着了。

直到提及她最敏感的名字，才听到她的床板吱呀响了一声。

"还有傅春野，他本来就很引人注目，这次的'小龙女'更是出尽了风头！你是不知道有多少女生为他倾倒，光我们女生部就有好几个人专门去经济学院打听他，还去他宿舍楼下堵人，听说他的室友——那个叫欧阳的，都要被烦死了。"

孟菁华道："欧阳不就是那个念错你名字的'文盲学长'吗？看来你还挺关注他，反正你也分手了，要不要考虑把他列入你的新欢考察对象？小羽好像跟他挺熟，要不让她给你们牵个线？"

"去你的，我才看不上他呢！小羽你别听她胡扯。"

盛小羽"嗯"了一声。

她今晚格外沉默，只是偶尔发出声音，其他几个人都留意到了。

丁芮茜趴在上铺，稍稍压低了声音，带了点神秘地说："对了，听说傅春野最近陪着女生去妇产科，是不是真的？"

孟菁华吓一跳："不是吧？他不是跟咱们小羽走得很近吗，是不是陪她去医院的时候被误会了？"

丁芮茜道:"哪儿啊,挺着肚子去做产检那种,不可能弄错的吧?"

她也觉得这两人应该是假戏真做在一起了,所以听说这个传闻的时候,还特意悄悄观察了一下盛小羽的身段,春海市的天气已经挺热了,衣服越穿越薄,真有了孕肚不可能藏得住!

这证明他俩还没到那一步吧。

三个人都沉默了,压力给到了盛小羽这边。

她当然知道是怎么回事,可这要怎么解释呢,大家都还不知道他的亲爸就是蒋承霖,也就更不可能知道郑思茹了。

"其实是他爸爸的现任太太怀孕了,他爸刚好心脏不舒服住院了,他就帮忙陪着去做产检。"

"哇,居然还有这么一层!"丁芮茜忍不住感慨,"不过他爸是谁啊,不是传说他是什么大人物的私生子吗?"

他爸的年纪应该也不小了,现任太太才怀孕,那就是老夫少妻,更坐实了大伙儿对"大人物"的想象。

"不是,其实就是普通人,他外公家里比较厉害,但现在往来也很少了。"

"他爸不会是蒋承霖吧?"孟菁华在上铺说。

"谁?"

"我们经济学院的副院长,蒋承霖。听说他以前的老丈人很厉害,也在明大教过书,曾是学界的泰斗。他好像是倒插门女婿,所以就算有孩子也不会跟他的姓。"

孟菁华也只是猜的,她这学期选了蒋承霖的一门国际经济学课,上了没几次就变成代课老师来上了,说他心脏不好去住院了。

这不巧了吗,傅春野的亲爸也在这段日子住院,很有可能就是同一个人。

盛小羽没说话,就证明她猜对了。

这就好理解了,他为什么对自己的身世讳莫如深,任由别人误解也不解释。

解释了估计也没人信他——亲爹就是学院副院长,更要怀疑他考进明大是靠特权和暗箱操作了。

"上学期那门经济学中的社会心理也是蒋院长的课吧?"孟菁华突

然想到,"那篇《暗恋观察报告》真是他布置的作业吗?"

不会是傅春野编出来蒙她的吧?反正就算露馅也有亲爸可以给他打掩护。

"我不知道。"盛小羽茫然道,"但报告他是真的写完了。"

"那你们现在是什么情况啊?"丁芮茜问。

盛小羽就把傅春野提议再合作一篇论文的事如实跟她们说了。

丁芮茜呻吟了一声,仰面倒在床上:"不是吧,你们都亲过了,他就跟你说这个?"

不是应该两情相悦,开始卿卿我我了吗。

"他其实也喜欢你,但他害怕给不了你承诺。"

一直安静聆听不怎么说话的牛慧一语道破天机。

"对哦。"孟菁华翻过身,对着下铺的盛小羽说,"他爸妈那么早就分开了,估计他挺没安全感的,尤其是男女之情,给了承诺又走不到最后,伤害对方的同时,他自己也承受不了吧。"

"还没开始呢,怎么就知道走不到最后?"丁芮茜不服,"好歹试一试,留下美好的回忆也不错啊!"

人生很多事,到最后都只剩回忆而已,不同的是美好和糟糕的区别,又怎么能奢求所有遇到的人都陪你到最后。

"每个人的想法不一样吧,而且我们学院每年不是都有跟国外名校交流的名额嘛,傅春野绩点那么高,英语又好,本来就有国外求学的经历,他如果申请的话,下个学期就走了。真要恋爱的话,难道要异地吗?"

还不是一般的异地,而是异国。

二十岁的年纪,一年时间就可以发生很多事,他们有信心能克服上万公里的距离和几个时区的时差吗?

盛小羽的心头狠狠一震:"他……申请了交换生?"

"还不知道,很有可能吧,往年学院里最强的师兄师姐都会试试,毕竟这种机会还是挺难得的,将来简历上也会添色不少。"

盛小羽发觉她竟然从没想过这样的可能性。

但这种鸿沟其实一直隐形存在于他们之间,傅春野本来就高她一届,两人就算在一起了,将来毕业也会面临异地的问题。

如果傅春野的内心真的对感情缺乏安全感,那么每一次走到这样的岔路口都有可能放大他的不安。

傅春野轻轻关上病房的门。

傅年年站在门外,她刚送郑思茹下楼打车,买了消夜回来:"老爸他睡着了?"

"嗯,我跟他说明天推他下楼走走,他就很快睡着了。"

傅年年笑:"他真的是在屋里坐不住,刮风下雨都要出去散步。"

"现在不是刮风下雨,心脏都那么不好了,还不知道惜命。"

"老小孩嘛,人年纪越大就越像孩子似的任性,顺着他一些就好了。我刚跟郑老师也说了,让她在家好好休息养胎,这几天就咱们俩辛苦点在医院陪着吧!喏,给你,麻辣烫,不加辣油,多放了你喜欢的麻酱。"

傅春野打开盖子,面上果然满满都是酱料。

医院科室这间会议室兼休息室在走廊尽头的角落里,晚上没人用。可能长得好看的人有天然的社交优势,加上傅年年多少有点知名度,不出两天就跟医生、护士都混熟了,夜里没什么人来的时候,姐弟俩就在这里吃个消夜。

傅春野摩擦着一次性筷子上的毛刺:"我都没想到你会来。"

"说什么傻话呢!"傅年年刚吞进去半颗鱼丸,嘴里鼓鼓囊囊,"怎么说也是我亲爸,心脏手术可不是闹着玩的,事关生死,我还能不来嘛!"

她只是任性,不是没有良心。

"你不是不想被人找到?"

"哎呀,我就是自尊心受挫,想自己一个人静静,想想将来的路该怎么走。"

"那你想好了吗?"

傅年年拿着筷子在汤碗里搅了搅:"哪有那么容易想明白啊,我只是觉得自己好像不太适合娱乐圈,现在团散了,就不想接新的工作了,只想回归普通人的生活。但这也有可能是围城,我都离开'普通生活'那么久了,真的回来也不知道能不能适应。"

关键是,还能回得来吗?

"爸爸跟你提过那个建议吗?让你回到大学,把学位读完。"

傅年年"嗯"了一声："听他说过，我没答应。这事也不完全跟当初大学肄业有关，读完学位，也不意味着我就可以像什么都没发生过，过上跟普通人一样的生活。"

这回轮到傅春野停下筷子，沉默了几秒，才问："你跟舒诚分手，后悔吗？"

"我要说不后悔，你信吗？"她笑笑，"我梦里都哭醒过好多次。"

年轻的时候真勇敢啊，这样猛烈的疼痛居然都能承受。

"要是再给你一次选择的机会呢，你还会选择跟他分手去做偶像吗？"

"我不知道，其实我也没得选。"她笑得有点局促，"舒诚……他应该也没想过要有个娱乐圈的女朋友吧。他对待感情一直都特别认真，特别投入。他还送过我一枚戒指，虽然不值什么钱，但我明白他跟我在一起是奔着结婚去的——大学毕业后做律师或者进企业，然后买个房子，结婚，生娃……他其实有点恨铁不成钢吧，觉得我在那个时候坚持要放弃的东西再也拿不回去了。哎，今天这家麻辣烫怎么这么辣，我辣椒放太多了……"

她笑着伸手去扯餐巾纸，眼角已经迸出泪花。

傅春野默默把整包纸巾都放到她面前，看到她手指上那个朴素的银戒指，其实好多年了，一直都戴在她的中指上，原来真是舒诚送的。

"前段时间我见到他本人了。"

"谁啊，你见到谁了？"

"舒诚。"

傅年年正捏着纸巾擤鼻涕的手一顿，抬眼道："在他的律所？"

"不是，在学校里。校园招聘，他代表律所来做宣讲。"

"是吗，看来他应该混得不错，快升合伙人了吧？怎么样，他的状态好吗？"

"挺好的。"

正处在事业上升期的青年才俊，意气风发，怎么可能不好。

至于后面双方发生争执还打了一架的事，还是不要让她知道了。

傅年年吸吸鼻子，又拿起筷子接着吃。

"你没想过再跟他联系吗？他好像还是单身。"

其实那天他在学校跟舒诚打起来,还有一个很重要的原因,是他误以为跟舒诚同进同出的漂亮女人是他的新女友,觉得他是真的把姐姐忘得一干二净,连她失踪都不在意。

结果那是舒南扮的,后来女生节的时候他从舒南那里得知,舒诚至今还是单身。

傅年年摇了摇头:"你看过东野圭吾的作品吧,他有句话写得特别好,曾经拥有的东西失去了,并不代表就会回到原来没有那种东西的时候。我伤害他在先,他可能永远都不会原谅我了。"

傅春野没说话。

他跟舒诚打那一架的时候能感觉到,应该并不是这样的。

但想了想,他还是什么都没说。

不要给人虚假的希望,这样当事情真的发生的时候,或许可以当作一种惊喜或者馈赠。

"别说我的事了,还是说说你吧!"傅年年看着他,"那天问你,你还没告诉我呢,你怎么找到我的?"

她住在那个小渔村里,怡然自得,连经纪人和朋友都没有告诉,她这个闷葫芦一样的弟弟居然能找上门,简直不可思议!

"盛小羽带我去的。"

"啊,居然是小羽毛!"傅年年也很惊讶,转念一想就明白了,"我就知道这孩子可聪明了,细枝末节的地方都能留意到。怎么样,你俩发展到什么程度了?"

傅春野又是沉默以对,把傅年年给急的:"你别老是这样不说话呀,追女孩子可得把感情表达到位。你明明就喜欢人家,跟人说清楚了吗?"

他摇头。

傅年年大惊:"还没表白呢?你们这暧昧得可有点久啊!"

她才不信弟弟说的合作完成论文的鬼话呢,明明就是喜欢人家小羽毛!

"表白了就一定能走到最后吗?如果像爸妈那样,或者像你和舒诚那样,表不表白又有什么区别?"

傅年年更震惊了,什么意思,这还留下心理阴影了?

套用网络流行的说法,幸福的人一生被童年治愈,不幸的人一生都在治愈童年。

傅春野看她咬着筷头盯着自己看，下意识摸了摸脸："干吗，我脸上沾到东西了？"

"小野啊……"傅年年艰难地开口，"爱情这个东西，来了就来了，你不要拒绝它啊！就算不能走到最后，也不代表它就没有价值。你如果问我有没有后悔爱过舒诚，我可以很明确地告诉你，从来没后悔过。"

傅春野很少听到姐姐这么郑重其事地讲一番话，扭过头就对上她忧心的眼神。

"是真的，你别以为我是哄你的。不光是我，还有妈妈，她虽然跟老爸离婚了，但并不后悔当初选择跟他结婚这件事！"

傅春野心头震颤。

"她跟你说的？"

"嗯，春节我不是跟她一起去玩嘛，她现在大概年纪上来了，看开了好多，什么话都愿意跟我讲。"

老妈多洒脱呀，要是知道他因为她们娘俩的遭遇就对感情前怕狼后怕虎，恐怕要气死。

傅春野说："是吗，她都从不跟我说这些。"

"怎么，吃醋啊？"傅年年笑起来，"你是男孩子呀，她就是怕这些过去的事情会缠住你的手脚才不跟你说，你是不知道老妈多怕你变成'妈宝男'！"

他蹙眉："她还知道'妈宝男'？"

"嗐，这有什么不知道的！你从小跟她身边，她觉得只有拼命工作才能给你最好的物质条件，但也不至于把你宠坏。她那个人自由散漫惯了，你别怪她。"

傅春野从没想过有朝一日会听姐姐教育他别怪老妈。

这两个人在他看来才是全家最不靠谱的。

"怎么样，想通没，想通了明天就赶紧去跟人家小羽毛表明心迹。"

傅春野喝了一口可乐："我就是不喜欢表白那一套。"

"你是信心不足吧，怕人家小羽毛公然说不喜欢你，是吗？"

他没有否认："她说之前能够配合我完成论文，完全是因为不喜欢我，说抽身就能抽身，但现在做不到了。"

傅年年捋了一下，感觉自家弟弟的中文理解能力是不是有点问题："对呀，那不就是她喜欢你的意思吗？"

而且不是一般的喜欢，是很认真的喜欢，一点都容不得造假和亵渎。

对一个觊觎人家姑娘好久的人来说，这是天大的好消息啊！

"你确定她是这个意思？"

"当然啊，不然你以为是什么意思？"

他把脸扭向一边："那之前问她怎么都不说，喝醉了倒是知道亲我……"

傅年年看他那样，敢情是闹别扭呢——叫人家暗恋自己，就非得人家正儿八经地先表白啊？

"你好意思说，亲都亲了，你也不主动点！老实说，真的只有亲吗，你不会让人家怀孕了吧？"

"什么意思？"

傅年年拿出手机，找到了学校论坛，递给他道："自己看，校内论坛这帖子都顶成小火苗了，说你带大肚子女生去看妇产科。我当然知道是陪郑老师做产检的，但外人不知道啊！之前小羽毛那么高调地跟你在一起，怀疑的矛头不是会指向她吗？"

帖子里都说了，新闻系大二某女生，还有模糊的照片，只差点名道姓了。

傅春野看着手机屏幕上那些莫名其妙的文字，眉头皱成一团。

他从不上校内论坛，不知道这件事。

"你不是说不喜欢表白那一套吗，现在名不正言不顺，如果她真是你女朋友，就算你陪她看妇产科又怎么了，谁敢说什么……哎，你去哪儿啊？"

"回趟学校。"

傅春野已经迈开长腿跨过椅子，头也不回地匆匆离开医院的会议室。

明大体育馆。

天气不好，体育课原本打算在户外上的体能训练课临时改为室内课。

明大的体育课可以选的项目有很多，每学期选课系统开放的时候可以挑自己感兴趣的，同一个项目万一选的人多可能还会被调剂。

盛小羽大一学的羽毛球，一整年下来学腻了都没打好。

上学期明大开设了高尔夫球，全新的项目，选的人很多，都想着将来进入职场能派上用场，或者有朝一日发达了，往果岭一站就是全场最靓的人！她们寝室一股脑全选了这个，连牛慧都不例外，说是要挑战新鲜事物，不能总待在跆拳道这个舒适区里，最后居然选上了！

除了盛小羽，她被调剂去上了一个学期的健美操。

她不是不能跳舞，但健美操跟跳舞不太一样，跳舞好歹讲究点天赋，健美操完全就是拼体力，一节课下来实在是太累了！

高尔夫球课运动量不大，大多课程都在室内，避免了风吹日晒，老师给分也高。

这学期大家说好还是选高尔夫，结果盛小羽最后一个人选了羽毛球。

孟菁华纳闷："怎么又选羽毛球？我听说要经常对练，还组织比赛，挺累的呢！"

盛小羽表示没关系，她也想挑战下自己。

"拉倒吧，就你那小身板，选什么都是挑战自己。特地选羽毛球，肯定是因为傅春野吧？"

丁芮茜总是一语道破天机。

其实盛小羽的目标也很简单，就是这回一定要好好学，有朝一日再跟傅春野搭档混双的时候能碰到球，不用被他护在身后。

事实证明只要用心练还是有成果的。

据说体育老师以前是省队的羽毛球队员，退役之后读完体育教育的本硕来明大教课，虽然不管什么项目只要琢磨一下都能教，但羽毛球课正好专业对口，自然就教得特别好。

盛小羽现在对练已经能跟对面打几个来回了，有时还能打出漂亮的扣杀，挺有成就感。

"好，同学们注意，全体分成四个小组，组员两两对练！"

体育老师拍了拍手，示意大家自由组队。

盛小羽其实一个认识的人都没有，同班的女同学没有选这个的，只有两个同是新闻系的女生,但只叫得上名字,算不上认识。

分组的时候她跟在她们后面,就算是一组了,人数刚好差不多,她们也没说什么。

等到两两对练的时候就有问题了,不知怎么,就刚好剩下盛小羽一个人。

她明明看到还有一个女生落单,正好可以跟她凑对,结果她刚走过去说:"同学,我们一起练吧。"对方就扭开脸走到场边去了:"不好意思啊,我今天来例假了,打不了,只能在场边见习。"

另外两三个女生背身嗤笑,不知是笑被剩下的盛小羽,还是笑"场边见习"这特别官方的四个字。

这算什么,霸凌啊?

女生之间的这种孤立,盛小羽其实并不陌生。当年她想去当练习生,报班上课的时候也有人这么闹过,只是没发生在她身上,后来怎么发展的她也不清楚,因为她没上几天就退班了。

究竟是怎么发生的呢?她仔细观察了周围人的眼神和指指点点,尤其是两个同系的女生,大概就明白应该是跟校内论坛上说的她跟傅春野的事有关。

好事不出门,坏事传千里。

都说绯闻对象是新闻系的女生了,同系的同学当然认得是她。

"看见没,就是她。"

"长得也不是多貌若天仙嘛,怎么就看上她了?"

"会不会是弄错了啊?"

"孩子都有了,不会错的吧!"

瞧瞧,她们看她的眼神仿佛她已经身怀六甲,马上就要临盆了似的。

体育老师走过来:"你们这边怎么回事,还不开始?"

刚才那女生举手:"老师,我生理期,请假。"

体育老师看看盛小羽:"那你落单……"

"老师我也生理期,在场边见习吧。"

旁边几个人都瞪大眼睛看着她,一脸不可思议。

盛小羽故意揉了揉肚子,一屁股在场边坐下,眨了眨眼。

体育老师是男的,也不好多说什么,把其他围在一起的人轰走:

"行了,你们剩下的都给我去练起来!"

白色的羽毛球在半空中飞过来又飞过去,被汗水濡湿了T恤的女孩们懒懒散散地开始了对练。

盛小羽坐在场边地板上盯着自己的鞋,鞋面有一只小蚂蚁爬上来,大概是她中午吃冰激凌的时候不小心滴了一点带甜味的污渍。

又要刷鞋了。

她当然不是真的生理期,例假才刚走不久,她就是……偷个懒。

被孤立的滋味不好受呢!

"你在干吗?"

头顶响起带有金属质感的年轻男孩的声音,打断了她看小蚂蚁。

她抬头,有点艰难才能看清眼前人的下颌线条。

傅春野背着他的球包,拿出自己的球拍递给她一支:"起来,我陪你练。"

场上打球的和场边观战的人同时看向这边。

盛小羽的脸庞逐渐染上红晕,"你……你怎么来了?"

"陪你练球,不然别人还真以为我要去陪产了。"

盛小羽惊讶于他的"与时俱进":"你也上论坛啊?"

他没回答,把拍子塞给她:"你到底要不要练,再不练就下课了。"

他侧身站着,看不清脸上的表情,但能看到他的耳朵尖红了。

大庭广众下,他也害羞,只是比她慢了半拍。

盛小羽不知该怎么描述这种心情,只觉得心跳得飞快,像是高兴,又像是压在身上千斤重的东西忽地被人接过去了,一下子轻松雀跃起来。

体育老师也跟他熟,过来在他肩上拍了拍,又直接搂住他的脖子:"来打球?"

"陪人练球,让她进步快一点。"傅春野把她拎到身边站好,"高老师,期末分数记得给高一点。"

都姓高了,分数给低真说不过去。

盛小羽难得安静地待在一旁,一切听他安排的样子。

他的备用拍跟主拍一样都是自己绑的线,一般都是按照他的习惯来,适合对战高手。

但今天这支球拍,盛小羽明显能感受到,他是重新绑过线的,更适合给她这种初学的人用。

他站到场地对面,微微弯腰准备接她发球的那一刻,气势就已经出来了。

真的对拍打起来,羽毛球落在他球拍的高磅线上,被劈杀落在场中央的啪嗒声引得其他人侧目。

当然,盛小羽肯定是接不着的……一直在弯腰捡球。

怪不得打羽毛球不管水平怎么样都能瘦呢,四十五分钟下来,光这么弯腰,运动量也够了。

傅春野看她都觉得费劲,走过来教她:"用拍子把球捞起来,就不用每次都弯腰去捡球了。"

"怎么捞啊?我不会。"

她看他倒是捞得很顺手,电视转播比赛里的国手们也都是这么捞的,想必是高手必备技巧,只是她这种门外汉掌握不了。

傅春野给她做示范:"拍面侧一点,跟地面要成角度,动作要快,这样……会了吗?"

盛小羽干笑:"眼睛会了,手还没会。"

她拿球拍一挑,地上的球就从网下直接滑到他那边去了。

傅春野无语,只能绕到她身后,握住她拿拍子的手腕:"这样,用巧劲,不要太大力。拍面斜着点……斜!"

真是没见过这么笨的!

"捞起来了,捞起来了!"

盛小羽本来想叫他别这么大声嚷嚷,但捞球成功的喜悦让她有点忘乎所以,变成她自己大声叫起来。

"嗯,多练习,熟能生巧。"

他又回到自己的半场,周围目睹了教学过程的同学也开始默默学着捞球。

傅春野大概也意识到现在跟他对练的人是盛小羽,不能用劈杀欧阳远征的那个劲来对付她,否则她就变成捡球练习,起不到练接发球的效果了。

他放慢节奏对拍之后,盛小羽终于能碰到球了。

不等下课,她已经累得大汗淋漓。

春海市已经提前进入夏季,一天比一天热,体育馆里开着空调扇,但真运动起来根本没用。

好不容易熬到下课铃响,她已经就地瘫倒。

上体育课的同学三三两两往外走,议论和目光虽然还有,但含义已经不同。

傅春野站到她旁边,依旧是居高临下俯视她:"打这么一会儿就累了?"

他后悔刚才让高老师期末给她高分了,首先这体能就不合格。

盛小羽的脸红扑扑的,汗水顺着脸颊又倒流回头发里:"不能跟你比啊,我……我虚。"

"看来是要煮点红糖鸡蛋给你补补了。"

上回好不容易炖的,让欧阳那家伙给吃了。

"那不是坐月子吃的吗?"

"是吗?不是传言我陪你去做产检了吗,正好,歪打正着。"

见鬼了,之前怎么没人告诉他红糖鸡蛋是坐月子吃的!

幸好上次她没吃着。

盛小羽说:"我知道那是个误会啊,肯定是因为你陪郑老师去产科正好被人看见了。"

她的心还真大。

"现在不会有人误会了。"傅春野在她面前蹲下,"这么大的运动量,那些无聊的人不会再觉得怀孕的人是你了。"

盛小羽都愣了。

他特地赶来陪她打球,在那么多人面前高调宣示两人"关系匪浅",就是为了澄清这个误会?

"其实我不用……"

"你走不走?上下节体育课的学生要进来了。"

盛小羽瘫了一会儿总算恢复了独立行走的能力,被他从地上强行拉了起来。

她跟跄地跟在他身后,走了几步才发现,他的手没松开,还一直牵着她的手。

她像被烫到似的,脸又开始发热。

"那个……"

"你接下来还有课吗？"

"啊，没有了，不过……"

"那正好，我有一节选修课，今天有随堂测试，你跟我一起去。"

盛小羽吓坏了："随堂测试我跟你去干什么呀？你要考不出来，我更考不出来！"

傅春野睨她一眼："我刚陪你练了整节羽毛球课，你不是应该投桃报李吗？"

我也没让你陪我练啊……

盛小羽欲哭无泪，像个秤砣似的坠在后头不肯走。

正值上下课的高峰时段，路上有骑车和走路的同学路过，看到他们这样都不由得频频回头看。

"盛小羽，你是不是还想着当明星呢？"

啊？这是从何说起？

"要不然你怎么一点都不在意周围人的目光呢，校内论坛的热帖没上够是吧？"

盛小羽简直有苦说不出，硬是被他拖去了上选修课的教室。

还记得上回跟他上选修课……就是蒋承霖的社会心理学。

然后就搭进去一个学期的"暗恋观察实践"，还有她的一颗真心。

这次又会发生什么呀？

不会又是蒋教授的课吧？听说他去做心脏手术了，这么快就康复回来授课了吗？

事实证明她想多了，因为傅春野把她带去了第一食堂，还是后厨。

蒋教授怎么也不可能在食堂后厨上课吧。

她茫然了："不是说要上课吗？"

"是啊，就在这儿上，大学烹饪。"

盛小羽庆幸自己一瓶水还装在书包里，没顾上喝，不然这会儿就喷他身上了。

"大学烹饪……真上烹饪啊？"

"一半一半吧，理论课也有，在教室上，然后紧跟着会有一节实践课。这节课正好是实践课小测，要求每人带个试吃的同学过来，要把本人做的菜吃完才算合格。"

"我是那个试吃的？"

傅春野一脸"不然你以为呢"的表情。

盛小羽不由得咽了咽口水。

难怪找她来呢，是看中她刚上完体育课正好肚子饿得能吃一头牛吗？

还特意跑来陪她练球，把运动量提上去，这也算是"买一送一"的服务了。

盛小羽伸长脖子看了看摆在案桌上的一盘盘食材，坦白说，她对这门课充满了好奇心。

她还记得新闻写作课的老师第一节课就跟他们说过，新闻工作者最需要的就是好奇心。

只有好奇，才会让你对一个事件不断深挖。

怪她当时选课的时候没仔细下拉看完所有清单，没发现学校居然有这么一门课，现在好奇心又被吊了起来。

"你……手艺怎么样啊？"

她现在最担心的是这个。

傅春野一看就是十指不沾阳春水的大少爷，感觉厨艺应该相当有限啊！

可他刚才说，把菜品吃完考评才合格，万一他做得很烂，难以下咽怎么办？

"试试不就知道了。"

他已经相当坦然地换上了白色的罩衫和围裙，像模像样地戴好了厨师才会戴的白帽子。

刚才体育课上的对练，只有她累得要死，他洗了把脸就满血复活了，好像还可以再打败十个她。

这门烹饪课因为场地限制，一周两个班，每个班就二十个人，人到齐之后整个后厨就满了，受邀来尝菜的同学只能挤在入口的位置看。

这就意味着，万一有什么做得不对的，他们也是心有余而力不足，想帮忙也帮不上。

上课的老师站在案桌对面，既有来自生物发酵专业讲理论课的老师，也有学校的行政总厨。

盛小羽还是第一次知道，原来明大也有自己的行政总厨。

可以说是相当专业了。

傅春野站在上课的二十个人中间，仍然是最高的一个，戴了帽子就更高了，很吸引眼球。

他的头发偏长，这时全被藏在帽子下面，整个人看起来跟平时不太一样。

盛小羽想起他说过的，他从小做什么都比别人学得快又做得好，不管做什么都不太费劲，反而让他觉得有点没意思。

只有做饭这件事例外，从过年他在她家包饺子就可以看出来，老天爷大概是忘了把他的这一个技能点亮，终于让他表现出了笨手笨脚的一面。

不知是不是这种不完美让他难得感觉到了挑战，这个学期他居然选了烹饪课。

如果他真的出国做交换生，那么会做饭就能更好地照顾自己了吧……

盛小羽自顾自想得入神，直到对上傅春野的目光，才发觉自己想得太远了。

这节烹饪课的题目是松鼠鳜鱼，总厨老师交代完注意事项，就让大家开始动手。

每人面前一条鱼，都是处理好的，连脊背上的骨头都去掉了，鱼头也剁了，但还是有人对着盘子一筹莫展，不知该从何下手，只能偷看旁边的人。

果然实践出真知，这都用不着费劲点名了，一眼就能看出来谁没好好上课。

还好，傅春野动作利落，步骤清清楚楚，一看就是在脑海里排练过，说不定在家也实操过的好学生。

盛小羽跟妈妈一起烧过这道菜，它不能说很复杂，但确实不好做，要考验刀功、烧油的热度、调味和收汁，可以说是要求相当全面。

总厨老师是懂考试的。

傅春野下刀在鱼身上切花纹的时候看着挺胸有成竹，但在最后鱼尾拉刀翻转时出了点问题，鱼尾巴直接脱落了。

这鱼肉翻不好，最后就很可能炸不出蓬松得像松鼠的效果。

盛小羽看得挺着急，恨不得上手帮他翻。

总厨背着手巡视，将一个个高才生看过去，边看边微笑。

好在傅春野临危不乱，尾巴掉了就捡起来一起放进大碗里腌渍，然后慢悠悠地切葱段，又拿碗调配酱汁。

学生有二十几个，灶头却是个位数，先到先得，有性子急的同学已经抢先去占锅热油了。

在田径赛道和羽毛球场上都一向争先的傅春野，这时反而不急，他们急着用就让他们先上，他将手伸进装鱼的大碗里，给鱼做按摩。

多腌一会儿，鱼肉会更入味，等会儿给受邀的人吃也就更好入口，他一定是这么想的。

他做菜不是天赋型选手，但不妨碍他发挥聪明才智，以及他真的很投入，从动手开始，他的注意力就全部放在了案桌上，再也没看向盛小羽这边。

男人认真起来最帅，不管是开车还是做饭，他应该也明白这个道理。

终于轮到他用油锅，后厨的空气里已经开始弥漫着各种复杂的气味。有烧焦的糊味，也有酸甜酱汁的香气，总厨老师还眼疾手快地帮忙扑灭了一口起火的油锅……

还好，傅春野热锅的过程比较顺利，挂了浆的鱼肉下锅时发出刺啦的声响，他还是有点恐惧那个油烟，不自觉地往后退，身体也全程后仰。

盛小羽没忍住，笑了一声。

然后就看到他的耳朵尖红了。

罪过罪过，她不该这时候笑他。

调酱料，收汁，装盘，摆盘装饰……那个掉下的鱼尾巴和炸好的鱼头一前一后在盘子里装好之后，傅春野明显松了一口气。

他端着盘子朝她走过来。

"尝尝，趁热吃。"

他连筷子都递到她手里，像极了热爱美食下厨烧饭的丈夫撒娇着非要让老婆尝个味道。

盛小羽在众目睽睽之下拿筷子的手都有点不稳。

"能不能……找个地方坐下来吃？我怕吃鱼吃得太急会卡到刺。"

其实这鳜鱼根本没什么刺，大骨头已经被事先挑掉了，她实在是不想在周围人的注视下端着盘子吃完整条鱼。

129

傅春野回头问:"老师,可以坐到外面吃吗?"

"可以,外面这一圈都可以坐,吃完记得给评价啊!"总厨老师扑灭油锅的时候手被烧了一下,还是要保持微笑。

盛小羽端着盘子,像端着圣旨,好不容易终于在桌边坐下,才鼓起勇气尝了一口。

傅春野的眼睛里充满了忐忑和期待。

很少见他这么期待一个答案。

"怎么样?"

盛小羽抿了抿嘴,有些不确定似的又尝了一口。

其实第一口她就尝出滋味了——大概过油的时间没掌握好,鱼肉有点焦了,口感比较柴;酱汁的醋放多了,太酸。

她努力控制自己的表情,不想让他发现自己的真实感受。

这有点像他们之间的关系,其实两个人早就感觉到滋味不对了,但都隐忍着不说。

"嗯,味道还不错,我感觉我努力一下可以把整盘都吃掉,嘿嘿。"

她又夹了一大块鱼肉要送进嘴里,却被傅春野拉住了。

"别吃了,我知道做得不好吃。"

烹饪课上他就是厨师,厨师要尝自己的菜,尝过就知道火候太过,酱汁也太酸了。

盛小羽又是个很好懂的人,可能她以为自己已经隐藏了情绪,其实都还写在脸上。

明明就不好吃,但为了他的测试成绩,她拼命也想要把这盘鱼肉吃完,让人觉得好笑,又有点窝心。

她一贯的风格,就像这盘松鼠鳜鱼,酸甜口,有时候做得不太好,可能就酸过了头。

"我觉得还可以拯救一下……"

她有点心疼地看着那盘鱼,不会吃不了最后要被倒掉吧?

傅春野像是叹了口气,抓着她的手扭了个方向:"那你喂我吃。"

盛小羽惊慌失措,四下东张西望,看看食堂墙壁上贴的各种纪律和美德,有没有写"禁止喂饭"这一条……

还好,这会儿是上课时间,食堂里面并没有多少人,不至于那么羞耻。

筷头颤颤巍巍的，被他的手扶着，勉强喂进了他的嘴里。

盛小羽呆愣愣地看着他吃，光顾着看，浑然不觉自己的嘴角沾到了橙色的酱汁。

傅春野伸手，很自然地用拇指在她嘴角一抹。

她看傻了，眼珠子都差点掉到桌上："你……"

"干吗这么惊讶，你喝醉的那天，比这亲密一百倍的举动也做过了。"

一百倍……盛小羽感觉自己要灵魂出窍了。

"有些事，我不是什么人都可以。我没有耐心陪水平差很多的人打球，也不会明知道自己做的菜不好吃，还带人来尝。"

更不用说把醉醺醺的家伙带回自己的公寓。

至于亲吻，更不是心血来潮，而是蓄谋已久。

可惜这样的特别，她好像一点都感受不到。

今天有必要跟她说清楚。

可他还没说，她的眼圈先红了。

"你要走了是不是？"

什么要走了？

"你要申请去做交换生了吧，跟我说这些，是要跟我道别吗？"

"谁告诉你我要去做交换生？"

"你们学院每年不都是最优秀的学生去申请吗？你绩点高，英文又好，这么好的机会不是应该要牢牢抓住吗？"

傅春野身体后仰靠在椅背上："噢，原来你今天肯跟我过来，是因为我要走了？"

"才不是呢！"她低声咕哝道，"我跟你过来是因为你刚才体育课也帮了我。"

他总是帮她化解困境，她也会想要帮他做点什么，就算只是普通的同学朋友，帮助也是互相的呀！

"盛小羽，你真是……"

傅春野很生气，但说不清是气她还是气自己。

他想端盘子走人，可又觉得可惜，好不容易走到这一步了，心意都已经摆在她的面前，不甘心就这样又绕过去。

本以为两个人会这么僵持下去，盛小羽却在这时候吸了吸鼻子说："反正你都要走了，那就算告诉你我的真实想法，也没关系吧？"

"什么想法？"

有多真实？

"你这样我说不出口！先把眼睛闭上，我再说。"

傅春野闭上眼睛。

平时他很少这么听话，不是充满怀疑就是有其他主意，今天也是豁出去了。

盛小羽没站起来，而是弓着腰提起凳子朝他移了移，不够，又移了移。

直到两人之间的距离足够近，挨在一起也不会显得突兀的时候，她才突然在他唇上落下一吻。

傅春野对这个触感相当熟悉，几乎是在碰到的瞬间就立马睁开眼睛，可她已经退开了。

"对不起，我还是比较擅长暗恋……"盛小羽的脸红得要滴血，"表白的话我也说不来，这样告诉你，你明不明白？"

"明白什么？"

"明白我喜欢你啊！"

咦，居然说出来了。

傅春野脸上的神情却还是紧绷着："这就算喜欢了？"

盛小羽还在后悔与不后悔之间纠结，他已经重新贴上她的嘴唇吻她。

这个吻很深，他用手托住她的后脑勺，不让她有后退和逃避的空间，尝到了酸酸甜甜的气息。

好一会儿他才松开，声音低沉："这才叫喜欢。"

盛小羽感觉自己浑身都在微微发颤。

他终于露出笑意，又凑上来吻她，这回很轻，像鸟啄，一下一下，仿佛品尝食物。

"咳咳！"总厨老师从后厨出来，看到这一幕，忍不住老脸一红，放大嗓门，"上大学烹饪的同学，都吃完了没有？"

"马上……马上就吃完了！"

盛小羽还举了下手，生怕让人看到他们没能空盘，影响成绩。

她抓起筷子要吃，傅春野也加入："我们一起吃。"

"我们"这个词从他嘴里说出来，怎么这么动听啊！

有情饮水饱，火候、酱汁不那么完美的松鼠鳜鱼算什么，两个人很快就吃光了。

总厨老师频频点头，在成绩记录表上做好记号。

不擅长做菜的傅春野仍然是他们这个班的最高分，总厨说了，做菜最要紧的是把师父的话都听进去，步骤要记住，手要稳，味道可以慢慢努力精进。

关键是，受邀来的客人真的把不怎么完美的菜给吃光了！

出了食堂，两人默默往女生宿舍的方向走，都没怎么说话。

他们现在算是在一起了吧？盛小羽心里还是惶惶的，有点不敢确定。

"那个，你真的不打算申请交换生吗？"她忍不住问。

"嗯，那个对我没什么吸引力。要在国外读书的话，我当初就不会回来了。"傅春野瞥她一眼，"以后跟我有关的事，不要道听途说，也别自己瞎琢磨，直接来问我就好。"

"哦。"

余光偷瞥身旁的傅春野，他从刚才开始就一直盯着手机，像是在查资料的样子。

他在看什么呢？

她想起他之前的提议，再合作一个《恋爱观察报告》，他们不会是在为那个报告服务吧？

"要不要去我家？"

他冷不丁这么问了一句，终于放下了手机。

搜索"男女生表白之后应该做点什么"，结果搜出来一堆没用的东西！

他决定还是按照自己的想法来，只是没能预想到这个提议容易引发什么样的误会。

毕竟盛小羽也是被丁芮茜教育过的人，一下子就想到了之前那个"炫迈口香糖"的故事。

傅春野现在邀请她去他的公寓，是想要做那件事？

会不会太快了……她还没有做好心理准备啊!

如果傅春野这时候留意到她的神色,一定会要求她马上把脑子里的想象通通清理出去。

可惜他正处于少有的茫然无措之中,看了看四周,发现旁边就是教育超市:"我们先去买点东西吧。"

他的想法很简单,买点零食和饮料,去他公寓待着,反正明天就是周末了,晚一点回宿舍也不要紧。

两个人只要待在一起就很开心,他那里有宽敞柔软的沙发,可以陷在里面看看电影,也有游戏机,如果她喜欢的话,他也可以陪她玩游戏。

盛小羽已经石化了。

似曾相识的场景,上回丁芮茜就是去教育超市买了一盒安全套,让她从头窘到脚,还被他发现了,简直无地自容。

她到现在也没来得及跟他解释,那真的不是她想要为表白准备的。

傅春野已经开始挑吃吃喝喝的东西,神态自若。盛小羽跑到教育超市最里面的冰柜旁杵着,装作跟他完全不相干的人。

就算等会儿他真的买了安全套,人家也不会联想到是他俩用。

她鬼鬼祟祟地在冰柜旁徘徊了一会儿,被冰柜里陈列的各式各样的冰激凌吸引了。

春海市作为一个南方城市,这个时候已经挺热了,她们宿舍又没空调,除了生理期那几天,她的命都是西瓜和冰激凌给的。

她特意挑了两个平时不怎么吃的新品,一个自己吃,一个给傅春野。

外观也很不一样,不会联想到情侣款。

这就是跟帅哥在一起的天然压力吗?她竟然会害怕别人看到他们俩走在一起,怕人家在背后指指点点地说她一个小癞蛤蟆,还真扒上了白天鹅。

她抱着冰激凌走到收银台的时候,傅春野也正好在结账,见状把冰激凌扫到自己那一堆里,要一块儿结。

她却急忙抢回来:"这个是我请你吃的,我来付!"

她有她的坚持,他就随她。

出了超市,他手里拎着袋子,叫她道:"帮我撕一下,我腾不出手。"

冰激凌不吃就要化了。

盛小羽只好帮他撕开外包装,见他已经弯下腰,只得直接把冰激凌放他嘴里。

"谢谢!"他含糊地道谢,这才用另一只手拿住冰激凌棒。

这么亲昵的举动,尤其又是傅春野,周围的路人很难不侧目。

盛小羽想要低下头避开,却正好看到他一侧的耳垂上居然空着。

"你的耳钉呢?"

傅春野用手摸了摸,"噢"了一声:"可能刚才在后厨戴帽子的时候弄掉了。"

"那要不要回去找找,这么一小会儿应该还在吧。"

他摇头:"不用找,太麻烦了,也不值钱。戴了很久,其实我也想换一副,只是一直懒得去挑。"

盛小羽眼睛一亮:"那我陪你去挑新的吧,就当是纪念?"

傅春野啃着冰激凌看她:"纪念什么?"

纪念我俩正式表白在一起。

盛小羽说不出口,何况她都不确定呢,他俩这样到底算不算真的在一起啊?

"说啊,纪念什么?"

她越是这样支支吾吾,傅春野越是要逼着她说清楚。

"纪念你第一次做菜?虽然味道不是十全十美,但很有诚意,而且,还拿到了最高分!"

"可以把虽然后面那一串去掉。"他耐着性子听完,决定不跟她计较。

去卖耳钉的地方逛逛也好,这不比网上教人怎么恋爱的攻略靠谱多了。

他们先打了个车到傅春野的公寓,把饮料、零食都放好,然后他说卖耳钉的地方可以步行过去,不远。

他们步行一刻钟之后,来到了一个文化创意园区里的小店门口。

门脸古色古香,仿佛有种神秘的气息,藏在那扇木头门背后。

别看门脸小,进去以后却是别有洞天,里外有两个大套间,外间卖各色饰品,里间不知道卖的是什么。

店主姐姐梳着一头个性十足的脏辫，耳朵、脖子、手腕上都缀满店里的饰品，搭配很漂亮，毫无违和感。

"喜欢什么，随便看，买两件以上可以打九折。"

傅春野道："舒南介绍我来的，他说您这儿有特别折扣。"

店主姐姐咯咯笑起来，"原来是舒南的朋友啊，那不管你买几件都打七折。"

盛小羽有点意外："舒南？是舒律师的弟弟吗？"

"对啊，除了他还有谁？你们见过他的女装吧，他的很多饰品和衣服都是在我这儿买的。里面那间是衣服，可以换装看效果，都是我从国外的小众设计师那里淘回来的。"

店主说自己叫梅子，让他们叫她梅姐就好。

盛小羽里外都逛了一圈，觉得这家店真可谓是叹为观止。

更让她觉得稀罕的是，推荐傅春野到这儿来的人居然是舒南。

"你什么时候跟舒南这么好了？"她压低声音问。

傅春野没正面答她，反正男人之间的友情有时候是很奇妙的，可能就是老话说的"不打不相识"。

"耳钉是吧，来看看这些有没有你喜欢的。"

梅姐挑了一些她觉得适合傅春野风格的耳饰，放在丝绒匣面上让他们坐在柜台前慢慢挑。

服务水准一点也不逊色于大牌金器首饰店。

"这也太好看了吧！"盛小羽忍不住赞叹。

梅姐笑眯眯道："那就挑一个你最喜欢的，让他每天戴着。"

傅春野作为正主在一旁不说话，默许了梅姐的提议。

他戴没问题，最重要的是她挑的。

盛小羽平时很少关注首饰，这会儿看到就爱不释手，每一对都觉得好看，再往他耳垂边比画一下，觉得人长得帅戴什么都是锦上添花，更好看了。

最后她挑出来四对，实在没法决定到底买哪对。

"那就都买下来，我换着戴就是了。"

"那也太多了……"

他之前还说戴习惯了就懒得换，这样全买肯定会有被闲置的，多可惜。

这里的首饰大多是手工打造，而且每个款式都只有一两副，像艺术品一样。

艺术品应该被欣赏和展示，而不仅仅是占有。

梅姐说："那就你们一人两对，要换的时候也一起换，多好。"

盛小羽捻了捻耳垂，不好意思道："我……我没有耳洞。"

"是吗，刚才我都没留意。不过要有耳洞很简单，要不要我帮你打？"

梅姐这个提议让两个人都是一怔。

"可以吗？会不会很疼？"

"还好，不疼的，像蚊子叮一口，还没什么感觉就结束了。"

梅姐拿打耳洞的钉枪给她看，又撩起发辫给她看自己的耳洞，一边都有很多个，据说只有打在软骨上的那些会比较疼。

怎么办，她真的心动了。

盛小羽摸着耳垂，看向傅春野讨主意："要打吗？"

"你想打吗？"

她点头。

其实她早就想打耳洞了，那些亮闪闪的耳坠饰品多好看啊，打了耳洞就能戴了。

可是她以前在家里怕爸妈唠叨，出来上学之后又缺乏勇气，怕疼。

孟菁华的胆子比她大，为了玩乐队显得更酷，去打了耳洞，一边两个，但有一只耳朵没长好，有段时间一直流脓血，就把她给劝退了。

后来她看到傅春野的耳钉，悄悄上了心，毕竟对暗恋的人来说，会留心所有可以作为礼物送给暗恋对象的东西。

能跟喜欢的人戴情侣款的饰物，也是暗恋者幻想的场景之一。

她本来想在生日之类的日子去打，今天竟然遇到了，看来择日不如撞日。

纠结了一会儿，盛小羽终于下定决心，打！

能跟喜欢的人戴情侣款的饰品，这种憧憬超越了她对疼痛的恐惧。

她也是到这会儿才明白，原来她是很期待能跟傅春野有这份情侣间的默契的。

她坐在柜台边的高脚凳上，等梅子姐做好消毒的工作。多少还是有点紧张，呼吸都有点不太顺畅。

手突然被人握住，傅春野道："别怕，疼就抓我的手。"

他其实一直坐在她身边，她脸上那些细小的神情变化他都看在眼里。

这家伙就是怕疼，刚认识那会儿他陪她去医院的时候就发现了，抽个血都能皱着眉头害怕半天。

掌心相握的温度高过自己的体温，她一凛，注意力集中到手上，果然连耳朵上挨的那两下疼痛都没来得及仔细感受就结束了。

"好了。"梅子姐已经收起工具，交代道，"耳朵三天内不要碰到水，暂时戴着这个抗敏耳钉不要摘，别忘了每天用药水洗洗伤口。"

眼药水大小的一瓶药水，她直接交给了傅春野，让他作为"过来人"督促一下女朋友。

喜欢的四对耳钉最后都买下了，梅子姐给他们打了折扣，打耳洞的费用也没收。

从小店出来，傅春野耳朵上已经换上了其中一对新耳钉，但他一直弯腰看盛小羽的耳朵，左看右看，倒像是自己刚打了耳洞一样兴奋。

盛小羽还是有点担心，一直问他："还好吗？有没有流血？"

"你看过武侠片吧，被剑刺中的人，只要剑不拔出来，就不会一直流血。你这现在有抗敏耳钉堵着呢，有点红肿，不会流血的。"

"那你为什么一直看？"

傅春野笑了笑："就觉得挺开心的，这个纪念真的不错。"

也许很多年后，他们都还能回想起这一天——因为跟疼痛相关的回忆总会在大脑中停留更久，同时带着对变美的期待，还有两个人将来在外观上的某种同步和默契。以及，他们决定在一起了。

她克服对疼痛的恐惧打耳洞，多少也跟他有关，这让他很感动。

打耳洞的时候就握住的手，出了店门也没有松开过。

松开就不知该怎么再自然而然地牵到一起了。

所以尽管有点热，手心里腻出了汗水，两人也还是心有灵犀地谁都没主动松手。

第十章 甜蜜

SPRING
IS
IN
THE
AIR

　　傅春野点了外卖，打算跟盛小羽一起在公寓吃完晚饭再送她回学校去。
　　到了家门口准备开门的时候，牵了一路的手才不得不松开。
　　可能因为有汗水，指纹锁刷了两次都没刷开，傅春野已经想好，要给她录一个指纹，这样以后他打不开门的时候，她还可以帮忙。
　　正准备刷第三次的时候，门从里面打开了。
　　傅年年举着个锅铲站在门后，看到傅春野和盛小羽，笑容更耀眼了。
　　"可算回来了，我正烧饭呢！欢迎啊小羽，好久不见！"
　　"年……年年姐？"
　　"今天不只姐，还有妈哦！"傅年年扭头朝屋里喊了一声，"妈，小野他们回来了！"
　　趿拉着拖鞋、长裙飘飘的傅天晴从房间里走出来："回来了？这位一定是盛小羽吧？"
　　傅春野扶额。

盛小羽尽管惊得下巴都要掉下来，但还是竭尽所能地保持面上的镇静，叫了一声："阿姨……好。"

"别客气，阿姨还把人叫老了，你跟大家一样叫我晴姐好了。"

年年姐，晴姐……这辈分不太对吧？

傅春野耐着性子道："妈，你怎么来了？"

"你爸不是做心脏手术吗？我来看看他死了没有。"

"哎呀，妈，做心脏手术不等于会死！"傅年年插话。

"反正也差不多，好久没回春海市了，顺道也来看看你们。这位是小羽吧，我听年年讲了好多你跟春野的事，来，过来这边坐吧！"

傅天晴举手投足间都女人味十足，往沙发上一坐，丝质高开衩的长裙滑向一侧，露出白皙的长腿，皮肤紧致细腻，身材窈窕无比。

这个状态看起来最多三十岁出头，说是他们的同龄人也有人信，哪里像有姐弟俩的妈妈啊！

她刚拿出一支烟，还没来得及招呼问盛小羽要不要，就被傅春野夺走："我这儿禁止吸烟。"

她无奈地耸耸肩："那就吃糖吧，这个水果糖很好吃。"

她递过来一个刚打开的糖盒，就是傅春野和盛小羽从教育超市买的那堆零食里的。

再一看茶几桌面和垃圾桶，就知道他们买的零食、饮料已经被先行赶到的母女俩消灭得差不多了。

盛小羽偷瞄了傅春野一眼，仿佛能感觉到他额际的血管突突直跳。

他不知什么时候重新攥住了她的手，本意是想安慰她别太紧张，这会儿却是她紧了紧手心，反过来安抚他。

冷静，冷静。

傅年年一直在厨房忙活，她们买了很多食材，晚上准备做顿大餐。

寒暄几句之后，盛小羽看出傅春野的妈妈应该有话跟他说，识趣道："我去厨房帮年年姐。"

"这小姑娘不错啊，就是矮了点。"傅天晴看着盛小羽的背影，"你们在一起多久了，就把人带家里来？"

"她以前就来过。"

"看来你外公当时给你这套公寓算是给对了，不光是有个自己的家，恋爱的时候也可以随心所欲。喏，这个给你，记得做好措施，你们还年轻,别那么急着当爸妈。"

她从随身的铂金包里拿出一个精致的纸盒扔给傅春野,他起初还以为是烟,结果是安全套……

他只觉得头大如斗:"妈,你到底干什么来了?"

无事不登三宝殿,他才不相信她回来看看他们姐弟俩的说辞。

傅天晴身边向来不缺男朋友,腻起来如胶似漆,这回却没男朋友跟在左右,看来她是要处理私事,并不想让外人知道。

她活得很自由,但在这些问题上倒是拎得清,所以这么多年财富都捏在手里,没怎么被人骗过,从不在男人身上吃亏。

她这辈子最大的错招大概就是前夫蒋承霖。

傅天晴还是点了支烟:"你外公不是不在了嘛,三舅舅去年也走了,留下的财产怎么分大概要'商量商量',我回来跟他们打官司。"

傅春野蹙了蹙眉:"外公的遗产还没分清楚?"

父母离婚后,妈妈带着他远走海外,跟娘家那边也越发疏远了。

傅天晴是家里最小的女儿,外公快五十岁才有的她,是原配太太去世多年后,跟续娶的妻子生的,掌上明珠一样捧在手里长大,而且她长得也像傅春野早早去世的外婆,要不是因为当演员这个人生志向跟家里发生冲突,外公把大半家产都留给她一个人也是完全有可能的。

几个舅舅当然不服气,他们跟这个最小的妹妹不是一个妈生养的,年龄相差悬殊,感情本来也没有一般兄妹那么深厚。外公去世之后大家因为遗产的事已经开过几次家庭会议,每次都不欢而散。

那时候傅春野正忙于参加国内的高考,没问太多,但从母亲的只言片语中能听出来,遗产分配的争议似乎跟他也有点关系。

外公生前最疼他跟姐姐,可以说是把对小女儿的爱都转移到外孙和外孙女身上了。

至于给他留了什么、留下多少,他并不太关心,外公给他的这套公寓,已经是相当慷慨的馈赠了。

傅天晴也不缺钱,但她好强,父亲留给她的东西,绝不允许别人来替她擅作主张。

她"嗯"了一声:"主要是那个房子,你三舅生前一直住在里面,现在人不在了,房子当然要重新分割。"

那栋小洋楼,如今挂牌价过亿元,周围都是各种历史名人故居,因为傅家以前是爱国实业家才一直拥有产权。其实老爷子生前立了遗嘱，对股票、现金、古董藏品都做了交代，只有这房子，说给没有子女的三儿子住到去世后再做分割。

大家族这方面比较复杂，老爷子虽然有遗嘱，但几个儿子年纪也大了，有的竟然走在他前面，又都是成功人士，反而留下遗产给老父亲继承，所以后面的遗嘱又反复修改过，这也是人过世后争议的来源。

谁也不会嫌钱多，尤其是还在世的几位舅妈和表兄弟姐妹，时刻都盯着这块香饽饽。

"那你有没有什么头绪？"傅春野问。

"有啊，当然是请最好的律师和会计师做好完全的准备，再跟他们杠到底呗，让他们知道姑奶奶的厉害。"

这话不是开玩笑的，几个舅舅都是当祖父的人了，家里一堆孩子得管她叫姑奶奶。

但听到她说请最好的律师，傅春野有不好的预感："你不会是找了舒诚的律所吧？"

想当年，两个人还在学校里爱得死去活来的时候，傅年年也带舒诚来家里跟他们吃过饭。

傅春野知道妈妈对舒诚的印象很不错，后来得知他成了大律师，责备姐姐放弃那段感情太轻率，两人还因为这事大吵过。

"对啊，听说他们是春海市做家族法律事务最好的律所，不找他们找谁？"

"我姐知道吗？"

傅天晴用食指压在唇上嘘了一声："我还没跟她说，暂时不要告诉她。"

看来她们大吵的事她已经忘得差不多了。

傅春野感觉很不妙，他捏了捏鼻梁，从早到晚满八节课也没这么累。

盛小羽在厨房跟傅年年倒是聊得很愉快。

"年年姐，你终于回来了，太好了。"

傅年年用锅铲翻动锅里的红烧肉，笑道："哎呀，我就找个地方静一静，没想到你们这么担心我，尤其是小野，搞那么大阵仗找人，太丢脸了。"

"他也是关心你。"

"啧啧，现在就这么向着他。"傅年年揶揄道，"听他说，还是你带他去那个小渔村，他才知道我在那里。"

盛小羽"嗯"了一声，不敢说太多，时刻记着舒诚的交代，不好告诉她，其实最先找到她的人是舒诚。

傅年年这番"静一静"倒是很有成果，做起饭菜来都像模像样，以前明明都没见过她下厨。

"年年姐，你在哪儿学的做菜啊？"

"就在那个渔家乐啊，跟老板学的，我做的油爆虾好吃死了！你也知道，我爸生病住院，家里有个孕妇还要上班，没法细致照顾他。我好歹是他的女儿，就煲点粥和汤，有空送去给他吃。"

不过今天这顿单纯是因为她把老妈也给引来了，总要给弟弟吃顿好的，这样才能让他吃人嘴软，不至于当场把她们母女撵走。

有盛小羽在就更好了，他在心上人面前总要做足好儿子、好弟弟的形象吧！

"你们俩终于在一起了吧？"傅年年用肩膀拱了拱她。

盛小羽红着脸点点头。

"啧，小野就是闷骚，早说喜欢你呀，我就趁你还在我身边工作的时候介绍给他了。"

"早就喜欢我？"

"对啊，你还在我那儿当助理实习生的时候，他就见过你了！肯定是那时候就芳心暗许，发誓要把你给弄到手！"

盛小羽咋舌，她以前就见过傅春野吗？到底是什么时候呢？有点想不起来了。

傅年年道："对了，我还买了饺子皮和肉馅，小羽你是北方人吧，会包饺子吗？"

"会啊，我来帮你。"

终于有一个她擅长的项目了，傅年年给她套上另一个米老鼠围裙，她就开始切菜、拌馅，准备包饺子。

大概也知道客厅里的母子俩不能和平共处太久，饺子馅一做好，傅年年就连带着买来的饺子皮一起端出去，让他们帮忙包。

总有种等着看笑话的感觉。

傅春野毕竟春节时在青州经历过老盛家的"特训",包饺子已经难不倒他了,跟盛小羽一手一个,在长盘里排列得相当整齐。

本以为傅天晴对这个一窍不通,但没想到,她包起饺子来相当专业,一个个捏得白白胖胖,甚至比盛小羽包的还要好。

傅年年叹为观止:"妈,你还会这个?不会是没有电影演的时候,被生活所迫,在国外的餐馆打工学会的吧?"

"喊,胡说什么呢,我这是童子功,懂不懂?你们的外婆就是北方人,当年逃难来春海市做用人,光靠包饺子这手艺都有好多有钱的东家愿意请她。我从小就跟着学,你们的外公也爱吃。"

傅年年和傅春野姐弟俩都有点意外,他们懂事后很少听妈妈提起在外公家生活的事,更不用说她小时候的经历。

盛小羽悄悄瞥了一眼,坐在儿女中间包着饺子的傅天晴,不再是不食人间烟火的电影演员,而仅仅是一个平凡的母亲。

新鲜出锅的饺子味道很好,还有十几个放到平底锅里做了水煎的锅贴,味道也相当不错,加上傅年年做的油爆虾、红烧肉和鲫鱼汤,一顿本来只能吃外卖的晚餐变得相当丰盛。

"这个味儿对了,像我小时候吃的味道。"傅天晴咬着饺子,赞叹,"小羽毛这馅调得好,功劳最大,还教会了我们小野包饺子。他小时候我教他,他都不乐意学。"

"那是我不乐意学吗?你揉面发到一半就忘了,最后饺子皮都没做成,点了比萨外卖吃。后来就都买速冻水饺放冰箱里,饿了我就自己煮。"

傅天晴大笑:"你还记得啊!"

连这点记性都没有,怎么考明大。

傅春野闷头吃饺子,碗里多出几个圆溜溜的跟红烧肉一起烧的卤蛋。

"我看你爱吃这个。"盛小羽低声道,"年年姐做的这个很入味。"

红烧肉里放卤蛋一起烧是春海市常见的做法,一般都是鸡蛋预先煮熟,剥壳后放进锅里收汁,但傅年年今天用的是煮熟的鹌鹑蛋,更容易入味。

傅春野跟她一样,不爱吃红烧肉里的肉,专爱吃跟肉一起烧的笋、土豆或者蛋。

一个人的时候，爱吃什么就捞进自己碗里，而有了爱的人，总要把对方最喜欢的先留下。

不会因此而缺少了什么，反而甘之如饴。

傅春野给她舀了碗汤："别净给我夹菜，你也多吃点。在我们家，多难得能吃上一顿这种家常菜啊，下次吃不知道什么时候了。"

傅年年道："这有什么难的，你们要想吃，我就天天来这儿烧给你们吃，反正我现在也没什么工作。"

"千万别，要在家吃饭我请个钟点工就行，你们该干吗就干吗。"

最关键的是别动不动就往他这儿跑，也不提前说一声。

"那老爸的饭我明天不管了，汤我都炖好了留在锅里，你明天煮点饭，连汤一起送去医院给他哦！"

傅年年大概已经盘算好了要把这重任交给他，今晚才会这么勤快地下厨。

好在蒋承霖后天就该出院了，他们姐弟俩谁都不用再每天去医院病床前点卯充当孝子了。

"住个院都没人愿意去看他，可见他这个当父亲的有多失败。"傅天晴说。

傅天晴饭量很小，吃了几个饺子，喝了点汤就放下碗筷表示吃饱了，她忍不住当面提醒傅春野："我听说他现在的那个老婆怀孕了，那是他们蒋家人的事，你可别多管闲事，到时候还惹小羽不高兴。"

"咯咯……"盛小羽喝汤呛到了，连忙摆手，"不会，我没关系！"

那个陪孕妇产检的传闻，她知道是误会，所以没有什么关系。其实不管她是不是跟傅春野有暧昧，就算是正牌女朋友，也可能成为流言的靶心，但他总不至于为了避嫌就不管家里人的事。

"你别太顺着他。"傅天晴凑过来跟她低声说悄悄话，"男人就像马，有时候要顺毛，但有时候也得收紧缰绳，他才会听你的。"

"我耳朵没聋，听得见你们说的话。"

盛小羽抬眼看了看傅春野："其实都是他顺着我的。"

她靠暗恋"起家"，的确是不怎么会"作"的那种女生。

傅春野表示很满意，希望她远离自己的亲妈，不要被教坏了。

吃完饭，收好碗，傅天晴和傅年年终于要走了。

盛小羽其实有点不放心:"年年姐,你有地方住吗?"

傅妈妈用不着担心,反正她住惯了高级酒店,但傅年年被朋友坑骗,名下的房子被拿去做担保欠下巨债,一时半会儿可能拿不回来了。

她如今不工作没有稳定的收入,住哪里是个问题。

"放心吧,我租了房子,不会再玩失踪了。"

她信誓旦旦,又捶自家弟弟一拳:"好好照顾我们小羽,别欺负她啊!"

傅春野一心想说,你们能不能先管好自己?

大门关上,他刚松口气,就听见盛小羽"啊"了一声。

"怎么了?"

盛小羽站在茶几旁边,手里好长一串铝箔小袋,都拖到地上了。

她傻愣愣地看向傅春野。

她是收拾茶几上的一片狼藉时发现了傅天晴留下的盒子,没仔细看,以为是盒烟,结果一打开,里面惊人的安全套数量就在眼前展开了。

傅春野面上十分冷静,接手一个一个折叠放回去,清了清嗓子:"我妈……她这是有备无患。"

不对,总感觉不应该这么解释。

可是该怎么解释比较好,他也不知道。

他胡乱地把那一大盒东西塞进抽屉里,具体是哪个抽屉也不记得,但愿真要用的时候能找得到……

不对,眼下好像不是该想这个的时候。

"你休息一会儿吧,我去烧点热水。"

他们买的零食、饮料都被那母女俩给消耗没了,她们一来简直如蝗虫过境,片叶不留。

那两人一个常年在国外生活,一个起居不定,连喝热水的习惯都没,从进门到现在,水壶里的水都是冷的。

傅春野暗自叹了口气。

水烧好了,他给两人各泡了一杯花果茶,酸酸甜甜,正好解晚餐的腻。

忽然闻到爆米花的香气,他感到奇怪,循着味道走进厨房,就见微波炉里热着一个纸包,味道就是从这里冒出来的。

盛小羽在灶台前照顾汤锅里的汤,今天的一锅鲫鱼汤已经喝完了,这是傅年年临走前重新煮的，嘱托弟弟看好火，明天要送到医院去给老爸。

他没怎么上心，反正汤锅是全自动的，智能控温，横竖不可能烧干。

可是盛小羽很认真，把汤里的浮沫都舀出来，把露在面上的食材搅到汤底去，生怕火候不均匀。

傅春野轻轻走过去，很突然地从身后抱住她。

她没被吓到，身体却很僵硬，握着汤勺的手悬在半空："干吗呀？"

"你在干吗？"

"熬汤啊，我怕它烧干。还有一点中药材，年年姐说要煮两个小时以后再放进去，我怕你忘了。"

"你知道这汤是给谁喝的吗？"

"知道啊，蒋教授嘛，你爸爸。"

他"嗯"了一声，把下巴搁在她肩上不说话了。

他觉得自己之前有点幼稚，竟然因为她陪周向远的妈妈去医院而大吃干醋。

盛小羽能感觉到他呼吸的热度拂过颈侧，像有烫人的温度，让她不自觉地动了动。

"那个，你这样……我没法做事了。"

她不是真的要做事，只是对这种亲昵还无法习惯。

傅春野却不撒手："你觉得我们这样像什么？"

像什么……

"鲫鱼？就是《博物》杂志里写过的，生活在海里，身上有个吸盘，会吸附在其他大鱼身上被带着一起游的那种鱼。"

"你这是什么神奇的脑回路？"

让人想曲起手指弹她的脑瓜。

"那……你觉得像什么啊？"

傅春野沉默了几秒，才说："像夫妻。"

他脑海里总有这样的画面，太太在厨房忙碌，丈夫从身后抱住他，很调皮，也很温情，太太会用手拈一点刚做好的美食喂给身后的丈夫，同时又嗔怪他太碍事，挡着她干活。

不是什么惊世骇俗的场景，但在他的记忆里，从来没在他家里看到过。

他以前觉得自己的家庭不正常，长大后见得多了，才知道他们只能算是正常中的不正常而已。

父母身上是永远不可能出现这样的一幕了，只有靠他跟自己所爱的人来实现。

盛小羽的身体软下来，靠在他怀里，低声嘀咕道："现在还不是……"

"你说什么？"

叮，微波炉发出清脆的响声。

盛小羽连忙转身："啊，爆米花好了，快拿出来！"

"你从哪儿找来的爆米花？"

"我刚才在超市买的呀，落到购物袋最下面去了，可能晴姐她们以为是暖宝宝，就没拿出来，差点连塑料袋一起扔掉了，我抢救了一下。"

她还真管他妈叫晴姐了……

不过她这微波爆米花还真是神来之笔，今晚一起窝在沙发里打发时间的零食就有了。

盛小羽从厨房出来，花草茶已经散发出浓郁的香气，傅春野拿着电视遥控器问她："看个电影吧，你有什么想看的吗？"

他家客厅的电视超大，足有九十寸，几乎铺满整个电视墙，调暗灯光后，观影效果一定超棒。

但她有点担心时间："不早了，我今天要不先回去？"

"休息一会儿，我送你回学校。"

话虽如此，他却一点也不舍得放她走。

两个人今后这样独处的时光会有很多，她也要慢慢适应吧。

尤其是他这间公寓，以前他一个人住实在太孤独了，大部分时间他都住在学校宿舍，起码跟欧阳他们还比较热闹。

现在有了她，他应该不会再感到孤独了。

盛情难却，盛小羽决定多留一会儿。

她也舍不得这么快跟他分开。

"喜欢什么类型的电影，你来挑。"

他把选择权交给她。

"电影倒是都可以，不过我想看纪录片，可以吗？"

"你喜欢纪录片？"不愧是学新闻的。

盛小羽点点头："会很奇怪吗？我看电影有时候很难坚持完两小

时,但看纪录片的话可以一直看下去。"

"不奇怪,我也喜欢纪录片。"

那就看《蓝色星球》吧!

灯光调到观影模式,大屏幕上的蓝色海洋显现出来,由浅到深的湛蓝海水在光波中摇曳,特别有氛围。

傅春野从盘子里捏了两颗爆米花喂她,第一颗她乖乖吃了,等着喂第二颗呢,他就故意把手往回缩,这样来回两次她就气不过了,一口咬掉他手上的那个,还抓了一把直接塞他嘴里。

他的女朋友好粗暴啊,不过他喜欢。

中央空调制冷风力强劲,傅春野怕她觉得冷,找来宽大的薄毯,盖在她身上。

盛小羽细心地把毯子匀一半给他。

他们窝在沙发上,盖着同一条毯子……四舍五入就是睡在同一个被窝!

傅春野很想知道,是不是只有男人才会这么色,因为对比他此刻身体的紧绷和思想上的乱七八糟,盛小羽显得放松舒坦极了,盖着毯子窝在沙发里,像只小猫似的。

小猫还在向他这边靠近。

"怎么了,害怕?"

他看她抬手挡住眼睛,身体也明显往他这边缩。

"我……我有点深海恐惧症。"

平时在电脑上看还好,他家这个屏幕太大了,代入感太强,他看的这集又恰好是讲深海的,潜水器在深蓝色的水中不断下沉,让人有种窒息的感觉,身上都起了一层鸡皮疙瘩。

这倒是挺意外的,纪录片愣是看出了恐怖片的效果。

"你害怕的东西还真不少啊!"

还记得上次坐缆车,她是恐高,现在又恐惧深海,他怎么没发现她的胆子原来这么小。

"那要不我们换一个看?"

"不用了,我就想看这个,慢慢适应就好了。"

眼睛半遮半闭,最恐怖的全景拉过去,有生物出现的镜头其实还好。

这有点像吃辣,一吃就满头大汗,有点怕,但又控制不了地想吃。

傅春野抖开毯子："那你过来点，两个人在一起，就没那么怕了。"

这话听着怎么像邀约，但她不忍心破坏这个氛围，毕竟这也是唯一的办法。

他展开手臂揽住她，毯子也重新盖好两人的身体，他的脸颊抵住她的发旋："这样可以吗？"

她点点头。

更像小猫了。

"耳朵还疼吗？"

他记着她今天打的耳洞，怕她伤口感染。

她摇摇头。

他不提起来，她几乎忘了今天还经历了打耳洞的事。

她下意识抬手要去摸耳垂，被他拦下了："别摸，我帮你看看。"

不看纪录片了，改看她。

还好，就是有一点红，不仔细看都看不出是刚打的耳洞，那两枚小小的抗敏耳钉也毫无违和感。

他记起那瓶药水，起身拿来，让她偏过头，将药水滴在伤口上，又细心地用纸巾吸干，不让药水弄脏衣服和头发。

那种轻柔的力道和他呼吸的温度，都像催眠的曲子一样，让盛小羽有种恍惚想睡的感觉。

傅春野大概也看出来她困了，绝口不提要送她回学校的事，顺势把她揽入怀中，视线已经回到屏幕上，可是身体贴着她，手在她肩上轻轻拍哄，分明是哄睡的姿态。

她果然慢慢闭上眼睛，嘴里还咕哝了一句："我就眯一会儿……"

他笑笑，又给两人拉好毯子："嗯，就眯一会儿。"

今天她确实很累，上体育课跟他对练，又陪他去后厨上烹饪课，然后去打耳洞，回来还要应付他妈妈和姐姐，帮忙做菜收碗……

他更搂紧她一些。

睡吧。

最后两个人都睡了过去，什么时间睡的也不记得，反正电视屏幕上的《蓝色星球》播放完了。

幸好他家的沙发够大，两个成年人睡也不会觉得太拥挤。

当然前提是像他们那样抱得很紧,她半边身体都压在他的身上。

盛小羽先醒,她揉了揉眼睛,清了清神志,觉得大事不妙。

她居然跟傅春野睡了一晚!

虽然两人算是真的在一起了,但是……

她赶紧从沙发上爬起来,一看手机,很多条信息和未接来电折叠在一起。

惨了,昨晚她没回宿舍,也没跟室友们说一声,她们要是觉得她失联了就惨了。

她跳到地上打算赶紧去洗漱,半边身体压麻了,差点摔一跤。

傅春野也醒了,看她慌慌张张的,问了句:"你要去哪儿?"

"不好意思,能借用卫生间洗漱一下吗?"

"可以,有一次性的牙刷和压缩毛巾,都在进门左手边上面的柜子里,找得到吗?"

"应……应该找得到吧,找不到我再叫你!"

她飞快地冲进洗手间,砰地关上了门。

傅春野这才掀开毯子坐了起来,看到茶几上还放着没吃完的爆米花,毯子一半拖到地上,这是两人第一次过夜留下的证据。

盛小羽在洗手间里"战斗",过了一会儿探出头来:"不好意思,我能洗个澡吗?昨天都没洗……"

现在想想自己也是心大,澡都没洗就跟他相拥睡着了,太邋遢了!

他会不会觉得她很臭,后悔做她的男朋友了。

傅春野没回答,径直走进洗手间,从上排柜子里拿出一条浴巾递给她,才说:"洗完用这个,衣服放洗衣机,选带烘干的功能,很快就能穿了。"

"谢谢!"

"等一下。"

他挡住她要关上的门:"你的耳朵不能沾水,用浴帽遮一下。"

"啊……可我还想顺便洗个头。"

回学校也得洗啊!

傅春野想了想:"你先洗澡,等会儿我帮你解决洗头的问题。"

盛小羽洗澡很快,大概是在学校澡堂练出来了。明天冬天没有暖气,最冷的那几天在公共澡堂洗澡那真是抖着进去,又抖着出来,夏天的澡堂又人满为患,不得不快速冲完。

在他这里,难得可以舒舒服服洗个澡。

她喜欢的话,以后都可以常来。

盛小羽的声音弱弱地从浴室里传出来:"那个……你有衣服可以借我穿一下吗?"

浴巾浴帽都准备好了,结果发现洗完还是得穿衣服,她实在没勇气只系一条浴巾就走出去。

傅春野拿了自己的T恤和沙滩裤给她:"都是干净的,先将就一下。"

看她捧着衣服愣在那里,他赶紧补充道:"不准闻!"

他真是太了解她了……她差点就捧起他干净的衣服把脸埋进去了。

盛小羽身材娇小,穿他的衣服就像孩子穿大人的,沙滩裤像阔腿九分裤。

她拉一拉裤腿,觉得挺新奇。

洗头的问题……该怎么解决呢?

傅春野拖来书房的多功能办公椅,去掉椅头,将角度调整到平躺状态,然后示意她:"过来躺着,我帮你洗。"

他端了把小凳子坐在她身后,用盆接水,准备帮她冲洗,保证不会让水碰到耳洞的伤口。

"不用了,我……我自己低头冲冲就行!"

开玩笑,让傅春野帮她洗头?要是校内论坛的那帮人知道了,估计得把她说成祸国的妖姬。

"快点,你又不急着回学校了?"

盛小羽纠结了一会儿,还是乖乖地在椅子上躺下了。

傅春野满意地把她的头发全都捋向后面,悬空垂下,然后喷水浸湿,用掌心搓开洗发膏抹在她的头发上。

"你的手法很熟练啊!"

傅春野"嗯"了一声,相当配合地问:"这样的力度可以吗?"

可以是可以,但这话从男朋友的嘴里问出来,总觉得怪怪的。

于是她也故意哼了两声,软软的,暧昧的。

傅春野埋在泡沫中的手顿了一下。

她坏心地抿嘴偷笑。

逗趣归逗趣，他洗得还是非常认真轻柔，冲水的时候也完全没有弄湿她的衣服。

耳朵也保护得很好，洗完之后还很细心地用崭新的毛巾给她擦干。

倒是他自己身上，从衣服到鞋子都湿得很彻底，幸亏在家里穿的是拖鞋。

尽管设想有点羞耻，但看他这样子，她觉得要是能两个人一起洗澡就好了……

"你的脸怎么这么红？"

还没开始吹头发呢，她的脸就红通通的，难道是刚才水温太烫？

"我没事，你……身上都弄湿了，要不要也洗个澡换身衣服，不然会感冒的。"

"我先给你把头发吹干。"

"不用了，我自己吹吧，你告诉我吹风机放在哪儿就行。"

傅春野却坚持。

最后她坐在沙发上，他站着用吹风机帮她把头发一点一点吹干。

趁着风声呼呼响，听不真切，她大胆地问了一句："你是不是幻想这个场景好久了？"

没想到傅春野听见了，回答道："没错，我一直就想这样帮女朋友吹头发。"

"女朋友"这个词像是裹了一层糖衣的定心丸，她感觉自己最近每天都要至少吃一颗，不然就要病入膏肓。

真正的恋爱原来是这么患得患失的吗？

傅春野帮她吹好头发才进去洗澡，她就在外面等衣服烘干。

周末早晨的阳光从窗户照射进来，在地上铺满暖黄的一层，明明感觉不到室外到底有多热，可身体和心里都暖暖的。

傅春野洗完澡出来，餐桌上多了一碗鸡蛋挂面，另有两个荷包蛋，应该是盛小羽做的早饭。

"我看也没什么能做的食材了，就随便下了碗面，用了一点汤锅里熬好的汤。"

哦对，昨晚还有一锅新熬的汤，今天要送去医院。

"你不吃吗？"

"我早上吃不下面条，就吃点煎蛋吧。"

傅春野起身去厨房,舀了一碗汤来给她:"吃煎蛋可以,把这个也喝了。"

"可这是要给你爸爸的。"

"他哪喝得了这么多,剩下的我一个人也喝不完。"

浪费食物可耻。

盛小羽这才坐下,跟他一起吃完这顿早餐。

她的头发披散下来,刚洗完的发丝有着跟他身上相同的香味。

还有最家常的食物的香气混杂其间,不就是他一直渴望的家的味道吗?

傅春野吃了一口面条,眼眶微微发热,一定是面汤太烫了……

吃好早饭,盛小羽的衣服也烘干了,她换回自己的一整套衣服,跟傅春野道别。

"你要去医院吧?我今天就不陪你去了,等蒋教授好一点,我再去探望他。"

听说他是心脏不好才入院做手术,也不知道他对儿子找女朋友这件事有没有什么要求,万一见到她很不满意,又气得旧疾复发要继续住院,那就不好了。

傅春野其实知道她心里在想什么,想要开口,最后还是把话咽了回去。

"你回学校的路上小心点,到了给我发消息。"

"嗯!"

他送她到门口,又忍不住叫她:"哎。"

她回头,他伸手过来托住她的后脑,手指穿过她的发丝,那是刚才他为她烘暖吹干的。

吻落在她的唇上,很轻,很温柔。

两人身高有落差,他要俯下身很多才能吻到她。

但他好像一点也不介意。

这个吻缠绵许久,盛小羽发现自己也从一开始的茫然到现在学会回应他。

好快啊,在爱情中连学习能力都突飞猛进。

"要不我还是送你回去?"

他的声音跟这个吻一样轻柔缠绵。

舍不得她走,还想在一起多待一会儿。

盛小羽推推他,顺便在他胸口薅了一把:"快去医院,晚点再打电话。"

"我要打视频。"

"好好好,打视频。"

该去哪里打视频是个问题……她还没想好怎么跟寝室的那三位女侠说呢!

"对了,那个……"她咬了咬嘴唇,斟酌了一下才说,"我们现在算是在一起了吧?"

"你说呢?"

"那……可以告诉周围的人,我们在一起的事吗?"

傅春野看着她:"你从昨天到现在,其实都在想这个问题吧?"

她明明目光一直追着他,也会走在他身边,但似乎还是有点在意其他人的看法。

他能感觉到她身上的压力。

盛小羽果然点头。

傅春野摸摸她的发顶:"我怎么样都可以,看你的意思。如果你觉得可以说,那不管谁来问,我们就光明正大地承认;如果你觉得不方便,要暂时保密,我也可以配合你。"

这也是他刚才想跟她说的,不要那么在意周围人怎么看待他们这段关系,即使是最亲近的人,也不要跟他那么客气。

这个公寓是外公送给他的私有物,完全是他的个人空间,他那些关于家庭的想象也都是以这里为蓝本的。

她在这里不管是洗澡也好,过夜也好,都可以放松一点,不用那么拘谨客气。

过去他们说好为了完成《暗恋观察报告》而相处的时候,反而比现在更轻松自然。

但他也知道,这需要时间。

他身上聚焦了太多注意力,有好的,也有不好的,做他的女朋友一定会面临这样的压力。

盛小羽有股韧劲,他相信她能行。

回到寝室，因为是周末早上，盛小羽还趴在门上听了听，看室友们起来没有，怕影响她们睡懒觉。

有点动静，看来是起来了。

她开了门，蹑手蹑脚地进去，装作很自然的样子："早啊！"

孟菁华正戴着耳机听歌，手里拿个本写写画画，大概在忙着写她的新歌。

丁芮茜正对镜化妆，看她回来也没回头，边画眼线边对着镜子说了声"早"。

牛慧好像出去晨跑了，周末的早晨她一般会比平时多跑几圈才回来。

盛小羽窃喜，看来大家没打算细问她昨晚去哪儿了，于是放下包包回到自己的书桌前坐下，默默打开了电脑。

过了几分钟，牛慧跑步回来了，将运动毛巾和防晒衣一脱，看了另外两人一眼，三个人就迅速从身后把盛小羽给围住了。

这个战术她们已经演练得相当熟练了……

"干……干吗呀？"

"盛小羽同学，你昨晚没回寝室睡觉，你不给我们解释解释？"

盛小羽话还没说，脸先不争气地红了："我遇到点事。"

"什么事？"

"好事还是坏事？"

"算是好事吧……"

三人互相看了看，还是丁芮茜最豁得出去，直接问："这好事不会正好跟我们尊敬的傅春野学长有关吧？昨天可是有人看见了，他专门在体育课上陪你打球，又拉你去食堂上烹饪课，逛超市，最后还一起从学校北门离开了……"

"别……别说了！"盛小羽表示投降，"其实我昨天去他家了。"

"啊，大声点嘛，听不见。"

"我昨天去傅春野的公寓了！"盛小羽闭着眼高声喊道。

这声音够大了吧？

丁芮茜笑了一声，两手一摊："我说什么来着，给钱给钱！"

牛慧和孟菁华各自乖乖地掏出一张二十元的纸币放进她手里。

她们寝室的老传统了，打赌输了的一律现场结清二十元，而且只收现金。

如今纸币多难得见一回啊，她们专门取了一些二十元的钞票放在抽屉里，就为了这个。

她们昨晚赌了什么，赌她没回来是去哪儿了吗？

孟菁华拍拍她的肩膀，证实她猜对了："我跟牛牛都觉得你可能是去表哥那儿了，只有小饼很肯定地说你一定是去学长家了。"

"小饼怎么知道他有自己的公寓啊？"

"嗐，欧阳说的呗！"

真不容易，她终于不叫他"文盲学长"了。

牛慧戴回黑框眼镜，语气严肃："我们差点报警。"

"对不起啊，我应该跟你们说一声，不小心睡过去了……"

丁芮茜兴奋到不行："怎么就睡过去了，大战三百回合太累了吗？还是他折腾了你一夜，直到天际泛白才倦极睡去？"

这言情小说也没少看哪！

"小饼，你偷看我借的小说了吧？"

"哎呀，别想岔开话题，快说你们都做了什么！"

盛小羽极力辩解："我昨天就去他家吃了个饭，然后看了会儿纪录片，不小心睡着了，其他什么都没做。"

"你确定你看的是纪录片？"

盛小羽作势要捶孟菁华，她现在跟小饼学坏了！

"看来是没发生什么了。"牛牛总结。

"没有，真的没有，不然我肯定会很紧张，你们看，我现在不是挺正常的嘛！"

于是牛慧和孟菁华向丁芮茜摊手。

刚打赌输的钱又回到各自的手里。

"虽然没有真的跨出最后那一步，但是你跟傅春野确确实实是在一起了，对吧？"

"嗯。"

"哟，回答得倒是挺干脆嘛！"孟菁华有种松了口气的感觉，"我们还以为要各种威逼利诱你才肯说呢！"

都准备好三个人一拥而上挠她痒痒了。

"我跟他……有点复杂，不过他也说我们是在一起了，那应该就是吧！"

"复杂什么呀,你喜欢他,他也喜欢你,迟早得在一起啊!你只是难为情吧?"

还真是。

盛小羽仔细想想,她心底那些不确定,从开始到现在,其实都是因为羞涩,只是她不肯承认罢了。

当然还有一点自卑。

傅春野太优秀了,好像只有特别优秀漂亮的女孩才有资格站在他身旁,这样才符合大众的期待。

可是今天分别的时候他也告诉她,不要太在意周围人怎么想,还说她如果觉得不方便,也可以保密不告诉其他人他们在一起了。

其实她巴不得告诉全世界自己有个这么好的男朋友,根本没什么不方便,就是难为情和敏感的自卑作祟。

感情归根到底是他们两个人的事,换位思考,假如傅春野对自己的朋友、同学也不肯承认这段感情,她肯定会很受伤。

索性大大方方地承认。

寝室的姐妹当然都是为她高兴的,昨晚打不通她的电话,现在又听说她一直跟傅春野在一起,她们心里其实就有数了。

有好事发生,当然要请客,于是盛小羽请大家喝奶茶。

下楼去买奶茶的时候,宿管阿姨叫住她,说有她的信。

又有信?上回是傅春野从青州书店寄出的明信片,她开学时收到了,当时虽然也有小小的感动,但更多的只是一笑而过。

这回又会是什么人寄来的信?

盛小羽走在去奶茶店的路上,边走边拆,没想到,居然还是明信片!

——我喜欢你啊,笨蛋。

——傅春野。

加上日期,一共只有三行字,另外还有"笨蛋"两个字后面手绘的羽毛,和落款处度假风的椰子。

盛小羽的眼泪一下子就出来了。

怎么回事,他是怎么做到的?

明信片应该是邮寄过来的,没写邮寄的地址,但背面右下角的小字写了书店的名字,就是他们在青州一起去的那家书店。

她以为傅春野跟她一样,给亲近的朋友、家人写了明信片,一人一张而已。

怎么也没想到还会收到第二张,更没想到会有这样的表白。

那是不是还会有第三张、第四张……这种浪漫的期待是否可以随着他们的感情无限延伸。

傅春野接到盛小羽打来的电话时,刚从医院病房出来。

"怎么了,这么快就开始想我,要打电话了?"

"你在哪里呀?"

"医院,刚给我爸送汤,他今天好多了,精神百倍,看起来有力气骂我了。"

所以他才放下汤桶就赶紧撤。

"你乱说的吧,蒋教授哪会骂人……"

看起来温文儒雅的一个人,最多也就是跟他话不投机半句多吧。

很多父子之间不都是这样嘛!

"你怎么了?"傅春野从她的声音里听出异常,"哭过?"

"我才没哭呢!"盛小羽说着又揉揉眼睛,"都怪你。"

"怪我什么?"

她顿了一会儿才说:"我收到明信片了。"

"哪个明信片?"

"就是你从青州的书店寄出来的那个呀!"

咦,难道不是他寄的?

不可能啊,明明落款是他,字迹也是他的,而且小椰子和小羽毛的手绘就像两人的暗语一样,其他人又不知道。

"那上面写的什么?"

"我喜欢你呀,笨蛋。"

说完两人都静默了一秒,电话那头传来傅春野哧哧的笑声,她才发觉被他套路了。

"你耍赖!"

"谁耍赖了,难道上面写的不是这个?"

"是这个……"

"那礼尚往来,你难道不该同样回复我一下吗?"

这怎么能算耍赖。

盛小羽说不过他，心里其实充满甜蜜和感动，整个人倚在奶茶店旁的墙上，虚心求教："你是怎么做到的呀？上次我已经收到一张了。"

"那张是寄给假装暗恋我的盛小羽的，这张是寄给我的女朋友小羽毛的。"

"喊，你怎么也叫我小羽毛了？"

"我姐不也这么叫吗，还有欧阳。"说起来还有点气，这种可爱的称呼，竟然被别的男人捷足先登。

"你不是不喜欢这个称呼？"

"谁说的？"他停顿了一下，"我只是不甘心而已，不甘心有其他人比我更早亲近你。"

他今后也是她最亲近的人了，怎么称呼她都可以，来日方长，慢慢开发。

他也不会限制别人怎么叫她，不会再为这种事吃味怄气，她的世界除了爱情还应该包含很多其他东西。

盛小羽咬着唇，他说的每个字落在心上都像是要让那种甜蜜的心情满溢出来。

她都不敢说话了，怕一开口又忍不住掉眼泪。

傅春野到最后也没告诉她，第二张明信片是怎么来的，他说那样就没有惊喜了。

看来果然还不止这两张呢！

她自己推测了一下，估摸着他那天一口气买了很多明信片，分别想好了要在什么阶段寄给她，然后编好号码交给店员，请他们在收到他寄出的请求时，快递其中的某一张给她。

她在他写的那份《暗恋观察报告》中看到过引用自王尔德的一句话——浪漫的本质是不确定性。

盛小羽已经在期待下一次不知什么时候会收到的明信片，不确定明信片的背面会写着什么的她，现在开始明白这句话的真义。

王尔德不愧是情圣。

傅春野同学也是。

电话快打完的时候，身旁有人走过，影子正好笼住她。

她抬眼一看，竟然是周向远。

"你在这儿干吗呢，买奶茶？"

那头的傅春野本来准备挂电话了,听到声音问道:"你遇到周向远了?"

盛小羽"嗯"了一声,朝周向远点了点头。

她确实是来买奶茶的。

"你喝什么口味?"周向远没来由地突然问。

"茉香珍珠奶茶。"

他没再吭声,走进奶茶店里。

盛小羽对着电话道:"那我先挂了,我们寝室的三位女侠还等我请她们喝奶茶呢!"

傅春野说:"好,晚上我可能就回学校了,到时候去找你。"

啊?

没给她反应的时间,电话已经挂断了。

男朋友在女生宿舍楼下大喊着女朋友的名字,缠缠绵绵的场景就要在她这里上演了吗?

她也有这一天?而且对方还是校园男神级别的学长……好不真实。

她本来以为傅春野会交代几句跟周向远相关的话,毕竟他吃醋起来也是很厉害的,尤其忌惮周向远这个假想敌。

但是没有,至少今天他就问了一声,其他的什么都没说。

不知他是不是在憋什么大招,比如他其实比平时更生气,否则怎么今天要赶回学校来?

恋爱真是容易让人胡思乱想的鬼东西!

盛小羽刚推开奶茶店的门,就见周向远从里面出来了,手里拿着两杯奶茶,把其中一杯递给她。

"我请你的,谢谢你前段时间照顾我妈妈。"

她愣了一下。

噢,怪不得刚才他问她喝什么口味的奶茶,原来是想还她的人情。

"不用了,我自己买吧,还得给我们寝室的人带呢!"

"那你寝室的人喝什么,我一起买。"

盛小羽想了想才说:"今天轮到我请客,最后让你付钱,她们知道该不高兴了。"

周向远很爱面子,爱面子的人反而比较能理解这种讲究。

否则硬要拒绝他的心意,他反而不高兴,或者更执拗。

果然,他听她这么说就不再坚持,但手里那杯还是塞给她:"我请的这杯,你总可以喝吧。"

她没拒绝,十块钱的奶茶,能让他觉得跟她两不相欠,这样挺好,双方都不必有负担。

"阿姨她好点了吗?"

等另外几杯奶茶的空当,她跟他在奶茶店的小桌旁随便聊几句。

"检查做完了,医生建议住院治疗。癌细胞控制得好,后续治疗可以回青州再说。"

说起妈妈的病,他好像沉稳很多,像变了个人似的。

"嗯,春海市的医疗资源这么强,肯定有办法。你多安抚下阿姨,让她放宽心态。"

"我妈妈也很感谢你,其实她想请你吃顿饭,不知道你方不方便?"

还真是长大了,都知道先问人方不方便。

"我没什么不方便,但我不想在这时候让你跟阿姨费心。吃饭什么时候不能吃啊,等阿姨好点了,回青州多的是我爱吃的饭店。我其实就是做了点力所能及的小事,你们一直这么千恩万谢,我该不好意思了。"

"这可是你说的,那到时候不能推托了。"周向远终于露出点笑意,看了她一会儿,"我们还是朋友,对吧?"

他问这话的时候,脸居然红了。

盛小羽正跟杯子里的珍珠较劲,也没在意,随口道:"当然。"

"之前你……"

"28号的珍珠奶茶,三杯外带好了!"

没说完的话,被奶茶店叫号的阿姨打断了。

盛小羽起身蹦蹦跳跳地去拿。

周向远看着她甩动的马尾辫有点疑惑,不知是什么事让她这么开心,还要请同寝的室友们喝奶茶。

三杯超大杯的奶茶拎在手里分量不轻,他主动帮她接过去。

"话说,你为什么请她们喝奶茶啊?"

盛小羽手里还捏着那个信封,里面装着傅春野寄给她的明信片,此时的心思也几乎全在那几个言简意赅的文字上,又想着刚才电话里你侬我侬的甜蜜,都没听清他说了什么。

"不好意思,你刚才说什么?"

"我说你为什么请孟菁华她们喝奶茶。"

她的室友他其实只跟孟菁华熟一点,另外两个在校园里偶尔也会遇见,都对他没什么好脸色。

爱跳舞那位通常是隔得老远就白眼翻上天,而另一个戴黑框眼镜的女生更厉害,总是握紧拳头仿佛要暴揍他一顿。

孟菁华比她们稍微好一点,毕竟她受托照看过他几天,有点像照顾过的流浪狗,想嫌弃也嫌弃不起来了。

能跟这几位处好关系一起喝奶茶,盛小羽真的是个很好相处的人。

"我……其实我跟傅春野在一起了。"

她很坦诚,而且这种坦诚比她想象中要容易得多。

大概是手里捏着的明信片,也给了她宣告幸福甜蜜的资本。

她愿意跟人分享,周向远也不例外。

他停下脚步。

"在一起的意思是,恋爱那种吗?"

盛小羽点头。

周向远立刻就有点丧气的感觉。

"你们来真的啊……"

他本来不信傅春野会真的跟她在一起,但这么长时间,的确看到他们经常一块儿在校园出现,彼此之间也一直互相维护。

就算是假的也成真的了。

而且他到现在才肯承认,盛小羽有她的魅力,和她待在一起莫名让人觉得安心。

过去她真的暗恋过他吗?

那时候他应该很幸福吧,只是不自知。

到了宿舍楼下,盛小羽接过他手中的奶茶:"今天谢谢你请我喝奶茶,还帮我送过来。代我问阿姨好,等下次回青州我再去看她。"

"嗯。"

周向远也只能看着她上楼的背影,有点机械地挥了挥手。

他发觉自己已经不是第一次这样看着她的背影离开了,每一次,她好像都离自己更远一点。

今后他们就真的只是最普通的朋友了。

傍晚时分,傅春野回到了学校,并且如约出现在女生宿舍楼下。
不出意外地,引来大批女生的侧目和议论。
高岭之花居然到女生宿舍楼下等人,这是真有主了吗?
传说中跟他一起上烹饪课,吃他亲手做的菜的那个幸运儿,真的出自她们这栋楼?
大家纷纷顺着楼高往上看。
盛小羽就在这样的注目礼中跑向他。
人家可能觉得明大的高岭之花插在了牛粪上……
所以傅春野向她伸手的时候,她都没好意思牵,直到两个人走出好远,确定走出她那栋宿舍楼的范围了,才终于跟他十指相扣。
她还是有点不习惯,做不到傅春野那么坦然。
当然他也只是看上去比较坦然而已。
他仿佛才是那个见不得人被嫌弃的"小媳妇",拉个手都要偷偷摸摸似的。
可他已经学会接受她的这种忐忑。
恋爱中的人真是要完蛋,总感觉对方不管做什么都好可爱。
傅春野在内心吐槽自己,手却紧紧拉着,察觉到一点她要滑溜开的迹象就要松开五指再紧一紧,反复确认。
"你怎么今天就回学校了啊?"盛小羽问。
"反正一个人在家待着也无聊,就回来了。"他侧过脸看看她,"怎么,不想要我回来?"
"不是,当然想你回来了!"
打电话时那些你侬我侬可不是假的,她当然也是希望无时无刻不跟他黏在一起的,只是怕他特地跑回来是为了迁就她。
"我只是担心……"
"担心什么?"
"担心你是不是吃醋呀?"
毕竟白天她遇见了周向远嘛,对话还让他听见了,按照他那个少爷脾气来说,吃醋简直比吃饭还要平常。
她也就那么大胆地一猜,但好巧不巧的是,她每次都能猜个八九不离十。

"我要是说我吃醋了呢?"

他现在是正牌男朋友,吃醋也是应该的。

盛小羽看了看前方还灯火通明的小店:"我请你吃冰激凌。"

"冰激凌?"

"是啊,我今天遇到周向远的时候正好在买奶茶,我那杯是他请的……你别误会啊,他是想感谢我前段时间陪他妈妈看病,我觉得一杯奶茶能让他别老记着这事也挺好的,所以……"

"所以就喝了他的奶茶,现在请我吃冰激凌作为补偿?"

她这个以眼还眼的方式还真是严丝合缝。

不过天气越来越热,吃冰也挺好。

两人手拉手到小店买了双人份的冰激凌,盛小羽看他老盯着自己的那一份,主动献上去:"你尝尝,葡萄味的。"

浅绿的冰激凌顶端尖尖的,嵌满坚果碎和葡萄干,视觉上就比他那个什么都不加的香草口味要诱人。

傅春野却没有低头吃:"我不爱吃坚果,你先咬一口。"

大少爷不爱吃的东西可真不少啊……

盛小羽只好咬掉一口再递给他,还相当注意尽量不让唇舌碰到下面的部分,以免他嫌弃。

然而傅春野看都没看她递过去的冰激凌,只是握住她的手,俯身在她唇上抿了一口。

"嗯,尝到了,好甜。"

事实上是过于甜了。

他还是吃自己那个香草味的冰激凌就好。

盛小羽反应过来刚才发生了什么的时候,他已经走出去三步远了,她还在原地捏着冰激凌发愣。

傅春野回身看着她:"怎么了?"

还问怎么了,他们刚才接吻了吧,大庭广众的!

"走吧,没人看见,你要再多站一会儿,说不定又上校内论坛了。"

傅春野知道她在想什么,过来拉起她的手就继续往前走,仿佛刚才什么都没发生过。

只不过盛小羽被他带着越走越偏,顺着台阶爬上了学校后花园最高的坡,不由得开始怀疑他今天赶回学校的动机不纯。

这里明明是校园情侣们的约会圣地!

月上柳梢头,人约黄昏后。

盛小羽看着婆娑的树影下那些影影绰绰、成双成对的恋人……傅春野同学是不是又想要取得什么奇奇怪怪的成就?

两人的冰激凌都吃完了,天热冰激凌化得快,他们的手里都沾到些奶油,黏黏的不舒服,刚好草坡边上有一个浇水的水龙头,接了橡皮管,傅春野蹲下去拧开龙头,让盛小羽先冲手。

冰冰凉凉的清水从橡皮管的管口流出,盛小羽冲干净了手,忽然起了坏心,用手指堵住管口,朝龙头的方向一偏,喷出的水柱就朝着傅春野去了。

他"啊"地叫了一声,抬手挡住脸:"干吗?"

"你还说呢,快点老实交代,黑灯瞎火的,带我来这儿干吗呀?"

"下面大马路上人来人往的,你不是牵手都不好意思吗?"

"不是你想做坏事?"

傅春野还是用胳膊挡着脸,没说话。

盛小羽有点担心起来,刚才喷他那一下,不会弄到眼睛了吧?

她有点心虚,悄悄挪过去,在他身旁蹲下,拉他的手臂:"怎么了,是不是刚才水柱喷到眼睛了?疼吗?我看看。"

傅春野扭了个身,不让她看。

盛小羽求饶:"我错了,不该拿水喷你……啊!"

话没说完,又凉又急的几条水柱就扑到她身上来。傅春野趁她不备又拧开了水龙头,捡起橡皮管对她一顿猛冲。

盛小羽赶忙跳开,边躲边笑:"哎呀,你怎么搞突然袭击!"

"不是你先突袭我吗,胆子不小啊!"

傅春野一手堵着水管控制水柱的方向,追得她绕着草坡旁边粗壮的樟树绕圈躲避。

夏日天气闷热,四散的水花一来反而浇灭了恼人的高温,两人一时玩闹得乐此不疲,只是盛小羽找不到还手的机会。

"哎,那边的两个同学不要玩水!"

学校的工作人员发现了两人的调皮,朝他们跑过来。

傅春野关上水龙头,拉起盛小羽就跑。

"情人坡"也不能待了,只能往校园地势最高的一块宿舍区跑去。

确定身后没人追上来之后,他们才停下脚步,气喘吁吁地回头,然后相视而笑。

傅春野捏她的鼻尖:"你还笑,都是你起的好头。"

"那你该让着我啊,让我喷那一下就好了,后来怎么还追着我跑呢!"

"为什么要让你?"

"因为……因为我是学妹。"

"呵呵,你复读了一年记得吗,咱俩一样大。"

"学长、学妹是辈分,辈分大就该让着我啊!"

"你还挺会强词夺理啊!"

"那当然,毕竟我是新闻系的嘛!"

扬扬自得中,她都没意识到两人眼下这样拥抱着,她的后背又抵着围墙,周围灯光昏暗,还有遮天蔽日的树冠掩护,要多隐秘有多隐秘,要多暧昧有多暧昧,要多柔情蜜意有多柔情蜜意。

尤其是傅春野脸上渐渐盈满笑意:"你不是怀疑我动机不纯吗?还真说对了。"

他等不到周末结束就赶回学校,跟吃醋无关,就是单纯想跟她约会而已。

他就是有好多事想跟她一起尝试,不管是在学校,还是在他家里,或是其他地方。

人们把这叫约会,在他看来,这是他想要创造的一些只属于他们的回忆。

他低下头吻她,这回她乖乖的,任由他抱着,还学会了闭上眼感受唇上渡来的体温和香草冰激凌的香气。

这回两人都很清醒,清楚地记得唇瓣相依时那种温柔的悸动,辗转时的缠绵悱恻。

原来亲吻真的可以是甜津津的。

分开的时候,两人呼吸起伏,傅春野体内仿佛还有些特别的躁动,衣服上刚才被水溅湿的地方都差不多被体温烘干了。

他却没再进一步做什么,只是这样静静地抱着她,想起来就在她的唇上、鼻尖上啄一口,像在享用自己珍藏的甜品。

这里比情人坡还要高，视野开阔，能看到低处的大半个校园。

平时没人到这里来，大概是因为身后这两排宿舍区。

"现在怎么都没人了？"盛小羽问完立马反应过来，"难不成这里是大四的宿舍楼？"

两人在最高处的台阶边缘席地而坐，两双腿一荡一荡的。

要在平时，一定会有人进进出出，甚至走这个不太好走的石阶往下抄近路去上课，但现在两排宿舍楼没几间亮着灯，阳台上也没有洗晒的衣物。

傅春野"嗯"了一声，回头看了一眼道："大龙他们原本就住在这里，这个月基本搬空了。"

"啊，大龙学长已经从学校搬出去了吗？"

虽说是毕业季，但她没想到这么快。

"他已经算是留到挺晚的了，像他那样找的工作在外地的毕业生，都是最早搬走的。"

"他找的工作在外地？"盛小羽更震惊了。

"你不知道？你们寝室那个戴眼镜的女生，不是他的红颜知己吗？"

就是因为牛牛跟赵龙交情非同一般，却一点也没听她提过这回事，盛小羽才觉得不同寻常。

牛牛是已经有了自己的想法，还是把苦闷压抑在心里丝毫也不肯透露呢？

她跟大龙学长的感情还能修成正果吗？

傅春野看她脸上堆满阴郁，问道："在想什么？"

"我在想……毕业以后，两个人还能在一起吗？"

"我才大三，明年才毕业，你这触景生情是不是来得早了一点？"

盛小羽也知道自己是杞人忧天，但人生就是在不停地做选择题，毕业只是时间明确的一道题摆在那里罢了，中途或许还会有其他的，就像上回她误会他要申请去国外做交换生一样，随时都有可能会遇到这种现实的问题，两个相爱的人也许会因此而分开。

傅春野伸手过来，握住她放在膝上的手："别人怎么样我不知道，但我不会因为离开这个学校就放弃我喜欢的人。"

绝对不会。

第十一章 心意

SPRING
IS
IN
THE
AIR

毕业季，学校附近的大小饭店几乎每天都有各式各样的散伙饭。

盛小羽总觉得复读还是不久之前刚发生过的事，考上明大时的喜悦也历历在目，毕业似乎还是遥不可及的事。

可如今她也接到了吃散伙饭的邀请。

"大龙这几天就要去单位报到了，等毕业典礼的时候再回来一趟，下次见是什么时候还不一定呢！"

欧阳远征是这么说的，他跟赵龙也相当要好，听说他要离开春海市到其他地方去工作，心里生出不舍，常年挂在脸上的笑容都看不见了。

"我说让我爸帮帮忙，给他在春海市本地找份工作，他不乐意。哎，你们寝室那个戴眼镜的女生不是跟他挺要好的嘛，让她劝劝他啊！"

盛小羽叹了口气。

怎么劝啊，要是可以的话，赵龙学长肯定不会抛下牛牛，一个人到另一个陌生的城市去的。

两人之间没有承诺，到了这么重要的人生岔路口，要以什么立场去挽留呢？

盛小羽她们整个寝室都受到邀请去吃这顿散伙饭，当然也是因为牛慧。

赵龙穿一身宽大的篮球背心、运动短裤，像是刚从球场上直接过来的。

他招呼大家落座，比以前又多了几分江湖气，虽然还是大大咧咧的运动装扮，但似乎已经能看到他西装革履，在职场上像个大人那样努力的样子了。

傅春野因为有场考试，晚到了一会儿，盛小羽身边的位子已经被其他人占了，他也没挤过去，就坐在最靠外的位置上，遥遥跟她对视一眼，目光相触，一切尽在不言中。

拿酒水的时候盛小羽路过他身边，两人的手在桌下悄悄握了握，被欧阳看到了，他"嗷"地怪叫了一声，嚷嚷道："你俩真是分开一刻都不行啊，这样都要悄悄地摸来摸去！"

傅春野伸长了腿去踢他。

丁芮茜剥着面前的花生米，闲闲地说："谁让你这么没眼色，也不知道让个位子出来，没看他们俩看对方的眼神都拉丝了吗！"

周围的人都开始起哄。

盛小羽羞红了脸，挣脱手跑回自己的位子上，乖巧地给姐妹们的杯子里重新倒满饮料。

傅春野倒表现得相当淡定，朝赵龙举杯道："今天我来晚了，敬你一杯，希望你将来不管走到哪儿，都一切顺利。"

赵龙其实已经有点喝多了，谁敬酒都是来者不拒，但不知是不是刚才"秀恩爱"的一幕刺激到了他，看见傅春野杯子里是苹果汁，他摆摆手："今天可不能喝这个，换成酒啊！"

"我不能喝酒。"

"平时不喝没关系，今天最后一天，做兄弟，有今生没来世！"

赵龙拎了两瓶刚打开的啤酒过来，一瓶递给傅春野："这个没什么度数，就当陪我喝吧，下回再聚到一起不知是什么时候了。"

傅春野眉头紧锁，没有伸手去接那瓶酒，但也没有立马拒绝。

赵龙的身高跟他差不多，体型比他魁梧，手臂搭在他的肩膀上，热烘烘，又沉甸甸的。

　　当初进田径队练4×100米的时候，他还是新人，赵龙是第一个主动过来跟他搭话聊天的人，也是他在明大的流言蜚语中交到的第一个好朋友，比欧阳还要早一些。

　　赵龙站在大太阳底下，光着膀子挥汗如雨，爽朗大笑的情景，也深深刻在他的记忆里。

　　一旁的欧阳远征看他为难，试着商量道："要不……我替他喝？"

　　"他又不是女生，用得着你替？"

　　"可他是真不能喝……"

　　欧阳远征是领教过的，傅春野那是名副其实的"一杯倒"——甭管白酒还是啤酒，只要一杯，喝下去立竿见影，效果相当明显。

　　他也不是马上倒地失去意识，而是敞开心扉地说一通真心话，要是曾经不小心得罪过他，那绝对被骂得狗血淋头。

　　别问他是怎么知道的……

　　今天这么多人在场，出糗总归是不好的。

　　可赵龙又很坚持。

　　傅春野最后看了盛小羽一眼，接过了那瓶啤酒。

　　他捡到的这根"小羽毛"，竟然成了他喝酒的底气。

　　只要她在身边，一定能照顾好他。

　　然而就这么一转头的工夫，手里忽地一轻，满满一瓶啤酒已经被人夺走了。

　　"别耍酒疯难为人了，我替他喝！"

　　牛慧的话是冲着赵龙说的，她的个头跟盛小羽差不多，站在身后几乎没什么存在感，傅春野都不知道她是怎么把酒瓶夺过去的，只能说跆拳道社的现任会长果然巾帼不让须眉。

　　她喝酒也是一点都不含糊，仰头就对着瓶口咕咚咕咚一通猛灌，异常豪迈。

　　还有一点伤心。

　　一瓶啤酒对女生来说其实不少，她喝得吃力，鼻梁上的黑框眼镜却遮掉了大半真实的情绪，周遭都安静下来，大家默默地看着这一幕。

　　今天来吃饭的人，大多都知道她跟赵龙这些年的感情拉扯，只不过到了要毕业的这一刻，许多真正谈了几年的恋人都免不了劳燕分飞，更何况他们这样的。

感情就是如人饮水冷暖自知,外人劝不得,也插不上手。

牛慧今天其实也已经喝了不少,再灌下去怕是要吐,盛小羽和孟菁华她们看得着急,刚要上前阻拦,就见赵龙一把压住她的手腕,把瓶子夺了下来。

"别喝了。"

"你不是要人陪你喝吗?别管我。"

牛慧伸手去抢酒瓶,傅春野已经适时地把空间让给两人,走到盛小羽身旁,终于正大光明地牵住了她的手。

赵龙当然没让牛慧把酒瓶夺回去,而是一仰头,就着她刚才喝过的瓶口,把她没喝完的小半瓶啤酒全喝完了。

间接接吻啊……居然那么自然,周围又响起叫好的掌声。

牛慧默默回到座位上,抬手抹了抹眼睛。

赵龙感觉刚才灌进去的不是酒,而是坚硬又锋利的石子,全都堵在嗓子眼。

这顿饭吃到最后,就变成喝多了的赵龙默默守着抹眼泪的牛慧。

执手相看泪眼,竟无语凝噎。

"太惨了吧,他俩是怎么弄成这样的啊……"

丁芮茜还有点不敢相信,本来以为这两人的问题是没长嘴——明明就喜欢得要命,只是各自别扭,一直没找到合适的机会说出口,谁能想到一转眼就到了毕业,从此零落天涯,欲归无计。

看他们这样,连她这样一个把恋爱挂在嘴边的人,竟然都觉得眼睛发酸。

孟菁华今天抱了把吉他来,这会儿随手拨着琴弦,伤感的音符流泻而出,倒是相当应景。

欧阳远征跷着二郎腿:"别那么悲观,山重水复疑无路,柳暗花明又一村,没听过吗?"

丁芮茜道:"哟,大学四年没白念啊,文盲还能吟诗啦?明年可就轮到你了,英语四级今年怎么也得过了吧?"

欧阳远征咬牙切齿:"喂,你够了没,念错你的名字这事要记一辈子是吧?谁让你取这么拗口又冷门的字啊!"

"怎么,现在是要搞受害人有罪论啊?"

这两人一见面就斗嘴,大家都已经见怪不怪了。

欧阳丧气地往椅背上重重一靠:"我只是觉得,真到了要分开的时候,对他们来说说不定是个转机,有什么误会都可以澄清了,也没必要再怄什么气,反正今后也见不着了,彼此都留点美好的回忆。"

丁芮茜喊道:"低俗。"

"他说的也没错。"

傅春野一开口,大家的目光一下都集中到他身上,欧阳更是两眼放光:"看吧,你也这么想!"

多么难得啊,傅春野居然站在他这一边了!

盛小羽有点担心:"你刚才没喝到酒吧?"

傅春野摇头,用手轻压住她的头顶,调整了一下她的视线方向:"看见了吗,人都不见了,这么晚,你觉得他们能去哪里?"

众人闻言纷纷扭头去看,刚才还坐在桌边相对无言的赵龙和牛慧不知什么时候起身离开了,饭店老板都已经开始收拾满桌的杯盘了,只有他们这群围观群众还在这儿长吁短叹。

丁芮茜笑得几乎合不拢嘴:"牛牛可以呀!"

盛小羽看不到牛慧还是有点不放心:"他们……真的是去酒店了吗?"

"如果不是,大龙一定会把人安全送回寝室。"傅春野的手掌从她的头顶滑下来,手指绕着她的长发,"他不会伤害自己喜欢的人。"

以前他或许不懂,但如今从赵龙的眼睛里,他看到跟自己看盛小羽时相同的感情。

何况牛慧也是跆拳道高手,她要是不愿意,绝不会轻易让人占了便宜。

最后一次互诉衷肠的机会,就算已经不能改变什么,至少能少一些遗憾。

这顿散伙饭吃到夜里快十一点,人终于全部散去。

盛小羽还不想马上回宿舍,跟傅春野沿着学校外面的马路肩并肩走在一起。

她现在也逐渐适应了校园男神的女朋友这个身份,敢于跟他大大方方地牵手。这要得益于傅春野跟她讲过的心理学上的一种曝光效应,就是说人们对于反复曝光于眼前的事物会渐渐产生好感进而接受它的存在,广告一遍又一遍重复正是这个原理。

当然她自己也成长了,明白每个人最关注的人其实都是自己,没有那么多精力放在对别人的评头论足上,大可不必让这种患得患失的情绪影响两人的感情。

总之珍惜眼前人,比什么都重要。

春海市的六月已经相当炎热,晚上比白天阳光正炽的时候稍好一些,但还是热,走一会儿就像身上覆了一层不透气的塑料膜,闷得人直冒汗。

"要不要去我那里?"傅春野问。

他知道盛小羽今天不想那么快回去,两人也不可能半夜三更沿着马路一直走下去,假如她有什么话想跟他说,大可以到他的公寓里,没人打扰,又有冷饮空调。

盛小羽幽幽地看了他一眼。

就是这一眼,让他觉得她是不是误会了什么。

"我不是……"

"就去你那里吧!外面太热了,我……我今晚也不回宿舍了!"

她飞快地接过话茬,然后以迅雷不及掩耳之势招手拦了一辆出租车。

她的行动力,只能用叹为观止来形容。

两人在傅春野的公寓楼前下车,他没像以往那样马上拿出门卡刷开大门,而是一边在门禁系统上输入数字,一边拉过盛小羽:"你看好这组数字,跟等会儿进家门的密码是同一套,记下来,以后你再过来就可以直接进门了。"

不管他在不在家。

盛小羽感觉刚才的酒劲上来了,头昏脑涨:"啊,没记下来,能再输一遍吗?"

傅春野难得好脾气地又输入一回。

"这次记住了吗?"

"好像……记住了。"她挠挠头,"怎么感觉是我的生日呀?"

年月日组成的六位数,跟她的生日正好吻合,是她脑子不清醒,还是太自恋?

"看来你没真的醉,还能记得自己的生日。"

"真是我的生日啊?"

刚才她忙着记数字,都没来得及细想他把家门密码告诉她这个行为背后的深意。

更不用说密码还是她的生日了。

"你什么时候改的呀?"

"我姐彻底搬出去之后。"他已经打开门邀她进去,"那时我们还没在一起,我怕她杀个'回马枪',到时候大家都尴尬。"

岂止是没在一起啊,那时根本还是他在故弄玄虚的阶段,正挖坑引她往里跳呢!

"你是怕年年姐揭穿你吧?"

"你说什么,我没听见。"

他用身高优势靠过来,轻捏她的下巴欺负她:"你刚才说什么,再说一遍。"

盛小羽笑着推他往后躲,反而被他压进怀里,微扬起头来,嘴唇也跟着沦陷。

两人之间的亲吻已经变得驾轻就熟,就算还有羞涩,也被发自内心想要亲近彼此的欲望给压下去了,开始有了耳鬓厮磨时那种旖旎火热的气氛。

吻了很久也不愿分开,两人的衣服都有点凌乱。

傅春野适时地停下来,她被他重新拥进怀中,感觉到他起伏不定的呼吸和仍然强如擂鼓的心跳声。

盛小羽觉得安心,不由得在他胸口蹭了蹭。

"擦汗呢?我好几件衣服上可全都是你的粉底。"

"我帮你洗。"

盛小羽对他这种心口不一的揶揄早就习惯了,圈在他腰上的手臂收紧了些:"早就说了嘛,鞋也可以帮你刷。"

"我从你爸妈那儿学会了你家的祖传技能,用不着你刷,自己也能刷得像新的一样。"

"嗯。"

她的脸埋在他的胸口,实际是不满地哼了一声。

"是不是觉得自己失去了价值?"他逗她,"你单恋一个人的技能也该精进一下了。"

盛小羽突然仰起头看他："那……我帮你洗澡？"

傅春野愣了一下："洗澡？"

"嗯，就像上回你帮我洗头发那样，我可以帮你搓背啊，再按一按肩膀，或者你要洗头吗，我也可以帮你……"

"别说了。"他阻止她继续说下去，有点艰难的样子，人也往后退了半步，"你要是热糊涂了，就先去洗吧，夏天冲凉很快。"

盛小羽却揪住他："我是说真的……"

什么真的？

傅春野感觉自己的脑子也不太清楚了，明明晚上的散伙饭上没有碰酒，现在却晕晕的，居然被她牵着走。

"盛小羽……"

她又踮起脚尖来吻他，手臂钩住他的脖子，就这么一个简单的亲昵动作，就让她立刻占据主动。

他们最后是怎么转移到浴室的淋浴间的，他都有点不太记得了。

只记得又吻了她好久，两人的后背轮番贴在瓷砖上，也不觉得凉，只有潮湿的触感被无限放大，越来越热。

"你真的想好了吗？"

"傅春野同学，我们是一对吧？"

"嗯。"

"真正谈恋爱的一对，不是为了写论文？"

"嗯。"

"我喜欢你，你也喜欢我的那种？"

"嗯。"

"那还有什么没想好的呀，这一步不是生物的本能吗？"

以往这些都是由他来讲的，今天居然要由她来开导他。

"我只是担心，你是一时冲动。"

牛慧是她的室友，他们都亲眼见证了有情人最终无法成为眷属，她心里一定有很多感慨。代入自己，他们也终究有毕业离开校园的那一天，尤其他高她一届，到时种种变数难料，说不定也会劳燕分飞。

不希望留下像牛慧和赵龙那样的遗憾，不如早点享受所有的缱绻。

她大概是这样想的吧。

离别伤怀，加上酒精催化，难保明早醒来她不后悔。

他有给她足够的安全感吗？

她的心甘情愿真的是因为爱他而水到渠成的表现吗？

傅春野没想到最后患得患失的人竟然是自己。

盛小羽反而相当坚定，又仰起头亲亲他的下巴，轻轻说了句："我好喜欢你呀！"

连带着这种担心她的情绪都喜欢得不得了。

她想起自己读到过的一首诗歌——喜欢是看得见风景的房间，是水在瓶中，云在天外，是恰到好处的距离，适可而止的想念；而爱是密室，是刀尖上的蜜糖，是要以身试刀才能尝得到的甜。

她觉得自己还在那个看得见风景的房间里时，傅春野已经在密室了，他好像……比她的感情开始得更早，也更浓烈。

到了此刻，他们都要去尝那刀刃上的甜，她似乎才真正察觉到这种不同。

从此她也不再是瓶中的水、天外的云了，她和他有一部分交融在一起，今生今世都留有对方的印记。

六月的春海市，天亮得格外早，两人睡下的时候天际已经泛白，眼看就要天亮了才互相道晚安。

盛小羽很快就沉沉睡去，傅春野却睡不着，轻轻用手指梳理身边人的头发，在她额际轻吻，然后拿出手机，翻到好几天前发来的一条消息，沉思片刻，才回复道："下周，在你办公室见。"

春海市的高铁站，六七月间，来来往往的，有好多年轻的面孔。

盛小羽跟傅春野和欧阳远征他们一起，到高铁站来送行。

除了赵龙，还有之前在羽毛球社团认识的副社长尹蓉学姐，她拿到了知名企业的录用通知，薪资优厚，只不过工作地点在北京，不得不离开读书四年已经相当有感情的春海市。

赵龙正好跟她同路，顺便也有个照应。

傅春野他们跟赵龙击掌顶肩告别，男生们比较含蓄，感情都在眼睛里，在拍肩搭背的拥抱里，但他们不说，不说也彼此都懂。

送行的人里没有牛慧。

其实盛小羽从傅春野的住处回到宿舍之后，才听丁芮茜她们说，那天牛慧跟赵龙虽然去了酒店,但并没有发展到最后一步。

牛牛回来之后变得更寡言少语了,正好最近跆拳道社有市里的比赛,她带队训练,大部分时间都投入在社团道馆里,盛小羽她们都不太能见到她。

换个角度来看,这样也好,至少她不会一个人胡思乱想,钻牛角尖。

检票发车的时间差不多到了,孟菁华悄声问盛小羽:"你说,他们俩会在一起吗?"

"谁,大龙和尹蓉学姐吗?"

"是啊。"孟菁华抬了抬下巴,示意她仔细看,"你不觉得他们俩也挺般配吗?同届校友,都是运动健将,今后又在同一个城市工作,见面也容易,说不定今天这趟高铁过去,一路就对上眼了呢。"

的确,不能排除这样的可能。

尹蓉学姐一头利落的短发,瘦瘦高高,跟男孩子站在一起说笑时爽朗,跟女生讲悄悄话时温柔,虽然中性,却并不是那种假小子,有男生会喜欢她,一点也不奇怪。

至于赵龙……还真说不好,总感觉他跟另一半会是"美女与野兽"的类型,可是牛牛显然不符合这种想象。

毕业之后进入社会,对伴侣的审美可能也会发生改变,有时说不定就是一个微不足道的契机就让两人在一起了。

从内心来说,盛小羽还是希望赵龙能跟牛牛有情人终成眷属,就像她看小说也一向喜欢大团圆结局一样。

把人都送上了车,傅春野过来牵盛小羽的手:"我想带你去个地方。"

盛小羽还没来得及问去哪儿,欧阳远征就在一旁酸溜溜地道:"哎,你们随时随地'秀恩爱',好歹考虑下其他人的感受啊!"

傅春野睨他一眼:"我们恋爱,为什么要考虑你的感受?"

"不是我的感受,是'我们'的!"

于是傅春野看向其他几个人,询问他们的意思。

丁芮茜耸耸肩:"Fine with me.(我没问题。)"

欧阳怒:"跟我拽英文是吧,我这回英语四级肯定能过!"

"是吗?可喜可贺啊,明年就来送你了,可算赶在毕业前把英语四级过了。"

"你！"欧阳气得七窍生烟。

尽管他已经无数次说服自己，不要跟这女人一般见识，但每次还是忍不住跟她针锋相对，甚至这次发愤图强把英语四级过了，也是因为她的不断挑衅。

咦，她是不是故意的啊——明面上跟他斗嘴，实际是为他着想，刺激他把正经事给做好？

针锋相对只是引起他注意的手段？

这么一想，很多事就说得通了。

他从盛小羽和她室友的聊天中拼凑出信息，丁芮茜的家境好像一般，从进入大学开始就致力于找个男朋友当长期"饭票"，这不正好撞上他这种"绩优股"嘛，总要使点手段才能得手。

之前因为盛小羽这层关系，他只当她是朋友的朋友，完全没往那个方面想，真是好迟钝啊！

自我感觉想通了一切的欧阳远征突然陷入了纠结。

严词拒绝吧，怪伤人的，何况人家也没明说喜欢他，而且丁芮茜挺漂亮的，是那种经得住细瞧的小模样，加上从小练舞的身段气韵加持，在人群里也算挺出挑的。

顺水推舟从了她吧，那岂不是正中她的下怀，今后被她捏住七寸予取予求，那还得了。

欧阳突然哑火，开始神游天外，大家都有点摸不着头脑。

丁芮茜看他脸上红一阵白一阵的，不知是不是刚才被她气到了，嫌弃地撇了撇嘴。

"你们要去哪儿就快去吧，别管我们了，我们直接乘轻轨回学校。"

她催促盛小羽和傅春野快走，他们已经在欧阳远征身上浪费了人生宝贵的三分钟。

盛小羽拉着傅春野的手使劲摇了摇，跟大家暂时告别。

"我们要去哪里呀？"

两人走出很远，相扣的两手还前前后后摆得很高，像手拉手一起放学的孩子似的。

"你的心情好点了？"傅春野问她。

那晚触景伤情的低落，他可还历历在目呢。

虽然两人在一起的过程很美好，醺然欲醉，但毕竟不是真的醉，她的所有情绪和反应都深深刻在他的脑海里。

这样想着，他抓住她的手不由得又悄悄紧了些。

"嗯，我还是觉得大龙学长跟牛牛很可惜，不过今天看到学长他们踏上高铁要开始新的生活，又觉得这样也不错，说不定也是新的机会。"

世界是圆的，生活也是，不在这里相逢，便在那里。

大学校园里没能成就的缘分，将来说不定有另外的机会续接上，她总有这种隐隐的预感。

新的可能性就让人充满了希望，她的心情也没有那么郁闷了。

傅春野带她去了春海市中心的中央商务区，整条马路都高楼林立，楼宇间端着咖啡步履匆匆的西装客们对着蓝牙耳机用英文讲各种佶屈聱牙的词。

还没走出象牙塔的盛小羽对这样的环境感到陌生。

职场精英的世界让她联想到一个人。

跟傅春野一起站在舒诚律所的前台接待处时，她感到自己的第六感还真是准到吓人。

看着侧面墙壁上展示的合伙人信息，她压低声音悄悄问："我们到这儿来干什么呀？"

"你等会儿就知道了。"

跟她的拘谨相比，傅春野显得很放松，更像是一位正儿八经上门咨询业务的客户，而不是涉世未深的年轻学生。

"傅先生，盛小姐，你们稍等一会儿，舒律师马上就出来。"

果然很快有人从办公区出来迎接他们，然而并不是舒诚，而是另一个更意想不到的人。

"年年姐？"

盛小羽惊讶地叫出声，连忙站起来："你……你怎么会在这儿？"

傅年年脸上是尴尬又不失礼貌的微笑，示意他们："先进来再说吧。"

舒诚在律所的其中一间会议室里等候。

关上门之后，傅年年才小声道："外面都是拍摄的摄像头，所以我刚才不好多说什么，晚点跟你们解释……"

"不用解释了。"舒诚凉凉地接过话，"律所最近在录一档真人秀的节目，整个节目组都在这里，所以公共区域都有摄像头。会议室里涉及客户隐私和保密协议，所以是不会拍进去的，你们可以放心。"

盛小羽跟傅春野对视了一眼。

这样的情形，两个人确实都没有想到。即使傅春野事先跟舒诚约好了今天过来，真人秀的事他也并不知情。

"你们坐吧。"舒诚抬了抬手，又看一眼会议室的门口，"秘书和前台今天可能忙不过来，傅年年，麻烦你去楼下的咖啡店给他们买点咖啡和蛋糕。公司最近的咖啡豆不好喝，不要给第一次登门的客户留下不好的印象。"

他指名道姓地叫傅年年的全名，很自然，也很公式化，一点看不出曾经有过的亲密。

傅年年呢，好像也适应了这种职场上的距离，点点头，就关上会议室的门退了出去。

曾经在聚光灯下风光无限的偶像明星，今时今日却穿着职业套装，胸前挂着工牌，受上司指挥去给客户买咖啡。

这客户还是她弟。

盛小羽坐在椅子上，一时还有点消化不了这一切。

傅春野却像是已经欣然接受了，跟舒诚聊起来："她做这种工作真的没问题吗？"

"好歹也读了几年法学院，就算中途退出了，基本的理念还是有的，无非是要从头教。再说这也不是真的让她在律所工作，录节目而已，还是她的老本行，不用担心她做不来。"

"她为什么会答应来录这个节目？"

前不久还一起吃饭，他完全没听姐姐提过，她明明是那种心里藏不住事的人，不提肯定就是有心隐瞒，不想跟他们说。

在傅年年那里，不可说的人只有一个，就是舒诚。

她是因为他才愿意重新踏足这个圈子来录节目的吧？

可舒诚本人似乎不这么认为，摊手道："可能是为了钱吧，她不是刚被所谓的朋友骗了房子和钱吗。二十几岁的人，总要为今后的生计做打算吧。也可能，她希望从我这里学到足以拿回房子和钱的方法。"

说者无心，听的人却紧张起来。

盛小羽很清楚，上回在学校宣讲会上，就是因为谈到傅年年的事，两人当场干了一架，差点闹到不可收拾。

今天在人家的律所里，万一再打起来，进派出所都是轻的，可能还要吃官司，甚至是上电视……

真人秀如果有这种旧爱和家人大打出手的情节，导演还不得乐死，分分钟就剪出一整期能上热搜的剧情来。

幸好，这回傅春野相当冷静，手指搁在桌面上转着一支笔，只说了句："你是故意支开她的吧？我妈妈委托你的事，跟她是不是有利益冲突？"

舒诚笑了笑："没错，这都让你看出来了。其实你的判断力不错，毕业后要不要考虑进律所试试，我们的兼并收购组一直很缺人。"

"不用了，谢谢，这种空缺你还是留给我姐吧。"

他总不能什么都占了，求全必遭造物之忌，他只要把握好面前的"小确幸"就好。

盛小羽说得对，姐姐也需要一种新的可能性，开始一段新的人生。

舒诚终于翻开桌上的资料和备忘录，开始跟傅春野谈正事。

"其实你外公留下的财产，走继承程序没有任何问题，继承人还是你妈妈。只不过她现在想要提前做一个财产的分配，给你们姐弟俩的将来做保障。"

傅春野皱了下眉头："怎么说得好像安排身后事一样？"

"我也是听你姐说的，你妈妈去年在欧洲遇上了枪击事件，虽然人没事，但心理上受到了很大冲击，觉得能不能看到明天的太阳都要看各人造化，所以想把身后事安排好，万一她有什么意外，也不会有后顾之忧。"

傅春野的眉头蹙得更深了。老妈遇到枪击事件他是知道的，当时确认过她没事，以为她只是像一般亲历了一个事件的普通民众一样，过去就过去了，没想到还有这样的心理变化。

难怪她会特地跑回来探望他和姐姐。

"她要做的事其实不需要单靠遗嘱来实现。我也跟她建议过了，想要家业长青，为子女铺路，可以设立家族信托，甚至家族办公室，做专门的财富管理。"

"这不是私人银行的业务吗？"

舒诚笑了笑："我保证我们律所比他们做得更专业高效。"

傅春野"嗯"了一声："既然是我妈妈的意思，那就尊重她的意见吧。"

傅年年这时买好咖啡回来了，推门把两份下午茶套餐放在桌上，对盛小羽很友好地笑笑，又对自家老弟眨了眨眼。

"这里暂时没你什么事了，先回座位去把金太太那个案卷的资料整理好。"

舒诚现在是上司，上司发话，她只能乖乖照办。

傅春野看着姐姐重新走出会议室，扭头问舒诚："我妈不是要把所有东西都给我吧？"

舒诚说："不是，主要是你外公留下的那栋小洋楼，她也不放心给你姐。"

连朋友都能骗到她，万一今后她再遇上个不靠谱的男人，多厚的家底都要让她败光了。

傅春野又不吭声了。

"你有什么想法？"舒诚问。

"那个房子，我想加上一个人的名字。"

不用问要加谁，舒诚看了一眼他身旁的盛小羽，答案已经非常明显了。

盛小羽自己还无知无觉，以为他是要把傅年年或者父亲的名字加上去，直愣愣地看着他，等他揭晓。

舒诚笑了笑："这恐怕不太行。"

"为什么？"

"非亲非故，要在房产上加名字，只能走赠予流程，要上一笔契税。洋楼的市价太高，就算契税只有百分之一，也要拿出很大一笔钱。"

盛小羽好奇地问："百分之一是多少？"

舒诚在计算器上摁给她看——洋楼价值至少五千万元左右，百分之一也要五十万元，都可以买下一处普通公寓了。

盛小羽咋舌："哇，税就要这么多钱！"

那还是不要折腾了吧，写他一个人的名字不就好了？"

傅春野恨铁不成钢地横了她一眼。

"那我现在那个公寓，加上她的名字呢？"

"也是一样。"舒诚道，"非直系亲属之间，转让份额只能走赠予。"

他的公寓同样价值不菲。

傅春野没想到会是这样，看来他还是想得太简单了，他只想给盛小羽一个保障，却没想过背后的成本。

"不过夫妻之间是不受这个影响的。"舒诚补充道，"因为婚姻关系变更房产所有人，只要缴纳少量费用就可以了。"

所以呀，想要给对方保障，还是求婚更靠谱啊！

事情谈得差不多了，最后是傅年年送他们从律所出来的。

真人秀的摄像头全都架在公共区域，盛小羽还是有点担心，万一被节目组捕捉到她跟傅春野来访，好事的网友挖出他们姐弟的关系，会不会给他们造成困扰。

傅年年道："没事，放心吧，律所有保密协议，不经过合伙人和客户同意的案例不会被剪辑进去。"

她真的成熟好多，裹在身上的这套职业装也非常适合她，举手投足间，甚至言谈浅笑间，都已经有了职场白领的影子。

傅春野有心事，盛小羽的心思却全都在傅年年身上。

"年年姐这算不算回归普通人的生活了呀？感觉她好适合律所的工作，很有律政俏佳人的味道。"

学霸就是学霸，做偶像的时候是最好的主唱，重拾自己曾经的专业回归普通生活也过渡得那么顺滑，不愧是她的偶像。

傅春野"嗯"了一声，任由她牵着手荡得老高。

如今两个人都最喜欢牵手，出门碰到面，无论天气多热，一定先扣住对方的手，只挪一只手出来拿奶茶或棒冰。牵着的手常常还要甩得高高的，有时候应和着两人聊天说话的节奏，像夏天微风里摆荡的秋千。

可今天傅春野不怎么说话，不知是不是在舒诚那里说了不少，累了。

其实盛小羽到这会儿也没搞明白，他为什么要带她一起来。

家族财产的分配继承，还是挺隐私的，即使是结了婚的夫妻，也未必愿意让对方知道。

天气闷热，街边熟悉的冰激凌店一下就吸引了盛小羽的目光。

她拉着傅春野跑过去，饥渴地盯着柜台里那两大排口味不同，颜色也不同的冰激凌："吃哪个好呢？"

傅春野对她的"吃货"本性已经有了充分认知，见怪不怪。

反正她肯定会要双拼，配上香脆的华夫饼、果酱、葡萄干之类的配料，两人能吃四种口味，他的那一个她也一定会来咬一口。

但他此刻的注意力不在吃的上面，而是看向冰激凌店旁边的一家珠宝店。

灯光如星光，像有奇特的魔法，让各式各样的宝石，折射出五彩斑斓的光，耀眼无比。

他开始理解人们为什么结婚盟誓时喜欢用镶嵌钻石的指环套住对方。

还有姐姐傅年年手指上常年不摘的那枚戒指，是舒诚送给她的，应该算是两人真心诚意地爱过的见证吧，她就不离不弃地戴了那么多年。

珠宝在男女之间果然有些特别的意义，不然也不会总有人说情比金坚这样的话。

盛小羽买好冰激凌出来，把他那份举到他嘴边作势要喂他，冷不防他突然转过头来，奶油和果酱差点蹭到他的脸上。

"怎么了……"

她话还没问完，已经被他拉住胳膊，不由分说就拽进了珠宝店。

啊，店里的空调开得好足，香氛也好好闻！

戴白手套的店员看到两个举着冰激凌进来的孩子，笑得相当和蔼："想买什么款式，我可以给你们推荐哦！"

盛小羽赶紧笑笑："我们就随便看看。"

你们快去忙吧，不用管我们！

她想去拉傅春野赶紧走，但两个冰激凌都在她手里，实在腾不出手来。

"麻烦你，我想看看这个。"

傅春野已经坐下了，而且是在钻石饰品的柜台。

店员拿出好几款，放在蓝色丝绒的托盘里给他看。

"这几个都是我们卖得最好的,戒面钻石都是顶级的'丘比特切割',戒指本身也很有设计感,很受年轻人欢迎。"

傅春野"嗯"了一声,似乎这时才想起还有个小羽毛在身旁,拉过另一把椅子拍了拍:"过来,看看喜欢哪一个。"

"啊,给我买?"

"对啊,不然呢?"

她还以为他是要给他妈妈买呢,毕竟刚刚才跟律师见面商讨怎么管理妈妈将来要留给他的巨额财富。

怎么就变成要给她挑戒指了?

盛小羽觉得有点晕。

傅春野接过自己那支冰激凌,开始慢条斯理地吃起来,边吃边看她在那一堆闪烁耀眼的钻石间徘徊,拿起这个看看,又拿起那个看看,眼里有时冒出惊艳,有时又满是困惑。

原来给自己喜欢的人挑选信物,为她花钱,是件这么有成就感的事情,难怪那些霸道总裁乐此不疲。

傅春野咬了一口华夫饼裹住的冰激凌,感觉那冰冰凉凉的甜味一直沁到心里去。

多日以来,直到刚才在门外时感觉到的那种焦渴一下就缓解了。

他甚至还有闲情,接过盛小羽手里的冰激凌,用勺子挑起来喂她:"哎,这个要化了。"

店员们含笑不语,年轻真好啊,谈个恋爱这么甜,吃东西都要喂来喂去,竟然也不觉得腻。

盛小羽还在状况外。

傅春野见她愣愣地看着自己,问道:"怎么了,这些都不喜欢吗?"

他觉得还挺好看的!

他抓过她套上了戒指的那只手,左看右看都觉得很满意。

盛小羽也觉得好看——怎么可能不好看嘛,这是钻石啊,象征忠贞不渝的爱情,又那么贵!

可也正因为这样,不是随随便便就可以收下的东西。

"为什么要送我这个呀?"

她的心脏怦怦乱跳,真怕他说出"我们结婚"之类的话来。

傅春野想了想："生日礼物。"

"可我的生日还没到呢……"

还差大半个月，这也提前得太多了。

"那就是想送礼物给你，没什么特别的理由。之前不是也送过耳钉嘛。"

如今两人耳朵上戴的就是正式在一起的那天去梅子姐的小店选的"纪念款"。

在他看来，或许戒指跟耳钉也没什么区别。

但盛小羽敏锐地察觉到，应该并不是这样。

她褪下手上试戴的戒指，拉住他的手："我能不能单独跟你说两句话？"

不要在那么多外人的注视下，也不要受那些琳琅满目的钻石的干扰，就他们两个人，好好说清楚彼此心里此刻的想法。

肌肤之亲，是他们这个年纪的"大事"，自打发生以来，他们还没真正好好聊过。

她也是到这一刻才感受到，傅春野心里其实有汹涌的思绪，只是苦于找不到出口，不知该怎么跟她讲。

今天他带她到舒诚的律所，大概也跟这事有关。

傅春野也不瞒她："我想送个礼物给你，可我不知道该送什么好。"

"你……你不会还想把你外公留给你的那栋小洋楼送给我吧？"

"嗯，我的确是这么想的。"

可舒诚说了，此路不通，让他想想别的法子。

于是他想到姐姐手上一直戴着的那枚戒指。

东西的贵贱不是重点，重点是盛小羽能否感受到他的真心。

"我不是玩玩而已。"他的神情异常严肃，"不管我们现在是什么样的关系，我都不希望你会这么以为。"

"我没有……"

"你听我说完。"傅春野拉着她的手，紧绷的下颌线条出卖了他此刻的情绪，"那天晚上……我真的很开心，不只是身体上的，还有心里、脑海里，全都是我们俩在一起的画面，塞得满满当当。如果世上真的有幸福这回事，应该就是那种感觉，但它肯定不是理所当然的，我也不希望你把它当作理所当然。"

她的疼痛，她的忍耐，她的慷慨，他全都看在眼里，那是女孩子最珍贵的第一次，毫无保留就给了他，而他还没有给过任何像样的承诺。

男女朋友算什么，夫妻关系也不过说散就散。

现实就是，他接受她最慷慨的馈赠，却什么都给不了她。

他内心对安全感的缺失，让他感觉自己如今像是抬起脚悬在半空的人，一不小心就会踏空，等回过神来，身边最亲密的人又不见了。

盛小羽一只手被他攥着，于是抬起另一只手，摸了摸他的脸颊。

他难得像猫似的，偏过头来，在她的掌心蹭了蹭。

她终于明白他这些天来的焦灼，更重要的是看透了他的脆弱。

从小家庭没有给予他足够的安全感，让他在体会到极致幸福和快乐的时刻，也只想到"彩云易散琉璃脆"，害怕一转头，这一切都烟消云散。

只要能够保住这种幸福，钱财也好，房产也好，或是钻戒代表的承诺也好，他都愿意给她。

其实他真是傻，她走进他的人生，做尽人间男女最亲昵的事，哪里是因为这些。

她喜欢他、爱他，真心诚意地付出，跟他都是对等的，不需要任何身外之物来做抵押。

该怎么把这份心意传递给他呢？

夜间缱绻缠绵，年轻的好处在于体能充沛，学习能力又格外强，实践两回，就已经尝到完全不同于第一次的趣味。

"怎么样，还好吗？"

傅春野扶她坐起身，两人面对面坐着，身上裹一张薄毯，不让空调的冷风侵袭身体，两人身上都腻着一层细密的汗水，最怕着凉。

盛小羽唇色绯红，脸也红，揽着他的脖子："你就是故意的！下次再这么欺负我，我周末就不来了。"

"嗯，周末不来，平时来也行。"他用鼻尖蹭她，"反正也放暑假了。"

"我还要做兼职呢，也不是天天能来。"

"我也有实习，不是天天在家。你兼职做完了自己过来，这里有独立的浴室和厨房，还有空调，你能住得舒服点。"

否则暑假还要挤在宿舍，实在太辛苦了。

他真的是为她着想，不是想要"夜夜笙歌"。

盛小羽伏在他肩上，光点头，也不说话，耳畔的发丝挠得他痒痒的。他伸手撩了撩她头发："去洗澡？"

她却扬起头来："我给你变个魔术吧。"

原本绕在他颈后的手，从他耳朵旁边转了一下，转眼间指尖居然拿了一枚戒指。另一边同样的手法，又是一枚更大一圈的戒指。

她把那个更大圈的男式戒指套进他的中指，又把小的戒指放到他的掌心："喏，给我戴上。"

他还有些疑惑："这是什么？"

那天在珠宝店，他们也算开诚布公地聊过一回，她说什么也不要他买钻戒之类的送给她，这时候的戒指是从哪里来的呢？

"这是信物，戴着它，就是我的人啦！"

她不让他为自己"挥金如土"，不要那些贵重的馈赠，正如他觉得两人之间不是靠肉体的欢愉就可以连接，她认为金钱和物质也没法保证这段感情牢不可破。

事实上，这世上根本就没有任何东西能做这样的担保。

但这不等于两人之间不能有承诺。

钻石也不过是碳而已，人为赋予了爱情的含义，再人为地定个高价。但他们可以效仿——这对戒指对他们来说就是最重要的信物，是无价之宝。

我喜欢你、爱你、敬重你，所有心意都在这对"同心圆"里，假如有一天感情随风逝，就摘下来，扔进垃圾堆，或者藏到谁都找不见的地方。

不要彼此为难，不要变成怨偶。

"我很爱你，明不明白？"盛小羽说出这句话，竟然有点哽咽，"我跟你做的所有的事都是心甘情愿的，用不着任何贵重东西来做保障。你喜欢我一天，就戴着这枚戒指一天，哪天要离开了，就摘下来，这样我就知道了……其他东西，都不需要。"

傅春野看着她，脸上的神色又跟那天一样，异常严肃，甚至看起来有点冷峻。

"你以为我喜欢你?"

嗯?

"我才不喜欢你。"他揽着她的腰把她摁向自己的怀抱,"我也爱你,很爱,你为什么不让我先说?"

这也要争先?

盛小羽吸了吸鼻子,似乎还有点不敢相信:"真的吗?"

傅春野翻个身,把她压倒:"是不是真的你要再试试看吗?"

两人耳鬓厮磨了好一阵,傅春野的手机响了,他伸手想要摁掉,却不小心掉到了地毯上,屏幕朝上,来电显示是他爸蒋承霖。

他不得不抹了把脸坐起来,盛小羽已经贴心地拉过软缎的薄被裹住他,静静依偎在他身旁等他打电话。

虽然才九点多,还不算太晚,但这个时间接到蒋承霖的电话就好比已经下班回到家开始享受生活的职员突然接到老板的电话,怎么也开心不起来。

傅春野是看在父亲刚做完心脏手术还在休养阶段的分上,尽量掩藏不耐,但听了两句之后,脸色突然就变了。

"好,你先在医院守着,别激动,也别紧张,我马上就到。"

他挂断电话,盛小羽连忙问:"怎么了,出了什么事?你爸爸又心脏不舒服了?"

"不是,是郑老师,她好像要生了。"

"啊,这么快?好像还没到预产期……"

"就是早产,可能比较凶险,我得去一趟医院。"

别等会儿孩子还没生出来,老的那个又倒下了。

傅春野套上T恤和裤子,盛小羽也起身:"我陪你一起去。"

"嗯。"

有相爱的另一半就是这样,生活中的大事与小事,好的与不好的,都能相伴一起面对。

他们赶到医院的时候,郑思茹已经进了产科的产前观察室,蒋承霖陪在她身边,看起来尚算平静,没有两个小年轻在路上设想的那种血污满地、兵荒马乱的场景。

蒋承霖心神不宁,看到盛小羽跟着傅春野一起出现,也没多说什么,只是看了她两眼。

"怎么样了,不是要做手术吗?"傅春野问。

"还在准备,快了。我们之前就联系好了医生,她今天不值班,已经去请她过来了。"

郑思茹躺在病床上,大腹便便很不灵便,但思路还很清楚,也没有痛得死去活来。

盛小羽之前在医院碰到傅春野陪她产检时就见过她,也不陌生,上前道:"郑老师你觉得怎么样,有哪里不舒服吗?"

郑思茹摇头:"我还好,有点胸闷,还有点见红。"

"没事的,现在医学这么发达,这里又是春海市最好的妇产科医院,一定会平平安安的。"

"不是还没足月吗?"傅春野问。

"只差三周,但医生说如果再等下去胎儿可能有窒息的危险,只能先剖腹取出来。"

蒋承霖难得开口说了句话,脸色已经有些苍白,额头上也冒出汗来。

盛小羽赶紧扶他坐下,安慰道:"蒋教授,您先坐下休息吧,这里有我们守着,没问题。"

她又仰起头给傅春野使眼色,让他过来陪陪老爸。

傅春野走过来在旁边的椅子上坐下:"心脏病的药你带了没有?"

"嗯,带了。"

"你别紧张,放松一点,万事还有我们。"

父母老去,过去的已经过去,他也长大成人,天塌下来还有他顶着。

盛小羽去照顾郑思茹,问她还有什么要准备的,郑思茹说:"我们都没想到会发动得这么早,连待产包都没准备,小羽你能帮我去买一套吗?楼下应该就有。"

"没问题,我先送你去做手术,然后就去买。"

等待手术的那一个小时是很难熬的,盛小羽下楼去买待产包,傅春野跟蒋承霖父子并排坐着,蒋承霖问道:"你跟这女孩已经同居了?"

不然怎么这个时间了还一道赶过来?

傅春野下意识就想说"你别管",但眼下这个情况让他分心聊点别的也好，只能耐着性子答："没同居，今天只是正好在一起。"

他倒是想同居呢。

蒋承霖"嗯"了一声："那你们要做好措施，不要那么快就有孩子。"

他这刚当上新爸爸，如果又马上升级当爷爷，也是挺吃不消的。

傅春野深吸一口气，医院空气里的消毒水味呛得他气管疼。

"我心里有数，不到结婚，我们不会要孩子的。"

"嗯，那就好。"蒋承霖似乎顿了一下，才接着说，"其实以前，我也从没怀疑过你不是我的儿子。"

傅春野扭头看向他。

父子那么多年，他们好像从未开诚布公地谈起过这个问题。

总是互相猜忌，最后又彼此妥协。

盛小羽和欧阳都说过，很多父亲和儿子，也是这样。

"我跟你妈妈吵，是因为我们的感情出了问题，但从你出生那一刻起，我就知道你是我的儿子。血缘这种东西是很奇妙的，骗不了人。"

但过去让他受了委屈，又不能陪在身边伴他成长，始终是他们大人的错。

剖宫产手术很顺利，郑思茹生下了一个男婴，因为还不足月，要在新生儿科的保温箱住一段时间，只有刚从手术室出来的时候抱给家属看了一眼。

蒋承霖悬着的心终于落下，一个劲地说好。最新奇的还是傅春野，护士一开始还以为他是孩子的爸爸，径直就把孩子抱给了他。

怀里突然增加那么一点重量，轻飘飘又软绵绵，让人像捧着稀世的珍宝，这才体会到古人云"捧在手里怕摔，含在嘴里怕化"是什么意思。

傅春野只敢抱一下，就赶紧把棉花糖一样的小人儿还给护士，对自己已经做哥哥的事实仍感到很不真实。

蒋承霖还没给孩子想好名字，于是大家干脆就叫他棉花糖。

盛小羽买来了待产包，有孩子用的，也有产妇用的，此刻跟医生护士一起，围着病床帮忙料理郑思茹，这些事有个女性家庭成员帮忙会方便一些。

郑思茹很感激她，尤其住院期间她跟傅春野每天都到医院来，带着粥或汤，都是两人在家亲自熬的。

傅春野现在的厨艺也过得去了，大学烹饪课的高绩点不是白拿的，反正肯定比郑思茹他们自己在家捣鼓的味道好很多。

依蒋承霖的脾性，对儿子的女友横竖是要挑剔一番的，却因为这个提早降临的小生命改变了态度。

盛小羽这就算是被接受了。

棉花糖出院的那一天，她跟傅春野也来了。半个多月的时间，小宝宝像早春里的白玉兰骨朵，长开了些，也胖了些，学会了睁眼看世界，不再是初生时紧闭双眼满脸皱巴巴的模样。

抱在怀里的时候，也终于有了一点压手的分量感。

盛小羽也抱了一回，孩子还盯着她的长发看，边看边笑。

当哥哥的也在旁边看她，联想的却是另外的场景。

等将来他们有了自己的孩子，她也会像现在这样笑得那么亲昵可爱吗？

回家的路上两人又十指相扣，彼此都还要适应一下中指上多出来的金属指环。

盛小羽拽着两人的手看了又看，越看越觉得满意。

"你又傻笑什么呢？"

"没什么，就是觉得……我这四舍五入算是从'暗恋'到'求婚'成功了呀！"

"谁暗恋谁？"

"我暗恋你呀！"

"盛小羽，你是不是热昏头了？"

"没有啊，本来就是嘛！难不成……哎，你等等我！"

傅春野绷直了肩背往前走，她冲上去挠他痒，让他一秒破功，两人笑闹着躲进公园的绿树浓荫里。

蝉鸣鸟语中，也有浓情蜜意。

其实她还挺想听听他那个角度的故事，听听当年的那个自己，是否也曾受人爱慕，受人期许。

不急，岁月漫漫，他还多的是机会说与她听。

番外 前缘

SPRING
IS
IN
THE
AIR

傅春野从高铁站出来，当地是个好天气，阳光相当耀眼，他戴着墨镜也忍不住抬手挡了挡。

跟骄阳一样扑面而来的，还有各路拉客的"黑车"。

"小伙子，去哪里啊，要不要车送？"

"五十块钱一个人，商务车，坐满就走！"

"小帅哥，你没行李就坐我们的车呀，包送你到地方，要包车也可以。"

这样的阵仗真是很多年没见过了，他以为已经绝迹了呢！

父母在他很小的时候离婚，他常年跟随妈妈在国外生活，但寒暑假时常被送回国内，名义上是探望最疼爱他的外公，实际上还有更重要的任务——上补习班，数学的、物理的，这种需求在国外很难被满足，只能抓紧每年的那一点假期时光。

他没想到老妈作为电影演员，也这么执着于给孩子的成绩上分。

那时飞机常从柏林飞到春海市，补习班却不一定在春海市当地，坐火车或者大巴前往目的地的时候，他也会在车站遇到这种"黑车"和小旅馆来拉人，像牛皮糖一样，沾上就很难甩掉。

今天到的胜川这个小地方还有一点特别，因为附近有大型的影视基地，常有不少明星来来往往，吸引了诸多粉丝、代拍和直播会集在此。傅春野个子高，身姿挺拔，在人群中相当显眼，加上衣品年轻时尚，为了遮阳戴着渔夫帽、墨镜和黑色口罩，很容易让人误以为是来进组拍戏的明星，耽误了没一会儿就有拿着摄像镜头的人朝他聚拢过来。

心情从无奈变得有点恼火。

要不是为了探姐姐傅年年的班，他压根不会到这儿来。

这是她第一部担纲女主角的戏，对已经人气下滑的女团成员来说是相当难得的，当然要请亲朋好友来探班玩一玩，也算让他们看看自己的成就。

可惜一直反对她放弃学业进入娱乐圈的老爸蒋承霖是不会买账的，接到邀请也不来；老妈傅天晴呢，前两年考入国外的知名艺术高校攻读硕士，有点时间就要去修学分，也没空来探班。

傅春野也是这时候才发觉，老妈对做学术是有点崇拜和憧憬的，不然当初也不会看上他那个爸爸。

该怎么说这离了婚的前两口子呢，不是一家人不进一家门吧。

最后只有他这个做弟弟的来探班了。

从他决定考国内的大学开始，经历了相当一段时间的艰苦备考——明大作为顶级的百年名校，不是随随便便就能考进的。

得知被录取的那一刻，他整个人放松下来，跟其他高考生并没有任何区别，想的都是这个假期终于不用补课和刷题了，可以到处逛逛，可以放肆地玩了。

探班也是玩，所以他来的时候还是挺期待的。

就是没想到这么热，比春海市还热。从胜川高铁站到影视基地还有一小时的车程，姐姐说会有人来接他，可司机的手机一直打不通，他这会儿出站也没见到人，难不成真要坐这些黑车过去？

人生地不熟的，万一人家中途跳价起了争执，他会不会被拖到哪个犄角旮旯去？

正茫然四顾时，手机响了，他刚按了接通，就见一个满头大汗的女孩子朝他奔过来，劈头盖脸就问："你是'肖也'吗，年年姐的客人？"

他其实是很久很久以后才知道，姐姐傅年年根本没说要接的人跟她是什么关系、全名叫什么，只说去接'小野'，在高铁站看到的人群里最高最好看的男孩子就是了。

奉命赶来接人的盛小羽以为他叫"肖也"。

傅春野看着眼前娇小的女孩，很不高兴："打你的手机怎么不接？"

"啊，信号不好，胜川四面都是山，手机很容易没信号，你来体验几天就知道了。"

盛小羽好似一点也没感受到他的不高兴，依旧笑眯眯的。

"那你迟到了也该找地方主动跟我联络一下。"

"我在开车啊，开车的时候不能打电话，中途找地方给你打那不是更耽误时间吗？"

说话间，她已经下意识地伸手来接他手里的行李箱。傅春野的手紧了紧："谢谢，不用你，我自己来。"

他除了背上的背包，还带了一只登机箱，装的全是他搜罗来的姐姐爱吃的零食，看上去像是很有分量，其实轻飘飘的。

但不管轻还是重，他已经是成年的大男人，不可能让一个女孩子帮他拿行李。

盛小羽看上去像是还没成年，最多跟他差不多年纪，身材娇小，个头才勉强到他的肩膀，身上挎了不止一个包，肩上斜挎一个，腰间还有一个补妆包，跑起来丁零当啷的，像丐帮长老。

她也戴着口罩，看不清模样，声音倒是银铃般清脆。

姐姐说最近来了个实习的小助理，莫非就是这位？

盛小羽虽然个子娇小，走路却风风火火，傅春野跟在她身后往停车的地方走，竟然也要加快步伐才跟得上她。

走到一辆奔驰唯雅诺保姆车跟前，他知道这就是姐姐傅年年的车了，这家伙跟老妈一样，一向喜欢德系车。

据说进组的明星都离不开保姆车，姐姐让助理开这辆车来接他，看来还是相当重视他这个弟弟的。

心情终于多云见晴。

出于礼貌，他本来应该拉开副驾的车门坐进去，但盛小羽坚持让他坐后排。

"舒服嘛，车内空间很宽敞，你要是累了还可以睡一觉哦，年年姐就经常在车上睡觉。"

"看来你对这车挺了解啊。"傅春野坐到后排，随口问道，"你开车多久了？"

"上个月刚拿到驾照，还在新手期！哈哈哈，是不是很厉害？"

傅春野拉安全带的手顿了一下，差点就跟她说："换我来开吧……"

果然好心情都撑不过三秒。

这还不是最糟的。

不知是不是盛小羽的驾照还没过实习期，车子上不了高速，一直在各种国道、县道、乡间小道的土路上颠簸，傅春野整个身子跟着车辆起伏，庆幸今天在火车上没吃午饭，不然这会儿都要下车去吐了。

胜川真不愧是群山环抱，这公路明明还算笔直，却开出了山路的崎岖感。

这还不是最糟的。

进入影视基地所在的镇，盛小羽开始开车绕路，一条主干道能岔出去十八条小路，她就带着他沿着这些小路窜来窜去，先是到两个不同的酒店门口接了两拨不同的人上来，介绍说一拨是媒体记者，另一拨是联系好了来给剧组做演员餐的人马……

好家伙，不仅有人，还有各种工作器材——记者朋友的摄影包、长枪短炮都装在里面，做饭的大厨也带了食材和简易的锅具，不知是不是要现场演示做餐的过程。

原本后排是很宽敞的，结果上来这么多人和物件，傅春野直接被挤到了角落里，长腿也只能缩着。

记者朋友还拎了一大堆刚买的星巴克咖啡，非常热情地拿出一杯递给他："星冰乐，解渴的，来一杯！"

不由分说就塞进他手里，根本由不得他拒绝。

盛小羽在前排解释道："你拿着吧，没关系，这也算是这里的'潜规则'，一般大家来探班都会带点喝的和甜品。"

她才来几天啊，居然连片场的"潜规则"都摸得一清二楚。

那刚才怎么没提醒他去买点啊。

傅春野感觉只能被迫继续维持自己的高冷人设，要是被人家扒出来他是傅年年的弟弟，两手空空就去探班，还不知被说成什么样呢！

好不容易到了影视基地，傅春野一路紧紧握着车内的扶手，生怕新手司机的车技把自己甩落到路边的沟里去，手心已经攥了一把汗，下车一晒更是头晕目眩。

刚才车上那帮人已经带着器材作鸟兽散，融入人群完全看不出来。

到了片场也没能马上见到傅年年，因为人实在太多了，盛小羽只好先把傅春野送到酒店去登记入住，否则这么热的天在外面游荡，谁都吃不消。

酒店当然也是傅年年给他订好的，但下单的人是盛小羽，所以她相当熟门熟路地把人领了进去。

傅春野在前台登记的时候发现她溜进了一道玻璃门之隔的西饼屋，买了一个四寸的彩虹小蛋糕。

"你买这个干吗？"他好奇。

这么热的天，拿出去很快就化了。

难道这也是给剧组买的？

"今天是我农历生日，买个蛋糕犒劳一下自己。这附近最好吃的西饼屋就是酒店的这家！"

生日？

傅春野稍稍愣了一下。

"你登记好了吗？门卡我看看……302号房，那你上去休息吧！"

她一脸巴不得他赶紧上去，她好开始给自己庆祝生日的样子。

傅春野莫名有点不爽。

他本来还想跟她说句"生日快乐"，她居然觉得他碍事。

盛小羽看他没动，眼睛又紧紧地盯着她手里的蛋糕，大胆地问了一句："要不要一起吃？"

这个大小的蛋糕其实两个人吃正好，她一个人吃的话有点多了。

傅春野没吭声，他在高铁上没吃午饭，到了这会儿还真是有点饿。就算她不邀请他，他也打算自己去西饼屋买点吃的带上去。

于是盛小羽在大堂找了个位子，很粗暴地用叉子就把那个蛋糕切开了。傅春野捧着她递过来的那一半蛋糕都惊呆了："你就不能去找人家要个刀吗？而且你还没许愿呢！"

"这么小个蛋糕还要浪费一把塑料刀,多不环保呀!再说我的生日其实已经在家过过啦,今天只是农历生日,再意思一下就好,不用许愿了。"

看来这位外表很酷的帅哥不能理解女生永远能找到借口吃甜品的心思。

她捧起自己那半个蛋糕,刚要摘下口罩大吃,挂在脖子上的手机就响了。

"嗯,我得走了,还有活等着我呢!你快上去休息吧,明天来片场啊,年年姐应该在片场的!"

她还没搞清楚眼前这位跟年年姐的关系,说是男朋友吧,好像有点年轻了,傅年年应该不喜欢老牛吃嫩草;说是媒体朋友吧,他又跟其他那几位记者不一样,毕竟人家也用不着傅年年亲自给他们安排房间。

做助理的时间虽然还很短,但她已经明白不要什么事都打破砂锅问到底,每个人都有自己的隐私,都有不想跟外人分享的事情,自然也就有不想跟外人交代的身边人。

他们是什么关系都好,反正只要是傅年年的客人,就是她盛小羽工作的一部分。

她捧着半个蛋糕,挥着手朝门外跑了。傅春野盯着面前请他吃的那一块,用叉子挖了一块,充满怀疑地塞进嘴里……

嗯,味道是不错,挺甜的。

第二天一大清早,傅春野就起来了。不出所料,昨晚压根就没见到姐姐的面,在大忙人面前,他这个亲弟也要预约时间。

加上昨天也确实累了,不知是不是还有点中暑,晕晕的,脑袋一沾枕头就睡着了,就算姐姐来敲门叫他肯定也听不见。

休养生息一整晚,今天总算恢复了精神,他很早就醒了。

据说片场开工都特别早,经常是早晨六点半就开始拍,有些剧组赶进度赶得狠,能从今天的早六点拍到明天的早六点。

他那个一睡懒觉就恨不得睡到地老天荒的姐姐,真能适应这样的生活吗?

如果傅年年在片场开工,小助理肯定也在忙活,不能指望她来接了，他只能自己搭个车赶到片场去。

清晨片场乌泱乌泱的人潮，让傅春野有那么一瞬间怀疑自己是不是搭错车又回到了高铁站。

三四百号人挤在一起，这是干吗呢？

问了一圈才知道，就是这么巧，他正好赶上吉时，人家剧组今天才正式开机，正在搞开机仪式，从制片人到现场统筹，一人手里一大把香，见人就分。

小助理也不知怎么连这活都要帮忙干，手里也握了一大把香，逢人就递上三支，见者有份。

她来到傅春野面前的时候像是认出他了，朝他笑了笑，也给了他三支香。

"我也要参加？"

他一直以为剧组的开机仪式就是主创参加呢！

"讨个吉利嘛！"

她像是感冒了，嗓子沙哑，鼻音嗡嗡的，可露在口罩外的一双眼睛依旧含着笑意。

傅春野只好接过那三支香，跟随大流，举香转圈，左右各三下，礼成之后，再把香插到香炉里。

上千支香把香炉塞得好似要爆开一样，青烟直上，然后在难得的一阵晨风中散开，特别壮观。

傅春野隔着口罩揉了揉鼻子，一扭头就看到盛小羽在咳嗽。

然后他终于见到了自己美丽尊贵的姐姐。

这是个民国戏，傅年年从主角的学生时代开始演，又黑又直的长发梳成了两股麻花辫垂在胸前，一身棉麻质地的浅色旗袍，妆容很淡，跟平时真实世界里的气质大相径庭。

学霸的往日荣光不在，但从小养成的认真态度是刻进基因里的。还没正式开拍，她跟执行导演以及演对手戏的演员坐在一块儿对戏，看剧本上哪里有问题就挑出来讨论，后来把编剧也叫过来，现场斟酌现场改。

日头升高，气温也越来越热，几个人只是背靠着一间有穿堂风的屋子的门找点凉快，傅年年并不像那些大牌演员般娇气，没有躲进自己的保姆车里吹空调。

导演还是觉得对剧本不太满意，拉着编剧一起找地方去改了，其他人原地休息。

傅年年终于有空朝他跑过来，两人很久没见了，她心里兴奋得很，但也不敢动作太过夸张地拥抱他，万一被狗仔或者有心人传成绯闻就不好了。

"来了啊，怎么样，你老姐我这一身是不是很有民国大家闺秀的风范？"

傅春野上下扫她一眼："你要听实话吗？"

"不，我不敢听小野的实话，你说几句场面话哄我开心就可以了。"

"嗯，还挺好看的，有几分'冷清秋'的样子。"

"哟，你还知道冷清秋啊？不过我这个角色不是那种类型，是比较明艳可爱的……"

"你都穿得这么素了，还怎么明艳得起来？"

"哎呀，那个时代是这样的嘛，而且人物的性格是靠演技，不是靠外表来表现的！"

眼看弟弟忍不住要翻白眼了，她也不生气，笑眯眯地在他胳膊上一拍："第一次来影视城吧，感觉怎么样？"

"你要听实话吗？"

"啊……"

傅春野的余光瞥到不远处的小助理，她正将几把椅子从保姆车上拿下来，又支起一个小桌板，摆上不知从哪儿买来的豆浆、包子、蛋饼，招呼坐在那里等导演回来的工作人员吃喝。

大家都开工很早，这相当于他们的早饭。

她仍戴着口罩，不时低头咳嗽，也不知吃过没有。

傅年年也回头看了一眼，问他："你吃早饭了吗，要不要一起吃点？"

他说不用，昨天觉得蛋糕好吃就买了点欧包带回房间，没吃完的今天早上当早饭啃掉了，这会儿并不饿。

"你的那个助理好像感冒了，没关系吗？"

虽然疫情最严重的时期已经过去了，但大家还是有点杯弓蛇影，周围有人咳嗽都希望对方回去休息，别出现在自己的视线范围内。

可能影视基地地方太大，人太杂，大家关注不到这样一个小人物。

傅年年的神经线条比树干还粗，就更留意不到了，还是经傅春野提醒才知道盛小羽生病了，让她去休息，但她不肯。

"我没关系的年年姐，没发热，也没哪里特别不舒服，就是忽冷忽热的，有点感冒。"

最痛苦的是鼻子堵和轻微的咳嗽，白天不敢吃药，怕嗜睡。

反正在夏天的影视基地，不是感冒就是中暑，大家都这样，轮着来，都习惯了。

傅年年还是坚持让她休息半天，她就在弄堂里搭景的地方撑开一把椅子坐着休息。

今天这场戏拍完剩下的就全是棚戏，都在室内拍，"上海街"这块景如今又只有他们一个剧组，没有其他人来。

感冒的人不能吹空调，这屋檐下有阴凉的风吹过，还挺适合休息。

傅春野跟着傅年年转场，看了一会儿棚戏觉得实在是很无聊，动不动就是一块绿幕做背景，也不知后期打算往上加什么特效。傅年年这部戏虽说是民国背景，但还带玄幻元素，他总觉得这种奇怪的组合已经是烂片预定了……

演员们也很忙，在场的每个人都很忙，没空搭理他，他看不出什么门道就退出来了。

不知不觉又走回"上海街"的外景地。

其实剧组下午租的那个棚离这里有点距离，他也不知道自己怎么就又溜达回来了。

小助理果然还坐在那里，但跟刚才精神抖擞的模样不同，这会儿应该是感冒药的药效发作了，正坐在椅子上打盹呢。

旁边的椅背上搭着一件轻薄的防晒服，傅春野顺手拿过来盖在她身上。

都感冒了还这么不当心，等会儿加重了怎么办。

更别说还有财物安全、人身安全，这小姑娘心真大啊，她到底几岁了。

都拿到驾照了，应该是十八岁了吧。

傅春野低头看了看，发现她手里还攥了本书，刚经历过高考的人对那样的书本设计相当敏感，一看果然是本英语高考知识点汇总的书。

这家伙满十八岁了还在备战高考，是读书晚，还是复读？

盛小羽是被一阵风给唤醒的，手里拿的书不知是不是掉到了地上，大概有好心人帮她捡起来了，就放在旁边撑开的小桌板上。最神奇的是其中有几页被折了角，她画了线的地方有龙飞凤舞的英文字体点明了考点。

简明扼要，好记又有用。

什么呀，她睡着的时候，是有管考试的神明路过了吗？

这样的奇遇给了盛小羽心理上莫大的鼓舞。她也不过是在吃下这回的生日蛋糕之后，才真正决定要复读再考一次大学，之前的那一次失利其实让她很受打击，毫不夸张地说，高考是她人生到目前为止经历过的最大挫折。

本就不太多的自信，像老爷车的油箱中所剩无几的那一点汽油，慢慢地流失掉，最后不管跑到哪里，都能听到吱吱嘎嘎不太灵光的巨响，这样下去无论从事什么，都不可能走得太远。

所以她还是决定拼一回，在哪里摔倒就在哪里爬起来，把那些沿途丢失的自信再慢慢捡拾回来。

其实做实习助理的这段时间，她从傅年年那里得到了很多鼓励。傅年年本人曾经是全国前五名校的高才生，学霸不一定能理解她这种考砸了的"落榜生"，但一点也没有瞧不起她的意思，听出她想暑假后回去复读，甚至还要帮她打听好的补习老师。

盛小羽也问过她，才刚来实习就要走，不会嫌她没有恒心还耽误事吗？傅年年笑着说不会，还说她要能考上明大就好了，她家里跟她最亲近的人也在那里。

果然学霸的家人也是学霸呀，明大可是她的梦中学府！

信心是第一步，她很感谢傅年年给她的这种鼓励，更没想到来影视基地还能遇到指点迷津的"神明"。

这难道就是传说中的"天助我也"吗。

傅春野不清楚这小助理身上发生了什么好事，反正后面几天就看她像打了鸡血似的，看书看得更狠了，利用一切时间见缝插针，工作也没落下，感冒都像一夜之间就好了，鼻塞咳嗽的症状去了大半，整个人神采奕奕。

后来他听姐姐无意中提起，这姑娘最想考的正好是他刚拿到通知书的明大。

有志向当然是好事，要实现就不是那么简单了。

但愿那天无聊的时候给她参考书上留下的印记能帮到她一点。

其实她长得应该蛮可爱的，疫情阴霾未散的日子里，口罩仿佛长在各人脸上，他都没见过几回她真正的模样，只是从口罩上方露出的那双眼睛来看，应该是个笑起来很可爱的女孩子。

她的舞也跳得不错。傅年年拍戏期间还有其他综艺任务，有一段新编排的舞要在三天内学会，而舞蹈又一向是她的短板，最后是小助理在空房间里跳会了之后教她的。

不是每个人都有站到聚光灯下做明星的命格，但有的人像一株蔓草般用力向上生活的样子，很美，一点也不输给身旁璀璨的星光。

傅春野没在影视基地待太久，但那段日子经历的一切，常常会在他的脑海里回放。

天气很热的时候，他会想起那个小助理鬓边滚下的汗珠和不知从哪儿拎来的一大兜棒冰，还有她感冒时嗡嗡的声音和傻傻的笑容。

再一次遇到跟她很像的女孩子时，已经是大三开始的学期，在明大体育馆的男更衣室里……

原来神明真的曾经降临过。

番外 婚后

SPRING
IS
IN
THE
AIR

盛小羽怀里抱着一大摞书,站在报业大厦的电梯前,一边等电梯,一边打电话给主编。

"是的,会已经开完了。放心吧,咱们去年出的书表现那么好,开大会肯定都是听表扬啊……嗯,我是想先回去的,但是据说新来的管发行的老大非常难搞,我因为手里那两本书已经被他隔空折磨两个月了!"

正讲到兴头上,电梯来了,里面哗啦啦拥出来好多人,她耳畔夹着手机,怀里又抱着一大摞书,动作不灵便,往里挤的时候差点被电梯门夹住。

幸好身后的男士帮她挡了一下,还相当绅士地让她先进。

她感激万分地朝对方笑了笑,就回头的这么一瞬间,看清了对方是位穿西服的年轻男人,三十岁上下,靓蓝色领带的温莎结打得一丝不苟,伸手过来挡住电梯门的时候,衬衫袖口散出淡雅的男士香气。

这更让她想起已经出差一周的某人。

电话里主编还在唠叨,她进了电梯继续接上刚才的话:"我进电梯了,等会儿就回去。没事,我还拿着好多书呢,回去放下也不费事。结婚一年而已,纪念日没关系的,我家那位还不知道能不能赶回来呢!"

话是这样说,其实这会儿她已经归心似箭。

纪念日不重要,但老公跟老婆的小别团聚还是很重要的!

盛小羽开车赶回出版公司,楼下停了一辆没见过的黑色宝马,正好把她今天去开会空出来的那个车位给占了。

谁这么会挑地方啊,员工内部车位懂不懂。

转念一想,难不成是空降来管发行的那位副总?据说他今天要到公司来看看,都到任两个月了,之前因为有事耽误了一直没能过来。

所以说她来得早不如来得巧,坚持回公司还是很有必要的,但愿今后老大不要在新书上刁难她了,有些要求她真的做不到啊!

盛小羽坐在车里,对着镜子简单补了补妆,才抓起自己那一堆大包小包的行头,下车闷着头往楼里赶。

她毕业之后做了两年记者,之后就进了这家出版公司做编辑,说起来其实是有点个人情结在里头。她小时候看的第一套童话书就是由这个出版公司译制出版的,封面精美,译文流畅好读,给了她学生时代很好的阅读基础。

如今图书市场不景气,即使老牌出版公司也会遇到困境。她刚入职不久,就听说办公地点要换到远郊去,原来那个楼的业主涨租金,不肯再租给他们了。

消息一出,所有人都怨声载道,不单是因为搬家之后通勤时间拉长一倍有余,更是因为洋楼本身就是他们出版公司的特色之一,大家也都有点情结在其中。

还是新人的盛小羽在内部会上默默举手问道:"如果,我是说如果,附近能有其他的小洋楼提供给我们办公,是不是就不用搬了?"

当然啊,那还用说,可问题是,上哪儿找这样合适的地方呢?

然后主编和老总就见到了他们现在办公的这栋楼,也就是傅春野外公留下来的那栋小洋楼。

市中心,宽敞,楼下有地方停车,关键是价格很合适,比之前旧址的租金还要便宜。老总相当满意,内外稍稍修缮更新一番,没多久大家就搬了进去。

没人想到这楼是盛小羽家的产业,直到后来去喝她的喜酒,老总跟新郎握手的时候才说:"我看您很面善,很像租楼给我们办公的业主啊!"

傅春野人逢喜事精神爽,脸上难得洋溢着笑,不像平时那么冷淡,回了一句:"没错,我就是业主。"

业主太太正好是您的员工。

其实这个方案本身就是他提出来的。盛小羽回家说公司可能要搬去远郊,他立马觉得面前的那碗汤都不香了。

"为什么?"

"租金贵啊,以前那个楼的业主不肯再租给我们了!"

"要别人的楼干什么,你不是自己有楼?"

盛小羽想了半天,才明白他说的是那栋小洋楼。傅春野一直惦记着这件事,两人刚领了结婚证,就到舒诚那儿做了文件和公证,把那栋洋楼直接过户到她的名下。

他说那是聘礼。

这么大的聘礼,也怪吓人的,尽管傅春野说了随她处置,但其实盛小羽心里还是有点不踏实。

如今这样好,租给单位用,大家都知根知底。

她一直还记得傅春野第一次带她去那栋小洋楼的时候,里面的东西都差不多搬空了,打扫得很干净。但他还记得以前外公在世的时候,这里放了把椅子,那里放了个钟,哪个物件放在哪个位置,都记忆犹新。

他们扶着楼梯的把手拾级而上,拐角处乌黑的圆柱被摩挲得油光锃亮,楼梯发出吱呀吱呀的声响,就像听见他童年常听的歌谣。

傅春野带她在顶楼朝南的房间里席地而坐,甚至直接躺在地板上。那时是秋天,秋日的暖阳照在他们身上,两人絮絮地说了很多话,他第一次郑重地提到结婚。

他关于婚姻和家庭的想象,就是从这个房子里开始的,所以一定要带着最喜欢的女孩到这里来一次。

那时这个空间里只有他们俩,未来的一切仿佛都跟这一刻密切相关。

事实也是如此,盛小羽没想到自己有朝一日会在这个房子里打卡上下班。

院子角落里有一棵巨大的银杏树,秋天有无数金色的微小扇面从空中落下,地上是金黄色的一层,有些落在她的车顶上和玻璃夹缝里,回去时被他看到,他就捡起一片在指尖转着,一手揽着她的腰回家吃饭。

不知不觉又是秋天了,抬头看看,银杏叶片开始泛黄,整天出差的人也该回来了。

想到今晚就能见面,小别胜新婚,她的脚步都不由得轻快起来。

结果在楼梯拐角的地方撞到了人,手里捧着的书都差点掉在地上,好在对方眼疾手快扶了一把。

有点熟悉的男士香,温莎结也像是刚刚才见过……

抬眼仔细一看,这不是之前在报业大厦跟她同乘电梯的那个男人吗?!

他为什么会在这里?

主编大人从楼上跑下来,正好看到这一幕,连忙介绍:"小羽,这位就是负责发行的乔总!"

男人嘴角噙着笑:"你好,我是乔励,主管发行,很难搞的那位。"

咚!盛小羽人还好好站着,甚至还僵硬地跟人家握了握手,但脑海里分明已经听到灵魂昏倒在地的声音。

在背后说领导坏话,被领导本人抓个正着怎么办?在线等,挺急的!

傅春野出差回到家里,看到的就是盛小羽大半个人贴在桌面上,一脸生无可恋的样子。

他抬手看了看表,今天飞机没有晚点,回来的时间正好赶上晚饭,看这一桌子菜还热气腾腾,应该是亲亲老婆专门为他们的结婚纪念日准备的烛光晚餐。

那她为什么看起来这么沮丧?

他凑过去,在她脸颊上亲了一下,低声道:"怎么了,不欢迎我回来?"

盛小羽喉咙里咕哝一声,没听清说了什么,下一秒她已经整个人弹起来,拦腰抱住他大喊:"老公!"

傅春野吓了一跳,知道她特别喜欢他穿西服的样子,但也不用这么热情……

她的脑袋在他腰间蹭来蹭去，他清了清嗓子，用手摸摸她的头发，像给小猫顺毛，顺便把她拉开一点。

"有话好好说，让我先换个衣服……"

出差一周，他孤枕难眠，隐忍好几天了，她到底明不明白小别胜新婚的含义。

盛小羽不管，像个挂件似的吊在他身上，他到哪儿就跟到哪儿，拨都拨不开。

他脱衣服她也不肯走，他就把她从身后拖过来，想要"就地正法"，她被抚到痒处，咯咯笑个不停，曲起手臂推他："别闹，还没吃饭呢！"

"你还知道没吃饭，那这样撒娇是什么意思？"

"哪有撒娇呀，我心里烦着呢！"

傅春野抱着她躺下，两人面对面，他看着她问："烦什么，跟我说说。"

盛小羽就把今天的糟事跟他说了，那叫一个绘声绘色，说得好像人家当场就要让她收拾东西离职一样。

"你说他听到你的话之后还帮你挡电梯门？"

"是啊，后来跟我握手的时候还笑眯眯的。不过我觉得这都不能说明什么，只能说明人家教养好，心里指不定怎么鞭笞我呢！"

越说越灰心，她哀号："我肯定要被开除了，怎么办，我不想以后都靠你养啊！"

"怎么，你觉得我养不起？"

"不是这个意思……"

"那就别瞎想了，你要实在介意，我去跟你们老总说说。"

"别，千万别！"盛小羽一下子坐了起来，"你已经帮我很多了，我不想让人家觉得我像个小孩子似的，出了什么事都要'家长'来摆平。"

明明她是凭自己的本事一路过关斩将考进这家著名的出版公司的，租房的事都是后话了，边界感是很重要的，恩惠和能力混杂在一起，很容易让人家以为她是靠关系进来的。

"那你自己能处理？"

盛小羽忙不迭点头:"大不了就是被炒鱿鱼,回家做一段时间全职太太喽!"

"嗯,做得久一点也没关系。"他的手指绕着她的发丝拉近她,"所以结婚纪念日可以开始庆祝了吗,傅太太?"

他仰起头吻她,两个人渐渐沉溺其中,开始闭眼拥抱的时候,盛小羽猛地推了他一把:"快点起来吃饭,饭菜要凉啦!"

她烤箱里还温着菜呢!

出版公司的格子间里,工作电脑上弹出对话框——今天中午新副总乔励请大家吃饭。

新来的领导请吃饭,算是惯例,本来没什么可值得高兴的,既不熟悉,又是上下级,聚在一张桌上吃饭多局促呀!

但这回似乎是个例外,从发行部到编辑部的一众女同事都挺开心,年轻的姑娘们还特意抽空去洗手间补了补妆。

也难怪,乔励青年才俊,据说目前还是单身,再看他开的那辆车,家境似乎也很不错的样子,的确是很受异性青睐的类型。

只有盛小羽不动如山,甚至还有点不想去吃。

新官上任三把火,她却公然说人家"难搞",还被当事人现场抓包,但凡心胸狭窄一点,这就够她喝一壶了。

去道个歉吧……她还没想好应该怎么说。

脑海里正天人交战,有人曲指在她桌面轻叩。她抬眼一看,是乔励。

怕什么来什么。

她赶紧站起来,挤出笑容:"乔总。"

乔励脸上也带着笑,抬手看了看表:"午饭时间到了,你不走吗?"

他这是巡视整个办公室以便保证所有人都赴他的午餐会吗?

盛小羽摆在桌上的手机这时突然响了,她也不知哪儿来的决心,把心一横:"我还有点业务要跑一趟日报集团,来不及去聚餐了,真是不好意思啊乔总,下次我请你,欢迎你成为我们的一员。"

"好啊,什么时候?"

盛小羽傻眼:"啊,什么……什么时候?"

乔励笑意不减:"你不是说下回补请我吗,什么时候?"

这就是句客套话啊!怎么还当真了,还约上时间了?

盛小羽真是欲哭无泪,其实她下午没什么特别的事要往外跑,只是找个托词不想去吃他请的那顿聚餐而已。

结果现在可好,变成她要跟他单独吃饭了。

算了算了,卑微的打工人能有什么选择,伸头也是一刀,缩头也是一刀,人家是部门领导,难道还一辈子不跟他打交道吗?

倒不如趁这个机会跟人家道个歉,化干戈为玉帛。

这么一想,盛小羽心里又"雨过天晴"了。

既然诚心道歉,对方又是上司,吃饭的地方当然要精心挑选。

盛小羽晚上敷了张面膜在电脑前坐下,点开网页开始看各种探店测评。结婚后这两年,他们当然也经常出去约会吃饭,但地点一般都是傅春野来选,反正她吃什么都觉得好吃,没有他那么挑剔的味蕾。

久而久之,她对如今流行的餐馆就不是那么了解了,他们常去的那几家离她工作的地方又比较远,总不好中午还让乔励开车载她过去吃。

一起吃饭就已经够让人伤脑筋了,她可不想再乘他的车。

傅春野拿着一瓶刚开的巴黎水从她身后走过,瞥见她在看餐馆探店,驻足问道:"想吃什么,我帮你选。"

"我也不知道吃什么好。"盛小羽似乎相当苦恼,"关键也不是我要吃。"

乔励爱吃什么,她也不知道啊!

傅春野在她身后坐下,把她的座椅转了个圈面朝自己,捏了捏她的下巴:"不是你要吃,那是谁要吃?"

"我们发行部新来的副总啊!"她苦着脸道,"就是我上回跟你说的,打电话说他坏话被本人听到的那个。"

傅春野"哦"了一声,把指尖上的面膜精华液抹在手背上涂匀,眼睛没看她,似乎也没当回事,"他让你帮他订的吗?那要看是商务正餐,还是跟亲朋好友去吃。"

盛小羽仰头想了想:"我跟他……应该算商务午餐?"

傅春野手上的动作一顿:"他是要跟你一起吃饭?"

"对啊,那天他请大家一起聚餐,我临时找了个借口没去,随口说之后补请他,谁知他还当真了。"

她依旧气鼓鼓的，感觉这简直就像"职场霸凌"！

傅春野没再多说什么，提醒她去把脸上的面膜摘了。等她摘完面膜洗干净脸回到电脑旁边，就见一张便利贴粘在显示器边上，餐馆已经给她订好了，写好了时间和用餐人数，订餐人的手机号也是她的。

她回头看了看，默默帮她做好选择的傅春野已经靠在沙发上一口一口慢慢地喝他的巴黎水去了。

到了跟乔励一起吃饭的这一天，盛小羽心里还是有点七上八下。短暂共事的这几天，她跟同事们都能感觉到他是个要求很高的人，业务方面甚至有点不近人情，跟表面看起来的温和好脾气完全是两回事。

单身姑娘们眼中那白马王子的滤镜碎了一地，已经开始背地里叫他"笑面虎"。

传闻不虚，当时说他"难搞"真的是一点都没说错！

背后议论人家是不好，但只是说了实话而已，盛小羽觉得道歉都多余了。

"这家餐馆不错啊，我来吃过一次，牛油果沙拉味道很浓郁，烤羊排也很不错。"

乔励依旧带着耀眼的笑容，似乎对她的不情不愿毫无察觉。

盛小羽只得赔笑，拿起餐牌指给服务生道："我要这个午市C套餐。"

"我要A套餐，谢谢。"乔励也很干脆地点好餐，"他们这里的起泡酒也不错，要不是工作时间，拿来佐餐正好。"

盛小羽牵了牵嘴角，觉得脸都有点发僵。米其林一星的餐厅，氛围感很好，尽管中午套餐比正式点菜已经实惠很多了，但这顿午饭轻轻松松就花掉她一整天的工资，还想喝酒？

乔励这回把她的情绪都看在眼里，笑了笑："我怎么觉得你好像不太愿意跟我一起吃饭？"

"怎么会！"盛小羽连忙否认，"我就是……比较慢热，跟您还不太熟，所以有点拘谨。"

"哦，这样。难道不是因为我太'难搞'吗？"

原来在这儿等着呢……这是要清算旧账的意思吗？

盛小羽连假笑都笑不出来了，端起桌上的玻璃杯灌了一大口柠檬水。

米其林餐厅连柠檬水都特别货真价实，这是放了整颗柠檬进去吗，酸得她腮帮子疼！

两人不咸不淡地聊着工作上的事，直到各自点的套餐端上来，盛小羽瞥见乔励面前那盘泰式做法的鲈鱼，不争气地咽了咽口水。

"你这个看起来好好吃的样子……"

跟她推荐说烤羊排和牛油果沙拉是招牌，结果自己却点了泰式鲈鱼的套餐，明显比她这个看起来美味很多！

乔励笑了笑，很大方地把盘子推向她："要不我跟你换？"

盛小羽有点不好意思："算了，夺人所好不是君子所为。我这份看着也不错。"

乔励的笑意更深了："一份午餐而已，不做这个君子也没关系，我只是好奇才点了这个鲈鱼，平时我都是吃你的那个套餐。"

盛小羽犹豫了一下，两人的主菜端上桌后都没动过，换一换也没关系。况且聊了一会儿工作上的事之后，她反而放松下来，对眼前这位新上司清晰敏锐的思维多了几分钦佩，少了一些戒备和抵触。

盛情难却，正当她要把那只浸透泰式汤汁的鲈鱼盘换到自己跟前的时候，忽然凭空多出一只手，修长有力的手指看着有些眼熟，在她还来不及反应的瞬间，将她原本点的那盘羊排端走了，放上了另一份完整的套餐。

"不是想吃这个吗？我跟你换。"

声音竟然也很熟悉……

盛小羽缓缓仰起头，果然看到傅春野站在他们桌边。

"你……"

"你怎么来了"这句话还没问出口，傅春野就抢先道："我约人谈点事，就坐在那边。"

顺着他抬手的方向望过去——什么那边，不就是她身后那桌！

盛小羽震惊无比，他什么时候来的啊？她竟然毫无察觉！

毕竟是社会人了，对面还坐着自己的上司，盛小羽很快反应过来，出于礼貌地想要介绍一下傅春野："这位是我先生……"

"傅春野是吧？我知道，我们现在办公的那栋洋楼就是他租给公司的。"

乔励脸上仍旧带着得体的笑容，但不知怎么的，盛小羽居然体会到了平时同事们说的那种笑里藏刀的感觉。

这里面有什么机锋？

傅春野对乔励也是不假辞色，很冷淡地走开了，一点也不因他是盛小羽的上司而摆出热情的架势。

盛小羽觉得自己此刻好像一块三明治中间的肉排，两侧的面包都带着冷冰冰的温度。

"你先生看起来很在乎你，你们结婚多久了？"

"有几年了。"她回过神来，赶紧圆场，"他这个人一向比较有距离感，在学校的时候就这样，你别介意。"

乔励"嗯"了一声："其实他小时候就这样，习惯了就好。只不过我真没想到接受他这一切的会是你这样一个小姑娘。"

"小时候……你们以前就认识吗？"

乔励吞下肉质鲜嫩的鲈鱼，像餍足的狮子般露出森森白牙："当然，他是我表弟，那栋洋房啊，其实说起来我也有份。"

表弟？

盛小羽看着眼前人，大概是过于震惊，刚到嘴边的鱼肉都没细品就咽下去了。

然后，她发觉有鱼刺卡在了喉咙里。

医院急诊科门外，盛小羽坐在椅子上一把鼻涕一把泪，什么白领形象早就顾不上了。

傅春野把拧开的矿泉水递给她："还是不舒服吗？再喝点水。"

他没想到原来喉镜这么难受，一根鱼刺而已，卡住的时候没哭，取出来时反而让她以泪洗面。

当然他也知道她不光是因为生理上的痛苦，更多的是生他的气。

盛小羽果然不接他递来的水，又抽了一张面巾纸，扭向另一边擦眼泪去了。

站得远远的乔励有些过意不去，缓步走过来，试图安慰她："刺取出来就没事了，稍微缓一缓就不会那么难受了。"

他毕竟是上司，盛小羽再难受也不能公然给他脸色看，擤了一把鼻涕，竟然慢慢止住了哭泣。

乔励趁机在她身旁坐下:"你中午饭也没好好吃,要不我请你吃点别的?刚才医生好像说可以吃冰激凌,对面有家咖啡店的冰激凌松饼不错……"

傅春野想把手里满满一瓶矿泉水都浇在这个表哥头上。

没完了是吧?

"你过来,我有话跟你说。"他站起来,伸手去拉乔励。

两个大男人,身体里有着相当一部分相同的基因,高大又不服输,仿佛下一秒钟就会动起手来。

盛小羽急了,站起来挡在两人中间:"你们要说什么就在这儿说,还嫌闹得不够吗?"

声音不大,却铿锵有力。

乔励移开对峙的目光,瞥了她一眼,笑了笑:"你这话好熟悉,像我爷爷当年说的。"

爷爷……那不就是傅春野的外公?

盛小羽抬头看了他一眼,见他不置可否,目光里的锋芒却缓和了几分,拉起她的手道:"走,我送你回家。"

盛小羽叫了一声:"我……我还在上班呢!"

午餐卡到鱼刺赶来医院,阵仗很大,其实没花多少时间,下午还有工作等着她呢!

傅春野斩钉截铁道:"请假。"

"可是……"

批她假的人就在旁边啊!

盛小羽不由自主地望向乔励,他脸上仍旧挂着笑:"好的,请了假就好好休息。"

但是?

盛小羽总觉得他话没说完,后面应该还跟着个"但是"。

傅春野才不管他同不同意,径直拉起盛小羽就开车把人带回了家。

直到看见乔励稳稳当当地把车停在了旁边,盛小羽才明白他没说出口的"但是"是什么。

"怎么,不欢迎我来做客?你们结婚,我都没收到请帖,作为亲人,我可太伤心了。"

乔励的确有点四两拨千斤的本事,或者说他很清楚怎样戳中他人的软肋。

傅春野亲缘浅薄，父亲就不说了，跟外公那边的亲人也有隔阂，他们结婚的时候受邀来婚礼的主要都是盛小羽这边的亲人。

他嘴上不说，但作为妻子，作为他身边最亲近的人，盛小羽其实明白他是渴望亲情的。

这份孤傲也许是继承自母亲傅天晴，当然也可能是豪门世家内部因为财富而造成的嫌隙，由来已久，她以往不能窥见一二，也就谈不上在这方面真正了解他，如今正好有这样一个机会，当然是不能放过的。

所以她拉住傅春野，不让他把"这里不欢迎你"之类的话说出口，默许了乔励到家里来坐坐的提议。

"不错嘛，小家收拾得像模像样。这么温馨，搞得我都有点想结婚了。"

乔励站在客厅中间四下打量，盛小羽已经完全收起眼泪，以女主人的身份倒了一杯水给他。

只是腮边还有泪痕，眼睛也还红着。

"你到底想要干什么？"傅春野问。

"不干什么，难得有机会回到这边工作，听说你已经结婚了，就想看看你现在的生活，很奇怪吗？"

如果是互有往来的表兄弟，当然不奇怪，可问题就在于，他们有将近十五年没联系了。

傅春野是跟妈妈姓的，乔励如果是舅舅家的儿子，为什么不姓傅呢？

乔励似乎看出盛小羽的疑问："我妈跟我亲爸，也就是他三舅，早就离婚了，带着我离开傅家之后就给我改成了她自己的姓氏。"

倒是很有傅家人的做事风格。

傅春野把她的手捉在掌中，十指相扣："我跟他十几年没见了，你不用理他。"

"这么说可就见外了啊！"乔励笑盈盈的，张开手臂搭在沙发背上，"这么多兄弟姐妹，小时候就属我跟你关系最好，你每次到爷爷家来就跟在我屁股后头'哥哥，哥哥'地叫，忘了？"

"是啊，忘了，你可以走了吗？"

盛小羽紧了紧跟他交握的那只手，示意他冷静下来，然后才转头问乔励:"乔总,你一开始就知道我是谁吗?"

她的声音还有几分沙哑,今天午饭那根鱼刺真是让她吃了点苦头。

大概多少有几分内疚,乔励对她始终和颜悦色,有问必答:"其实我一开始也不知道,只是好奇怎么这么巧,公司竟然正好租了我家的老房子,后来才知道原来你跟小野有这么一层关系。"

"那房子是外公留给我的,跟你没关系。"

"啊,是吗?"乔励笑道,"我要是不离开傅家的话,轮得到你吗?"

怎么又掐上了?

盛小羽忍不住咳嗽了两声。

两个男人都有点紧张起来,傅春野轻轻抚了抚她的背,问:"嗓子还难受吗?要不要去躺会儿?"

她摇摇头:"我想喝点蜂蜜水。"

"我去给你泡。"

傅春野站起来,留下个充满警告意味的眼神给乔励。

这里是自己的主场,谅他也不敢怎么样。

傅春野走开了,盛小羽终于可以向乔励问个明白:"你说那栋小洋楼是你的,究竟是什么意思?"

"怎么,怕我来争夺财产啊?"

"才不是呢!"盛小羽涨红了脸,"我只是想问清楚……因为你看上去跟他关系还挺好的样子。"

她见过傅春野跟其他亲人相处时的表现,那真是像面对不得不应付的陌生人。可是他跟乔励的你来我往之间,有一种说不上来的熟稔。

乔励嘴角噙着笑:"看你这样子,那栋小洋楼对你和他来说应该也很特别吧?"

没错,她始终记得傅春野第一次拉着她的手迈步走上那栋小洋楼的楼梯,木板发出轻微的咯吱声,仿佛经过一段时间的隧道,她不只看到他幼时生活的场景,更像是很早之前就已经跟他相识,弥补了相见恨晚的遗憾。

他坐在颇有年代感的古董家具上跟她说话,邀她一起躺下,透过阁楼的天窗看深蓝色的夜空。

最后是怎么睡去的也不知道,他轻轻吻她,她才醒过来。

即使结婚之后，这些美好的记忆也并没有远去，反而更深刻地镌刻在脑海中。

用不着她回答，乔励已经知道答案了，脸上的笑容竟然黯淡了几分："看来还是输给那家伙了啊……"

都是从破碎家庭走出来的小孩，傅春野已经有了获取幸福的能力，他呢？

好像只有不服输的心不减当年而已。

夜阑人静，床头放着被喝掉一小半的蜂蜜水。

傅春野再三确认怀里的人没事，才揽紧她打算关灯睡觉。

盛小羽却问："你跟乔励到底是怎么回事？"

她觉得这样的问题由他亲自来回答似乎更好一些，乔励毕竟还是外人。

"你不是已经知道了？"

"我想听你说。"

"其实没什么，我小时候在外公家待着的时候，比较喜欢黏着他玩。后来慢慢大了，我们就总是被拿来做比较，我有的他也要有，你争我抢，外公有时候都忍不住教训我们。"

噢，难怪乔励说她刚才让他们别闹的那句话像老爷子经常挂在嘴边念叨的。

"你们……关系很要好吗？"

傅春野低头看看她："嗯，还算可以，虽然他总爱跟我争，但如果有别人欺负我，他还是向着我的。只是舅舅、舅妈离婚后，他就走了，再也没回来过。"

傅春野再一次被亲近的人给抛下了，所以他才一直生气吧。

"他说小洋楼本来是留给他的？"

"嗯，外公以前的确有这个意思，不然也不会有后来那些纷争。但他把姓氏都改了，就意味着跟傅家断绝关系了，外公气不过才改了主意。不过你放心，有其他东西留给他，何况他继父生意也做得很大，他不缺钱。"

盛小羽翻身盯着他看："不是说十几年没联系过吗，怎么还了解得这么清楚啊？你是不是早就知道他是我的领导了？"

"也不算早。"傅春野语气淡淡的,"不过有这么个非要缠着你吃饭的家伙,我总要查清楚到底是什么人。"

"查清楚是你表哥之后是不是更担心了?"

"为什么?"

"你不是说他总爱跟你争?"

"你不是他喜欢的类型。"

十几年不联系了,还知道人家喜欢什么类型?!

"你不如说乔总看不上我。"

"嗯,也只有我能看上你。"

盛小羽并起两指戳他的腋窝。

"盛小羽,我们说好了不准突然挠痒……"

"我都酝酿好久了,不算突然。"她膝行着爬过去,"有本事你就反击呀!"

傅春野最怕痒,在床上缩成一团,且战且退。她以为他今天会让着自己,没料想突然被他捉住手腕侧身压倒。

"反击这不就来了?"

"你耍赖……"

亲昵的打闹持续了很久,直到两人都有些气喘吁吁。

"等下次你妈妈和年年姐回来的时候,我们请乔总来家里吃饭吧?"

刚才还信誓旦旦不担心的人立刻绷紧了肩背:"请他干什么?"

"他也是对你很重要的家人……"

"不重要。"他拂开她的头发凝视她,两人离得很近,"最重要的就是你,你给我专心一点。"

什么都可以争抢,什么都可以退让,只有这个稀世珍宝,是专属于他的,谁来也不让。

他的确比乔励幸运,生命中偶尔漏进一缕阳光,在他这里,就成了幸福的时针。

番外 春来

SPRING
IS
IN
THE
AIR

    长安城中，越国公府当日有一场筵席，仪制司官正接引宾客入席，四处笙歌缭绕，瑞脑香散，热闹非凡。

    国公府中宝阁珍楼无数，有一座七星阁最高，冲天百尺，登楼凭风，夜间仿佛可以引手摘飞星，白日可俯瞰府中全景。

    盛小羽就埋伏在这七星阁上，不过不像今日赴宴的官家千金们那样霓裳广袖，凭栏自成风流。她一身素衣剑袖，戴了帷帽还蒙着脸，屏息静气地趴在屋顶的琉璃瓦上。

    她是刺客，来自江湖上最负盛名的专诸山。春秋时，刺客专诸为刺杀吴王，将匕首藏在鱼腹中以躲避王宫中森严的防卫，最后刺杀成功的同时，自己也被吴王的卫士杀死。据传专诸门下弟子为躲避追杀，藏入深山，苟活于乱世，竟自成门派，成为专门培养刺客的组织。

    专诸山中的门人都经历过层层的筛选和残酷的训练，几乎人人身怀绝技，且虽拿钱办事，却极有原则，就算刺杀不成落在对方手里，往往也像祖师爷那样以命相殉，绝不供出雇主的半点底细。

一旦被专诸山的刺客盯上，不死即残，何况他们鲜有失手。

当然聘金也是极高的。

比如盛小羽这一票就值黄金千两，全是真金白银，装在楠木箱子里，由骡马拉上山去，存在门主那里，等事成之后她再回去领。

哼，她的门主师父，不，那个见钱眼开的财迷老头，不知要从中抽走几成。但即使只留一半给她，也足够她在这世间逍遥快活了。

她自小所求为何？不就是离开专诸山，到处去走走看看吗？专诸门的弟子成人前不能接任务，不接任务不能离山，这是规矩。她大约算是资质驽钝的，十八岁了师父才允了她第一个任务，给的兵器也不似那些师哥师姐的绝勇锋利，又短又丑，多亏她手巧打了个好看的剑穗挂上，才看得出是把宝剑。

唉。

好在她这回的雇主非富即贵，还额外给了她一包金叶子，大概是怕她见不到钱就偷懒耍滑，办不成事。

喊，把她当成什么了，她好歹也是专诸门的门人，这点操守还是有的！

不过手边有点小钱也好，世间人不是都说有钱能使鬼推磨吗？她已经算是"恶鬼"了，偶尔使唤个"小鬼"跑跑腿也不错。

她轻轻摸了摸藏在腰间的那包金叶子，这就是她的"体己钱"了，等事成之后再拿一箱沉甸甸的金元宝，她就金盆洗手，再也不当什么刺客了！

当然前提是，这回的任务能成。

她将神思拉回到庭院水榭里的人群身上。

她的目标是英国公父子。老英国公欧阳冀曾是追随高祖皇帝一起打江山的车骑将军，战功彪炳，武艺了得，太宗皇帝时期受封英国公；世子欧阳远征是他的老来子，因为嫡夫人的长子早年与突厥交战时战死，就把这个小妾生的孩子抱到身边养育，视如己出，弱冠之年成了英国公世子。都说虎父无犬子，欧阳远征的武艺承袭自老爹，自然差不到哪儿去。

想要他们命的人当然也很清楚，这样的两个人要一次刺杀成功并非易事，因而给盛小羽的指令是先对世子下手。世间父母都是最疼爱孩子的，无论老国公一生如何勇武，也经不起再一次的丧子之痛，届时他伤心过度，放松戒备，再刺杀他便是轻而易举之事。

盛小羽从小无父无母，打记事起就生活在专诸山，跟着师父长大。可就算她不懂父子亲情，也知道这计策毒辣，但应该很有效。

只是实际情况更棘手一些。

老国公最近老伤犯了，在家养病。他戎马半生，治下严谨，英国公府平时就守卫森严，外人都很难进入内院，如今他足不出户，近身侍卫也都在身边，就更难下手。

世子欧阳远征个性不羁，刚从边塞巡营回来，照理应该呼朋唤友上酒楼，或是去郊外跑马射箭，反正他爹养病也管不了他，这样能下手的机会就很多了。可不知他在朝堂上跟皇帝说了什么不该说的，把老国公惹恼了，被禁足在家，哪儿都不许去。

父子俩都闭门不出，外人又进不去，这该如何是好？

盛小羽明白，好的刺客应该耐得住性子，一定要等到合适的机会才能下手，实在不行就创造机会，换个假身份接近目标再下手。她的那些师哥师姐都是这样，有的等了半年，甚至花上一整年才完成任务。

可她的目标从来就不是做一个好的刺客，她只想尽快完成任务——就一个任务，然后回去交差，再开始新的生活。

当然，她也不愿像祖师爷那样为了刺杀搭上自己的性命。

幸好，这时候越国公府送来了一份请柬。请柬上说越国公世子即将行冠礼，邀请欧阳父子到府饮宴。

越国公世子傅春野与欧阳远征是竹马之交，感情十分要好，他的冠礼，欧阳父子应当会来。

不出所料，老国公欧阳冀因为伤病不便出门赴宴，但欧阳远征的禁足令取消了，且他一改平日戎装怒马的形象，换了一身雪白的宫制堆纱长锦袍，手里常握的银枪换成折扇，一副翩翩佳公子的模样。

他甚至连马都没骑，乘着家里的马车优哉游哉地来的。

不知是不是为了跟今日的主角并肩而立时能比较协调。

越国公世子傅春野虽然刚及弱冠，却已有长安城第一公子的美誉。他眉眼间自有英气，不似当年何郎敷粉，也不像欧阳远征那般狂浪，看起来是个谦谦君子。

盛小羽在屋顶远远看着，竟有些出神。

她就喜欢"美男子"。

没法子，谁让她从小到大都没见过几个像样的好看的男人。

专诸山每代门主选拔弟子都有各自的偏好。到了她师父这里，女娃都是专挑骨骼清奇又长得美的，男娃则只要骨骼清奇，模样是越丑越好。于是她那些师兄弟，一个赛一个的丑陋，喏，比如下面宴席上的那一个——

她瞥了一眼人群中穿着玄色衣袍，一手摁住腰间刀柄的大高个，那是当朝佞臣商太师家的近卫，是他们这一代门人中功夫最为狠辣的师兄仇绝，也是长相最瘆人的，深深的眼窝和瘦削黝黑的脸颊，要再戴上帷帽，就像一具看不到脸的骷髅。

说书人口中的阎罗王差不多就是这个模样吧。

没错，专诸山也有门人给权贵做保镖的，反正都是杀人，聘金合意便是。

相较之下，傅春野就好比天上瑶池下界的谪仙人，不仅长得好看，气韵温润，浑身也不带一点煞气，干净，又有一丝神秘。

欧阳远征十五岁便被老爹带去军营历练了，傅春野只比他略小几个月，却几乎没怎么踏出过长安城，身上本领如何，或者说有些什么样的本领，没人知道。

盛小羽这几日进出越国公府，发现府中有鸽棚。这七星阁的上层还有一间书屋，里面全是兵书和沙盘。她本以为是老越国公所用，直到发觉房中博山炉里点的蓬莱香与傅春野衣袖间的味道一样。

难怪欧阳远征十七岁就大破吐蕃，想来靠的就是他这位好友从沙盘推演而来的军策谋略，然后用鸽信往来传递消息。

自古英雄出少年，只可惜这少年马上就要死在她的手里了。

到底是什么人想要他的命呢？明明是保家卫国的少年郎，一腔热血……

盛小羽抿紧嘴唇，知道自己多少想得有点远了。专诸山的刺客是不能打听雇主的，甚至连对方是谁都不知道，更别提背后的动机了。只有门主老头清楚底细，但他见钱眼开，只要有钱什么活都接，哪会管那么多。

夜长梦多，盛小羽觉得今天必须下手，不能再拖了。

可欧阳远征到了国公府后就一直跟在傅春野左右。硬拼她是不怕，国公府那些明卫暗卫就算一起上也不一定是她的对手。但人群中还有目光如炬、高度戒备的仇绝，万一动起手来，同门他也绝不会心慈手软。她最了解了，打不过，真打不过。

只能等到筵席散的时候，那时许多人都喝了酒，天色也暗了，方便动手。

果不出所料，曲终人散，欧阳远征已经喝多了，踉踉跄跄地拉着傅春野不放，嘴里还唠唠叨叨的，不知讲了些什么。

傅春野不愧是长安第一公子，涵养极佳，竟然亲自扶他上了马车，还叫来了自家的车马要送他回去。

欧阳远征要是个大姑娘，早该芳心暗许了吧。

盛小羽动了动趴卧太久而有些僵直的关节，握紧手中的短剑，悄无声息地跟了上去。

她选在一片竹林中动手。

事后想想，她还是太急于求成了，都没仔细想一想，这里压根就不是越国公府到英国公府的必经之路，夜色将倾，傅春野他们怎么会走这条路。

总之，她的身形还算灵活，剑法还算精湛，手中的短剑一出剑鞘，就将马车周围的侍卫逼得节节后退。

最令人意想不到的是，竹林中还有其他埋伏。那黑影从林中闪出，出手极快且狠辣，一一将侍卫们挑翻在地。

剑气之外，还撒出一把毒针，直冲着马车上的正主而去。

什么情况？那可是她的目标，如果被别人截和，那她的酬金就拿不到了！

"快，保护世子！"

这一喊倒提醒了盛小羽，她飞身打掉凌空而来的密密毒针，跃上马车，将车夫踢落在地，自己大喝一声，驾着马车朝夜色深处狂奔而去。

何必恋战呢？反正目标是欧阳远征，现在人已经在她手里了，等她找个人少的地方，就地把他"咔嚓"了，跟当场送他"上路"效果也是一样的。

"后面没有人追来了，要不你就在前面的湖边停下吧。"

咦，马车里的人居然在跟她说话。

而且这个声音听起来一点也不像喝多了之后狂浪放肆的欧阳远征。

"吁！"

盛小羽勒停马车，自己先跳下车来，唰的一声抽出短剑，剑尖直指马车轿厢，等车中人下来。

她其实已惊出一身冷汗，但多少还有一点侥幸。

但从车上下来的傅春野粉碎了她最后这一点侥幸。

她弄错人了吗？对刺客而言，这几乎是不可饶恕的错误。

可这明明就是英国公府的马车，欧阳远征今天就是乘这驾马车来做客的！

盛小羽再三确定轿厢里没有其他人之后，也借着月光，看清了傅春野白瓷美玉一样的脸庞和镇定自若的神态。

不用问了，好一招"移形换影"，也许筵席散场的时候欧阳远征根本就没上这辆马车。

他们故意引她现身。

短剑的剑尖颤了颤。

傅春野面不改色："你要杀我？"

他的声音跟今晚的月色一样冷冽又干净。

盛小羽稳住手中的剑和自己的情绪："我跟你无冤无仇，不想多造杀孽，只要你告诉我欧阳远征在哪里，我就放你走。"

傅春野没有答话，只是目光下移到她的肩头："可是你受伤了，不要紧吗？"

盛小羽这才看到已经刺入自己皮肉的毒针。

这是什么东西，真是可恶至极，而且竟然还有点眼熟。

原来她刚才差点拿不稳短剑，不是因为抓错人心虚，而是因为受伤啊……

后来发生了什么，她就不太记得了，只知道她的剑终究是脱手落在了地上。

盛小羽醒来时是在一座破庙里。

月光已经西斜，夜应该很深了，从破烂的窗格里漏进的光亮照在傅春野的身上，他正负手背对着她，好像在看墙上已经开始剥落的壁画。

盛小羽动了动，他就转过来："你醒了？看来你身上带的东西果然有治毒疗伤的功效。"

她身上的东西？

盛小羽探手一摸，腰间空空如也，腰带中藏的药和钱都没了。

"你把我的金叶子还给我！"

傅春野不紧不慢道："救你性命的应该是九转玉菁膏之类的灵药，

你怎么开口只要金叶子？"

她就是很爱钱不行吗？钱没了比命没了还难受，他一个锦绣堆里长大的贵公子懂什么是人间疾苦吗？

不过他居然认得她随身带的伤药是九转玉菁膏，这可是她师父不外传的独家秘方……

她脑子里很乱，身体很虚，只有手还伸得老长："反正……反正都是我的东西，你拿了就要还给我，否则就是乘人之危！"

傅春野没吭声，走过来在她身旁坐下，顺势拉住了她的手腕切脉。

肌肤之亲的感觉很陌生，盛小羽涨红了脸，用力挣脱，却听傅春野道："脉象平稳，看来刚才那几口血已经把毒排得差不多了，加上九转玉菁膏的功效，你的心脉也没有受损，只是短时间内会有些乏力，切忌提气运功，休养几天就会没事的。"

盛小羽这才留意到他身上的白衣溅上了血滴。

"我吐了很多血？"

"我吐的，不过是你的血。"

是他帮她吸出了毒血？

她的伤在上臂靠近肩头的位置，处理伤口是一定要脱掉半边衣服的……

盛小羽差点又昏过去一次。

好在破庙里昏暗不堪，傅春野大概没瞧见她脸上的神色，自顾自地问她："你饿不饿？"

饿啊，怎么不饿，他们一群王孙公子在亭台楼阁里大吃大喝，她可是在屋顶上趴了一天，什么也没吃啊！

盛小羽的肚子不争气地咕噜噜响了几声，算是替她回答了。

她捂着肚子往一旁挪了挪，像是要保住身为顶级刺客最后的尊严。

傅春野也是神通广大，他们面前有一堆快要燃尽的篝火，他从火焰的灰烬里扒拉了几下，居然掏出一个不大不小的土疙瘩，砸开来，奇香四溢。

盛小羽猛咽口水，忍不住探头过来看："这是何物？"

"叫花鸡。"

傅春野砸开表面的土疙瘩，更浓郁的肉香一下子直扑面门。

"这……这是哪里来的，好好一只鸡，怎么有这么奇怪的做法？"

"都说是叫花鸡了,当然是叫花子们留下的。之前我们到这里的时候,已经有几个叫花子准备在这里过夜了,火是他们生的,鸡也是他们留下的。"傅春野拆下一只鸡腿给她,"吃吧,这是你身上的金叶子换来的。"

"什么?你知道那金叶子值多少钱吗,居然就换了这么一只鸡?"

要搁平时,她早就气得腾一下站起来了,可她现在身上有伤不说,肚子也饿扁了,真是连发脾气的力气都没有。

傅春野也不跟她争辩,只是把手中那只鸡腿又朝她递了递。

她也就很不争气地接过啃了起来。

这是什么人间美味呀!

前一刻还在怨怼金叶子被用掉了,这会儿却觉得能吃到这么美味的东西,那些金叶子花得也值了。

叫花子做的东西居然这么好吃?

一只鸡腿很快只剩骨头,傅春野又递上另一只。

她有些赧然:"你不吃吗?"

"我在家里吃过了,你忘了?"

这人一定是会读心之类的邪术,否则怎么连她心里埋怨他们整天吃山珍海味都知道。

"那我就不客气了。"

她接过鸡腿又开始大嚼特嚼,晦暗不明的火光中,似乎瞥见傅春野微微笑了一下。

之前在国公府见到的都是他面如冠玉却不苟言笑的模样,原来他也会笑吗。

盛小羽的心跳怦怦加快了几分。

"吃完了休息一会儿,等到天亮,你就走吧。"

盛小羽停下动作看他:"你不送我去见官?"

他已经知道了她的刺客身份,而且她身上有伤,抓住她是轻而易举的事。

"见什么官,京兆尹闯涉吗?他以前是我父亲的部下,我抓个人去给他,对我有什么好处?"

"可是……我要杀的人是你的好友。"

"没成功不是吗?"他转头看她,"要杀他的人很多,你可能还抢不到头筹。"

盛小羽想到竹林中的那个黑影："今晚向你放暗器的是什么人？"

"被暗器伤的人是你，你不是应该比我更清楚吗？"

盛小羽将头扭向一边："我才不知道呢，休想套我的话。"

"嗯，我们也不想将无辜之人牵扯进来，所以天亮你就走吧，不会有人知道你来过。"

他居然称她是无辜之人……盛小羽还是第一次听到有人说他们这些刺客无辜，心中有种说不上来的感觉。

"为什么有那么多人想杀你和欧阳远征？"

"我们打了太多胜仗，挡了他人的道。"傅春野淡淡道，"这长安周围，虎狼环伺，没了能守城降敌的将军，才好拿国运去跟敌人做买卖。"

"你是说，有人通敌卖国？"

盛小羽想到刺中自己的毒针，原来这背后竟然有这么大的阴谋。

要杀他们的人，竟然在朝廷身居高位？

破庙的窗户咔咔轻响，草木随风向的转变而摇曳。

"有人来了。"

盛小羽庆幸受伤没有阻碍她作为刺客的反应力，有人马接近这里，且来者不善。

"快躲起来！"

她拉起傅春野，跟他一起藏到佛像后面。

这破庙过去一定香火鼎盛，佛像铸过金身，虽然已经剥落，却相当结实，中间还是空的，两个人挤一挤完全能藏得下。

佛祖菩萨保佑，不要让她今天就死在这里。

虽然陪她的是世间数一数二的美男子，但……好死不如赖活着嘛！

"你在想什么？"傅春野问。

狭小的佛像肚子里，两人面对面蜷缩在一起，挨得这么近，她心里想什么更加瞒不过他。

他的声音像浸润了美酒，身上的熏香也好好闻，发丝扫过她的脸颊，好痒。

"别说话。"她故作不耐，让他闭嘴，自己屏气凝神听外面的动静。

来了十几人，步伐轻盈，下盘稳健，都是武艺高强、训练有素的死士。

她全须全尾时拼一拼，全身而退没问题，可她现在受了伤。

傅春野却泰然自若，似乎在默默打量她，而不是关注外面那些人。

"给我仔细搜，后面也去看看！"

糟了，他们朝佛像来了。

盛小羽的身体紧绷起来，稍稍一动，受伤的胳膊碰在傅春野的肩头，疼得她一颤。

"没事吧？"

他的手抚在她的背上，很温暖，几乎立刻就驱散了她的疼痛。

可这笨蛋为什么这时候开口说话，会被外面的人听到的！

佛像果然被人打开了，盛小羽短剑在手，已经做好了鱼死网破的准备。

然而外面突然安静了，那群训练有素的死士并没有在打开佛像之后向他们发难。

这是怎么回事？

盛小羽刚打算起身出去，一阵口哨声就飘进了耳朵里，欧阳远征蹲在佛像外朝他们笑："哟，还真在这儿，我要再晚来一会儿，你们是不是就要被烧成灰了？"

傅春野挡开他走出去，掸了掸身上的灰尘："你若再不来，今后也不必出现在我面前了。"

"啧啧，别那么小气嘛，我看你难得迈出国公府一趟，让你出来散散心不好吗？"欧阳远征说着又朝佛像里探头探脑，"咦，这位小美人是谁啊，莫非是你的救命恩人？"

嗯，救命恩人，谁救谁的命还不好说。

傅春野挡在两人中间，似乎很怕盛小羽此时会真的抽出短剑了结了欧阳远征。

"回去吧，今天闹出这么大的动静，你爹和我爹都该担心了。"他又回身朝盛小羽伸出手，"你跟我一起回去。"

她好像这时才明白，他刚才让她天亮就走是什么意思。

现在她想走也走不了了。

救命恩人嘛，当然要留在身边好好报恩，在他眼皮子底下，刺杀欧阳远征也就不可能了。

盛小羽很不满意他这样的安排，可是也无可奈何。越国公府里里外外简直像铁桶一样坚固,她都不知道自己当初是怎么做到来去自如的。

反正她受了伤,干脆就把这一切都推到伤势上。

她最喜欢待在七星阁,从这里远眺视野极佳,也是傅春野最常去的地方。

他在沙盘上推演他的兵法和算术,有时倚在案上看书,她就装模作样地在一旁打坐,练一套吐纳的心法,或者在外边的露台上练剑。

在国公府里吃得太好,她这些日子都被喂胖了。

要不是还有任务在身,她甚至觉得这样下去也不错。

傅春野对她没有防备,除了不让她离开国公府。

她在七星阁吐纳休息,不小心睡着了,他也不会叫醒她,还将自己的大氅盖在她的身上,怕她着凉。

从小到大,除了师父那个臭老头有时关心一下她,从来没人对她这样好过。

可她还是得走了。

专诸山的刺客,不能丢下任务不管啊……

"你醒了?我刚在博山炉里加了安神的香丸,还想让你多睡一会儿。"他放下手中的书卷,"饿不饿?我叫他们备了糕点送过来,今天有你最喜欢的胡饼。"

盛小羽怔怔地看着他,忽然感觉到鼻头有些发酸,目光稍稍向下,看到他腰间镏金的腰牌。

有了它,她就可以出府去了。

要用那个法子吗?曾经听师姐们提起过,她本来为之不齿的那个法子……

"怎么这么看着我,今日天气转凉,莫非是冻傻了?"

他揶揄着,探手来摸她的额头,似乎真的怕她发烧。

刚回来那会儿,大夫说她体内的余毒未清,发热可能是寒毒作祟,要及时喝药。

盛小羽却抓住了他的手,跟破庙里他突然抓她的手切脉时不同,而是顺着他的掌心滑入了他的指缝。

两人的心头都是一颤。

傅春野想要松手,她却用了力道:"之前在破庙里,你看过我的身体了对吧?你打算如何处置?"

这件事他们只是偶尔不得已才提及，欧阳远征那家伙似乎也察觉到疗伤过程中一定发生了什么，时不时开个玩笑，傅春野却从来都是泰然处之，毫无促狭之感。

没想到这时从她口中说出来，他竟像饮了酒似的，脸颊笼上红晕，将脸转向一边。

盛小羽伸手迫使他看向自己："说呀，你打算如何？"

"那时只是不得已，我已经跟你说过……再说那天光线昏暗，看到什么我也已经忘了。"

忘了？她有些生气，两人的手指还交缠在一处，他也一定感觉到了，抬眼看向她，却见她已经剥开自己的衣襟，露出莲子一样白皙可爱的身体，脸颊却像初绽的荷花，绯红又有些气鼓鼓的——

"那这一回，你可不许忘了！"

她亲吻他，投入他的怀中，挑动他生平所有的情愫和欢愉，让他说不出话。

她终究还是用了这个法子，一切都很顺利，可她竟然好想哭。

要是两人可以永远这样依偎着走下去就好了。

天蒙蒙亮的时候，盛小羽拿着他的腰牌出了国公府。

今天欧阳远征要领军前往潼关，这是她完成任务的好机会。

人群中，欧阳远征身披铠甲，骑在高头大马上，威风凛凛，脸上是又熟悉又欠揍的笑容。

少年将军又要为国出征了。

盛小羽却没能下手，不仅在长安城中没能下手，出了城也一而再再而三地错过下手的机会，只是一程一程远远地跟着，都不知是来杀他的，还是来为他送行的。

每次要动手的时候，她总会想起另一张脸——坐在沙盘和书案前仿佛波澜不惊，昨晚拨开她的发丝轻轻吻她的耳朵时却有点害羞又无比温柔的脸。

他只有这么一个最要好的朋友，如果被她杀了，他一定很伤心。

她故意诱惑他，偷走了他的腰牌，已经让他伤心了一回，不能再来第二回了。

完不成任务，大不了她自戕谢罪，万一老头稍微心软一些，让她交回武器，一辈子不准离开专诸山，她也认了。

夜晚，欧阳家的军队在野外扎营。盛小羽发觉这里离上回那个破庙不远，决定到那里去过一宿。

她踏进院中就看到几个乞丐，点了篝火，还烧了叫花鸡。

最近在国公府里什么珍馐佳肴没吃过？但那晚叫花鸡的美味仍想忘都忘不掉。

今日她身上只有几颗碎银，拿出一个扔给他们："起开，今晚这里归我了。"

没想到得了银子的乞丐并不稀罕，反而狞笑着："这是哪里来的小娘子，何必凶巴巴的？这里地方这么大，跟我们几个一起住，人多还暖和呢！"

说完就要伸手来抓她，那脏兮兮的手让她一阵恶心，剑未出鞘就狠狠地砸向那手骨。

吃痛的乞丐大叫一声，几人一拥而上扑向她。

没来得及出招，身后就有暗器呼啸而过，重击几个乞丐的胸口，一时哭爹喊娘声四起。

"还不滚。"

这个冷冰冰的声音……

乞丐们连滚带爬地逃走了。盛小羽转过身，看见傅春野从外面走进来，脸上的神色比声音还要更冷几分。

"你特地偷了我的腰牌，就是为了来吃这叫花鸡？"

他还是知道了呀……

可他又为什么追到这里来找她呢？

盛小羽的鼻子又一阵发酸，在想明白之前已经扑进他的怀中，紧紧抱住他。

怎么办呢？傅春野感觉自己这一路上攒下的一点怒气也在这一刻被两人拥抱的力度给揉碎了。

想好了要说她几句，甚至要狠狠地说上一些绝情的话，却在见到她的瞬间烟消云散。

反倒是看她差点被人欺负，让他怒火中烧，又胆战心惊。

她没有受伤，没有逃脱，目前还在他的怀中，就已经是万幸。

两人依偎着坐下，今天的篝火还燃着小小的火苗，上回在破庙的经历仿佛是昨天刚发生的一般。

"你怎么知道我会往这里来?"盛小羽问。

"看来你还不知道。"傅春野低头瞥她一眼,"你的心思全都写在脸上。"

天生不是做刺客的料。

"是吗?你……你怎么看出来的?"

"上回在这里,我就看出你是新手,江湖经验几乎为零。"傅春野解释道,"你知不知道野外过夜最好不要选在这样的破庙?三教九流聚集的地方,最容易出事。"

"可你上回明明……"

"那是迫不得已,你受了伤。"

提起她受伤,他平静的眼波里有涟漪颤动,又心疼,又怕她重蹈覆辙。

盛小羽往他怀中又靠了靠,声音闷闷的:"你陪我回一趟专诸山吧?"

"做什么?"

"我去求我师父,跟他说我杀不了欧阳远征,把聘金退回去,要打要罚我都认了。"

"那为什么要我陪你去?"

"我……我想让师父见见你……"

傅春野抿嘴无声地笑,手臂揽住她的肩:"好,我陪你去。不过在那之前,我们还有另一件事要做。"

"什么事?"

"陪欧阳远征一起出函谷关。"

其实盛小羽猜到了,他这趟赶来并不仅仅是为了追上她,也是为了欧阳远征的安全。

这回的战事是假的,通敌卖国之人买通了流民和土匪在边境挑起争端,然后在朝堂上夸大事实,逼朝廷用兵,妄图用一招"引蛇出洞"将欧阳远征父子除掉。

傅春野虽然人在长安,但这样的伎俩怎么能瞒得过他的眼睛。

将计就计,才是真正的"引蛇出洞"。

唯一的变数就是她这个小小的"刺客"——本来以为自己是螳螂捕蝉,黄雀在后的黄雀,结果发现她压根就不在这链条里面。

傅春野带着盛小羽一起出现的时候，欧阳远征笑得前仰后合，拍着桌案道："你看，我就说你俩早就暗通款曲！喂，她可是奉命来刺杀我的刺客，傅春野你不会是被她给迷惑了，打算合伙把我杀了吧？"

"你再说下去，我可能现在就把你给杀了。"

不过欧阳远征很快就笑不出来了，开始抱怨两人时不时就你侬我侬，看对方的眼神都像浸了蜜糖似的！

让他这个孤家寡人的将帅情何以堪。

出关的第三天，天山飞雪，真正的敌人来了，不出所料，仇绝也在其中。

通敌的内应竟真的是商太师。

"怎么样，准备好报那一箭之仇了吗？"傅春野问。

上回竹林中撒出毒针的黑影就是仇绝。出自专诸山的暗器，盛小羽看一眼就认得，当然也瞒不过博闻强识的傅春野。

盛小羽点点头。单打独斗，她也许不是仇绝的对手，但现在跟傅春野并肩作战，她竟然起了要赢的心思。

因为输了，搭上的可能就不只是他们和欧阳远征三个人的性命，还有戍边的万千将士和关内的黎民百姓。

战斗很残酷。欧阳家的将士们训练有素，商太师派来的死士也都不是等闲之辈，鲜血染红了积雪，又被纷纷而下的大雪一点点掩埋。

仇绝狠辣的招式只差一点就要直取傅春野命门的时候，盛小羽一剑切断了他的咽喉。

仇绝看清她手中的剑，愣了愣，断气之前，脸上的表情怪异而扭曲，似哭似笑。

"老头……竟然把专诸剑……给了你。"

盛小羽也是这时才发觉，自己手里这把剑，并非平平无奇的普通短剑。她在关键时刻的凌厉和果决，扣动了剑柄上暗嵌的机簧，剑身陡长，呼啸而出的剑气一招就要了敌人的性命。

这是祖师爷专诸当年用的那把鱼肠剑，专诸山的镇山之宝，师父那老头怎么会给了她呢？

傅春野握住她的手："你没事吧？"

她摇摇头。

欧阳远征受了点轻伤，伤在肋下，不能大声说话大声笑，一笑就牵拉着伤口疼，只能平躺养伤，他不愿这样回长安，嫌丢人。

于是傅春野向他辞行，要陪盛小羽回专诸山。

欧阳远征气得直咬牙："战士军前半死生，美人帐下犹歌舞。"

"你说谁歌舞？"

"我歌舞，行了吧……哎哟！"欧阳远征忍着疼痛强撑起身，"走吧，省得你俩整天在我眼前碍眼！不过她回专诸山，你跟着干什么，纳征送聘礼去？"

都要去见女方的家人了，他爹越国公知道吗？

傅春野没有立马回答，他的目光一直追随着帐外雪地里的盛小羽。

自打知道自己手中拿的是专诸剑，她就常常抚挚着剑鞘出神。

但今天，她只是想折一枝开得正好的红梅放到欧阳远征的营帐里，听一位本地的医娘说，这样有助于伤势的康复。

女孩子家的心思，总是更细腻些。

"其实你早就看出她那把剑是专诸剑了，对吧？"欧阳远征道，"你到底是看上人了，还是看上那把剑了？"

傅春野不置可否，只说："专诸虽是刺客，却可以为伍子胥和公子光的知遇之恩而忠义无双。专诸剑也向来只会传给最有节义的弟子，小羽的师父一定是看中她的赤子之心，才把剑给了她。我虽然没见过他老人家，但这么有眼光和智慧的前辈，值得亲自拜访一趟。"

这样的智者，必定不会责怪她为天下人的福祉而放弃自己的任务，更不会怪她杀死通敌卖国的同门。

天又开始落雪，他走到帐外，将身上的鹤氅拿下来披在她的身上。两人只是站在雪中说话，盛小羽的手搭在梅枝上，便已是画卷般的美景，赏心悦目。

欧阳远征叹了口气，他算是知道什么叫"只羡鸳鸯不羡仙"了。盛小羽明明是来刺杀他的刺客，居然成了傅春野的良缘，两人就要携手天涯，放情山水去了，他却还得躺在这里养伤喝药……

哎，那个说好给他换药的年轻医娘今天怎么还没到啊？

雪挂树梢，恍若春来，今日这场雪后，塞外的春天也当真要来了。

【全文完】

MEMORY HOUSE